ALFRED DÖBLIN

# Le Tigre bleu

ROMAN
TRADUIT DE L'ALLEMAND PAR
J. RUBY



LE LIVRE DE POCHE

*Titre original :*

DER BLAUE TIGER

# Le Tigre bleu

Moines ou mystiques? Apôtres ou illuminés? Humanistes ou chrétiens? Du XVIe siècle au XVIIIe siècle, les jésuites, disciples d'Ignace de Loyola, traversèrent les océans pour évangéliser l'Amérique du Sud. Ces hommes, Döblin les avait sans doute rencontrés autrefois dans ses livres d'études. Pourquoi leur destinée continuait-elle à tourmenter son imagination? Devinait-il déjà que sa soif dévorante de Dieu allait le faire basculer dans la ferveur du christianisme?

Né juif allemand, il avait commencé par rompre avec le judaïsme au lendemain de la première guerre mondiale. Vingt ans plus tard, après bien des errements, des inquiétudes, des traversées difficiles (il avait dû quitter l'Allemagne en 1933 pour fuir le nazisme, il s'était fixé provisoirement à Paris, avait pris la nationalité française en 1936, s'était exilé à nouveau en Espagne et au Portugal, puis avait gagné les Etats-Unis pendant la guerre pour revenir enfin en Europe), il perçut un espoir dans la religion catholique et, à soixante ans, décida de se convertir.

D'autres sujets de réflexion, d'autres thèmes que ceux qu'il avait abordés jusque-là, apparurent alors dans son œuvre. Il abandonna le style expressionniste qui l'avait rendu célèbre avec *Berlin Alexanderplatz* — cette polyphonie grinçante, cette surimpression de cris, de solitudes, de misères, ce portrait torturé et magistral d'une ville — pour adopter une écriture plus neutre, plus linéaire, plus classique. On trouve l'empreinte de cette évolution dans sa trilogie « sud-américaine » : *Voyage au pays où la mort n'existe pas* (1937), *Le Tigre bleu* (1938) et *La Nouvelle Forêt vierge* (1948), trois livres qui évoquent la colonisation des Indiens en Amazonie et l'installation des jésuites au Brésil et au Paraguay.

Pourquoi *Le Tigre bleu*? Parce que, dans la mythologie indienne, « le Tigre bleu » est le symbole des malheurs qui fondent sur les pauvres humains. Le livre s'ouvre sur le récit minutieux de l'odyssée d'un des premiers groupes jésuites qui débarqua à São Paulo en 1549, sous la conduite de leur supérieur, le père Emmanuel de Nobrega. Celui-ci avait rejoint la milice de Loyola à la suite d'un drame personnel : capitaine de l'armée espagnole, combattant en Italie, il avait vu sa jeune fiancée italienne violée par un sergent espagnol... En arrivant à Piratinaga (qui allait devenir São Paulo), Nobrega et ses compagnons apprirent vite que les Blancs installés là n'étaient que des voleurs, des hypocrites, un ramassis d'aventuriers, voire de bandits, véritables organisateurs et geôliers de camps d'esclaves, produits des razzias qu'ils avaient lancées parmi les tribus avoisinantes.

Ravitaillés par un navire espagnol, les jésuites, accompagnés de deux cents Indiens sortis des camps et d'une vingtaine de Blancs totalement dévoués, quittèrent donc la ville. Bientôt rejoints par d'autres Indiens, ils édifièrent le plus loin possible la première ville, Loretto, puis une autre et une autre

*(Suite au verso.)*

encore… Treize localités se développèrent ainsi, bientôt détruites, hélas! par les envahisseurs blancs. Emmanuel de Nobrega mort, un autre jésuite prit la relève pour affronter des difficultés toujours grandissantes tant du côté des Blancs d'Amérique du Sud que du côté de Rome. Naquit enfin la riche République Chrétienne du Paraná… Pas pour longtemps!

Difficile de résumer *Le Tigre bleu,* si fourmillant d'anecdotes et qui se joue à défier toute logique narrative. Il s'enrichit de nombreuses digressions sur les démêlés des Blancs entre eux, sur le martyre du père Mendoza, sur l'évêque Félix de la ville d'Asuncion, grand seigneur italien, raffiné et cultivé, entré dans les ordres sans vocation et amant inégalement heureux de la belle Clélia, triste Périchole d'un siècle de sang et de fureur plutôt que d'opérette et de rire. La dernière partie du *Tigre bleu* est consacrée à la chute de la République Chrétienne et à la suppression provisoire de l'ordre des jésuites, accompagnée encore de massacres d'Indiens, d'églises pillées et incendiées, de prêtres tués ou emprisonnés.

Döblin termine son récit sur l'image mélancolique de ces hommes vaincus. « *Ils ne pesaient plus lourd* », écrit-il. Au terme de ce livre se dégagent non seulement une véritable vision d'histoire et une profonde leçon de vérité humaine, mais surtout la preuve que toute histoire individuelle, si malheureuse soit-elle, si incomprise, si traversée de drames atroces, peut finalement être transcendée, devenir un destin, offrir une sorte de logique ou de rigueur apaisante. Pour Döblin, *Le Tigre bleu* a valeur d'exemple. Le symbole même de ce que l'écrivain a toujours voulu concilier contre vents et marées, dans le siècle d'Apocalypse qui était le sien, alors que l'ombre de l'hitlérisme s'étendait sur l'Europe : des préoccupations socialistes et chrétiennes.

Nicole Chardaire

# LIVRE PREMIER

# SAO PAULO

# LA TRAVERSÉE

Les Amériques, les Nouvelles Indes, venaient d'être découvertes.

Les empires des Indiens s'écroulaient.

Leurs peuples fondaient peu à peu.

Quelques Blancs cherchaient à leur venir en aide.

Le souvenir d'un vieil homme blanc, solitaire, Las Casas, se maintenait chez les tribus indiennes. Il les avait protégées dans les steppes herbeuses du Venezuela, sur les rivages du golfe de Maracaïbo, dans la vallée torride du Magdalena.

Ils racontaient : un sorcier, grand et bon, vivait parmi les Blancs, et les Blancs eux-mêmes l'ont trahi et tué.

Certains disaient : le grand sorcier Las Casas, devenu vieux, s'est réfugié auprès des tribus à peau foncée, mais les chiens des Blancs l'ont pourchassé jusque sur un arbre. C'est là qu'il vit à présent. Les hommes à peau foncée lui portent à boire et à manger. Quand les Blancs quittent le pays des Indiens, il descend de son arbre.

Les Blancs de la côte des Nouvelles Indes, marchands ou soldats, s'amusaient fort en écoutant de telles histoires. Mais quelques-uns d'entre eux en éprouvaient une profonde tristesse.

Il s'était constitué à cette époque, dans le Nord, par-delà

le Grand Océan, en Espagne, en Italie, en Allemagne, des confréries qui se penchaient avec douleur sur le sort de l'humanité. Nombreuses étaient alors les guerres. Les hommes blancs ne connaissaient plus le bonheur. Ils étaient uniquement poussés par une grande inquiétude intérieure et incapables de se découvrir un but. Ils s'entre-déchiraient sans cesse dans de nouvelles guerres. On leur avait bien construit un refuge dans l'autre monde et proclamé maintes et maintes fois, dans des milliers d'églises : « Après votre mort vous serez sauvés, suivez les commandements que nous vous transmettons, ils ont été dictés par Dieu. » Ils ne se calmaient pourtant pas.

C'était grande détresse parmi les peuples blancs qui submergeaient le monde de leurs victoires et de leurs découvertes.

D'où viendraient la Paix, l'Amitié, l'Amour ?

Tandis que ces hommes étaient ainsi plongés dans la misère, les confréries s'interrogeaient. Il ne fallait pas attendre que les hommes fissent eux-mêmes leur salut pour leur venir en aide. Il fallait les lier toujours plus étroitement au Dieu éternel, dans son ciel lointain et sans bornes. C'est un long détour, mais il fallait le faire.

Et ils entreprirent cette œuvre difficile. Ils vécurent d'abord à l'écart, dans leurs cloîtres, puis revinrent parmi les hommes.

Une de ces saintes confréries s'appelait la Compagnie de Jésus. Beaucoup de jeunes hommes qui aspiraient à quelque chose de neuf y étaient entrés. Ils se mêlaient au peuple. A Cadix, quelques-uns d'entre eux s'embarquèrent ; ils partaient vers les hommes de couleur.

La traversée était longue, l'air était brûlant, de plus en plus brûlant.

« Sentez-vous cette chaleur, Frère Emmanuel ? demanda le tout jeune Mariana. Sentez-vous combien la nature devient puissante ? Il est bon que nous quittions notre doux pays. On voit quelle est la force de notre adversaire. »

Emmanuel était le Supérieur de la Mission. Il dit, le regard lointain :

« Il nous est beaucoup demandé. Une vie humaine est bien courte. Je vois encore beaucoup de navires qui se dirigent vers le Sud avant que notre tâche soit accomplie.

— Mais, sous cette chaleur étrange et sourde, sous cette incandescence du soleil, que pensez-vous, Frère Emmanuel, de Las Casas ?

— De Las Casas ? Quel rapport voyez-vous entre Las Casas et cette chaleur ?

— Cette chaleur est. Mais vous n'y prêtez pas attention, Frère Emmanuel, vous vous contentez de transpirer. Je vous en prie, prenez garde à la chaleur !

— Eh bien, mon cher, qu'ai-je à faire de cette chaleur ? Je sais qu'elle est mauvaise.

— Mais c'est une force, mon Frère, une force que nous devons combattre.

— La chaleur ? — Le Supérieur, riant de bon cœur, frappa sur l'épaule de Mariana. — C'est un beau projet. D'accord, si vous pensez réussir. Vous y aurez beaucoup de mérite. Mais je ne vous connaissais pas de telles dispositions !

— Je crois que vous me suivez mal. Cela ne dépend pas de moi uniquement.

— Je ne puis en tout cas vous être d'aucune utilité. Ne m'en veuillez pas, Mariana, mais je ne me sens pas fait pour combattre la chaleur. Il faudra que vous preniez cela sur vous.

— Vous ne considérez que le côté comique de la chose, Frère Emmanuel, il n'y a pourtant pas de quoi rire. Si nous ne nous décidons pas à lutter contre la chaleur, mieux vaut abandonner tout de suite notre mission. »

Le Frère Emmanuel l'examina avec attention.

« Oui, dans ce cas, il vaut peut-être mieux rebrousser chemin !

— Ah, mais non, absolument pas !

— Vous aimez la plaisanterie. Mais vous m'amusez !

— Frère, écoutez-moi et répondez : Que pensez-vous faire, si vous ne combattez pas la chaleur ? Comprenez-moi, ce fut la faute de Las Casas. Il a exactement agi comme vous. Il arriva sur un bateau et s'aperçut qu'il faisait très chaud. Il transpirait. Il s'en tint là. Ensuite, il aborda, puis rencontra les sauvages. Il reconnut que c'étaient des hommes, qu'il fallait les conduire vers l'Église. Il était meilleur et plus intelligent que d'autres. Il alla les chercher au fond des forêts. Mais arrivé là, il les abandonna à la chaleur. C'est vraiment une puissance, cette chaleur. Si vous croyez vous en tirer en transpirant, en déclarant que c'est dans la nature, que le soleil est ainsi, vous commettez une erreur aussi grave que si vous acceptiez l'orgueil et la vanité de l'homme, car cela aussi est dans la nature. »

Le Supérieur invita le jeune Frère à s'asseoir près de lui, à l'ombre d'une voile qui donnait un peu de fraîcheur. Il fit apporter pour son jeune ami et pour lui un vin léger.

« Nous nous serions donc engagés dans une mauvaise passe, sans nous en douter.

— Qu'en pensez-vous ?

— Nous sommes dans une mauvaise passe. Mais expliquez-moi encore une fois ce qui a fait échouer Las Casas. A quoi cela tient-il ?

— A ce qu'il considérait toutes choses comme faits de nature qu'il acceptait.

— Il avait tort, pour autant qu'il pensât aux instincts.

— J'ai lu ses lettres et ses notes, Frère Emmanuel. Dans mes bagages, j'ai des copies de quelques-unes de ces lettres. Il écrivait aux magistrats espagnols et aussi à Garcia. Il considérait les hommes de couleur comme des hommes, c'est là son mérite. Mais le seul. Les êtres qui ne sont pas des hommes peuvent être traités comme des bêtes et employés comme des objets utilitaires. Ainsi agissent les soldats et les marchands d'esclaves. Mais lui, il comprit que même avec leur peau de couleur ce sont des hommes, créés comme nous par l'Éternel qui leur a communiqué son souffle, et à qui le prêtre doit apporter la lumière de la Révélation.

— Et alors ? Pourquoi hésitez-vous ?

— Ils ont péri par millions. Il s'était placé devant eux, mais il ne les arracha pas à la nature. Il leur avait parlé en prêtre, ainsi qu'il avait appris à le faire. Il les initia à la prière, leur montrant à faire glisser les grains du chapelet entre leurs doigts. Il les baptisa. Il leur apportait tout, les conduisant dans la forêt pour les mettre à l'écart des marchands d'esclaves et des soldats. Il avait sous les yeux la nature, mais ne sut pas la voir et échoua. Il ne prit pas la hache en main pour les détacher de la nature. »

Le Supérieur saisit le jeune Frère par le bras et ils descendirent à l'intérieur du bateau. Ils s'assirent dans une cabine exiguë.

« Vous sentez-vous mieux ici ?

— Pourquoi ? »

Le jeune Frère était extrêmement pâle.

« Allongez-vous. Pourquoi ne voulez-vous pas vous allonger ? »

Les yeux de Mariana s'étaient enfoncés dans leurs orbites, ses lèvres blanches se crispaient.

« Je me sens bien, merci ; vous êtes bon.

— Mais allongez-vous donc... je ne vois toujours pas ce que vous voulez dire, mon cher Mariana.

— Il les comblait des présents de l'Église. Mais elle était là, derrière eux, la sauvage, saisissant, dévorant, écrasant tout : la Nature ! Cette puissance terrifiante, diabolique.

Comprenez-vous cela ? Imaginez-vous né sous un tel soleil !

— La religion chrétienne ne peut dépendre d'aucun climat.

— Le Malin n'est pas établi dans le cœur des sauvages, je l'ai lu dans Las Casas. Nous leur apporterons la clarté de la foi, mais la lumière ne se fera pas. L'obscurité, je le sens bien, menace de tous côtés notre lumière. Nous ne réussirons pas. Je ne sais qui pourra réussir... Les voilà déjà qui sillonnent les eaux vers nous. De si loin, ils nous envoient leurs messagers. »

Le jeune Frère, dans sa robe noire, était assis, le dos voûté, la tête tremblant d'une étrange façon. Une angoisse envahit subitement le Supérieur. Il prit dans les siennes les mains moites et froides de son compagnon.

« Vous avez la fièvre.

— J'ai été trop heureux à l'idée de ce voyage. Je l'ai entrepris avec joie. Nous irons à travers les forêts, nous nous y fraierons un chemin. Ils viendront vers nous, nous vivrons ensemble. »

L'autre le secoua. Le jeune Frère se laissait aller comme un corps sans volonté.

« Des prairies, des champs, des églises, des cloches. Nous vivrons là ! »

Il respirait difficilement, oppressé.

« Que c'est beau, les cloches, les chants. Ils chantent comme des enfants. C'est une plante, toute feuillue, toute verte, et pleine de sève ; nous la cultivons. Dans l'ombre se tient la bête, elle tend la main, se bourre la bouche de feuilles. Nous attendons. La bête est assise dans l'ombre, elle a un bras long et velu. »

Emmanuel l'avait saisi aux épaules.

« Mariana, réveillez-vous, par le saint Nom de Jésus, réveillez-vous ! »

Le jeune Frère gardait les yeux fermés. Il se retourna sur

sa couchette. Il restait étendu, léthargique. Le Supérieur courut chercher des sels.

Le même soir, ils plaisantaient ensemble. Le Supérieur traitait son compagnon avec amitié. Quand les étoiles s'allumèrent dans l'ombre, au-dessus des voiles qui avançaient, frémissantes, Emmanuel se leva et montra le ciel largement ouvert.

« Regardez ! Ce ciel clair et sévère au-dessus de nous. C'est la loi éternelle, clair est son texte et claire est aussi notre mission. C'est le monde tout entier, sans énigme, sans danger, sans abîme. »

Le jeune Frère posa le bras sur son épaule :

« Oui, il faudra toujours vanter les mérites de Loyola.

— Devant la volonté du croyant, Mariana, toutes les forces de ce monde se soumettent comme des bêtes féroces domptées. »

Ils s'agenouillèrent tous deux, heureux. Ils prièrent ensemble sous le ciel immense, face à l'océan sombre et murmurant.

Au petit jour, lorsqu'ils eurent terminé leurs prières, le Supérieur alla trouver les matelots. Le jeune Frère Mariana se remit à genoux dans sa cabine et lut : « Et maintenant, la foi nous rendra justes et nous serons en paix avec Dieu, par la grâce de Notre-Seigneur Jésus-Christ. Par la patience, on acquiert cette connaissance de l'âme humaine, nécessaire pour gagner les voies de l'Espérance, de l'Espérance qui nous empêche de succomber. »

Mais tandis que ses yeux suivaient le texte, ses pensées s'égaraient et il frissonna : « Ils rôdent alentour, ils les envoient vers nous. Pourquoi donc le Très Saint n'a-t-il pas anéanti la bête, pourquoi a-t-il fait reposer sur nous, pauvres hommes, le poids du Salut ? Où devons-nous prendre l'espoir ? Qui me donnera la force de tenir ? »

« De même que par la faute d'un seul la damnation s'est abattue sur tous les hommes, c'est par la vertu d'un seul juste que la vie trouvera sa justification pour tous les hommes. »

« Je t'aime, ô Rédempteur, apporte-nous la constance et la patience. Si tu ne m'offres pas immédiatement la Paix, donne-moi du moins la patience de t'attendre. Je t'aime, ô Rédempteur, ne m'abandonne pas dans le désespoir. Ne me laisse pas périr. J'ai peur, j'ai peur. Tu as donné la force au chevalier saint Georges, tu lui as permis de tuer le dragon. Pense à nous. J'ai peur, je n'ai pas encore affronté un seul combat. Oh ! Seigneur, oh ! mon sauveur, tous ceux qui m'entourent, tu le sais, ont le cœur joyeux et ne pressentent rien. Pourquoi as-tu voulu que moi je pressente toutes ces choses? Dois-je succomber, faudra-t-il que je succombe? Oh ! ne m'éprouve pas trop sévèrement ! Je ne suis pas fort. Ô mon Rédempteur, je t'aime ! »

« C'est par le péché d'un seul que la mort a régné sur le monde. C'est par la grâce du seul Jésus-Christ que régneront dans la vie ceux qui ont reçu la foi et l'esprit de justice. »

« Juge éternel, protège-moi, fais que je ne succombe pas ! »

Parmi les marins, entre les agrès, les mâtures, les tas de bagages et de provisions, Emmanuel, le Supérieur, se promenait avec d'autres qui, comme lui, portaient la robe noire. Ils assaillaient les matelots de questions, ils bavardaient et riaient. C'étaient des hommes, jeunes ou vieux. Ils observaient avec grand intérêt la manœuvre des marins.

Sur le pont, un soldat de Jésus se tenait à côté du capitaine et se faisait initier aux secrets de la navigation.

Deux religieux, à la proue du bateau, avaient retiré leurs robes monacales. Elles flottaient au vent, pendues à une corde au-dessus d'eux. D'autres étaient assis en demi-cercle, à la façon des marins et, comme eux, tressaient des cordages, comparant à droite et à gauche leurs résultats. Un d'entre eux regarda au bout d'un moment le creux de ses mains. Le matelot près de lui grimaça et cracha dedans : « Un peu plus, un peu moins de saleté, ça ne fait rien. »

Les bateaux virèrent au large des pays où Pizarre, Quesada, Belalcazar, Federmann avaient pénétré. Lentement, poussés par un vent léger, ils se dirigèrent vers le sud, le long de la côte orientale. Des eaux blanches jaillissaient de ce continent muet, des arbres déracinés venaient à leur rencontre sur la mer. C'était le fleuve qu'Orellana avait suivi. L'Amazone. Les religieux furent remplis d'étonnement.

Les marins racontaient : il est très difficile de pénétrer dans les eaux de ce fleuve. Quelques-uns se sont félicités d'en être ressortis. Il y a une multitude de bras à droite et à gauche. On remonte, et subitement, ce n'est plus un fleuve, on se trouve au milieu d'un lac ou d'un canal, on ne peut plus avancer, il faut rebrousser chemin. Parfois on tombe sur une bande de sauvages, c'est une embuscade ; en un tournemain ils sont sur vous.

On en vint ensuite à parler de l'anthropophagie. Les marins prenaient plaisir à railler les Pères Jésuites. Ils les encourageaient à manger copieusement tant qu'ils seraient à bord, car dans leur état présent, les sauvages ne les apprécieraient guère, ce qui serait dommage. Quelle opinion auraient-ils alors des Blancs ?

« Non, répondirent quelques-uns des Pères, ils auraient sûrement une bonne opinion. » Et ils découvrirent des bras puissants. L'un d'entre eux saisit un matelot et le souleva sans le moindre effort. Ce fut une surprise pour les marins. A vrai dire, ils s'étaient déjà aperçus de quelque chose, mais ces moines leur en imposaient toujours davantage. C'était vraiment une nouvelle espèce de religieux, que ces Pères Jésuites !

Un matelot ayant demandé : « Savez-vous aussi vous servir d'une arme à feu ? », grand fut l'étonnement de l'équipage lorsque plusieurs Pères, s'étant rassemblés autour d'une arquebuse, en discutèrent avec compétence. Cette surprise grandit encore lorsqu'on décida, à la fin de la traversée — depuis plusieurs jours déjà la ligne noire des montagnes côtières les accompagnait — d'organiser un concours de tir, dont les religieux sortirent à leur avantage. La traversée se termina dans une atmosphère de bonne humeur.

Et où parvinrent ainsi les soldats de Jésus ? Le pays, de loin, semblait partout le même. Il n'y avait qu'une seule certitude : tôt ou tard ils tomberaient sur des sauvages et des païens. Mais ils évitèrent la contrée où un certain Cabral — prénommé Pedro Alvarez — avait abordé depuis quelque temps déjà, dans le voisinage du mont Paschoal. C'était un Portugais. Il naviguait et découvrait des terres. Quand il y avait quelque chose à emporter, il l'emportait. Le pays lui ayant plu, il débarqua, d'un bond. Sur la plage d'une anse, il fit planter une croix, gravée aux armes de son Roi. Son équipage était rassemblé autour de lui. M. Cabral ouvrit la bouche et déclara que ce pays était découvert et cela par lui, qu'il en prenait possession pour la couronne du Portugal. Il avait deux criminels à son bord ; il ne voulait pas les traîner plus longtemps avec lui. Une fois rembarqué, après l'acte solennel, il se fit amener les deux gaillards pouilleux, tirant leur chaîne. Il leur demanda de choisir : être jetés à la mer ou déposés sur la terre ferme. Les deux gaillards n'étaient pas du même avis. Il voulut une réponse unanime et leur accorda une heure de réflexion, car, leur disait-il, « ce serait parfaitement inutile si je vous laissais isolément à terre ou dans la mer. A terre, il faut être deux pour se défendre ; dans la mer, un requin n'aurait pas son content avec un seul de vous deux : de votre espèce, il lui faut double ration ».

Les deux gaillards discutèrent alors pendant près d'une heure pour savoir s'il valait mieux être mangé par les sauvages ou par les requins. La discussion traîna en longueur. Pour finir, peu de temps avant que l'heure fût écoulée, celui qui voulait aller à terre prit sa chaîne et en assena un coup si violent sur la tête de l'autre qu'il put, une fois conduit devant Cabral, déclarer que leur décision unanime était : la terre. Le nécessaire fut immédiatement fait. Sur la plage, les marins leur ôtèrent leurs chaînes. Ils déposèrent, à quelque distance, des arquebuses, des munitions, des couteaux, des sabres, des ciseaux ainsi qu'un petit tonneau de vin et du poisson séché, puis ils les abandonnèrent. Mais il fallait courir vite. Bien que les deux gaillards n'eussent pas appris à se servir d'une arme à feu, le premier geste de celui qui venait de sortir de son évanouissement fut de se précipiter sur le tas et de manœuvrer l'arquebuse pour s'exercer au tir sur les marins. L'autre réussit à placer une décharge dans le voisinage du canot. Les matelots, étonnés, prédirent à ce garçon un brillant avenir. Ils répondirent, pour plaisanter, par quelques coups de feu et cette fusillade joyeuse mit fin aux adieux et salua la première colonisation de cette contrée que M. Cabral avait baptisée : Vera Cruz. A vrai dire, ce n'était pas le continent mais une île qui s'allongeait au large. On était trop pressé pour avoir pu le constater. M. Cabral reprit sa route le même jour. A cette époque, des navigateurs de tous les coins du monde allaient à la découverte et ils auraient pu le gagner de vitesse. Du reste, ce n'était pas là du tout le but du voyage de M. Cabral : parti de Lisbonne, il avait voulu gagner les Indes en contournant l'Afrique, mais son projet avait échoué, il avait dévié trop à l'ouest. Maintenant, il fallait se presser pour rattraper l'avance des autres.

Ce fut une contrée située plus au sud et qui avait été récemment prise en pitié par un certain de Souza, Martin-Alfonso, qui inspira aux Pères Jésuites, à bord de leurs puissants voiliers, plus de confiance que l'anse de Cabral. On trouverait certainement quelques traces de ce de Souza, mais il n'avait pas dû faire encore trop de ravages, il n'en avait pas eu le temps. Il avait fait savoir dans son pays, qu'il était parvenu dans une contrée où, soi-disant, un autre s'était déjà installé, mais n'avait rien réussi. En revanche, lui, de Souza, avait fondé deux colonies de Blancs et d'Indiens. L'une s'appelait Santa Vincente, l'autre Piratininga. Les religieux, qui n'avaient pas connu M. de Souza personnellement, ne voulaient pas porter atteinte à sa mémoire. Ils se faisaient pourtant une triste idée de cette colonie, composée de Blancs et d'Indiens, qu'il avait laissée derrière lui. Mais ces messieurs, qui venaient de faire une traversée sans encombre et en somme assez joyeuse, ne tenaient pas à se créer des soucis et laissaient les choses aller leur train.

## SURPRISES À L'ARRIVÉE

Le capitaine, en recevant le cadeau de ses passagers — ce n'était ni une croix, ni un chapelet, ni même une pieuse bénédiction, mais un bon petit tonneau de vin — déclara que jamais encore il n'avait fait une traversée dans d'aussi heureuses, d'aussi joyeuses conditions. Et l'équipage, en chargeant l'imposant bagage de ces messieurs dans les canots, fut unanime : c'était vraiment dommage de voir de telles gens se rendre dans le désert ! Mais c'était sûrement des gens qui avaient du flair ; il devait y avoir quelque chose à prendre ici, car ce n'était certes pas pour rien que de pareils hommes traversaient les mers.

Ce fut d'abord une baie, large et belle, propre à abriter des navires et favorable à toutes sortes de commerces paisibles.

On prit pied ensuite sur une large plage de sable chaud que l'on traversa. A gauche, il devait y avoir un marécage, on voyait même de l'eau. Partout flottait une odeur de pourriture. A droite s'étirait encore une étroite étendue d'eau, probablement un bras de mer pénétrant dans un renfoncement de la côte. Plus en arrière se dressaient quelques cabanes. Cela s'appelait Santos, du nom de Santo Andreas de Pira, mais la bourgade n'était pas bien grande. On jeta un regard mélancolique sur ces cabanes où, paraît-il, vivaient quelques pêcheurs. Cela datait du temps de cet homme d'heureuse mémoire, de cet homme qui n'avait rien réussi.

Après avoir marché un certain temps sur la plage, on approcha des montagnes sur lesquelles, dominant la mer, devait être bâtie Piratininga. On était venu chercher les religieux jusqu'au navire avec des canots, on les submergeait sous un flot de paroles, en portugais, en espagnol, tout le long du chemin. On vantait les charmes de la contrée, et les grandes possibilités qu'elle offrait au commerce, on essayait de découvrir qui ils étaient et ce qu'ils avaient l'intention de faire. Les Pères étaient ravis de trouver des gens aussi serviables et ils avouaient ne pas s'être attendus à un accueil aussi chaleureux. On traînait leur imposant bagage avec une joyeuse ardeur. Les gens du pays, bavards et curieux comme des enfants, voulurent savoir ce qu'il y avait dedans. Les Pères sourirent : « Des jeux et des provisions. » Ils partaient à la conquête du monde avec des jeux ! Cela rendit les gens du pays encore plus joyeux. S'avançant d'un pas de procession, pareille à une longue colonne en marche, l'invasion des Jésuites, partie du bateau, traversait la plage vers les collines qui s'élevaient à droite. D'autres voyageurs avaient débarqué du navire, ils regardaient curieusement, mais les gens du pays leur jetèrent des regards moins bienveillants. On ne portait pas leurs bagages. Ces gens du pays étaient apparemment d'une grande piété, ils se rassemblaient tous autour des doux Pères Jésuites.

Puis, après des efforts qui les mirent en nage, ce fut Piratininga : une multitude de cabanes misérables, de petites maisons, avec des rues et une ébauche d'église au milieu d'une large surface déserte qui pouvait devenir une place. Les hommes vigoureux et loqueteux qui accompagnaient les Pères déclarèrent en souriant : « Nous avons de la place pour tout. » On ne les conduisit pas immédiatement à travers toute la cité. Elle était très étendue, leur dit-on, elle avait plusieurs ramifications, plusieurs bourgeonnements, elle se développait déjà beaucoup, elle était en train de devenir un nouveau Cadix. Les Pères de Jésus en acquirent la certitude ce jour-là et le suivant.

Malgré l'allégresse qui avait régné, la traversée avait été fatigante. On se reposa, trouvant agréable la fraîcheur du sol sous les pieds et l'eau qui gouttait à travers le toit.

La première nouvelle étonnante qui leur parvint ces jours-là concernait leur bagage. Il était, en raison de leur mission, considérable : il constituait presque toute la cargaison. Ce bagage s'était, chose bien regrettable, en partie volatilisé. Deux Pères avaient le soin de surveiller le transport, le transbordement, le déchargement, l'emmagasinage ; ils annoncèrent d'un air navré qu'il en manquait, d'après leur liste, plus de la moitié. Le navire devait donc être encore à demi-plein. Les deux Pères descendirent au pas de course le chemin qui coûtait tant de sueur, entre la montagne et les cabanes construites sur la côte par feu Ramalho et M. de Souza. Ils sautèrent, accompagnés de plusieurs Blancs du pays, dans des canots et se dirigèrent vers le navire qui était encore à l'ancre. Sur le pont, le capitaine et son équipage au grand complet, encore sous le charme de leur heureuse traversée, les reçurent avec respect et avec joie. Quel ne fut pas leur étonnement en apprenant le motif de cette visite inattendue ! Le navire était complètement vidé, annonça le capitaine, il s'était relevé d'un mètre, comme un bouchon, après le déchargement, et, pour convaincre ces messieurs, il les conduisit à travers les cales du vaisseau. Il y faisait extrêmement sombre. On n'y trouva que voiles, couvertures, pièces de rechange. On promena les lanternes à droite et à gauche, on souleva tantôt ceci, tant cela. On trouva des rats, mais ce n'était pas ce que les Pères réclamaient.

De retour sur le pont, on tint conseil pour savoir quelle pouvait bien être la cause de cette disparition. Le capitaine déclara : « Le plus probable, c'est que votre liste n'est pas exacte. Qui donc a établi cette liste ? » Mais c'étaient les deux Pères eux-mêmes. Avaient-ils tout vérifié personnellement, marqué de croix toutes les caisses, les avaient-ils suivies jusqu'au navire ? Il montra dans son livre de bord comment il faisait. Les Pères affirmèrent qu'ils avaient fait exactement de même, d'une écriture toutefois plus lisible. Ils avouèrent cependant qu'au port, ils étaient restés à quelque distance du navire lorsqu'ils avaient contrôlé chaque caisse avant son chargement à bord. Le capitaine prit les choses avec humour. Il leur proposa une nouvelle perquisition du navire. Ils pouvaient même, s'ils disposaient d'un levier et d'un treuil suffisant, mettre le bateau cul par-dessus tête et taper sur la coque pour voir s'il en sortait encore quelque chose. Oui, qu'est-ce qui avait pu se passer ? Cela devait être un secret de gens de mer. Les Pères Jésuites avaient sans doute une grande connaissance du monde, pas assez profonde toutefois pour savoir comment il faut s'y prendre dans un port avec les marins et les chargeurs. Les deux Pères laissèrent tomber un morne regard sur leurs robes noires. Le capitaine leur conseilla de se réfugier dans la prière. Ils remercièrent cet homme plein de pieuses intentions. Il ne leur restait plus qu'à quitter ce navire qui leur était devenu cher et avait été le témoin de tant de réjouissances, et à effacer la mauvaise impression que, naturellement, leur enquête avait produite.

Une fois partis, ils remarquèrent qu'un nouveau chargement du navire était en cours. Entre celui-ci et la plage, allaient et venaient une foule d'embarcations. Les Pères se rendirent compte en outre du rôle que jouait également cette soi-disant bourgade de pêcheurs, appelée Santos : on y avait dressé de grandes tentes de toile et improvisé une sorte de gigantesque entrepôt. Ils regardaient tout avec grand intérêt. Les rameurs leur expliquèrent que cela se passait toujours ainsi, au départ d'un navire. Parfois aussi, à l'arrivée d'un bateau, on entreposait les marchandises dans cet endroit. Malgré le visible intérêt que les Pères montraient pour cette importante activité commerciale, ils tiraient toujours dans une autre direction, car, disaient-ils, il fallait éviter de tomber au milieu des autres embarcations. On pouvait voir, d'ailleurs, un homme qui, de la plage, leur faisait des signaux avec un drapeau blanc, leur indiquant la direction de l'ouest. Les Pères, renvoyés à leurs prières, remontèrent vers la ville, sans avoir obtenu de résultat. En cheminant sur leurs mulets, ils croisaient sans cesse des convois de marchands qui descendaient de l'autre côté de la route. C'était une activité débordante de joie. « Quel dommage, pensaient les deux Jésuites, qu'avec cette fâcheuse histoire, nous ne puissions participer à l'allégresse générale. » Ils remarquèrent subitement que beaucoup de caisses ressemblaient de façon frappante à celles des leurs qui avaient disparu. Ils en firent la réflexion, se les désignant l'un à l'autre. Un des conducteurs de mulets jeta dédaigneusement : « Il y a beaucoup de vols par ici. On a beau fixer ses affaires à l'aide de clous, elles disparaissent quand même, et les clous avec ! » Un autre conducteur l'interrompit : « Ne raconte donc pas d'histoires ! Tout ce qui descend provient des grands entrepôts et appartient au Sieur Joan Conquisto, un homme extraordinairement riche. » Les Jésuites répétaient, le cœur serré : « Ces caisses ressemblent vraiment bien fort aux nôtres, au fond il faudrait les arrêter ! » Cette fois-ci, les conducteurs tous ensemble se mirent à rire. « Une caisse est une caisse. » Les Pères auraient voulu mettre pied à terre, mais ils rougissaient à l'idée de le faire devant ces gens qu'ils connaissaient à peine et avec lesquels il fallait prendre des précautions. Avant d'avoir pris une décision, ils étaient déjà arrivés, grâce au trot rapide de leurs montures que les conducteurs encourageaient avec une énergie peu coutumière. Ils allèrent tout de suite trouver le Supérieur à qui ils firent part de leurs sombres pressentiments. On discuta longuement. Le Supérieur les félicita d'être restés maîtres de leurs pensées et de n'avoir pas rendu le terrain encore plus difficile. Pendant cet entretien, l'un des Frères fut pris d'une soudaine inquiétude. Il s'excusa et s'éclipsa sans autre explication. Au bout de quelque temps, il revint, tout rouge, une liste à la main. Il fit, sous les yeux du Supérieur, la comparaison entre cette liste et celle d'avant : il manquait de nouveau des caisses.

« Quel climat ! déclara en souriant le Supérieur impassible, tropical et évanescent. » On fit, sans un mot de nature à donner l'éveil à l'entourage, un rapide inventaire des bagages. Il apparaissait avec évidence que d'autres marchandises que celles des Pères avaient été déposées dans les magasins qu'on leur avait réservés et il était impossible de contester que leurs caisses avaient été enlevées avec les autres. Le Supérieur émit cette supposition, avec mille précautions, devant le surveillant général des entrepôts que l'on était allé chercher. Celui-ci se déclara tout disposé à effectuer un contrôle complet de la cargaison du navire. Le Père Emmanuel eut un soupir de soulagement et le remercia. Il lui demanda de procéder sur-le-champ à cette vérification qui ne serait pas très difficile attendu que l'erreur était manifeste et portait sur de grandes quantités, plus de la moitié de la cargaison.

Le surveillant fut immédiatement d'accord. Il ne fallait pas que leur première impression sur lui et sur Piratininga pût être mauvaise. A vrai dire, ceux d'en bas, de Santos, ne valaient pas grand-chose, mais Piratininga était une respectable cité. Qui s'y emparerait du bien d'autrui aurait immédiatement un poignard dans la gorge. Il voulut leur fournir des preuves détaillées en leur racontant quelques faits anciens ou récents. Mais le Père Emmanuel assura qu'il le croyait sur parole. C'était même en raison de sa respectabilité foncière qu'il avait choisi Piratininga pour y amener sa pieuse troupe de soldats de Jésus. Il souhaitait seulement redescendre avec eux pour inspecter encore une fois la cargaison du bateau. Mais il était inévitable que l'inspecteur général, avec un tempérament aussi apathique que le sien, s'abandonnât, après cette déclaration de Frère Emmanuel, à des manifestations de ravissement au sujet de la confiance des Pères Jésuites. Il ne cessait de faire l'éloge de leur parfaite connaissance du monde et des hommes, qui les distinguait des autres religieux qu'il avait rencontrés un peu plus haut sur la côte et à qui on pouvait faire prendre des vessies pour des lanternes. Le Père Emmanuel le pressa ; ses deux compagnons se jetaient des regards inquiets. Enfin l'inspecteur, cet homme lent, indolent, plongé dans ses souvenirs, se décida à quitter le sombre entrepôt pour passer à côté, dans sa chambre, prendre sa veste et ses bottes de cuir. Il en avait encore beaucoup à raconter et les Pères Jésuites avaient conquis son cœur. Il était digne d'une pareille confiance et heureux de s'ouvrir à quelqu'un. Il ne manquait plus que les Pères à Piratininga, les Jésuites et pas d'autres.

Et tandis que ceux-ci l'écoutaient, les yeux tournés tantôt vers la mer, tantôt vers la chambre, ils virent, en bas, leur navire, leur cher navire se mettre en mouvement. Ce cher navire avait mis toutes voiles dehors et filait bon vent !

Sur ces entrefaites, l'inspecteur général, botté et éperonné, réapparut devant ses visiteurs et poussa un terrible rugissement. « Les bandits ! Ils se dérobent à notre contrôle ! Ils cherchent à prendre le large ! Ah, qu'ils reviennent seulement ! » Et, le regard fixe, il s'assit sur un panier, tiraillant ses bottes, paraissant tourner contre elles sa colère, les jeta au loin et ôta sa veste. Les religieux craignaient que sa colère ne retombât sur eux. Ils s'estimèrent heureux d'être passés, sains et saufs, devant ce grand gaillard qui, assis sur son panier, les jambes nues, une immense cloche de paille enfoncée sur la tête, agitait nerveusement son bâton. Ils regagnèrent lentement leur petite maison, tandis qu'autour d'eux les petits Indiens couraient et criaient de joie.

Le soir, ils se rassemblèrent et le Supérieur alla de l'un à l'autre avec hésitation, les regardant, ces Frères vêtus de noir, et serrant toutes les mains. « Je suis heureux que vous, du moins, vous soyez encore là. Il pourrait se faire que l'un ou l'autre d'entre vous disparût dans ce pays, d'une façon aussi mystérieuse. »

## LA VILLE DE PIRATININGA DEVIENT SAO PAULO MAIS RESTE CE QU'ELLE EST

La ville s'appelait Piratininga : les Blancs qui l'habitaient n'avaient pas encore eu le temps de la débaptiser et de lui donner un nom compréhensible pour tout le monde. Les Pères convoquèrent le curé de l'endroit, le maire, le juge et le secrétaire du gouvernement. Leur funeste navire ayant touché terre la veille de la fête anniversaire de la conversion de saint Paul, Frère Emmanuel, le Supérieur, baptisa la cité nouvelle du nom de Sao Paulo, afin qu'elle suivît l'exemple de son saint patron dont le cœur endurci avait répondu à l'appel de Dieu.

La cité paraissait se développer favorablement. Mais, à

leur grand regret, elle resta, même après son baptême, Piratininga.

Elle s'étendait sur un sommet élevé, d'accès difficile. L'impression de désolation qu'elle donnait la faisait ressembler davantage à une ville en démolition qu'à une cité en construction. C'était une clairière dans la forêt vierge où quelques milliers d'hommes s'étaient installés dans des bâtisses. Tout semblait improvisé et laissé au hasard. De loin en loin, quelques grands palmiers, isolés ou en petits groupes. Des perroquets et des singes y logeaient. À d'autres endroits, on avait arraché des arbres, et il restait des trous profonds où l'on voyait encore des racines. Partout, des arbres abattus, sciés, et des souches, tristes d'aspect. Plus loin — on ne pouvait guère préciser où — des cabanes et des huttes de paille ou de palmes, construites à la manière indienne, qui s'harmonisaient bien avec ce sol de forêt. Sur l'herbe qui poussait par place, des femmes à la peau foncée campaient avec leurs petits à l'ombre d'abris de fortune. Entre les arbres, des grands enfants, complètement nus, balançaient des hamacs dans lesquels criaient des nourrissons. Quelques femmes portaient leurs petits, tenus par une ceinture, sur les hanches. Là où s'élevait la fumée d'un feu, c'était leur foyer. Plus loin, sans transition, à côté de fondrières, commençaient des rues, des groupes de maisons et de remises qui semblaient effrayées par la désolation alentour et se pressaient les unes contre les autres. Dans les intervalles il y avait des espaces où reparaissait le sol de la forêt avec des trous profonds que l'on traversait sur des planches. Un certain nombre de ces ruelles désordonnées entouraient un espace vide que l'on décorait du nom de marché.

Il y avait cependant quelque chose qui faisait un tout de ces ruines : c'était, à quelque distance, une double rangée de fossés et de remparts. Partant d'un point complètement déboisé, à l'ouest, ils décrivaient un large demi-cercle autour de l'endroit. Plus en arrière, on avait construit des palissades en troncs d'arbre et dressé quatre tours en bois.

C'était en quelque sorte la solution de toute l'énigme : on se trouvait dans un camp retranché. À l'extérieur, on rencontrait des sentinelles armées de mousquets et de hallebardes, s'abritant sous des guérites et ayant à leur côté d'énormes chiens. Quelques pièces d'artillerie en bronze, nouvellement installées, pointaient leurs tubes vers l'ouest et le sud. Du côté de la mer et de la forêt, des blockhaus, protégés eux-mêmes par des palissades, avaient été construits au milieu du fouillis de cabanes et de maisons. Ces blockhaus, disait-on, avaient été les premières constructions de Piratininga. Ils dataient de l'époque où, remontant de la côte, on avait pour la première fois pris pied en cet endroit. Pendant un certain temps il n'y avait eu dans ce coin que ces fortifications et les quelques hommes qui les occupaient.

La ville que l'on venait de baptiser Sao Paulo abritait plusieurs milliers d'habitants, dont un tiers de Blancs, des hommes uniquement. Un certain nombre d'entre eux paraissaient être arrivés avant les autres. Ils détenaient le pouvoir, et, au lieu de sortir couverts de chapeaux de paille comme des civils, ils portaient de larges chapeaux à plumes et de grandes écharpes aux teintes délavées ; ils étaient armés d'arquebuses, certains avaient une épée. C'étaient des gaillards d'un certain âge, couverts de cicatrices ; il y avait des boiteux, des borgnes et des manchots. Tous arboraient une moustache, certains une barbe hirsute. Ils avaient tous sans exception un air sinistre et se montraient chiches de paroles. Ils étaient les maîtres dans ce camp retranché. Le commandant de la place, qui se faisait appeler gouverneur, comptait parmi eux. Cet homme mal équarri avait été atteint par la scrofule des Indiens. Elle lui avait dévoré complètement le nez, ne laissant que deux trous ; son front s'ornait d'énormes tumeurs et, lorsqu'il parlait, les sons qui sortaient de sa bouche ressemblaient plutôt à un aboiement. Pour comble, l'homme gardait une pointe de flèche brisée dans un de ses poumons. L'épidémie dont il avait été victime faisait toujours des ravages dans la cité. On essayait de se soigner avec des décoctions de salsepareille. Beaucoup de gens mouraient, mais le vieux vivait encore et commandait la place. Il jurait sans cesse. Par haine de l'Europe, il refusait d'achever la construction des bâtiments du gouvernement. Il habitait en dehors, avec les autres, dans un blockhaus, à la vieille manière. Dans les ruines du palais gouvernemental, son secrétaire s'était installé à sa place. C'était un ancien moine. Il le soignait et correspondait, de sa propre initiative, avec le roi du Portugal.

Ce n'était pas avec les guerriers mais avec d'autres habitants d'un abord plus facile que s'entretenaient les Pères Jésuites. Ces gens racontaient aux jeunes religieux qui s'étaient donné pour mission d'améliorer le sort du monde la façon bien compliquée dont ils se trouvaient tous rassemblés ici. On n'avait prédit à aucun d'entre eux qu'il viendrait échouer dans ce coin perdu de la terre. Ils étaient en effet parvenus — ainsi qu'ils le déclaraient à leurs candides visiteurs — à des postes et à des situations importants dans leurs pays d'origine. Ils descendaient tous de familles nobles et riches. Ils s'étaient retirés dans cette solitude à la suite de malheurs dont ils n'étaient pas responsables ou pour se mettre à l'écart de ce monde mauvais. Les Pères Jésuites, armés de leur foi chrétienne et de leur courage, n'auraient pu trouver un meilleur champ pour leur action. Quelques-uns d'entre eux seulement avouèrent qu'à la suite de hasards malheureux, ils s'étaient trouvés dans une situation dont ils préféraient ne pas parler. D'une façon générale, les Pères avaient, à Sao Paulo, l'impression de se trouver dans le voisinage d'une cour royale, au milieu de grands qui en auraient été bannis sans raison.

Étranges étaient cependant les lacunes qui subsistaient dans tous les récits de ces hommes pleins de distinction. Les Pères mirent longtemps à s'y accoutumer. L'un d'eux racontait par exemple qu'il était parti au petit jour, avec deux autres, bien approvisionné. Il s'était mis à faire très chaud, ils avaient dormi, puis mangé. Ils avaient rencontré quelques hommes, ils avaient tiré. Tout s'était bien passé. Puis les provisions étant épuisées, les compagnons fatigués, ils étaient rentrés. C'était une chasse au tigre ; peut-être à autre chose. Il y avait des aventures formidables de bateaux et de navires dont les circonstances principales restaient enveloppées d'un mystérieux brouillard. Comme beaucoup d'Indiens vivaient à Sao Paulo — toutes les femmes étaient Indiennes — les braves Pères Jésuites supposèrent qu'ils en avaient adopté le sobre langage. Il fallait s'y habituer. Mais ils s'aperçurent par la suite que ces messieurs de qualité avaient voulu les ménager. Ils croyaient avoir affaire à de tendres moines partis en mission pour convertir les païens, comme tant d'autres tendres moines. Ils ne voulaient pas blesser les oreilles de personnages aussi respectables avec tous les détails de leur vie quotidienne.

Lorsque enfin les Pères Jésuites — dont un groupe n'avait pas tardé à partir en mission plus avant dans le pays — confièrent à quelques Blancs leur intention de mettre ici, sur la côte orientale, le christianisme en action, tant parmi les Blancs que parmi les Indiens, et avec autant d'ardeur que d'énergie, de façon à remettre la race blanche en honneur, on accueillit cette proposition avec la plus grande compréhension. On trouva même ce projet magnifique et d'actualité. Ils furent félicités de cette pensée sublime et on reconnut que, tout de même, les meilleures idées venaient toujours d'Europe. Et avoir justement choisi

Piratininga comme champ d'action ! Ce succès moral ne tarda pas à se traduire dans les faits d'une façon étrange.

Par exemple, ils apportèrent aux Pères tout ce qui put leur tomber sous la main comme livres, brochures, opuscules, et, avec une ardeur peu croyable, se montrèrent disposés à se laisser instruire pour combler les lacunes monstrueuses de leurs connaissances. Ces lacunes se révélèrent de plus en plus importantes au cours des leçons, si bien que tout le temps des Pères se trouva occupé par les gens du pays qui imposaient de façon plus pressante leur désir de devenir enfin de vrais chrétiens. Un roulement régulier s'organisa. On se disputait les heures libres. Finalement, les religieux, écrasés par tant de zèle, se plaignirent de ne plus pouvoir sortir de chez eux.

Par honheur, cette ardeur se calma au bout de quelque temps. Les Pères, chancelants, sortirent de l'église et de leurs maisons pour prendre, enfin, un peu d'air. Mais, miracle ! De nouveau, les gens de Sao Paulo firent preuve autour d'eux d'une ardeur religieuse digne de leur saint patron. Cette fois, elle prit cependant une autre forme. Les Pères avaient déjà remarqué qu'on ne les laissait pas aller et venir seuls à travers Sao Paulo. Dès que l'un d'eux sortait de la maison, il était immédiatement rejoint par quelques-uns de ces gaillards loqueteux, postés dans le voisinage, qui les accompagnaient, entamant une conversation. Aussi, n'avaient-ils jamais eu l'occasion de s'aventurer seuls dans les environs de la cité ou même à l'intérieur de la ville, de prendre plus étroitement contact avec d'autres habitants. Peu à peu cependant un soupçon naquit dans leur esprit. On accompagnait les Pères en leur disant qu'il était impossible d'avoir confiance dans les gens à peau foncée. Il y avait des coups de main. Les sauvages étaient plein de haine parce qu'on les avait arrachés à leur forêt — en petit nombre évidemment — pour les établir ici et leur faire goûter les bienfaits d'une vie paisible. Cela correspondait tout à fait au but poursuivi par les Pères. Tout en marchant, les gens racontaient : « Il se fait ici une saine évolution qui, un jour, remplira le monde d'étonnement. Nous ne sommes pas des soldats à lancer des expéditions par-ci par-là. Nous nous entendons très bien avec les sauvages. Nous sommes même à tu et à toi avec eux. Nous les prenons comme ils sont. Leurs femmes, nous les avons immédiatement adoptées. » Les Pères trouvaient tout cela très bien, mais pourquoi donc ne les laissait-on pas aller seuls ? Une fois, on les conduisit un peu plus loin, hors de la cité, au-delà des blockhaus. Il y avait des champs et des huttes. Des familles d'Indiens y vivaient misérablement. Ils étaient tous — impossible de le dissimuler — sous bonne garde. Le paysage était merveilleux. Mais ces champs, cette garde et l'aspect misérable des huttes d'Indiens déplurent aux Pères. On essaya de les calmer : « Ces familles sont en danger ; elles vivent à l'écart de leurs tribus qui ne le leur pardonnent pas et viennent de temps en temps faire du chantage. Nous avons le devoir de les protéger. »

Peu à peu les soldats de Jésus découvrirent les dangers de la contrée dans laquelle ils vivaient. On devait protéger les sauvages. On devait les protéger eux aussi. A tous, les gens de Sao Paulo prêtaient la force de leurs bras. C'étaient, à n'en pas douter, les descendants des grands chevaliers.

## LES MENSONGES ONT LA VIE COURTE

Lorsqu'on libéra enfin complètement les Pères de leur enseignement pénible et qu'ils purent aller et venir seuls dans la ville et dans la riche campagne voisine, nouvellement défrichée, ils retrouvèrent ces agglomérations de huttes, ces champs, ces jardins, et ces familles d'hommes à peau foncée. Ils les suivirent souvent, ces chemins douloureux sur le haut plateau de la Sierra do Mar ! Et la dernière fois ce fut vers la fin de leur première année, lorsqu'ils partirent, accusant cette cruelle et maudite cité de Sao Paulo, se promettant bien de ne plus y remettre les pieds. Les Pères essayèrent de parler à ces hommes de couleur. Mais, bien qu'aucun Blanc de Sao Paulo ne fût avec eux, tous se sauvaient et se cachaient à leur approche ! On réussit à en attrapper un. « Que fais-tu ici ? Es-tu baptisé ? Comment t'appelles-tu ? » Pas de réponse. « Tu ne comprends pas ? » Les Pères Jésuites firent répéter la question par un interprète indien. Celui-ci lui parla longuement. Les Pères perdirent patience. Mais l'interprète, qui d'ailleurs les avait accompagnés à contrecœur, ne voulut pas parler lui non plus. Plus tard, comme on approchait de Sao Paulo, sans avoir encore reçu d'explication, l'interprète indien, qui se sentait encore en sécurité dans la forêt, se précipita à genoux et implora leur pardon. Il ne fallait pas le dénoncer. Les Pères le relevèrent vivement, le calmèrent, lui promirent le secret. Il se jeta encore une fois à leurs pieds et, ce qu'ils avaient vu sans comprendre, il leur expliqua :

Sao Paulo, si jeune, déjà si épanouie, n'avait que l'aspect extérieur d'un beau fruit : l'intérieur était pourri par une maladie non moins grave que la scrofule indienne qui causait tant de ravages. Ici, leur avoua-t-il, régnait la « Mita », dont ils avaient déjà entendu parler en Espagne. Les Blancs raflaient des villages entiers dans la forêt et dans les steppes, les transplantaient de force près de leurs cantonnements et les obligeaient à travailler en corvées. Les avait-on pris par la force des armes ? Non, répondit l'interprète. Non. Mais ils n'arrivaient jamais à payer leurs dettes. Elles s'accroissaient sans cesse, on les obligeait à acheter toujours davantage à crédit ; à la fin, ils étaient tous pris au piège. Ils essayaient de fuir, on les rattrapait, les forçait, oui, les forçait toujours ; ils devaient travailler ici en corvée. Leurs villages restaient vides.

Telle était la peste que les Pères découvrirent dans la contrée de Sao Paulo. Emmanuel alla trouver sans hésiter le secrétaire du gouverneur et le curé. Ni l'un ni l'autre ne contestèrent les faits. Le curé qui s'était fait au climat leur déclara : « Comment voulez-vous faire autrement ? Ces gens-là traînent dans la forêt. Il faut les fixer. Il faut bien commencer d'une façon ou d'une autre. » Le secrétaire de l'inabordable homme sans nez leur répondit qu'il ferait part de leur découverte au commandant. Emmanuel resta ébahi par tant d'audace : l'homme faisait comme si le commandant n'était au courant de rien. Ils n'entendirent plus jamais parler de cette affaire.

Les Pères en étaient là. Ils étaient arrivés d'Europe avec de grands principes. Ils avaient beaucoup appris depuis. Mais quelle surprise pour les gens de Sao Paulo de voir que les Pères ne réagissaient pas.

Ces religieux d'un nouveau genre, qu'on avait écorchés dès leur arrivée, grâce à la complicité de tous les habitants de l'endroit, avalaient sans grimace toutes ces découvertes et ne semblaient pas s'attacher à leur pieuse mission. Pleins d'amabilité, de compréhension, ils interrogeaient tout le monde, quelques jeunes aidèrent même à transporter les souches, à assécher les fossés marécageux. Ils se livraient à ces travaux dans un esprit d'amitié. Cela leur permettait d'apprendre des bribes d'indien. « Ces prêtres sont vraiment d'une espèce très raisonnable », trouvaient les gens de Sao Paulo. « Ils n'y regardent pas de si près. » Le gouverneur, qui les voyait parfois dans la cité, se déclarait d'accord pour donner un délai de grâce à cette nouvelle espèce de fous.

Un jour, plusieurs Pères descendirent jusqu'à la plage de Santos et lièrent conversation avec quelques habitants de Piratininga qui musardaient autour d'un voilier. « On ne vous a pas très bien traités là-haut, quand vous êtes arrivés », avança l'un d'eux. Les autres, intéressés, relevèrent la tête. « Cela a été un véritable scandale, vous avez dû être furieux ! » On se trouvait, semblait-il, sur un terrain bien connu. « Ces gens se sont conduits d'une telle façon qu'on ne peut qu'avoir honte de sa ville. Et le gouverneur n'est même pas intervenu. Il était pourtant parfaitement au courant, mais ils lui avaient glissé quelque chose dans la main. »

Un des sept personnages était resté silencieux. Il taquinait sa moustache noire et semblait absorbé par un jeu bien particulier : il laissait les mouches se poser paisiblement sur son bras ou sur sa main, puis, soudain, les écrabouillait. « Ce n'était pas encore le plus dangereux pour vous. Le plus dangereux, c'était autre chose. Mais cela n'alla pas si loin. » Les Pères lui ayant demandé d'expliquer ces paroles mystérieuses, il promena son regard sur les visages de tous les assistants et, y trouvant une approbation générale, il reprit en soupirant : « Si je n'avais pas été là avec deux de mes amis qui avaient eu vent de l'affaire, nos bons Pères Jésuites ne seraient pas ici en ce moment en train de bavarder avec nous. » — « Comment ? » s'étonnèrent les Jésuites. Un sourire unanime courut à la ronde. Le soleil était plus haut, l'odeur de pourriture encore plus insupportable. On se retira à l'écart, à abri d'une voile. La moustache noire reprit sur un ton de regret :

« Vous deviez, dès votre arrivée, retourner, tous sans exception, à bord de ce navire où vous vous plaisiez tant. A vrai dire, vous deviez... » La moustache noire se mit à rire. Les autres, qui savaient déjà à quoi s'en tenir, riaient aussi. Les Pères, qui pourtant ne se sentaient pas très à l'aise, firent de même sans trop savoir pourquoi. « Vous deviez... c'était à voir... Nous voulions en donner la consigne au capitaine. Il devait soit vous ramener en Espagne, Cadix ou

Malaga, d'où vous veniez, soit vous débarquer près d'ici, dans quelque port ou dans une île. Vous deviez vous rendre compte de ce que c'est d'être à une trentaine dans un coin de forêt vierge et voir si on y passe son temps uniquement en prières. Quelques-uns ont même déclaré au capitaine : "Vous n'avez qu'à les vendre." » — « Pas possible », s'exclama un des Pères, épouvanté. « Non, ce n'était pas possible, acquiesça tout tranquillement la moustache noire. À qui donc vous vendre ? À des Blancs ? Qu'auraient-ils pu faire avec des prêtres ? Qui achète des prêtres ? Évidemment ce n'était pas mal trouvé. Mais, où dénicher quelqu'un qui aurait donné de l'or pour cela ? »

Les trois prêtres restèrent figés d'effroi. Un personnage du groupe ajouta : « Le capitaine avait un contrat pour Cora, et il ne voulait pas s'embarquer dans une histoire de mélange d'Indiens et de Blancs. C'était vraiment trop délicat. » Un troisième précisa : « En Méditerranée, de Gênes vers l'Afrique, cela eût été possible. Là on peut mettre ensemble des Blancs et des Noirs. » La moustache noire approuva et reprit, avec une suffisance d'homme d'affaires : « Oui, là-bas ! Mais il aurait fallu commencer par être en Méditerranée. »

Tandis que ces gens se taisaient, absorbés par leurs graves réflexions de commerçants, les Pères se tournèrent pour partir. Les marins leur tendirent loyalement la main, l'un après l'autre. « Rien à craindre. Nous ne nous occupons pas de gens raisonnables comme vous. » Un des trois Pères réussit à rassembler suffisamment ses pensées pour demander à la moustache noire qui, sur son tonneau, se remettait à écrabouiller sournoisement des mouches : « Est-ce que nous vous gênons vraiment ? » L'autre ne daigna même pas le regarder.

# ON S'OCCUPE DES FEMMES

À cette époque, les Pères Jésuites avaient déjà commencé à s'occuper des gens à peau brune, en particulier des femmes et des enfants. Un jour, celui qu'on appelait le gouverneur fit venir Emmanuel dans son blockhaus et lui demanda si les Pères étaient à présent assez acclimatés pour qu'on pût compter sur leur appui. Il ne précisa pas en quoi. Il semblait penser à des travaux d'ordre général, à une mission culturelle auprès des indigènes, dans le dessein de les rendre plus dociles.

Les Blancs vivaient avec des femmes indiennes qui étaient plus ou moins baptisées ou même pas du tout. Ces femmes étaient des esclaves chargées des travaux domestiques et les Pères pensaient : c'est dans la nature, cela peut encore aller. Ce qui était plus grave, c'est qu'il y avait de bons ménages, beaucoup de bons ménages. Les Pères murmuraient souvent, sans réussir à éclaircir ce mystère : « D'un côté ces gaillards sont des espèces de brutes qui tiennent l'Indien pour un animal ou un objet sans âme. Leur sang peut couler, cela ne les touche pas, ils ne ressentent pas leurs souffrances. D'un autre côté, ils embrassent leurs femmes et adoptent leurs mœurs. Ils se laissent caresser par elles, les gâtent, en son jaloux. » Dans la maison du maire, dans la maison du secrétaire, partout cela grouillait de femmes indiennes, petites personnes timides, très sommairement vêtues. Selon toute vraisemblance, elles ne s'imaginaient pas qu'il faut, au moins, en plus des hanches, se couvrir la poitrine. Pour aller dans la rue, elles se peignaient un trait sur le buste ou autour de chaque sein, trois points au-dessus du nombril et, avec cela, elles étaient habillées. Le curé de l'endroit avait déjà élevé des protestations, mais en vain. Les Blancs dirent aux Pères de s'adresser aux femmes elles-mêmes.

Lorsqu'ils avaient affaire à ces créatures en particulier,

elles se montraient on ne peut plus raisonnables, leur respect était sans bornes. Elles ne pouvaient jamais dire non quand un Blanc leur offrait quelque chose. Elles promirent tout ce qu'on voulut, d'abandonner cette tenue inconvenante et de se couvrir chastement. Elles frémirent à l'annonce des peines éternelles qui les attendaient pour leur impudicité, puis elles s'en allèrent. Mais le lendemain, les Pères les retrouvèrent dans le même costume. Elles ne s'effrayèrent même pas en les voyant. Elles avaient de nouveau leur trait sur la poitrine et les points autour du nombril. Tout était oublié. Tout ce qu'on pouvait leur dire, c'était comme la pluie qui tombait ici en si puissantes cataractes mais qui, dix minutes plus tard, était complètement évaporée.

Cela ne tenait pas uniquement aux femmes. Les hommes, qui se montraient bien disposés envers les Pères, s'attachaient pourtant à leur rendre la vie difficile. Une fois, les Pères convoquèrent les hommes à une réunion — à peine vingt hommes s'y rendirent et il y avait plus de Pères que d'assistants —, l'un de ceux-ci déclara : on voulait bien leur procurer du bois pour construire une église et une école, mais plus de remontrances quant aux vêtements des femmes. Qu'ils leur en donnent, on n'avait pas de quoi en acheter. Ici, tout le monde sort ainsi, et pourquoi pas ?

Lorsque les Pères parlèrent de bonnes mœurs et d'honnêteté, ces messieurs répondirent : « Nous n'en sommes pas encore là. Cela doit venir petit à petit. Il ne faut rien bousculer. La situation générale sur la côte orientale ne permet pas encore de s'occuper des bonnes mœurs et d'honnêteté. » L'un des Pères perdit patience : « Bientôt vous direz que la situation à Sao Paulo ne permet pas de construire une église. » — « Il ne faut rien exagérer, répondit-on tranquillement. Là où nous arrivons, nous posons notre église, pour que les sauvages se rendent compte que c'en est fini des flâneries dans la forêt. »

Les Pères distribuèrent des tissus ; les femmes en furent tout heureuses ; elles les portèrent, mais seulement lorsqu'elles n'avaient pas de travail, ce qui était rare. Les Pères s'en contentèrent : c'était un début. Certains des hommes laissaient leurs femmes s'habiller pour aller à la messe mais les maltraitaient ensuite. D'autres les envoyaient nues et leur faisaient dire aux prêtres que le tissu était perdu. Elles en rapportaient du nouveau qu'ils vendaient.

Les Pères finirent par découvrir le manège. Que faire ? Ils avaient un plan : ils voulaient pénétrer la forêt en créant colonie après colonie, Sao Paulo devant rester le tremplin. Mais déjà ils soupiraient : « Dur est Sao Paulo, dur est Sao Paulo. »

## LES CAMPS D'ESCLAVES

Les Pères n'oubliaient pas qu'ils étaient venus en tant que missionnaires. Ils allaient et venaient à présent dans la place et dans les environs. Un jour, on les conduisit, pour s'en débarrasser, du côté de l'est. Quel ne fut pas leur étonnement de découvrir un chemin large et bien frayé qui descendait dans une vallée et aboutissait à une solide clôture. On avait dressé une palissade de troncs d'arbre, taillés en pointe, devant un fossé large et profond. Elle entourait un camp qui s'étendait en longueur dans le fond de la vallée, au milieu d'une magnifique région boisée. On avait canalisé un ruisseau jusqu'au fossé ; l'eau y dormait, pleine de souillures malodorantes. Les Pères en arrivant là furent tout ébahis. Ils posèrent des questions aux Blancs qui les accompagnaient. On leur fit des réponses évasives. « Ah ! c'est cela, dit un Père à voix basse, c'est leur prison. Évidemment, il y a des malfaiteurs dans une ville comme Sao Paulo. » Leurs guides regardaient fixement devant eux.

Du camp s'élevaient des voix humaines et même des chants. Les Pères tendirent l'oreille : « Ce sont des Indiens. Avez-vous tant de malfaiteurs parmi eux ? » L'un des hommes fit signe que oui. Les Pères furent effrayés. Mariana dit : « Cela doit quand même vous surprendre d'être obligés d'enfermer tant de monde. Ne pensez-vous pas qu'il y ait une erreur dans votre manière de les éduquer ? » Les Blancs haussèrent les épaules. « Il en a été ordonné ainsi. » — « Par un vrai tribunal ? » — « Nous ne savons pas. »

On arriva au milieu d'un des grands côtés du camp. Là, un petit pont de bois était jeté sur le fossé. Deux hommes le gardaient, armés de piques et d'arquebuses. Lorsque les Pères s'approchèrent pour demander s'ils pouvaient entrer, les gardiens regardèrent un de leurs guides. Celui-ci prononça un mot bref, une sorte de mot de passe. On frappa contre la porte. Une clef tourna dans la serrure, de l'intérieur. Deux hommes en armes ouvrirent et, après un échange rapide de paroles entre les gardiens, les Pères entrèrent.

Ils furent saisis d'horreur. Cela grouillait d'hommes. On avait construit, entre les arbres, quelques huttes, quelques abris. Ici et là, étaient assis des soldats blancs, armés, qui jouaient aux cartes. Ailleurs, partout des hommes à peau foncée, des Indiens, la plupart complètement nus. Beaucoup d'entre eux étaient couchés et semblaient malades. Il n'y avait que des hommes. Tous avaient l'air misérable. Quelques-uns étaient squelettiques. Lorsque les Pères et leurs guides s'approchèrent, ils se précipitèrent de toutes les directions vers eux. Ils bégayèrent quelque chose, montrant leur bouche du doigt. Ceux qui étaient couchés à terre se levèrent, coururent vers les visiteurs, le regard triste et craintif. D'autres se tenaient raides, les yeux fixés au loin. Mariana : « Alors ce sont tous des prisonniers ? Des malfaiteurs ? » — « Oui. » — « Quels crimes ont-ils commis? C'est affreux. » — « Résistance. Révolte. Meurtre. Vol. » Les Pères se regardèrent, puis continuèrent leur chemin.

C'était de nouveau une odeur terrible. On se trouvait parmi des malades. Ils étaient entassés comme du bétail. Le camp était trop étroit. « Vous avez trop peu de place. Les gens ne peuvent bouger. » — « Ils ont l'habitude et puis cela ne dure pas longtemps. On les envoie ailleurs. Il y a davantage de place dans les deux autres camps. » — « Vous en avez d'autres ? » — « Oui. Mais nous n'avons pas encore fini ici. »

Au milieu, le camp était coupé par une palissade. On frappa contre la porte. Avant d'ouvrir, on refoula les Indiens. Les Pères et leurs guides passèrent. Leur cœur s'arrêta de battre. Ici, uniquement des femmes et des enfants. Ils virent tout d'abord un nourrisson nu couché devant eux, sur le sable. Un des Pères se pencha, recula sans mot dire. Les autres regardèrent. Ils virent : on avait jeté l'enfant mort au milieu du chemin. Chez les hommes, ils avaient entendu des murmures de mendiants, des gémissements de malades. Ici, rien que des plaintes, des cris perçants. L'odeur était affreuse. Cela sentait l'ordure et le poisson pourri. Des femmes se traînaient avec des seaux en bois, pleins d'eau. Rien n'était propre. Ces seaux étaient suspendus à une perche posée sur leurs épaules. Des femmes se pressaient de chaque côté avec des écuelles et des calebasses pour puiser de l'eau. Des enfants déjà grands rampaient comme des chiens derrière les seaux qui se balançaient. Ils se bousculaient pour y mettre leur tête. Les hommes de garde étaient assis ici comme de l'autre côté. Ils jouaient.

Les guides observèrent les enfants qui s'efforçaient de happer un peu d'eau dans les seaux. Ils rirent et regardèrent si les Pères riaient aussi. Mais ceux-ci s'avançaient péniblement au milieu de cette chair sombre et grouillante, de cette ordure. Leurs figures restaient impassibles.

Sur un espace un peu plus élevé, à un détour du camp, une trentaine de femmes étaient réunies. Elles criaient d'une voix monotone. Quand elles arrêtaient leurs plaintes, l'une d'elles se mettait à chanter. Mariana demanda ce qui se passait ici. L'un des guides s'avança rapidement, écarta quelques femmes, revint en secouant la tête. « Il y en a une qui meurt. C'est pour cela. »

Ils reprirent leur chemin à travers le camp, le long de la palissade et revinrent du côté des hommes. Mariana : « Vous avez donc encore d'autres camps de ce genre ? » — « Oui, deux. Mais là, ils travaillent. Ici, ils s'en vont vite. » — « Où ? Où vont-ils ? » — « Sais pas. » Il rit. Les autres rirent aussi. « L'un par ici, l'autre par là. Cela leur est égal, où ils vont, pourvu qu'ils aient à manger. Quant à vouloir travailler... » Ce fut le plus long discours que les Pères entendirent durant leur passage dans le camp. Les visages de leurs guides n'exprimaient que mépris et dégoût.

La grande porte se rouvrit. Depuis un moment les Pères ne regardaient plus autour d'eux. Ils étaient dehors, sur le chemin.

La pente de la colline, les cris des perroquets. Mon Dieu ! Tout cela était comme avant. On marchait, les jambes remplissaient leur rôle comme autrefois. Mais la tête, le cœur, n'étaient plus les mêmes. Ils avaient été plongés dans la glace, en étaient encore couverts.

Après avoir longé les palissades, ces rangées de pieux muettes et terribles, Mariana se tourna vers ceux qui les conduisaient : « Nous vous remercions à présent. Nous allons encore nous promener un peu sur la colline. » Le chef déclara avec empressement : « Les deux autres camps sont plus à droite et en arrière. » — « Nous vous remercions tous. Nous allons nous promener un moment. » Là-dessus, leurs guides s'éloignèrent. Ils restaient là, les sept Pères, l'un près de l'autre. Pas un mot ne leur venait aux lèvres. Ce fut un soulagement lorsque Mariana prit la parole : « Nous n'aurions pas le courage de regarder en arrière. » Il sortit du cercle et, un sourire aux lèvres, serra les deux mains de tous les Frères. « Au nom de Jésus-Christ. » Il reçut de chacun, en réponse, un tranquille : « Pour l'Éternité. Ainsi soit-il. »

Alors Mariana les invita à s'agenouiller et à méditer sur les souffrances du Christ qui a obtenu le rachat des péchés de tous les hommes et leur grâce. Pendant le retour ils n'échangèrent pas un seul mot.

Ils allèrent aussitôt à la maison du Supérieur. Les autres Pères s'y rassemblèrent bientôt.

« Je viens de vous exposer, conclut Mariana, ce que nous avons vu. »

Le Supérieur cligna des yeux : « Il semble que personne n'ait plus rien à dire. » Lui-même, redressé sur sa chaise, ne montrait pas sur son visage une expression tellement horrifiée, bouleversée ou douloureuse. Il regardait dehors par la fenêtre, le front plissé, avançant les lèvres comme pour siffler, secouant la tête de droite et de gauche. Il tambourinait sur la table devant lui : « Ces gens sont des marchands d'esclaves. Ce n'est pas une nouveauté. Ils ont peut-être encore d'autres occupations, qui ne sont pas plus belles... Nous l'avions soupçonné. A présent, nous le savons. » Mariana : « Nous avons lu dans Las Casas de quelle manière ils traitent les sauvages. Mais, en réalité, c'est mille fois pire. » Le Supérieur s'adossa et dit, satisfait : « C'est comme cela. Ce n'est pas pour rien, non, ce n'est pas pour rien que nous avons traversé les mers. » Se tournant vers ceux des Pères qui avaient pris part à la sortie de ce jour, il insista amicalement : « Maintenant, l'important pour nous est de savoir ce que chacun pense de cette affaire. » Les Pères ne semblaient pas encore sortis de leur trouble. Le Supérieur montra de la compréhension mais ne cacha pas sa propre manière de voir. « Dans certaines circonstances il est expressément reconnu aux Blancs le droit de prendre comme serviteurs des indigènes qui se sont rebellés ou des prisonniers de guerre. » Mariana : « Il y a des hommes, des femmes et des enfants. » — « On n'a pas voulu disperser les familles. On a pris tout le monde. L'intention n'était pas mauvaise. » Un autre Frère : « Il n'y a pas de mots pour décrire ce que nous avons vu. Dans quel avilissement vivent-ils tous ensemble, comme du bétail ! A l'entrée, il y avait un enfant mort, couché sur le chemin. On l'avait jeté. Les gens avaient l'air affamés. » Le Supérieur leva la main : « On ne les laissera pas mourir de faim, voyons, ce ne serait pas l'intérêt des... disons, des propriétaires. Mais l'enfant ? Avez-vous ramassé l'enfant ? Était-il baptisé ? » Mariana : « Nous n'avons pas demandé. Nous l'avons ramassé. Il sera enterré. » Le Supérieur fronça de nouveau les sourcils et fit la moue : « Nous n'allons pas nous laisser aller à la sensiblerie. Nous avons quelque chose à faire ici. Vous auriez dû vous assurer que l'enfant avait été baptisé. »

Les Frères se taisaient. Au bout d'un moment le Supérieur reprit avec douceur : « Ici, il s'agit d'apprendre. Pourquoi, en définitive, un enfant ne mourrait-il pas quand ils sont là une centaine parqués ensemble ? Ils ne reçoivent pas assez à manger ? A la guerre, c'est encore bien pire. »

Et soudain, changeant de ton, les deux coudes sur la table, assis droit comme un cierge : « Dites donc clairement ce que vous pensez. Vous êtes là tout abattus. Un enfant meurt, des hommes meurent, quelques-uns sont des criminels... comment donc vous représentez-vous le monde ? Sommes-nous au ciel ? C'est parce que tout est comme cela que nous sommes venus ici et c'est parce que c'était comme cela et ne s'améliorait pas que Loyola a fondé notre Compagnie. Votre horreur, votre indignation ! Vous êtes prêts à aller leur faire des reproches ! Vous en seriez capables ! Votre stupide sensibilité ! La sensibilité ne fait pas sérieux. Lorsque Pie IV était encore le cardinal Caraffa de l'Inquisition, il a jugé sans pitié. Sans pitié. Comprenez-vous ? » Les Frères étaient assis, silencieux. « Alors, s'il vous plaît, n'importunez pas les autres avec vos mines accablées. Mariana, qu'as-tu à dire ? » — « Pardonne-nous. »

Lorsque plus tard Mariana fut seul avec le Supérieur, Emmanuel lui dit : « Mon cher, nous sommes bel et bien en train de retomber dans les erreurs enfantines de Las Casas. Nous pouvons bien nous disputer avec ces gens, et, si l'on peut dire, en courir les risques. Notre chère âme y trouvera la paix et le sentiment sera sauf. Mais on n'aura rien fait. Nous pouvons aussi bien nous rembarquer immédiatement. Je refuse à me prêter à des manœuvres aussi démodées. » — « Ces gens ont l'intention de nous compromettre. » — « Cela leur sera difficile. Pense au dernier Concile, à Trente. Qui aurait jamais tenu auparavant de pareilles décisions pour possibles ? Les grands défenseurs des principes en tombèrent en syncope. Ils pensaient que Luther s'étant allié aux princes allemands, son avorton d'Église ne vivrait pas et que la vieille et austère Église lui montrerait ce qu'elle est et se retirerait dans le désert, portant haut son étendard. Ah ! bien oui ! Se retirer dans le désert ! Le Saint-Père s'est tout simplement mis d'accord avec l'empereur et les rois ! » — « Je suis inquiet, Frère Emmanuel. Quels sont tes projets pour nous ? » Emmanuel se mit à rire. « Je leur montrerai les dents. Ils ont déjà pu voir que nous ne sommes pas comme les autres prêtres qui se sont trouvés sur leur chemin. Ils verront bien d'autres choses encore ! »

Et, attirant l'autre contre lui, il lui murmura à l'oreille : « Nous pouvons jouer ! Celui qui est sûr de son Dieu peut jouer avec le Diable. »

Pendant la nuit, les sept qui avaient été au camp furent assaillis par d'horribles images. Au matin, la pluie tombait à torrents. Quelques-uns voulurent parler au Supérieur et lui confesser leur faiblesse. La pluie les empêcha de quitter leur maison. Quand ce déluge prit fin, un peu avant midi, ils furent témoins d'un spectacle encore plus terrible.

Le soir précédent, un navire avait jeté l'ancre dans le port. Des canots étaient amarrés devant Santos. Et maintenant on entendait dans les rues de Sao Paulo un étrange vacarme : piétinement de chevaux, cliquetis d'armes, tout le brouhaha d'une foule en marche. Et voilà que de la forêt surgirent des troupes d'hommes, de femmes et d'enfants à peau foncée, escortées de cavaliers. Des gardes-chiourme, armés de fouets, couraient à leurs côtés. Les hommes étaient liés en groupes par des cordes. Toute cette misère, la honte des Blancs, poussée hors des vertes forêts, pataugeait dans la boue des rues inondées. Ils passèrent sans lever les yeux près des maisons sur le seuil desquelles les Pères, dans leurs robes noires, se tenaient serrés les uns contre les autres. Ce spectacle qui oppressait les poitrines dura longtemps, longtemps.

Plusieurs centaines d'hommes furent ainsi traînés sous leurs yeux. Cette honte de l'humanité fut cachée par la montagne. Au bout d'un moment, la colonne réapparut, serpentant vers la côte. Dans la petite maison, la cloche de midi sonna. Le Supérieur donna l'ordre d'attendre pour le repas. Ils virent les premiers arriver au rivage. Ils se mirent à table. Lorsqu'ils se relevèrent, il y avait encore des canots qui gagnaient le navire. Le dernier portait des Blancs en armes et des gardiens. Les cavaliers se mirent en route pour remonter. Les canots revinrent vides du navire. Au bout d'un moment, celui-ci leva l'ancre. Maintenant les grandes voiles se gonflaient au vent léger qui s'était levé. Il fuyait vers la pleine mer ; les mâts étaient encore visibles. Le ciel était d'un bleu pâle, éblouissant.

## OFFRE DE PARTICIPATION AUX AFFAIRES

Le Supérieur se passa la main sur les yeux. « Un spectacle inoubliable », dit-il en se séparant des Pères.

Le secrétaire du gouverneur et deux autres hommes étaient assis dans la salle à manger. Le secrétaire était venu pour les présenter et les recommander, puis il s'en alla. Les deux hommes sourirent au Père d'un air engageant. Emmanuel les avait déjà rencontrés au fort du gouverneur. Ils appartenaient ici à la classe des militaires, mais en dépit de leur équipement martial, ces deux vieillards étaient plutôt des hommes d'affaires, armateurs, importateurs et exportateurs. Emmanuel : « Mais, que font donc vos compatriotes ? Nous sommes envoyés pour convertir les païens et vous les embarquez sur vos navires ! » Tous les deux rirent bruyamment. « Vous en êtes pour vos frais. Ce n'est pas si grave. Il y en a du reste comme du sable au bord de la mer. » — « D'où les amenez-vous ? Où allez-vous les chercher ? » — « C'est pour parler de cela que nous sommes venus. Mon ami m'a dit : Les Pères Jésuites ne sont pas des religieux comme on a l'habitude d'en voir. Mais pourquoi ne quittent-ils jamais la ville ? Pourquoi restent-ils toujours ici ? S'ils ne sont venus que pour étudier dans leurs livres, ils pouvaient le faire aussi bien de l'autre côté des mers. Ils ne sont pas au courant de la vie d'ici. Il faut les aider. Voilà ce que nous avons dit. »

Le voisin frappa du poing sur la table. « C'est exactement cela. » — « Et puis, comme a ajouté mon ami, vous avez besoin d'un guide parce que vous ne vous y retrouvez pas. Quand nous allons dans la forêt, à nous aussi il nous faut un guide. Nous vous en donnerons de bons. Dans la forêt vierge on peut défendre encore plus qu'ailleurs la cause de la sainte Église. Voilà tout. C'est pour cela que nous sommes venus vous trouver. Nous ne sommes pas encore assez avancés pour distraire nos invités avec de la musique ou du théâtre. Mais nous leur offrons des cadeaux pratiques. Venez dans la forêt, regardez la belle nature, les fleuves, les animaux et les arbres. Tout ce que vous voulez, ce sera une excursion, le voyage vaudra la peine. Et puis, les sauvages ! » — « Vous allez en chercher ? » — « Ils ne vont pas venir tout seuls. Peut-être plus tard, quand nous aurons une belle ville, viendront-ils en troupes pour piller. Pour le moment, nous devons aller chez eux. » Le voisin, qui s'exprimait difficilement, prit son élan et sortit une phrase : « Et voilà pourquoi les bons Pères nous accompagneront, tous ensemble. » Coup de poing sur la table. Celui qui avait la parole plus facile le calma d'une tape sur l'épaule. « Entendu, n'en parlons plus ! » Emmanuel les remercia de leur invitation. C'était une surprise, il était heureux d'avoir pris si agréablement contact avec eux. Le voisin agita vivement le bras pour saisir la main du Père et pour la secouer comme s'il voulait l'arracher. Mais il ne dit mot. L'autre vint à son secours. « Une grande joie pour nous ! Nous vous préviendrons pour le départ. » — « J'en parlerai aux autres Pères. » — « D'accord, sans façon. » Là-dessus, sortie des deux tapirs.

Les Pères qu'Emmanuel rencontra devant la salle à manger et qu'il pria d'entrer avaient encore l'air sombres. Il demanda : « Vous est-il arrivé quelque chose ? » Il paraissait de bonne humeur en les invitant à s'asseoir, et tout en marchant autour de la grande table de bois, il leur parla de l'invitation de ces messieurs. On ne pourrait souhaiter rien de mieux, on progresserait tout de suite dans une zone de combat. Cela serait plein d'intérêt. Évidemment, seul un petit groupe participerait à cette sortie. Comme les Pères ne manifestaient aucune opinion, il prit l'air étonné : « Mon Dieu, qu'est-ce qui ne donne pas sujet à critiques dans ce monde ! » L'un des Pères releva la tête.

« Qu'est-ce que ces messieurs ont dit au sujet du camp, et du convoi ? » — « Évidemment, nous n'en avons pas parlé. Je m'en félicite. Qu'est-ce que cela aurait donné ? Ils font leur commerce et nous ne sommes pas d'accord avec eux. » Personne ne dit mot. Mariana déclara d'une voix hésitante : « Et le camp ? » — « Le camp, je viens de le dire, il n'en a pas été question. » — « Pour l'amour de Dieu, Frère Supérieur, de quoi avez-vous parlé ? » — « Tu n'as donc pas écouté ? De notre participation à l'expédition. » — « Et le camp ? » — « Le camp, nous le laissons de côté. » — « Mon Dieu ! » — « Si tu peux le faire disparaître, Mariana, je t'en prie... » Et après une pause, Emmanuel, sortant de ses réflexions, se mit à rire. « Ils s'imaginent se moquer de nous ! Ces gaillards pourraient presque me plaire par leur audace s'ils n'étaient à un tel point le rebut, la honte de l'humanité. Le roi devrait les mettre en accusation, mais il n'en fait rien. Je me demande même s'il en a jamais eu l'intention. On devrait les exterminer par le fer ou les pendre : des potences tout le long de la côte, une pour chaque Blanc. Mais nous n'avons pas de potence dans nos bagages. » L'un des Pères : « Et cette expédition, Frère Supérieur, tu es décidé, nous y prendrons part ? » — « Tu crois, Frère Faber, que ce sera simplement une campagne de brigandage. Moi, je n'en sais rien. Pour moi, c'est une expédition militaire, une de ces nombreuses expéditions militaires que les Blancs doivent entreprendre pour pacifier les Indiens. Et, évidemment, il faut qu'il y ait aussi des prêtres pour les convertir, etc. De toute façon, cette expédition n'a pour but que de convertir. » Un silence, puis un autre Frère : « Tu as pris ta décision, Frère Supérieur ? » —« Si vous n'avez pas d'autre proposition à me soumettre, Frère Faber. »

Mariana posa sur lui un regard déconcerté. Il s'éloigna avec les autres, mais à la porte, se retourna. Son visage s'illumina soudain, il parut sur le point de revenir vers

Emmanuel pour lui poser une question, mais, après un temps d'hésitation, il sortit.

Cinq jours plus tard, les honorables messieurs revinrent trouver le Supérieur pour lui annoncer qu'un petit corps expéditionnaire — comme ils disaient — avait été constitué et qu'il se mettrait en route le lendemain. Que les Pères se tiennent prêts. Emmanuel n'avait toujours pas reçu d'autre proposition de ses religieux. Il était clair cependant que ces messieurs de Sao Paulo voulaient avant tout donner un caractère légal à leur sinistre entreprise. Les Pères devaient servir uniquement à la couvrir. L'un de ces messieurs explosa d'enthousiasme en apprenant que les Jésuites étaient d'accord ; il en devint tout rouge : « Vous êtes vraiment au fait des choses de ce monde ! s'écria-t-il. Que l'Église a évolué ! Quand j'allais à l'école, les religieux ne parlaient que de peines éternelles. Si nous n'étions déjà chrétiens, nous nous convertirions ! » Sa difficulté d'élocution préserva l'autre d'une pareille effusion. A la fin, on s'embrassa presque. La voie semblait ouverte pour une alliance. Le Concile de Trente reprenait vie sur les côtes de l'Atlantique.

## CAMPAGNE MILITAIRE ET CHASSE À L'ESCLAVE

Ainsi débuta l'expédition par laquelle les combattants de Jésus se lancèrent avec ardeur, mais non sans arrière-pensée, dans leur carrière sur le nouveau continent. Le Supérieur donna l'ordre et ils partirent.

Le matin du départ, Emmanuel s'adressa à Mariana en sortant de la misérable église de l'endroit. « Eh bien, mon ami, que dirais-tu si tu apprenais que tu vas participer à cette expédition ? » — « Elle est décidée ? » — « Oui ! » — « Tu me rendrais heureux. » — « Quoi ? » Mariana attira le Supérieur un peu à l'écart ; ils se promenèrent autour de la place de l'église, inondée de lumière. « Je ne voudrais pas, Frère Emmanuel, que les autres m'entendent, ils me prennent pour un exalté et pensent que j'aurais mieux fait de rester dans un monastère. Frère Supérieur, je t'ai attendu, j'ai réfléchi durant chacune de mes nuits à ce que tu fais. » — « Je l'ai deviné ; tu as craint pour le salut de mon âme. » — « Ne ris pas. » — « Ne t'ai-je pas dit : Celui qui est sûr de Dieu peut jouer avec le Diable ? » — « Oui, c'est cela, tu oses le faire. Cela demande beaucoup de courage. Tu t'aventures loin, très loin. » — « Ils s'imaginent pouvoir me conduire par le bout du nez, ces nobles héros ! Ils nous invitent et j'accepte. J'accepte tous leurs actes. On verra qui l'emportera. » Mariana ne semblait percevoir que le son de sa voix. Il avait, sur son visage, une expression rêveuse et ravie : « À présent, je sais. Il ne faut pas craindre le crime. C'est le sceau du démon dans notre monde. Ceux qui vivent selon la loi de Dieu portent l'auréole des saints ; les criminels, l'auréole des damnés. Je la vois aussi, celle-là. Toi également. »

Emmanuel s'arrêta, le saisit par l'épaule : « Rêverais-tu encore ? » — « Pourquoi ? » — « Je croyais. Regarde-moi. Bien. Que ferais-tu en face de ces crimes ? » — « En agissant, je saurais que j'interviens dans ce monde. C'est ma propre chair pourrie que je brûlerais. Oh ! c'est une chose ardue que de juger. Je n'aurais pas tant de courage que toi. J'aurais peur. »

Ils continuèrent leur chemin. Emmanuel : « Tu étais jusqu'à présent un peu fanatique, plein de vindicative ardeur. » — « Je ne le suis plus. J'apprends beaucoup de choses ici, mille fois plus vite qu'ailleurs. Quel monde, Emmanuel ! » — « Alors, il faut que tu prennes part à cette expédition. » — « Je te remercie. » — « Est-ce de bon cœur ? » — « Tu cherches à m'éprouver, Emmanuel. » Celui-ci le prit doucement par le bras. « Tu es vraiment décidé ? » — « Je pars toutes voiles dehors. Comme toi. Je ne sombrerai pas. »

Emmanuel sursauta. Il prit le jeune Frère aux épaules et le fixa dans les yeux. « Toutes voiles dehors ? Qu'est-ce que cela veut encore dire ? Où pars-tu ? » — « Où tu voudras. » — « Tu t'es voué corps et âme à l'Église et à l'Ordre. Tu le sais. » — « Et toi, tu me conduis. » — « Oui. »

Emmanuel ressentit une petite douleur au cœur. Ils se séparèrent. Le Supérieur serra la main du jeune Frère dans une poigne de fer. Celui-ci remercia d'une voix faiblissante.

Comme un éclair, une idée traversa le cerveau d'Emmanuel tandis qu'il rentrait seul, d'un pas alourdi, dans la maison. « Peut-être ne reviendra-t-il pas de cette expédition ? » Mais cette idée le quitta dès qu'il arriva dans sa chambre et il ne parvint plus à la ressaisir.

L'expédition dura plus de six mois. Elle fut conduite par une troupe de Blancs assez forte, secondée par un corps auxiliaire d'Indiens : soixante-dix Blancs, cent hommes de couleur, un petit nombre de chevaux. On avait des armes et des chiens à profusion. Après s'être avancé sur le haut plateau de la Sierra do Mar, on atteignit le cours supérieur du Rio Tiete, puis on continua, parallèlement à la côte, à travers la Sierra Montiquiera au pied de laquelle coule le Parahyba. C'était le pays des Tomogas, des Itatins et des Carys. Les Pères eurent l'occasion de voir tout ce qu'ils voulaient. Désormais, ils pourraient en raconter plus que d'autres sur de telles expéditions. Ils virent avec quel mépris ces gens de Sao Paulo affrontaient la mort, faisant preuve d'un courage insoupçonnable. Ces mêmes hommes qui paressaient tout le jour chez eux et s'épiaient avec méfiance, se donnaient ici continuellement à l'action, librement, avaient un langage et un regard différents. En ville, c'étaient des gredins pleins de vanité, portant leur casier judiciaire écrit sur leur visage. Ici, ils se comportaient avec le même bon sens qu'un chat, qu'un arbre ou qu'un nuage. Les Frères peinaient comme les Blancs et les gens de couleur. Ils n'avaient plus qu'un seul mobile : pénétrer plus avant. Prêtres et laïcs, Blancs et Indiens se frayaient un chemin à travers l'épais fourré. Quand ils se rapprochèrent de la mer, descendant l'Ubatuba, ils découvrirent une peuplade riveraine. Sur les collines côtières, les Indiens attaquèrent le camp des Blancs par surprise. Les hommes de couleur avaient une très grande supériorité numérique. Le fracas des coups de feu ne faisait aucune impression sur eux. Les auxiliaires indiens firent preuve d'un courage insensé. Le combat sur les pentes boisées dura trois heures. Les Pères vécurent des instants qu'ils ne devaient jamais oublier. Ils avaient ordre de ne prêter que leur aide, mais plus d'un rageait de ne pouvoir se servir d'une arquebuse. Quelle joie éblouissante que celle du combat, quelle gravité, quelle rapidité, quelle maîtrise de soi en toutes choses ! Chez les Indiens, d'un côté comme de l'autre, la même rectitude, la même froideur. Ils sautaient, ils criaient, leurs regards passant de droite à gauche, comme l'éclair. Les Blancs ne faisaient pas un mouvement de trop. Quand eux et leurs ennemis s'arrêtaient pour s'observer, ils se sentaient comme des amis. Au cours de la dernière heure de combat, une flèche atteignit un des Frères, dans la bouche. Sa langue y fut clouée. Il s'évanouit de douleur. Deux Frères le traînèrent à l'écart, dans une dépression. Parmi leurs Indiens, il y en avait un qui possédait des connaissances de médecine. Tandis que les deux Frères regardaient, impuissants, la longue pointe qui ressortait du menton et se balançait au-dessus de sa poitrine, l'Indien s'approcha, s'agenouilla près du blessé, l'examina, saisit son menton, arracha la flèche. Un flot de sang jaillit de la bouche du blessé qui parut étouffer. De son doigt recourbé en croc, l'Indien fit ressortir la pointe de la flèche brisée. Puis il essaya par signes de parler aux deux Frères qui ne comprirent pas. Alors, il arracha lui-même le reste de la flèche. Ils tournèrent le blessé sur le ventre pour éviter qu'il n'étouffât. Les Pères bourrèrent la plaie sous le menton à l'aide de bouts d'étoffe déchirée. L'Indien courut plus loin et les laissa seuls. Les gens de Sao Paulo avaient perdu trois Blancs et douze hommes de couleur dans ce combat.

Ils poursuivirent les indigènes quand ils commençèrent à fuir. Tous ceux qui tenaient encore sur leurs jambes se mirent à leurs trousses. Les Indiens couraient sur les collines comme des meutes de chiens, culbutant les uns par-dessus les autres. Au début, on tira encore, puis on les cerna et on les attrapa, quelques centaines, et on les poussa tous ensemble.

On reprit la route, se nourrissant de chair de poisson, de viande de cerf et de sanglier. Les Blancs s'arrêtaient devant cette plante merveilleuse qu'on appelle caroubier, et en mangeaient les fruits. Ce pays, cette vie qu'ils menaient tous ensemble leur plaisaient, ils se plaisaient aussi les uns aux autres et des amitiés se nouaient entre eux. Des indigènes s'approchaient d'eux, leur offrant des vivres. On leur donnait, suivant l'usage, des hameçons, des couteaux, de la verroterie. Mais quand on arrivait à proximité de leurs villages, on se heurtait à de solides retranchements. Les indigènes s'étaient entourés de fossés et d'infranchissables fourrés de ronces, et les attaquants tombaient dans des pièges. L'expédition s'éloigna de la mer, s'avançant vers l'ouest, dans un pays montagneux. On se proposait de rentrer en faisant un détour, mais on arriva dans un pays desséché où la chaleur était insupportable. Ils étaient heureux d'attraper les Indiens errants qui leur indiquaient où trouver de l'eau. Ces nomades leur apprirent encore une autre façon d'étancher la soif : ils tuaient une bête fauve, lui incisaient le cou, et buvaient le sang.

Au cours du septième mois, au début de la saison des pluies, on obliqua pour revenir vers le sud à travers la Sierra Piacaba. On avait capturé deux mille prisonniers et fait provision de courage. Les Pères avaient des visages brûlés par le soleil, de grandes barbes ; leurs vêtements noirs, en lambeaux, flottaient autour d'eux.

## ÉPILOGUE

Sur la ville planait une ombre oppressante. Une explosion semblait proche. Les Pères étaient toujours là, mais ils piétinaient. On se moquait d'eux : pourquoi n'étaient-ils pas partis avec les autres, tous ensemble ? Ils se sentaient pleins d'inquiétude pour leurs frères, au loin ; ils soupçonnaient un piège ; on avait entraîné les autres pour les abattre. Quelles semaines d'angoisse traversa Emmanuel, le Supérieur, lui qui avait donné les ordres ! Il se jura cent fois de quitter ce pays pour rentrer dans la mère patrie dès que les Frères seraient revenus. Il avait poussé les choses trop loin. Devant les autres, il se contenait, donnant l'exemple du sang-froid et de la confiance. Mais tous voyaient bien qu'ils étaient en train d'échouer. Jusqu'au soi-disant curé, un ivrogne bien digne de Sao Paulo, qui leur était hostile. « Personne ne sait ce que vous voulez », disait-il en s'esclaffant. Le pire était qu'ils ne le savaient pas eux-mêmes. Ils ne parvenaient à parler aux hommes bruns ni sur les chantiers, ni dans les coupes forestières, ni à la chasse : les Indiens étaient toujours occupés et les gardiens écartaient les Pères. On les laissait circuler à travers le camp des esclaves, soigner les malades, mais un homme armé d'une hallebarde restait à leur côté. Malgré tout, ces hommes bruns leur opposèrent autant de méfiance qu'aux autres Blancs. Dans la ville, il y avait aussi beaucoup de femmes et d'enfants indiens. Mais là aussi, ils rencontrèrent la méfiance des hommes qui voulaient garder leurs compagnes telles qu'elles étaient. Elles n'avaient pas besoin de recevoir d'instruction, elles plaisaient davantage ainsi. On le leur déclara tout net. À l'aide de cadeaux ils parvinrent quand même à attirer quelques femmes à leur enseignement. Cela donna lieu à un commerce répugnant. Les Pères étaient presque obligés d'acheter aux maris chaque heure d'instruction. Une fois, un Blanc battit sa femme indienne (en réalité ils vivaient ensemble sans être mariés) parce qu'elle suivait ces cours contre sa volonté. Il la battit tellement qu'elle mourut. La colère se tourna alors contre les Pères. On alla chercher chez lui le Frère Faber et on le malmena.

Telle était la situation quand l'expédition rentra. Les guerriers tombèrent dans les bras de leurs amis en larmes. Ils retrouvaient des hommes fatigués, désespérés et pleins d'angoisse. Emmanuel ne pouvait plus lâcher son ami Mariana. « Que rapportes-tu ? » demandait-il. Mariana dut tout raconter. Emmanuel s'efforçait d'échapper au labyrinthe de sa mélancolie. « À présent nous mettons notre espoir en vous », entendaient les guerriers de tous côtés. Et de fait, c'est d'eux que vint le salut dans cette désolante situation.

Les Frères qui avaient pris part à l'expédition et qui avaient noué des amitiés avec beaucoup de leurs compagnons de route, avaient conclu, durant leur campagne, un arrangement dont on pouvait beaucoup attendre : les nouveaux prisonniers seraient établis à proximité de la ville et non pas vendus. Les Pères Jésuites recevaient un véritable droit de surveillance et d'instruction. C'était un progrès notable. Mais, une fois dans la ville, tout fut oublié. Les Pères se virent honteusement bafoués. Leurs anciens amis leur répondirent par des rires moqueurs et même des menaces, quand ils firent état de la convention.

Pour finir on leur expédia une poignée d'hommes bruns pour faire leur « expérience ». Les Pères Jésuites ne réagirent pas. Ils virent les autres, par centaines, échouer dans le camp, derrière les palissades. Quand on conduisit un certain nombre de ces gens vers le navire, il se produisit, devant la maison des Pères, une discussion violente, une bagarre qui pour un peu se serait transformée en bataille rangée. Deux jeunes Pères reconnurent parmi les hommes qui passaient plusieurs Tomogas qui s'étaient joints librement à eux pendant l'expédition. Ils essayèrent de les arracher au convoi, bien qu'ils fussent liés aux autres par une grosse corde passant autour de leur corps. Tout le convoi fut obligé de s'arrêter. Les Pères tenaient ces Indiens dans leurs bras et refusaient de les lâcher. A haute voix, les religieux protestèrent contre cette déportation. Les cavaliers qui étaient en tête revinrent rapidement. On essaya d'arracher les Indiens d'entre les mains des deux Pères, on les frappa. D'autres Jésuites sortirent des maisons et accoururent à leur secours. C'étaient, à l'égard des Indiens, une situation dangereuse. Mais l'issue n'était pas douteuse et Emmanuel, qui s'était approché avec quelques autres, mit fin à cette scène terrible. On transporta les Frères blessés dans la maison. Le convoi se remit rapidement en marche. Une sentinelle resta à faire les cent pas dans la rue où habitaient les Jésuites. Ceux-ci comprirent que leurs jours dans cette ville étaient comptés. Au cours de la nuit, les derniers Indiens, ceux que les Pères avaient réunis dans un petit camp modèle, furent enlevés.

On envisagea d'embarquer sur le prochain navire et d'aller plus loin vers le sud. Mais qui aurait pu leur garantir que les Blancs qu'on y rencontrerait seraient différents de ceux-ci ? De sombres pensées les accablaient. Ils pouvaient s'estimer heureux si les Paulistes restaient tranquilles et n'exigeaient pas leur départ immédiat. Ils attendirent. Rien ne se produisit. Ils étaient enfermés. On ne les laissait pas quitter leur rue. Heureusement, Emmanuel parvint à sortir de son abattement. Il répétait sans cesse : « Criminels. Des potences tout le long de la côte. »

Après deux semaines de morne attente, deux Pères ayant rapporté de bonnes nouvelles de l'intérieur, on prit la décision qui avait été trop retardée : on résolut de se mettre en route et de mettre fin au prélude honteux et humiliant de cette mission qui avait pour but le salut des Indiens persécutés.

Finalement, les Pères coururent encore de graves dangers : lorsque les Paulistes devinèrent leurs projets, ils envisagèrent de faire attaquer la ville par une peuplade d'Indiens. Quelques maisons devaient flamber, entre autres celles des Pères. Ceux qui ne périraient pas seraient embarqués. Ce plan ressemblait fort à celui qu'on avait établi lors de leur arrivée. Des Blancs qui leur étaient favorables dévoilèrent ces projets aux Pères et ils abrégèrent leurs préparatifs.

Sao Paulo avait été dès le début leur ennemie, elle devait le rester.

LIVRE DEUXIÈME

# PÉRÉGRINATIONS À TRAVERS LA BROUSSE

## LE DÉPART DE PIRATININGA

Après avoir été approvisionnés et équipés par un navire espagnol, ils partirent vers l'intérieur suivis de deux cents Indiens qu'ils avaient rachetés et de deux douzaines de Blancs à leur dévotion.

Par une matinée radieuse, ils quittèrent Sao Paulo avec leurs voitures lourdement chargées, leurs porteurs, leurs compagnons blancs en armes. Eux, les hommes de la Compagnie de Jésus, allaient dans leurs robes noires, sans armes. Les Paulistes les accompagnèrent un certain temps. Les Pères durent encore supporter cette dérision. Les rues de la ville étaient pavoisées. A la porte, la musique prit la tête de leur colonne, entonnant des airs funèbres et déployant une bannière bariolée qui représentait un arbre, sur lequel un nid en flammes s'ornait de l'inscription « Sao Paulo ». Un oiseau, ce devait être un Phénix, s'envolait. Il avait à la patte un écusson, avec ces mots : « Compagnie de Jésus. »

Au milieu de leur première journée de marche, ils campèrent sur les hauteurs de la Sierra do Mar. La mer n'était déjà plus en vue ; ils ne devaient plus la revoir. Ils ne se retrouvaient plus que vingt-quatre. Le Père blessé n'avait pas survécu et était enterré à Sao Paulo. La veille encore, ils étaient allés orner sa tombe et avaient recommandé au curé d'en prendre soin. Trois autres étaient tombés malades et avaient dû reprendre la mer pour rentrer. Ce jour-là, à midi, les Pères restaient silencieux et cachaient leur profonde émotion. Mais, quand ils se rassemblèrent autour du Supérieur, sous sa tente, un autre sentiment s'empara de leurs cœurs. S'étant regardés, ils sortirent de leur mutisme et de leur abattement et tombèrent dans les bras les uns des autres. Ils étaient déjà frères au sein de l'Ordre, mais ils sentaient qu'à présent, ils l'étaient encore d'une autre façon. Ils restaient là, profondément émus, mais ils riaient quand même.

Emmanuel se félicita, pour lui et pour tous : « Nous avons réussi à échapper à la mort dans cette ville. Cependant le pire eût été de continuer à y vivre. Dieu nous a tracé une route douloureuse, mais il nous a soumis tout de suite à l'épreuve la plus pénible. Que va-t-il arriver maintenant ? Ils vont vouloir nous attaquer. Cela les rendra furieux de se sentir, à côté de nous, pareils à des scélérats. Mais nous ne leur répondrons pas, je le jure, avec des armes semblables aux leurs. »

Le soleil brillait, les perroquets criaient sur les arbres ; curieux, des singes couraient de branche en branche, lançant des appels brefs et stridents. Pour la première fois, des chants religieux retentissaient dans cette forêt vierge. Ils glorifiaient un dieu éternel, trônant au-dessus du monde après avoir semé de sa main hommes, bêtes et plantes.

C'était toujours le haut plateau à l'extrémité duquel s'élevait Sao Paulo. D'immenses fougères, des arbres énormes, palmiers, palissandres, se dressaient partout. Lorsqu'ils reprirent leur marche, gravissant la montagne, palmiers et fougères devinrent rares, tandis que les bambous se faisaient plus denses devant eux.

Ils avançaient très lentement. Pas un homme, pas une bête ne s'attaquait à eux. Un matin, le Supérieur ne put s'empêcher de rire en voyant la petite troupe défiler devant lui dans la forêt : les fourgons, les bagages, quelques hommes en armes et les prêtres. « Les voilà partant en campagne, armés de piques et d'arquebuses, cria-t-il à Mariana. Regarde-les ! Les reconnais-tu ? Nous voilà nous-mêmes, une rosse entre les jambes, une vieille targe au bras, le casque en tête, avec visière de carton, tout à fait le noble gentilhomme Don Quichotte de la Manche, et la vieille rosse, c'est Rossinante plus forte que le Bucéphale d'Alexandre ou la Babieca du Cid. Il n'y a pas à en douter, nous sommes bien des Espagnols, nous ne trahissons pas notre renommée. Nous appartenons à l'ordre des Chevaliers Errants. Devant nous, la forêt, la gigantesque forêt. Maintenant, passons à l'assaut pour anéantir l'injustice parmi les hommes de couleur et aussi parmi les bêtes, serpents ou oiseaux. Mettons-nous à l'épreuve de tous les dangers ; en les surmontant, nous nous couvrirons de gloire. Vive notre noble Mariana, vive ! »

Mariana resta à côté de lui, la troupe était passée. Emmanuel lui sourit : « Alors, grand héros ? » Mariana baissa les yeux : « Moi, moi je n'ai pas pu te parler depuis longtemps. » — « Nous sommes tous les deux très occupés. Que vas-tu me raconter de votre récente expédition, était-ce amusant, as-tu appris quelque chose ? » — « Pourquoi veux-tu te moquer de moi, Frère ? » — « Mais non, voyons, je ne me moque pas, tu le sais bien. Nous avons besoin de combattants solides. Tu parais abattu ? » — « Ah ! quelle honte de devoir aller dans le désert. Quelle faiblesse, Frère ! C'est quand même bien une défaite. »

Le Supérieur lâcha Mariana et se mit à marcher à son côté le regard pensif et baissé vers le sol : « Une défaite. Il y a toujours des défaites dans la guerre, cher ami, cela ne signifie pas grand-chose pour l'issue de la campagne. Tu le vois bien, nous poursuivons notre route. » — « Mais où nous conduit-elle, Frère Emmanuel ? Que va-t-il advenir maintenant, dans ce désert, dans ces espaces vides ? On ne défait pas un ennemi en se retirant de son pays. Je quitte Sao Paulo à contrecœur. » — « Nous n'avions pas pour mission de purifier Sao Paulo. » — « C'est cela, Frère Emmanuel, nous sommes libres à présent, mais à la manière de quelqu'un qui, ayant un fardeau à porter, le jette dans le fossé. » — « Avions-nous pour mission de soumettre les Paulistes ? Nous sommes venus pour les païens, les gens de couleur. Nous poursuivons l'œuvre que Las Casas n'a pas réussie, Mariana. » — « Oui, j'entends bien. » — « Il fallait quitter la ville, car comment combattre la nature sauvage et le paganisme si de tels obstacles doivent se dresser dans notre propre camp ? » — « Oui, Emmanuel. » — « Oui, faiseur de jérémiades, mais tu penses : non. Il nous fallait nous libérer de cette résistance, sans quoi elle nous aurait broyés. Il fallait partir dans la forêt. »

Mariana pressa ses mains contre ses oreilles. « Dans la forêt. » — « Tu n'es pas content d'aller dans la forêt, Mariana ? » Celui-ci bégaya : « Si, seulement, comme je le disais, il y aura toujours la ville, là-bas, derrière nous. Quoi que nous fassions, ils sont là. Qui sommes-nous sans eux ? Quoi que nous fassions, ils sont là et tu n'as fait que repousser l'instant de l'explication. » — « Cher faiseur de jérémiades ! Cela ne sert à rien. » — « Tu nous as toujours recommandé de ne pas être des moines et répété : Ignace de Loyola nous a recrutés pour former l'armée du Christ et pour que nous marchions ainsi de par le monde. Il n'a parlé ni de cloître ni de désert. » — « Et que voudrais-tu donc d'autre ? » — « Que puis-je d'autre, que te suivre ? Je n'ai d'autres volontés que celles de l'Ordre. » Ils allaient l'un près de l'autre, écartant et foulant les bambous. L'air sur cette hauteur était d'une merveilleuse fraîcheur. Le Supérieur : « Nous aurons à présent la possibilité de belles conversations au milieu de la forêt vierge. Je vais te raconter une histoire, viens avec moi. Là-bas, dans notre Sao Paulo, j'ai reçu, tandis que vous étiez en campagne, une nouvelle de Rome. C'est une affaire pleine d'enseignement. Il y avait un homme, du nom d'Accoli. Il était d'une piété peu commune. Il savait tout. Il ne connaissait pas l'indulgence. Il avait des visions, se déclarait doué de la possibilité de prédire les événements et capable de traverser sain et sauf un bûcher en flammes. Il prédisait : les Églises, la grecque et la romaine, se réuniront, les Églises soumettront tous les apostats, tous les infidèles, même les Turcs. Puis il s'est mis à faire des sermons sur les places publiques : il fallait arriver à une monarchie unique et générale, le Pape en prendrait la tête, en tant que Très Saint, et ouvrirait l'ère de la vraie justice sur cette terre. Tout cela, ainsi qu'on me l'a écrit, était encore bien, on savait qu'Accoli était un mystique. Par malheur, c'était aussi un fanatique. Il lui vint à l'esprit que les choses n'allaient pas comme il lui semblait qu'elles dussent aller : la monarchie mondiale ne voyait pas assez vite le jour. L'empereur d'Allemagne, le roi d'Espagne, se trouvaient de façon fort contrariante sur le chemin. En outre, notre homme en voulait également au Saint-Père, à Pie IV, qui ne lui paraissait pas suffisamment saint. Et que va faire Accoli pour activer le cours de ses affaires ? Il décide d'assassiner Pie IV. » — « Non. » — « Si. » — « Est-il arrivé quelque chose au Saint-Père ? » — « Écoute-moi jusqu'au bout. Accoli décida d'assassiner Pie IV. Il mit un nommé Antoine Canossa dans le secret de ses projets ; tous deux se placèrent à un endroit de Rome où devait passer la procession et guettèrent le Pape. Au bout d'un certain temps, le Saint-Père arriva, sur sa litière. Il n'était pas mieux protégé qu'un simple mortel ; on aurait pu, d'en haut ou de côté, lui lancer une flèche, un coup d'arquebuse ou l'atteindre avec une lance. Tandis qu'il approchait ainsi sur sa litière, Accoli s'agnouilla à côté de son complice, étreignant un poignard dans sa main. Peu de chose, en somme : deux pas à faire et il plantait son poignard dans le sein du vieillard. » — « Il ne l'a pas fait ? » — « Il se redresse, le Pape n'est plus qu'à deux pas de lui, le Pape lève la main, cette main qui ne sait que bénir. Le Pape pose sur lui un regard affectueux ; alors, Accoli est obligé de renoncer. » — « Dieu soit loué ! » — « Il est bouleversé, jette autour de lui des regards, s'agenouille et se met à prier avec ferveur. Il est quand même découvert. On l'interroge, ses réponses sont contradictoires, cependant il ne se trahit pas. Mais il y avait Antoine Canossa, et celui-ci, on parvint à lui délier la langue. D'après ce que l'on m'a écrit, ils ont été mis tous les deux en jugement à Rome et condamnés à mort. Accoli aura ainsi une occasion de prouver qu'il est capable de passer sain et sauf dans les flammes du bûcher ! »

Toujours des bambous, toujours des bambous. On doit, pour s'ouvrir un chemin, les écraser et les écarter à coups de bâtons, mais ils se redressent de chaque côté. On avance à la manière des nageurs, ouvrant les bras au milieu de ces vagues vertes.

« Ce que tu viens de me montrer, Frère Emmanuel, c'est l'image d'un fanatique. Vous, les esprits réalistes, vous me traitez avec la gentillesse que l'on réserve aux faibles d'esprit. Je te répète, vous êtes injustes envers moi. Tu ne peux oublier Sao Paulo dans tes calculs. Le monde est ainsi fait, on nous l'a répété assez au collège et toi-même, tu nous l'as dit cent fois. On ne peut écarter d'un trait les obstacles de la vie, il faut se lancer au travers. Telle est la leçon d'Ignace de Loyola, et c'est pour cela que je suis venu vers lui. » — « Voudrais-tu rentrer ? » — « Pour l'amour de

Dieu, Frère Emmanuel ! » — « Alors, ressaisis-toi ; tu ne comprends rien. Tu es ici pour apprendre. Comprends-tu ? »

Mariana eut un geste d'effroi, portant la main à son menton. Il s'inclina tandis qu'Emmanuel s'éloignait.

Mais le lendemain, le jeune Frère revint trouver Emmanuel. Il pleurait, encore bouleversé et plein de contrition. Le Supérieur eut un mouvement d'humeur en le voyant venir, car Mariana avait terriblement raison, bien qu'il ne fût pas tout à fait dans le vrai. Il l'attira à l'écart et put voir qu'il n'avait affaire ni à un sage ni à un fou, mais à un pauvre homme, déchiré. Mariana lui dit d'une voix suppliante : « Pardonne-moi ma bêtise, je ne sais pas bien exprimer ce que je veux dire, j'en arrive souvent à dire ce que je ne voulais pas et je m'obstine, blessant autrui. Ne m'en garde pas rancune. » — « Et que voulais-tu dire ? Finalement, tu n'avais pas tort. » — « Frère Supérieur, je vais tout te raconter, cela ne t'a pas fâché sur le bateau, puisque tu ne m'as pas renvoyé, et si je ne connais pas tes intentions, je sais qu'elles sont bonnes et je t'aime. Frère Emmanuel, je ressens parfois une véritable nostalgie de ma cellule ; là, tout n'était que clarté, j'avais souvent des visions, des rêves, je les ai confessés. C'étaient des saints que je voyais. Maintenant, je ne parviens plus à m'y reconnaître. Que vais-je faire dans la forêt, pour l'amour de Jésus, que m'y arrivera-t-il ? » Emmanuel se rappela subitement les paroles échangées avec Mariana le matin précédant le départ de l'expédition. « Je pars toutes voiles dehors », avait dit Mariana, et cela l'avait fait sursauter. Emmanuel prit le bras du jeune Frère et le serra amicalement.

« Nous aurons là-bas des tâches pareilles à celles que nous avions dans la ville, Frère. Bientôt, tu ne poseras plus de questions. » — « J'aime si profondément ces Indiens, Emmanuel, je dois vraiment faire effort sur moi pour ne pas aller courir les bois avec eux. Et nous voilà justement dans la forêt, leur forêt. » — « Mais, Frère, dans cette forêt, tu auras à les conduire. » — « J'ai pour eux une indicible affection, mon jugement en est troublé, je n'en ai même plus du tout. Je ne sais même pas à quoi me raccrocher. Je leur fais connaître notre doctrine, je leur montre qui fut Jésus et sa vie, qui doit nous servir de modèle. Crois-moi, je suis fier et heureux d'avoir à le leur apprendre. Le ciel nous a favorisés en nous instruisant avant les autres hommes. Quand ils sont ainsi rassemblés autour de moi, avec leurs cheveux noirs, et que leurs yeux me fixent, les mots fondent dans ma bouche. Je me sens heureux ; je les regarde, Frère Emmanuel, et je ne me considère plus comme leur prêtre, je me fais à leur image. » —« Aimerais-tu une femme indienne? Serais-tu attiré par l'une d'entre elles ? » — « Par aucune d'elles, aucun d'eux. Mon affection se porte sur tous, les beaux comme les laids. » —« Alors tu n'as pas besoin de te tourmenter, Mariana. Il ne t'arrivera rien. » — « Même si nous allons plus avant ? » — « Même dans ce cas, sans l'Amour nous ne parviendrions à rien. » — « Cela me tourmente. J'ai peur. » — « Un Frère veillera sur tout. Viens souvent me trouver, même sans attendre que je t'appelle. »

Mariana s'en alla, il paraissait réconforté. Derrière lui, Emmanuel fronça le sourcil, il poursuivait une idée. « Chaque fois qu'il me quitte, ma tête bourdonne. Je ne le comprends pas. Trop d'amour. On doit avoir tout juste ce qu'il faut d'amour pour étreindre le monde. Pas davantage. » Il se souvint de sa vie, avant d'entrer dans l'Ordre, du temps où il était capitaine dans l'armée espagnole. Il y avait une fois un village italien, il y vivait une femme... Au travail ! Au travail !

## PÈLERINAGE À LA RECHERCHE DE LA GRÂCE DIVINE

Ils allaient à travers la forêt et les campos qui s'étendaient jusqu'à la côte. Mais ce n'est pas vers la mer qu'ils marchaient. Ils s'avançaient au milieu de vastes espaces déserts, sans arbres, seulement recouverts d'herbes, ou de quelques souches. C'était un pays immense, un continent gigantesque. Sao Paulo, au loin, n'était plus qu'un point minuscule au bord de l'océan. Un cours d'eau étincelait ; ils ne le descendirent pas vers la mer. Ils remontaient tous les fleuves vers l'intérieur. Les steppes couvertes de graminées ondulaient devant eux.

Ce n'était plus le cruel Alfinger qui allait ainsi à travers cette contrée. Ce n'était plus cet homme aux muscles noueux que les Welsers étaient allés chercher à Augsbourg pour le charger de ramener cinq tonnes d'or en remplacement de celles qu'ils avaient livrées à l'empereur Charles pour ses guerres. Avec ses hommes, ses chevaux et ses chiens, il avait accompli cette tâche aussi bien que possible. Mais en même temps, il pillait, tuait, brûlait, torturait, expédiait l'or ou le gardait pour lui, vendait des esclaves. Ses affaires marchaient bien lorsque, près de Miser Ambrosia, il fut écrasé par un rocher. La terre recueillit sa chair, sa peau et ses os et s'en servit pour continuer à faire pulluler la vie.

Juan de Quesada, homme de haute taille et de grande érudition, venant de Santa Marta, arriva après lui dans ce pays avec mille fantassins, cent chevaux et un nombre incalculable de chiens. Il était du même acabit. Il fit remonter le Magdalena par cinq bateaux sous les ordres du capitaine Alcobazo.

Ils ne trouvèrent ni or ni esclaves, mais les inondations, la faim et les maladies prirent soin d'eux. Ceux qui ne se noyèrent pas, ceux qui ne finirent pas dans la gueule des poissons, servirent de pâture aux vautours qui planaient au-dessus des arbres. Quant à Quesada, il trouva ce qu'il cherchait : l'empire des Muyscas, Cundinamarca. C'était une intarissable source d'or et d'hommes. L'or était chargé sur les navires et les esclaves envoyés aux mines. Quesada s'arrogea le titre de marquis, puis la lèpre s'occupa de lui. Ses membres tombèrent les uns après les autres. Il ne laissa derrière lui qu'un empire brisé, des hommes errants loin de leurs demeures, des milliers de morts, à côté de monceaux d'or. Et cet or alimentait de nouvelles guerres, laissant derrière elles d'autres errants, d'autres morts. Quant à lui, ce n'était plus qu'une charogne surmontée d'une croix.

Ils étaient de la même espèce ces deux frères pillards qui se retrouvèrent sur le haut plateau, près de Funza, bien étonnés de se rencontrer en pareil lieu !

L'un, le chapeau en bataille, une écharpe écarlate au côté, c'était Nicolas Federmann. Parti d'Europe pour accompagner le général Speier, il s'était rendu indépendant. Il avait le sang chaud comme un jeune animal et la gaieté enjouée d'un poulain. Ses yeux étaient des morceaux d'azur arrachés au ciel. Il s'avançait hardiment à travers les steppes du Venezuela avec ses hommes, ses chevaux et ses chiens. Lorsqu'il vit bondir dans l'herbe haute les léopards aux robes bariolées, il se sentit ravi ; les léopards eux aussi, car lui et eux s'étaient reconnus, se sentaient le pendant l'un de l'autre. Même au moment où l'homme pointait son fusil et tirait et l'autre bondissait, les griffes prêtes à déchirer, la souffrance ne les séparait pas. Federmann vint aussi à Funza, rencontrer Quesada, amassa des monceaux d'or. Mais on le mit en demeure de rentrer pour se justifier. Il obéit, monta sur un navire, puis, après la plus joyeuse des traversées, il fut englouti par la mer, une maîtresse à peau brune accrochée au cou. La mer rejeta vers le ciel l'azur de ses yeux, puis s'occupa, à sa façon, de ses tripes.

Quant au troisième qui était arrivé à Funza, le superbe Belalcazar, sa façon de vivre et de se conduire ne le cédait en rien à celle des deux autres. Prévoyant une mort prochaine et désireux de propager son espèce, il fit des enfants à toutes sortes de femmes : peaux rouges, peaux foncées, peaux cuivrées, et pour que ses enfants pussent connaître la prospérité, pour que la terre qu'il leur laissait fût fertile et ses produits fortifiants, il planta, tête en haut ou tête en bas, en long et en large, dans toute la haute vallée du Magdalena et jusque dans les montagnes, des milliers de cadavres humains. Et les vallées s'emplirent de lourds nuages de douleur. Pendant des mois et des mois, le chant des oiseaux, les appels des perroquets, les cris des troupes de singes furent couverts par les plaintes et les gémissements d'hommes, de femmes et d'enfants qu'on arrachait à la vie et enfonçait dans la terre.

Ah ! cette terre ! Comme elle les mâchait ! Comme ses mamelles se gonflaient ! Il ne restait plus aux hommes qu'à se baisser vers elle. Cependant, Belalcazar est assis dans sa cellule, à Carthagène. L'air l'oppresse. Il ne porte plus son manteau de plumes. Il n'a connu jusqu'à présent qu'une des deux choses qui sont propres à l'homme : la joie ; il connaît l'autre maintenant : les pleurs. Mais il ne pleurera plus longtemps ! Les araignées envahissent sa cellule, sa cellule elle-même n'est plus qu'une araignée, qui pompe son sang. C'en est fait de lui, chair, peau, os, muscles s'effondrent. Il ne boira plus, ne procréera plus, ne volera plus, ne tuera plus. Il en a déjà assez fait pour ses trente ans. La terre va prendre soin de lui et s'en réjouit à l'avance. Il se plaint, il est encore trop jeune, et a encore beaucoup à faire. Mais la terre lui a fermé la bouche : « Quoi faire encore ? » Elle l'aplatit comme une galette.

Ils sont d'une tout autre espèce les hommes qui arrivent maintenant de Piratininga, ce panier de crabes, baptisé en vain Sao Paulo. Ils traversent à présent la Sierra do Mar en compagnie de quelques centaines d'hommes à peau foncée. Eux, ils ne font pas attention à l'or; ils marchent joyeusement. Quand ils sentent leurs entrailles s'agiter, ils leur donnent à boire et à manger. Hormis cela, ils ne s'en occupent pas.

Ils portent des robes noires pour bien montrer qu'ils ont cessé tous rapports d'amitié avec la vie, et cependant ce ne sont pas des morts. Ils veulent chasser la misère de chez les humains. Ils ont rompu avec leurs père et mère, leurs frères et sœurs, avec tous leurs parents et amis et ne les reconnaissent plus comme tels. La chair n'a fait que les concevoir et les mettre au monde. Le fils de Dieu lui-même n'était-il pas descendu sur la terre de Galilée, se faisant chair dans le sein de la Vierge Marie? Et, de la chair jusqu'à Dieu, il avait remonté tout ce chemin de douleurs, montrant ainsi la route à suivre.

Les voilà, ces vingt-quatre créatures aux corps et aux têtes d'hommes, aux chevelures d'hommes, aux regards et aux voix d'hommes. Chaque jour, ils s'étendent sur la terre. S'il y a portes et fenêtres à leurs maisons, ils les ferment. Ils prient et méditent: « Souvenez-vous de vos péchés, souvenez-vous qu'à la source de tous les péchés, il y a votre naissance dans la chair. Pour un seul péché, combien d'anges ont été précipités aux enfers ! » Mais comme ils ne sont que des hommes, le Christ les a pris par la main, les a attirés vers lui et les saints ont prié pour eux. Le ciel et les étoiles, les bêtes et les plantes se sont mis à leur service. Ils veulent être délivrés du mal. Ils ne veulent pas succomber à leur mort. Ce sont des hommes, ils veulent suivre la route des hommes, et, sur cette route, ils veulent guider d'autres hommes.

Souvenons-nous du Crucifié, formons un cercle autour de lui, attachons sur lui nos pensées pour qu'elles ne s'écartent plus de lui, qu'elles reposent toujours sur lui, sur ses épaules, sur ses bras, sur la paume de ses mains, sur la plante de ses pieds — afin que nous ne puissions jamais sombrer dans le sommeil —, afin que nous puissions le sentir quand il marche, quand il remue ses épaules, quand, de douleur, il presse ses mains en pensant à notre captivité, et pose ses pieds sur le sol pour s'avancer vers nous.

Ils vont ainsi à travers les forêts de bambous et les buissons de ronces, sous le ciel ardent du Sud, et les jours et les nuits glissent au-dessus d'eux. À travers ces forêts et ces taillis qui n'ont jamais rien vu de tel, c'est une troupe de spectres qui s'avance. Ils ne disparaissent pas dans les étangs, ils ne se noient pas dans l'eau des fleuves, bien qu'ils conservent toute leur densité, ces corps humains, drapés de noir.

Coupée du reste des hommes, cette troupe d'esprits plonge toujours plus avant dans la forêt qui regorge d'oiseaux, de bêtes, de fourmis, de serpents et, fascinée, retenant son souffle, la forêt les accueille.

Comme ils sont joyeux, les Frères de Jésus ! Tout a changé depuis qu'ils ont quitté l'enfer de Sao Paulo. Plus ils vont vers l'ouest et plus le souvenir de cette ville s'estompe. Elle n'est plus pour eux que la porte étroite, pavée d'embûches par laquelle il a fallu passer pour pénétrer jusqu'ici. Ils y ont laissé un peu de leur peau et quelques cheveux, mais eux-mêmes sont là. Ils sont joyeux comme on peut l'être en dansant.

Ce que Loyola a prescrit se réalise à présent. Les religieux qui descendent du plateau do Mar sont entourés d'une poignée de Blancs et de quelques centaines d'Indiens qu'ils ont rachetés. Et ces hommes ne se contentent pas de les accompagner, ils les suivent corps et âmes. Chacun des Pères a reçu sa place parmi eux ; il conduit son groupe, tel un berger, restant avec lui, jour et nuit. De même que le soleil et l'ombre, la faim et la soif, l'ardeur ou la lassitude règnent sur ces corps humains, les Pères, ces esprits, sont là eux aussi, réglant la vie de ces hommes, tissant dans le réseau de l'existence charnelle, une trame spirituelle. Aujourd'hui, c'est encore la faim, la soif, la lassitude ou l'ardeur, les appétits, tous les appétits qui commandent, mais demain ce sera quelque chose d'autre. Aujourd'hui, la femme, l'homme, la chair du fauve, le vin, les fruits exercent encore une attirance, mais demain ce sera uniquement le sang du Christ. La joie céleste brillera plus fort que le soleil.

Les Pères de Jésus ne sont que vingt-quatre. Dans la forêt, dans les steppes qu'ils traversent en compagnie de leurs groupes, il n'est plus question de règle monastique. Ignace de Loyola a laissé tomber son instrument, il s'est cassé, mais les morceaux se sont mués en centaines de nouveaux instruments. Une trompette sonne, un tambour bat, un violon vibre, une voix chante. Ils s'accordent en un chant d'une merveilleuse attirance, le chant des pèlerins en route vers la grâce céleste.

## EMMANUEL DE NOBREGA

Le Supérieur s'appelle Emmanuel de Nobrega. C'est un homme à longue chevelure d'un gris d'acier, à la figure pleine et colorée. Puissamment musclé, il intimide les hommes de couleur par la force avec laquelle il manie le javelot. Dans la montagne, il a, en lançant des pierres, rivalisé avec les premiers indigènes qui se sont joints à eux et, en se jouant, a réussi à écarter du chemin d'énormes blocs de roche qui l'obstruaient. Avec lui, soulever des fardeaux, transporter des malades n'est plus un travail, mais un jeu. Sous ses ordres tout se fait avec gaieté, une gaieté parfois bruyante et tapageuse. Durant les heures consacrées à l'instruction et au recueillement, ils restent à genoux sur le sol, pleins de dévotion et, lorsqu'ils se relèvent, leurs visages conservent une expression grave et lointaine ; on croirait qu'ils reviennent d'un long voyage.

Le Supérieur avait commandé autrefois, pendant les guerres d'Italie, les mercenaires de l'armée espagnole. Sous les ordres du duc d'Albe, il avait pris position dans la région de Naples. Il s'agissait de faire échec au Pape romain qui ne pouvait souffrir les Espagnols.

Le Pape — c'était Paul IV, Pietro Carafa — ne voulant pas céder, Albe fit remonter son armée vers le nord, en direction de Rome. Au cours de cette avance rapide, le hasard conduisit le capitaine Emmanuel de Nobrega dans une contrée montagneuse de Campanie ; une contrée qui, pour lui, ne semblait avoir ni plus ni moins d'importance qu'une autre. Ses hommes y prirent quelques jours de repos qu'ils consacrèrent au réapprovisionnement ainsi qu'aux activités coutumières des troupes : aux bagarres et aux crimes. Or, dans cette contrée, au nord de Capoue, près de Teano, habitait la famille de sa fiancée. Absorbé par ses occupations guerrières, Nobrega n'y avait même pas songé. Sa fiancée, dès le début de la guerre, était retournée chez ses parents. Elle voulait être plus près de son futur époux, sans espérer toutefois le rencontrer lui-même. Le père et les frères de la jeune fille, qui possédaient une assez importante propriété, étaient des paysans d'un caractère bien peu accommodant. Lorsque les mercenaires du capitaine de Nobrega se présentèrent à la ferme pour prendre du vin, du maïs et de la volaille, ils furent obligés de ligoter les trois récalcitrants. Dans la maison, ils tombèrent sur une jeune femme ; un sergent la trouva à son goût. Il la viola.

Le capitaine était paisiblement assis avec ses autres officiers pour le repas de midi lorsqu'on lui amena les trois paysans chargés de liens en vue d'une punition exemplaire. Il se retourna à demi sur son banc, demanda ce qui se passait, puis s'écria : « Que vous prend-il ? Faut-il que je vous fasse pendre à un arbre ? Comment vous appelez-vous? Combien avez-vous d'argent? Combien pourriez-vous en trouver pour payer votre rançon?» Le vieux se taisait, un des jeunes dit son nom. Ce nom, oui, ce nom, frappa le capitaine. «Comment?» Le jeune répéta. «Et quel est le nom de votre village?» — «Teano.»

Le visage du capitaine s'éclaira; il jeta son chapeau sur la table et les poings aux hanches, regardant les paysans, se mit à rire, à rire! Puis se tournant vers ses camarades, il s'esclaffa: «Voilà vraiment une situation de comédie, camarades, c'est une farce comme on aurait peine à en inventer!» et il cria aux mercenaires stupéfaits: «Libérez-les, libérez-les immédiatement, tous les trois.» Et se tournant vers la table: «Ce sont les parents de ma fiancée! de mon Elvire! Et moi qui ne cherchais même pas à savoir où on était, je tombe dans le pays de ma famille.» Aussitôt, quels cris de joie et d'allégresse autour de la table!

On invita les paysans à s'asseoir. Le capitaine passa son bras autour de l'épaule du vieux. Les larmes aux yeux, il lui demanda pardon. «La guerre est un rude métier, une invention du diable. Mais qu'y faire! Les rois et les empereurs se prennent aux cheveux, le Pape ne veut pas céder.» Mais les paysans, assis de chaque côté du capitaine, restaient silencieux. Il leur fit verser à boire, servir du rôti; ils effleurèrent à peine leur verre des lèvres et gardèrent les yeux fixés devant eux.

Tout à coup le plus jeune, celui qui s'est enhardi à parler le premier, fixe le capitaine et ses gens d'un regard ardent, haineux presque: «Et comment va, monsieur mon beau-frère, votre fiancée, notre sœur, là-bas en Espagne?» — «Je n'en sais rien, voici bientôt six mois que je suis parti.» — «Elle est venue chez nous, elle voulait nous revoir avant son mariage.»

Le capitaine attrape le père par sa veste rouge, déchirée. «Elvire est chez vous?» Le paysan fait signe que oui. «Mais pourquoi n'avoir rien dit? Pourquoi?»

La sombre expression des paysans le frappe, il s'écrie : « Vous a-t-on battus, volés ? »

Le père répond de la tête, en haussant les épaules : « En plus du reste. » — « On vous rendra tout, vous entendez, jusqu'au dernier sou, et j'ajouterai l'équivalent en réparation. Mais par le diable, maintenant, je vais voir ma fiancée, je ne peux tenir plus longtemps. Excusez, camarades. »

Il se lève brusquement, pris soudain d'un pressentiment sinistre, angoissant, entraîne le vieux et ses fils. « En avant, nous boirons plus tard. Elvire me versera le vin de la bienvenue. Il faut que j'obtienne mon pardon de sa bouche. »

Sur ces mots, il abandonne la tablée, elle-même saisie d'une sourde inquiétude. Les trois paysans sortent devant lui. Sur un regard qu'échangent les officiers autour de la table, trois d'entre eux se lèvent et, avec quelques soldats, partent derrière le capitaine.

Le chemin n'est pas long. C'est un petit village coquet, au fond d'un vallon, adossé au flanc sud de la montagne. Les trois paysans le font passer devant l'église, puis se retournent pour lui indiquer une ferme. Un sergent traverse au même instant la porte grande ouverte. Le capitaine s'y précipite avec sa suite et crie à travers la cour : « Alors, où est-elle, où ? » Mais les gens ne disent toujours rien. Il sait maintenant qu'il y a eu quelque chose. Il crie, rouge de colère : « Où ? morbleu ! Où ! Vous moqueriez-vous de moi ? » Les officiers, ses camarades, se sont approchés tout près de lui et lui tapent sur l'épaule. Maintenant, ils sont entrés dans la maison basse. Le jeune paysan, le visage fermé, montre du doigt une porte devant laquelle ils viennent de s'arrêter. Le capitaine s'avance d'un pas, presque d'un bond. La porte est fermée. Il secoue la poignée. Il crie : « Elvire ! » Les appels plaintifs du père se joignent à ses cris : « Elvire, ma petite fille chérie ! »

Une voix d'homme répond de l'intérieur : « Allez à tous les diables, butors ! »

Le capitaine reste figé sur place une seconde. Puis il se lance, frappant du poing et du pied contre la porte. Un de ses camarades qui est près de lui veut le retenir. Il pèse de l'épaule contre le battant. La porte saute de ses gonds et vole en éclats dans la pièce. Le sergent qu'ils avaient vu entrer se tient là contre le mur, l'épée nue, la porte à ses pieds. Sans arme, le capitaine bondit sur lui comme une bête sauvage. L'autre, à la vue de l'officier, est paralysé d'effroi ; il abaisse son épée. Nobrega l'attrape, le prend à la gorge, serre. Ils luttent debout, l'homme étranglé se débat. Nobrega se jette à terre sur lui et frappe sa tête contre le sol. Puis, il le lâche. On entend un râle affreux. Le capitaine, qui n'a pas encore regardé autour de lui, se relève, s'avance vers les soldats. « Emportez-le ! » Ils saisissent le corps par les pieds, le traînent dans le couloir et le jettent dans un coin.

Dans la chambre, sur le lit, au-dessus duquel est suspendue l'image d'une sainte, une forme humaine est allongée, recouverte des pieds à la tête. Le père et les frères s'approchent et palpent le drap, au pied du lit. On entend un faible gémissement.

Nobrega se détourne et, les traits raidis, dit au père : « Découvrez-la, saisissez-la, je ne peux pas. »

Le père se met au bord du lit et tire lentement le drap qui recouvre la tête comme s'il soulevait la peau au-dessus d'une blessure. Une épaisse chevelure noire apparaît tout d'abord, puis une partie du visage, affreusement meurtrie. Cela peut être le front, les yeux, ou les joues. « Mon enfant, mon enfant ! » implore le père. Le fils a relevé la tête et fixe durement les soldats. Le père découvre la jeune fille jusqu'à la poitrine. Elle gît dans sa robe bleue, un foulard rouge sur un bras. Le sang a coulé du visage, de la joue profondément entaillée sur le cou et jusque sur la poitrine.

Elle remue les lèvres. Le père implore tout près de son oreille. « Que fait ma petite fille ? Elvire, nous sommes là. Viens. Ton fiancé, le capitaine, est là. »

A ces mots, la jeune fille s'agite, reste à demi assise, les mains appuyées derrière elle. Le foulard rouge glisse le long de son bras. De son œil resté ouvert, elle regarde dans la pièce, reconnaît Nobrega, fixe longuement son visage pétrifié, sur lequel ne court aucun tressaillement. Le capitaine vacille sur ses genoux, puis se raidit. Alors, elle pousse un grand cri, lève un bras, s'écroule et crie, et crie.

A ce cri d'alarme, les deux fils du paysan se retournent comme sur un signe, se précipitent dehors. Quelques pas le long du corridor, puis on entend un vacarme. Ils reviennent déjà, l'un armé d'une faux, l'autre d'un fléau. Ils hurlent : « Va-t'en, père », et déjà ils frappent les officiers. En un instant, deux sont atteints et tombent. Ils continuent à frapper. Le terrible fléau tombe encore sur un officier. Mais les soldats arrivent ; les deux garçons sont saisis par-derrière, jetés sur le sol et traînés dehors. On attrape le père lui aussi, mais le capitaine, rengainant son épée, dit d'une voix éteinte : « Laissez-le. »

Après avoir replacé la porte brisée, il reste debout durant un quart d'heure, près du lit, sans le moindre mouvement. Il s'agenouille à côté du père. Elle gémit. Ce gémissement ne trouble pas le capitaine. Il ne parvient pas à fixer ses pensées, il ne dit pas un mot.

Un certain temps s'écoule ainsi. Soudain, un tumulte éclate au-dehors. Au loin, on entend des appels. Les trompettes sonnent l'alarme, le tambour roule. Brusquement, le capitaine se lève, ramasse son chapeau, rajuste son ceinturon. Il empoigne la porte, la déplace et sort.

On se bat dans le pays. Le village a vu que l'on enchaînait les deux frères dans la court et qu'on les entraînait, sanglants, vers le camp des Espagnols. Les paysans se sont assemblés. Ils attaquent par surprise, libèrent les deux frères, abattent les soldats.

Tandis que les cloches de l'église sonnaient le tocsin, le capitaine parvint à se dégager, non sans péril. Le lendemain seulement il lui fut possible de se risquer dans le village incendié. La ferme qu'il recherchait était brûlée jusqu'au ras de la terre. Pas la moindre trace du père ou de la fiancée.

Le capitaine poursuivit honorablement cette campagne jusqu'au bout. Il entra avec les autres dans Rome, puis il rembarqua avec son régiment pour rentrer en Espagne.

Il se rendit à Alcola où Villanova attirait autour de lui nombre de croyants. Villanova était, ainsi en décida le destin, disciple de Loyola.

Bien que Nobrega n'eût aucune faute grave à confesser, il se sentait coupable, et dans une situation désespérée. Il ne lui suffisait pas de recevoir l'absolution. Il était trop bouleversé, trop profondément touché. Villanova vint à son secours.

Le Père Faber, lui, n'avait été qu'un pauvre serf. Il ressemblait à cet autre Père Faber qui avait partagé la chambre de Loyola, à Paris, au collège Sainte-Barbe. Faber était obligé de lutter durement contre ses sens. De forte stature, son corps marquait même une tendance à l'embonpoint. On l'avait envoyé tout jeune dans un couvent et il était devenu un moine mélancolique, lorsqu'un jour la voix de Salmeron, l'Espagnol, parvint jusqu'à lui. Il l'entendit prêcher dans son monastère et se confia à lui. Faber était à peine entré dans sa cellule que Salmeron lui dit : « Cesse tes exercices, cesse ton jeûne, que vas-tu donc exiger de ton pauvre corps, tu le vides de ses forces, tu es pareil au voyageur qui doit faire une longue route et qui, au lieu d'entraîner ses jambes, les épuise et ne peut plus se tenir debout. Tout est tellement, tellement plus simple ! » Et il lui révéla l'obéissance et la discipline. C'était le bonheur et, pour moitié, le salut. Ce fut encore plus que cela, lorsqu'il se joignit à d'autres Frères, au sein de la Compagnie de Jésus. Et maintenant, il fallait le voir sur la Sierra do Mar, dans la savane, dans les forêts, le long des fleuves. C'était une régénération. Les hommes de couleur vénéraient, jusqu'à l'adoration, la force physique de Faber. Les chrétiens, gardant une inextinguible nostalgie du Christ depuis son passage sur terre, recherchaient son image dans les autres hommes. Faber n'avait qu'un mot à dire et les Indiens le suivaient. Ils cherchaient à imiter ses mouvements. Le Jésuite en éprouva finalement du trouble et son confesseur dut le calmer.

Pater Daniel était un jeune homme de taille petite, mais d'une force prodigieuse. Fils d'un homme de guerre célèbre, il était lui-même soldat de naissance. C'était le même Salmeron qui lui avait enseigné que tous les exploits guerriers doivent céder le pas à des hauts faits capables de guider l'humanité vers le trône de Dieu. À lui, il n'avait pas dit : « Tout est tellement, tellement plus simple que tu ne le penses. » Au contraire, il lui avait commandé le jeûne le plus sévère, exaltant son désir d'imposer à son corps l'impossible et lui ordonnant des exercices de veille. C'est avec l'inclination du guerrier à la rigueur la plus absolue que Daniel était entré dans l'Ordre. Et lorsqu'ils abandonnèrent Sao Paulo où, avec ses compagnons, il avait subi tant d'humiliations, il se retrouva dans son élément. Quand les autres, qui cédaient plus facilement à leur fatigue, demandaient la pause, Pater Daniel s'y opposait et poussait, poussait toujours plus avant.

Il y avait aussi les théologiens, ceux qui avaient été sur le point de faire profession de leurs disputes de docteurs. On les avait introduits dans ce cercle d'hommes décidés dont certains étaient disciples directs du grand Loyola. Quel monde ! Quelle gravité ! On sacrifiait volontiers père et mère pour tout cela ! Ils étaient devenus soldats de Jésus, des soldats qui exploraient sans répit l'âme humaine et stimulaient inexorablement les hommes.

## DIPLOMATES INDIENS

Ils marchèrent des semaines durant sans faire halte ; ils voulaient mettre le plus de distance possible entre eux et Sao Paulo. Au nord de la Sierra do Mar, de l'autre côté de l'Alto da Serro, ils traversèrent des vallées marécageuses qui s'abaissaient vers le nord-ouest. À l'occident, les forêts recouvraient les collines et continuaient vers le nord jusqu'aux sources du Mogy Guassa et du Rio Pardo. Mais vers le sud, dans la direction que suivaient les Pères, les Campos se faisaient plus nombreux. Les arbres et les buissons s'espaçaient, il n'y en avait plus que sur les versants.

En tête de la colonne, deux Frères et un certain nombre d'indigènes, munis de haches et de cisailles, ouvraient le chemin quand cela était nécessaire. On les relayait fréquemment. Venaient ensuite les Frères et les autres gens de couleur, par petits groupes, portant et traînant les bagages, les autels, les livres, les croix, ainsi que beaucoup d'objets pour le troc : du drap, de la viande séchée, du sel. Les Blancs qui les accompagnaient avaient pour mission de chasser du gibier et des oiseaux et de pêcher, selon les occasions, avec les Indiens.

Juste derrière ceux qui ouvraient le chemin, des hommes de couleur portaient la grande croix de bois qu'ils avaient taillée eux-mêmes avant le départ. Ils l'avaient fait bénir par Emmanuel, le Supérieur. Tout d'abord, ils y avaient peint un Christ, mais cette image avait un air trop sauvage et les Pères l'avaient fait effacer. Ceux qui portaient la croix devaient chanter sans cesse. Sauf quelques pauses, leurs chants sacrés ne s'arrêtaient jamais pendant la marche et de temps en temps toute la troupe se joignait à eux.

Les prêtres avaient leur raison pour les faire chanter. Ils voulaient gagner à leur idéal les tribus sauvages. Maintenant que les Blancs étaient perdus, après l'échec subit auprès d'eux, tous leurs espoirs se reportaient sur les Indiens. Ils savaient qu'on les observait tandis qu'ils allaient ainsi à travers la contrée déserte, à travers la forêt silencieuse. Les hommes de couleur qui les accompagnaient le leur disaient. Ces Indiens qu'ils avaient rachetés et libérés des camps de terreur paulistes n'auraient pas eu de difficultés à s'échapper tous. Quelques-uns le firent au début et plus tard aussi; ils se méfiaient toujours des Blancs. Mais les Pères avaient calculé juste, ils revenaient. Ils pouvaient bien s'écarter un peu, on ne voyait pas d'un mauvais œil qu'un certain nombre d'Indiens rôdassent autour de la troupe, l'observant et rapportant aux autres ce qu'ils avaient vu. Les partisans fidèles faisaient le reste pour la propagande. Ils appartenaient à des tribus diverses et on les laissait, rarement seuls, le plus souvent en groupes de cinq ou six, retourner chez les leurs. Ils revenaient accompagnés de petites et même d'assez nombreuses troupes. Plus tard les tribus entières se joignirent à leur colonne.

Les Indiens participaient avec une attention... touchante à la conduite de l'expédition — leur expédition. Ils proposaient des emplacements pour les haltes, les chemins à suivre. Et les Pères n'eurent jamais à regretter d'avoir suivi leurs conseils. Les Indiens connaissaient toutes les pistes de la forêt, celles des hommes comme celles des bêtes. Même dans les régions qui leur étaient inconnues, ils savaient retrouver leur chemin. Personne ne s'était encore aventuré ainsi dans les contrées sauvages du nouveau continent, sans avoir fixé un itinéraire bien défini, sans porter d'armes et sans être animé d'intentions guerrières.

Mais, en avançant ainsi, le cœur joyeux, les Pères ne pouvaient nier l'angoisse qu'ils ressentaient au milieu de ce mutisme effrayant. Car pour eux, tout restait muet : la forêt, la savane, les cours d'eau, les animaux se hasardant hors du bois, les paresseux qui fuyaient devant eux en clopinant, les vampires dont le vol fendait l'air en sifflant, les essaims d'abeilles sauvages, les crocodiles, les pumas, les papillons, les termites et les singes qui voyageaient sur les cimes. Oui, au milieu de ce mutisme cependant plein de bruits et de sons inarticulés, les Pères de Jésus étaient pris d'une profonde angoisse. Ils se sentaient isolés et impuissants dans ce monde étrange. Si leurs amis à peau foncée les avaient abandonnés, ils se seraient immédiatement égarés, ils n'auraient pu retrouver leur chemin ni en avant ni en arrière. Ils ne connaissaient pas l'art de construire un canot avec des matériaux improvisés, pour passer les fleuves. Ils n'auraient pu traîner leur important bagage, tentation au pillage pour les tribus des alentours. Quand, au milieu de cette solitude, la terrible nuit noire tombait sur eux et, qu'après leurs exercices religieux, ils se relevaient pour se laisser retomber dans les abîmes de l'ombre, cette immobilité d'épouvante les emplissait d'effroi. Parfois des tempêtes et des pluies. Parfois des froissements de feuilles, des appels et des cris. Où se trouvait-on ? L'entrée de la caverne des démons ne devait-elle pas avoir le même aspect ? Alors, ils cherchaient du regard, à travers les arbres, les feux de camps des Indiens, ces feux qui entouraient le convoi endormi comme des cohortes d'anges.

Ces fidèles Indiens restaient silencieux quand ils marchaient en tête de la colonne. Leurs yeux allaient de droite et de gauche, ils épiaient le sol, les arbres, les oiseaux, les interrogeaient. Ils évitaient parfois les pistes de certains animaux et toujours celles des tribus. Les Pères n'en savaient rien. Les indigènes qui, entre eux, n'étaient pas loquaces, ne parlaient qu'exceptionnellement aux Blancs. Au début, ils ne comprenaient pas les questions que leur posaient les Pères et leurs réponses restaient inintelligibles.

Ce n'était pas dans leurs habitudes de parler des choses qui leur semblaient tout à fait naturelles, d'expliquer par exemple pourquoi ils évitaient la piste bien dégagée et bien droite de certains animaux ou de certaines tribus. Ces chemins leur étaient sacrés. En les suivant sans la permission de ceux qui les avaient tracés, on aurait bouleversé les chances de leurs chasses et été conduit à de sinistres expériences. Aussi préféraient-ils, autant qu'ils le pouvaient, se frayer de nouveaux chemins. Les tribus étrangères s'en étaient aperçues, elles avaient d'ailleurs reconnu à l'empreinte de leurs pas que des hommes à peau foncée faisaient partie du convoi. Elles le suivaient alors avec une attention et un préjugé favorables. Cette recherche minutieuse de leur route attirait aux Pères de Jésus beaucoup de sympathie, sans qu'ils s'en doutassent.

Les indigènes choisissaient avec autant de soin les lieux de campement et les genres de chasse. Les Pères ne surent jamais pourquoi leurs fidèles compagnons de couleur n'aimaient pas à abattre certains animaux dans une région donnée et certains autres ailleurs. Les indigènes empêchaient les Blancs qui allaient avec eux à la chasse de tirer, disant que dans ces lieux il ne fallait pas tuer tel ou tel animal. Tout en riant, les Blancs obéissaient, car Emmanuel leur avait recommandé de suivre sans réticence toutes les indications ayant un rapport avec les coutumes de la région. Que de scrupules montraient-ils aussi, ces Indiens, dès qu'on voulait installer le camp dans certaines régions, pour ne pas l'établir à portée de voix ou de vue d'un village qu'ils ne connaissaient pas. Et lorsqu'on repartait, quelques-uns d'entre eux restaient sur place plus d'une heure après les autres. Ce n'était pas pour effacer complètement les traces de leur passage, mais pour faire disparaître soigneusement tout ce qui semblait choquant, et déposer ensuite des présents dans les alentours. Les Pères, au début, avaient voulu laisser des crucifix et des chapelets à l'endroit des camps. Ils le firent même plusieurs fois, mais les indigènes les avaient rapportés en déclarant : « Cela n'est pas la coutume. » Cette phrase, qui revenait souvent, ne comportait aucun commentaire. Les Pères demandaient : « Pourquoi ? Bien sûr, cela ne peut être la coutume de laisser une croix ici, puisque jamais les Pères Jésuites n'y sont encore venus. Mais il faut bien leur montrer qui nous sommes. » Les Indiens répondaient alors, sérieux et inébranlables : « Ce n'est pas la coutume. » La raison de tout cela était la suivante : la Croix, signe de la tribu des Blancs, était un charme étranger qui pouvait apporter le trouble en cet endroit et être néfaste aux travaux des tribus de la contrée. On se serait attiré leur colère si l'on avait voulu malgré tout laisser la Croix.

Les Pères envoyaient aux tribus qui se trouvaient sur leur route des indigènes chargés de cadeaux. C'étaient de très sérieux diplomates et l'affaire revêtait beaucoup plus d'importance que les Blancs n'auraient jamais pu le supposer. Les Indiens choisis délibéraient des journées entières avant de se mettre en route. Ce n'était pas en raison de quelque crainte, mais par souci de ne pas choquer en quoi que ce fût le sentiment des convenances. Il leur fallait, à cette fin, s'informer d'un tas de choses. De cette manière, ils parvenaient à prouver aux autres que leur honneur était sauf et à expliquer pourquoi ils s'étaient joints aux Blancs. Ils se coloriaient le corps de différentes façons. Les Pères n'aimaient pas beaucoup cela, mais ils cédaient. Les messagers confectionnaient, avec des morceaux de tissu réunis par des lianes et des herbes, des costumes étranges et bariolés, dans lesquels ils partaient, pleins de dignité. Les autres Blancs trouvaient ces accoutrements comiques et ne comprenaient pas pourquoi leurs amis de couleur devaient en délibérer entre eux si longuement. Ils n'auraient jamais deviné que, chez les Indiens, la diplomatie doit se costumer selon l'importance de son rôle. Les vêtements étaient pour ainsi dire les lettres de créance auprès des princes indigènes. Ils devaient évoquer certains animaux, montrer à quelle tribu appartenaient ceux qui les portaient et ce qu'ils pensaient des Pères de Jésus auxquels ils s'étaient attachés ; enfin, ils indiquaient qu'ils étaient des hommes libres. Les Blancs restaient comme des analphabètes devant ces costumes, ils ne parvenaient pas à les déchiffrer. Pour les Indiens, au contraire, c'était un peu comme une œuvre littéraire très soignée que l'on présentait à des connaisseurs qui savaient l'interpréter. En outre, ils s'exerçaient à des chants et à des harangues compliquées. L'un prononçait un discours improvisé, une sorte de récit, tandis que les autres y intercalaient un refrain.

Ce refrain n'était pas toujours le même. Les ambassadeurs le choisissaient avec soin, car il formait la pièce maîtresse de leur message. Au début, ils chantaient : « Nous allons avec les grands et nobles Pères, et nous sommes tous des hommes libres. » Ils précisaient en faisant le récit de l'attaque des soldats blancs contre leur tribu, expliquaient qu'ils avaient été enlevés, traînés et enfermés dans les fameux camps de Piratininga, au bord de la mer. Ils racontaient comment on y mourait de faim et suscitaient la pitié et la colère de leurs auditeurs. Puis ils parlaient de leur propre destin. Ces sorciers, les Pères de la tribu des Blancs, étaient venus et avaient menacé leurs gardiens. Comme ces derniers n'obéissaient pas, les grands et nobles Pères, dans leurs robes noires, s'étaient rassemblés et, secrètement, avaient jeté un sortilège puissant contre cette ville de pillards et de criminels, puis ils étaient venus les délivrer dans leur camp. Les Blancs, pris de panique, avaient même offert à ces sorciers de magnifiques présents ; c'étaient ces présents qu'ils transportaient. Les grands et nobles Pères, dans leurs robes noires, allaient maintenant à travers la forêt. Le chœur reprenait alors son refrain : « Nous allons avec les grands et nobles Pères et nous sommes tous des hommes libres. »

Ce récit faisait sensation tout le long de leur route. Des délégués revenaient vers la colonne avec les messagers pour vérifier leurs dires. Et quand ces gens rentraient et déclaraient que tout était exact, les villages ou les tribus envoyaient de petites troupes se joindre au convoi pour le protéger et le renforcer. Le bruit se répandait, en effet, que les sorciers blancs, ayant quitté Piratininga, rassemblaient autour d'eux les hommes de couleur pour retourner ensuite châtier les bandits de Sao Paulo. Une grande espérance se levait partout où passait le convoi des Jésuites, de la Sierra do Mar jusqu'aux immenses savanes, à travers les forêts.

Mais, parmi les déclarations que leurs fidèles Indiens faisaient aux tribus des alentours, il y en avait une dont l'effet était encore plus grand et qui pouvait renseigner les Pères sur la mentalité des hommes qu'ils approchaient. Ils virent toute l'importance que présentaient les questions de nourriture en constatant la force d'attraction du second refrain de leurs diplomates à la peau foncée : « Nous avons beaucoup à manger. »

La plupart de ceux qui les suivaient le faisaient sans résistance et de bon cœur parce qu'ils recevaient sans effort une nourriture abondante. Les Pères ne s'aperçurent pas immédiatement de cet état de choses incroyable et pourtant très naturel. Ils avaient cru qu'une bonne nourriture faciliterait leur enseignement et qu'il fallait en quelque sorte attirer les gens simples par ce moyen. Mais ce n'était pas exactement ainsi. Pour les Indiens, c'est la nourriture abondante et assurée qui prouvait en premier lieu la vérité de la doctrine qu'on leur enseignait. Les Pères Jésuites étaient sûrement des hommes tout-puissants, de grands et bons sorciers, eux qui avaient le pouvoir de s'emparer si facilement et si sûrement des oiseaux, du gibier, des poissons dont on a le plus grand besoin. Il importait donc avant tout — les Pères furent assez avisés pour s'en apercevoir à temps — d'avoir un bon matériel de chasse et des chasseurs expérimentés. Emmanuel résuma ainsi leurs expériences des dernières semaines, cause de leurs succès présents : « Dieu nous dirige et nous inspire judicieusement. Pour certains hommes, la doctrine suit une voie qui passe par les yeux et les oreilles avant d'atteindre l'âme ; mais, pour d'autres, c'est par la bouche et l'estomac. Pourquoi une voie devrait-elle être plus noble que l'autre ? Et, le serait-elle, en quoi cela nous regarde-t-il ? »

Trouver des gens qui s'entendent en fait de pêche et de chasse, cela n'était pas difficile. Les hommes de couleur y montraient les meilleures aptitudes, une fois vaincue leur crainte superstitieuse devant les instruments des Européens. Mais il était plus difficile de se procurer, en quantités suffisantes, fusils, arbalètes, balles et poudre. La multitude qu'il fallait ravitailler s'accroissait du reste chaque jour d'une façon effrayante. Le Supérieur, après avoir admis avec tant de sagesse le principe d'une conversion par l'estomac, devait reconnaître que leur convoi se transformait, se faisait bien matérialiste et ressemblait de plus en plus à une curieuse entreprise d'hôtellerie, à cette différence près qu'à l'hôtellerie, il faut payer.

Leurs inquiétudes devinrent très sérieuses le jour où des émissaires envoyés par leurs diplomates revinrent dans leur costume fantastique et annoncèrent, rayonnants de joie, que quelques centaines de nouveaux adeptes les suivaient de près et atteindraient la colonne le lendemain ou le surlendemain. On se trouvait devant un problème d'approvisionnement insoluble. Mais il fallait accepter la chose si inattendue qu'elle fût. Car la réalité était telle : pour prouver sa puissance à ces gens, il fallait leur donner beaucoup à manger. C'était comme le duel du vieux prophète Moïse en Égypte contre les magiciens du pharaon : leur puissance, comme la sienne, était grande. Mais finalement Moïse l'emporta ; tous les premiers-nés moururent en Égypte et il prouva ainsi la supériorité de son dieu. Les Pères Jésuites étaient capables de faire ce que ne pouvaient faire les sorciers des sauvages, mais il ne fallait pas laisser s'affaiblir cette preuve de leur puissance.

Il se produisit un jour l'incident suivant, qui avait son côté comique, comme beaucoup de choses alors. Des chasseurs, entre autres quelques Indiens de la région, laissèrent paraître une gravité extraordinaire au retour d'une de leurs expéditions coutumières. Toute la troupe se comportait avec une solennité exceptionnelle. Cette gravité solennelle s'était emparée de leurs compagnons de chasse, déclarèrent les Blancs qu'on interrogea, après qu'ils eurent abattu quelques-unes des petites autruches du Campos. Les Pères furent pris d'inquiétude en écoutant ce récit, car ils savaient qu'en l'occurrence, de graves fautes étaient possibles. Ils demandèrent aux Blancs si leurs amis de couleur les avaient avertis ou empêchés de tuer ces animaux. En aucune façon. Les trois Blancs qui étaient au courant des coutumes indiennes assurèrent que ces animaux n'étaient nullement au nombre de ceux que ces gens vénèrent ou craignent. Qu'y avait-il donc ? Avant que l'on eût réussi à tirer la chose au clair, ces Indiens et quelques autres s'approchèrent de la hutte du Supérieur, devant laquelle les Pères étaient rassemblés. Ils se jetèrent sur le sol, ne se relevèrent que sur un ordre formel et se retirèrent en silence avec toujours l'expression de la plus grande vénération. « Vous voyez, dirent les trois chasseurs blancs, ils ont fait tout le temps comme cela. » On apprit quelques heures plus tard que l'agitation de ces Indiens n'avait pas diminué. Ils avaient envoyé deux délégués à leur tribu pour y faire le récit de cette chasse. Ils allaient ramener encore tout un tas de leurs compatriotes. C'est ce qui arriva. L'explication était la suivante : cet oiseau leur était bien connu, il n'était pas précisément rare dans la contrée. Mais pour des raisons qui tenaient autant à la prudence de ces animaux qu'à l'armement rudimentaire des Indiens et à la faible portée de leurs flèches, cette prise était pour eux extrêmement compliquée. Elle nécessitait de multiples rites préparatoires. On pensait que cet oiseau était doué d'un grand pouvoir et des légendes couraient sur son compte. Aussi restèrent-ils perplexes lorsque les Pères Jésuites arrivèrent et que les chasseurs blancs en abattirent plusieurs du premier coup, sans aucune préparation. Sans doute cela tenait-il un peu à leurs armes, mais pas uniquement. Que cet oiseau rapide et prudent se fût laissé abattre par leurs chasseurs prouvait que les Pères Jésuites étaient de grands sorciers.

## CONTACTS AVEC SAO PAULO

L'afflux des gens de couleur toujours renouvelé et impossible à endiguer réjouissait et inquiétait tout à la fois les Pères. Ils arrivaient peu à peu, par groupes entiers, avec femmes et enfants et tout leur attirail. Quand les Pères se rassemblaient autour de leur Supérieur, ils se serraient les mains, s'embrassaient. Pas un jour sans actions de grâces mais aussi sans perplexité.

Ils étaient obligés de mieux s'équiper. On se souvint à la réflexion que quelques nouveaux Frères de l'Ordre, dont le départ avait été annoncé d'Espagne, devaient être entretemps arrivés à Sao Paulo. L'idée leur vint d'envoyer, sous le prétexte de ramener ces Frères, plusieurs hommes y acheter des armes et des instruments. Peut-être pourrait-on décider encore quelques Blancs à se joindre à eux. Une reprise de contact avec Sao Paulo n'avait rien d'attrayant, mais elle était nécessaire.

Après bien des délibérations, qui ne parvinrent pas à chasser toute inquiétude, le Supérieur envoya une mission à Sao Paulo, avec des lettres pour les nouveaux Frères, pour l'Ordre en Espagne, ainsi que pour leur général. Ils mettaient pour la première fois sur le papier leur bonheur, ne faisant qu'une rapide allusion aux tensions qui s'étaient produites à Sao Paulo. Ils refirent plusieurs fois ces lettres à leurs supérieurs de crainte de trop y laisser percer l'enthousiasme qui les remplissait.

Lorsque la délégation, conduite par le gigantesque Père Faber, eut franchi les hauts plateaux bien connus de la Sierra do Mar et se retrouva dans les rues de Sao Paulo, on lui fit une réception vraiment pauliste. Ce n'était pas cet accueil perfide auquel ils s'étaient préparés, mais celui que l'on réserve à des amis qu'on a mis en garde contre les dangers d'une expédition, et qui en reviennent quand même sains et saufs. Dès le lendemain de leur arrivée, le secrétaire du gouverneur tint à leur montrer le chantier de l'église dont ils avaient inspiré la construction. « Quel malentendu, votre départ ! » Les discours qu'ils entendirent durant ces journées disaient tous à peu près ceci : « Le pays est en pleine prospérité, nous aurions besoin d'éducateurs, d'ecclésiastiques, vous êtes les gens qu'il nous faut, vous seuls. » Faber, se souvenant des coups reçus dans ces mêmes lieux, déclara tranquillement qu'ils reviendraient, qu'ils effectuaient simplement une mission, une sorte de voyage d'études. Il allait expédier immédiatement une lettre à la maison de l'Ordre à Rome pour demander l'envoi d'autres Pères. « Non, s'écriait-on, c'est vous, et vous seuls que nous voulons avoir. Nous sommes habitués à vous, tout le monde parle de vous. » Le Père Faber et les gens de Sao

Paulo étaient d'accord pour trouver que ce n'est qu'après la séparation qu'il est possible de voir ce que l'on a perdu de part et d'autre. Cependant, malgré l'intérêt affectueux qu'il prenait au sort des religieux, le doucereux secrétaire du gouverneur ne parvint pas à arracher à Faber plus que : « Cela va bien, ce n'est pas facile, nous sommes en bonne santé et Dieu nous aide. »

Dans le pays, les gens tenaient d'autres propos. Ils laissaient paraître leur dépit, leur méfiance et leur crainte. Assis tous ensemble dans leurs tripots, ils chantaient sans cesse la même chanson : « Ce n'est pas pour que ces fripouilles de religieux viennent jusqu'ici nous embêter que nous avons lâché cette sale Europe. » Suivaient des plaintes plus sérieuses. La bande de Sao Paulo avait déjà appris quelques détails sur le déroulement de l'expédition. On avait espéré un certain temps que les Blancs seraient massacrés rapidement par une quelconque tribu guerrière ou par des Indiens en fuite. Au lieu de cela, ils faisaient de nouvelles recrues ! Quelque chose semblait se tramer autour des nouveaux prêtres. Ils attiraient les tribus à l'écart de la côte. On jurait partout, dans les blockhaus et dans les tavernes, et on buvait.

« Ces chiens nous gâtent nos affaires. Les curés sont et resteront des trouble-fête. Que le diable les emporte ! Que personne ne s'étonne si le commun des mortels déclare : "L'Église, c'est bien, le Pape, très bien, nous en avons besoin, on ne tient pas à mourir sans elle et à aller en enfer. Mais là-dessus, point. On en a assez des manigances des curés, ces exploiteurs du monde."

« La bande noire des curés s'en va dans la forêt, emmène quelques centaines de sauvages et se promène avec eux. Qui croient-ils intimider ainsi ? Ils n'ont pas réussi auprès de nous, nous les avons mis à la porte et maintenant ils se vengent et veulent nous serrer à la gorge, par-derrière. »

C'était bien cela. Ils avaient compris. Les Jésuites leur arrachaient leurs païens.

« Nous n'aurions pas dû laisser partir ces diables noirs. »

« Et qui leur a vendu deux cents sauvages ? »

Les jurons se croisaient. Partout, ce n'étaient que hurlements : « Courons-leur après ! Avec les chiens ! À la mer ! »

Pendant plusieurs jours on parut vouloir s'arrêter à cette décision. Il ne pouvait être question de laisser ces gens-là se fixer dans le voisinage. Puis, ils se calmèrent brusquement, car une nouvelle idée leur était venue. « La bande noire rassemble autour d'elle des Indiens, laissez-la faire. Quand il y en aura assez, nous irons les lui enlever. »

C'était une conclusion et cela mettait fin à tous les débats. Ainsi répondraient-ils à la perfidie et à la fourberie des Pères.

Les émissaires des Jésuites ne rencontrèrent aucune opposition. Ils purent acheter tout ce qu'ils voulaient. On les aida même, avec des attentions surprenantes, à organiser leur renfort que l'on promit de protéger. Deux Pères restèrent dans la ville pour tout régler et garder le contact avec les Paulistes.

## LE PREMIER COUP DE MAIN

Quelques chasseurs d'esclaves de Sao Paulo ayant vu comment les Pères Jésuites réussissaient facilement à pêcher, en pleine forêt vierge, ces précieux poissons rouges ou bruns, se dirent : « Nous pouvons en faire autant. » Et de commander aussitôt à leur tailleur une douzaine de robes noires et à leur menuisier un nombre convenable de croix grandes et petites qui, une fois peintes, ressemblaient exactement à celles que les Pères traînaient avec eux. On avait aussi quelques livres de piété. Tout cela fut emballé. On choisit une poignée d'Indiens dont on était sûr ; on cacha les chaînes et les armes dans des caisses. Il fallut quand même renoncer aux chiens. Ensuite, sans donner l'éveil dans la ville, ce petit groupe de Paulistes se lança sur les traces de la pieuse caravane.

Ils ne suivaient pas exactement le même chemin, mais faisaient des crochets à droite ou à gauche. Les chefs de la bande allaient, vêtus de leurs robes noires, au milieu des pieux cantiques des Indiens et des Blancs, précédés de leurs porteurs de crucifix. Le bruit de l'expédition des Pères Jésuites s'était largement répandu. Ils avaient préparé le terrain, les gredins n'avaient plus qu'à récolter derrière eux. De petites troupes d'Indiens s'approchaient. Les Blancs leur faisaient des cadeaux, leur tenant des solennels sermons (les discours sacrés coulaient encore mieux de la bouche de cette canaille que de celle des Pères), ils s'inquiétaient de leurs conditions de vie, de leurs maladies. Les gens de couleur voulaient des médicaments, ils leur en donnaient un peu. Les bandits paulistes les invitaient à rester près d'eux, à se placer sous la protection du tout-puissant Dieu des chrétiens, de ce Dieu, qui, entre les hommes, ne fait pas de différence selon la couleur et qui choisit le plus faible pour lui donner sa force. La plupart des Indiens ne se le faisaient pas répéter. La haine et la crainte des brigands à peau blanche était générale parmi eux. Lorsque après quelques semaines d'une marche lente ces criminels eurent rassemblé autour d'eux un nombre suffisant d'hommes de couleur, ils transportèrent à l'écart au cours d'une nuit tout ce que les Indiens avaient en fait d'arcs et de flèches, de lances, de boucliers, puis ils ouvrirent leurs caisses et sortirent les chaînes et les armes. Ils se jetèrent par surprise sur les Indiens pendant leur sommeil et les enchaînèrent. Ils ne furent obligés d'en abattre qu'un très petit nombre.

Au jour naissant, toute cette troupe qui se tenait là, chargée de liens et de chaînes, fut entraînée à marches forcées. En chemin, ils furent attaqués. Quelques hommes de couleur de la contrée étaient parvenus à s'enfuir et avaient mobilisé leurs villages. Mais on s'en tira sans encombre. A leur rentrée, ils ne firent aucun bruit autour de cette expédition, non par crainte, mais afin de pouvoir renouveler le coup.

Les soldats de Jésus s'avancent à travers la forêt vierge et la savane épineuse, chantant, priant et catéchisant. Tout d'abord, ils suivent le Rio Tiete, puis changent de direction vers le sud et traversent le Parana-Panema. Ils apprennent par ouï-dire que de nouvelles guerres se préparent ou éclatent dans cette Europe infiniment lointaine où l'on amasse toujours plus d'or pour lever des armées et abattre l'hérésie. Pendant la période des pluies, ils sont forcés de s'établir sur place mais reprennent leur marche dès le retour de la saison sèche. Leur avance se fait plus lente ; leur troupe, toujours plus importante, ne se déplace que difficilement. Ils n'oublient pas leurs Frères dans la mère patrie, en Espagne ou en Italie. Ils savent que deux Pères Jésuites sont restés dans cette odieuse cité de Sao Paulo, qu'ils s'occupent, par tous les moyens dont ils disposent, à leur fournir du renfort, tout en s'efforçant de maintenir la liaison entre l'Europe et eux, les Pères audacieux qui s'enfoncent toujours plus profondément au cœur du nouveau continent, comme le fil à plomb cherche le centre de la terre. Le convoi compte à présent plusieurs milliers d'Indiens, c'est un véritable village ambulant. Les Pères ne recrutent plus. Ils désirent ardemment atteindre au plus vite Parana où une prodigieuse et solennelle mission les attend. Ils sont impatients, mais si heureux d'avoir fait ce voyage à travers les mers pour trouver de tels enfants, tout un continent d'enfants à qui ils apportent la grâce céleste.

Un matin, après l'arrivée de quelques hommes, une agitation, des chuchotements s'élèvent dans les groupes d'Indiens. Les Pères s'inquiètent ; ils apprennent de la bouche des nouveaux arrivés que d'autres religieux s'avancent dans la forêt. Ils viennent de l'est, du côté des montagnes, et rassemblent, eux aussi, les hommes de couleur. Les Frères annoncent la nouvelle au Supérieur ; on ne comprend pas. L'Ordre des Dominicains ou celui des Franciscains aurait-il envoyé une mission ? Mais ils n'en ont jamais entendu parler et ont peine à croire que les autres aient voulu traîner jusqu'ici la querelle des Ordres. Ils envoient des éclaireurs pleins d'expérience ; en attendant ils établissent le camp sur place. Ils sont inquiets et agités. Quelques jours plus tard, contrairement à ce qui s'était passé jusque-là, les éclaireurs ne sont pas encore rentrés. Les Jésuites patientent une semaine, mais ensuite l'anxiété s'empare d'eux. Ils resserrent les limites du camp. Quelques Indiens s'offrent pour aller à la recherche de leurs frères, mais ils reviennent vite. Des tribus de la région, des Ibirayas, hommes petits, très vifs et vigoureux, les suivent de près. Les éclaireurs hurlent que ces Indiens sont sur le sentier de la guerre. On supplie les Pères de distribuer des armes. Tout le camp est en révolution, les hommes se rassemblent. On ne peut pas leur refuser des armes. Les Pères voient avec étonnement combien la fureur guerrière peut transformer des gens paisibles et ils sont obligés d'admettre, non sans horreur et dégoût, que les danses de guerre se déchaînent dans le camp.

Dans le danger, les Pères de Jésus ne connaissent pas la peur. Après une courte prière ils se sentent invulnérables. A une dizaine, ils quittent les retranchements et s'avancent à travers les hautes herbes. Personne ne les accompagne.

Ils perçoivent des bruissements, des mouvements dans

une partie de l'épaisse savane. Ils s'avancent dans cette direction en chantant. Brusquement, une troupe de petits hommes à peau rouge les encercle et les oblige à s'arrêter. Un instant plus tard, les herbes s'entrouvrent et un vieil Indien, entouré de quelques guerriers, surgit devant eux. Il les regarde d'un air sombre en s'appuyant sur sa lance, comme les autres.

Lorsqu'il commence à parler — aucunes salutations n'ont été échangées — on s'aperçoit que les prêtres ne comprennent pas la langue qu'il emploie. L'un d'entre eux retourne au camp, sous la garde de guerriers, et revient avec des interprètes.

« Vous n'avez pas nos gens. Qui les a ? » Emmanuel fait savoir qu'ils sont partis de la côte depuis des mois. Si ce sont des Blancs qui retiennent leurs gens, ils ne les connaissent pas. Quant à eux, ils ne sont que des prêtres, veulent simplement apporter aux Indiens un joyeux message du ciel, un message destiné à tous les hommes. Le chef répond : « Les autres ont dit la même chose et ils ont enlevé nos parents. Quelques-uns nous l'ont raconté après avoir réussi à s'échapper. Ils portent des robes noires comme vous, ils tiennent le grand morceau de bois, ils chantent comme vous. Après, ils ont enchaîné nos parents. » Les prêtres sont consternés. Père Emmanuel comprend aussitôt que c'est un coup des Paulistes. Le chef l'observe. Un remous se produit chez les Blancs. Allez, vous qui possédez la Lumière, afin que la Nuit ne vous surprenne pas, car celui qui marche dans la Nuit ne sait pas où il va. « On vous a trompés méchamment. Les gens qui ont fait cela sont des criminels. » — « Ils portaient des robes noires, ils tenaient le grand morceau de bois et ils chantaient. C'étaient des Blancs. » — « Ce sont des imposteurs. Croyez à la Lumière, afin de la posséder, vous qui êtes fils de la Lumière. » — « Y aurait-il parmi les Blancs des imposteurs capables de dérober vos instruments de magie ? Cela ne se peut pas ! Vous auriez déjà fait périr ces ravisseurs ! » Emmanuel, déjà irrité, se durcit en écoutant ces paroles païennes : « Notre force est dans le Dieu du ciel. Nous n'avons pas d'instruments de magie. La punition de Dieu s'abattra sur les criminels. » Les Indiens, nullement convaincus, discutent longtemps à l'écart. Est-il possible que des bandits puissent dérober les bois et les vêtements magiques des prêtres ? Comment se fait-il que les prêtres blancs restent là, silencieux. Peut-être sont-ils en train d'exercer leurs sortilèges. Emmanuel sent tout son être se raidir : « Nous sommes là, nous les chrétiens, comme des accusés, et obligés de nous laisser juger par eux. » Et, un instant, le vieux soldat se réveille en lui. « Des armes, sus aux brigands, incendions Sao Paulo, ce nid de pirates. »

Les Indiens ont longtemps palabré. Le chef fait dire aux Blancs d'agir en sorte que leurs frères, leurs pères et leurs amis reviennent. Il menace les prêtres : « Vous devez les ramener. » Puis, avec ses hommes, il se retire rapidement. Les prêtres retournent dans leur camp, où on les accueille, effrayé de leurs mines abattues.

Quelques-uns des Frères fondent en larmes dès qu'on commente l'incident. Emmanuel est rempli d'amertume. Tard dans la nuit, tandis qu'à la lueur du feu de camp ils se retirent dans leurs tentes, Mariana s'approche du Supérieur. Emmanuel pose sa main sur lui, comme sur un animal fidèle. Mariana saisit sa main : « Tu tiens. Nous les vaincrons, sois sans inquiétude. » — « Ils vont nous massacrer, l'Église est couverte de honte. » — « Tu les vaincras, Frère Nobrega, tu tiendras. » Comme le regard du jeune homme est clair. Un peu de joie pénètre dans le cœur d'Emmanuel. Il peut aller s'étendre pour dormir.

Des semaines difficiles suivent alors. Le camp des Pères se vide terriblement, la panique fait son œuvre. Les éclaireurs annoncent : la tribu suit de loin, ces gens attendent que les Pères leur rendent leurs frères, leurs pères et leurs amis. Ils sont persuadés qu'ils peuvent le faire et que si leurs parents ne sont pas encore là, ils en sont responsables. La nouvelle s'est propagée comme une épidémie dans toute la contrée où ils passent et ils avancent à travers des espaces vides. Ils rencontrent des villages abandonnés. Ils laissent des présents derrière eux, mais c'est en vain. La trahison agit terriblement. Leur suite, elle-même, que l'on pouvait croire définitivement acquise, se dissout. La confiance des Indiens est mise à une rude épreuve, car ils ne parviennent pas à délivrer les captifs.

C'est alors que se produisit le miracle. Un certain nombre de captifs reviennent. Ils ont pu s'évader du grand camp de Sao Paulo avant d'être conduits sur les navires. Ils racontent à leur tribu comment, au cours d'un orage violent qui s'abattit sur la vallée, la foudre était tombée sur la maison des gardiens, éclair sur éclair. Tout le camp s'était trouvé submergé sous des trombes d'eau, le fleuve avait envahi la vallée. Tous les gardiens furent foudroyés. Eux, ils avaient pu s'enfuir avant l'arrivée des Paulistes.

Les Pères Jésuites apprirent cette nouvelle tout d'abord par des messagers, car ces gens étaient retournés aussitôt dans leur tribu. Plus tard, une délégation de cette tribu qui les avait suivis vint se présenter. Cette fois-ci, il y a tout un cérémonial de salutations devant le camp. On échange des présents. Les Indiens si avares de paroles deviennent loquaces pour exprimer leur reconnaissance. Ils sont maintenant pleins de respect. Ce sont les Pères Jésuites qui ont envoyé l'orage, ce qui, étant donné le grand éloignement, constitue une performance remarquable.

En repartant, ils laissent deux de leurs apprentis sorciers auprès des Jésuites pour recevoir leur enseignement. Eux-mêmes ne peuvent être gagnés. Ils se retirent dans leur ancien territoire et donnent à entendre qu'ils comptent sur le retour de ceux qui ne sont pas encore libérés.

# L'ENSORCELLEMENT DE MARIANA

Avant que les Jésuites, venant du nord, passant par les territoires des Tayaobas et des Tbirayas, se fussent approchés de la Terre Promise, sur les rives du Parana, ils eurent à subir une perte cruelle.

Le jeune Mariana, la joie de tous les Frères, le benjamin, mourut.

Tel un fruit mûr, il tomba.

Ce voyage les transformait tous. Cela tenait à leur activité inlassable auprès des Indigènes. Ce qui les transformait ainsi, c'était le jour, la nuit, le grand soleil, la lune pâle, l'éclat bouleversant des étoiles, la forêt et la savane, les oiseaux et, dans les fourrés, les animaux dont ils devaient se défendre. Comme autrefois dans l'esprit guerrier des premiers conquérants, tout cela s'imprégnait dans l'âme de ces Blancs qui avaient habité des contrées nordiques, la plupart dans les villes, penchés sur leurs livres. Toutes ces plantes, toutes ces bêtes épuisaient leur vie à force de rayonner dans cette atmosphère. Les pluies diluviennes gonflaient les fleuves, les brouillards faisaient disparaître les forêts et les plaines.

Mariana s'accrochait à Emmanuel, Emmanuel qui était pour lui le Supérieur, l'Ami, le Destin. Nobrega ne manquait pas un seul jour à ses devoirs envers lui. Le jeune Frère s'ouvrait à lui sans réserve. Mais pourtant, ce qu'il ne parvenait pas lui-même à dévoiler, il ne pouvait l'exprimer. Il menait une vie qui, de mois en mois, allait s'assombrissant. Son âme semblait s'être dédoublée. Une partie de cette âme prenait un chemin que l'autre se refusait à suivre. Mariana, comme tous les Pères, avait la conduite d'un groupe d'Indiens, toujours les mêmes. Ces groupes qui, tantôt s'accroissaient, tantôt diminuaient, comprenaient en général une centaine d'hommes ; les Jésuites y dirigeaient, réglaient la vie quotidienne, jusque dans ses moindres détails. Certains des Pères venaient chercher dans les groupes les hommes les plus aptes à ouvrir le chemin, installer le camp ou s'occuper du ravitaillement. Mariana connaissait bien ses gens, il les aimait. Il demanda un jour à Emmanuel de ne plus prendre personne dans son groupe pour ces travaux. Le Supérieur refusa et, à quelque temps de là, remplaça une douzaine des gens de Mariana. Mariana supporta le coup et remercia, avec une tristesse dont Emmanuel ne put s'empêcher de rire.

Mariana était assis seul, son livre de prières sur les genoux, réfléchissant. Une de ses âmes priait à mi-voix.

L'autre âme rêvait : nous avons laissé là-bas, à Sao Paulo, une vipère. Elle traverse notre route en sifflant. C'est dans l'ordre des choses. Ô Dieu ! toi qui es mon Dieu, es-tu aussi celui des hommes bruns ? Quand ils me regardent avec l'air d'attendre de moi quelque chose, je voudrais pouvoir trouver les mots qu'ils guettent, mais je ne sais pas, je ne sais rien. Je voudrais être l'un des leurs. Jésus, Marie, pardonnez-moi, c'est la vérité : je ne veux qu'être un des leurs.

À cette époque, les Jésuites ne connaissaient pas encore à fond l'âme indienne, et Père Emmanuel demanda aux Frères d'explorer les détours de la pensée chez les hommes de couleur. Il ne comptait pas, comme les autres Pères, réussir à les convaincre par la raison, en leur montrant les défauts de leurs croyances, mais il croyait utile de contrôler leur esprit pour voir exactement jusqu'où pénétrait la doctrine qu'on leur apportait.

Emmanuel avait donné des instructions en ce sens à la suite d'incidents qui l'avaient contrarié : des membres du camp s'étaient accusés réciproquement de sorcellerie ; on ne comprenait pas trop pourquoi. Mariana, lui, alla au-delà de ces instructions ; il se plongea complètement dans l'âme des Indiens. Il n'était pas de la même nature qu'Emmanuel qui avait subi les épreuves de la guerre et avait été conduit vers l'Ordre par un événement bouleversant. Il ne s'était jamais approché du monde et maintenant qu'il était en train de le faire, une toile d'araignée se tissait autour de lui.

Lorsqu'ils établissaient leur camp pour plusieurs jours, il conduisait son groupe de fidèles dans la forêt ou dans la savane et, là, il suivait les ordres d'Emmanuel avec la ferveur qu'il mettait à exécuter tous les commandements de ce dernier. Mais il s'y mêlait en outre une sorte de vertige, d'ivresse et d'extase inquiète. Il se rendait encore compte qu'il s'était assis dans la campagne pour écouter ces hommes et ces femmes lui raconter leurs histoires confuses et il en faisait le récit à Emmanuel. Mais ce qu'il oubliait, ce qu'il ne savait plus, c'est qu'il s'était étendu dans l'herbe avec eux et s'était mis à parler comme eux. Il était entraîné.

Un jour, les Indiens allèrent dans la forêt pour épier les oiseaux. Ils engagèrent Mariana qui les accompagnait à se poster avec eux devant un oiseau qui sautillait dans l'herbe et, la tête en avant, les mains sur les genoux, à observer ce qu'il faisait. Car les oiseaux sont des animaux riches de savoir. Ils sont aussi intelligents que toutes les autres bêtes et bien plus que les hommes, car ils vivent jour et nuit dans la forêt, les marais, la savane, au bord des fleuves et connaissent ainsi beaucoup de secrets que l'homme ne parvient pas à découvrir. Par eux, on peut apprendre comment faire telle ou telle chose, et eux, ils savent encore conjurer le sort. Mariana se mit à genoux dans l'herbe, au milieu des Indiens heureux de le voir si compréhensif.

L'oiseau agite la queue, tourne la tête, fait quelques bonds, lance son cri. Un jeune Indien a compris ce que cela veut dire et, lorsque l'oiseau s'envole sur une branche où il poursuit son chant, il s'élance à son tour, fait quelques bonds, agite la tête, réussit à imiter le cri. Mariana est fasciné, ses épaules ont des mouvements saccadés comme s'il allait prendre son envol. Ses pieds quittent le sol, c'est un saut, il est réussi, encore un autre, il réussit. Les autres ne font pas attention à lui, ils se sont tous mis à sauter, cela devient une danse, c'est une danse. L'oiseau part à tire-d'aile.

Les Indiens et Mariana, qui garde les yeux fermés, restent encore un moment dans l'herbe avant de repartir en chantant. Ils connaissent, à présent, son secret, ils l'aiment et se taisent.

Lorsque Mariana se retrouvait en compagnie du Frère Supérieur, il lui disait combien les gens de son groupe lui étaient attachés, avec quelle ardeur ils suivaient son enseignement et apprenaient à chanter. Emmanuel lui ayant demandé s'il s'était souvenu de ses instructions, s'il avait épié les idées des Indiens, Mariana sursauta. Il avoua l'avoir oublié ; désormais, il y penserait : « Que ta sagesse est grande, s'étonna-t-il, comme s'il apprenait quelque chose. Toi, tu es notre chef, toi, oui. Il faut les pénétrer. La doctrine doit, telle une semence, tomber dans leur cœur et l'irradier de ses racines. » — « Je n'en espère pas autant », répond en riant Emmanuel, et il laisse là son ami qui, rêvant, s'en retourne vers ses hommes d'un pas chancelant. Revenu parmi eux, il reprit, grave et distant, sa surveillance sévère. C'était de nouveau la sainte Église contrôlant discrètement les moindres détails de la vie quotidienne.

Avec quelle attention les sauvages l'épient ! Quelle gravité dans le jeu qu'ils engagent avec lui. Comme ils veulent le comprendre. Ils sont persuadés que dans l'esprit de cet homme se préparent, pour eux, de grandes choses. Les autres Pères dominaient leur groupe par la crainte ; lui, au contraire, descendait jusqu'à eux, sa voix perdait de son mordant, il adoptait leur manière de parler. Bientôt, il leur communiquerait son pouvoir, les conduirait là-bas, vers cette magnifique Terre Promise, dont avaient parlé les vieillards de leurs tribus. Allait-il y parvenir? Les autres Pères blancs le laisseraient-ils faire?

Les Indiens étaient anxieux lorsque, le soir ou le matin, Mariana s'éloignait d'eux pour aller s'entretenir avec les autres Pères. Ils l'observaient à son retour. Il avait alors toujours l'air sévère, un masque semblait posé sur le visage.

Ils faisaient, avec de l'herbe, des nœuds qu'ils accrochaient à sa robe quand il partait, des nœuds dans lesquels ils plaçaient un charme, pour qu'il ne lui arrivât rien. La nuit, quand il dormait au milieu d'eux, ils le veillaient et suspendaient au-dessus de sa tente des fétiches de bois et de paille qui devaient guider leurs aïeux vers lui.

Emmanuel se réjouissait de cet attachement des Indiens envers Mariana, mais avec modération. Un vague pressentiment ne le quittait pas depuis Sao Paulo, depuis le jour où il avait accepté cette expédition, cette expérience, cette tentative dans laquelle il avait engagé Mariana. Mariana avait consenti avec trop d'empressement. Emmanuel savait qu'il était nécessaire d'agir avec diplomatie à l'égard des hommes de couleur, qu'il n'était pas facile de vivre avec eux. L'esprit de ces gens était si différent du leur! Il avait décidé d'échanger un plus grand nombre d'hommes appartenant au groupe de Mariana, mais plusieurs de ceux-ci vinrent le trouver pour obtenir de retourner avec Mariana. Pris de soupçons, il repoussa leur prière et, alors, ces gens disparurent; une douzaine resta pourtant en contact avec le groupe, le suivant de loin, se montrant de temps en temps. Mariana leur demanda de rejoindre la colonne, mais ils n'acceptèrent qu'à la condition de rester avec lui.

Un jour, ils l'attirèrent à l'écart et le supplièrent de partir avec eux, ils le suivraient partout. Les autres groupes se joindraient à eux. Mariana, indigné, repoussa ces propositions. Il se confessa à Emmanuel qui le félicita et lui donna de nouvelles directives. C'était depuis toujours dans les habitudes d'Emmanuel : essayer, laisser courir, attendre une issue et alors, compter sur sa poigne.

Les gens à peau foncée, voyant à qui ils avaient affaire, ne cédèrent pas. Mariana, de son côté, pouvait de moins en moins résister. Il glissait vertigineusement comme un traîneau sur la pente neigeuse d'une montagne. Ils amorçaient leur piège, ils lui apportaient des présents. Il comprit, d'après leurs gestes, que c'étaient des sacrifices. Il se défendit. Oh ! horribles mœurs païennes. Mais comment se débattre lorsqu'on est déjà enchaîné, pieds et poings liés. Les hommes qu'il conduisait se trompaient sur les intentions des Jésuites. Mariana, lui, pénétrait sans obstacle la pensée des Indiens, saisissait de mieux en mieux ce qu'ils avaient compris. Tout se déroulait en secret. Les hommes de couleur qui croyaient en Mariana nouaient autour de lui une sorte de conjuration. Il finit par comprendre ce qu'on lui cachait depuis un certain temps : c'était lui seul que suivaient les Indiens. Après avoir repoussé deux ou trois fois cette idée, l'avoir réprouvée, il s'y trouva pris comme dans un filet. Il n'était encore qu'un doux et tendre jeune homme quand l'appel d'Emmanuel l'avait touché en Espagne, avant de partir sur les mers. Il se crut obligé de cacher aux Frères ce qui se passait dans son groupe. De ce jour, le sort en était jeté.

Une fois, une pluie torrentielle les surprit dans la forêt. N'ayant pas d'abri, ils se blottirent les uns contre les autres. Les hommes et les femmes à peau brune obligèrent Mariana à s'étendre par terre et, avec leurs corps, formèrent un toit pour le protéger de la pluie. Sous cet abri vivant où flottait l'odeur des peaux ointes d'huile, Mariana entendit une voix claire et perçante qui, en espagnol, lui criait : « Mariana, cela n'a-t-il pas assez duré ? Combien de temps encore vas-tu courir sur les traces d'Emmanuel ? » Un fracas retentit, les corps au-dessus de lui se resserrèrent. « Cela n'a plus de sens de courir ainsi derrière Emmanuel. Il n'a pas réussi à triompher des gens de Sao Paulo. Il passe à côté de ces hommes sans les comprendre. Aie confiance en toi ! Courage ! »

Les Indiens resserraient tendrement leur étreinte au-dessus de lui. « Regarde comme ils te suivent. Tu sais mieux les trouver. Toi, tu les conduiras jusqu'au but, Mariana. »

Ils avaient tout préparé pour fuir avec lui. Ils voulaient partir seuls dans la forêt, rassembler des tribus amies. Mariana les conduirait, Mariana, un Blanc, un des leurs. Et bientôt des voix s'élevèrent : « Il nous libérera des Blancs ! Annoncez à tous cette nouvelle ! »

Aux premières lueurs du jour, Mariana se jeta à genoux sur le sol et se mit à lire :

« Et maintenant, la Foi nous rendra justes et nous serons en paix avec Dieu, par la grâce de Notre-Seigneur Jésus-Christ. Par la patience, on acquiert cette connaissance de l'âme humaine nécessaire pour gagner les voies de l'Espérance, de l'Espérance qui nous empêche de succomber. »

Mais tandis que ses yeux suivaient le texte, ses pensées s'égaraient et il frissonna : « Pourquoi donc le Très Saint n'a-t-il pas anéanti la bête, pourquoi a-t-il fait reposer sur nous le poids du salut ? Où devons-nous prendre l'espoir ? Qui me donnera la force de tenir ? »

« Je t'aime, ô Rédempteur ! apporte-nous la patience et la constance. Si tu ne m'offres pas immédiatement ta Paix, donne-moi au moins la patience de t'attendre. Je t'aime, ô Rédempteur, ne m'abandonne pas dans le désespoir. Ne me laisse pas périr. J'ai peur, j'ai peur. Tu as donné la force au chevalier saint Georges, tu lui as permis de tuer le dragon. Pense à nous. J'ai peur, je n'ai pas encore affronté un seul combat. Ô Seigneur, ô mon Sauveur, tous ceux qui m'entourent, tu le sais, ont le cœur joyeux et ne pressentent rien. Pourquoi as-tu voulu que moi je pressente toutes ces choses ? Dois-je succomber, faudra-t-il que je succombe ? Oh ! ne m'éprouve pas trop sévèrement ! Je ne suis pas fort. Ô mon Rédempteur, je t'aime. »

« C'est par le péché d'un seul que la mort a régné sur le monde. C'est par la grâce du seul Jésus-Christ que régneront dans la vie ceux qui ont reçu la Foi et l'esprit de justice.

« Juge éternel, protège-moi, fais que je ne succombe pas. »

Un soir, le groupe de Mariana, auquel, à l'insu du Supérieur, s'étaient jointes beaucoup de nouvelles recrues, ne réapparut pas au camp. Les orages violents qui avaient éclaté firent supposer qu'ils avaient trouvé un abri et attendaient. Au bout de deux jours, on se mit à leur recherche. Des éclaireurs découvrirent que le groupe s'était avancé vers les cataractes. Direction surprenante ! Quelques jours plus tard, Emmanuel, pris d'un sombre pressentiment, se mit lui-même en route : il les croyait égarés et craignait pour Mariana.

La tempête s'était calmée et il semblait évident que le temps ne pouvait être la cause de cette halte auprès des chutes. Emmanuel et ses hommes durent faire un long trajet. Le Supérieur fut pris de frayeur en s'apercevant que le groupe s'était tellement écarté. Enfin, on entendit au loin des roulements de tambour, des sons de trompettes, puis des voix humaines et des chants. Mais ce n'étaient pas des chants religieux. Les éclaireurs indiens qui conduisaient Emmanuel lui dirent : « Il y a là-bas quelqu'un qui est mort. C'est une cérémonie en l'honneur d'un mort. »

« Pourquoi, se demandait Emmanuel, pourquoi cette cérémonie et ces chants païens ? que fait Mariana dans tout cela ? » Il maîtrisa sa colère et voulut rester. Il donna l'ordre à sa suite de s'approcher sans bruit du camp et de lui trouver une place d'où il pourrait, en cachette, suivre le spectacle. Ce fut facile. Comme la région était montagneuse et que les chutes faisaient beaucoup de bruit, Emmanuel put se glisser par-derrière avec les deux éclaireurs. Ceux-ci s'avancèrent encore, puis revinrent rapidement pour lui dire qu'ils avaient trouvé, près du groupe, sur la pente de la colline, une tente vide, où Emmanuel pourrait se dissimuler. Il les suivit, sur les rochers, courbé en deux. Les gens, près des chutes — était-il possible qu'il y en eût tant ! — ne le virent pas car ils regardaient tous vers le fleuve.

Dans la tente vide, dressée avec soin à l'abri d'un rocher, Emmanuel regarda autour de lui. Qu'était-ce ? Là, cet objet, sur le hamac ? Un chapelet ! Il le prit dans la main. C'était celui de Mariana ! Mariana avait laissé son chapelet ; Mariana était parti sans son chapelet parmi les Indiens ! Emmanuel soupesa dans le creux de sa main cette parcelle de Mariana. Il regarda par l'entrebâillement de la tente. « Je veux voir ce qu'il fait. Que t'arrive-t-il, Frère Mariana ? »

Là-bas, ils ont étalé, sur le sol de roche rouge, des branches vertes. Au milieu, une forme presque entièrement recouverte de feuillages, deux hommes dansent autour portant des masques barbares et gigantesques. De temps en temps ils poussent des cris. Des sorciers. Impossible que ce soit un groupe de nos gens. Tous les hommes sont accroupis en silence.

Et maintenant, les regards d'Emmanuel finissent par pénétrer dans ce fouillis de feuilles. Qu'est-ce ?

Un visage blanc. C'est le visage d'un Blanc. Mais ces traits boursouflés ! Il ne le reconnaît pas. Il semble que ce Blanc se soit colorié le visage en bleu, en noir.

« Qui est-ce donc ? » demande Emmanuel, par la fente, aux deux Indiens qui sont allés se mêler à la foule et reviennent avec des visages impassibles. Maintenant, ils se sont couchés, sur le sol, devant la tente. A sa question, ils se retournent sur le ventre et rampent vers lui : « Qui est-ce ? »

Ils sont près de lui. « N'y va pas, noble Père Emmanuel. Ils te tueront si tu te montres. » — « Qui est-ce ? Et où est donc... ? »

Et alors Emmanuel se souvient qu'il est venu ici pour chercher Mariana. À cet instant, voyant les visages des deux hommes à peau foncée près de lui, il comprend : « C'est... lutte Emmanuel. Ô mon Dieu, ô Jésus, mon Sauveur, mon Rédempteur, ô Mère de Dieu, c'est Mariana. Dites, est-ce lui ? » Ils ne disent rien. Emmanuel bondit, ils s'y attendaient, ils le saisissent par les épaules, le repoussent. Il veut crier, une main lui ferme la bouche. En un éclair il est étendu sur le sol, les mains des Indiens ne lâchent pas sa bouche. Ils sont au-dessus de lui, lui murmurant à l'oreille de chaque côté : « Noble Père, noble Père, tu irais vers la mort. Tu irais vers la mort. Ils disent que tu es son meurtrier, que tu es le meurtrier. Reste tranquille, ne parle pas. »

Nobrega réussit enfin à écarter cette main de sa bouche. S'il l'avait voulu, s'il n'avait pas été paralysé, cela lui aurait été facile, à lui, ce géant, d'écarter cette main. « Qu'ont-ils fait de lui ? » — « Il voulait parler à l'esprit du fleuve. Il voulait traverser les eaux avec eux jusqu'à l'autre rive. Tu l'as diffamé auprès des esprits. Alors ceux-là ne lui ont pas permis de traverser. Ne te montre pas. Leur sorcier leur a tout dévoilé. »

« Quelle folie, quelle folie encore ! Eux aussi, ils croient à tout cela ! Oh, chaos sans espoir ! Dieu, dans quel gouffre m'as-tu précipité ? »

« Lâchez-moi, murmure-t-il, nous allons retourner. »

Ils le laissent, l'aident à se relever, lui demandent humblement pardon, disent à voix basse : « Tu es le plus puissant, noble Père, nous resterons avec toi. » La tête d'Emmanuel tourne.

La fente de la tente s'élargit. Les cris, là-bas, ont augmenté. Un troisième sorcier s'est joint aux deux autres et il porte — oh ! horreur —, sur une sorte de fourche, la robe noire des religieux, la robe de son Ordre, de l'Ordre de la Compagnie de Jésus, celle de Mariana, ruisselante et souillée. L'homme lève la fourche au-dessus de lui, la soutane flotte en l'air ; dans l'encolure est fixée une grosse boule de chiffons surmontée de plumes bariolées. Elle est peinte et veut représenter une tête. Les hommes se jettent à terre, se relèvent, lancent des cris vers cet épouvantail. Maintenant ils se mettent à danser. Emmanuel reste, devant ses deux compagnons, effondré.

Il se remet en marche. Sa main droite passe sur son front couvert de mouches. Dans son esprit surgit l'image d'une chambre dans un petit village ; il est devant un lit. L'être couché dans ce lit, qu'était-il, autrefois pour lui, dans son autre vie ? Il ne sait plus qui veut aspirer son sang, qui avance les mains vers lui. « Dans quel gouffre m'a-t-on précipité, Dieu tout-puissant ? » répètent ses lèvres. Il rampe et grimpe avec les deux hommes, l'un devant, l'autre derrière. Il reprend sa route, semée de pierres.

## JOURS DE DEUIL ET MESSE DES MORTS

Lorsqu'ils se retrouvent en vue du camp, après deux jours de marche, Emmanuel pense à Mariana, à son jeune et cher ami. Tant de voix l'enveloppent, il est tellement bouleversé qu'il n'avance que pas à pas. Il s'arrête devant un palmier, tout près du camp. Mais ce répit ne sert à rien. Il quitte l'arbre et repart d'un pas d'automate vers le camp. Frère Faber, avec sa puissante carrure, et les autres qui ont été appelés s'approchent alors. Ils regardent leur Frère Supérieur et, sans une seule question, le conduisent dans leur tente commune. Ils apprennent par ses compagnons de couleur ce qui est arrivé. Quand Emmanuel commence son récit, ils pourraient le compléter, car ils en savent déjà plus que lui.

Les Indiens ont vraiment eu l'intention de traverser le fleuve, sous la conduite de Mariana. Mariana a dû perdre la raison. Emmanuel fait appeler les deux éclaireurs. Ils croient qu'ils vont être punis pour leur audace et gardent le silence, mais le Supérieur les remercie, les félicite et leur demande de faire une fois encore tout le récit. Mariana avait été proclamé chef par les Indiens, puis avait assisté à leurs préparatifs de départ et à leurs danses. Souvent déjà il avait dansé avec eux dans la forêt. Avant de monter dans un canot, en compagnie de deux rameurs, pour traverser le fleuve, il interpella l'esprit des eaux, pour qu'il les conduise sur l'autre rive. Mais celui-ci, obéissant à Emmanuel, l'arracha de l'embarcation. Les dernières paroles des deux éclaireurs, quand Emmanuel les renvoie, sont imprégnées d'un profond respect : « Tu as été le plus fort. »

Tandis que les Frères restaient assis, sur le bord de leurs hamacs, bouleversés, les pensées de leur Supérieur étaient au loin.

« Ils disent que je l'ai tué. Mariana, nous avons dû repousser cela loin de nous. Fallait-il que nous découvrions encore cette faiblesse en nous ! Je maudis ces mains qui l'ont touché, ces doigts qui l'ont caressé. Je maudis aussi mon cœur qui l'a aimé. »

Révolté, torturé par la honte, il sanglotait, se frappait la figure (il y avait une petite chambre dans un village, quelqu'un était couché dans le lit). « Je pleure, je pleure, je pleure. Sois calme, ne pleure pas, tu ne dois pas pleurer, je te le défends, bouche, ferme-toi, ravale ! Ô Toi, ne le veuille pas, ne recommence pas Tout, toujours de nouveau. »

Une idée secrète traversa son esprit. « Je ne l'ai pas retenu, je suis coupable. J'ai voulu l'éprouver, je l'ai désigné pour cette expédition et dès ce moment il nous a échappé. Il a parlé de l'auréole des damnés qui couronne le criminel. Oh ! tout ce que je porte encore en moi, oh ! tout ce qui a sa source en moi ! »

« Il faut que vous compreniez pourquoi je pleure. Je pleure Mariana, notre Mariana que Satan nous a arraché. Nous étions là et Satan nous a bernés.

« Frères, il faut que je l'accuse. C'était un des nôtres, c'était un soldat de notre Compagnie. Au milieu de la lutte, en pleine bataille, il est passé à l'ennemi. Quand un Indien nous quitte après avoir reçu l'instruction, le baptême et les sacrements, nous ne le condamnons pas, car la lumière pénètre lentement les ténèbres. Mais lorsqu'un des nôtres, entré dans notre Ordre, élevé au sein de la Doctrine, s'en va et rejette tout ce qui est sien : patrie, parents, Église, notre amour, pour passer un fleuve avec des païens et régner sur eux ; lorsqu'il jette tout au vent pour leurs idoles et leurs danses bestiales, cela est impossible à supporter, impossible. Est-ce bien votre avis ? »

Pendant de longs jours la colonne des Pères ne peut se remettre en route. Emmanuel est effondré depuis la mort de Mariana. Une lumière terrible s'est faite en lui ; de nouveau un voile s'est déchiré dans son âme ; il voit qui il est et ne veut pas le voir et ne peut pas le voir. C'était cela que Mariana avait voulu exprimer quand, au cours de la traversée, il divaguait à propos de la chaleur et de ce continent torride. Emmanuel qui avait alors fièrement répondu : « La Sainte Vérité ne connaît pas les climats », Emmanuel finissait par comprendre que lui aussi, il était pareil à Mariana.

Il traversait une crise terrible. Les Frères décidèrent d'eux-mêmes un jeûne. Quand ils avaient terminé leur surveillance et leurs leçons, chacun se retirait pour se flageller.

Enfin, le Supérieur fit célébrer la messe des morts pour le Frère Mariana. L'anathème était levé. On avait entre-temps reçu des nouvelles donnant à penser que le Frère défunt avait perdu la raison. Des hommes de son groupe — lequel était parti depuis avec son corps et l'épouvantail de sa robe — donnèrent des précisions. Il avait dû souffrir d'hallucinations et de visions. Dans les derniers temps, il avait mené une vie vraiment double : avec les Pères priant et confessant, et aussitôt après allant danser dans la forêt.

Les Pères n'apprirent jamais la vraie fin de Mariana.

Lorsque Mariana avait voulu traverser le Parana, qui courait vers les grandes chutes, l'esprit du fleuve s'était mis à l'interpeller. Une tête courroucée sur le corps d'un serpent gigantesque surgit d'une vague limoneuse. Elle siffla, cracha vers Mariana effrayé. Les Indiens qui, eux aussi, avaient vu le serpent, se mirent à ramer furieusement. La bête les poursuivit. Alors, il n'abandonna pas ses compagnons dans leur détresse. Il s'adressa au serpent pendant que les autres fermaient les yeux et criaient pour se donner du courage. Ils furent remplis de stupeur en s'apercevant qu'il savait leur langue. Mariana lui fit la promesse de lui apporter des présents dès qu'ils auraient gagné l'autre rive.

Le serpent lui projeta alors son écume au visage et, la gueule au ras de l'eau : « Ma sœur Sucuruya m'a déjà parlé des peaux blanches comme toi. Vous êtes des esprits mauvais, vous volez la vie des animaux et des plantes. Sans doute parce que vous-mêmes vous ne possédez pas la vie. On fait bien de vous tuer. » — « N'écoute pas ce qu'on te dit, Grand Esprit. Beaucoup des miens sont des méchants, beaucoup ne sont que des malheureux. Moi je vous aime et ne désire pas dérober votre vie. Je ne veux pas vivre sans vous. » — « Toi aussi tu es sans vie et tu es obligé de tuer.

Que veux-tu me sacrifier ? » — « Tout ce que tu exigeras, Grand Esprit du fleuve. »

Le serpent se dressa hors des flots, avec fracas. L'eau, en retombant, inonda l'embarcation, les rameurs poussèrent des cris aigus. L'Indien qui tenait le gouvernail lâcha la barre et s'écroula, tête en avant, au fond de la barque.

« Alors je préfère te prendre tout de suite. »

À ces mots le serpent fondit sur Mariana, l'enlaça et le tira par-dessus bord.

« Maintenant je suis sûr de toi. »

Sur le fond rocheux, Mariana se débattit, sanglota, gémit, appelant ses compagnons, puis il regarda autour de lui, dans l'eau. La lumière se fit en lui sur beaucoup de choses et, ensuite, il ne fut plus Mariana.

Lorsque les Frères célébrèrent la messe des morts pour leur malheureux Frère, que de soupirs, que d'appels fervents dans toutes leurs prières. Dans celle de leur Supérieur, quelle lutte pour le pardon : « Ô Jésus, Sauveur du monde, ne te retire pas de nous. Oh ! laisse-toi retenir par nous ! »

On s'éloigna en toute hâte de cet endroit maudit, en direction du sud. Les Pères étaient pris d'une grande impatience. Le Supérieur les entraînait. Il voulait trouver l'emplacement de leur première colonie, et en finir avec beaucoup de choses. Il comprenait qu'il devait bâtir autour d'eux pour les préserver de l'anéantissement.

Les Frères écoutèrent leur Supérieur qui était irrité et d'une sévérité de dictateur. Son visage s'enflammait, ses lèvres et ses doigts tremblaient. Il n'avait qu'un seul mot : « Jérusalem. » Leur colonie porterait ce nom. « Dieu a fait un présent céleste aux hommes, disait Emmanuel, le Verbe divin. Un peuple vivait, il était capable de recevoir ce présent, mais il n'a pas su faire fructifier le Verbe. Il fallait en briser l'enveloppe. C'est pour cela que Dieu a envoyé son fils et maintenant tout ce qui est humain peut avoir sa part du présent.

« C'est seulement depuis Jésus que les yeux des hommes ont des regards humains, que les paroles sont plus que des moyens d'expression. Ce sont les voix de nos âmes qui savent, qui sentent, souffrent et désirent leur rédemption.

« Jésus est au cœur de la vie. Hors de Jésus on ne peut avoir toute sa connaissance. Un être qui se lève le matin, travaille, parle et se couche le soir sans posséder Jésus, a seulement l'air d'avoir sa connaissance. Mais il est sans vie. Nous nous affairons à nos travaux mais nous ne savons ni pourquoi nous courons ni ce que nous désirons. La terre nous retient, nous dirige et nous pousse comme des animaux. Un jour nous nous écroulerons comme une bête de somme sous son fardeau. On nous oblige à tourner la roue d'un moulin dans lequel le grain n'a pas été placé. Oh ! la souffrance des hommes sans connaissance ! L'angoisse les conduit nécessairement au meurtre et cela ne les soulage pas.

« Où ne retentit pas le nom de Jésus, il n'est pas de Moi. En revanche, là où il est entendu, chaque être possède un Moi. C'est une conquête, une paix que la nature est impuissante à donner. Chacun de tous ces « Moi » se trouve ainsi désigné en même temps. Chacun est, sous ce nom unique, appelé par son propre nom. Il n'y a pas de plus profonde connaissance. Jésus est la plus profonde connaissance.

« Vous avez déjà entendu l'axiome : "Je pense, donc je suis." Mais il y a vraie et fausse existence, réalité et illusion. Il faudrait dire : "Jésus est, donc je suis." C'est la vérité, une vérité qui porte la marque du réel : elle conduit vers une vie nouvelle. Maintenant nous savons, maintenant nous ne pouvons plus succomber. Soyens-en pleins de reconnaissance envers Dieu tout-puissant. »

Les Pères avaient les larmes aux yeux. Le Supérieur resserra son long manteau noir.

Il était grand et décharné. Comme les autres, il avait laissé pousser une barbe épaisse, aussi noire que ses sourcils. Quand il serrait ainsi, à deux mains, son manteau sur sa poitrine, le col relevé collant contre son cou raide et sévère, on avait l'impression que ce manteau devenait sa peau elle-même. Son visage, couleur des flammes, d'où jaillissait un nez long et fin, ne tressaillait plus. Le noir de sa robe se répandait sur ses cheveux grisonnants et sur sa grande barbe. Ses yeux rayonnaient de certitude.

Les Pères portèrent plainte auprès de leur Compagnie et du Roi de Portugal contre les mauvais traitements que les gens de Sao Paulo leur avaient fait subir. On aurait pu supposer qu'une punition sévère serait infligée à ces derniers. Mais cette ville était comme une plante vénéneuse en pleine croissance : personne ne voulait s'y piquer les doigts. Les armes de l'Église ne pouvaient pas l'atteindre. Elle avait pris toutes sortes de précautions contre l'intervention de l'État. Son emplacement sur le haut plateau, protégé en avant par les marécages de la côte, en arrière par la forêt vierge, la rendait inattaquable. On aurait pu envisager un blocus. Mais avec quels moyens ? Avec quelles troupes ? Et les autorités le voulaient-elles vraiment ?

LIVRE TROISIÈME

# TERRE DE CHANAAN INDIENNE

# MOI-LE-ROI

LORSQU'EN Espagne, dans sa résidence de Buen Retiro, Moi-le-Roi eut pris connaissance de ce que les Pères Jésuites envisageaient de faire, il n'éprouva pas une joie particulière car l'aigreur était le fond de sa nature. Et pourtant quand ensuite il se releva de son bureau, il avait la démarche plus alerte. Dans son palais, il s'occupait de tout car il croyait de son devoir de tout diriger lui-même. C'est pour cette raison qu'il s'intéressait aux affaires du reste du pays.

Et Moi-le-Roi pouvait être comparé à une plongeuse d'auberge qui se voit apporter, à toute heure du jour, de l'aube jusque tard dans la nuit, des piles de vaisselle sale... car on n'arrête pas de manger : de tous les festins, elle ne connaît que les assiettes qu'elle lave. Pourtant, grâce aux Pères de la Compagnie de Jésus qui séjournaient là-bas dans ces Nouvelles Indes, un rayon de soleil venait parfois le visiter. Il n'y avait pas, pour Philippe, de lecture plus agréable que celle de leurs lettres ; elles étaient plus réconfortantes, plus courageuses que celles du vieux Las Casas. Il posait ces rouleaux sur son immense bureau — son terrain d'opérations — près de son coude droit, à la place réservée en secret à ce qu'il appelait ses « affaires de cœur ». À cet endroit se trouvaient rassemblés : un livre de prières, un chapelet et un panier contenant la nourriture de ses chiens, deux énormes molosses dressés pour la chasse à l'homme. Il s'y trouvait, en outre, un coffret renfermant les rapports quotidiens que lui adressait sa police secrète sur les affaires du palais, sur son proche entourage mais surtout sur sa famille, car il ne s'entretenait pour ainsi dire jamais avec sa famille, il laissait de préférence à ses mouchards le soin de l'informer sur leurs actions et leurs opinions. C'est à cette place enfin que se trouvaient aussi les rouleaux de parchemin que les Pères Jésuites lui envoyaient des lointaines Nouvelles Indes.

Moi-le-Roi restait muet car il avait désappris à ouvrir la bouche pour parler. Parler lui semblait avilissant et juste bon pour des domestiques. Il se serait même bien volontiers confessé par écrit et son directeur de conscience ne le lui aurait pas refusé, n'eussent été les règles de l'Église. Moi-le-Roi, le muet, avait des soucis. Rien n'allait dans ce monde. On avait beau contrôler, ordonnancer, envoyer dans toutes les directions, police, troupes et prêtres, il y avait quand même et toujours des complications. Certains jours, Moi-le-Roi s'effondrait sous le poids des mauvaises, des fausses nouvelles et des plaintes qui affluaient à sa chancellerie. Il pensait, de tels jours, qu'il aurait fallu une bonne dizaine de rois pour mettre un peu d'ordre dans tout cela. Quand il se sentait ainsi submergé d'amertume et d'ennui, il se faisait porter en litière hors de son palais et, de près ou de loin, se mettait à observer les humains. Les prairies, les forêts et les hommes, tout avait l'air si innocent, si calme, si simple ! Mais quels tourments ne vous causaient-ils pas ! Plus on prescrivait, statuait, punissait, ordonnait et plus ils résistaient !

Lui et son Conseil des Indes avaient donné des instructions spéciales destinées aux Amériques. Mais gouverneurs, généraux, capitaines et aventuriers sabotaient tout ce travail. Il y aurait eu de quoi pleurer en comparant les excellentes dispositions prises dans le cabinet royal au résultat final. Un gouverneur, Don Diego de Lenteno, mourait avant même d'entrer en fonctions. Un autre, du nom de Don Juan de Sanabrar, homme très riche — ce qui est en soi une qualité digne d'entrer en ligne de compte — avait reçu l'ordre de partir avec deux cents soldats et quelques familles de Blancs. On avait pris en considération le fait que ces pays d'au-delà des mers n'étaient couverts que de forêts et de steppes et qu'ils n'étaient habités que par des idolâtres. Comme on avait les meilleures intentions à Buen Retiro, même pour la forêt indienne, on recommanda au gouverneur d'entasser dans ses bateaux : blé, orge, seigle, semences de céréales diverses et de plantes utiles. Il avait dû également embarquer fers, aciers, produits alimentaires en abondance. On lui avait, en outre, indiqué dans le détail les catégories d'artisans qu'il devait recruter. Enfin, on l'avait nommé capitaine général, gouverneur, Alguazil Mayor de la province de Rio de la Plata avec droits absolus et pleins pouvoirs. On avait accumulé tout cela sur Don Juan de Sanabrar, dans la chancellerie royale, y ajoutant l'expression de la plus haute considération. Là-dessus, Don Juan prit le chemin de Séville où, à la dernière minute, juste avant son départ, il reçut encore un rescrit royal lui commandant d'interdire, quelles que soient les circonstances, tout commerce avec les Portugais. Sanabrar, muni de toutes ces prescriptions plus sages les unes que les autres, arriva devant ses bateaux. Et il mourut.

On annonça la nouvelle à Moi-le-Roi, dans sa résidence de Buen Retiro, ajoutant que le noble hidalgo laissait un fils en deuil. Le Roi décréta : qu'on offre la même mission au fils. Le fils était riche, lui aussi ; en outre, il était jeune. Il accepta. Les bateaux, l'équipage, le fret, hommes et marchandises, tout était paré, il n'avait plus qu'à embarquer. Il embarqua. Pendant longtemps on resta sans nouvelles du fils et de sa flottille. Enfin, il pénétra dans la baie du Rio de la Plata et put voir sa province. Alors, il fit naufrage et sombra corps et biens. Seuls quelques matelots en réchappèrent, accrochés à des madriers. Ils racontèrent dans la ville d'Asuncion ce qui s'était passé.

Peu de temps après, on rapporta à Moi-le-Roi un événement étrange qui s'était déroulé dans cette région difficile. Juan Romero, capitaine de grand mérite, venait de parcourir le pays avec une centaine de soldats, pour le pacifier. Il s'était servi de deux brigantins pour tenir les Indiens en respect le long des fleuves. Un jour, il remonte une rivière qui se jette dans la Plata. À midi, il descend sur la rive avec ses soldats et s'installe sous une tente pour déjeuner. Et pendant qu'ils étaient là, en train de manger, voilà que la rive se détache soudain, sur toute sa largeur, et s'en va se promener avec eux au milieu du fleuve. Lorsque ces gens s'aperçurent, sous leur tente, que la terre s'en allait sous leurs pieds, se ramollissant et se crevassant, ils voulurent, à la nage, regagner les deux brigantins ancrés près de là. Malgré la force du courant, ils parvinrent à rejoindre leurs bateaux. Mais à peine étaient-ils arrivés sur le pont, ruisselants et haletants, le regard fixé sur les eaux qui se gonflaient, qu'un nouveau glissement se produisit sur la rive. Cette fois, les bateaux eux-mêmes furent renversés et alors il était bien inutile de savoir nager. C'était comme si un chevreuil eût voulu faire face, pour en finir, au jaguar qui le pourchassait. Tout le monde, y compris les brigantins, s'enfonça dans la vase et se noya dans les tourbillons.

Les Nouvelles Indes étaient une source inépuisable d'histoires de ce genre. Quant aux autorités que l'on avait établies dans ces pays, après les avoir choisies et instruites minutieusement, elles n'étaient pas de reste en fait d'escamotages de cette sorte. Les uns se comportaient exactement comme des déments. D'autres entassaient l'or au vu et au su de tous, comme s'ils avaient vécu au milieu d'un monde d'aveugles. On était forcé de les arrêter, de leur reprendre l'or et de les jeter en prison. Dans un coin de ce gigantesque empire, il se trouva même un homme, un homme tout à fait ordinaire, sans fonction aucune, qui déclara la guerre au Roi d'Espagne en personne. Moi-le-Roi était remonté ce jour-là dans son cabinet, éreinté et dégoûté comme d'habitude; ayant posé son cuir sur sa chaise, il s'assit et son secrétaire privé, ayant fini de dépouiller le courrier des Indes, lui lut une lettre arrivée des bords du Maranon, en pleine forêt vierge: on venait de l'y détrôner. Le lieutenant Fernando de Gusmas s'était couronné roi de sa seule initiative. Ce jour-là, Moi-le-Roi désespéra du monde. Il quitta la chancellerie et ne voulut plus s'occuper que de ses chiens. On lui apprit plus tard que ce lieutenant Gusmas, suivi de sa troupe audacieuse, s'était avancé vers le nord, jusqu'à l'Orénoque, tuant, sur son parcours, tous les administrateurs royaux, ces administrateurs que Madrid avait mis tant de soin à choisir et à former. Pour finir, comme on l'apprit par la suite, c'était un Biscaïen bossu, Lopa de Aguerre, qui conduisait cette bande. Ils maltraitaient et massacraient les Indiens sans défense. Et le roi catholique, en sa résidence de Buen Retiro, ne savait plus ce qu'il devait faire, où cela conduirait, ni même où on était déjà, lorsqu'il trouva un jour, sur son bureau, une missive que cet Aguerre, ce bossu de rien, ce meurtrier, lui adressait d'une ville appelée Burburata: « Moi, Lopa de Aguerre, ton vassal, fidèle chrétien, de modeste mais noble extraction, Moi et les Miens avons décidé de mettre fin à l'abominable injustice que ton vice-roi, ton gouverneur et juge exerçait en ton nom. » Et l'homme écrivait encore qu'il était resté à demi paralysé et bossu après avoir reçu deux coups d'arquebuse en combattant pour le Roi. Il poursuivait, injurieux: « Depuis cette heure je me moque aussi éperdument de toute ta grâce et bonté royale que des écrits de cet hérétique de Martin Luther. » Le Roi ne se laissait plus étonner par des choses de ce genre. Toutefois, il aurait voulu savoir ce qu'un secrétaire dévoué, lisant à vos côtés, peut exactement penser d'une telle folie, d'un pareil chaos qui vous glisse sans cesse entre les doigts comme du sable. Mais il avait la gueule gelée, il ne pouvait pas parler. On réussit cependant à en finir, tout au moins pour cette affaire. On fit face à la horde. On ne parvint pas toutefois à s'emparer vivant du Biscaïen enragé pour le faire monter sur la roue. Voyant que tout était perdu, ce tyran estropié étrangla lui-même sa fille ; puis ses complices, qui en avaient assez de lui, crurent pouvoir obtenir leur pardon en l'abattant. Ils furent tous passés au fil de l'épée, ces criminels. Les soldats accrochèrent la tête d'Aguerre dans une cage et la promenèrent à travers les lieux témoins de tous ses forfaits.

Ce pays lointain est vraiment un cabinet des horreurs. Moi-le-Roi en est arrivé au point qu'il finit par sourire lorsqu'un jour son secrétaire particulier — entre autres choses étonnantes — lui annonce : dans la ville d'Asuncion, sur le Parana, siège d'un évêché, l'évêque a arrêté le lieutenant général de la couronne, entré dans la cathédrale pour y assister à la messe. « Ce n'est quand même pas possible ! L'évêque, mon lieutenant général ! » L'évêque a jeté le lieutenant général de la couronne dans un cachot, c'est le gouverneur général qui l'écrit. Il ne reste plus qu'à le croire et à les rappeler tous les deux en Espagne pour ne plus les laisser repartir.

Sur la table de travail royale, les rouleaux des Jésuites sont placés à l'endroit des affaires de cœur. Le Roi les a posés de façon à les toucher du coude droit en écrivant. Il arrive à se mettre parfaitement à la place des Pères Jésuites qui en ont assez des ennuis que leur causent la bêtise et le néant des événements et des hommes et ne veulent plus se laisser déranger dans leur mission. Ils veulent répandre le christianisme ; on les en empêche, alors ils plantent là Sao Paulo et s'en vont dans la forêt vierge. Si l'on pouvait en faire autant. C'est un plan simple, un système très cohérent, pesé point par point et mis en application sans obstacle en dépit de toute la bêtise des choses et des hommes. Il y a de quoi les envier ! En tout cas, on leur accordera toute la protection nécessaire. Le secrétaire particulier prend des notes. Il y ajoute quelques signes indiquant que le Roi a montré un certain plaisir en étudiant cette affaire. Ces signes sont destinés à plusieurs personnalités religieuses et politiques qui, de leur côté, espionnent le Roi et sa famille.

Ayant ainsi inscrit à son compte un crédit de satisfactions, Moi-le-Roi peut s'attaquer à des affaires beaucoup plus proches. Il peut aborder maintenant la question néerlandaise qu'il a laissé traîner. Un duc ayant pleins pouvoirs et une armée seront envoyés dans ces provinces où des imbéciles veulent être protestants bien qu'ils soient Espagnols. On pendra, on décapitera et ensuite tout ira parfaitement bien. « Cette méthode fonctionne déjà dans notre propre maison pour Don Carlos, notre fils, sur le compte de qui nos mouchards nous adressent des rapports très défavorables. »

Moi-le-Roi se couchant le soir, dans son lit, contempla ses bras et ses jambes maigres et exsangues et constata qu'une chair aussi débile suffisait à diriger les choses de ce monde. Les hommes ont graisse et chaleur. Ils composent une société embrouillée, idiote et impuissante. « Je crois, pensait-il, que si on cessait de les diriger ils seraient incapables de faire un seul pas en droite ligne. Ils se jetteraient les uns sur les autres, par caprice et désir de domination, sans penser à l'avenir. Des instincts, c'est tout ce qu'ils ont, ce sont des bêtes. Je rends grâces à Dieu de m'avoir créé et mis à cette place et non à celle de ces princes qui s'agitent un peu partout. Ils rendent leurs peuples malheureux. Les gens de bon sens sauront me remercier. La masse naturellement pas. Elle crie parce qu'elle ne fait pas ce qu'elle veut.

« Je continuerai à être pour elle un berger, bon mais sévère. Je te rends grâces, ô Seigneur, pour ma fonction, pour ma sagesse. Je te rends grâces, ô Créateur, avant tout pour ma propre personne. »

Il rendait grâces aussi à sa mère d'avoir été une Isabelle de Portugal et non pas issue de la maison d'un quelconque marquis, d'un hidalgo, ou — inimaginable — d'une famille de paysans. « M'en avoir protégé et m'avoir donné cette femme comme mère, c'est un trait magnifique de la Providence. » Et ensuite, il rendait grâces à Charles Quint d'avoir été empereur du Saint-Empire, Roi d'Espagne et en outre son père. Et il rendait grâces à tous ses parents, grands-parents et arrière-grands-parents. S'étant retourné sur son lit, il s'endormit après un dernier regard sur ses longues mains jaunes.

En rêve, d'étranges images le poursuivirent. Il se promenait avec ses deux chiens dans les immenses jardins de Buen Retiro. À chaque carrefour se tenait une sentinelle. Quand il s'approchait, elle lui faisait un pied de nez. Il y avait de quoi être surpris. Il vint près de l'une d'elles et essaya de rabattre son bras, mais sans y parvenir. Il alla à la suivante, c'était la même chose. Il les passa toutes en revue, sans succès. Plein de tristesse, il chercha un buisson qui lui cacherait les sentinelles. « Il faudrait, pensa-t-il, leur demander ce qu'elles ont contre moi. » Là-dessus il s'endormit. Le lendemain, il n'y pensait plus.

Les Paulistes discutaient sans cesse du plan des Jésuites, qui voulaient s'établir sur les rives du Parana. Ils avaient décidé de les laisser et de ne cueillir les raisins qu'une fois mûrs. Mais il ne fallait pas perdre la chose de vue, il fallait la surveiller pour ne pas arriver trop tard. On avait malgré tout un certain respect pour les Pères Jésuites parce qu'ils avaient réussi à se faufiler sains et saufs hors de la ville et qu'ils étaient en train de réaliser ce projet intéressant. Ils étaient capables de penser à s'adjoindre un certain nombre de tribus guerrières en guise de protection. On envoya donc derrière eux quelques espions indiens, des Tupis, pour être tenu au courant. Les Tupis étaient des tribus libres et puissantes installées dans le Sud et à l'Ouest. Ils s'intéressèrent à cette affaire et montrèrent de la compréhension pour les projets des Paulistes. Ce n'était pas la première fois qu'ils concluaient avec eux des alliances contre d'autres tribus. Ces dernières avaient invariablement pris le chemin des bateaux de Sao Paulo.

Pour les autorités spirituelles et religieuses de la ville, cette affaire, qui mûrissait lentement, se présentait avec une assez grande clarté. En effet, les deux chefs de file en matière d'esprit et de religion, le secrétaire du commandant et le curé, chantaient sur le même ton. Mello, le secrétaire, était un gaillard d'un certain âge qui conservait beaucoup de mordant et essayait de se faufiler dans le rôle de secrétaire d'État politique. Il n'avait jamais pris part aux batailles ; en revanche, en tant qu'ancien élève des couvents, il faisait preuve d'un certain penchant pour la paperasse et le confort domestique : il occupait la plus belle demeure de la ville. Mello — qui avait l'espoir de prendre le sceptre en mains après la disparition du commandant — s'exprimait ainsi : « Entre Sao Paulo et le Parana, il y a de hautes montagnes, des savanes, des marais et des peuplades en perpétuelle effervescence. C'est bon à savoir. Celui qui, dans ce bas monde, est aussi fort en gueule que nos Jésuites — d'abord si raisonnables et maintenant aussi ardents que des prédicateurs de carême — ferait mieux de retourner dans son couvent. Mais si les couvents sont pleins, comme cela paraît malheureusement être le cas, ils ont bien choisi en s'installant sur les rives du Parana. On dit le pays fertile, ils peuvent très bien s'y cloîtrer. Cependant s'ils s'imaginent avoir réalisé quelque chose de sensationnel, et s'ils croient que nous allons les laisser tranquillement s'établir parce qu'ils nous font la grâce d'y ouvrir un refuge pour leurs tribus sauvages, ils se trompent vraiment. On ne nous enlèvera pas le droit de contrôler qu'ils se cantonnent bien sur leur terrain spirituel et dans leurs prières. Nous jouerons à leur égard le rôle du Pape. »

Le vieux curé, ce demi-gâteux à qui les Jésuites avaient causé bien des misères, faisait chorus, dans la mesure de ses moyens. Mello le méprisait, mais utilisait son baragouinage religieux pour toutes sortes d'écrits. Ce lourdaud bossu tenait de bien curieux propos qui, à vrai dire, ne s'expliquaient que grâce au vin et au climat.

Le digne Hyacinthe répandait autour de lui les idées suivantes :

« Nous avons besoin de nous préparer au ciel et c'est là la fonction de l'Église. Mais, cette préparation doit avoir une mesure. Nous ne pouvons tout de même pas dès maintenant devenir tous des anges. En pareil cas, le royaume céleste serait complètement superflu. Dieu a dû savoir ce qu'il faisait en commençant par nous créer en chair et en os. Il aurait très bien pu faire de nous des anges, sans plus attendre. Or, il ne l'a pas fait. Il est donc de notre devoir de mener tranquillement notre existence d'hommes et de ne pas faire d'efforts démesurés pour échapper à notre état puisqu'il plaît à Dieu. Les Jésuites, nous l'avons bien vu ici, désirent accélérer exagérément le cours des choses. Mais nous avons bien le temps, il ne faut combattre contre notre chair que patiemment et paisiblement. Pourquoi donc vouloir l'anéantir si vite ? Nous avons hérité d'Adam le péché originel, ce péché originel qui pèse si lourdement sur nous, pauvres hommes. Mais, en fin de compte, nous en avons besoin ; sans la chair, pas de salut. Nous, nous acceptons le divin décret, nous nous faisons à la chair et au péché originel. Qui voudra faire de nous des anges, nous l'accuserons d'hérésie. La faiblesse de la chair existe ; inutile d'en avoir honte. Elle nous a été confirmée par la révélation. »

Mello écoutait avec plaisir ce bavardage du vieil ivrogne. Sur son visage avachi et sillonné de rides, pas un trait ne bougeait. Il versait modérément à boire à Hyacinthe : il tenait, malgré la saleté qu'il apportait dans sa demeure, à ce que le curé ne mourût pas trop tôt.

Le jour de la Pentecôte, ladite créature monta en chaire et, ayant cité l'Évangile, commença en ces termes son sermon, face aux notables :

« Alors ceux qui étaient autour de lui, voyant ce qui allait arriver, lui dirent : "Seigneur ! frapperons-nous de l'épée ?" Et l'un d'eux frappa le serviteur du souverain sacrificateur et lui emporta l'oreille droite. Mais, Jésus prenant la parole dit : "Laissez-les faire jusqu'ici." Et lui ayant touché l'oreille, il le guérit. »

Cela s'appliquait, d'après Son Éminence, rien moins qu'aux Paulistes. « Les Jésuites ont voulu vous couper l'oreille, mais elle tient toujours. »

Dans la petite église, pendant le sermon, le gouverneur, ce vieil homme malade, avec ses trous et ses tumeurs dans le visage, restait tassé au fond de son fauteuil d'apparat. Debout à son côté, Mello lui hurlait dans l'oreille, car il était presque complètement sourd, quelques bribes de phrases auxquelles il ajoutait ses propres commentaires. L'autre gardait le regard fixé devant lui, il était déjà totalement abruti et à moitié mort. Pourtant on le craignait encore.

## ARRIVÉE À GUAYRA

La longue colonne parvint dans la province de Guayra, grande région sur la rive gauche du Parana, entre l'Iguazu et le Tiete. À l'est, elle était bordée par les pays des Portugais, au nord par des étendues boisées et marécageuses, non encore explorées. Les Indiens qui vivaient là — à l'est c'étaient les Tayaobas et les Ibirayas — étaient éparpillés en petites bourgades autour desquelles ils cultivaient les champs. Il poussait dans cette contrée des cèdres, des sapins, des pins, des dattiers sauvages ; on trouvait également de la cire et du miel.

À la fin de leur voyage, les Pères n'étaient plus suivis que d'un très petit nombre d'Indiens. Les autres, pour des raisons diverses, s'étaient dispersés et étaient retournés dans leur pays. Les Pères laissaient les choses suivre leur cours. Ces gens leur reviendraient plus tard. D'ailleurs, ils désiraient avoir les mains libres dans ce nouveau pays. Ils furent accueillis par des hommes de couleur dans un village à peu de distance du Parana. Nul Blanc ne vivait dans les environs, pas un seul ne les avait encore pourchassés. Les Pères étant entrés dans ce village accueillant, Emmanuel de Nobrega donna le signal : notre voyage est terminé.

Il était temps que cela finisse ; ils se trouvaient tous ébranlés par les maladies, les fatigues, les émotions. Ce n'est qu'à partir de ce moment qu'il fut possible de voir tous les effets qu'avaient eus sur eux Sao Paulo et la mort de Mariana.

Ils s'étaient éloignés à marches forcées du lieu de malheur. Mais ils avaient beau courir, ils ne parvenaient pas à échapper au souvenir de ce qui s'était passé. À elle seule, la disparition de Mariana, la mort de ce jeune prêtre, avait bouleversé le plan de toute leur mission. Une clarté éblouissante s'élevait de son cadavre qu'ils voyaient tous, étendu près du fleuve, au milieu des sauvages, et ce reflet de soufre les poursuivait à travers la forêt. Ils sentaient bien que les Paulistes n'étaient pas leurs seuls ennemis. Il y avait aussi cette forêt sauvage et sinistre, cette mer verte et démontée. De son sein surgissaient, au milieu d'insectes, d'oiseaux et de singes, des hommes bruns, et tout cela cherchait à les happer comme cela avait saisi Mariana et englouti dans ses gouffres effrayants. Ils avaient cru pourtant que Jésus s'était dressé contre cela et avait vaincu, une fois pour toutes, ce monde primitif.

Le Supérieur leur imposa la règle du silence. Ils n'avaient le droit de dire que le strict nécessaire. Ils parvinrent de cette manière au bout de deux semaines à surmonter cette crise.

Et quand ils entendirent de nouveau leurs voix et se regardèrent, ils ne pouvaient pas ne pas comprendre : ils étaient arrivés ; maintenant ils pouvaient se tourner tranquillement vers les hommes de couleur.

Ils allaient découvrir le bonheur.

Pourquoi le bonheur qui les emplissait tous était-il si illimité et si débordant ? Ils le savaient : parce qu'ils avaient fait plus que convertir les païens et préparer leur salut. Cela les touchait directement. Il leur fallait devenir tout d'abord tels qu'ils avaient cru être, depuis longtemps déjà et tout naturellement. Ils allaient suivre les traces de Jésus. C'est ce que le pauvre Mariana leur avait légué.

Mais en même temps, ils avaient l'intuition qu'une chose se réaliserait ici, une chose qui n'avait jamais eu sa pareille sur la terre.

Jérusalem, ô ville sainte, ton nom est paix ! Tu es construite de pierres vivantes dans le ciel et couronnée de mille anges comme une femme. Élue par la grâce indicible de Dieu, tu es comblée des faveurs du Père. Jérusalem, tu as ta part des trésors de ton bien-aimé, toi, la plus belle de toutes les reines, la fiancée briguée par Jésus, la ville rayonnante de splendeur dans le ciel.

On avait déjà envoyé des hommes dans cette belle et populeuse contrée pour y semer la parole de Dieu. Ils étaient passés comme des nuages rapides qui fertilisent pour quelque temps les terres au-dessus desquelles ils se sont ouverts, mais laissent ensuite les champs retomber dans leur ancienne stérilité pierreuse. Le Père Bolanos, mort depuis longtemps déjà, l'avait traversée et y avait prêché. C'était le disciple du bienheureux Francisco Solano qui, lui, avait enseigné plus au nord-ouest, dans la contrée montagneuse du Chaco. Ensuite vinrent les Pères Ortego et Filds qui poursuivirent de leur mieux son œuvre.

Le groupe des Frères, pourchassé depuis Sao Paulo, était arrivé récemment lorsqu'un matin apparurent deux Frères de leur Ordre qui allaient, indépendamment d'eux, à travers la contrée. Ils arrivaient de Tucuman où était établi le Provincial de l'Ordre, désigné par Rome pour le nouveau continent. Emmanuel était resté au village avec cinq Frères seulement. Les autres avaient déjà essaimé dans la campagne avoisinante pour y sonder le terrain et y commencer leur mission religieuse. Un matin donc, deux hommes arrivèrent, sous la conduite de quelques Guaranis, deux hommes solides, à la peau brune et qui portaient l'habit de leur Ordre. Des sacs qu'ils avaient sur le dos sortaient des manches de haches. Ils étaient armés de gros gourdins. Sous leurs larges chapeaux noirs, ils souriaient à Emmanuel. Les imposteurs, les gredins de Sao Paulo avec notre robe sur le dos, les revoilà déjà ! Jusqu'où ne serons-nous pas obligés de fuir? Son cœur s'arrêta de battre. Il était assis avec deux Guaranis sur une natte devant sa hutte. Mais les autres firent glisser joyeusement leurs sacs de leurs épaules et l'un après l'autre le saisirent dans leurs bras quand il se leva en sursaut. Emmanuel les reconnut : c'étaient les Frères Cataldino et Macéta. « Quelle allure de vagabonds ! » Les Indiens étaient joyeux de voir les trois Pères réunis bavardant et riant. Ils s'attroupèrent autour d'eux.

Les deux Frères avaient beaucoup à raconter au Supérieur. Il y avait des choses pénibles, mais ils exposaient tout sur un ton joyeux qu'Emmanuel et les autres avaient perdu durant leur voyage. Ah ! soupirait Emmanuel, leur aspect, leurs voix sont plus réconfortants que l'ombre.

Ils étaient allés à Villarica et Ciudad Real, plus au sud, de l'autre côté du Parana sur la route de la ville d'Asuncion sur le Paraguay, siège du gouverneur de la province. Cataldino et Macéta, ces deux Frères vagabonds, aux barbes immenses, se coupaient la parole l'un à l'autre :

Cataldino : « Asuncion, c'est là qu'est installé l'évêque. Mais à des dizaines de lieues à la ronde, on ne trouve pas un autre ecclésiastique. Quand nous sommes passés par cette ville, nous avons dû nous arrêter deux semaines, rien que pour recevoir des confessions. Le brave évêque n'en venait pas à bout. Et quelle idée on s'y fait du christianisme. » Ils étaient secoués de rire. « Nous ne l'avons même plus reconnu ! »

Macéta : « À Villarica, il n'y a qu'un moine et il ressemble plutôt à un vagabond. Nous lui avons demandé ce qui lui arrivait et pourquoi il allait ainsi de tous les côtés vêtu comme un gueux. Quelle considération pouvait-il espérer des gens ? Il nous a rétorqué : "Et vous-mêmes ! De quoi avez-vous l'air !" Nous répondons : "Nous voyageons." — "Moi aussi, je voyage toujours de droite et de gauche, on a besoin de moi dans tous les coins du pays." Et c'était bien vrai. Pas une seule partie de son vêtement qui rappelât l'habit d'un moine. Ils lui avaient volé le sien en chemin, nous dit-il, pour s'en amuser. Ce qu'il portait maintenant? Des bottes avec éperons qui lui venaient d'un cavalier dont on avait perdu la trace, des chaussures de sa fabrication, une veste en loques, don d'un gentilhomme, et un grand chapeau à plumes. Il ne s'était pas décidé à arracher ces loques. "Elles sont très belles, disait-il, pourquoi faudrait-il que je les enlève? De toute façon je ne parviendrais pas à être vêtu comme un moine." C'était un brave homme. Son Ordre ne s'occupait pas du tout de lui. Il poursuivait sa mission de sa propre initiative. Il propageait là-bas son christianisme, Emmanuel, et baptisait, baptisait. Dans tous les endroits où nous sommes passés, entre Villarica et Ciudad Real, tout le monde avait été baptisé par lui, tous portaient des noms de saints les plus solennels. » Et ils riaient tous les trois, ils riaient de tout leur cœur. Les Indiens, qui ne comprenaient rien, s'amusaient beaucoup, ils suivaient avec attention la conversation et riaient eux aussi.

Macéta : « Que voulez-vous y faire? Les gens n'avaient pas la moindre idée de nos croyances, le nom, cela leur suffisait et à notre bon moine aussi. »

Cataldino : « Et l'autre qui est venu ensuite. C'était un âne et un fainéant. Lui aussi, il baptisait, mais à Villarica seulement, là où il habitait; il épargnait les environs. C'était un drôle de bonhomme aigri qui ne faisait aucun cas des Indiens. Il avait des varices aux jambes, c'est pour ça qu'il ne marchait pas. Il nous répétait chaque jour: "Laissez donc! Renoncez! Vous êtes vraiment des novices! On perd son temps avec les Indiens. Il faut les exploiter tels qu'ils sont. Pourquoi jeter des perles aux pourceaux! Quand ils ont de quoi bouffer et lamper, ils sont contents. Hormis cela, ils n'ont besoin que d'un peu de crainte et de quelqu'un qui les oblige à travailler." Nous l'avons remercié et sommes partis. Les Indiens dans la ville et les Blancs, eux aussi, étaient contents de lui. »

Macéta : « Nous, en revanche, ils ne nous aimaient pas

du tout ! Ils ne pouvaient pas nous souffrir. Ah ! cela, Frère Emmanuel, c'est un sombre chapitre. Vous n'avez pas encore pris contact avec la région. Vous avez eu votre part d'ennuis à Sao Paulo mais ici on n'en manque pas non plus. Le vieux moine de Villarica avait quand même raison. Les Indiens aiment manger et boire. Ce qu'on leur raconte entre par une oreille et ressort par l'autre. Ce ne sont que des enfants, des enfants. Quant aux Blancs, aux Chrétiens... »

Emmanuel fronça les sourcils : « Il y a des Blancs ici ? Où ? » Macéta : « Pas beaucoup, mais encore trop. Ils sont installés partout, un peu ici, un peu là, à Villarica, à Ciudad Real et à Asuncion. Lorsque nous sommes arrivés à Villarica, exténués, ils savaient déjà que nous approchions, mais par pur amour du règlement ils ont fermé les portes. Il aurait pu venir des brigands ! Et nous sommes restés là avec notre suite — des Indiens récemment convertis et qui connaissaient la route. Grand fut leur étonnement de nous voir ainsi, après un tel voyage et de pareilles fatigues, arrêtés devant une ville où nos Blancs habitaient et dont on fermait les portes devant notre nez. Nous avons passé la nuit sur place après les avoir consolés : tout cela était conforme au règlement. Le lendemain, ils furent assez aimables là-dedans pour nous ouvrir. Ils nous écoutèrent. Ce sont des gens corrects, mais ils ont quelque chose contre nous. Nous leur sommes suspects. Pourquoi ? Parce qu'ils craignent que nous puissions gâcher leurs affaires. Je leur ai dit que ce n'était pas du tout notre intention, que nous ne nous occupions pas du tout de leurs affaires. Ils nous ont conduits dans la salle du conseil. Nous nous sommes excusés d'être aussi loqueteux, mais cela ne leur faisait rien ; ils y étaient habitués ; de leur côté ils n'avaient pas meilleure allure. Mais, même loqueteux, nous ne leur plaisions pas. Il s'agit toujours des détachements, des détachements de travail, Frère Emmanuel, tu sais bien ? » Emmanuel approuva d'un air triste : « Qui ne le sait pas. »

« Ils ont le droit d'occuper les Indiens qui ont fait leur soumission. Le gouverneur fait rassembler les détachements et les répartit là où ils travaillent pour lui ou pour les autres, dans les champs, dans les villes, dans les maisons, dans les mines, cela dépend. C'est un bail, les Blancs doivent payer en échange. » Pas plus que les autres, Emmanuel ne souriait. Les Indiens qui les entouraient s'étaient eux-mêmes arrêtés de rire comme s'ils avaient compris.

Macéta agita son gourdin. Ils s'étaient installés sur la natte : « C'est leur plus importante préoccupation. Nous leur avons dit : "Vous nous jugez mal. Nous n'en voulons pas à votre profit." Nous avons même été jusqu'à déclarer que nous étions tout à fait d'accord avec eux sur la paresse des Indiens, qu'ils abusaient de leur liberté et qu'il fallait les forcer à travailler. Rien n'y fit. Ils étaient prévenus contre nous. Nous avions dû laisser voir le bout de l'oreille. Ils restèrent sur leurs positions : ils avaient déjà leur curé ; ils en étaient contents et on ne pouvait trouver d'occupation pour deux de plus. Les indigènes avaient déjà ce qu'il leur fallait en fait de christianisme. La demande était couverte. Nous n'avions plus qu'à repartir avec notre bazar. Ils faisaient cercle autour de nous, la mine sinistre. Nous leur avons demandé de pouvoir rester seulement une semaine dans la ville pour y prêcher. Mais il était visible qu'il n'y avait rien à faire. Dans la maison où nous étions logés, on nous gardait comme des criminels. » Emmanuel opina : « C'est tout à fait Sao Paulo. » — « Nous voulûmes hâter notre départ et envoyâmes un de nos Indiens dans la localité où nous désirions nous rendre, pour demander à un cacique de venir pour nous y conduire. » Macéta, agressif, frappa violemment sur la natte avec son bâton. Les Indiens le regardèrent effrayés. « Mais cette bande a arrêté ce dernier lorsqu'il arriva devant les portes. Ils l'ont chargé de chaînes et jeté en prison. » Emmanuel : « À Villarica ? » — « Nous avons porté plainte, naturellement. Nous avons fait des menaces. Ils l'ont relâché lorsque nous avons déclaré que nous avions besoin de lui pour continuer notre voyage, que, sinon, nous serions obligés de rester. Ah ! quel mal en chemin pour calmer le pauvre homme ! » Emmanuel : « Avez-vous reçu ensuite bon accueil chez le cacique ? » Les deux Frères s'exclamèrent, rayonnants : « Magnifique ! Ils voient bien qui nous sommes. » Emmanuel en fut heureux.

## LE DOCUMENT

Dans la soirée, il leur demanda comment, après leurs premières expériences, ils envisageaient de poursuivre ici leur tâche. Les deux Pères réservèrent alors au fier Emmanuel une surprise qui lui rendit un peu d'humilité : Macéta tira de son sac, entre des restes de provisions et des couteaux, un papier qu'il tendit à Emmanuel.

Ce n'était rien de moins qu'un arrêté du gouverneur qu'ils avaient réussi à obtenir. Cet écrit spécifiait que le gouverneur donnait aux deux missionnaires : Joseph Cataldino et Simon Macéta, de la Compagnie de Jésus, ou à tous autres de la même Compagnie qui se joindraient à eux pour propager le christianisme dans la province, une patente et des pleins pouvoirs comme suit : Les missionnaires nommés ou d'autres de la Société de Jésus pouvaient, là où ils l'estimaient opportun, essentiel ou indispensable, rassembler et réunir en certains endroits les indigènes en vue de leur donner un enseignement religieux. Les villes, places fortes et villages environnants n'auraient pas à s'immiscer dans leurs affaires. Les missionnaires pourraient protester contre toute tentative d'intervention et s'y opposer.

Les deux braves compagnons qui portaient dans leur sac cet extraordinaire document avouèrent ne l'avoir montré à personne et n'y avoir fait allusion devant quiconque, exception faite du Provincial de Tucuman. Ils le remirent à Emmanuel, leur Supérieur. Celui-ci, reconnaissant, le tint longtemps dans sa main : « Vous avez là un véritable plan de campagne. » Il apparut qu'ils n'avaient pas d'intention particulière au sujet de ce papier. Macéta déclara, non sans fierté : « Aussitôt que nous avons entendu parler de vos difficultés à Sao Paulo — Père Torrez s'en était plaint à nous à Tucuman — nous nous sommes dit : Impossible de faire quoi que ce soit de cette façon-là, ils ne l'admettront pas, ils ont trop peur que nous ne leur fassions obstacle en les privant de leur main-d'œuvre. En outre, dès qu'ils les ont dans leurs détachements, ils ne veulent plus les lâcher. Dans ces conditions, ils ne nous reste qu'une chose à faire : prêcher, enseigner, baptiser, avant qu'ils aillent dans les détachements. Avant ! Tu comprends. C'est ce dont le Père Torrez a discuté avec le gouverneur. » — « Je comprends », dit Emmanuel avec admiration. Macéta se remit à rire de bon cœur : « Une chose est claire, nous avons de l'autre côté du Parana éprouvé les mêmes difficultés que vous et nous sommes arrivés aux mêmes conclusions. C'est bien cela ? ou non ? » — « Oui », approuva de la tête Emmanuel.

Ils regagnèrent de bonne heure leurs hamacs. Emmanuel n'était plus maître de ses pensées : Qu'est-ce qu'ils nous amènent là ! Il était allongé, dans un demi-sommeil, il rêvait.

Et le tendre Mariana, l'ami, s'approcha de lui. Lorsqu'il fut près d'Emmanuel, il fit demi-tour. « Pourquoi ne me regardes-tu pas, Mariana ? » Celui-ci se retourna lentement :

« Alors tu veux les rassembler, tu veux partir avec eux dans la forêt ? » — « Oui. » — « Pourquoi m'avoir adressé tant de reproches, lorsque je l'ai fait ? » — « Était-ce cela que tu voulais ? » — « Oui, c'était cela, mais je le voulais encore plus que toi. » Mariana le regardait en souriant doucement. Ému, il lui tendit la main. Lorsque Emmanuel ouvrit les yeux dans l'obscurité, les chiens aboyaient, mais la voix résonnait toujours : « Encore plus que toi. » Mariana souriait et ce sourire le touchait au plus profond de lui-même.

Emmanuel se redressa dans son hamac. « Combien de temps encore ma pensée sera-t-elle occupée par toi, Frère Mariana, par ton mystère ? Maintenant te voilà de nouveau. Tu ne voudrais pourtant pas m'entraîner à faire ce que tu as fait ! N'exige pas trop de moi, même si nous t'avons pardonné. »

Emmanuel se rallongea. Sur le sol de roches rouges, parmi les feuillages verts, Mariana était étendu. Il tourna la tête vers Emmanuel. Des ombres couraient sur son clair visage qui se fit plus lointain, plus lumineux ; c'étaient des traînées de nuages dans lesquelles Emmanuel se perdit.

Bienheureux, il s'endormit.

Il n'avait plus à choisir.

Il se produisit dans le village un fait très désagréable. Les deux nouveaux missionnaires s'étaient fait accompagner depuis Ciudad Real par un vieil homme blanc. Emmanuel retint cet Espagnol, un menuisier, durant quelques semaines. Pendant ce temps l'homme s'éloigna à diverses reprises dans les environs. C'était une émouvante figure, d'une piété apostolique. Chaque fois qu'il revenait, il manquait quelque chose de nouveau à son vêtement ; il donnait tout, disant : « Vous, les Pères, en tant que religieux, vous prêchez par le verbe. Un pauvre laïc ne pourrait le faire. Moi je distribue le peu que j'ai dans l'espoir de gagner les cœurs. » Il fit preuve dans l'enseignement des langues de capacités et de connaissances remarquables et, lorsque, un jour, il se déclara contraint de partir, les Pères ne se séparèrent pas volontiers de lui. Mais quel ne fut pas leur effroi, après la disparition de l'Espagnol, de voir les visages s'assombrir autour d'eux et de constater que l'homme avait utilisé son séjour à acheter des enfants dans les familles les plus pauvres pour les emmener comme esclaves. Les Indiens du village soupçonnaient les Pères d'avoir trempé dans l'affaire. Le robuste Macéta criait : « Je vais lui courir après, je le mettrai en pièces ! » Les Pères eurent beau protester de leur innocence, ils ne parvinrent pas à chasser la mauvaise impression que cela avait causé dans le village.

Une autre nouvelle qui n'était pas meilleure leur parvint de la région d'Asuncion où les Frères Macéta et Cataldino avaient exercé. Là, les détachements de travail s'étaient soulevés contre les Blancs. L'affaire avait tourné en révolte ouverte, et des Indiens avaient abattu leurs maîtres. Une action militaire était en cours. L'administration locale claironnait : les Pères Jésuites ont trempé là-dedans.

Emmanuel demanda aux missionnaires ce qu'il en était. Les deux Frères se regardèrent, tout d'abord affligés, puis à demi souriants. « Les avons-nous excités, ne les avons-nous pas excités ? Non, nous ne les avons pas excités. » — « Mais quoi encore ? » — « Parle, toi, Macéta. » — « Toi, Cataldino. » — « Pourquoi, moi ? » — « Parce que c'est toi le plus intelligent. » — « Nous avons dit aux Indiens lorsqu'ils se plaignaient à nous du travail forcé et ne voulaient pas nous suivre, nous leur avons dit vraiment : "Vous n'êtes pas des esclaves comme vous le pensez ; mais vous avez été confiés par la couronne d'Espagne aux Espagnols pour qu'ils vous guident pendant quelque temps. Nous sommes venus pour vous le dire et pour vous enseigner la doctrine chrétienne." Et alors ils ont appris que Dieu, notre Père, a créé l'homme et que nous sommes tous égaux devant lui. Dieu — lorsqu'ils nous le demandaient, nous ne pouvions pas le leur cacher — est bien au-dessus du Roi d'Espagne. Par ailleurs, nous les avons, naturellement, invités au calme, à la mesure et à l'obéissance. » Macéta approuva : « C'est exactement cela. » — « Il n'y a pas là matière à procès. C'est la doctrine chrétienne courante. Celui qui s'y opposerait commettrait un crime grave. » Emmanuel cligna d'un œil : « Vous êtes de bons missionnaires ! Les gens vous ont mal compris. » Cataldino : « Et toi, Frère Emmanuel, quand ceux de Sao Paulo se sont déguisés et ont enlevé tes Indiens, qu'as-tu dit à la tribu qui voulait vous attaquer ? » — « Je ne me suis pas gêné pour dire que des gredins s'étaient habillés avec nos vêtements. » Le calme Macéta dit en conclusion : « Il faut toujours mieux parler franchement. » Ils se mirent à rire de bon cœur tous les trois et Cataldino frappa sur l'épaule de son ami : « C'est un ange qui t'a conduit dans notre Ordre, mon enfant, pour que tu apprennes à obéir et à tenir ta langue. »

Cataldino leur annonça que de nombreux fugitifs de cette rébellion apparaissaient déjà dans le Sud. Emmanuel soupira profondément : « Il y en aura encore beaucoup qui s'enfuiront et viendront vers nous. Rendez à Dieu ce qui est à Dieu et à César ce qui est à César. Ils fuient devant César... Il faut que nous nous décidions. »

Il tira le document de sa robe et le posa sur son genou : « Nous avons le même sort que ces Indiens. Ils sont pourchassés et nous sommes pourchassés. Si nous pouvions nous décider à faire du christianisme en paroles, les choses seraient aussi faciles pour nous que pour les autres. Mais comme nous le prenons au sérieux, cela devient difficile. » Cataldino : « Je crois, Frère, et même, quand je te vois, je sais : aussi longtemps que nous avons voulu le faire en paroles, la chose était difficile. Dès que nous agirons, cela deviendra facile. » Emmanuel tressaillit : « Tu crois ? » —

« Pas toi ? » Emmanuel, se penchant en avant : « Pourquoi sommes-nous envoyés ici ? » Cataldino : « Et dans quel but as-tu enduré Sao Paulo avec tes gens ? Le christianisme en paroles est insupportable. »

Emmanuel se leva. Cataldino et Macéta en firent autant. Emmanuel ne parvint plus à se maîtriser, et embrassant les deux Frères : « Le ciel parle par vos bouches. Restez avec moi. »

## LE PLAN

Le bonheur des deux Frères fut immense lorsqu'il leur exposa son plan à voix basse. Il voulait esquiver encore davantage toutes les attaques des Blancs, rompre toutes relations avec eux, et vivre au milieu de ses Indiens dans un village à eux, où ils pourraient donner leur enseignement. C'est seulement en développant devant eux son projet qu'il le conçut pleinement. Tout lui parut soudain étonnamment clair et précis et il avait l'impression que ses paroles lui étaient dictées.

« On pourra nous faire passer pour des utopistes, on le fera même sûrement, mais cela ne durera qu'un temps. Si je présentais une petite graine à un rocher et si je l'en menaçais, il me rirait au nez et me dirait : Je n'ai qu'à me coucher sur le côté et il n'y a plus de graine. Mais si le rocher est un peu fêlé, il suffit de laisser tomber la graine dans une petite fente, elle germera, se développera : la plante fragile fera éclater la pierre. Nous ne nous laisserons pas étouffer. De quelle façon combat l'Église, où est sa force ? Il y a de quoi pleurer. Vous le savez aussi bien que moi. Il n'y aurait pas eu toutes ces hérésies en Europe si l'Église s'était montrée aussi forte qu'elle l'est vraiment et s'il n'y avait pas eu de tous les côtés tant de gens pour qui le christianisme n'est que palabres. Cela nous a été fatal. Notre Sauveur a circulé et a rassemblé son troupeau qui n'était pas très grand. Il mourut mais il restait ses Apôtres. Et nous, nous devons suivre ses traces, nous ne devons pas nous refuser à prendre une route douloureuse. »

Ils se promirent de garder le secret jusqu'à ce que leur projet fût nettement précisé. Finalement, ils décidèrent de fonder un petit village à quelque distance de la localité dans laquelle ils séjournaient, afin d'y rassembler les Indiens fraîchement convertis et leurs disciples. Là, on leur enseignait la doctrine du Christ, mais surtout ils y vivraient chrétiennement, avec leurs familles. Il n'y avait pas d'autre solution. Il fallait surtout qu'ils y vivent.

Lorsque Emmanuel leur eut précisé ce projet — qui d'ailleurs était déjà, mais encore très flou, dans le document — ils se sentirent enfin sur un terrain solide. Ils voyaient leur but. Sans hésitation, Emmanuel se mit à l'œuvre. Il confia ses intentions au vieux cacique de l'endroit qui les avait reçus si amicalement.

Pour des motifs assez obscurs, le cacique s'était laissé baptiser autrefois par des missionnaires (peut-être espérait-il en être ainsi plus facilement débarrassé). Il avait reçu le nom de Christophe, mais il continuait à se faire appeler Parayata. Ce vieillard, un peu obtus mais loyal, ne pensa pas une seconde que ces puissants hommes blancs qui honoraient son village de leur visite viendraient le harceler de nouveau avec leurs histoires de missionnaire. En revanche il attendait déjà depuis longtemps qu'ils lui rendissent les honneurs et il fut profondément satisfait lorsque le chef des Blancs l'invita enfin à un entretien particulier. Jusqu'à présent les Pères avaient été simplement ses hôtes et il n'y avait pas encore eu de prise de contact officielle. Il se barbouilla de couleur pour cette solennité, enfila ses bracelets, prit son bouclier, son plus beau javelot et se colla des plumes autour du ventre. Au matin, il envoya deux calebasses d'une espèce de bière fraîche dans la petite maison d'Emmanuel et, en outre, deux nattes pour lui et sa suite. Lorsqu'ils partirent, avant midi, il chargea lui-même ses trois suivants de fruits et de jattes de bouillie.

Lorsque Emmanuel les vit arriver, il se retira immédiatement dans la maison afin de pouvoir les accueillir selon les rites. Il s'étonna pourtant de voir venir le chef avec une telle suite ; il avait d'ailleurs déjà été surpris des nattes qu'il avait fait envoyer. Il comprit alors qu'il les avait invités à un entretien important, qu'il avait employé pour le faire un ton particulièrement grave et que le chef indien voulait donner à la chose un important caractère politique. On avait donc visé juste.

Ils s'assirent dehors sur les nattes. En face de ces gens solennels et muets. Emmanuel s'aperçut que son projet initial était préférable, qu'il eût mieux valu parler seul à seul à Christophe, le cacique, l'ancien élève des missionnaires. Mais les dés étaient jetés. Ce tête-à-tête plein de gravité, ce silence rempli de dignité n'en finissaient pas. Emmanuel demanda à son serviteur indigène, le jeune Mapiare, de servir la bière et la bouillie. On mangea et but. Cela dura longtemps. On échangea des politesses. Lorsque Mapiare eut débarrassé les calebasses et les écuelles, Emmanuel et Parayata se regardèrent, pleins d'attente. Chacun voulait laisser à l'autre l'honneur de commencer la palabre.

Ce fut le chef indigène qui débuta en exprimant ses remerciements pour cette invitation et cette hospitalité. Lui est ses suivants s'inclinèrent profondément au-dessus de la natte. Emmanuel comprit alors qu'il n'avait pas en face de lui simplement Christophe, mais le chef du village. Comment, dans de telles conditions, confier son secret ? Il lui fallut commencer par un récit solennel de leur départ d'Europe, sur le grand bateau, de leur voyage à travers la mer immense, tout cela comme s'il n'avait jamais rencontré Christophe ! En effet, aucune communication officielle n'avait encore été faite sur ces événements au cacique Parayata. Emmanuel termina par l'évocation de son arrivée dans le village. Le vieux prit alors la parole pour faire remarquer fièrement qu'il avait déjà, dans cette même maison, salué d'autres grands hommes blancs. Pas un mot de son baptême !

Emmanuel profita de cette allusion aux missions précédentes pour rapeler leur heureuse action. Grâce à elles, la révélation du divin Père céleste, régnant sur les étoiles, avait pu être portée si loin. Il demanda au cacique s'il ne pensait pas que ce fût là une grande révélation. Celui-ci acquiesça. Ne fallait-il pas protéger ceux qui avaient reçu cette grande révélation et avaient été baptisés ? « Oui », répondit le cacique. Il s'entretint ensuite avec ses suivants qui se montrèrent laconiques. Emmanuel eut l'impression d'avoir touché un point délicat. À cette dernière question, ses quatre invités indiens le regardèrent pleins d'attente car ils comprenaient que c'était là le motif de l'invitation.

« Veux-tu, cacique Christophe, nous aider à protéger ceux qui ont reçu cette grande révélation ? Notre Dieu tout-puissant et les esprits qui le secondent nous soutiendront davantage et arrêteront les persécuteurs si nous nous réunissons pour lui adresser des prières en commun dans une église et si nous observons les fêtes et les commandements qu'il a prescrits. »

Le cacique fit attendre sa réponse. Déjà, quand il avait chuchoté avec ses suivants, des difficultés avaient surgi : deux de ces gens n'étaient pas baptisés. Maintenant, aucun d'entre eux ne comprenait exactement ce qu'Emmanuel voulait dire. Cette conversation déplaisait obscurément au cacique. Emmanuel sentit qu'il fallait parler plus simplement.

« Le grand Seigneur dans le ciel, créateur de toutes

choses, demande qu'on l'adore dans une belle maison où l'on vient chanter et lui apporter des offrandes. Il demande qu'on apprenne aux enfants à le connaître et à l'adorer. C'est pourquoi nous sommes décidés à lui construire, à quelques lieues d'ici, dans un endroit bien choisi, une belle maison. »

Le cacique approuva, sa suite ne fit, elle non plus, aucune objection. Ils se déclarèrent même disposés à participer à la construction. Seulement, l'endroit choisi ne devait pas être trop éloigné, pour qu'ils pussent eux-mêmes contempler cette église.

Emmanuel déclara franchement que ce n'était pas possible : croyants et fidèles devaient habiter près de l'église.

Les indigènes se regardèrent, surpris. Le cacique s'exclama : « Oui, mais pourtant nous habitons ici. » Emmanuel répondit : « Ceux qui suivent notre foi doivent habiter près de notre église. »

(Oh ! que tout cela est difficile, pensait Emmanuel, jamais je ne réussirai, viens à mon secours, Éternel, inspire-moi les paroles qu'il faut.)

Les visiteurs restèrent assis sur leur natte, tête basse, sans mot dire. Il était clair que, seule, la politesse les empêchait de parler. Ils ne comprenaient pas ce que leur hôte exigeait d'eux.

Emmanuel : « Le grand Seigneur dans le ciel vous a distingués en nous envoyant tout d'abord vers vous. Il invite ceux qui sont chrétiens et qui ont été baptisés à ne pas s'opposer à son commandement. Vous devez lui construire une église non loin d'ici, dans un endroit bien choisi, et habiter près de cette église avec vos familles. »

C'était clair. Emmanuel se sentit libéré. Il avait abattu cette barrière entre lui et ses invités, il n'était plus l'étranger qui rend visite à un cacique, il était le messager de la religion chrétienne. Ils ne se regardaient pas ; ils restaient muets. Emmanuel répéta ses paroles mot pour mot, il l'emportait. Après un bref entretien à voix basse, un des deux Indiens non baptisés prit la parole pour le cacique indécis, disant qu'ils voulaient transmettre aux leurs la proposition d'Emmanuel. Celui-ci approuva de la tête ; il fallait qu'ils y réfléchissent.

Il fit circuler les calebasses. On parla d'une femme du village, malade depuis déjà longtemps. Le cacique remercia Emmanuel des visites qu'il lui faisait. L'un des suivants déclara sans réfléchir que l'on savait déjà qui était cause de sa maladie. Le cacique le regarda consterné. Emmanuel les laissa dans leur embarras puis il les mit en garde contre des pratiques mauvaises, susceptibles d'appeler sur eux la colère du Dieu tout-puissant. Le vieux se hâta d'approuver. Ils ne tardèrent pas à se lever.

En prenant congé, le cacique se tint gravement devant le Père et répéta qu'ils soumettraient aux leurs la proposition d'Emmanuel. Le vieil homme, solennellement paré et conscient de sa dignité, s'inclina devant le Blanc. Il se sentait tout à fait le cacique qui doit prendre une grave décision lorsqu'il déclara : « J'attendrai un rêve. »

Emmanuel ne sut que répondre. Il resta poli et grave.

## LA COUTUME NE LE PERMET PAS

Les quatre visiteurs étaient profondément malheureux et n'osèrent, de toute la journée, dire un mot de cette conversation. On les assaillit de questions, mais ils ne voulurent pas y répondre avant le lendemain. C'était une affaire d'importance. Ils espéraient que d'ici là, le chef aurait eu un rêve ou recevrait quelque autre signe. Mais le vieillard arriva tout triste après une nuit qui n'avait été pour lui qu'une longue insomnie. Les trois autres restant également muets, il fallait parler. Le vieux Parayata était le plus malheureux. Le matin, avant d'aller négocier avec les notables et les vieillards, il eut un entretien interminable avec ceux qui l'avaient accompagné. Il voulait se décharger en partie de sa responsabilité. Les deux hommes qui n'étaient pas baptisés restèrent toutefois à l'écart de cette conversation. Parayata en fut contrit. Il savait qu'un orage éclaterait sur sa tête au cours de la réunion.

Dans la maison du chef, dix hommes, jeunes et vieux, étaient assis en cercle. Il y avait parmi eux le rebouteux, un homme de son âge et son proche parent. Parayata fit un fidèle récit de l'invitation du prêtre blanc. Ses trois suivants répétèrent la même chose ajoutant quelques détails. Aussitôt ils tombèrent tous dans le plus profond abattement. Même le rebouteux, d'habitude si belliqueux, restait silencieux, consterné. On attendait qu'il parlât. Enfin, il dit : « Depuis que les Blancs vont à travers les forêts et remontent les fleuves, le malheur est sur nous. Partout où ils passent, ils enlèvent les hommes, les emmènent en esclavage. Des prêtres sont venus avec eux qui nous font autant de mal et nous trahissent également. Ils voudraient nous défendre d'adorer nos ancêtres. » Parayata : « Tu as entendu, le grand Dieu du ciel a parlé : Il exige que les chrétiens et ceux qui sont baptisés construisent une église et viennent habiter près d'elle. » Le sorcier répondit sans hésiter : « Le grand Dieu des Blancs veut nous anéantir. »

On attendait que Parayata prît la parole. Il ne parla pas. À vrai dire, il était du même avis que son parent. Le sorcier se remit à parler : « Le grand Dieu du ciel, qu'invoquent les Blancs, les aide. Il les a aidés à venir jusqu'ici. Il les envoie dans les villages pour emmener les nôtres comme esclaves. Ses prêtres n'ont pas d'armes, ils pensent nous emmener sans armes comme esclaves. » Parayata répliqua : « Il a seulement exigé que les chrétiens et ceux qui sont baptisés construisent une église et viennent habiter près d'elle. »

Alors, un de ceux qui avaient été chez Emmanuel s'adressa au chef : « Il ne nous était pas possible de parler dans la maison de l'étranger, il était notre hôte. Nous étions dans la maison que nous lui avons réservée. Un étranger ne peut pas nous donner d'ordre dans une maison que nous lui avons réservée. Quand il a un ordre à donner de la part d'un peuple ou d'un dieu étranger, il doit tout d'abord envoyer des messagers et inviter les autres à l'écouter. »

Ces paroles firent grande impression. Parayata approuva ; les autres également. Ils étaient tous très satisfaits. Le vieux cacique déclara : « Il n'a pas respecté les convenances. Je ne voulais pas l'offenser dans sa maison. Il ne connaît pas nos coutumes. Nous le lui ferons savoir. »

Maintenant, ils avaient trouvé la formule. Ils restèrent tous tranquillement assis, buvant. Ils décidèrent d'envoyer prochainement à Emmanuel deux notables qui ne seraient pas choisis parmi les chrétiens et qui ne feraient pas seulement office de messagers. En lui remettant des présents, ils lui déclareraient : « Le village ne peut pas répondre à la communication de notre hôte au cacique, la coutume ne le permet pas. »

## LES FRÈRES DOIVENT REPRENDRE LEUR ROUTE

Au cours de cette même matinée, les Frères Macéta et Cataldino, restés dans la maison d'Emmanuel, se sentirent le cœur oppressé. Ils pensaient qu'Emmanuel avait eu tort de s'être présenté à Parayata comme le prêtre du Dieu des Blancs et de lui avoir fait cette communication qui ressemblait davantage à un ordre. « Les choses ne sont pas encore assez mûres », disaient-ils. Mais Emmanuel restait calme et joyeux : « Ce n'est pas ce que je voulais faire, mais ce fut plus fort que moi. Les choses mûriront, nous les ferons mûrir. » Mais les deux Frères gardaient encore un souvenir trop frais de leur expulsion des cités espagnoles. Ils supplièrent Emmanuel de se montrer plus prudent et de s'adresser au Provincial avant de prendre d'autres initiatives. Emmanuel ne put s'empêcher de rire : « Attendre encore des mois ! M'adresser au Provincial ? Alors que j'ai votre document ! » Les deux Frères pensèrent qu'il aurait mieux valu ne pas lui avoir montré ce papier.

Ils épiaient les rumeurs du village. Emmanuel attendit un jour, deux jours. Pas de réponse. Les deux Frères qui avaient vécu au milieu de ces tribus savaient à quoi s'en tenir : « Prépare-toi à une réponse pleine de formules compassées, mais aussi creuse qu'une déclaration de nos autorités. » Les premiers jours passés, leur impatience se calma. Un refus était certain, ils se demandaient avec curiosité quelle forme lui serait donnée.

Un jour enfin, une petite délégation apparut, accompagnée de quelques jeunes guerriers qui restèrent devant la maison. La veille au soir, des présents avaient été apportés à Emmanuel avec l'annonce de cette délégation. Après une demi-heure d'un silence poli, l'objet de toute cette importante mise en scène apparut sous la forme de cette brève communication : « Il est impossible au village de répondre à la proposition faite par le Père blanc, notre hôte, au cacique de ce lieu ; la coutume ne le permet pas. »

Bien qu'Emmanuel s'attendît à ce refus, il en ressentit durement le coup, mais se ressaisit. Cette ambassade pompeuse indiquait qu'il s'agissait d'un acte officiel de grande importance. Emmanuel, assisté de Macéta et Cataldino, continua à tenir son rôle avec une dignité imperturbable.

Après le départ de cette délégation, Emmanuel se sentit honteux et profondément humilié : « Ce sont des guignols ! Ils m'ont forcé à jouer la comédie. Quelle stupide représentation ! » Cataldino le calma : « Cela s'est très bien passé et aurait pu tourner beaucoup plus mal. Nous avions peur d'être mis à la porte avec de beaux compliments. »

Emmanuel, tristement, déclara : « Nos Indiens convertis nous abandonnent. » Et cherchant ses mots : « Alors rien n'est changé ! Vous qui m'aviez dit que vous ne vouliez plus de christianisme en paroles, vous en êtes au même point, vous prêchez et vous allez plus loin, mes chers Frères ! » Cataldino : « Ah ! mais non, Frère Emmanuel, nous restons quand même les premiers à avoir entretenu Frère Torrez, notre Provincial, de nos difficultés. Il nous a immédiatement déclaré : « Ce que vous projetez est bien. » Et quand la Providence, sous la forme de ce papier, parut nous aider, il nous dit en nous le remettant : "Vous avez décroché la timbale", et il nous embrassa. » Emmanuel : « Alors, lui aussi attend quelque chose de nous. » Cataldino : « C'est pour cela que nous sommes venus te trouver. » — « Et moi, vous voyez bien, ils m'ont attiré dans cette embuscade. Je ne sais pas comment j'y suis venu. Je ne voulais pas avoir affaire à tout ce village. » Cataldino, en riant : « Tu vois, le pacte du diable. » Emmanuel : « Assez. Je ne veux plus en entendre parler. Je pense tout à coup à cette phrase de l'apôtre dans sa lettre aux Thessaloniciens : Vous êtes témoins, et Dieu aussi, que nous nous sommes conduits saintement et justement, et sans reproche envers vous qui croyez ; et vous savez que nous avons exhorté et consolé chacun de vous, comme un père exhorte et console ses enfants. »

Ils se réjouirent de ses paroles.

Il fut pourtant impossible d'effacer les traces de cet incident. Les Pères exerçaient leur activité de missionnaires, prêchant et enseignant avec plus de zèle que jamais. Mais dans tous les villages avoisinants, on cherchait à les éviter. Sous les prétextes les plus divers, on interrompait les conversations amicales à leur approche : la méfiance était manifeste. L'habile Cataldino réussit à avoir un entretien avec le cacique, un jour qu'il le rencontra par hasard dans la plantation de manioc. Le vieil homme lui dit avec franchise : « Tout le monde raconte que vous voulez faire de nous des esclaves, que vous voulez détruire notre village et nous emmener dans le vôtre pour y servir les Blancs. » Les larmes aux yeux, il ajouta qu'il devait faire très attention pour qu'on ne le vît pas avec un prêtre. Les choses en étaient arrivées là. On lui retirerait son rang de cacique qu'il avait pourtant hérité de son père. Il s'éloigna vivement.

Cataldino serra les poings. Alors quoi ? Depuis que ce pacte diabolique était entre leurs mains, tout échouait. Ils n'osaient même plus en parler. Le pacte était au fond d'une caisse, sous des pierres, et pourtant le maléfice continuait à les poursuivre.

Le fils du cacique avait, dans le village, une femme encore jeune. Elle était tombée, quelques années auparavant, entre les mains des Blancs, au cours d'une de ces soi-disant expéditions punitives dont les horreurs étaient inimaginables. Elle avait été entraînée à Villarica, dans un détachement de travail. Là, on l'avait d'abord envoyée comme esclave dans les champs, puis placée dans une maison en tant que servante. Le missionnaire Filds l'instruisit et la baptisa. Par la suite, grâce à son intervention, elle fut libérée. Elle vint alors dans ce village et le fils du chef la prit pour femme. Emmanuel lui ayant demandé pourquoi elle ne participait pas avec son jeune fils aux exercices spirituels et pourquoi elle ne poussait pas son mari à y venir également, elle se montra très rétive. Le Frère Jésuite ajouta : « Tu ne viens pas te confesser. Sais-tu la punition qui peut te frapper ? » Elle lui jeta d'en bas un regard timide mais conserva son expression réticente. Il parvint quand même à lui arracher cette déclaration : « Mon mari deviendra chef. Mais il veut me chasser. » — « Parce que tu es baptisée ? » Elle acquiesça. Emmanuel sentit la colère l'envahir : « J'irai trouver ton mari. » Ils s'étaient arrêtés devant la maison des prêtres. Elle le poussa à l'écart pour qu'on ne les vît pas : « Ils disent que tu es responsable de la maladie d'une femme. » — « Qui a dit cela ? » — « Tous. » — « Le cacique aussi ? » — « Lui, il ne dit rien. » — « Et toi ? » — « Moi, dit-elle en se mettant à pleurer, je voudrais n'avoir jamais vu un Blancs. » — « Devant Dieu, il n'y a ni Blancs ni Indiens. » — « Qui nous a entraînés dans la ville ? Qui a tué mon père ? Et maintenant mon mari veut me chasser. » — « Je lui donnerai un avertissement. » — « S'il apprend que je t'ai parlé, ce sera ma mort et celle de mon enfant. » Emmanuel ne voulait pas s'entretenir plus longtemps à l'écart avec cette femme : « Viens cet après-midi, avant le catéchisme. »

Quand elle arriva, deux Frères étaient assis avec Emmanuel. Il les envoya dans la pièce voisine, séparée de la première par une tenture de nattes. La jeune femme posa sur Emmanuel un regard chargé d'attente. Il demanda : « Alors ? » Elle ne répondit pas. « Si je ne dois pas parler à ton mari, c'est à ton père, le cacique, que je parlerai. » — « Mon mari me chassera. Quand vous quitterez le village, je partirai avec vous. »

Emmanuel n'en croyait pas ses oreilles. Il croisa les bras sur sa poitrine et, de surprise, se serait presque mis à rire. « Que dis-tu, femme ? Nous autres, prêtres, nous n'emmenons pas de femmes avec nous ! »

« Les gens parlent entre eux et se cachent du vieux cacique. Celui-ci a peur. Quand partez-vous ? Je partirai avec toi quand tu t'en iras. »

Emmanuel comprit peu à peu qu'ils se trouvaient en danger. Il réfléchit et dit : « Viens nous rejoindre à la maison, qu'il fasse jour ou nuit, prends ton enfant avec toi. » — « Ne tardez pas trop. »

Les Pères étaient très calmes en tenant conseil. Ils allaient donc une fois encore reprendre leur marche. Ceux qui se joindraient à eux seraient les bienvenus. Ils n'eurent pas un mot pour le pacte.

La jeune femme vint trouver Emmanuel et le pressa de partir. Les Frères portaient tous des barbes imposantes qu'ils taillaient de temps en temps, ainsi que leurs cheveux. Emmanuel ne savait pas que la jeune femme l'épiait à cette occasion. Le jeune serviteur des Pères, bien que baptisé, savait, lui, ce que cela voulait dire quand on prenait dans la main une mèche ayant appartenu à un homme. Aussi les enterrait-il avec soin. Un jour, la jeune femme entra à l'improviste dans la pièce où Emmanuel taillait ses cheveux. Il lui demanda d'attendre. Alors, elle laissa tomber son filet et, en se baissant pour le reprendre, ramassa une mèche fraîchement coupée. Emmanuel, le grand Emmanuel, était aimé.

## DE NOUVEAU SUR LES CHEMINS

Le village se mobilisa contre les envahisseurs blancs, mais on ne parvint pas à fixer tout de suite la date favorable pour l'expulsion des étrangers. On était en outre divisé sur la méthode à suivre : les expulser seuls ou avec les Indiens baptisés. Avant que l'on fût arrivé à un résultat, les Pères bouclaient déjà leurs bagages.

Après quelques heures d'une marche paisible, ils s'aperçurent qu'un petit groupe d'Indiens les suivait depuis le village. C'étaient des gens récemment convertis, de nouveaux disciples. Ils montraient autant de tristesse que les Pères eux-mêmes, mais aussi de la joie. Les Pères vinrent à eux pour leur serrer la main et, le soir, arrivés dans une petite palmeraie, on se rassembla pour remercier Dieu par des prières et des chants. Ils n'étaient pas très nombreux, ces derniers fidèles, et pourtant les Pères furent étonnés de voir, parmi eux, un certain nombre d'Indiens qui n'avaient pas encore pris part à leur enseignement. C'étaient des parents de convertis qui, par crainte, les avaient suivis. Le vieux cacique n'était pas du nombre. Ils racontèrent qu'il avait abjuré afin de conserver ses fonctions.

Dans la soirée, tandis que leurs quelque soixante-dix Indiens étaient rassemblés autour du feu, les uns accrochant leurs hamacs, les autres s'allongeant sur des couvertures ou à même le sol, les Pères Jésuites se rassemblèrent pour veiller.

Emmanuel fit ouvrir la caisse auprès du feu, jeta les pierres, en tira le document maudit et le brûla. Ils se sentirent alors moins abattus. Le jeune Macéta, citant le psaume à la gloire de la miséricorde divine, leur dit : « Il ne nous a point rendu selon nos iniquités. Car autant que les cieux sont élevés par-dessus la terre, autant sa gratuité est grande sur ceux qui le craignent. Il a éloigné de nous nos forfaits, autant que l'Orient est éloigné de l'Occident. De telle compassion qu'un père est ému envers ses enfants, de telle compassion l'Éternel est ému envers ceux qui le craignent. Car il sait bien de quoi nous sommes faits, se souvenant que nous ne sommes que poussière. » Tandis que les Indiens dormaient, les Pères veillaient le feu. Ils étaient de nouveau chassés.

Le lendemain matin, ils décidèrent de poursuivre leur route vers le Sud. Plusieurs hommes et plusieurs femmes déclarèrent, au bout de quelques heures de marche, que l'on n'avait plus qu'à passer une colline et une grande forêt de palmes pour être au but. Ils disaient « but ». Les Pères furent étonnés. Quel but? Ils s'étaient préparés à une longue marche. Cependant ils ne voulurent pas contredire ces gens qui, visiblement, n'aimaient pas à marcher et n'étaient pas équipés pour un long voyage.

Dès le début de l'après-midi, ils arrivèrent à l'endroit indiqué. Les Pères furent alors bien embarrassés en comprenant peu à peu ce que le mot « but » signifiait. Leurs gens se mettaient paisiblement à construire des huttes. Une douzaine d'hommes étaient déjà partis dans la forêt pour chercher des racines, des fruits et du miel !

Que fallait-il faire? Ils avaient emporté leurs armes de guerre et leurs équipements de chasse.

« Halte dans la forêt », dirent entre eux les Pères en souriant, tout en fourrageant leurs barbes. Ils ne voulaient pas décourager ces braves gens qui leur étaient attachés. La première chose qu'avaient faite, dès l'arrivée, plusieurs de leurs disciples, avait été de délimiter à l'aide de branches l'emplacement de l'église. Les Pères, touchés, les laissèrent faire. « Ah ! ces enfants, pensaient-ils. Nous serons encore chassés plus loin, car avant peu nous subirons la première attaque du village que nous avons quitté et même d'autres tribus environnantes. »

Ils passèrent ainsi les premiers jours dans cet endroit sauvage et solitaire où, quelques mois plus tard, devait se dresser la première église, construite en bois par ces Indiens et par d'autres sous la direction des Frères missionnaires. Maintenant, c'était la savane et le fourré; des tigres rôdaient autour. Six mois plus tard, des rues s'y croiseraient, bordées de huttes et de maisons en torchis et on y fêterait la venue du Provincial Torrez.

« En quel lieu devons-nous aller afin de faire paître en paix notre troupeau? pensaient les Pères au cours de cette première journée. Ni à Sao Paulo, ni sur le chemin qui nous a conduits jusqu'ici, ni dans le petit village, nous n'avons pu trouver cet endroit. Se trouve-t-il quelque part sur la terre un tel lieu que Dieu ait pris en miséricorde et où l'on puisse le prier en paix ? »

## ORAGE LOINTAIN

Quand les champs sont desséchés et la récolte sur le point de se perdre, les paysans, debout devant leurs huttes, interrogent le ciel des yeux. Il est bleu, sans un nuage ; dans l'air pas un souffle de fraîcheur. Les paysans sont désespérés. Et pourtant à des lieux de là, par-delà les montagnes, tout ce qui doit calmer leurs soucis est déjà en cours. La fraîcheur qu'ils désirent est là, et les nuages s'y forment en minces traînées qui peu à peu se rassemblent. Personne n'est seul dans ce monde, tout se tient par des enchaînements étroits et compliqués. Ce qui paraît en pleine jeunesse et fraîcheur est souvent menacé de loin, et certains voient la terre s'ouvrir sous leurs pieds, au milieu de leurs rires. En revanche, ce qui semble définitivement perdu reçoit souvent une sève nouvelle, inespérée, et se remet à pousser rapidement.

Et ainsi, tandis que les Pères poursuivaient leur mission, dans ce petit village dont ils avaient été finalement chassés, des choses se produisaient de l'autre côté du Parana, à l'ouest, sur les bords du Paraguay. Et ces choses devaient les toucher eux aussi. Sur les rives de ce fleuve, à Asuncion, un nouveau gouverneur du Roi d'Espagne venait de s'installer. Moi-le-Roi, de sa table de travail, lui avait adressé des instructions pleines de bonnes intentions. Ce gouverneur avait eu un meilleur sort que le riche Don Juan de Sanabrar qui mourut au port, et que son fils qui réussit à traverser les mers, mais devait périr dans un naufrage en vue de la terre. Une fois arrivé, il avait pris, avec le plus grand étonnement, connaissance des conditions de ce pays :

une étendue immense, des territoires vierges, où d'innombrables Indiens sauvages vivaient en terre espagnole comme s'ils étaient tombés de la lune ; sans avoir la moindre idée ni de l'Espagne, ni du Roi, ni de Jésus-Christ, ni de l'Église. Des cannibales, des tribus aux mœurs horribles, ces Guaranis, Tobas, Linguas, Chamacocos. Les uns se perçaient les lèvres, les autres se rasaient le crâne, d'autres encore se limaient les dents. On lui avait raconté beaucoup de choses sur leur compte et il les vit à Asuncion, sa résidence. Tout ce qu'il entendait le remplissait de répugnance. Il songea à y mettre fin le plus rapidement possible.

Le gouverneur avait une signature assez prolixe : Alvara Nuñez da Vera Cabeza de Vaca. C'était encore un homme riche que la couronne avait choisi, afin qu'il pût prendre sur lui les frais d'armement de sa flotte. Il était petit-fils de celui qui avait conquis les îles Canaries. Sa richesse, qui datait de cette conquête, se trouvait depuis ce temps sérieusement réduite ; c'est pourquoi le petit-fils avait dû se décider à tendre encore une fois la main vers les trésors du Nouveau Monde. « Vraiment, avait-il dit à son fils durant la traversée en étudiant avec lui les instructions royales, vraiment je ne sais pas si je te laisserai plus que notre glorieux nom. Le Roi prescrit et me laisse payer. C'est le sort de la noblesse. En tout cas, nous ferons ce que nous aurons à faire. Mais je suis anxieux de savoir ce qu'il adviendra de nous tous le jour où il en sera fini du Nouveau Monde. D'après ce que j'ai entendu, les profits commencent à se réduire dès maintenant. » — « Père, ce pays est extrêmement grand. » — « J'espère encore, moi aussi. Je te déconseillerai pourtant de prendre, comme je l'ai fait, un poste dans de pareilles conditions. C'est une situation aussi désespérée que celle d'une armée qui débarque sur une côte et voit ses navires brûler derrière elle. J'ai engagé presque tout ce que je possède. Si la chance ne nous aide pas, nous sommes perdus. » Le fils secoua courageusement la tête : « Cela ne fait rien, je repartirai en expédition comme mon arrière-grand-père. » — « Mais restera-t-il encore quelque chose à conquérir ? » — « Père, avec l'épée et le courage d'un Espagnol, on passe outre. » — « J'ai plaisir à t'entendre. Il y en a trop qui s'agrippent aux Nouvelles Indes pour y poursuivre uniquement leur commerce et leur trafic. C'est là notre perte. En Italie et en Allemagne, il y a déjà des nobles qui se mettent à faire du commerce. » Le fils se mit à rire.

Asuncion était entourée de puissantes palissades, à l'abri desquelles habitaient six cents Blancs, la plupart en compagnie de femmes de couleur. Des familles d'Indiens et des groupes de détachements de travail étaient installés, partie dans la ville, partie à l'extérieur. Tous ces gens s'occupaient de culture, mais aussi d'élevage car les chevaux, laissés en liberté par les premiers conquérants, et les bovins s'étaient considérablement multipliés sur les immenses pampas. Concurremment augmentait le nombre des tigres qui se nourrissaient de ces chevaux et de ces bovins, mais la fécondité des uns l'emportait sur l'appétit des autres. Le gouverneur Don Alvara s'était installé tristement dans ce trou avec son noble fils. L'évêque, un certain Dom Reginaldo de Lizagara, de l'Ordre des Dominicains, ressemblait, avec son long nez, son air affligé, et son dos voûté, à une poule trempée par un orage. Il entretenait constamment le gouverneur de ses troubles digestifs. « C'est un lieu de saleté et de pourriture que cette Asuncion. On y mange trop peu de légumes. À table, on vous présente un bœuf entier, comme si vous étiez un lion ! De plus ces gens sont si paresseux qu'ils n'ont pas le courage de le faire cuire à fond. Ce qu'ils préféreraient encore, c'est vous faire croquer du bœuf sur pied. En outre, on souffre ici d'une pénurie de travailleurs ecclésiastiques. Rien d'étonnant, qui voudrait venir dans un tel pays ? »

Don Alvara consola son pauvre évêque, tout au moins sur le chapitre du bœuf : il avait amené de bons cuisiniers avec lui. « Moi aussi, gémit l'évêque, mais ce sont justement les plus fainéants ! » Don Alvara, fortement remué, dit que l'on verrait bien. Et qu'en était-il, de ces auxiliaires ecclésiastiques ? Dom Reginaldo : « C'est à peine croyable, pourtant aujourd'hui encore les sauvages traînent pour la plupart dans les forêts sans être baptisés. Mais je ne peux quand même pas courir après eux. Nous avons besoin d'aide. Je n'en ai aucune. » Ainsi se lamentait la poule épiscopale.

Don Alvara ayant entendu cela, et songeant aux royales instructions, décida de faire un geste et de montrer qu'il était là. Le Jeudi Saint était proche. Il voulut inviter dans la ville pour cette journée autant d'Indiens que possible, afin de leur apprendre qu'il était entré en fonctions et de leur donner une image exacte de la puissance royale et de la religion chrétienne. Il voyait dans son esprit un mélange magnifique de revue militaire et de procession. Toutes les tribus voisines, tout ce qui rôde dans les forêts et les steppes des alentours devait être invité. La fête se déroulerait dans la plus grande magnificence. Le gouverneur dicta à son fils toutes les dispositions en laissant paraître une réelle satisfaction. Il voulait adresser plus tard un rapport fidèle au Conseil des Indes et au Roi. Au cours des préparatifs, il put s'apercevoir de l'intérêt que les habitants montraient pour la chose. Ils voulaient tout préparer : décoration des rues, draperies d'apparat pour le chœur, bannières nouvelles, emblèmes, chariots pour les saints, ravitaillement : une gigantesque ripaille en commun. Pourtant lorsqu'on leur déclara qu'ils devaient payer, ils se refusèrent à continuer et tombèrent tous d'accord pour trouver que tout cela était fort exagéré. Mais le gouverneur ne voulait pas se laisser frustrer de son plaisir. Il déclara que dans ces conditions il donnerait mission à ses troupes de collecter l'argent. Cela les fit céder.

Pour les gens de couleur, la ville d'Asuncion était pareille à un château fort opprimant tout le pays environnant. Ils n'avaient pas besoin de recevoir des ambassades d'autres tribus pour apprendre ce qu'étaient les Blancs. Depuis longtemps, il ne serait plus venu à l'esprit d'aucun d'entre eux de les tenir pour des esprits, car ces Blancs s'étaient matérialisés... avec leurs chasses à l'homme. Les bandes de Sao Paulo avaient rayonné au nord, dans les territoires des Apitares. Depuis le jour où les pionniers blancs Mendoza et Salazar avaient descendu le Paraguay et retenu l'emplacement d'Asuncion pour fonder un établissement et un port à égale distance du Pérou et du Brésil, depuis ce temps, les tribus indiennes connaissaient les détachements de travail, la chasse à l'homme et les expéditions punitives. Maintenant, un nouveau gouverneur s'installait dans la ville et les invitait à y venir pour une journée de fête des chrétiens ; ils acceptaient, mais pour d'autres raisons que ne le supposaient les Blancs. Les tribus avaient entendu raconter que tous les gens de la ville devaient prendre part, sans armes, à la procession. Quand, pour rendre hommage à leur Dieu, les Espagnols vont à travers les rues décorées, ils découvrent leurs épaules et, fréquemment même, ont un fouet à la main pour se flageller en l'honneur de leur divinité. C'est ce que les Indiens avaient entendu dire et ils pensaient profiter de cette occasion à leur manière.

Huit mille guerriers arrivèrent ainsi, la veille du Jeudi Saint, portant des flèches et des arcs qu'ils gardaient partout où ils allaient et qui, à priori, ne pouvaient passer pour des armes de guerre. Ils attendraient le moment où les mains des Blancs seraient occupées avec les fouets et leurs épaules dénudées pour faire tomber sur eux, à un signe donné, une pluie de flèches.

Au matin du jour attendu, on avait laissé entrer dans la

ville la plus grande partie des Indiens invités. Ces milliers d'hommes de couleur se placèrent le long des rues et sur les places, où, leur avait-on dit, le somptueux cortège passerait. Ils admiraient tout, comme il se devait. Ils voyaient leurs seigneurs aux portes et aux fenêtres et grimpaient sur leurs tas d'ordures. Les Indiens étaient si nombreux que les Blancs disparaissaient parmi eux ; et les Espagnols qui, entre tous ces hommes à peau foncée, couraient vite vers l'église où l'on devait se rassembler, ressentaient une appréhension sérieuse. Le gouverneur, lui-même, fut effrayé le matin en voyant par sa fenêtre la foule houleuse des guerriers. Il demanda ce que cela signifiait et où se trouvaient ses propres officiers et soldats. Il reçut cette réponse : ce sont les tribus invitées, et exception faite d'une petite garde dans sa propre maison, tous les Blancs étaient à l'église. Ne sachant que faire, il se mit en grand uniforme.

Il avait à peine fini, avec l'aide de ses serviteurs, qu'une vieille Indienne qui travaillait dans la maison entra dans la pièce et se jeta en pleurant à ses pieds. Le gouverneur fit appeler son interprète. La vieille, toujours à terre, raconta, en bégayant, ce qu'elle savait. Elle ne voulait pas que le maître et son fils allassent à la procession sans armes, ils devaient prendre garde.

Don Alvara, déjà contrarié par la bêtise monumentale qu'il avait commise dans toute cette affaire, prit une décision. Il fit ligoter et enfermer cette femme dans une petite pièce voisine et envoya l'interprète à l'église pour ordonner à tous les soldats de rentrer immédiatement, mais en secret, dans leur caserne. Il donna en même temps ordre à la garde et à la police de faire en sorte que les Indiens soient repoussés dans les deux rues principales et sur les places et disparaissent des rues latérales et surtout de la place de la caserne. Dès qu'on lui annonça que les soldats venaient de rentrer et, dès que le commandant apparut pour se mettre d'accord sur la conduite des opérations, Don Alvara fit envoyer plusieurs Blancs comme hérauts à travers les rues pour annoncer à cor et à cri que les Japignans, une tribu ennemie qui répandait la crainte, était en marche vers la ville. On invitait tous les caciques présents à se rendre immédiatement au palais du gouverneur pour tenir conseil sur les mesures à prendre.

Une vingtaine de caciques se présentèrent sans méfiance dans la cour du Palais. Ils avaient été agréablement surpris par l'appel du héraut, car les Japignans étaient animés des mêmes intentions qu'eux à l'égard des Blancs. Leurs armes leur furent ôtées dès leur arrivée dans la maison. On les conduisit ensuite, séparément, à un escalier. Là, on les enchaîna avant de les jeter dans la chambre où se trouvait déjà la vieille Indienne qui les avait dénoncés. Lorsqu'ils furent tous là, le gouverneur entra avec sa garde et les examina. Ils étaient allongés sur le sol et, furieux, redressaient la tête. Il leur fit annoncer : « Je connais vos projets. Vous aurez la punition que vous méritez. »

Les portes de la ville furent fermées, et au lieu de suivre la procession, les troupes s'avancèrent à travers les rues, avec leurs arquebuses, leurs canons et leurs chevaux tandis que tous les caciques, enchaînés, étaient entraînés hors de la maison du gouverneur. Sur la place principale, la masse des hommes de couleur, qui ne pouvait plus se déplacer, formait une muraille immobile. Le tumulte cessa d'un seul coup lorsqu'on amena les canons. Les caciques marchaient entre les hommes en armes. L'un après l'autre, on les pendit aux échafaudages, dressés à l'occasion du Jeudi Saint. Les milliers d'Indiens regardaient sans un mot. L'exécution une fois terminée, le gouverneur fit proclamer que telle était la sanction de la félonie qu'ils avaient projetée. Il retint en outre quelques douzaines d'entre eux dans la ville comme otages. Il fit mettre tous les autres en rangs, par groupes, et ils durent lui jurer fidélité, à lui, le gouverneur du Roi de Castille. Le soir venu, on ouvrit les portes et on poussa dehors cette masse consternée. À tous, on avait confisqué arcs et flèches.

Ce que les Indiens venaient de subir avait été pour eux une surprise. Pour le gouverneur, il devait y en avoir par la suite une plus grande. Une sanglante révolte se déclencha. Quelqu'un déclara plus tard au sujet de Don Alvara : « C'est étonnant qu'un homme connaissant aussi parfaitement le monde, ayant une telle intelligence et une telle foi, n'ait pas eu plus de succès au Paraguay. » En tout cas, son action ne fut pas, ainsi qu'il en avait déjà eu le pressentiment sur le bateau, favorisée par la chance. Les soldats ne se rendirent pas maîtres de ce soulèvement gigantesque que sa subtilité avait déchaîné. Ils durent s'infiltrer toujours plus profondément dans le pays, vers l'Est.

C'étaient, comme de coutume, de rudes batailles, mais, à vrai dire, la victoire n'était plus aussi facile qu'au temps des premiers conquérants. Cela ressemblait à une marche à travers un marécage. Lorsqu'un capitaine recevait des soumissions, elles étaient oubliées dès le lendemain. Quand le Blanc usait de représailles et, intentionnellement ou non, passait sa fureur sur des tribus qui n'avaient pas pris part au soulèvement, ces dernières se joignaient à leur tour au mouvement. Le résultat de ce Jeudi Saint si bien tramé fut une époque de terreur sur les rives du Parana.

Les peuplades indiennes refluaient vers le nord et l'est devant les troupes de Don Alvara et de son capitaine général. Des fugitifs surgirent dans la province de Guayra.

Et tandis que ces bandes traversaient le Parana, les nuages qui s'étaient formés au loin avaient atteint le champ desséché, le misérable refuge des Pères de Jésus, eux-mêmes pourchassés.

# LA PLUIE TOMBE
# SUR LE CHAMP D'EMMANUEL

Emmanuel apprit par les Frères envoyés en mission dans les environs que des bandes d'Indiens chassés par la peur avaient, avec femmes et enfants, traversé le Parana et erraient à travers les steppes. Ils étaient affamés car, par comble de malheur, le pays avait été ravagé par les sauterelles qui avaient tout dévoré. Le Supérieur réunit aussitôt les Frères présents. Leur tristesse était immense. La guerre, avec ses haines, ses désespoirs, ses misères et ses actes impitoyables, s'approchait d'eux. « Notre défunt Frère Mariana nous avait mis en garde : "Que gagnez-vous à quitter Sao Paulo ? demandait-il, cela ne changera rien !" Rassemblons donc maintenant notre petite communauté. Protégeons-la autant que possible. Nous implorons l'aide de Dieu. Que personne ne s'éloigne du camp. » Les Pères parlaient toujours du « camp » bien que les hommes à peau foncée continuassent, dans leur insouciance, à abattre des arbres et à empiler les troncs. Même Cataldino et Macéta furent bouleversés par ces nouvelles. « Nous ferions mieux de nous disperser avant qu'on nous attaque. » Pendant ce temps, les Indiens allaient à travers la contrée et, joyeux, ramenaient aux Pères des groupes de malheureux. Ils se présentaient à eux, suivis de nouvelles familles et de groupes entiers de fugitifs. Ils attendaient les félicitations des Pères. Et les fugitifs eux-mêmes, avec quelle confiance levaient-ils les yeux vers les Pères, leur ultime espoir ! Que pouvaient-ils faire d'autre que de les recueillir !

Ce n'est pas avec joie qu'ils s'y décidaient. Lorsqu'un soir, des masses entières arrivèrent et se répandirent rapidement autour d'eux, affolées et suppliantes, Emmanuel sentit sa force l'abandonner. Il dut s'en aller à l'écart pour cacher une crise de larmes qu'il ne parvenait pas à retenir. « Je ne suis pas faible, dit-il à Cataldino qui le suivit, mais que pouvons-nous faire, nous, une petite poignée d'hommes ! Les soldats, quand ils auront passé le fleuve, ne demanderont pas si nous sommes avec ces gens ; ils ne les épargneront pas à cause de nous. Et nos Indiens eux-mêmes seront perdus. Oh ! crois-moi, Cataldino, nous faisons fausse route. Nous devrions nous contenter de parcourir le pays et de répandre la doctrine. »

Leur inquiétude n'atteignait pas leurs hommes. Le petit groupe qui les suivait depuis le village était inébranlable. Ces gens, qu'ils avaient choisis, leur imposaient leur volonté. Leur attachement n'avait pas de bornes. La plus passionnée était cette femme, chassée par le fils du cacique, l'ancienne esclave des Blancs à Villarica dont la destinée avait été déjà si tourmentée. Pas un jour sans qu'elle vînt, sous un prétexte quelconque, après la prière du matin, puiser à Emmanuel comme à une source de vie. Elle était violente et étrange, mais humble et sûre, et avait une grande influence sur les autres Indiens. En le voyant durant ces journées agitées, elle s'étonnait de lui trouver, après ses nuits sans sommeil, des traits altérés, et ne comprenait pas. Elle finit par s'inquiéter et ne s'éloigna plus de lui. Quand il l'envoyait au loin avec mission de se charger des réfugiés qui affluaient sans cesse, elle était tout de suite de retour. Elle ne se laissait plus écarter. Qu'avait-il ? L'un de ces nouveaux venus, dont beaucoup haïssaient les Blancs, lui aurait-il jeté un sort ? Qui ? Comment ? Emmanuel, voyant son inquiétude, l'interrogea. Elle en fut heureuse mais ne donna que des réponses évasives. Alors ce fut lui qui se plaignit de sa faiblesse devant ces difficultés. Qu'elle du moins gardât son ardeur car il lui fallait maintenant un aide. Son visage s'éclaira : que dois-je faire ? Il continua de parler à cœur ouvert et elle comprit qu'il n'était qu'un homme, un homme découragé qui avait besoin de s'appuyer sur quelqu'un. Quel bonheur pour elle ! Elle l'assura de sa fidélité en termes ardents : personne dans le village et même au-dehors ne pourrait l'égaler. Et qui les attaquerait ici ? Personne ne l'oserait, ils avaient des armes, toutes les tribus était armées. Qu'ils viennent donc ! « Quelle femme exaltée, pensait Emmanuel en la voyant ainsi. Même les femmes sont étranges dans ce pays ! C'est bien la race des amazones. »

Depuis qu'elle s'était aperçue de l'état dans lequel il se trouvait, elle prenait beaucoup d'initiatives. Elle rendait de l'élan aux Pères qui se laissaient abattre. Elle s'occupait des nouveaux venus, donnait des ordres, même aux hommes. L'intention était toujours bonne, et si l'action déviait parfois, provoquant un désordre vraiment indien, elle n'apportait aucun trouble profond.

## COLONISATEURS MALGRÉ EUX

Les Pères cessèrent peu à peu de résister et se mirent à prendre part aux projets et aux travaux du village.

Le premier qui se décida fut Cataldino, le bâtisseur, le charpentier. Les troncs d'arbre qui s'empilaient l'attiraient déjà depuis longtemps et il était excédé de voir le peu de soin que les Indiens apportaient à la construction de leurs cabanes. Le nombre de ces hommes atteignait déjà plusieurs centaines et cette masse s'agitait autour d'eux, morose et oisive, attendant qu'on lui donnât du travail. Comme les soldats du gouverneur ne s'approchaient pas, il se décida : « C'est mon tour à présent », pensa-t-il ; il rassembla une équipe et se mit à l'ouvrage.

S'il n'aimait pas l'idolâtrie, il aimait encore moins les cabanes de branchages et de torchis. Pour commencer, il voulut construire, afin d'abriter des familles, quelques baraquements, pareils à de grandes remises, mais avec un toit, des murs et un sol convenables, puis, par la suite, peu à peu, quelques maisons particulières.

Lorsqu'il se mit au travail, dirigeant et morigénant ses hommes, les autres Pères commencèrent eux-mêmes à se secouer. Leur vitalité se réveillait. La théologie et le désespoir ne sont pas suffisants. Emmanuel, Macéta et Cataldino pensaient toujours à la fondation d'une nouvelle Jérusalem, mais Cataldino ajoutait, en plaisantant, que s'ils ne réalisaient pas immédiatement ce projet, ils n'en donneraient pas moins un abri à leurs gens, ce qui devait suffire pour le début. Il portait sur le côté de sa robe noire une grosse sacoche d'où sortait le manche d'une hache et une règle de charpentier. Il nageait dans son élément et, chaque jour, imaginait quelque chose de nouveau. Il avait déjà en tête la fondation d'un hôpital. En attendant, il construisit des baraques pour les pêcheurs et les chasseurs. « La plus belle fille du monde ne peut donner que ce qu'elle a. Si vous êtes bien sages, vous aurez aussi votre église, mais chaque chose en son temps. »

Lorsqu'on donna les premiers coups de pioche pour préparer le sol et planter les premiers poteaux, le bruit s'en répandit rapidement dans les environs. Les Indiens du camp n'avaient plus besoin de parcourir le pays pour rassembler les réfugiés en leur promettant : « Venez avec nous, vous serez en sécurité. » Les gens affluaient d'eux-mêmes. L'ancien camp, avec toutes ses constructions en cours, donnait l'impression d'une roue en mouvement. Tout un rouage compliqué avait été lancé.

Les Pères furent stupéfaits en voyant cette activité fiévreuse et infatigable, tous ces désirs personnels qui se mêlaient. Ils se sentirent eux-mêmes entraînés. Les indigènes se mirent alors à les regarder avec respect. Ils les considéraient comme les promoteurs de tout cela ; en réalité, ils ne l'étaient pas, ce n'étaient pas eux qui avaient projeté ces baraques, ils avaient été emportés dans le mouvement.

Ils se donnaient à la tâche avec ardeur. Le gouverneur Don Alvara et le capitaine Sabazar avaient causé des ravages et il leur appartenait de les réparer.

Le flot des réfugiés se tarit. Emmanuel envoya des messagers à travers le pays pour rassembler tous les Pères qu'ils pouvaient joindre. La nouvelle cité, qu'eux-mêmes ne considéraient plus comme un camp, grouillait d'hommes, déjà plus d'un millier, et on avait besoin de main-d'œuvre disciplinée. Chaque jour, et même chaque heure, apportait de nouvelles difficultés. La situation rappelait celle qu'ils avaient connue au moment de la grande expédition, lorsque, partis de Sao Paulo à travers la forêt, des milliers d'hommes, qu'il fallait nourrir, s'étaient joints à eux. Mais c'était maintenant à la fois plus difficile, car les gens accouraient de tous les côtés, et plus facile, beaucoup plus facile, car l'élan étant donné, le mouvement se poursuivait de lui-même, il n'y avait plus qu'à surveiller et à donner des ordres. Les Pères en parlèrent entre eux avec plus d'étonnement que de joie. Cataldino, intelligent et sceptique, déclara même : « Les rôles sont changés entre nos amis de couleur et nous, ce sont eux qui nous donnent des ordres. Nous qui voulions convertir, nous n'en avons même plus le temps. » Macéta, qui avait appris le métier de forgeron, fit avec enthousiasme l'éloge de ses gens : « C'est incroyable, le zèle, la curiosité et l'intérêt qu'ils montrent lorsque l'on allume le feu, que le fer rougit et que le marteau frappe l'enclume ; c'est comme s'ils voulaient nous ravir nos secrets ! » Les autres Frères parlaient sur le même ton.

« Finis les coups de gueule, les palabres, déclarait le Père Faber qui transformait en graisse tout ce qu'il mangeait et, malgré son souffle court, se jetait sur les plus durs travaux avec allégresse, finies les palabres, maintenant nous bâtissons le christianisme. Nous le bâtissons de bois et de torchis, en tissant nos nattes et en traçant nos rues ! » — « Tu oublies notre église », dit Emmanuel en souriant, et en reprenant la pensée de Faber : « Mais non, elle est comprise dans ces constructions de bois, de chaume et de torchis. » Tous étaient joyeux. Les Indiens s'attachaient particulièrement aux pas du gros Faber, partout où il allait, attirés sans doute par sa puissante silhouette et sa voix sonore. Ils ne se rappelaient pas avoir jamais entendu un animal ayant une telle voix et ils le comprenaient plus vite que les autres parce qu'il s'attachait surtout aux travaux matériels. Ici tout allait comme il voulait, pour lui et aussi pour le jeune et combatif Père Daniel, ce fils d'un amiral espagnol qui était heureux de pouvoir commander. Les temps de la tristesse étaient passés. C'était comme à l'attaque d'une forteresse, le moment où l'on saute dans la brèche. Cataldino, le bâtisseur, s'enthousiasmait et, roulant des yeux : « J'espère que nous trouverons bientôt de la pierre, ce sera alors au tour de Frère Armino. La pierre est plus difficile à travailler, mais encore plus belle et plus intéressante que le bois. Frère Armino a appris autrefois, chez lui, à tailler la pierre et il est impatient de nous montrer comment le grès, le granit ou, peut-être même, le marbre résistent sous ce climat. Que pensez-vous, mes Frères bien-aimés, d'une maison de vraies pierres sur les rivages du Parana ? » C'était pour lui le comble du bonheur. Les autres aussi pensaient avec émotion à une maison de pierre qu'ils construiraient de leurs mains et qu'ils habiteraient.

Mais on n'en vint pas si vite à de telles constructions. On n'était même pas complètement au point pour le bois et la glaise car on manquait encore de haches, de pelles et de clous. Macéta avait dans son sac quelques vis de différentes tailles qui firent très grosse impression. Il se lança, l'audacieux, dans la fabrication d'une armoire de cèdre. Des heures durant, il retira les vis et les fit essayer dans une planche par ses gens. Il passa une journée entière à tracer des rainures à la tarière et à ajuster des écrous ; ceci, il s'en rendit compte, scella une véritable et sincère alliance entre lui et ces gens qui furent ainsi définitivement conquis à la cause des Pères : ils étaient convertis. Une communauté chrétienne, unie par une même foi ? Bien sûr ! Tout cela faisait partie de leur foi. Les Pères, en les regardant et en les écoutant, constataient que ces hommes à peau foncée mélangeaient tout : les vis avec la marche de saint Jean-Baptiste à travers le désert, les clous et le marteau avec la crucifixion du Christ. Et les Pères, la sueur au front, s'aperçurent, en maniant la hache, la scie et le ciseau, en apprenant la langue, que la détresse les avait conduits sur une voie qu'ils n'auraient pu découvrir seuls, mais qui était la bonne. Les Indiens confondaient le village, la maison, les rues avec la doctrine. Ils donnaient aux choses des noms étranges : il n'y avait pas de maisons, mais des grottes de la fuite en Égypte, les gros clous qui perçaient le bois, on les implorait de ne pas faire mal et de ne pas clouer Jésus sur la croix.

Les pensées allaient au-delà du village.

On manquait de fer et d'acier, on avait besoin de semences et de tissus. Il y avait bien Sao Paulo où l'on aurait pu envoyer quelqu'un, mais maintenant, il ne pouvait plus en être question, à une pareille distance. (Nous pardonneront-ils si nous achetons ailleurs ?) On envoya une petite expédition vers le sud, le long de la rive gauche du Parana, vers la ville de Ciudad Real, au nord de Pequiry. Elle devait traverser l'Ivahy et la Paquierica. À l'aller, elle fut guidée par des Indiens, amis de la tribu des Ibirayas ; au retour, des Tagaobas la conduisirent jusqu'à Villarica sur le haut Ivahy. Mais ni là ni à Ciudad Real ils ne trouvèrent ce qu'ils cherchaient : ces petits établissements étaient de simples forts, entourés de colonies et ils ne disposaient pas en quantités suffisantes de ce que les Jésuites désiraient acheter. On tint de nouveau conseil à Guayra et comme le besoin était urgent et qu'il ne restait le choix qu'entre Sao Paulo, au bord de la mer, derrière la Sierra Espinaza, et Asuncion, au sud-ouest, on se décida pour cette dernière. N'ayant pris que deux jours de repos, la mission d'achat se remit en route, avec, cette fois-ci, plus de porteurs, plus de rameurs et de gens sachant construire des bateaux. On descendit un certain temps le magnifique cours du Parana que l'on quitta un peu avec les chutes du Salto de Guayra, l'endroit marqué par le malheur, où Mariana s'était noyé. On le reprit plus bas jusqu'à un point où les gens de la tribu des Apitares les conduisirent encore une fois à travers leurs territoires, ce qu'ils firent d'autant plus volontiers que les Pères avaient recueilli nombre d'hommes de leur tribu qui avaient fui vers eux. Salonio et Bombardo Arminio, que l'on appelait dans l'Ordre Frère Saint-Jean et Frère Saint-Léonard, conduisaient cette expédition. Ils entrèrent dans Asuncion et, après une brève visite de courtoisie aux ecclésiastiques de la ville, se rendirent à leurs affaires. On les épiait pour voir s'ils allaient créer de l'agitation, mais rien de ce genre n'arriva. Ils achetaient, se chargeaient d'énormes caisses de haches, couteaux, scies, outils de forge, clous, limes, étoffes ; ils passèrent des commandes aux négociants en fer et en draperies. Ils avaient de longues conférences avec eux, car ces gens cherchaient à les duper et voulaient aller eux-mêmes à Guayra pour y faire des affaires. Mais les Pères ne leur laissèrent aucune illusion. Ils entendirent parler durant ces jours-là, à différentes reprises, d'une grande ville fortifiée au sud, près de l'embouchure du Parana, que l'on avait baptisée, en raison de l'air que l'on y respirait, Notre-Dame-du-Bon-Air, Buenos Ayres. Les négociants qui en faisaient venir beaucoup de produits décrivaient la situation magnifiquement protégée et le développement étonnant de cette ville. Salonio et Arminio écoutaient tous ces récits avec satisfaction et les enregistraient dans leur mémoire. Pendant le retour, chez les Apitares qui s'étaient de nouveau calmés, il leur arriva de prêcher ici et là. Enfin ils furent heureux de retrouver l'eau et de regagner le nord à la rame.

Les bruits de guerre de l'autre côté du Parana s'éloignaient. La tempête avait laissé derrière elle, dans les mains des Pères, envoyés par la Compagnie de Jésus pour convertir les païens, un bien étrange présent : quelques milliers d'hommes à peau foncée qui s'accrochaient à eux. C'en était fini des pérégrinations apostoliques.

Dans les premiers jours, plus d'une centaine s'en allèrent ou moururent. Ceux qui mouraient, c'étaient des hommes et des femmes qui avaient perdu leur foyer, dont les tribus, les chefs et les sorciers avaient été anéantis et les ancêtres abandonnés. Ils avaient fui les Blancs et se retrouvaient parmi eux. Mais, quand bien même ils surmonteraient leur haine et leur méfiance, que pouvaient-ils leur donner, ces hommes blancs, contre qui pouvaient-ils les protéger ? Les Pères voyaient bien que ces gens dépérissaient, mais ils mettaient cela sur le compte de la nostalgie et se croyaient capables de les consoler. Ils souffraient pourtant d'une étrange maladie : la bouillie de manioc ne nourrissait pas, les poissons que l'on faisait griller n'avaient pas le goût de poisson. Ces gens vivaient dans une grande anxiété que l'on pouvait lire dans leurs regards sombres et muets. Ils laissaient leur chevelure en broussaille, ne l'huilaient plus, ne se coloriaient plus la peau. Ils voulaient mourir pour retourner auprès de leurs bons ancêtres, manger et boire et reprendre des forces.

Un petit nombre de fugitifs de couleur, des gens méfiants et têtus, s'éloignèrent de nouveau après avoir observé la croissance du village et l'ardeur au travail de leurs compagnons de misère. « Que faites-vous ? demandaient-ils. Voulez-vous construire une forteresse qui servira aux Blancs à vous opprimer ? » — « Nous construisons un village, les prêtres sont puissants, ils nous protégeront. » Ils s'adressaient au chef des Blancs : « Grand Prêtre, quelles sont tes intentions avec nos gens ? » — « Nous leur préparons une demeure où ils seront à l'abri, nous leur parlons du grand Seigneur qui a créé la terre tout entière et tous les humains. » — « Tu ne nous protégeras pas contre les armes à feu du gouverneur d'Asuncion. N'abuse pas ces gens ! » — « Reste avec nous, tu as encore à apprendre. » — « Nous connaissons des Blancs, prêtres, soldats, trafiquants. Nous ne resterons pas. Vous semblez être des gens pleins de bonté, mais vous mettez nos hommes en danger. Renvoyez-les dans leur pays. À toi, dont le cœur est bon, bien que ta peau soit de la funeste couleur, à toi, nous demandons : Pourquoi venez-vous troubler notre paix ? Que voulez-vous chez nous avec votre Dieu qui ne vous écoute même pas ! Regarde qui il écoute à Asuncion et à Villarica. Il écoute le gouverneur, le capitaine et ses hommes, il les a munis d'armes que nous n'avons pas et nous entraîne ainsi dans la mort et dans l'esclavage. Es-tu venu pour tromper ces misérables fugitifs et leur arracher leurs dernières armes ? »

Emmanuel avait beau parler, le son de ses paroles ne touchait pas l'oreille de ces Indiens. Ils reprenaient, têtus et irrités : « Si ta bouche dit la vérité et si tu ne nous veux pas de mal, alors apprends-nous à faire des armes à feu. Par ouï-dire, nous savons pourquoi vous, les prêtres blancs, vous avez traversé les mers. Vous fuyez vers nous. »

C'étaient, pour les Jésuites, des conversations bouleversantes. Elles les rongeaient comme un mal car ils savaient combien ces indigènes avaient raison. Il valait mieux ne pas entendre souvent de telles paroles. Ceux qui se plaignaient aussi amèrement n'étaient pas nombreux et ils s'en allèrent.

## LA ROUE TOURNE

Paix sur les pampas de Guayra.

Les Pères Jésuites travaillaient, enseignaient, dirigeaient. La roue était en mouvement. Les grandes lignes de la rue principale se dessinaient, une place s'arrondissait, et une église en construction se dressait au-dessus du sol de la steppe. L'herbe, sans cesse arrachée, repoussait infatigablement avec une innocente indiscrétion, elle ne voulait pas qu'on pût l'oublier. Mais les Blancs ne l'oubliaient pas, ils la faisaient arracher car ils étaient venus pour imposer une loi nouvelle, celle des organisateurs, de ceux qui maîtrisent la nature ; ils n'avaient le temps ni d'être joyeux ni de s'amuser. On éleva des barrières contre les bêtes sauvages, que l'on repoussait dans les steppes pour faire place à un décor humain et même divin. Tout allait très vite, et bientôt on envoya quelques hommes à la localité espagnole la plus proche, pour chercher une cloche et des ornements d'église.

Les Frères s'absorbaient complètement dans leur ardeur au travail. Emmanuel était parfois troublé par des scrupules : « Ce n'est pas cela que nous avons projeté ! Mon Dieu, il faut encore une fois tout changer, il faut en finir ; où nous sommes-nous laissé entraîner ? »

Mais, après de telles nuits, les hommes de couleur se montraient tous à la messe matinale, puis les martèlements commençaient à retentir dans les forges, leurs forges, qu'ils aimaient tant, les bruits de pas et de course résonnaient dans les rues ainsi que les appels, les chants des hommes. Les femmes allaient, portant leurs enfants qui réclamaient à boire ; de jeunes garçons jouaient avec des singes, tout cela était si naturel ; c'était leur œuvre ! Pouvait-on s'interposer maintenant ? devait-on tout bouleverser ? Personne ne se demandait plus si c'était bien cela que l'on avait projeté.

Tandis que le village croissait autour d'eux ils furent surpris par la visite du respectable Provincial de leur Ordre, Torrez, accompagné du jeune Père Ruiz de Montoya. Les Pères ne s'étaient pas attendus à une pareille joie ! Et quels mots radieux, quels vœux de réussite dans la bouche de ce vieil homme, plein d'expérience ! Il resta deux semaines auprès d'eux. « N'ayez aucune crainte, leur dit-il, tenez ferme ce que vous avez, ne vous laissez pas chasser. Ils ne l'oseront pas et s'ils l'osent, que ce soit leur perte ! Au nom de Jésus-Christ, frappez dur ! Il vaut mieux combattre sous la bannière du Christ que sous tout autre étendard. » Il s'enflammait et se sentait heureux de pouvoir soulager son cœur. Il se représentait déjà la petite bourgade comme un château fort, dressé contre les bêtes malfaisantes qui voudraient l'attaquer : « Laissez-les venir, mais il faut que le nom de ce village les avertisse ; et si, pour ne pas être immédiatement trop agressif et tout briser, nous ne donnons pas à cette cité le nom de Saint-Michel, réservons-le pour la prochaine et alors qui le voudra pourra jouer au dragon contre elle. Les rois et les seigneurs font de nous ce qu'ils veulent, dans la vieille Europe ; ils voudraient nous faire tenir l'office de feuilles de vigne pour cacher leurs péchés. Mais notre Ignace de Loyola a arraché leur masque et, ayant donné de l'éperon, est parti au galop, la lance en main, sus à eux, au nom de Jésus-Christ. L'enfer pour tous les gouverneurs et tous les capitaines ! Il n'y a pas de tâche plus sacrée. »

Un matin, le vieil homme se promenait hors du village avec Emmanuel et le jeune Montoya. Il aimait en effet, après sa foi, deux choses au monde : les hommes de couleur et la nature. Les champs ne s'étaient pas encore remis du désastreux passage des sauterelles et, pour comble, c'était la saison sèche : de misérables îlots d'arbres, aux branches effeuillées, se dressaient sur l'étendue onduleuse. Quand on regardait vers l'est, on voyait la grande plaine s'étendre, immense et triste. Le soleil jaune, bien qu'encore bas, soufflait sur eux un air brûlant, et la large plaine, affaissée, s'étalant, sauvage et gigantesque, courait jusqu'à un horizon plus frais.

Les trois Pères Jésuites, barbus, les sandales aux pieds, enveloppés dans leurs robes noires, un gourdin à la main, allaient devant leurs compagnons à peau sombre qui trottaient tout le long du chemin. La petite troupe s'était avancée dans la steppe depuis une demi-heure. Derrière elle, le long de l'eau, se dressait une double rangée de hauts arbres verts. Tout à coup les Indiens se mirent à pousser, l'un après l'autre, leurs cris aigus et ils s'arrêtèrent, l'œil fixé sur les herbes. Deux hommes sautèrent au même instant sur Torrez, Emmanuel et Montoya et leur arrachèrent leurs bâtons. Presque en même temps, un énorme tigre se dressa en face d'eux. Il se ramassa comme pour sauter. Les Pères avaient déjà vu bon nombre de tigres, de près ou de loin, mais jamais aucun ne s'était approché si près d'eux.

C'était un grand tigre, excité par la faim. Les deux Indiens bondirent en avant, tendant vers le fauve furieux, leurs bâtons qu'ils tenaient à deux mains.

La bête s'aplatit sur le ventre et, par en dessous, saisit le gourdin à pleine gueule. Elle mordait de toutes ses forces, écumant de rage et roulant les yeux. L'Indien qui tenait le bâton commença à la travailler : l'animal voulait le lui arracher, mais l'Indien suivait toutes les secousses qu'il donnait, tirant à droite, à gauche, en haut, en bas. La bête aurait pu lâcher et sauter sur l'homme, mais elle tenait ferme. Elle était excitée par ces mouvements et de plus en plus acharnée. Elle s'imaginait mordre, dévorer déjà un membre de l'homme, un membre dur comme de l'os. L'homme voulait échapper à sa gueule, mais elle ne lâchait pas. Et le bâton allait de droite et de gauche vers le haut, vers le bas : la gueule saignait. La bête tiraillait vers l'arrière, mais l'homme commença à prendre un rythme que ses deux compagnons soutenaient par des cris sourds et plaintifs. Tous les trois fixaient intensément l'animal qui se mit à suivre la cadence. Son corps volait à droite et à gauche, mais ses mâchoires ne lâchaient pas. Sa queue frappait le vide, il se collait souvent sur le sol. Il se roulait maintenant. Le rythme avait déjà pris de l'ampleur. L'homme renversa l'animal sur le flanc, la bête tirait en arrière, il la rejeta de l'autre côté, elle tirait toujours nerveusement, et d'un seul coup, il la coucha sur le dos. Les pattes puissantes s'agitaient en l'air, griffant le vide, tandis que le ventre chaud et blanc était à découvert. À cet instant un homme sauta sur le tigre et lui planta un long couteau acéré dans le ventre qu'il ouvrit tout au long.

Le tigre se retourna, se cabra. Le jeu prenait fin. Le bâton vola hors de sa gueule ; les hommes fuirent. C'en était fait de l'animal. La gueule béante, il poussa un hurlement profond vers ceux qui l'abandonnaient, puis un autre. La douleur était atroce. Il plongea la langue, la tête dans la terrible blessure et l'en ressortit couverte de sang. Il eut encore un râle, plein de haine envers les fuyards, puis s'enroula autour de la plaie, s'affaissa. Il était mort.

« Ces gens sont très forts, dit fièrement le vieux Torrez en repartant entre Emmanuel et Montoya. Avec eux, vous aurez de grandes satisfactions. » Comme avant, la steppe s'étendait devant eux. Le vieil homme commença à raconter ce qui se passait dans d'autres contrées. « Ce sol ressemble à celui que foula Las Casas ; mais lui ne pouvait que fuir. Ces gens sont les descendants de ceux qu'il a catéchisés avec ses disciples. Un tel spectacle lui aurait appris l'importance de la méthode. Notre brave évêque d'Asuncion, le pauvre Dom Réginald, est bien Dominicain, lui aussi. Il a reçu dernièrement une heureuse nouvelle. Le gouverneur du Pérou annonçait que quelques tribus de là-bas étaient prêtes à se soumettre au Roi d'Espagne et demandaient des missionnaires. Le gouverneur était d'accord. Qu'importe la façon dont les fruits mûrissent ! Don Alvara, notre gouverneur, fut satisfait et demanda à l'évêque, notre ami d'Asuncion, de s'occuper de la chose. Celui-ci ressentit à cette nouvelle une frayeur à peu près aussi grande que la nôtre à l'apparition du tigre. "Quoi, s'écria Dom Réginald, un prêtre chez les cannibales ! Je serais un criminel si je le souffrais. Exige-t-on de moi une lettre d'Urie ?" Et il n'envoya personne, déclarant qu'il manquait de main-d'œuvre ecclésiastique, son éternelle plainte, et qu'il ne voulait pas arracher à leurs pieuses ouailles, pour les donner aux barbares, les quelques rares prêtres qu'il avait. Le pauvre gouverneur, qui voulait épargner ses soldats, pensa alors à me consulter. On commence à savoir, parmi les gouverneurs, que nous sommes-là ! "Que pensez-vous donc de cette affaire ?" me demanda-t-il. Je lui découvris mon inébranlable affection pour les Dominicains en général et plus spécialement pour Dom Réginald, notre évêque. Je déclarai que les Dominicains avaient toutes les qualités requises et que ce serait une bénédiction si Dom Réginald se laissait fléchir. Le gouverneur me prit par la main et nous allâmes chez l'évêque. Nous l'avons adjuré et j'ai pris ma voix la plus suave. Le gouverneur, lui, parlait en soldat et en administrateur, comme il en a le don. L'occasion était exceptionnelle, les sauvages s'offraient d'eux-mêmes, ils constataient visiblement leur faiblesse et voulaient devenir des hommes, des sujets du Roi. L'évêque se montra d'abord tout à fait sourd. Je repris la parole. Les Dominicains sont très sensibles à la voix des Jésuites ! Il nous laissa partir, mais, en nous reconduisant, se déclara éventuellement disposé à envoyer des prêtres, à la condition toutefois que le gouverneur lui garantît une escorte armée. Don Alvara se plaignit à moi dehors : dans ce cas-là, je peux aussi bien envoyer mes soldats sans prêtres. Puis, il me demanda ce que l'on pourrait faire. Je l'ai prié de me laisser une heure de réflexion. Cette heure écoulée, je me suis présenté à lui avec quelques prêtres. Le recteur de notre collège, à Asuncion, s'était jeté à mes pieds et m'avait imploré : "Me voilà, envoie-moi." Le gouverneur était ravi. »

Emmanuel lui fit part de ses inquiétudes, lentement et avec hésitation. Le Père Torrez ouvrit grands ses yeux. Il croyait ne pas bien entendre. Mais comme ses protestations ne faisaient aucune impression sur Emmanuel, il l'écouta tranquillement, mais toujours prêt à l'interrompre. Emmanuel termina : « Il est inutile à présent de parler davantage de toutes ces choses. Elles existent. Mais où pourront-elles nous conduire ? Regardez ce vaste pays ! Il paraît dénudé, pourtant il est fertile. Autrefois, quand ces gens étaient attaqués, ils pouvaient fuir. Maintenant ils se sont placés sous notre protection. Nous les tenons enfermés dans ce village, nous leur demandons d'avoir confiance en nous. Et ils ont confiance. Et c'est ce qui est terrible ! C'est ce qui nous rend si anxieux ; car, si l'on nous met à l'épreuve !... Cher Frère, nous avons peur pour eux. Nous avons déjà traversé tant d'épreuves ! »

En parlant, il sentait qu'il ne pensait pas exactement ce qu'il disait, il y substituait autre chose, mais il lui fallait au moins s'exprimer ainsi. Il aurait voulu continuer : est-ce que tout ce qu'on avait construit et créé devait être poursuivi ? Était-ce cela vraiment qu'il fallait faire ? Était-ce vraiment nécessaire ?

Lorsque Emmanuel parla encore de Sao Paulo, racontant les détails de leur voyage, les attaques, la supercherie dont ils avaient été victimes, et, du côté des indigènes, la sombre méfiance, par malheur trop justifiée, le vieux Torrez devint plus indécis. « Nous devons être sur nos gardes à l'égard des indigènes et des Blancs, chasseurs d'esclaves. Faudrait-il faire appel à la protection du gouverneur le plus proche ? Mais qui se ferait protéger par le loup ? Notre Frère Cataldino déclarait dernièrement : "Pour vivre comme nous le voulons, il faudrait avoir la sagesse du Pape et inspirer la crainte qu'il peut inspirer." »

Il attendait ce que Torrez allait dire : Jérusalem, Toi, ville sainte, ton nom est paix.

Torrez : « Si vous saviez comme on se réjouit à Rome de notre mission. On vous a quand même rédigé un document au sujet d'établissement de colonies. Macéta ne vous l'a-t-il pas remis ? » — « Nous l'avons brûlé. »

Le Provincial était stupéfait.

« Vous voyez, Frère Provincial, comment les choses se passent ici. Le document nous rendait vaniteux, il nous mettait en danger, nous le considérions comme une tentation. Quand nous avons été, une fois de plus, chassés, nous l'avons brûlé, et nous nous sommes juré de ne plus être que d'humbles missionnaires et puis, tout cela est arrivé. »

Torrez retint longuement Emmanuel par les deux bras. Emmanuel n'exprimait toujours pas la pensée qui le possédait, cette anxiété : qu'est-ce au fond que cette colonie, comment a-t-elle pu prendre naissance autour de nous, que faut-il penser ? Oh ! cette puissance rusée et indocile d'une colonie indienne ! Elle a quelque chose de l'herbe que nous arrachons chaque jour, mais qui pousse, pousse et se referme par-dessus nos têtes, nos toits. Cela, il ne le dit pas non plus quand Torrez le prit dans ses bras. Il gardait sa pensée pour lui, ne voulait pas la mettre au jour, il la conservait au fond de lui, c'était son secret, Torrez n'aurait pu le comprendre.

Le Provincial prit Emmanuel par le bras : « Ignace de Loyola a lancé notre Ordre au cœur de ce problème. Sois avisé et prudent, sois encore plus rusé que le serpent. Ne t'embarrasse pas de « pourquoi » et de « comment ». Nous plions les choses jusqu'à ce qu'elles nous aillent. Quoi que nous fassions, où que nous allions, nous rencontrerons des pièges. Mais c'est toujours une chose dangereuse que d'être chrétien. » Et après une pause, il poursuivit : « Notre Sauveur lui-même est mort en croix. Il était Dieu pourtant. »

Au retour, ils passèrent en silence devant le lieu du combat où le tigre gisait dans son sang. Dans le ciel tournoyaient déjà les vautours. Au passage, Torrez jeta un regard froid sur la grande créature morte. Brusquement, son expression se transforma, son visage se durcit : « Pas un seul soldat de Jésus n'a jamais douté de pouvoir lever tous les obstacles qui se présentaient sur sa route. »

## MALADONATA, LA CHATTE ROUGE

Dans le village, Maladonata apparaissait plusieurs fois par jour auprès d'Emmanuel. Elle avait découvert une robe rouge, longue, une sorte de tunique, et il lui disait intérieurement quand elle était ainsi devant lui : « Toi, chatte rouge, chatte brune, je te connais, tu sais ce que tu veux. Tu parles et mes réponses te laissent indifférente, tu fais ce que tu veux, toi qui bâtis la ville, qui protèges les fugitifs. Je te connais quand même, toi, la chatte rusée et méchante. Tout à l'heure tu me baiseras la main, tu voudras la lécher pour puiser des forces et faire de nous ce que tu veux. Que penses-tu de la Vierge Marie ? Que sais-tu de la Vierge, toi, la chatte rouge ? En est-il venu quelque chose à ces oreilles que tu caches sous ta chevelure noire et épaisse ? »

Il ne disait en réalité aucune de ces paroles. Maladonata racontait qu'elle venait de dire tant ou tant de chapelets avec les autres femmes. Il ne disait pas : Chatte rouge, comme ton visage est luisant, ta démarche droite, c'est la jeunesse, quelle jeunesse ! Mariana avait raison de nous mettre en garde contre ce pays. La chaleur ardente, sur la mer, lui en avait déjà donné le pressentiment. Mais il n'aurait pas fallu qu'il meure. Emmanuel, au contraire, félicitait Maladonata. « Tu auras bientôt toutes les qualités d'une abbesse ! » — « Qu'est-ce que c'est ? » Il le lui expliquait. Elle partait, désirant remplir ce rôle à ses côtés dans le pays.

Il lui en voulait parfois, elle le gênait. Il sentait qu'elle exerçait une contrainte sur sa volonté et qu'elle était toujours en avance sur lui. Dans son for intérieur, il luttait contre elle. « Que te permets-tu, toi, simple créature, laisse-moi, ne m'impose pas ta présence, ne me regarde pas ainsi avec tes yeux de chatte, brillants et étincelants, je suis capable de savoir moi-même ce que je veux. Je suis chrétien et soldat et veux le rester. »

Chaque jour, les appels du vieux Torrez retentissaient en fanfare à ses oreilles, exhortant au combat sous la bannière du Christ tandis que les Indiens mettaient toute leur ardeur au travail. Maladonata, elle, venait se pencher sur sa main et, tout en fouettant sa volonté, cherchait à la ravir parcelle par parcelle. Par un après-midi, encore plus ardent que les autres, alors que tous s'étaient retirés dans leurs tentes et leurs huttes, Emmanuel, installé dans son hamac, absorbé dans son livre d'heures, fut soudain submergé par une étrange et indescriptible angoisse qui montait du plus profond de ses entrailles. Il se laissa choir sur le sol, tomba sur les genoux et pressa sa tête contre terre. L'angoisse enveloppait ses bras et ses jambes, le serrant au cou et à la nuque. Il ne se sentait plus maître de son corps.

« Non, pas cela, Seigneur, pas cela. Ne m'induis pas en tentation ! Pourquoi, après m'avoir envoyé tant d'épreuves, sous lesquelles j'ai souffert et souvent succombé, pourquoi as-tu dirigé ici mes pas, ici, où tout en moi recommence à faiblir. J'ai voulu t'adorer en prières, j'ai voulu sonder ta magnificence. Ne m'entraîne pas au-delà de mon but, au-delà de ma mesure ; laisse-moi à l'intérieur de mes limites. Seigneur, sois clément ! Seigneur, vois comme je souffre. »

Mais toute la sombre horreur, toute la froide douleur des chagrins passés, ramenés au jour par cette angoisse sans cesse croissante, refluait en lui. Il suppliait désespérément. « Seigneur, vois ce qu'ils ont fait de moi, comme ils ont tout corrompu, même ma vie, vouée à ta gloire ! Ils ne veulent rien laisser subsister, ils m'entraînent petit à petit. Seigneur, aide-moi ! Aide-moi contre eux, contre tous ces gens, contre elle, la chatte rouge. »

Comme il s'écriait, se ressaisissant brutalement, les dents serrées : « Aide-moi contre elle », un coup attendu, mais qu'il ne supposait pas d'une telle violence, le frappa à la nuque, et le fit gémir. Il entendit en même temps l'appel de son nom : « Emmanuel ! » Et la force de cet appel envahit toute son âme.

Il était face contre terre. Comme il s'appuyait des deux mains pour se relever, l'appel vibrant retentit une seconde fois : « Emmanuel ! »

Il se releva et s'assit en silence sur le bord de son hamac, serrant sa croix dans ses faibles mains qu'il porta ensuite à sa nuque. Il resta ainsi un moment, abasourdi, puis se mit à trembler. S'étant rejeté dans son hamac, il frissonna encore, agité de sanglots jusqu'au moment où il put se remettre.

Il sortit alors devant la maison. Tout dormait. La chaleur

était ardente, le soleil éblouissant, il recula à l'intérieur et resta de nouveau longtemps assis, bouleversé par son angoisse intérieure.

Quand Montoya, cet homme jeune aux traits durs et aux regards glacés, arriva près de lui, envoyé par le Provincial, Emmanuel s'était tout à fait repris. Torrez alla avec eux jusqu'à la petite église qu'on était en train de terminer. Ils l'examinèrent rapidement, puis entrèrent, fuyant la lumière et la chaleur torride.

## CŒUR, OUVRE-TOI

Jour de la consécration de l'église. C'était une petite chapelle, couverte de chaume, pareille à celle que le jeune Père Las Casas, des Dominicains, avait consacrée plusieurs dizaines d'années auparavant, dans le Nord, de l'autre côté de l'Amazone, près de la ville de Funza, dans l'ancien empire indien de Cundinamarca. Le sang entourait cette église de Funza ; un flot de sang coulait tout au long, à travers le malheureux pays de Cundinamarca. Mais sur les rives du Parana, on ne voyait pas, le chapeau à la main, ces aventuriers violents, ces barbares blancs, ces tyrans frénétiques et désespérés qui poursuivaient leur propre anéantissement et leur perte : le gouverneur Quesada, le magnifique Péruvien Belalcazar, le capitaine général Nicolas Federmann aux joues rouges, tous ces hommes en quête d'or et d'esclaves. La malheureuse Europe, au milieu de ses convulsions, donnait aussi naissance à d'autres hommes. Il y en avait qui exploraient ce nouveau monde avec amour et qui n'étaient pas possédés d'une telle soif de richesses. Il y en avait qui ne pensaient qu'à expier pour les autres et à dévoiler le vrai visage de l'homme blanc.

Des croyants et des réfugiés de couleur entouraient cette

petite église et remplissaient la place circulaire, bien aplanie. C'étaient les hommes eux-mêmes qui l'avaient construite comme ils avaient construit leurs propres maisons, ainsi que celles des hommes blancs qui avaient voulu leur apporter le vrai visage de l'Occident, jusqu'à présent si défiguré. Ils n'avaient ni arquebuses, ni artillerie, ni épées. Le vieux Torrez, ravi jusqu'aux larmes et le cœur débordant de reconnaissance, disait la première messe.

Emmanuel baptisa la petite localité du nom de Loretto.

Jérusalem, ô ville sainte, la paix est ton nom. Tu es bâtie avec des âmes, et des anges, par milliers, t'ont contemplée. La couronne repose sur ta tête, toi, la plus belle, source de miracles.

Toi, élue par la grâce incommensurable du Père de toutes les grâces, tu as été aimée par Jésus, tu es sa table, sa chaise, son écrin. Toi, conquête, la plus délicieuse, de tous les mondes, tu es baignée de lumière.

Ô ville sainte, ô porte ouverte, ô porte de joyaux ! Celui qui souffre ici pour Jésus-Christ, ses péchés lui seront facilement remis. La musique et les cris de joie le salueront ; il n'aura plus besoin de se tourmenter.

On établit des instructions très précises. Il ne devait plus y avoir d'herbe sauvage, les rues devaient être tracées au cordeau ; les places bien dessinées, les champs délimités pour chaque groupe, pour chaque famille ; et le programme des travaux fixé d'après le soleil, la chaleur et la pluie. On indiquait avec précision ce qui serait à faire dans la journée et le lendemain. Les hommes à peau brune apprirent ce qu'est une semaine, qu'il faut travailler pendant cette semaine dont chaque jour a son nom et que le dimanche on se repose et on prie.

N'avait-on pas cent fois entendu que les sauvages sont paresseux ? Pourtant des réfugiés abattus auraient-ils pu construire à contrecœur tout un village comme celui-là ? Ce travail acharné coulait de lui-même comme le flot d'un fleuve, jaillissant d'un barrage. Le manioc, la patate et la pomme de terre poussaient dans leurs champs ainsi que le chanvre et le coton et ils récoltaient en outre dattes, figues et noix de coco. Les hommes, qui allaient travailler dans les champs, les jardins et les forêts, se rassemblaient le matin, alignés par des chefs de file. En chantant, ils se mettaient en route, déployant à leur tête la bannière ornée de l'image du saint patron de leur travail. Les détachements plus importants étaient précédés de leurs tambours et de leurs fifres. Ils partaient ainsi après la messe, l'outil sur l'épaule, tous habillés de la même façon, d'un bonnet, d'une courte chemise et d'un pantalon. Il n'y avait ni supérieur ni subordonné ; ils travaillaient pour réaliser la sainte parole de l'Écriture : « Donnez-nous aujourd'hui notre pain de chaque jour. » Et ne désiraient posséder aucun bien car il est dit : « Il est plus aisé à un chameau de passer par le trou d'une aiguille qu'à un riche d'entrer dans le royaume de Dieu. » Dès qu'ils étaient arrivés, ils s'arrêtaient pour prier en plein air et puis ils travaillaient, chacun selon ses forces. Le labeur occupait une demi-journée. C'était un sol vierge et puissant qui rendait tout au centuple. L'air était doux. Et on rentrait au milieu des chants : « Âme du Christ, sauve-moi, corps du Christ, délivre-moi, sang du Christ, apaise ma soif, larmes du Christ, lavez-moi. Oh ! Toi, mon bon Jésus, écoute-moi ! Que je ne sois jamais séparé de Toi ; à mon heure dernière appelle-moi, fais-moi venir près de toi, en sorte qu'avec tes saints je puisse chanter tes louanges éternellement. Ainsi soit-il ! »

Dans les maisons ou à l'air libre, pendant la saison des pluies, dans la grande salle qui servait également à d'autres réunions, s'assemblaient les jeunes filles et les femmes du lieu qui n'étaient pas occupées par leurs enfants. Elles travaillaient le coton de leur récolte et tissaient. Cependant, elles bavardaient. Au mur pendaient des images aux couleurs éclatantes peintes par des Indiens. Elles représentaient la Vierge, portant une énorme couronne et entourée d'anges. De temps en temps, les femmes entonnaient toutes ensemble un chant pieux et laissaient retomber leurs mains.

Tout se passait d'une curieuse façon. On construisait les maisons d'après les indications du maître charpentier à peau blanche, on abattait les arbres, on les traînait jusque-là à travers la steppe. On les sciait, les rabotait pour en faire des poutres et des planches. Les pensées de ces gens se mélangeaient d'une étrange manière et se répandaient comme des couleurs, sur les objets. Cela avait commencé ainsi et continuait de même. Les bâtisseurs constataient en riant : « Il n'y a pas un seul objet qui, lorsqu'on le leur donne, lorsqu'ils l'ont entre les mains, puisse rester ce qu'il est. Ils sont maîtres en fait de magie. » Les hommes de couleur montraient le plus grand intérêt pour le travail de la scie et du marteau, pour l'assemblage des poutres, pour la construction des toits, la pose des portes et, surtout, pour ce grand miracle : les charnières d'une armoire. Mais cet intérêt ne se différenciait pas de celui qu'ils montraient au pieux enseignement, c'était dans la même ligne, bien que la prière à la sainte Vierge et le rabotage d'une poutre n'aient eu aucun rapport. Ce n'était pourtant pas l'opinion des Indiens. Les Blancs trouvaient comique de voir la poutre, le rabot et la Vierge réunis dans un mélange extraordinaire et burlesque. On avait donné des numéros à chaque maison, mais pour les Indiens, il n'y avait pas de maison : numéro un, deux, trois, chacune devenait partie d'une pieuse histoire indienne bourrée de plantes et d'animaux. Donner des coups de marteau et égrener un chapelet c'étaient pour eux des gestes qui s'apparentaient. Quand on vissait une planche, la vis grinçait, appelait et la planche répondait, non pas une seule fois, mais sans cesse, tous l'avait constaté, tous l'affirmaient. Et il arriva encore plus. Il arriva ce que le Père Emmanuel avait redouté et sur quoi il capitula en dernier lieu. La roue tournait, toute cette activité laborieuse échappait aux mains des Pères, eux-mêmes échappaient à leurs propres mains.

Ils avaient projeté de jouer cette partie : Prêtre chrétien, Père de la Compagnie de Jésus, contre païen à peau brune qu'ils devaient convertir. C'était pour cela qu'ils avaient traversé les mers ; ils connaissaient tous les coups de ce jeu ; ils l'avaient appris. Les paroles du catéchisme, de l'Écriture étaient imprimées dans leur mémoire et ils gardaient l'esprit qu'on leur avait donné dans leurs collèges avant de les envoyer ici pour réaliser les volontés de l'Ordre.

Mais ils n'étaient plus installés, comme ils l'avaient cru d'abord, sur les rives du Parana, à quelques centaines de lieues de Sao Paulo dont ils étaient séparés par des campos immenses et de hautes chaînes de montagnes, et d'un autre côté encore un peu plus loin de la ville de Tucuman. Bien que tout cela existât, et qu'il y eût un gouverneur à Asuncion et, à son côté, un évêque, un Dominicain, bien qu'ils ne fussent eux-mêmes que les Pères : Emmanuel, Macéta, Cataldino, Faber, Arminio, ils étaient... sur la terre de Chanaan.

Il se passait une chose qu'ils croyaient avoir connue et qui les remplissait maintenant de ferveur et de ravissement.

Et même s'ils se frottaient les yeux, ils ne pouvaient pas refuser de voir que là, devant leurs yeux, se déroulait matériellement la vie paisible et bienheureuse de ces simples pêcheurs sur les rives de la mer galiléenne, de Simon et d'André à qui Jésus s'était adressé tandis qu'ils jetaient leurs filets, leur disant : « Je ferai de vous des pêcheurs d'hommes. » Et ils avaient tout quitté pour le suivre. Jacques, fils de Zébédée, était là avec son frère Jean, réparant des filets dans leurs nacelles. Simon et André s'étaient assis au bord de la mer à côté du Sauveur que le peuple entier suivait car il s'était montré plus fort que la vieille loi. Ils s'attachèrent tous à ses pas ; il monta dans une nacelle et tout le peuple resta sur le bord de la mer. Il leur parla du semeur, et des grains, des grains qui tombent dans la bonne terre, des grains qui montent, croissent et rendent des fruits tellement qu'un seul en rapporte trente, un autre soixante et un autre cent.

Ces hommes de couleur qui mélangeaient si curieusement les choses sacrées à la vie quotidienne, ces enfants, vivaient gais, reconnaissants et heureux. On n'entendait aucune querelle, personne ne se mettait en colère ; ici se réalisait la doctrine de Jésus : ils avaient eu raison de venir après avoir vu en Europe tant de crimes, tant d'horreurs et d'ignominies.

« Qui sommes-nous ? » se demandaient les religieux, ces hommes d'une nouvelle espèce parmi ceux que l'Europe avait envoyés sur ces terres, les premiers à prendre le temps de s'arrêter et de poser sur tout un regard paisible : « Qu'est-il arrivé ? »

Ils ne jetèrent pas le froc et il ne leur vint jamais à l'idée de se peindre le visage et de danser comme l'avait fait Mariana. Mais leur froc n'était plus le vêtement d'un Ordre, de leur Ordre, mais celui d'apôtres. Ils étaient pris au mot, au-delà de toutes limites. En vérité : c'en était fini des sermons. Ils devenaient graves. Où était la joie des premières semaines, lorsqu'ils équarrissaient les poutres et se livraient à des travaux manuels ? Comme tout à présent était autre, tournait autrement que ce que le document officiel leur avait laissé prévoir !

Ils se donnaient l'impression d'être des gens qui, après être restés longtemps enfermés dans une pièce, frissonnant de froid, ouvrent enfin leurs volets pour voir si l'air est tiède. Ils étaient pareils aux passagers de l'arche de Noé qui, durant les quarante jours de déluge, flottèrent sur les eaux, entre les planches, dans un cercueil, et qui s'aperçurent enfin que les eaux baissaient: Nous allons pouvoir quitter l'arche, les torrents de la pluie se tarissent, nous lâchons des oiseaux, un corbeau, une colombe, le temps est venu, le fond de l'arche touche quelque chose de dur, on coule... sur la terre ferme.

Quel pays bouleversant !

Ils connaissent des histoires de saints qui, après s'être plongés dans les Écritures et mortifiés, étaient visités dans leurs cellules par des visions célestes. Quelques dizaines d'années auparavant, au Pérou, le Révérend Père Solano, un Franciscain, se macérait, ne s'alimentait que d'un peu de maïs et d'un peu d'eau. On racontait qu'un jour, à Lima, il était parvenu à retourner, par son sermon, une multitude d'hommes à qui il présidait la chute aux enfers, en punition de leurs péchés. Les gens, pris de frayeur, restèrent éveillés toute la nuit, se firent administrer les derniers sacrements, et, comme il n'y avait pas assez de prêtres sur place pour donner l'absolution, ils se mirent, criant et pleurant, à confesser tout haut leurs péchés dans les églises, proclamant leur repentir.

Les Pères Jésuites ne se mortifiaient pas. Leur troupeau ne se tordait pas dans les souffrances expiatoires. Un jeu merveilleux avait commencé, un jeu riche de grâces divines.

On s'asseyait sur l'herbe verte, on s'installait. On n'avait que cinq pains et deux poissons, mais ils se multipliaient tant et tant que tous étaient rassasiés et qu'il restait encore douze corbeilles pleines de pains et de poissons — pour cinq milles personnes.

Toute chose a une fin, rêvaient les Pères. Toute ligne court vers l'abîme et finalement s'y perd. Il n'y avait que leur vie de couvent qui fût arrivée au bout de sa course.

« Toute chose a une fin, disait Emmanuel à Cataldino, et... » — « Que veux-tu dire... et... ? » — « Et la mort terrestre survient, et encore autre chose, ce que nous vivons maintenant. Dans ce pays, il n'est pas de mort. » Cataldino : « C'est peut-être le fruit d'une existence antérieure. » — « Crois-tu ? Nous serions à glorifier si nous l'avions mérité ! »

*Pose tes livres.*
*Tête, écarte ton savoir.*
*Cœur, ouvre-toi.*

## PASSIONS ET EXTASES

Maladonata était petite et robuste comme la plupart des Indiennes. Elle avait un visage aux traits féminins et purs. Son front était large et lisse, la chevelure s'y arrêtait par une ligne bien droite. Sous l'arcade des sourcils, les deux joues fermes, au teint de cuivre, se rejoignaient sur un tendre sourire qui étirait sans cesse sa bouche toujours prête à parler. Elle baissait à demi les paupières sur ses yeux, témoins de tant d'horreurs et qui avaient su étinceler de haine, mais qui, aujourd'hui, ne regardaient plus qu'avec tendresse. Qui la voyait ainsi savait qu'elle n'était qu'amour.

Elle n'était pas l'élue de Dieu comme Emmanuel, mais elle pouvait l'égaler dans l'adoration du nom de Jésus. Ce visage de femme, tout empreint de douceur, recevait son éclat des dévotions auxquelles elle se livrait des nuits entières, étendue sur le sol froid de sa cabane, rêvant, priant avec les paroles de son maître : « Jésus, ta présence m'est plus douce que le miel de l'abeille. » Et ce visage de femme, elle le présentait chaque jour à Emmanuel. Même en pensée, il n'osait plus l'appeler « Chatte rouge ». Il sentait qu'en elle résidait la force qui les avait tous vaincus à Loretto.

Le village regorgeait de monde. La rumeur de grands espoirs se répandait.

Parmi ceux qui avaient fui devant les mercenaires du gouverneur se trouvait aussi le cacique Atyacaya avec toute sa famille. Il avait envoyé des gens de l'autre côté du Parana et invité d'autres tribus à venir à Loretto. Il conseilla d'établir un second village au nord-ouest, à une lieue et demie, à l'endroit où le petit Jababiory se jette dans le Parana. Les Pères fondèrent alors pour le salut du peuple indien et la gloire de Dieu une seconde Réduction ou « Doctrine » comme ils disaient : Saint-Ignace. Car il fallait l'honorer, lui, le fondateur de l'Ordre, qui avait enseigné : évitez les cloîtres, allez parmi les hommes, prenez cela sur vous.

Tandis qu'on était en train de construire Saint-Ignace, sur le Jababiory, un hôte étrange fit son apparition dans le village, puis s'achemina sur Loretto où il resta. Ce petit homme, au teint vert comme l'olive, arrivait de Cusco avec le Père Barsena. C'était le dernier survivant de la dynastie des Hayna Capoc et des Incas qui, avant la venue de Pissaro, gouvernaient le puissant empire de Tuhuanti Suya.

Le Père Barsena s'était rapproché de l'homme de Cusco qui vivait à l'écart, paisible et triste, et lui avait parlé de la religion chrétienne. La résistance chez ce noble Indien était irréductible. Ce n'est qu'au moment où le Père lui révéla l'existence du village, au-delà du Parana, où les prédicateurs poursuivaient leur mission au milieu d'hommes de couleur uniquement, qu'il se fit attentif. Barsena reçut l'ordre de se joindre aux Frères du Parana. Il profita de l'intérêt de cet homme épuisé pour l'inviter à venir à Loretto. Le noble Indien accepta.

Docile et résigné, l'héritier des Hayna Capoc, de l'empereur du Pérou, marcha à travers le Paraguay sous la conduite du Père Barsena et arriva à Loretto. Il demanda à rester, puis alla avec le cacique Atyacaya à Saint-Ignace Iguay. Il voulait se mettre à l'ouvrage comme tout le monde. Après avoir vécu quelques mois parmi les autres, heureux, bienheureux même, il mourut, baptisé. Les Jésuites, dans ses derniers jours, entendirent ces paroles dans la bouche du noble malade de Cusco : « Une fonction perdue, mais le royaume des cieux gagné », et il ajoutait : « Je ne veux plus me plaindre de la disparition de mon pays : Tuhuanti Suya. Je ne veux plus penser aux cruautés de ses conquérants. » Le mourant ne disait pas qu'il avait espéré, ayant vu le village, que du sang de ces gens naîtraient un jour les vengeurs attendus par son père et le père de son père et tous ceux qui vivaient encore sur les montagnes.

Il se produisit des miracles. Des animaux sauvages rôdaient en masse dans les environs ; mais on avait dressé contre eux de solides barrières. Un soir, après une longue pluie d'orage, qui avait ramolli le sol, un de ces animaux entra dans le village en enfonçant les palissades ébranlées. Il se précipita à travers l'une des rues, sous les cris stridents des gens, en renversa quelques-uns, lorsque Emmanuel sortit de la petite église. Il aurait pu, les cris l'ayant mis en garde, y rentrer, mais il resta debout dans sa robe noire, grand, tranquille, sur la place ronde et ornée de massifs. Sous les appels horrifiés de la foule, le buffle courait droit sur lui. Arrivé à proximité, il ralentit son élan, puis hésitant, changea de direction pour s'arrêter juste devant Emmanuel. Le prêtre se tourna vers lui et murmura quelque chose. Beaucoup d'hommes furent témoins de cette scène. On laissa l'animal qui se mit alors à faire le tour de l'église en trottant, puis regagna la campagne.

Au nord coulait le petit rio Jéribary, mais on était encore assez loin du Parana lui-même. Un jour, les petites fontaines du village se tarirent. L'anxiété des gens était grande. Les prêtres, eux-mêmes, furent inquiets car il y avait encore beaucoup d'Indiens qui n'étaient pas habitués à la vie sédentaire. Au bout de quelques jours tous les esprits étaient dominés par cette crainte : aurons-nous de l'eau demain, nous ne pouvons plus reprendre notre vie nomade ; ici, il y a l'église et tout le village de Loretto. Il n'y eut qu'un groupe de femmes, conduites par Maladonata, qui garda son calme. Elles organisèrent une procession à travers la localité, portant devant elles une statue de la mère de Dieu. Il y eut un service à l'église, puis la troupe des femmes, en chantant, sortit du village avec la statue, sur les épaules de laquelle des colombes s'étaient posées, et gagna la plaine. Soudain, les oiseaux quittèrent les épaules de la Vierge. Il y eut un cri unanime. On marqua l'endroit où les oiseaux se posèrent ; on creusa et on y découvrit une source abondante. Toute la soirée et jusque tard dans la nuit, on dansa et chanta autour de cette source.

Le sort du cacique Atyacaya fit aussi grosse impression sur tous. Il était allé avec nombre de ses anciens parents à Saint-Ignace et avait loyalement pris part à la construction. Mais le vieil esprit nomade ne s'apaisait pas en lui. Un jour, on l'envoya à la chasse ; il resta parti longtemps. Bien que baptisé, il manqua la messe. On voyait facilement que ses pensées étaient ailleurs. Les Pères lui firent des remontrances ; il demanda pardon. Mais son instinct était plus fort que lui. Pour faciliter l'adoption des nouveaux convertis et des novices et pour les diriger, les Pères avaient établi une surveillance discrète qu'ils confiaient aux plus vieux et aux plus sages. Un jour, ceux-ci rapportèrent de la maison du cacique, parti pour la chasse, une cruche dans laquelle il y avait une petite racine, d'aspect étrange. Les surveillants indiens savaient à quoi s'en tenir : c'était un génie. Le cacique était retombé dans le fétichisme. Lorsqu'il s'aperçut de l'enlèvement de sa racine, il fut pris d'une grande colère et ne se retint même pas devant le Père Montoya. Celui-ci le menaça d'excommunication. Atyacaya se retira, sombre, dans la petite maison qu'il s'était construite lui-même. Montoya fit venir la femme et l'enfant du cacique et les garda près de lui toute la journée afin de les loger chez d'autres, au cas où l'Indien ne se rendrait pas à la raison. Soudain, à midi, le signal d'incendie retentit dans le village. Trois huttes étaient en flammes, personne ne savait pour quelle raison. Mais une d'entre elles était celle d'Atyacaya. Le soir, on retira des décombres le corps du pauvre pécheur, complètement carbonisé. Loretto et Saint-Ignace prirent part aux funérailles de cet homme qui était connu de tous. Ils suppliaient : « Atyacaya, toi, qui as succombé à la tentation de Satan, puisses-tu trouver le chemin du ciel. Jésus, Marie et saint Ignace, aidez-le et faites en sorte que sa terrible faute lui soit pardonnée. »

Joie sereine ! Ils vivent dans un patient espoir. Chaque jour est marqué d'une nouvelle conquête. Toute bonne action, tout péché découvert se transforme en un degré de cette échelle dorée sur laquelle ils s'élèvent les uns à côté des autres. Prêtres et anges comptent les degrés.

Un jour, dans la salle des fileuses, une femme se mit à danser, marchant sur le fil qui était resté accroché à son vêtement : « Mon enfant appelle — son enfant était mort —. Il est au ciel, il a trouvé le chemin de l'au-delà ; je dois l'aider sur le dernier échelon. J'arrive, prends ma main, je te porterai. » Elle fit un bond et renversa les rouets.

Les Pères avaient affaire à des convertis qui, dans les champs, demeuraient couchés par terre, poussant des cris d'extase et des gémissements et écumant de douleur. Ils subissaient eux-mêmes la flagellation du pauvre Jésus innocent. Durant cette même époque étrange, tous quittaient en sanglots la messe quotidienne. Et à cette messe qui se renouvelait chaque jour, ils prenaient toujours part avec la même dévotion. Les Pères, qui remerciaient Dieu de la grâce qu'il avait fait descendre sur eux devaient prendre des précautions pour parler de la Passion. Toute la multitude qui se rassemblait autour d'eux se sentait elle-même Jésus, Marie, Madeleine ou même Judas Iscariote.

## L'OMBRE DE LA MORT

Tandis que les Pères Jésuites qui avaient quitté l'Europe pour répandre, fidèles à la doctrine d'Ignace de Loyola, le christianisme dans les Nouvelles Indes, s'établissaient avec leur brun troupeau dans la Province de Guayra, vivaient loin d'eux, dans les villes et les forteresses, des Espagnols pleins de rancune à leur égard parce qu'ils protégeaient les gens de couleur et les leur enlevaient. Il y avait aussi les Mamelus, les Paulistes, qui sillonnaient le nord et l'est de la contrée.

Les Mamelus suivaient envers les Pères une politique pleine de ruses. Certaines années, ils s'aventuraient jusque dans le voisinage de l'Yguaza. Mais ils évitaient de descendre des montagnes, se contentant de longer le Parana à une assez grande distance. Ils inquiétaient seulement les tribus de ces régions, les repoussaient vers les Pères. Ainsi de nouvelles colonies naquirent l'une après l'autre, au su de ces Mamelus.

La ville des Mamelus, Sao Paulo, là-bas, au bord de la mer, grandissait non moins rapidement que les établissements des missionnaires chrétiens. Les Paulistes se développaient grâce à leurs pillages et leurs chasses aux esclaves, leur quête de l'or et des pierres précieuses. Si l'Europe, qui les avait expulsés, construisait, labourait, pillait et conquérait, eux se contentaient de pillages et de conquêtes. Ils poussaient toujours plus avant vers l'ouest leurs expéditions guerrières, à travers ce pays grouillant d'hommes. Pour eux, les Indiens n'étaient que des bancs de poissons serrés qu'ils attrapaient dans leurs nasses. Maintenant que leur puissance s'accroissait, ils avaient mis sur pied toute une armée de mercenaires, naturellement des Indiens. Des peuplades tributaires avaient dû se joindre à eux, et comme il s'agissait de conquête et de butin, d'autres tribus les avaient suivis librement. C'est ainsi qu'ils pourrissaient le pays, déployant autour d'eux une large ceinture d'anéantissement et répandant leur terrible renom à travers la contrée. Ni les montagnes, ni les forêts, ni les fleuves ne les arrêtaient. On racontait qu'ils voulaient traverser tout le pays de la côte est à la côte ouest, pour gagner le Pérou et s'emparer des mines d'or. De tels projets n'étaient pas impossibles de la part des Mamelus. Ils franchissaient déjà la Sierra de Coritcha et del Espinaza au nord du rio Pequiry et passaient le large Yguaza sur les bords duquel habitaient les paisibles tribus des Guaranis. Qui voudrait leur résister !

Le projet d'une république chrétienne avait été souvent discuté par Emmanuel et les Frères, notamment Montoya qui se montrait le plus énergique (mais Emmanuel ne l'aimait pas). Leur Chanaan indienne devait dépendre uniquement de la couronne d'Espagne et de Rome. Ils voulaient libérer du contrôle du gouverneur, sans cesse remplacé, les milliers d'hommes qui s'étaient mis sous leur protection et qu'ils menaient sur la voie de la vie chrétienne. Ils entreprirent pour cela des démarches auprès de la Couronne, du Conseil des Indes et de Rome. Les Pères Macéta et Cataldino, toujours prêts à partir en expédition, se mirent en marche et prirent contact à Asuncion avec le gouverneur qu'ils connaissaient bien — c'était encore le très noble Don Alvara — et avec le pauvre évêque.

Celui-ci, toujours triste, les reçut bien mal : « Il y a longtemps que je vous attendais, vous êtes établis sur les bords du Parana et vous ne me connaissez même pas ! » Ils protestèrent de leur dévouement et firent allusion aux énormes tâches qui reposaient sur leurs épaules. Puis ils firent part de la requête pour laquelle ils étaient venus.

« Si nous voulons convertir les tribus, il nous faut les soustraire à l'influence des Blancs, à leur mauvaise influence et à leur tyrannie. » L'évêque se mit à rire tout haut. Il ne s'indignait même plus : « Avec vous on doit s'attendre à tout. Mais là, vraiment, c'est le comble ! Ne savez-vous donc pas où vous vivez ? Dans la lune ? Le Parana coule-t-il dans la lune ? Non ? Tombez-vous de la lune ? Le plus simple serait encore de soustraire ces chers sauvages à l'influence des Blancs en nous renvoyant tous en Europe ! Êtes-vous d'accord ? Cela vous suffirait-il ? » — « Non, déclara pacifiquement le négociateur, ce ne serait pas du tout ce que nous voulons. Les Blancs qui détiennent le message de Jésus doivent rester ici pour arracher les sauvages à leurs ténèbres. » L'évêque poursuivit, persifleur : « Il faut rendre hommage à votre œuvre. Mais je ne comprends pas très bien ce que vous faites exactement. Ces Indiens, ces indigènes, on en aura besoin un jour pour exécuter des travaux utiles au pays. Qu'est-ce que vous en faites ? Vous les enfermez là où le vent ne souffle pas. Vos sauvages ne sont quand même pas des fleurs ! Nous ne pouvons pas nous permettre, dans ce pays, de cultiver de telles fleurs. » Les Pères attendaient pour voir s'il allait adopter ouvertement les arguments des négociants : vous nous arrachez notre main-d'œuvre. Mais l'autre était sur ses gardes. Alors ils se montrèrent profondément touchés par ses propos, prirent des notes et lui demandèrent d'intervenir pour qu'on leur vînt en aide au cas où le danger des Tupis ou des Paulistes les menacerait. « Ah ! vous voyez, reprit l'évêque sur un ton satisfait, mais agressif, c'est comme cela. Tout le monde vous en veut et vous allez tête baissée. » Mais comme ils insistaient, il promit de faire auprès du gouverneur ce qu'il pourrait.

Pour plus de sûreté, ils allèrent eux-mêmes présenter

leurs hommages au gouverneur. Ils firent bien car l'évêque n'était pas intervenu. Le noble Don Alvara, qui avait encore son aventure du Jeudi Saint sur le cœur (il y avait perdu beaucoup d'argent sans parler des échanges de lettres avec le Roi), les reçut très aimablement. Il n'avait plus la même assurance qu'au début. Il était tout à fait au courant et — ainsi qu'il le leur avoua franchement — plein de reconnaissance envers les Pères qui avaient recueilli quelques milliers de fugitifs, lui évitant ainsi les ennuis qu'ils auraient pu lui occasionner. Il se fit informer dans le détail de leur œuvre et se montra ébahi d'admiration, n'ayant pour eux que des louanges : « Les sauvages que vous êtes en train d'éduquer seront, pour nous, un jour, de précieux travailleurs. » Mais lorsqu'ils eurent donné lecture de leur requête, il prit un air très grave : « Messieurs, messieurs, avec quoi venez-vous vers moi ? Vous, des gens si raisonnables, qu'est-ce qui vous prend ? On ne peut quand même pas s'isoler ainsi ! on aurait presque l'impression que vous voulez fonder un État dans l'État. » Ils déclarèrent qu'ils ne voulaient pas repousser les Blancs, une fois pour toutes, ou les tenir à l'écart, mais qu'ils demandaient le droit d'éloigner ceux qui donneraient de mauvais exemples ou seraient, de notoriété, des malfaiteurs ; de telles réductions devaient être des espèces d'écoles et dans une école on ne laisse pas entrer n'importe qui. « C'était déjà mieux ! C'est tout à fait juste. Mais votre école est quand même grande. Cependant que cela ne tienne pas à moi. Je ne me mêle pas volontiers des affaires de l'Église. »

Et quand ils abordèrent la question d'une aide contre une menace éventuelle des Mamelus ou des Tupis, ils obtinrent un accord sans réserve : « Vous venez tout à fait à propos. J'attends une occasion pour régler leur compte aux Tupis qui se sont laissé embrigader par les Portugais, par ces Mamelus. Paix dans le pays ! voilà ce que je pense. » Il leur tendit la main. Il avait l'air très fatigué.

Les Pères Jésuites ne restèrent que quelques jours à Asuncion. A l'église, on attendait qu'ils montassent en chaire pour pouvoir les siffler. Il y avait contre eux une haine très forte, incompréhensible. Des femmes leur criaient dans la rue : « Les sauvages qui, à la procession, voulaient tous nous massacrer, vous les protégez maintenant ! Et vous vous dites des soldats de l'Église ! » Lorsque Cataldino et Macéta se retrouvèrent devant la porte et reprirent leurs lourds bâtons, ils durent mettre les mains à leurs oreilles. Macéta : « Qui nous a si vilement calomniés ? »

Macéta marchait indigné : « Ils ne viendront pas à notre secours lorsqu'il y aura du danger. » — « Je pense que si, tout de même. Finalement, les Tupis et les Mamelus sont aussi leurs ennemis. » — « Ils pensent surtout qu'ils nous massacreront. »

Tandis qu'ils ramaient vers le nord, il leur vint aux oreilles que la situation s'aggravait là-bas, à Guayra, et ils se pressèrent. Dès qu'ils furent de nouveau à terre, ils se procurèrent des chevaux et, remplis d'une grande anxiété, ils allèrent à bride abattue. Enfin ils étaient à Loretto. Quand ils se retrouvèrent devant Emmanuel et Montoya, ils perdirent tous deux leur contenance. Macéta, qui était plus jeune que Cataldino, releva sa barbe épaisse pour montrer qu'elle commençait à blanchir. « Nous avons fait la route comme des fous, nous craignions à chaque instant de voir la fumée d'une attaque. » Emmanuel les prit dans ses bras : « Était-ce si terrible à la ville ? La situation est-elle si grave ? » Cataldino serra les poings : « Il ne nous reste plus maintenant qu'à nous conduire en soldats, il nous faut des armes. Tout animal a des cornes pour se défendre, ils nous massacreront sans façon ; personne ne nous viendra en aide. Au contraire, cela leur fera plaisir car ils nous haïssent, l'évêque le premier. » Macéta : « Et pourquoi ? Cataldino l'a dit : Parce qu'ils voient que nous avons raison, parce qu'ils sont honteux et parce qu'ils veulent étouffer la voix de leur conscience. » Le jeune et sévère Montoya : « C'est bien la parole de l'Écriture : *Et quand il fut entré dans le temple il se mit à chasser dehors ceux qui vendaient et ceux qui achetaient dans le temple et il renversa les tables des changeurs et les sièges de ceux qui vendaient des pigeons et il ne permettait point que personne portât aucun vaisseau par le temple.* »

Pour la première fois, Emmanuel regarda plus amicalement et même avec bienveillance ce jeune Frère Montoya, le plus jeune d'entre eux, toujours si renfermé, celui que Torrez avait laissé après son passage.

Emmanuel se fit tout raconter tranquillement et les exhorta au calme et à la confiance. « Est-ce que les Paulistes ne nous ont pas poursuivis depuis la mer jusqu'ici, à travers les montagnes, et pourtant ne sommes-nous pas encore en vie ? Après avoir eu de grands projets en tête, n'avons-nous pas été chassés des villes et même de ce petit village indien ? Et est-ce qu'ici tout ne nous a pas réussi par la grâce de Dieu ? Qui aurait plus de raisons que nous de garder confiance en Dieu et de remettre tranquillement son sort entre ses mains ? »

Il alla avec les autres Frères parmi les Indiens, les Pères visitant les colonies les plus éloignées, et lui-même les plus proches. Ils parlaient ouvertement du danger dans lequel ils se trouvaient et révélaient à leur bon troupeau qu'ils ne pouvaient pas compter sur une aide étrangère. « Car le Fils de l'homme doit venir, environné de la gloire de son Père, avec ses anges ; et alors il rendra à chacun selon ses œuvres. »

« Que serait la vie de l'homme, se lamentait et se réjouissait à la fois Emmanuel du haut de la modeste chaire en bois de sa petite église de Loretto, que serait la vie de l'homme, si elle n'était la route qui conduit au Sauveur? Oui, car il est écrit : "En vérité, je vous le dis, il y a quelques-uns de ceux qui sont ici présents qui ne mourront point, jusques à ce qu'ils aient vu le Fils de l'homme venir en son règne." »

Cette idée constante de la mort imprégnait la vie dans tous leurs établissements. Chaque jour, quelle atmosphère de fête et de fraternité ! On possédait des flèches, des arcs et des lances. Mais afin que personne ne pût être induit en tentation, les Pères firent procéder à un contrôle dans toutes les colonies pous s'assurer que toutes les armes étaient bien en sûreté dans les magasins dont ils avaient seuls l'accès.

## SA MAJESTÉ NICOLAS RIUBUNI

Déjà déferlait la vague des Mamelus. La grande faux sifflait.

La lueur infernale du crime commençait à flamboyer. L'ennemi de tous temps approchait et avec lui tout le mal ; la forêt secrète et inquiétante, cette houleuse mer de verdure d'où jaillissaient serpents, insectes, tigres, singes, oiseaux et hommes, les bruns et les blancs. Elle roulait, cette vague triomphante, aux sons d'une musique sauvage et majestueuse. C'était dans cet abîme affreux que Mariana avait été englouti.

Les Mamelus ne venaient pas seuls. Bien qu'ils ne fussent que des bêtes simples et cruelles, ils arrivaient cette fois dans un appareil grandiose. A leur tête s'était mis un aventurier blanc, aussi dépourvu de scrupules que tous les autres, un homme qui était recherché dans son Espagne natale pour le meurtre d'un magistrat royal et pour de nombreuses filouteries. Ce gredin avait jadis été novice chez les Jésuites de Saragosse et s'était fait désigner au poste de trésorier dans le dessein de commettre des détournements. Ayant dû fuir par-delà les mers, il débarqua sur la côte est du nouveau continent, et vit rapidement à quel point les gens à peau sombre, esclaves ou tribus libres, haïssaient les Blancs. Lui-même n'avait jamais éprouvé une telle haine car c'était justement dans tous les vices et dépravations des Blancs qu'il se complaisait. Il appréciait leur genre de vie dans la mesure où elle lui procurait vin, luxure et femmes. Il comprit pourtant qu'il pourrait ici assouvir sa soif de vengeance envers ceux qui l'avaient obligé à fuir à travers ces mers écœurantes et à abandonner sa noble maîtresse de Saragosse. A peine arrivé, ce risque-tout avait assemblé derrière lui, près de la nouvelle place forte des Portugais, San Sacramento, une bande d'Indiens révoltés. Avec quel plaisir il attaquait et pourchassait les missionnaires de cette région et surtout les vrais Pères de son ancien Ordre. Tous fuyaient devant lui vers Buenos Ayres. Qui l'arrêterait ? Depuis longtemps déjà on s'attendait à une révolte des Indiens et les Blancs en étaient paralysés d'effroi. A San Sacramento, où une troupe d'aventuriers blancs en armes se joignit à lui, ce criminel, pris de la folie des grandeurs, fit frapper des médailles avec cette inscription : « La vengeance est entre les mains de Dieu et de celui qu'il envoie. » Sur l'autre face de la médaille, on voyait Jupiter lançant la foudre.

Avec sa horde qui compta rapidement cinq mille hommes, il s'avança vers le nord-ouest, en direction de l'Uruguay et de l'Ibicury. Il était poussé par ses compagnons blancs qui convoitaient les prétendues richesses des nouvelles colonies. Le mot d'ordre qu'il faisait claironner était : « Libérez les Indiens du joug des Blancs. » Les Pères s'apparentaient, selon lui, aux pires gardiens d'esclaves. Ce mot d'ordre continua à porter préjudice aux Pères Jésuites longtemps après que ce criminel eut été mis en terre.

Après avoir traversé les chaînes montagneuses, Riubuni envahit les plantations avancées des missions, ravissant hommes et marchandises qui pouvaient lui tomber sous la main et faisant de sanglants carnages d'Indiens. Il prétendit que c'était inévitable ; ces gens étaient des traîtres qui fuyaient devant lui et qu'il fallait punir. Après de telles actions d'éclat et en possession d'un riche butin, il retourna dans son repaire de San Sacramento. Ceux qu'il y avait laissés le reçurent avec des acclamations joyeuses et le mirent sur le pavois. Il fit publier à son de trompe ce qu'il avait réussi avec l'aide du Dieu tout-puissant. De Sao Paulo une troupe se mit en marche pour venir servir sous ses ordres. Là où il s'agissait d'expéditions militaires et d'aventures, les Mamelus étaient toujours de la partie. L'attention des autorités de Sao Paulo commença à être attirée sur San Sacramento ; ils avaient l'impression qu'un dangereux concurrent était en train de s'y faire place. Ils demandèrent à San Sacramento si Riubuni ne désirerait pas faire cause commune avec eux. Ils avaient en effet les mêmes idées que lui sur ces Jésuites qu'on avait suffisamment appris à connaître à Sao Paulo, et que l'on projetait de punir à bref délai. Riubuni et Sao Paulo avaient du reste des amis communs : les tribus Tupis. Riubuni ne se montra pas hostile à ce projet. Les Paulistes qui ne doutaient pas de pouvoir se débarrasser de lui plus tard, d'une manière ou d'une autre, envoyèrent au grand bandit de Saragosse une délégation en bonne forme et l'invitèrent à venir chez eux à Sao Paulo. Il y trouverait des gens pleins d'expérience en la matière et qui étaient disposés à agir comme lui.

Ce gaillard, ce grand Riubuni, celui qui avait fait le malheur de sa famille et de beaucoup d'autres gens, était particulièrement sensible à la flatterie. Il ne se le fit pas répéter deux fois et ne remarqua même pas que la chasse aux esclaves cadrait mal avec sa devise : « Libérez les peuples indiens du joug de l'Europe. » Car que les Paulistes fussent des chasseurs d'esclaves, ce n'était un secret pour personne. Mais les seigneurs de Sao Paulo lui rendirent la tâche facile en faisant solennellement déclarer par leur délégation qu'ils se mettaient tout à fait sous ses ordres.

Il fit construire des bateaux et avec six mille hommes remonta le long de la côte est. A son arrivée à Sao Paulo, toutes les cloches de la ville le saluèrent. Il s'y trouvait, en effet, encore des ecclésiastiques qui prêchaient à ces gaillards. Les Mamelus nommèrent Riubuni général en chef et lui-même se fit appeler roi par ses gens, le roi Nicolas. Il n'y eut que peu de Paulistes pour suivre le mouvement car leurs dirigeants étaient encore trop prudents pour se laisser entraîner dans une querelle avec le roi du Portugal dont les fonctionnaires les aidaient à garder la face.

Lorsque les deux premières réductions, les plus proches de l'Uruguay au sud-est, furent la proie des flammes et que les bandes de fugitifs refluèrent vers le Parana, quelques Pères voulurent leur porter secours. Mais on les arrêta. Il était trop tard pour qu'ils pussent venir en aide à ces colonies, et de plus leur présence était indispensable sur place. On s'en tint aux décisions initiales. Pas d'armes, pas de résistance. Il fallait garder en Dieu, la prière et la foi un confiance inébranlable, et ne pas se laisser aller à l'émotion et à la frayeur. On envoya quand même en secret une mission à Asuncion et à Villarica pour prévenir le gouverneur, l'évêque et les habitants de ce qui se passait à l'est et au sud.

Descendant des collines boisées de l'est, à la hauteur des rios Caracapa et Paruay-Mini, deux affluents du Parana, il apparut un jour, à la tête de plus de dix mille hommes, dont les Tupis des contrées montagneuses et marécageuses, ce Nicolas Riubuni, l'homme au large visage, à la chevelure noire, aux yeux de braise et à la moustache tombante. Maintenant que les sauvages eux-mêmes allaient à cheval, il se faisait porter en litière. Sa garde du corps était composée de guerriers indiens de San Sacramento. Elle chevauchait à ses côtés, ayant à sa tête un Blanc, l'épée tirée. Les Mamelus avaient réparti leurs cavaliers bien armés parmi les autres car ils étaient exercés à des campagnes de ce genre et savaient commander. Ils en conservaient quand même quelques centaines formant une troupe spéciale, destinée à faire face à toute éventualité. Ils avançaient dans la large vallée qu'arrosaient les eaux délicieuses du Parana, dans cette vallée pleine d'orangeries, de plantations de canne, de manioc, de maïs, où avaient retenti des chants religieux et paisibles. Ils traversaient la savane onduleuse. Des oiseaux montaient à travers la chaude atmosphère ; de temps en temps, une petite autruche s'échappait en courant. Ils voyaient des arbres comme on n'en trouve pas d'ordinaire : dressant bien droit leurs branches feuillues, ils ressemblaient à des candélabres. C'étaient des araucarias que les Pères avaient plantés et qui gagnaient du terrain vers l'est.

Les Pères ne firent rien changer de la vie quotidienne à Loretto, San Ignace et San Miguel. Ils demandèrent seulement que l'on ne s'éloignât pas trop pour travailler dans les champs. Tous connaissaient le danger dans lequel on se trouvait. On fit des prières pour implorer le secours des saints. Mais personne ne fuit des villages.

Maladonata venait voir chaque jour le Supérieur. En général, les Pères se tenaient à l'écart des femmes, mais au temps de ces colonies naissantes, on se réunissait comme frères et sœurs pour prier, pleins d'espoir. Maladonata portait toujours la mèche d'Emmanuel dans un sachet sur sa poitrine. Elle ne s'en était jamais confessée. Au Supérieur, elle venait présenter plusieurs fois par jour son visage aux traits purs et majestueux, au front large et lisse, aux joues fermes et cuivrées sous l'arcade des sourcils. Ses yeux s'ouvraient sur des profondeurs où quelque chose avait sombré et restait englouti. « Pourquoi ne devrions-nous pas envoyer des hommes dans tous les champs, Frère Emmanuel ? Ils s'en étonnent. » — « S'en étonnent-ils ? » — « Oui, ils voudraient y aller. » — « Il ne faut pas tenter Dieu. » — « Je connais les Mamelus, ce sont eux qui ont incendié mon village près de Villarica. Tu ne crois tout de même pas, Frère Emmanuel, que Dieu puisse être avec eux ? »

Avec un doux sourire féminin, elle ouvrait ses paupières sur un regard nu et attirant, puis voilait de nouveau l'éclat de ses pupilles. « Je ne crois pas, Maladonata, qu'il puisse arriver quelque chose à nos gens. Mais, il ne faut pas tenter Dieu. » Malheur, pensait-il, malheur à moi si elle le veut vraiment, car elle parviendra bien à m'arracher l'autorisation de les laisser aller. Et pourquoi Dieu ne devrait-il pas être avec nous ? Avec qui devrait-il être ? Pour qui as-tu sacrifié ta vie, ô Jésus ?

Elle va et vient, sans cesse. Les Pères sont heureux d'avoir quelqu'un à Loretto qui soit comme elle. Elle a plus de forces que les Pères.

Quand Emmanuel entendit que les Mamelus étaient descendus des montagnes, dans le nord, avec de grandes forces armées, et qu'ils se mettaient en route vers la vallée, il envoya quelqu'un dans les réductions les plus septentrionales pour faire revenir tout le monde à Loretto. Il fallait y rentrer sans tarder en emmenant les malades. Emmanuel et les Pères étaient divisés entre le désir de se défendre par les armes et celui d'éviter un carnage horrible, en remettant leur sort entre les mains de Dieu. Venant d'Asuncion, une petite troupe d'une centaine d'hommes en armes arriva à Loretto. Le gouverneur fit savoir qu'il l'estimait suffisante pour tenir en respect les bandits. La plus grande partie de ses hommes était, par malheur, retenue dans le grand Chaco. Il enverrait quand même des renforts, mais ils ne seraient pas nécessaires.

Le roi Nicolas Riubuni campait au sud du petit rio Caracapa, lorsqu'un jour, une délégation de missionnaires, suivie d'Indiens, se présenta à ses avant-postes. Ils voulaient négocier avec lui. On n'était guère disposé tout d'abord à les conduire plus avant, envisageant plutôt de les retenir prisonniers, tout simplement. Par bonheur, le chef de l'avant-garde, Mario, intervint. C'était un Blanc, un ancien sergent espagnol. Il autorisa Cataldino et Macéta à pénétrer dans le camp. La grande armée avait déjà eu connaissance de l'arrivée d'un corps de secours espagnol et se trouvait justement en train de fortifier la place. Les Pères virent avec stupéfaction tous les importants préparatifs : des remparts, des fossés et cette multitude d'hommes en armes. Tout cela était dirigé contre eux, contre leur pauvre troupeau. Ils suivirent leur guide jusqu'à une tente d'apparat, ornée d'oriflammes, devant laquelle ils durent attendre longtemps. Des personnages, vêtus avec magnificence, allaient et venaient. Des blancs et des bruns. On ne faisait pas attention aux Pères qui restaient dans l'herbe et qui avaient déjà l'impression d'avoir été oubliés, lorsqu'un officier blanc s'approcha d'eux, l'épée nue, et les conduisit à l'intérieur de cette tente qui était meublée magnifiquement de tables, de chaises, de coussins et décorée de drapeaux.

Tel un roi, Riubuni était assis, drapé dans un manteau d'écarlate. Son large visage était bruni mais plus clair que celui de ses gens. Il s'appuyait sur des coussins aux couleurs vives. D'énormes boutons d'or brillaient sur le rouge de son manteau que ceignait une ceinture verte où pendaient des chaînettes, ornées de perles de verre. Devant lui, sur la table, était posée une épée nue et, dans sa ceinture, il avait passé un long poignard. Il n'adressa pas tout de suite la parole aux Pères et tandis qu'ils restaient debout devant lui, trois jeunes Indiennes, des plumes dans les cheveux et les hanches couvertes d'une étoffe rouge, passèrent, portant des coupes d'or et d'argent, pleines de fruits et de boissons. Lorsque l'homme, déjà un peu gris, eut suffisamment examiné les Pères, il leur demanda, sans s'arrêter de mâcher, quelle idée leur était venue d'aller le trouver. Cataldino n'avait pas fini sa phrase d'introduction polie, que l'homme en écarlate l'interrompit déjà : « C'est tout à fait superflu, nous n'avons pas besoin de vous. Nous sommes là, dans ce pays, pour faire régner l'ordre. » Il pinça au passage la fesse d'une de ses servantes et lui demanda en indien : « Dis, qu'est-ce que tu en penses ? Tu voudrais d'un homme comme ça ? » Les Pères comprirent très bien, mais pourtant Cataldino poursuivit, l'air sombre. Son impassibilité fit taire l'homme. Cataldino appelait Riubuni « Chef d'un peuple libre » et s'efforçait d'être flatteur, faisant allusion à l'épée de la justice qui était posée devant lui. Il parvint à faire ainsi une certaine impression sur le personnage. Il en fit une plus grande encore en se référant à leur fraternité au sein de l'Ordre des Jésuites. Ah ! on ne lui parlait plus de détournements ; on commençait à s'apprivoiser. « C'est bien, leur dit-il, alors qu'est-ce que vous voulez ? » Et lorsqu'ils demandèrent la paix, il montra une certaine bonne grâce : « Les réductions ne devaient faire aucune résistance. » Puis il fit la leçon à ses frères en robe noire : « Dieu attribuera le pays à celui qui saura le conquérir et le gouverner. »

Les messagers, en repartant, se trouvaient encore dans la plus complète incertitude. L'homme au manteau écarlate avait exigé : soumission des réductions. « Soumission » était le mot préféré de ce grand seigneur. Livraison de tous les instruments en métal, livraison du bétail. Cela pouvait être la paix, mais rien ne le garantissait. Immédiatement les Pères chargèrent, à Loretto, quelques centaines d'hommes avec tout ce qu'ils avaient dans leurs magasins. Au milieu des lamentations de leurs gens, ils ouvrirent les étables et un immense convoi de bêtes fut poussé le long des routes.

Sans doute le bétail n'était-il pas rare, mais on s'était attaché à ces animaux. Au bout de deux jours, personne n'était revenu de cette expédition et l'angoisse se mit à croître chez les Pères. Lorsque, au matin du troisième jour, des hommes revinrent précipitamment des champs et annoncèrent l'approche des groupes de cavaliers, ils surent qu'il fallait se tenir prêts.

## LA FAUX PASSE

Les milliers d'hommes qui s'étaient rassemblés à Loretto, sur l'ordre des Pères, étaient agenouillés depuis le matin dans l'église et dans les rues. Ils portaient avec eux les bannières et leurs saintes statues. Emmanuel avait, pour finir, fait clouer les portes des magasins où se trouvaient les arcs, les lances et les flèches. Des chœurs d'hommes, de femmes et d'enfants, accompagnés de flûtes, chantaient de pieux cantiques que le vent emportait au loin.

Ils attendaient le miracle. Les Pères étaient parmi eux, chantaient avec eux le royaume céleste : « Jérusalem, ô ville sainte ! ô ville sainte, ô porte ouverte, ô porte de joyaux. Qui souffre ici pour Jérusalem, ses péchés lui seront facilement remis. Que les chants et les cris de joie le saluent. Toute la souffrance est passée. »

Et les Indiens chantaient : « Jérusalem, ô ville sainte ! ô porte ouverte. » Avec les Pères, les prêtres blancs si puissants, ils imploraient le Dieu du ciel. A leurs appels, à la voix des cloches, il allait faire signe à ceux qui ont écouté sa parole, et lancerait sa foudre sur leurs ennemis, comme il l'avait lancée sur la hutte du cacique apostat.

Les Frères qui se trouvaient à Loretto restaient au milieu des Indiens, dans l'église, dans les rues, dans l'herbe, priant avec extase. Le miracle ne pouvait pas manquer. Ils se donnèrent l'un l'autre la dernière absolution. Le ciel, le salut éternel, si ardemment désiré, étaient proches. Leur prière, portée sur des milliers d'ailes, s'envolait.

L'heure de Maladonata avait sonné. Emmanuel était heureux de la sentir à ses côtés. Il apparaissait clairement que Loretto était perdu. « Ce sacrifice nous est imposé parce que nous avons oublié la parole du Sauveur : "Mon royaume n'est pas de ce monde." J'ai commis bien des péchés au cours de ma vie ; de beaucoup, je me suis déjà délivré, mais l'orgueil m'est resté. Je n'ai pas cédé, je n'ai jamais cédé. En vérité, Mariana était mon plus cher ami, c'était mon double, une partie de moi-même. Mais son destin ne m'a pas servi de leçon. Je me repens, maintenant m'arrive la même chose qu'à lui, je serai rejeté, damné. Je me repens, Seigneur, je me repens, je n'ai pas voulu suivre ton chemin de douleurs parmi les hommes. J'ai cru qu'il fallait être avisé et maintenant j'entraîne des milliers d'âmes dans ma perte. Malheur à moi ! comment puis-je le supporter ? Malheur à moi ! Quel crime je commets !

« Seigneur, en cette minute, je me repens et tu m'envoies ma punition. Malheur à moi, malheur à nous, car des milliers d'êtres souffrent avec nous. Sauve-les ! Seigneur, n'exige pas trop ; ils sont innocents. Ils ont été conduits sur la fausse route ; ils ont été conduits par moi. Prends-moi, contente-toi de moi, Seigneur. »

Il parcourait la foule ; il était encore plus décharné que d'habitude, et sa grande barbe plus grise. Il tendait les bras vers le ciel. Ainsi allait-il. Ce qu'il criait, peu le comprenaient, mais ils le voyaient, lui. Les hommes et les femmes baisaient la trace de ses pas. « Ne prenez pas d'armes, ne bougez pas. Il y a un Dieu. Dieu vit. Il nous pardonnera. Il a envoyé Jésus pour nous sauver. » A certains moments, il espérait encore un secours. Ils attendaient. Ils étaient certains de pouvoir attendre. C'est ainsi qu'il avait lui-même attendu le buffle et l'avait dompté.

Sa voix : « Jésus est mort. Si Dieu le veut, nous mourrons aussi pour lui. Le royaume céleste, mon Dieu, ta gloire. Vers toi, Seigneur, vers toi. »

Ils étaient dans l'herbe et chantaient, les yeux tournés vers le ciel. Au milieu d'eux, Emmanuel se jeta sur le sol. Il se tordait de douleur. La bataille avait commencé.

La centaine d'hommes du gouverneur tenait l'accès de Loretto. La moitié d'entre eux combattit et fut anéantie. Les autres remontèrent à cheval et revinrent au galop en hurlant : « Fuyez, fuyez, les Mamelus sont sur nos pas. » Mais le vacarme des vainqueurs, en déferlant sur eux, étouffait leurs cris, et ils furent arrêtés dans leur fuite par cette indescriptible cohue humaine.

Lorsque les tueurs, venant des champs, arrivèrent eux-mêmes sur leurs chevaux, par centaines, tirant, poignardant, au milieu du fracas des détonations, il y eut d'abord fuite, confusion et affolement, puis, soudain, acharnée, désespérée : la résistance.

Les Indiens étaient massés à l'entrée de Loretto, sans reculer, ni fléchir. Ils renversaient les chevaux et, les yeux pleins de haine, se défendaient avec les poignards et les épées de leurs ennemis tombés. Mais ce n'étaient que des épisodes. L'armée de Riubuni avait la victoire facile.

Emmanuel fut entraîné dans la mêlée. Il voulait leur répéter encore une fois ses mots d'ordre. Maladonata, qui voyait le danger, était tout prêt de lui. Elle ne savait pas de quel côté il fallait le protéger. Il était plus grand que les gens à peau brune et sa robe noire se détachait au milieu des vêtements clairs. Elle entendait comme il appelait. Il appelle, il appelle encore ! A l'entrée du village ses cris passent au-dessus de cette mêlée compacte, terrifiante où éclatent les détonations. Dieu ne nous aide pas ! Quel crime avons-nous donc commis ? Une balle de mousquet atteint Emmanuel par-derrière, sous l'aisselle. Le grand prêtre s'est effondré ; avec l'aide de quelques hommes qui lui ouvrent le chemin, elle le traîne dans la maison la plus proche. Les Indiens se mettent devant la porte pour en protéger l'entrée.

« Maintenant je suis seule avec toi et ta vie s'écoule avec ton sang. » Emmanuel, étendu sur le sol, conserve toute sa lucidité. Il presse sa croix sur sa poitrine, se repent de ses péchés, implorant la grâce de Dieu. Ayant déchiré la robe à l'épaule, elle met à nu le haut du buste et gémissant, sanglotant, répétant sa prière, elle essaie à deux mains de fermer la blessure d'où le sang jaillit. Mais le sang coule à travers la charpie et sur ses doigts. Agenouillée près de lui et comprimant la plaie, elle souffle sur le corps qui se refroidit, elle souffle sauvagement et pose ses lèvres sur la peau. Ses cris appellent Emmanuel. De ses mains sanglantes, elle saisit la tête dont les yeux commencent à se ternir : « Emmène-moi, Emmanuel, emmène-moi ! »

Serrée contre lui, elle ne peut plus se retenir, elle baise les yeux, le cou, la barbe, le visage encore chaud ; mais qui reste figé, sans résistance. Il n'a plus de pensées. Il n'est plus, le Frère Emmanuel.

Quand elle voit ces yeux immobiles et ce visage de cire, taché de sang et qui se creuse, quand elle voit la mort, elle bondit en hurlant, frappe contre la porte, crie, hurle pour qu'on la laisse sortir. Dehors, elle se précipite à travers la foule : « La mort me poursuit. Je suis damnée ; l'enfer me saisit. Emmanuel m'échappe ; il ne faut pas qu'il m'échappe. Ne m'échappe pas ! »

Son visage sauvage est couvert de sang, ses bras ont plongé dans le sang. Où est son doux sourire ? Ses yeux que les paupières n'ont pu suffisamment voiler et qui ont vu, ses yeux ont des frémissements. Son souffle est haletant. Et tandis qu'elle s'accroche au Mamelus qui veut l'empoigner, qu'elle l'empêche de se servir de ses bras, de derrière, un coup d'épée la tue.

Plusieurs centaines ont succombé dans cette bataille. Le

solide Faber, le jeune et fier Daniel, ces deux élèves de Salmeron, sont tombés. Mais parmi ceux qui avaient été tués, il n'en était pas un seul qui eût mis dans ces colonies autant de sa vie que Maladonata et dont la vie restât pourtant si inachevée.

LIVRE QUATRIÈME

# L'ARCHE DE NOÉ

## RIUBUNI, MAÎTRE DE SAO PAULO

Les Paulistes, se voyant à la fois en possession d'un roi et à la tête d'une si grande armée — de nouvelles troupes de Tupis avec leurs dangereuses massues étaient encore venues la renforcer —, s'estimèrent assez forts pour attaquer les Espagnols eux-mêmes. Leur flot déferla vers le sud. Villarica, Ciudad Real, Xérès, Espiritu Santo furent assiégées, prises et pillées. Xérès et Ontiveris, sur les bords du Pequiri, entièrement détruites. Il n'y avait pas de troupes blanches sur place.

Les Mamelus et les Tupis, en se retirant, traînaient derrière eux un énorme butin : tout ce qu'ils avaient trouvé dans les entrepôts d'une douzaine de villes et de bourgades. Leur allégresse était sans bornes. Tupis et Mamelus se séparèrent dans la joie. Un petit nombre de Tupis, que Riubuni, pris d'un vague pressentiment, avait invités, le suivirent à Sao Paulo pour y rehausser l'éclat de sa puissance.

Les Mamelus du roi Nicolas entraînaient avec eux quinze mille fidèles des Jésuites. Ils envoyèrent des messagers à Sao Paulo pour préparer l'accueil. Mais ils n'avaient plus de prêtres maintenant dans leur cité. Ceux qui étaient restés les derniers s'étaient, par crainte, éloignés après le départ de l'armée. On envoya des gens dans toutes les directions pour en dénicher un nouveau, mais sans parvenir à le trouver aussi rapidement. Alors on choisit un des anciens de la ville, un homme dont l'aspect parut assez digne et qui avait déclaré connaître le latin. On lui fit revêtir le froc brun d'un moine et on le tonsura. C'était un cordonnier. La victorieuse armée royale passa la porte de Sao Paulo au milieu d'un tumulte inouï d'acclamations et de cris de joie. Toutes les cloches sonnaient et des arcs de triomphe, sur lesquels il était désigné comme « Épée de la justice », saluèrent, à son arrivée, le roi Nicolas. Lui-même, sur sa litière, se fit porter à l'église. Lorsqu'il arriva devant l'autel, dans son manteau de pourpre, à longue traîne, il vit sans s'étonner qu'un véritable ecclésiastique s'affairait là-haut et se retournait pour le saluer. Nicolas, depuis que ses succès se multipliaient, prenait en public une mine farouche. Effrayé par cette tête de bouledogue, le cordonnier officiait et, tout en chantant, craignait constamment, quand il se courbait devant l'autel, de recevoir une balle dans le dos.

Les Paulistes ne s'en tinrent pas longtemps à leur roi Nicolas. C'étaient des bêtes beaucoup trop sauvages et beaucoup trop habituées à jouer librement du fusil et de l'épée pour se laisser donner des ordres par un de leurs semblables. Il suffisait, pour éveiller la colère des habitants, que Riubuni s'installât dans la maison qu'avait mise à sa disposition Manuel Pinto, la personnalité la plus considérable de l'endroit, homme de guerre et trafiquant cupide, un des successeurs du vieux et triste « gouverneur » au nez rouge et à la flèche indienne dans le poumon. Il lui aurait suffi également de vouloir, dans sa crainte perpétuelle, utiliser la place libre autour de sa maison pour la faire entourer de palissades et de fossés, selon la vieille méthode de Piratininga. Sans doute leur ville n'avait-elle pas gagné en cohésion, on y trouvait toujours des endroits marécageux et des bouts de prairies, mais la place était leur place de marché et les Paulistes n'auraient pas accepté de s'en laisser enlever même un tiers. Il leur fit savoir qu'elle lui était nécessaire pour sa suite, pour ses chevaux et sa garde du corps, afin de donner aux arrivées et aux départs toute la solennité voulue — eux en avaient besoin pour leurs ventes aux enchères. Mais ces ventes et, plus exactement, ces ventes d'esclaves, Riubuni ne voulait absolument pas les supporter dans sa résidence, elles apporteraient de la saleté et du vacarme. En outre, Nicolas craignait les grands attroupements qui n'étaient pas sous son contrôle. Enfin cela le contrariait — mais il ne s'aventurait pas à le dire — que les Mamelus continuassent tout naturellement leur commerce d'esclaves sous son nez, car il avait quand même sa grandiose devise : « Libération des peuples indiens. » Ils le compromettaient. Les Mamelus pressèrent Riubuni, il ne fléchit pas, il n'avait pas coutume de céder. Cette méthode lui avait toujours réussi jusqu'alors. Mais pas avec les Mamelus. Brusquement ils ne voulurent plus de lui. Il les gênait et les agaçait. Ils ne l'avaient fait venir que pour l'expédition de pillage contre les Pères Jésuites. Il fallait, firent-ils savoir ouvertement aux soi-disant ministres de Riubuni, il fallait qu'il s'en retournât là d'où il était venu. Si les Mamelus se montraient si fermes, cela tenait simplement à ce qu'ils étaient les plus forts.

Mais ils n'avaient pas compté avec Nicolas Riubuni. Ces tigres puissants allaient voir qui ils avaient convié à leur table, car Riubuni était adroit et rusé, il avait le génie de ces machinations à longue échéance qu'il préparait en secret. Tandis qu'il faisait ses préparatifs, il réussit, avec une magnifique maîtrise, à dissimuler la blessure profonde qu'ils lui avaient portée tout d'abord en installant leur marché d'esclaves sous son nez, raillant ainsi sa dignité, et ensuite avec la mise en demeure non dissimulée d'avoir à déguerpir comme un simple mortel. Le digne Manuel Pinto, le marchand d'esclaves, voulait reprendre sa maison, il était jaloux ! « Vous vous trompez, mes seigneurs, les temps ont changé », soupirait-il, d'un ton haineux. Il n'en dormait plus.

Le sergent Mario, le chef d'état-major de Riubuni qui avait conduit les opérations contre les réductions et qui lui restait attaché, lui donnait tout son appui. Quelques femmes, des métisses, étaient prêtes à se jeter dans le feu pour lui. Riubuni prit des dispositions faisant supposer qu'il voulait quitter la ville et rejoindre son ancien point d'attache, San Sacramento. Sous ces apparences, ses messagers purent aller et venir entre ces deux villes sans que personne s'en étonnât. Jusqu'à la dernière semaine, il dissimula son projet à sa garde du corps elle-même et ne lui découvrit ses intentions que lorsqu'elle se fut laissé entraîner à une discorde irrémédiable avec les Paulistes. Il considéra alors qu'elle était mûre et lui fit part de son projet d'occuper, à un jour donné, les trois magasins d'armes des Paulistes et de passer à l'action contre eux sous prétexte de trahison. Ils étaient des criminels à l'égard du peuple indien libre.

« On nous a attirés dans une guerre contre les réductions et les villes espagnoles soi-disant parce qu'elles regorgeaient d'Indiens qu'il fallait libérer. C'est pour cela que nous avons combattu à Sacramento et que nous avons transféré ici notre quartier général. Nous avons ramené les Indiens libérés et j'ai reçu à Sacramento la promesse solennelle que tous les prisonniers que nous ferions seraient soit libérés, soit rassemblés en une armée pour combattre les Blancs. Vous savez ce qu'il en est advenu ! Mêlez-vous là où c'est possible aux prisonniers dans les camps d'esclaves et dites-leur qu'ils doivent attendre mon signal. Convenez de ce signal. »

Aucun des projets de Riubuni ne transpira au grand jour. Quand arriva la date qui avait été fixée pour son départ, il se fit reconduire solennellement par la multitude des Mamelus jusqu'à la porte sud de la ville où attendaient déjà les délégués de San Sacramento, venus pour chercher leur roi. Mais derrière ces derniers, dans les forêts, on avait rassemblé de grandes troupes d'hommes en armes, compatriotes et alliés. Dès que la porte s'ouvrit, il se produisit une mêlée durant laquelle on porta le roi en arrière, dans sa litière. Puis une véritable bataille s'engagea pour la porte que les Mamelus, attaqués par surprise, durent abandonner. Un combat de rues suivit aussitôt, la chance souriait au roi, ses gens étaient très rapides. Les Paulistes ne parvenaient plus à atteindre leurs entrepôts d'armes et lorsqu'ils réussirent à s'en ouvrir l'accès, après de durs combats, leur contenu avait disparu et se trouvait déjà réparti dans les camps d'esclaves où l'alerte était donnée. La situation des Paulistes semblait désespérée ; des masses d'hommes à peau brune, sans cesse renouvelées, pénétraient dans la ville ; le monde indien semblait décidé à prendre enfin sa revanche sur les pires de ses persécuteurs.

Face aux Blancs de San Sacramento et à leurs alliés à peau brune se dressaient toutefois des hommes qui avaient construit cette ville, pour qui elle représentait tout et qui en outre n'avaient jamais, durant leur vie, abandonné, de leur gré, la moindre position. Après avoir surmonté leur première frayeur, ils combattaient, comme dans chacune de leurs nombreuses batailles, avec ténacité, sang-froid et le plus parfait mépris de la mort. Ceux qui étaient en face d'eux avaient en nombre et en qualité la supériorité des armes, mais il apparut qu'il y avait des fissures dans leurs rangs. Les Tupis, les esclaves libérés et les Blancs de San Sacramento contrôlaient déjà les deux tiers de la ville, y compris l'église, le marché et les magasins, lorsque Riubuni disparut. Il avait quitté sa litière dès les premiers assauts, et, sous la bannière de la libération indienne, avait, au milieu de sa garde du corps, enflammé l'ardeur de ses troupes, par toute la ville. On dut, à un moment, le mettre à l'abri des balles, dans une maison, et, une fois là, il ne parvint plus à ressortir. En effet, au même instant, une contre-attaque se déclencha et les Mamelus restèrent maîtres de cette rue sinueuse. La garde du corps fut obligée de fuir. Riubuni était immobilisé sur place et personne, sauf les hommes de sa garde, n'en savait rien. Cette troupe courageuse se lança aussitôt dans des combats furieux afin de reconquérir son roi. Elle y fut anéantie jusqu'au dernier homme.

La bataille se poursuivait. Mais le bruit : « Riubuni a disparu » se répandit, non seulement parmi ses gens, mais encore parmi les Paulistes. Le combat avait de nombreux motifs, mais dans cet instant, tous n'étaient pas très perceptibles. Si Riubuni n'était plus, il semblait même sans objet. La conquête de Sao Paulo, qui était déjà en cours, aurait pu, avec Riubuni, qu'il fût ou non d'accord, conduire à la première grande libération des peuples indiens. Maintenant il restait caché dans la petite maison parce que l'adversaire était momentanément maître de la rue et que sa garde elle-même avait dû se replier. Mais en réalité, sa puissance s'effondrait au-dehors. Manuel Pinto, le chef des Mamelus, se rendit compte de la situation. Il connaissait le sergent Mario, le maréchal de Riubuni, et, tandis que les Tupis combattaient furieusement dans les rues, avançant maison par maison, tandis que ceux de San Sacramento se retiraient dans la consternation pour en apprendre davantage sur leur roi et courir à son secours, mais où ?... Pinto envoya une douzaine de ses Mamelus pour découvrir Mario et lui remettre une lettre. Sur ce papier, recopié en dix exemplaires, et qui, lancé par des flèches, parvint trois fois de suite à Mario, ce dernier put lire : « Il faudrait se mettre d'accord, maintenant que Riubuni est tombé et que son cadavre se trouve entre les mains des Mamelus. Quel motif de discorde existe-t-il encore entre Sao Paulo et San Sacramento ? » Cette question laissa dans le plus grand trouble Mario, ce guerrier qui n'avait pas l'habitude de réfléchir. En vérité, il ne voyait plus de motifs de discorde entre Sao Paulo et San Sacramento. Riubuni avait été offensé, mais s'il était mort, que fallait-il de plus ? Il combattit encore un certain temps. La bataille de rues était terrible et sans résultat. Alors Mario, encore indécis, fit répondre par une lettre, lancée à l'aide d'une flèche : il fallait négocier dans l'église qui était entre ses mains, mais dont l'accès serait dégagé. Manuel Pinto, bien qu'on le lui déconseillât, se présenta avec une douzaine d'hommes armés et réussit à convaincre Mario. La chose ne fut pas difficile pour le solide Manuel. Ils décidèrent de se séparer en paix. L'armée serait rassemblée et se retirerait. La moitié de tous les Indiens que l'on avait enlevés dans les colonies des Jésuites seraient libérés et les deux tiers de tout le butin reviendraient à San Sacramento. Enfin, ils jetteraient les bases d'une alliance entre les deux villes.

Ils durent ensuite unir leurs efforts pour ramener les Tupis au calme. Les tribus déchaînées étaient déjà en train de s'installer en maîtres dans les maisons. Pinto, grâce à son sang-froid et à son assurance, parvint à les gagner, en faisant des présents considérables à leurs chefs. Au cours de cette nuit que l'on passa, gardant encore l'arme au pied, à éteindre des incendies, à rassembler des morts, un problème se posait sans cesse à Pinto : Où peut bien être Riubuni ? Pinto devait exécuter son engagement et livrer le roi le lendemain. Mais il ne l'avait toujours pas. Durant la nuit, il fit rechercher ceux qui avaient entendu des échos sur son sort et qui pourraient savoir d'où provenait, au fond, le bruit de sa mort. Au petit jour, il ne resta plus au chef des Mamelus d'autre solution que de faire ramasser dans la rue le corps d'un Blanc suffisamment dépiécé par des coups de hache, de le faire mettre dans un cercueil et exposer dans l'église. Le cadavre était nu, c'était ce qu'il fallait. On l'avait dépouillé comme on pouvait s'y attendre, étant donné la richesse des vêtements de Riubuni. Pour comble de bonheur, on découvrit encore, sur le cadavre d'un des hommes de sa garde, la ceinture et l'épée que Riubuni faisait toujours porter derrière lui. Il fut possible de cette façon de déposer des pièces à conviction sur le cercueil du guerrier inconnu, magnifiquement paré. A la plus grande satisfaction de Pinto et de son entourage, qui étaient un peu inquiets, la partie adverse ne montra pas le moindre soupçon. Larmes et lamentations remplirent l'église, dans la matinée, durant le service mortuaire et l'absoute dont le cordonnier se chargea.

A midi commença l'évacuation de la ville. Auparavant, les Mamelus étaient déjà redevenus complètement maîtres de leur cité. Mario leur avait fait livrer toutes les armes dont ils avaient besoin pour maintenir l'ordre et surtout pour empêcher la fuite générale de leurs esclaves. Quand arriva le soir de cette journée, ils refermèrent les portes derrière les gens de San Sacramento. Une immense troupe d'Indiens, gens des colonies et Tupis, s'éloignaient tristement avec eux. Les Paulistes eux aussi étaient bien tristes, en comptant leurs morts. L'aventure du roi Nicolas qu'ils avaient si bien montée leur avait coûté cher.

Et où était le roi disparu ? Il vivait. Lorsqu'il s'aperçut que sa garde ne revenait pas, il comprit que ses affaires tournaient mal. La rue étroite était vide. Il craignait tout autant de quitter la maison que d'y rester. A la faveur de l'obscurité, il partit et passa dans la maison voisine qui, elle aussi, était abandonnée. Il se cacha dans la cour, sous une galerie, derrière un tas de bois, sans que rien trahît sa présence. Le lendemain, il se mit en route à pied, pour rejoindre l'armée de San Sacramento, son armée. Il voulait tomber sur elle comme la foudre, l'arrêter, lui faire faire demi-tour et la lancer contre Sao Paulo, cette ville de traîtres. Il boitait, son épaule était contuse, il ne parvenait pas à lever le bras. Si seulement il avait eu une monture ! Avec des maraudeurs indiens à cheval qui eurent pitié de lui, il atteignit, au bout de deux jours, les troupes qui avançaient lentement et se trouvaient alors sur les rives du rio Ribera. Là campait cette masse agitée à laquelle on donnait le nom d'armée, et où fermentait la rage née de ce malheur et de l'échec de toute cette importante campagne. On était sur le point de se diviser. Si la chance avait continué à sourire à Riubuni, il eût encore trouvé son heure. Quand il fut au milieu de cette cohue, rendu méconnaissable par son attitude, sa paralysie, sa barbe mal rasée, parmi ces Tupis dont aucun ne le connaissait, il pensa lui aussi : j'arrive à point. Un certain nombre de Blancs et de métis de San Sacramento s'étaient rassemblés et étaient en train d'abattre des arbres de la forêt côtière dans l'intention d'atteindre Sacramento plus rapidement que l'armée, en suivant la côte sur une légère embarcation. Mario, le général, leur avait donné son autorisation, mais il avait vu aussi le danger, car, ce que ces gens voulaient, il le savait : utiliser la mauvaise nouvelle avant qu'il se trouvât lui-même sur place, raconter qu'il avait commis une trahison en abandonnant Sao Paulo ; on le lui jetait déjà assez souvent au visage. C'est dans l'embarras de cette heure, alors qu'il était en train de négocier avec ses capitaines et ses subordonnés, qu'on lui annonça un Blanc, un blessé, qu'on ne parvenait pas à écarter et qui déclarait apporter des nouvelles fraîches de Sao Paulo. Mario, qui n'avait pas de projet précis et était habitué à se laisser diriger, écouta attentivement au milieu de la pénible confusion de ses idées. Il renvoya ses gens et fit amener le blessé.

C'est Riubuni ! Il le reconnaît immédiatement, dès qu'il s'approche de lui, perclus et déguenillé. Mais déjà le poing de Riubuni le frappe en plein visage. Mario recule. Riubuni est sans voix, tant mieux, car ceux qui sont dehors ne saisiront pas ses paroles. Riubuni — c'est réellement Riubuni. Mario écarte de lui une chaise sur laquelle se trouve l'épée. « Qu'avez-vous fait ? » demande l'ancien roi, en haillons, qui secoue par le bras le grand Mario, armé de pied en cap. Ce dernier balbutie : « Nous ne t'avons pas trouvé. Ils ont dit que tu étais mort. » — « Ils l'ont dit et tu l'as cru ! » — « Ils ont trouvé ton épée et ta ceinture et le cadavre » — « Et tu crois ces gredins et tu leur livres la ville dont nous étions déjà maîtres ! » C'est là le reproche que Mario craignait.

Il frémit lui-même de cette monstruosité. Et Riubuni est devant lui et va lui demander des comptes. Il est d'une pâleur cadavérique, son cœur se glace, il balbutie de nouveau, il ne sait que dire, il sait seulement que quelque chose va se produire, de son fait ou de celui de Riubuni.

Nicolas reste debout devant le siège de parade que surmonte une couronne et où il s'asseyait toujours au cours des conseils. Il frappe le dossier en guise de salutation, il y prend place, crasseux comme il est, il s'y cale, mais son épaule le force à se courber de douleur. Il caresse sa moustache de sa main gauche. Son regard passe par-dessus Mario comme s'il n'existait pas. « Appelle mes gens. »

Mario s'écarte. Le grand, le solide guerrier, le chapeau à plumes sur la tête, ceint l'épée qu'il a ramassée sur la chaise, les bottes de cavalier lui montant jusqu'aux hanches, s'éloigne, lentement. Le moment est venu. Et tandis qu'il gagne, à pas hésitants, l'entrée de cette tente d'apparat que Riubuni s'est fait construire, il voit déjà l'interrogatoire prochain, la condamnation certaine. Et pourtant Riubuni était mort ! Cela en plus de tout le reste ! Depuis, tout allait si bien. Il se retourne un instant et voit le fier Riubuni dans ses haillons qui semble couver sa vengeance. Il est assis sans défense. Il caresse encore sa moustache et médite la façon dont il pourra se défaire de lui. Mario sait alors que tout cela n'est que folie ; mais que du moins on peut rapidement y mettre bon ordre. Et au même instant, il se retourne complètement, tire son épée et la plante dans le corps de son compagnon sans défense avant même qu'il ait pu se mettre sur ses jambes. « Tu es mort », murmure Mario tandis qu'il le larde de coups. Riubuni gît à ses pieds : « Tu es mort maintenant, te dis-je, il n'y a plus rien à changer, tu ne me rendras plus fou, maudit diable. »

Il appelle les sentinelles de garde devant la tente et frappe au visage la première et seconde qui se présentent : « Qui a laissé entrer cet individu ? Lequel d'entre vous ? Il avait un couteau sur lui. Là, regardez. Ces chiens de Sao Paulo l'ont lancé sur nos traces et vous le laissez passer avec son couteau ! » Riubuni avait effectivement un couteau sur lui. Les Tupis le lui avaient donné tandis qu'ils faisaient route ensemble. Les sentinelles ne savent que dire. Mario ordonne qu'on sorte le cadavre. Déjà entrent, alertés par ses vociférations, les capitaines qui s'étaient étonnés de le voir accueillir cet individu suspect. Ils questionnent et félicitent Mario.

Grâce à cet incident, il a gagné la partie et le retour s'achève à marches forcées. Les gens de San Sacramento n'ont pas osé s'attaquer à lui. Ils font de magnifiques funérailles à leur roi Nicolas qui est tombé pour eux dans des combats de rues à Sao Paulo, la ville déloyale, à cet homme au corps déchiqueté qu'on leur a apporté jusque-là dans son cercueil. On verse aussi des larmes, des larmes de rage, à cause de la défaite. On déclare : « Une fois n'est pas coutume ! »

Dans la province de Guayra, les Pères rassemblèrent le reste de leur troupeau.

Ils avaient occupé treize localités florissantes. Sur cent mille hommes, il n'en restait que douze mille à la fin de cette semaine d'horreurs. Quatre-vingt-cinq mille avaient été emmenés en esclavage ou tués.

Le jeune Montoya, le bras droit d'Emmanuel de Nobrega, prit en main la direction et rassembla les survivants. Il se comporta comme Supérieur avant même d'être effectivement nommé, et ne leur laissa pas un jour de repos après les funérailles. Son plan consistait à pénétrer plus profondément dans le pays, à mettre davantage encore de forêts, de montagnes, de cours d'eau entre eux et les Blancs, et à s'armer !

Il fit construire sept cents radeaux de grandes dimensions avec l'aide desquels les douze mille hommes devaient descendre le Parana jusqu'à un endroit suffisamment éloigné et qui leur paraîtrait favorable. On ne donna pas aux Indiens le temps de reprendre leurs esprits et de réfléchir aux événements. Après les premiers jours qui s'écoulaient encore dans l'effroi, il apparut que pas un seul de ces douze mille ne cherchait à fuir, et Montoya relâcha un peu son impulsion, pleine d'une sombre ardeur. Prenant ses amis par les bras, il leur avoua que la crainte de tout perdre, de voir leur troupeau brun se dissiper, l'avait oppressé comme un cauchemar. Il se permit alors d'éclater en sanglots. Puis, tandis qu'il allait avec eux à travers les tristes ruines de l'ancienne Loretto, et regardait tous les vestiges de cette indicible détresse, il se révéla pour la première fois le nouveau Montoya : « Il n'y a pas si longtemps que je suis ici, mais je n'aurais pas supporté davantage de rester avec vous. Encore un an, et j'aurais exigé de Torrez que l'on procède à un jugement. Contre vous également ; car vous avez accepté tout ce qui s'est passé ici. Vous avez votre part de responsabilités. » Et il les empoigna l'un après l'autre. « Ici des actes criminels ont été commis. Oui, vous avez bien vu ce qui s'est passé lorsque les Mamelus sont arrivés. Tous se sont rassemblés dans les rues, se sont prosternés par terre et ont attendu un miracle. Un miracle ! Est-ce que cela est chrétien ? Et tous ont été éduqués dans ce mysticisme, tous ont été des exaltés. Si alors vous n'aviez pas été là, je dirais que c'était du paganisme. »

Cataldino soupira : « C'en était souvent trop pour moi ! J'avais parfois l'impression que nous allions nous retrouver au ciel le jour suivant. » Macéta : « N'accusez pas les morts. Un grand malheur nous a frappés. En Europe, je n'ai jamais pleuré ; maintenant, je pleure, jour et nuit. J'ai aimé ces jardins, on les a piétinés. » Montoya : « A un jardin, il faut des grilles. » Macéta : « Faut-il que nous devenions des guerriers ? » Après un silence, Montoya déclara : « Vous voyez comme le mal est profond ! On en arrive à poser de telles questions. Que désirez-vous, en fin de compte ? Je ne sais pas ce qui vous est arrivé à tous depuis que vous êtes missionnaires ici, car il est impossible qu'en Espagne vous ayez eu de telles idées. Avec ce qu'on vous a inculqué là-bas, comment avez-vous pu rassembler ces tribus pour les exposer à leur perte ? Votre rôle était d'exhorter ces gens à mener une vie chrétienne. On ne vous demandait rien d'autre. Que vous est-il venu à l'esprit, Frère Macéta ? » — « Nous avions devant les yeux l'image de Jérusalem, la Ville Sainte. » Montoya : « Celle-là n'existe qu'au ciel. » — « Nous voulions une vie à son image. Ah ! Frère Montoya, nous avons vécu un rêve, il est fini. » Montoya : « Et Emmanuel, l'ancien soldat, à votre tête ! Donnez-moi une explication. Est-ce que cette sorcière, Maladonata, aurait mis le désordre dans son âme ? » Macéta : « Elle aussi est morte. Finissons-en. » Cataldino, à voix basse : « Tu feras mieux, toi, Frère Montoya; que Dieu te soit en aide.» Macéta: « Que Dieu te soit en aide.»

Montoya frappa sur les épaules des Frères aux visages attristés: « Allez pleurer.»

Douze mille hommes, femmes et enfants, sur leurs radeaux, se laissèrent entraîner par le courant du Parana.

Pourquoi ces douze mille suivaient-ils les Pères? Le miracle ne s'était pourtant pas produit. Ils ne s'étaient pas élevés jusqu'à Jérusalem, la ville céleste, la ville des cieux. Les Pères qui étaient encore auprès d'eux leur disaient: « Soyez patients, humbles et pieux et Dieu vous enverra sa grâce.» Ils ne disaient rien de plus et pleuraient. On n'avait plus de foyer. Les Blancs continueraient à chasser les hommes bruns; ils restaient auprès des Pères qui étaient si bons.

Que de souffrances durant ce voyage! On dut s'arrêter aux rapides de Maracaya pour se frayer un chemin à travers la forêt et traîner les radeaux de l'autre côté des chutes. Là, on rembarqua et poursuivit la route. Après des fatigues sans fin, ils ne se plaignaient pas, ils restaient silencieux et patients comme ils l'étaient, mais faibles aussi, car la chaleur, les peines, les tristes pensées les épuisaient; après de grandes souffrances, le tambour roula un matin sur le radeau de tête où se trouvait le Père Montoya. On s'arrêta, les Pères reconnurent le terrain en compagnie d'un petit nombre d'Indiens. On parla avec des pêcheurs, on envoya des gens vers l'intérieur. Au bout de trois jours, la décision fut prise: on restait.

Ils sont passés, les jours de jeunesse, les rêves, les exaltations, les extases. Elle est passée, cette attente d'un proche royaume des cieux. Dieu tout-puissant demeurait lointain, dans son empire céleste. Il n'accordait pas aussi rapidement sa miséricorde, quelle que fût l'étendue de l'amour que lui portaient, ainsi qu'à son Fils, à la Vierge Marie et à tous les saints, ceux qui lui construisaient des églises, ornaient ses autels, l'adoraient chaque jour, chantaient matin et soir ses louanges dans leurs cantiques et suivaient ses commandements, confessant tous leurs péchés et se repentant.

Montoya, cet esprit solide et ferme, le disciple de Torrez, avait déjà été prévenu par son maître de l'esprit étrangement exalté qui régnait dans cette jeune colonie. Torrez lui avait dit : « Ils sont joyeux ; ils se sentent au milieu d'enfants et voudraient croire comme eux qu'ils sont en Galilée parmi les pauvres pêcheurs et les paysans auxquels parlait le Seigneur. Peut-être est-ce bien au début. Au fond, tout ce que nous faisons ici est un essai et il ne faut dédaigner aucun des chemins qui conduisent vers notre but. Mais... il faut garder les yeux fixés sur tout cela, Montoya. Quand je parle au Frère Emmanuel, j'ai souvent l'impression qu'il veut me tenir à l'écart et toi aussi. Ils considèrent que tout le reste du monde doit être tenu à l'écart et cela ne me plaît pas. » On parlait alors à voix basse du cas de Frère Mariana qui avait péri, en allant convertir les païens. Les circonstances semblaient étranges ; il paraissait s'être lié très étroitement avec les sauvages : « C'est parmi tous nos Frères un groupe bien particulier que celui qui est venu de Sao Paulo. C'étaient des soldats de notre Compagnie, sages et clairvoyants, simples et résolus comme il se doit. Mais le climat semble les avoir profondément influencés. » Cela correspondait tout à fait au sentiment de Montoya qui trouvait « irrespirable » l'atmosphère de ces établissements. Maintenant on descendait le Parana. Montoya considérait tout ce qui était arrivé comme une sanction. Il y avait plusieurs jours qu'ils suivaient ce fleuve dans une atmosphère torride, assistant à tant de misères, lorsqu'un matin Montoya prit durement Macéta à partie et lui déclara : « Tu ne crois tout de même pas que tout cela soit sans raison ? Vous avez été des païens comme Mariana ! » Macéta ne répondit pas. Il ne parlait plus du tout, Jérusalem, leur beau royaume avait disparu. Ça n'avait pas été un royaume païen. Combien dure, combien misérable serait maintenant la vie.

Mais elle se fit plus facile ; et lorsque, deux ans plus tard, après la messe anniversaire pour les morts de Guayra, Macéta et Cataldino se rappelèrent le pays lointain où tant d'hommes pieux gisaient en terre, le grand Emmanuel et cette étrange et infatigable Maladonata, ils parvenaient à peine à comprendre le passé. Les seuls qui le comprenaient encore, c'étaient les Indiens de Guayra. Ils avaient une adoration pour Emmanuel ; ils élevaient des stèles à son souvenir dans les cimetières de la nouvelle colonie, ne les laissant jamais sans fleurs. Des légendes se nouaient autour de la personne d'Emmanuel, de celui qui était venu de la mer à travers les montagnes et les sombres forêts. Emmanuel se transformait — les nouveaux Pères durent l'admettre — dans l'esprit des Indiens en une sainte personnification qu'ils opposaient aux Pizarro, Quesada et Alfinger, ceux qui avaient pris pied par l'ouest dans les Nouvelles Indes pour emmener en esclavage les peuples d'hommes à la peau foncée et les anéantir. Emmanuel, poursuivi lui-même par les Blancs, était arrivé de l'orient, les avait réunis. Grande était à côté de lui la figure de Maladonata, cette femme de leur race. Ils la plaçaient même fréquemment plus haut qu'Emmanuel et parlaient entre eux de son amour mystérieux pour le prêtre et de la façon dont elle était morte près de lui. Beaucoup en avaient été témoins et ils comprenaient bien cette mort. Qui sait où ils errent maintenant, où elle se tient, sous quelle forme?

Cependant ils commençaient leur nouvelle et difficile existence, se mettant au travail avec ardeur, mais sans les forces nécessaires. Ce n'était pas l'élan de ces jours de Guayra, où Macéta et Cataldino et les autres artisans avaient été entraînés par l'enthousiasme des Indiens. Maintenant aussi ils chantaient et leur vie était réglée comme avant. Mais ils ne chantaient plus: « Jérusalem, toi, ville sainte. » Lorsque l'un d'entre eux entonnait ce cantique, tous éclataient en sanglots. Il restait trop de morts là-bas, dans le nord; on batissait sur des tombes.

Ils reprirent tout ce qui avait été mis en pratique là-bas: l'emploi de la journée, le travail par petits groupes, la répartition équitable des produits du travail, le choix des magistrats parmi les Indiens. Les Pères étaient directeurs dans chacun des établissements qui se créaient rapidement les uns après les autres, car on avait à loger tous ces gens et, chose peu croyable, il fallait s'occuper des nouveaux venus qui commencèrent à affluer dès que l'on parvint aux rives de l'Uruguay. En effet, tous les malheurs que l'on avait subis à Guayra, et dont le bruit s'était répandu comme l'éclair, n'avaient pas éclipsé cet autre malheur dont on souffrait constamment ici: les Blancs. Dans ces colonies improvisées à la hâte et misérablement, les Pères Jésuites se répartirent les tâches: les uns prenant la direction et le contrôle des affaires temporelles; les autres des affaires spirituelles. Tout se passait plus silencieusement et plus rapidement qu'à Guayra et, durant des années, la frayeur fit encore courir des frissons dans l'âme des sujets. Où était l'admiration pour les outils que les Pères avaient apportés? Les vis ne chantaient plus leur chanson avec la planche dans laquelle on les vissait. D'ailleurs, on n'avait plus beaucoup de vis. La plupart étaient restées là-haut et perdues. Ils construisirent des huttes et des cabanes en toute hâte et sans contrôle. Toutes ces constructions étaient l'œuvre de mains fébriles.

Lorsque le nouveau Supérieur Montoya déclara que la lutte pour la sécurité allait commencer, il exprima ce que les Indiens et la plupart des prêtres pensaient au fond de leur cœur. On avait toujours les Mamelus à l'est. Sans doute le chemin était-il devenu plus long, mais ils étaient bien capables de le trouver. Au sud-est, c'était l'infâme San Sacramento, la seconde Sao Paulo ; à l'ouest, les villes espagnoles étaient plus proches maintenant. Sans doute, n'attaqueraient-elles pas elles-mêmes, mais elles pousseraient les autres à détruire les colonies. Il n'y avait aucune sécurité dans le monde.

## LES CONSEILS DU PAPE URBAIN

En ce temps-là, une délégation de Pères se mit en route pour Rome, afin d'exposer au Saint-Père les inquiétudes des missions chrétiennes, là-bas, aux Nouvelles Indes, et pour demander des secours. Montoya, estimant que c'était là son affaire, conduisait lui-même cette mission qui, en dehors de lui, comprenait deux Pères, nouvellement venus, Père Tanno et Père Ortighi.

A Rome régnait alors Urbain VIII, un homme d'une cinquantaine d'années, en pleine force, qui appartenait à une riche famille de marchands, les Barberini de Florence. La situation évoluait à cette époque avec une logique étonnante dans les pays des Blancs. En Espagne, le trône de Moi-le-Roi était occupé tantôt par l'un, tantôt par l'autre. Quel qu'il fût, l'or indien affluait vers lui, mais déjà beaucoup plus faiblement, puis se volatilisait dans les guerres et dans les fastes de la cour ; plus on faisait de guerres, plus on se suscitait d'ennemis qui tous voulaient la même chose : posséder, posséder toujours davantage. Le Pape Urbain dirigeait la chrétienté catholique car il y avait maintenant plusieurs chrétientés qui se faisaient la guerre. Le Pape des catholiques régnait dans son pays comme un roi, construisant des fortifications sur ses frontières, déclarant que son État devait se faire respecter par les armes. A cette fin, il accumulait des munitions dans sa ville de Rome, construisait une fabrique d'armes à Tivoli et transformait sa bibliothèque en musée militaire. N'allez pas croire que le Pape Urbain se fût armé de la sorte contre les païens — ou que ce fût contre les chrétiens hérétiques ! Ces derniers étaient très éloignés de lui, et au contraire, lorsque cet hérétique forcené, le Roi de Suède, prit pied sur le continent, chassant devant lui les armées catholiques, le Pape Urbain n'en parut pas affecté car il désirait que l'empereur germanique, le catholique, fût affaibli. Toutes les puissances des Blancs, Espagne, Allemagne, Italie, France étaient alors ennemies l'une de l'autre, se combattaient, et le Pape Urbain ne voulait pas manquer cette partie.

Lorsque le Père Montoya arriva à Rome, plusieurs jours lui furent nécessaires pour se remettre de son immense surprise. Qu'était-ce que cette Rome ? Ils arrivaient des plaines chaudes du Parana et de l'Uruguay, de ces profondes et silencieuses solitudes. Ils s'y était passé des choses qui auraient dû émouvoir l'humanité blanche, mais il semblait que pas un souffle de tout cela ne fût parvenu jusqu'ici. Qui savait qu'une république chrétienne avait été fondée à Guayra ? Qui connaissait la vie douloureuse du Père Emmanuel et de ses fidèles qui avaient voulu, ainsi qu'il apparaissait maintenant, atteindre à la vie céleste dès cette terre ? Qui avait su que ces colonies avaient été détruites et qu'un peuple avait immigré le long du Parana vers de nouveaux établissements ? Ici on ne savait rien ; ici tout cela n'était rien. Les Pères apparaissaient comme des gens sauvages à qui l'on demande le récit d'histoires de brigands.

Le général de la Compagnie de Jésus s'appelait Mutio Vitelleschi ; c'est par lui qu'ils commencèrent. Il vivait dans un palais magnifique, nouvellement construit, tandis qu'eux habitaient là-bas, dans le sud, sous des toits de chaume, dans des maisons de bois et de torchis et que leur petite église elle-même n'était qu'une chaumière. Vitelleschi était malade. Il les fit venir à son chevet. C'était un doux vieillard, « l'ange de la paix », comme on l'appelait. L'esprit tendu, stupéfait, se mettant à rire parfois avec satisfaction, il se fit tout raconter par Montoya et cela demanda une semaine. Au grand étonnement de Montoya, Vitelleschi ne tarissait pas de louanges envers le pauvre Frère Emmanuel. Montoya, lui-même, dut modifier un peu sa façon de parler du défunt supérieur car le général tenait à entendre de grandes choses sur la vie et l'œuvre de ce martyr.

Auprès d'Urbain VIII, les choses n'allèrent pas mieux. Cet homme, qui portait une barbe et une moustache aussi imposantes que celles d'un homme de guerre, les reçut au cours de sa séance d'haltères. Le Pape était un athlète et il ne s'opposait pas à ce que l'on vînt l'admirer dans sa salle de gymnastique qui, elle aussi, faisait partie de sa bibliothèque. Montoya, Tanno et Ortighi durent passer encore plus de temps que chez le général, exactement deux semaines pleines, pour parvenir à présenter leur requête. Cela tenait également au fait que le Pape était habitué à faire seul les frais de la conversation. Il se méfiait toujours de ce qu'on lui exposait. Et si, à la fin de plusieurs audiences, il interrogeait enfin son interlocuteur, lui demandant quel était l'objet de sa visite, l'autre pouvait avoir la certitude d'être dans la meilleure hypothèse congédié avec un grognement. Mais la plupart du temps, le

Pape estimait opportun de faire exactement le contraire de ce que l'on voulait. Les Pères eurent l'occasion, au cours de leurs audiences qui occupèrent plusieurs semaines, d'entendre la suite des monologues papaux dont le début remontait à l'audience précédente. Ils furent mis dans le secret de l'aversion profonde du Pape pour l'empereur germanique, et malheureusement aussi pour l'Espagne. Ses armements, disait le Pape, étaient au fond dirigés uniquement contre les Impériaux et leurs alliés espagnols. Il leur parla ensuite des rapports de ses nonces et de ses gloses. Les voyageurs des tropiques comprirent alors combien tout était difficile en Europe, difficile !

Au cours de la dernière audience, Urbain donna encore libre cours à ses sentiments contre l'Espagne et l'Autriche, puis il leur présenta sa plus récente réalisation : *Maximes des Saintes Écritures en versification horacienne*. Alors que le Pape paraissait sortir satisfait de cette longue et pénible séance, Montoya et Ortighi se retiraient consternés. Ils restèrent assis sur les riches sièges de la maison collégiale de l'Ordre, sans se regarder, Montoya fut le premier à parler ; il tremblait : « Cher Ortighi, qu'allons-nous devenir ? Nous pouvons repartir et reprendre notre tâche auprès de nos Indiens — depuis que je suis ici, je les aime comme une partie de moi-même — mais qu'allons-nous devenir ? Nous sommes un rameau, une feuille d'un arbre. Mais quel arbre ? » Ortighi ne se sentait pas plus rassuré : « Il nous parle sans cesse de mon frère, le cardinal, je ne sais même pas s'il le connaît. » — « Loyola a fondé l'Ordre pour renforcer la papauté, mais que fait le Pape ? Il hait l'Espagne et l'Allemagne et, s'il était franc avec lui-même, il se réjouirait d'une victoire totale des Suédois, à la condition toutefois qu'ils ne viennent pas jusqu'à ses portes. Frère Ortighi, tout cela est affreux. Comment pouvons-nous repartir avec cela ? »

Ortighi : « Il nous faut attendre un moment plus favorable. »

Il avait raison et cet instant se présenta bientôt. Ce fut le jour où Urbain les amena avec lui à Castel San Angelo. Il y faisait construire de nouveaux parapets ; Montoya lui posa des questions techniques et lui demanda conseil quant aux possibilités de fortifications d'une région comme la leur au bord du Parana. Le Pape, magnifique dans sa robe et dans sa cape de soie blanche, au milieu de ses ingénieurs, se fit exposer leur rapport, ne retenant toutefois que le seul point de vue stratégique. Il y eut ensuite, jusqu'au retour dans son palais, un débat où évidemment il intervenait seul. Le lendemain avant midi, il fit appeler les Pères. Ceux-ci savaient déjà qu'il avait mis sur les dents quatre légations au sujet de leur affaire. Le Saint-Père semblait persuadé que les Jésuites étaient venus des Nouvelles Indes pour recueillir ses conseils militaires. Il ne les lâcha pas pendant les jours suivants. Ils durent l'accompagner à Castel Franco, sur la frontière de Bologne. Il ne s'occupait pas de savoir si là-bas la nature et les conditions étaient les mêmes. Qu'est-ce que cela pouvait faire à Urbain ! Les Pères devaient apprendre, ils devaient faire ce qu'il leur montrait, il n'y avait que cela de bien et de sûr.

Lors de la dernière audience, le Pape, persuadé de prendre congé d'élèves dociles et d'avoir fait une bonne œuvre, combla vraiment les Pères de sa tendresse. Leur visite lui avait fait, ainsi que le leur déclara son népot, un bien extraordinaire. Toutes les affaires d'État s'en étaient trouvées accélérées, car le Pape s'était montré en tout, mieux disposé. Les Pères reçurent de ses mains des tableaux et des livres. Pour le nonce espagnol, pour l'évêque du Paraguay et du Chili, on leur établit, sans discuter, tous les écrits désirés et dans le sens qu'ils souhaitaient.

Ortighi se rendit avec Tanno à Madrid pour se présenter au Roi d'Espagne. Montoya ne pouvait et ne voulait pas s'attarder plus longtemps en Europe. Il fit un bref détour par l'Espagne, se présenta devant le Conseil des Indes et prit ensuite le chemin du retour.

Il était profondément bouleversé, ayant l'impression de laisser derrière lui un volcan en éruption. Les Nouvelles Indes l'avaient-elles si profondément transformé? Ou, sinon, qu'y avait-il? Il se passait ici des choses abominables auxquelles il n'osait même pas penser. Il ne voulait que songer au pays où il retournait. Maintenant son esprit était obsédé par le souvenir de ces Blancs de Sao Paulo et de San Sacramento et de ces Espagnols des villes qui tranquillement et malignement assistaient aux massacres des colonies. C'étaient des hommes du même sang que ceux qui occupaient cette Europe, des hommes de la même trempe que ceux qui s'étaient abattus autrefois sur ces beaux pays neufs et avaient été les premiers à y montrer le visage des Blancs et le christianisme. C'était horrible et il y avait de quoi désespérer de tout.

Ce que Montoya n'avait jamais fait, même quand il était novice, il le fit pour la première fois durant la traversée: il se flagella. Il s'imposa silence pendant le trajet et pria comme il n'avait jamais prié. Lorsqu'il arriva à Buenos Ayres, il n'était plus le même. Il paraissait moins sévère, plus aimable; on aurait dit un homme qui, touché par un coup du destin, s'efforce de le surmonter. C'est ainsi que les Pères Macéta et Cataldino le retrouvèrent et le prirent dans leurs bras.

Ce Père Montoya, autrefois la fierté de Torrez, cet homme de fer, plein d'énergie, qui avait censuré si sévèrement l'esprit d'exaltation et qui aurait voulu fouailler la chair trop tendre de ces réductions, voilà qu'à son retour, il s'adoucissait. Sa tête, large et carrée, était comme d'habitude rentrée dans ses épaules. Mais il soupirait intérieurement et priait : « Je veux retourner au couvent ; je veux voir clair dans toutes ces choses. » A ses oreilles résonnaient encore les paroles du Pape. Il l'entendait parler de la construction de retranchements, de cela uniquement, tandis que le doux et vieux général Vitelleschi reposait dans son lit et n'était au courant de rien et se faisait raconter des histoires indiennes. C'était torturant, à en succomber de désespoir.

Ceux des jeunes réductions n'avaient pas encore fini de découvrir leur nouveau Supérieur. Dans le premier discours qu'il tint aux Pères, rassemblés à la nouvelle San Ignace, durant les premières semaines qui suivirent son retour, il leur dit, les faisant tressaillir : « C'est une question de vie ou de mort. Nous ferons ce que nos forces nous permettent de faire. Nous devrons, seuls, tout faire et tout penser. Personne ne nous aidera. Mais aucun d'entre nous ne s'en trouvera affaibli. Je veux vous parler d'Emmanuel. Quelques-uns parmi nous ont pu voir la façon dont il est mort. Il était sûr de sa cause. Sa mort a été une mort bienheureuse. Je dois, sur beaucoup de points, implorer son pardon. Je suis allé à Rome et me voilà devant vous. Nous savons trop bien ce dont les Blancs, les chrétiens, sont capables. Vous avez dû fuir de Sao Paulo à Guayra, et nous de Guayra ici, non pas devant les païens, mais devant les Blancs, devant les hommes baptisés. Et pourtant, il ne faut pas que nous fassions des reproches trop violents aux Mamelus et aux gens de San Sacramento. Partout c'est la même horreur. On ne doit pas accuser la branche lorsque l'arbre est mauvais. Notre sainte Église est engagée dans une lutte terrible. On nous a détruit quelques colonies, mais l'Europe... »

Il parlait bas, avec une insistance pénible : « Si l'Europe succombe, que deviendrons-nous ? »

Après un long temps d'arrêt, il regarda de nouveau les Frères : « Ne pensez pas que nous avons seulement à créer ici quelques colonies pour réserver une protection aux Indiens pourchassés. Cela n'irait pas très loin. Il en va de bien davantage. Serrez les dents et soyez fermes. Priez Dieu inlassablement pour qu'il reste à nos côtés et vous donne la force. Et qu'un peu de notre force se répande là où notre foi doit combattre durement. » Ces paroles laissèrent une impression inquiétante ; quelques Pères avaient les larmes aux yeux. Tous étaient envahis par une angoisse indicible. Ils durent se jeter à genoux pour supplier Celui qui décide des choses à venir.

## CONSTRUCTION DE L'ARCHE DE NOÉ

En s'établissant sur le moyen Parana et sur l'Uruguay, ils étaient dans un dénuement encore plus complet qu'à Guayra. Ils construisirent leurs huttes et leurs cabanes, toutes semblables, le long des tracés de rues, et les couvrirent de chaume. Il n'y avait ni fenêtres, ni cheminées, ni lits dans ces petites maisons. C'étaient des habitations à l'indienne. On couchait dans des hamacs, on allumait le feu au milieu de la pièce, la fumée s'échappant par la porte. Pour le repas et les travaux domestiques, on allait s'accroupir sur le sol, près de l'entrée, ou sur le devant de la maison. Tous ces gens vivaient chichement sans désirer aucune amélioration. Plus tard, ils entrèrent en contact avec les Blancs à qui certains groupes étaient fréquemment prêtés comme auxiliaires. Ils purent voir les manières et les modes européennes et les convoitises des Blancs, mais tout cela ne les toucha pas, et ils n'en adoptèrent rien.

Dans la nouvelle San Ignace qui, comme le pays avoisinant, ressemblait à l'ancienne, dans les vallées ombreuses, dans le voisinage des ruisseaux et sous les palmiers, travaillait, construisait, vaquait tout un peuple qui, lentement, revenait au calme. Montoya gardait les yeux fixés sur eux. Ils sont là, ces Indiens, notre bouée, notre ancre. Qu'il est étrange que Dieu, après avoir rendu l'homme blanc à la fois sauvage et inventeur, lui ait justement confié le message du salut, tandis qu'il y avait des êtres, doux comme ceux-ci, des peuples entiers d'enfants. Se raccrocher à eux, renforcer la doctrine à partir d'ici. C'était la chanson de l'ancienne Chanaan.

Et tandis que les femmes passaient en chantant devant lui, leur enfant sur les hanches, il se souvint brusquement de Maladonata : elle était le lien entre nous et les Indiens, là-bas, à Guayra, c'est ainsi qu'elle a servi Emmanuel. Peut-être Emmanuel a-t-il été, lui aussi, tellement désespéré !

Construire une arche, une arche de Noé, le déluge était là !

Montoya réfléchissait longuement et se sentait réconforté.

Cette idée, ce grand projet de nouvelles colonies créées entre le Parana et l'Uruguay : « Construire une arche de Noé », on ne l'exprimait pas car on craignait de faire allusion aux choses qui se passaient en Europe.

On était loin de se conduire en exaltés, et la nouvelle Jérusalem disparaissait dans les brumes de rêve. On ne pensait qu'au salut ; réchapper, ne pas sombrer.

On se mit à la tâche avec une ardeur sans bornes. Les Pères de la Compagnie de Jésus, fraternellement unis, l'un à côté de l'autre, formaient un cercle dans lequel ils enfermaient leurs Indiens. Il n'y avait plus d'incursions des Paulistes dans cette nouvelle région, mais de nombreuses informations laissaient apparaître que leur grand coup contre Guayra n'avait fait qu'augmenter leurs appétits. A l'est, on s'était rapproché d'Asuncion et des autres villes espagnoles dont la population restait malveillante. Protéger les nouvelles réductions, calfater l'arche, amener sur le bateau autant d'Indiens que l'on pouvait, fermer à temps portes et fenêtres, tel était le leitmotiv de leur action.

Tout ce que le vieux Las Casas avait pressenti se produisait maintenant. Le christianisme s'efforçait d'échapper à ses adeptes blancs pour trouver son salut auprès des hommes bruns. On en était là.

Des barrages sévères furent dressés contre les Blancs. Rien ne pouvait être plus agréable aux Indiens ; pour eux c'était une sûreté.

Grâce aux Pères Ortighi et Tanno qui s'étaient rendus de Rome en Espagne, les réductions avaient obtenu du Roi et du Conseil des Indes un document dont le contenu correspondait à l'ancien, celui que les Frères voyageurs Macéta et Cataldino avaient apporté à Emmanuel et que l'on avait brûlé. Un droit à l'isolement était reconnu aux colonies des Pères Jésuites pour des motifs expressément indiqués : les Blancs rendaient la religion chrétienne haïssable aux indigènes par la manière dont on traitait ceux-là même qui l'acceptaient. « Et tandis que des missions et quelques vrais chrétiens s'efforcent, aux Nouvelles Indes, de montrer aux incroyants le caractère sacré des Évangiles, la plupart des croyants, au contraire, n'en suivent en aucune façon les maximes et mènent une vie pleine de vices. Pour préserver la foi des Indiens que l'on veut convertir, on est obligé de les soustraire au mauvais exemple des Blancs et à leur tyrannie. »

Dans d'autres écrits qui parvinrent d'Europe à cette époque, la Couronne se déclarait dans l'obligation d'attirer l'attention de toutes les autorités sur la haine que l'on avait montrée ou montrerait aux Pères lors de la mise en application de leurs principes et sur les horribles persécutions dirigées par les immigrés espagnols eux-mêmes contre leurs établissements, qui, pourtant, constituaient une œuvre si salutaire. La Couronne avertissait les gouverneurs, les mettait en garde et les menaçait.

En ce temps-là, comme toujours, Moi-le-Roi était assis à sa table de travail, écoutant, lisant ou écrivant. Il s'appelait tantôt Philippe, tantôt Charles. A son coude droit il avait toujours la cassette des affaires de cœur où s'entassaient les rapports secrets sur son entourage et les nouvelles d'Amérique du Sud. Les noms des rois changeaient mais tous aimaient la Compagnie de Jésus.

Ces rois, qu'ils fussent chastes ou non, pacifiques ou belliqueux, se sentaient tous lourds de fautes et de péchés car on leur apprenait dès leur jeune âge qu'ils n'étaient que de pauvres pécheurs. Celui qui occupait une fonction élevée portait de lourds manteaux sur ses épaules. L'un de ces manteaux était pourpre et vert avec des broderies d'or; sur l'étoffe se dessinaient des couronnes, des guerriers, des aigles des tournois, des animaux s'ébattant joyeusement, de jolis jardins et de belles femmes faisant des gestes amicaux. On voyait aussi des enfants qui jouaient et des hommes à table, devant leurs coupes, goûtant la vie. Cependant sur ce manteau des Honneurs et des Joies Royales était passé le manteau des Fautes et des Péchés. Les mêmes scènes y étaient représentées, mais sur fond noir: des hommes y étaient attablés également et buvaient mais au milieu d'eux était installée une figure d'aspect horrible qui posait sur eux un regard ironique. Quelques-uns de ces hommes voyaient cette apparition par-dessus leur verre et, d'effroi, en oubliaient de boire. C'était Satan qui les attendait. Les femmes continuaient à faire leurs signes amicaux, découvrant leur poitrine, plongeant dans l'eau, et, languissantes, ouvraient leurs bras. Mais dans leur dos caché par leurs vêtements s'enroulait une gentille queue de cochon et leurs jambes, si blanches, se terminaient par des sabots de cheval et des griffes de chatte. Et, là où les chevaliers croisaient leurs lances au tournoi, dans des combats joyeux et bruyants, là où des enfants joufflus s'amusaient dans le sable et où une mère allaitait son nouveau-né, en chantant et le regard rêveur, on pouvait voir un homme, assis dans l'herbe un peu à l'écart. On aurait dit un paysan, se préparant à son travail, aiguisant sa faux avec une pierre : mais ce paysan portait un capuchon qui cachait à peine une tête de mort au sourire édenté ; son pourpoint entrouvert laissait apparaître quelques côtes blanches et ses tibias plongeaient dans des chaussures trop larges ; en lui pas de cœur, pas de poumons, pas d'entrailles.

Ce noir manteau recouvrait l'autre, pourpre et vert. Car on apprenait aux rois, dès leur jeune âge, à prendre soin que le noir cachât toujours le rouge. Et si le rouge était lourd, les prêtres veillaient à ce que le noir le fût plus encore.

Moi-le-Roi aurait bien voulu jouir gaiement de sa puissance, de sa cour, de ses guerres et de ses victoires, mais il était contraint de penser sans cesse à ses prêtres et à ses confesseurs. Il donnait aux cloîtres toujours davantage et en cela les Jésuites lui étaient précieux : ils avaient constamment besoin de secours.

## ON S'ARME

Ils écrivirent, envoyèrent des messagers en Espagne, entourant le Roi et la cour comme une nuée d'abeilles. Ils parvinrent à obtenir le titre de « fidèles vassaux » pour leurs sujets à peau brune. C'était un triomphe. Le roi exonéra ses

« fidèles vassaux » des tributs que les autres avaient à payer. Il prescrivit : A partir de dix-sept ans, ils auront à verser par tête et par an, un peso. Le vice-roi du Pérou aurait à prélever ce tribut ; d'autre part, la couronne s'engageait à assurer l'entretien d'un missionnaire dans chaque localité. L'entretien de l'autre — car on pourvoyait chaque localité nouvelle de deux directeurs de l'Ordre des Jésuites — incombait à la maison provinciale de l'Ordre.

Montoya, le Supérieur, était tantôt à la nouvelle San Ignace, tantôt à Corpus, sur le Parana, tantôt plus au sud à Santa Ana. Il soupesait tous les écrits qui affluaient en masse de la chancellerie royale. Comme tout cela était beau, vu de là-haut. Mais ce n'était pas avec des rouleaux de papier auxquels pendaient des sceaux que Mamelus et Tupis se laisseraient effaroucher.

Lorsqu'un jour on lui annonça qu'un petit groupe de Mamelus était en reconnaissance dans le voisinage, Montoya n'en fut pas mécontent. Que cela eût ou non l'heur de plaire au gouverneur d'Asuncion et à ses gens, ils durent souffrir que les Pères équipassent leurs Indiens avec les armes qu'ils possédaient : lances, flèches, frondes et les entraînassent. Lorsque des tribus Tupis s'approchèrent, venant de la Sierra del Tape au sud-est, et traversant le cours supérieur de l'Ijaby et du Piratini pour se jeter sur les réductions de San Lorenzo, San Miguel et San Juan, Montoya fit d'abord reculer vers l'Uruguay les colonies qui se trouvaient trop en avant dans la zone de danger. Quand ces Tupis, soutenus par les Mamelus, arrivèrent près de San Christoval et de Maria Theresa qu'ils voulaient piller selon leur vieille habitude, des formations de chrétiens de couleur, bien organisées, se présentèrent contre eux. Elles étaient conduites par des Pères Jésuites, ayant une instruction militaire : les Pères Mola, Romero et Bernal.

Ceux-ci purent annoncer triomphalement : les assaillants sont repoussés, chassés. Leur vague a été brisée.

Montoya prit connaissance de cette nouvelle surprenante sans montrer la moindre émotion. Il fit placer, le long de la Sierra del Tape, un cordon de postes qui était relié avec l'intérieur du pays par des estafettes.

Lors de l'inauguration d'une nouvelle réduction proche de l'Uruguay, à proximité du confluent Ijuhy, Montoya s'adressa ainsi aux Pères Mola et Romero, les deux soldats : « Le serviteur de Dieu est doux comme l'agneau, il est la lumière des païens. Sommes-nous doux comme des agneaux ? Pouvons-nous être une lumière pour les païens ? Il est écrit : *Tu devras ouvrir les yeux de l'aveugle, faire sortir de prison le prisonnier et de leurs cachots ceux qui sont plongés dans les ténèbres.* Est-ce cela que nous faisons ? Quand nous nous présentons avec nos armes, quelle idée les païens peuvent-ils avoir de la chrétienté avant qu'elle n'ait montré sa douceur ? La lumière et la vérité ont été données à ceux qui les possèdent afin qu'ils les portent à travers le monde. Au commencement, la terre était déserte et vide ; les ténèbres recouvraient l'abîme et Dieu a dit : "Que la lumière soit", et la lumière fut. De nos jours encore, le monde des hommes est désert et vide et les ténèbres recouvrent l'abîme. Aujourd'hui également, le souffle de Dieu passe sur les eaux. La vérité et la lumière ont été répandues par Jésus-Christ et nous, envoyés par le délégué et le successeur de Jésus-Christ, nous avons à transmettre cette vérité et cette lumière. Dieu ne peut pas avoir voulu que la lumière soit dévorée par les ténèbres, sans quoi il n'aurait ni parlé ni envoyé son fils.

« Devons-nous être doux comme des agneaux ? Briser nos armes ? Devons-nous tenir nos pensées enfermées et faire comme si le Sauveur n'était pas apparu, comme s'il n'y avait ni vérité ni lumière ; devons-nous être doux comme des agneaux parce que cela est commode et que cela nous honore, devons-nous assister au triomphe des ténèbres et de l'esprit païen ? Personne ne peut oser être plus divin que Dieu lui-même. »

Plus tard, tandis que les Pères discutaient sans cesse de la tactique future, Montoya qui ne perdait jamais son assurance, déclara : « Ça n'est pas notre faute si nous avons dû rassembler les peuples indiens ; ce n'est pas nous qui les avons chassés et rassemblés en cet espace. Il nous est arrivé ce qui est arrivé jadis au peuple, élu de Dieu, qui succomba : les rois et tous les royaumes de tous les païens sont en route et montent leur tente autour de nous. Mais nous ne reposerons pas notre sort sur le roseau d'une quelconque Égypte, nous savons qu'il en ira exactement pour nous comme il est écrit dans les Livres sacrés : *Celui qui s'appuie sur le roseau d'Égypte, il lui passe à travers la main.* Partout des généraux et des rois sont en route, appelant leurs soldats aux cris de : "Aux armes !" Que défendent-ils ? Qu'attaquent-ils ? Et la vérité devrait aller sans défense à l'abîme ?

« Jamais, en aucun temps, la vérité n'a été aussi terriblement menacée qu'aujourd'hui. Nous savons quel doit être notre rôle. Nous défendons la vérité, il ne doit pas tenir à nous qu'elle disparaisse. »

Et deux ans plus tard, les Pères retournèrent à Rome et en Espagne pour accomplir ce qu'il leur restait encore à accomplir : obtenir la permission d'avoir des armes à feu.

On tenait conseil en Espagne et l'on pesait le pour et le contre de la chose. Dans les colonies voisines de l'est et du nord on discutait ce plan grandiose et l'on penchait unanimement pour son rejet, lorsque les Mamelus se mirent en marche, sans s'inquiéter de tous les remous d'émotion, déferlant comme un déluge de la mer vers l'est. Ils voulaient traverser tout le continent pour atteindre le

Pérou dont les richesses n'étaient pas encore épuisées et s'emparer, dans ce corps géant en décadence, de ce que les Espagnols avides y avaient laissé. Après un immense trajet à travers des déserts, des forêts et des marécages, ils renversèrent les réductions et les forteresses espagnoles que l'on avait érigées contre eux. Ils avaient suivi le Rio Tiete, traversé en combattant les territoires des Cayapos, dans le haut Parana et envahi la contrée du Matto Grosso. Devant ce démon, dans lequel elle se reconnaissait elle-même, l'Europe, déjà ébranlée, s'effraya enfin. Mais même cela n'aurait pu susciter des mesures en faveur des réductions si les Mamelus n'avaient eu l'insolence de mettre la main sur les mines d'or de Guyata et de Montesquassa. Ce qu'aucune supplication des Pères Jésuites, ce qu'aucun appel à la foi commune ne leur avait permis d'obtenir, était possible maintenant. Non seulement on souffrait leurs armements, mais encore on les souhaitait. « Dieu nous aide, écrivait Ortighi à Montoya. Dieu nous aide, il a poussé les Mamelus à s'emparer des mines d'or du Roi. Ce sont là les voies du Seigneur. » — « Oui, les voies du Seigneur », pensait l'opiniâtre Montoya sceptique, mais sans amertume. Toutefois, il reconnaissait une intervention céleste dans cet aveuglement qui avait frappé les Mamelus et devait les conduire à leur perte.

La Couronne accepta tout ce que les négociateurs demandaient à la suite des conversations très aimables concernant les frais de cet armement et la manière dont les Pères pourraient, en cas de danger, se défendre contre leurs pieux disciples. Mais Ortighi donnait tout apaisement à la Couronne par sa profonde conviction. « Ils étaient plus sûrs de leurs troupeaux que le Roi de son armée. » La Couronne s'étonna et se montra satisfaite. On ne fit même pas allusion à l'idée, venue aux têtes péruviennes, que les Pères Jésuites pourraient s'unir avec leurs troupeaux pour se rebeller.

Ainsi Montoya avait obtenu ce qu'il voulait. L'arche était calfatée, le déluge pouvait venir, se répandre autour d'eux ; l'arche flotterait et résisterait à l'anéantissement.

## TRENTE ANNÉES DE MEURTRE EN EUROPE

Dans les pays crépusculaires des hommes sans couleur — ces hommes dont plusieurs milliers s'étaient déjà rués vers les terres sauvages et vides —, les peuples se tordaient en convulsions. Toutes les richesses qu'ils étaient allé chercher dans le continent nouvellement découvert avaient en vain afflué vers eux ; elles n'avaient apporté aucun apaisement.

Maintenant la ronde infernale se mettait en branle, Blancs contre Blancs.

Tout était empoisonné par le sentiment de la faute et du péché. Fantômes et visions déferlaient en plein jour. On en était arrivé à voir les Blancs se faire la guerre entre eux au nom de la même doctrine, de cette doctrine même qui devait les apaiser. Ils la dépiéçaient, s'en arrachaient des lambeaux, les mettaient comme des couteaux entre leurs dents et se jetaient furieusement les uns contre les autres.

Des décades de meurtre s'abattirent comme pluie et grêle sur la malheureuse humanité blanche.

Trente années dura cette guerre. Mais déjà, au cours des décades précédentes, d'autres guerres de moindre importance avaient annoncé la grande.

Et c'était comme si les hommes blancs s'étaient rendu compte de tout ce qui leur manquait et se fussent jetés les uns sur les autres, préférant leur perte à leur existence.

Ils restèrent là, gisant brisés, lorsque l'orage s'écarta. Des contrées entières étaient transformées en désert. En combattant entre eux, ils n'avaient pas anéanti moins de masses humaines qu'ils ne l'avaient fait aux Nouvelles Indes.

## PAIX SUR LA RÉPUBLIQUE CHRÉTIENNE

Paix sur la république chrétienne du Parana.

C'était un pays doux et fertile où les hommes pouvaient croître et s'étendre. Il y eut bientôt trente colonies. Sur la rive droite du Parana, se trouvaient : Trinidad, San Cosme, Itapua, Jesus, et, plus près de Tebicuary, les colonies de Santa Maria de Fe, Santa Rosa, Santiago, San Ignazio Guazu. Au nord de la province de Paraguay, s'étaient fondées les réductions San Joachim, Belem, Estanislav, tandis qu'entre Parana et Uruguay on comptait de nombreuses colonies anciennes et nouvelles : Yapeyu, La Cruz, Santo Tome, Apostoles, Martires del Japon, San Ignazio Mini, Loretto, Corpus, Santa Ana, San Borja.

Ils étaient maintenant cent cinquante mille hommes. Dans leur domaine, il n'y avait ni mine d'or, ni mine d'argent, mais la canne à sucre, l'indigo et le cotonnier y poussaient en buissons épais. Au début, les feuillages avaient l'air insignifiant ; à la floraison, un calice vert recouvrait les boutons pâles, puis venait la maturité, les bourgeons s'ouvraient, prenaient une teinte jaune d'or sur leur fond sombre dans lequel se bombait la capsule, le fruit ; en éclatant, il secouait une touffe d'un duvet blanc et épais. C'est ainsi que la plante répandait sa semence qui s'envolait librement dans l'air, cherchant un endroit où elle se poserait. Dans ces contrées poussaient également le palmier et le dattier, le cocotier, le figuier et l'olivier. Il y avait des champs de manioc, cette plante dont la racine servait à préparer une fine farine : la cassane. On trouvait également la patate et la pomme de terre. Des forêts entières étaient remplies d'une plante étrange et précieuse : le yerba maté. Il y a des pays qui n'ont que le strict nécessaire et dont les habitants doivent travailler durement pour tirer du sol leur nourriture et celle de leur famille. Puis il y en a d'autres qui ont tout ce dont les hommes ont besoin, mais en maigre quantité et dont les produits restent grossiers. Il y a aussi les pays riches et enfin ceux qui, en outre, comblent leurs habitants de plusieurs manières, grâce à la vigne, à l'opium, aux feuilles de coca. Sur le Parana et le Paraguay, c'était l'arbre à maté qui remplissait ce rôle. Il poussait dru dans les montagnes de l'est, dans le territoire des Tupis, dans les avant-monts, dans les régions des sources de l'Ipahy. Les forêts suivaient l'Uruguay dans son cours supérieur, mais également le Parana sur sa rive droite dans la contrée montagneuse qui sépare le rio Mirangua de l'Igatini et plus à l'ouest, là où on avait établi les réductions de Conception et de Belona, le long du Paraguay. Cet arbre avait la taille d'un pommier du nord. On appelait le maté : caa, ses feuilles : caa-nazu quand elles avaient des nervures et caa-mine quand elles n'en avaient pas. Les gens partaient en groupes dans les forêts pour la cueillette ; ils creusaient des fosses, y vidaient les sacs de feuilles et plaçaient dessus une peau de bœuf qu'ils avaient apportée dans leur voiture, et rebouchaient le trou. Ils laissaient les feuilles dans le sol jusqu'à ce qu'elles fussent sèches, les chargeaient ensuite sur leurs charrettes ou sur leurs bateaux et les portaient à leurs gens. Avec ces feuilles et de l'eau chaude, on faisait une sorte de thé car la sève de l'arbre passait dans l'eau, sans que l'esprit du maté se perdît. Blanc et Bruns se réunissaient autour d'une jatte pleine de cette boisson jaunâtre et légère et restaient des journées entières, une paille dans la bouche, écoutant l'esprit du maté, cet esprit qui résidait dans les montagnes de Jerbales et qui jamais ne leur parlait brutalement. S'ils mettaient beaucoup de feuilles dans l'eau, il les soûlait ; s'ils en prenaient peu, il les rendait gais et paisibles et leur procurait même le sommeil.

Dans les larges plaines du rio de la Plata, les chevaux et le bétail apportés par les premiers conquérants étaient retombés à l'état sauvage ainsi qu'un certain nombre de chiens qui s'étaient enfuis. Ils se multipliaient dans les steppes à travers lesquelles ils erraient. Il y avait de nombreuses espèces d'abeilles : celle qui donnait la cire blanche s'appelait l'opemus. Le Macajua, c'était une sorte de gros moineau qui poursuivait les serpents du pays, petits ou grands, et engageait le combat avec eux. Les Indiens qui séjournaient dans la forêt racontaient que cet oiseau rusait avec les vipères, en cachant sa tête sous son aile et en faisant semblant de dormir. Quand la vipère approchait, brusquement il lui donnait un coup de bec. En réponse, le serpent le mordait et — racontaient les Indiens — le moineau s'envolait de son arbre pour aller manger d'une herbe qu'il connaissait et qui guérissait des morsures de serpent. Il reprenait ensuite son vol pour se relancer dans la bataille, mais, à chaque morsure, il retournait vers son herbe. Il ne lâchait le serpent blessé que lorsqu'il l'avait tué, et puis, il le mangeait.

Une montagne gigantesque longeait la côte de ce continent. Parmi les sommets, aigus ou arrondis, certains étaient couverts de glaces, d'autres crachaient du feu. Les eaux, jaillies des hauteurs, se précipitaient sur les pentes ; le Maranon retombait, au sortir de son lac, dans sa vallée profonde ; après avoir trouvé une issue, il traversait les monts pour gagner ses plaines. Telle une bête indomptée à la crinière flottante, l'Amazone sautait des montagnes dans ses plaines et sa puissance attirait sur d'immenses parcours, à droite et à gauche, d'autres fleuves qui venaient se perdre dans ses eaux. L'Amazone, dans ses crues, submergeait ses rives et portait la dévastation à travers tout le pays, les animaux fuyaient, les oiseaux aquatiques quittaient leurs îles. L'inondation déferlait et souvent l'eau pénétrait avec rage dans la terre ; le flot, comme une mer, grosse de remous, emportait des îles entières avec leurs arbres, leurs plantes, leurs oiseaux, leurs singes et même des hommes. Le courant limoneux bouillonnait contre les troncs de palmiers géants. Les hommes bruns passaient dans leurs bateaux au-dessus des cimes d'arbres engloutis, et allaient s'installer dans les plus hauts feuillages. A côté d'eux, les singes sautaient et les fourmis venues du sol, collaient leurs nids aux branches. Tous ces arbres n'étaient qu'une seule floraison multicolore, un feuillage épanoui. Ces jardins merveilleux couvraient, à perte de vue, la boue. Puis les eaux rendaient peu à peu les collines, les îles et les bancs de sable. Et les hommes se remettaient en route, les tortues regagnaient lentement leur place. C'était maintenant le temps des rivages, la chaleur couvait les dépouilles d'arbres échoués, des plantes aux couleurs vives en jaillissaient, avec leurs immenses tiges.

Les hommes bruns qui avaient confié leur sort aux Jésuites appartenaient bien, eux aussi, à ce continent. Il suivaient la doctrine de leurs nouveaux sorciers qui leur parlaient d'un maître, des animaux, des arbres, des esprits, des naissances et d'un Rédempteur. Mais les douleurs, les tourments spirituels qui avaient donné naissance à cette doctrine étrangère, ne parvenaient pas à pénétrer leurs esprits.

Souvent les Pères du Parana s'étonnaient du soin craintif que mettaient les nouveaux convertis à suivre leurs prescriptions. Pour les Indiens, un sortilège n'aurait pu réussir autrement. Inlassablement, ils ornaient leurs rues, leurs places, chapelles, autels et cimetières. Les Pères n'avaient pas besoin de les pousser ; au contraire, ils devaient calmer leur zèle excessif ! Et les Indiens taillaient et clouaient de grandes croix de bois qu'ils dressaient au bout de leurs rues droites. Ils construisaient de petites chapelles en bois, à l'extérieur des Réductions, et les jours de fête, les processions s'y rendaient. Chaque arbre des allées faisait l'objet de leurs soins particuliers et ils transformaient leurs villages en palmeraies ou en orangeries. Ce n'étaient pas eux qui avaient choisi la place des établissements, ni qui avaient dessiné les plans, mais ils les faisaient leurs avec ces petites maisons, ces rues, ces églises, ces chapelles, ils faisaient leurs ces villages dans lesquels ils avaient introduit leurs fleurs, leurs plantes, leurs arbres et autour desquels, dans la plaine, s'assemblaient des nuées d'animaux : oiseaux, singes, bêtes de trait, bœufs, chevaux et bêtes sauvages de la steppe.

Autour des églises, ils traçaient les limites des cimetières, plantant des rangées de cyprès, d'orangers, de citronniers sous lesquels ils couchaient ceux qui étaient morts et devaient attendre le jour où retentiraient les trompettes du Jugement Dernier pour ressusciter et ne plus avoir à craindre la mort. Ils traçaient à travers leurs cimetières de grandes allées centrales et, au milieu, plantaient des croix ; aux extrémités, près de la clôture, ils avaient élevé de petites chapelles dans lesquelles on se rendait chaque lundi pour entendre la messe des morts.

Dans leurs églises, il y avait un côté pour les hommes, un côté pour les femmes, selon les prescriptions du grand Charles Borromée, une barrière séparant les deux parties. Tout en avant étaient placés les enfants, derrière eux leurs surveillants, avec leurs baguettes, plus en arrière, les jeunes gens et leurs surveillants, puis les adultes.

Ils ornaient de beaux tableaux, selon leurs moyens, les salles communes où les femmes filaient, tissaient et tressaient des nattes. Ces tableaux montraient à ceux qui ne savaient pas lire, le chemin de douleur qu'avait suivi le Seigneur, et les joies du ciel.

Déjà, lors de l'expédition du Père Emmanuel entre Sao Paulo et Guayra, les cantiques avaient attiré les Indiens.

Leurs enfants eux-mêmes apprirent ces chants merveilleux par lesquels ils louaient, imploraient le Seigneur et lui rendaient grâces. Les adultes formaient des orchestres. Ils s'étaient fabriqué des violons, des violoncelles, des fifres, des trompettes et même de petites orgues.

Ils faisaient preuve d'un penchant extraordinaire pour convertir les autres. Ils allaient, aussi souvent qu'on le leur permettait, dans les villages des forêts d'où ils étaient originaires et qu'ils avaient quittés. Ils y recherchaient leurs amis et parents, les invitaient chez eux, les traitaient avec générosité, les conduisant partout et les entraînant à la chapelle pour l'instruction. Leur patience n'avait pas de bornes, ils se donnaient beaucoup de peine, s'exposant même aux moqueries et aux vexations. Mais quelle joie dans les villages lorsqu'une fois de plus, un ami était gagné à leur nouvel idéal.

Les Pères leur avaient expliqué ce qu'était le péché et ils suivaient à la lettre leurs prescriptions. Comme le ciel et l'enfer dépendaient de leur conduite, ils se trouvaient souvent tourmentés par des cas de conscience et, pris de doute, ils accouraient tous vers les Pères qui avaient fort à faire pour les tranquilliser. Les scrupules des Indiens étaient sans limites. Ils se confessaient à Noël, à Pâques, à la Pentecôte, le jour de la fête du Patron de leur église et aux jubilés proclamés par le Saint-Père.

La vie qui avait commencé sombre et sévère dans ces colonies, devenait peu à peu plus facile. Les Indiens suivaient les Blancs et faisaient preuve de bonnes dispositions pour tout apprendre. Ils surent rapidement se servir de pierres pour la construction des maisons, cuire des briques et tisser des tapis. Lorsque l'on vivait longtemps en paix, on ouvrait des ateliers pour les peintres, les doreurs, les orfèvres, les serruriers, pour les ébénistes, les menuisiers, horlogers, tisserands et fondeurs.

Les marchandises qu'ils commençaient à produire en quantités toujours croissantes, dès qu'ils sentaient leur vie plus en sûreté, étaient différentes selon les régions qu'ils habitaient. Près des tropiques, ils cultivaient le coton et le maïs, récoltaient le miel et la cire. Dans d'autres endroits, on plantait le chanvre et le blé ; partout on trouvait beaucoup de bétail et du maté.

Les huttes et les maisons appartenaient à la communauté et toute la production était envoyée dans les entrepôts publics pour être répartie équitablement. On mettait de côté la part des veuves et des orphelins, celle de l'église et des autorités que les villages s'étaient choisies, et enfin la réserve pour les catastrophes possibles. Le surplus allait au commerce et on en retirait les sommes nécessaires pour le paiement du tribut, pour les armes dont on avait besoin, les pierreries, l'or et l'argent qui servaient à décorer les églises.

Tout était ainsi réparti équitablement.

Comme ils avaient l'oreille juste et un sens de la musique très développé, tous leurs visiteurs étaient pleins d'admiration pour leurs chœurs.

Les Pères ne leur enseignaient pas l'espagnol. Ils savaient ce qu'ils faisaient ; ils préféraient leur apprendre le latin. La Couronne d'Espagne, alertée par les provinces voisines toujours aussi hostiles, mit un certain temps à en être informée et recommanda aux Pères de ne pas délaisser la langue officielle.

Les Pères Jésuites, les directeurs (les plus vieux étaient chargés de l'administration générale, les plus jeunes du service spirituel et extérieur) habitaient dans les mêmes maisons que les Indiens et ne jouissaient d'aucun privilège.

Ainsi, l'arche de Noé dont le Frère Montoya avait commencé la construction avec ses Pères ne pouvait manquer de solidité.

La haine des contrées voisines et du monde plus lointain bouillonnait autour de cette nouvelle création qui s'élevait toujours davantage et se faisait plus visible. Montoya et ses gens n'avaient plus rien à craindre des forêts, des steppes et des fleuves avec leurs insectes innombrables, leurs oiseaux, leurs tigres, de tout cela qui avait jeté le jeune Mariana dans une ombre épaisse, une confusion pleine d'enchantements où il s'était abandonné et avait péri.

Il n'y avait plus cette Maladonata, cette chatte rouge qui enveloppait Emmanuel de ses bruits légers et de ses chants : Emmanuel lui-même qui avait compris que le flot des Tupis et du Roi Riubuni déferlait vers eux et qui avait vu l'auréole du crime, la mer verte et houleuse, la vague triomphante et la faux sifflant et frappant. Quant à la forêt, grouillante d'oiseaux, d'animaux, de fourmis et de serpents, qui, ravie et retenant son souffle avait accueilli les Jésuites, elle ne voyait plus cette troupe mystérieuse de spectres tels que bois et plaines n'en avaient jamais vu, qui, glissant sur l'eau des étangs, n'avaient pas disparu dans les flots, et avaient conservé toute leur densité et leur forme humaine, drapée de noir.

Tout cela était fini. Montoya, dur, fier et froid, se retirait avec les Pères dans sa forteresse. Il refermait les portes et relevait les ponts. Ils avaient pris avec eux toute une multitude grouillante et plaintive d'hommes bruns.

Les Pères, de même que les peuples qu'ils avaient sous leur protection, devinrent plus sûrs d'eux-mêmes et plus décidés. Et en même temps que leur assurance, leur courage augmentait encore. Ils ne se contentaient plus des tribus de toute la région du Parana moyen qui affluaient vers eux, entre ce fleuve et le Paraguay. Ils envoyèrent des messagers dans la province de Chili, vers les Indiens du Sud. Le Père Mascardi y alla et établit une mission dans l'île de Nahuel Huapi. Le Père Arce, lui, se rendit chez les Panocis où il fonda San Raphaël et San François Xavier.

Enfin les Pères Zea et Hervas propagèrent la foi chez les Chicitos.

Et plus ils s'étendaient, plus la rancœur des Blancs augmentait. Lorsqu'il se produisait des révoltes d'Indiens, on les attribuait à leurs machinations.

## VISITE OFFICIELLE A YAPEYU

Jours de fête à Yapeyu sur le Parana.

Les colonies étaient en pleine prospérité.

On avait annoncé de Tucuman qu'un inspecteur royal, le conseiller Franciscus Alvaro, était en route, passant par Cordua et Asuncion. Yapeyu était la résidence fixe du Supérieur de la Province et c'est là, en aval du confluent de l'Ibicu, que Montoya voulait recevoir l'envoyé royal. Avec Montoya arriva l'évêque d'Asuncion qui effectuait justement un voyage à travers les nouvelles réductions. Montoya n'était plus le jeune homme qui avait accompagné Torrez auprès d'Emmanuel. C'était maintenant un homme large et trapu, sans barbe, car lui et les autres Pères qui s'étaient établis dans ces régions pour y catéchiser et administrer, avaient rasé leur barbe sauvage de voyageur. Maintenant, Montoya était grisonnant ; ses tempes blanchissaient et sur son visage anguleux et plus maigre se lisait une sévérité fanatique. Ses yeux, sous les puissantes arcades de son front, avaient un regard perçant et mobile. Il allait à cheval, accompagné d'une troupe de cavaliers bruns, avec, à son côté, le nouvel évêque d'Asuncion qu'il était allé chercher : Félix, un homme de son âge, élancé, digne et noble d'allure.

L'évêque Félix, un Italien, était d'une tout autre nature que son prédécesseur Dom Reginaldo de Lizayragu qui, avec ce gouverneur si distingué, se lamentait de devoir séjourner dans ce triste pays.

Félix se tenait en selle comme un cavalier et semblait goûter la douceur du paysage. Il se dressait parfois sur ses étriers pour regarder de côté ou en arrière. Ils traversaient les épais buissons de bambous qui s'étendaient le long du fleuve sur les talus dominant les fossés latéraux, pleins d'eau dormante. Son visage, où se lisait la bienveillance, était grave et paisible. Une barbe brune l'encadrait et ses yeux noirs se portaient mélancoliquement sur le paysage, semblant le questionner et le saluer. Il allait maintenant à cheval sur les rives du Parana. Rome, Florence, Ferrare qu'il avait quittées, abandonnant ses études classiques pour ne plus entendre les horribles bruits de guerre de l'Europe, étaient loin désormais. Il rêvait au charme d'un paysage méridional et à une grande paix.

Il avait un motif spécial pour visiter ces réductions fondées par les Jésuites, et dont la renommée était si étrange. Il suivait, en effet, les traces de son neveu, le jeune Gonzales de Santa Cruz qui, après avoir vécu avec lui a Asuncion, disparut un jour pour rejoindre ces établissements. « Quelle raison a donc poussé mon Gonzales, si sauvage et si fermé, à se transplanter ici ? Il y a déjà longtemps — deux, trois ans — qu'il se terre dans cette contrée. Il aurait très bien pu devenir mon premier vicaire, malgré son jeune âge, et vivre toujours à Asuncion où il est né. Je n'aurais certes pas eu, en pareil cas, l'idée de venir dans ce monde étrange, où l'on se croit sur une autre planète. »

Comme ils n'étaient plus qu'à quelques lieues de Yapeyu, ils virent soudain s'agiter l'herbe de la steppe ; il en surgit des têtes coiffées de plumes : c'étaient des Indiens à cheval, une troupe assez importante. Félix, effrayé, se tourna vers Montoya qui les avait vus depuis longtemps et qui lui dit tranquillement : « Nous allons nous arrêter et les attendre. On veut vous accueillir. »

Les premiers cavaliers étaient déjà auprès d'eux. C'était une compagnie à cheval de Yapeyu, venue chercher solennellement l'hôte épiscopal. Sur une place libre, assez loin de la rive, le gros de la troupe — de solides cavaliers, armés de lances — les rejoignit. Ils déployèrent leurs étendards, paradant sur leurs chevaux en colonnes bien alignées. Puis, s'étant arrêtés, ils sautèrent de cheval et vinrent se jeter sur le sol, à proximité de l'évêque. Montoya murmura : « Ils attendent votre bénédiction. » Félix, captivé par ce spectacle, leva la main et dit quelques mots. Déjà les hommes étaient remontés en selle et se regroupaient. Ils prirent leur hôte et sa suite au milieu d'eux ; les étendards flottaient à leur tête ; la musique, tambours et trompettes, retentissait.

En chevauchant, l'évêque attira Montoya près de lui. Ils avaient à peine parlé pendant la plus grande partie de la route, car l'évêque, d'habitude très gai et loquace, ne savait plus que dire à cet homme si renfermé, une fois échangées les premières politesses. Comment pouvait-il se faire que son jeune et brave Gonzales pût se plaire parmi des gens aussi moroses ? Félix tourna vers Montoya son noble visage : « Dites-moi, Père Montoya, qu'est-ce donc que cela ? Je suis vraiment étonné. Sont-ce vos gens ? » — « Une compagnie de Yapeyu. » — « Et vous en avez d'autres ? » — « Ils ont envoyé l'une des compagnies en avant ; je suppose que l'on vous attend aux portes avec la seconde. » — « Quoi ? Mon Dieu, et ils sont tous armés, montés et instruits militairement ? » — « Naturellement. » — « On m'en avait déjà parlé, mais je ne me représentais pas cela de cette façon. »

Montoya jeta un regard indifférent sur son compagnon. Tandis qu'ils trottaient lentement, Félix poursuivait ses réflexions. Me voilà, ici, dans un véritable État, et l'on m'accueille avec une formation militaire. La chose est troublante. Ces disciples de saint Ignace ne manquent ni d'aplomb ni d'audace. Ils ont même des drapeaux. Que ne se permettent-ils pas ? C'est vraiment incroyable ! Ceux de là-bas ne s'imaginent pas cela. Quels yeux ouvriraient-ils s'ils le voyaient.

« Dites, Père Montoya, les autres réductions ont-elles également leurs cavaliers, sont-elles armées ? » — « Naturellement. » — « Mais n'est-ce pas dangereux ? Je vous assure que tout à l'heure quand je les ai vus arriver, j'ai eu un battement de cœur. » — « Pour qui, dangereux ? » — « Mais pour les villes des Blancs. » — « Ils nous obéissent. Nous n'avons d'ailleurs pas besoin de leur donner d'ordres, nous leur montrons simplement où est leur bien, et ils constatent toujours que nous avons raison. » — « Mais s'ils s'abattaient sur nos villes ? » — « Cela ne leur vient même pas à l'esprit. » — « C'était simplement une idée que je me faisais. » — « Nos gens n'ont aucunement le désir de s'approprier les vices des cités, et les citadins raisonnables ne les craignent pas. Du reste, comment des tigres et des lions auraient-ils peur d'un troupeau de moutons ! »

L'évêque sursauta : « Mais, pour vous, qui est le tigre et le lion ? » — « Nos gens, certes pas. » — « Les habitants de nos villes ? Sont-ils réellement si terribles ? »

Le visage de Montoya tressaillit et il dit, sans regarder l'évêque : « Plus maintenant. »

La seconde compagnie de cavaliers était disposée à la porte de la ville dont sortaient justement, avec tous les insignes de leur dignité, les notables indiens : corrégidor et fonctionnaires municipaux de différents grades. Le Père Vicentius Griffi, qui exerçait les fonctions spirituelles dans la ville, s'approcha à pied de l'évêque, et, derrière lui venait, pour la grande joie de Félix, son cher Gonzales. Il embrassa la main de l'évêque qui descendit de cheval et le prit par le bras pour l'examiner : « Pas changé, pas changé, tout à fait le même qu'autrefois. » Mais, en le regardant mieux, il vit qu'il s'était transformé. Toutefois l'évêque n'eut pas beaucoup de temps pour s'abandonner à ses pensées.

Les gens de la réduction s'étaient efforcés de tout préparer pour recevoir dignement l'évêque ainsi que l'inspecteur royal qui devait arriver en même temps que lui ou un peu après. Ils avaient rapporté des fleurs de la campagne pour orner l'église, dressé des arcs de triomphe dans les rues principales et tendu des guirlandes. Ils avaient une manière bien à eux de faire leur décoration : ils allaient à la pêche et à la chasse, prenaient dans le fleuve des poissons magnifiques, tuaient des tigres et d'autres fauves et attrapaient des oiseaux. Le produit de leur pêche, ils l'accrochaient entre les grandes feuilles de palmes de leurs guirlandes et, ayant vidé les fauves, ils en suspendaient les dépouilles énormes aux piliers des arcs de triomphe. En outre, ils avaient fixé dans les feuillages verts, par de longs fils, des colibris et perroquets muticolores. Toute cette multitude d'oiseaux s'élevait, en battant des ailes, au-dessus des guirlandes. On avait apporté dans la ville de grandes quantités de feuillages qui, jonchant le sol depuis la porte jusqu'à l'église, formaient un immense tapis. Devant toutes les maisons on voyait des fleurs, des fruits et des oiseaux.

C'est ainsi, derrière un peloton de cavaliers, au son des cloches et d'une musique éclatante, que l'évêque entra dans la joyeuse Yapeyu, inondée de soleil. Les habitants, serrés des deux côtés de la rue, criaient vers lui leur allégresse ; Montoya, le Supérieur, Père Griffi et Gonzales marchaient derrière lui. Jamais l'évêque italien n'aurait pu imaginer un tel spectacle. Il pensait, tout en donnant sa bénédiction à droite et à gauche, à ce qu'il écrirait à Rome, dans ses rapports au sujet de cette réception et de son voyage. A vrai dire, on ne pouvait que louer tout cela, mais au fond, c'était inattendu et même quelque peu profane. De l'infanterie indienne et, notamment, une troupe armée d'arquebuses, terminait le cortège. La musique s'était tue ; on approchait de l'église : les cavaliers firent place à l'évêque, aux religieux et aux notabilités locales. De l'église leur parvenait une musique d'orgues. Lorsqu'ils entrèrent, ils furent environnés par les chants clairs et légers d'un chœur d'enfants. Les femmes qui avaient accroché des fleurs sur leur poitrine étaient à genoux dans l'église, et, tandis que l'évêque priait devant l'autel, on entendait leurs sanglots. Le *Te Deum* retentit.

L'évêque quitta l'église et on le conduisit à la maison préparée pour son séjour. Elle ne se distinguait pas des autres mais on avait étendu des étoffes molles et des draps de lin sur un lit, mis des peaux sur le sol et installé une table et quelques tabourets. En chemin, il fut frappé de voir devant un certain nombre de maisons des coupes et des corbeilles, pleine de maïs et d'autres graines. Comme il demandait ce que cela signifiait, on lui répondit que c'étaient des semences que l'on avait placées sur son passage afin qu'elle reçussent un peu des bénédictions qu'il donnerait en traversant la ville. Il remarqua ensuite des animaux qui jouaient au pied des poteaux supportant les guirlandes. Ils ressemblaient à des chiens de petite et moyenne tailles, mais s'en distinguaient par leur démarche féline. Comme il gagnait sa maison, ils sautèrent haut vers lui et il lui sembla qu'on attendait de lui un sourire, une parole amicale. Obéissant, il sourit et demanda à Montoya comment s'appelaient ces animaux. Il apprit que c'étaient de jeunes tigres.

Il eut toute une journée pour se remettre de son étonnement car l'inspecteur royal avait été retardé. Le soir, on organisa un repas en son honneur dans le bâtiment spacieux des magistrats. Il resta encore une heure avec les trois Pères de la Compagnie de Jésus, devant une coupe de maté. Il remarqua alors combien son Gonzales s'était transformé. Quels hommes, ces Jésuites ! Et Gonzales avait adopté leurs manières. Des hommes sages, pratiques, sérieux, capables parfois de rire, s'intéressant à tout, mais de ce seul point de vue : le salut des âmes. C'était bien, mais cela pouvait dépasser la mesure et fatiguer. Cela devient ennuyeux, pauvre et agaçant à la longue, pensait l'évêque Félix, estimant que quelques semaines sont déjà trop. Il était assis avec ces jeunes gens — car bien que Montoya eût à peu près son âge, il le considérait lui aussi comme jeune et de la même génération que Griffi et que son Gonzales si froid —, il était assis parmi eux, à vrai dire seulement pour les observer. « C'est une société bien sévère que celle des Jésuites, trouvait-il ; l'Église peut avoir confiance en eux, mais ils sont quand même très provocants. Ils me baisent la main alors qu'au fond ils me repoussent et me condamnent ; ils sont sans pitié et bien de la même espèce que ceux qui, en Europe, entourent les princes et les rois, que ceux dont le Pape lui-même ne peut se défendre et qui poussent à la guerre contre tout ce qui n'est pas catholique. En tout, ils ne savent que trancher. »

Le jour suivant, son Gonzales finit par venir le trouver et il put essayer de s'entretenir seul avec lui. Cependant, à son grand désespoir, ce n'était pas réellement Gonzales qui parlait, mais un jeune disciple d'Ignace de Loyola. Les Pères l'avaient à ce point transformé.

Félix avait les *Odes* d'Horace sur lui et il fit allusion aux vers gracieux que, une fois de plus, le Pape venait de composer : transposition des psaumes de David sur le modèle de l'antiquité. Le jeune homme restait silencieux. « Ne joues-tu plus de la flûte ? » demanda Félix, tout en pressentant la douleur que l'attitude de son neveu lui réserverait. « Si, répondit Gonzales, et je te suis reconnaissant, mon oncle, pour le bel instrument dont tu m'as fait cadeau. Ils apprennent tous la flûte, grâce à elle je suis leur professeur. » — « Voilà qui me plaît, et cela t'est-il agréable ? » — « Comment pourrait-il en être autrement quand je lis sur leurs visages rayonnants la joie avec laquelle ils m'écoutent et apprennent ! » — « Vous êtes un genre d'Orphée, qui mettait les murailles en mouvement par sa musique. » — « Il ne faut pas croire cependant qu'ils soient des pierres. »

« Que pourrais-je encore dire sans qu'il me contredise ? » Félix loua l'immense travail que les Pères Jésuites effectuaient et dit le bonheur qu'il avait à voir son jeune neveu en fonction ici, bien que dans un monde encore peu civilisé, alors qu'il avait abandonné Asuncion où une brillante carrière lui était réservée. « Qu'allons-nous devenir ? » dit l'évêque en souriant, à demi sérieux et frottant l'une contre l'autre ses mains fines, charnues et couvertes de bagues. « Qu'allons-nous devenir si notre jeune espoir qui nous remplit de fierté nous abandonne ? Finalement, nous existons aussi, nous, les Blancs, et nous vivons dans les villes. »

Gonzales fixa un regard grave, droit devant lui, pinça les lèvres d'une façon que Félix connaissait et aimait bien, puis il rejeta la tête en arrière, dur et résolu, copiant les gestes de Montoya. Ah ! ces Jésuites le lui avaient bien abîmé ! « Qu'importent les villes, déclara ce Gonzales, je pourrais même dire, qu'importent les Blancs, mon oncle ! L'Évangile ne parle pas de Blancs, il ne connaît que les païens et les fidèles. » Et aussitôt, Gonzales commença à s'en prendre aux villes, sans épargner Asuncion, cette Asuncion où il était né lui-même et où Félix avait voulu faire de lui son vicaire général. Il parlait d'Asuncion et des villes de Blancs en général comme si elles n'avaient été que repaires de scélératesse.

L'évêque, malheureux, glissa ses mains, qui ne lui servaient à rien, sous sa ceinture. Il aurait même voulu se cacher tout à fait : « Gonzales, il y a quand même finalement bien d'autres choses dans nos villes. Je les critique sur beaucoup de points, mais je trouve qu'il faut les conserver. »

Malgré cette réponse calme, le jeune prêtre maintint sa condamnation : c'était la voix des autres qui parlait par sa bouche. Quel genre d'hommes, quelle espèce d'hommes ! Ce ne sont même pas des hommes, car tous les hommes se reposent de temps en temps, mais un Jésuite reste Jésuite le matin, Jésuite le midi, Jésuite le soir. Ils sondent les âmes, les fouettent, les poussent à chaque heure du jour. Quelle génération d'hommes apparaît avec eux ? A qui l'Église s'est-elle vendue ? Au fond que veut-elle sauver grâce à eux ?

Lorsque Gonzales eut terminé son réquisitoire — ces gens traitent les hommes de mon espèce exactement comme s'ils étaient des cubes avec lesquels on ne veut plus jouer —, lorsque Gonzales eut fini, l'évêque s'appuya paisiblement contre son dossier, ferma les yeux, caressa sa barbe douce et onduleuse et se reprit. En plus du reste, il fallait bien surmonter cela. « Je crois, mon cher Gonzales, que ton père aurait mieux fait de te pousser à être moine tout à fait. Peut-être le feras-tu encore ? »

Félix, pour se protéger, avait fermé les yeux et il ne vit pas le hochement de tête, dur et brutal, de Gonzales, mais il entendit cette phrase brusque : « Dans un cloître, nous, c'est cela qui vous ferait plaisir ? »

L'évêque se leva et lui frappa doucement sur l'épaule.

« Vous », avait-il dit. C'était bien ce qu'il avait supposé.

## OPINIONS DIVERGENTES SUR DIFFÉRENTES QUESTIONS

Le jour suivant, l'inspecteur du Roi, le conseiller Alvaro, arriva enfin. Macéta, déjà vieux mais toujours prêt à prendre la route, s'était joint à lui. A vrai dire, cette visite de l'inspecteur n'était pas nécessaire, car l'ordonnance qu'il avait à publier ne concernait pas les établissements jésuites. Toutefois, le vice-roi du Pérou lui avait conseillé de saluer les Jésuites au passage et de voir leur grande œuvre. C'est de l'Hôtel de Ville, ce bâtiment simple, pauvre même, mais spacieux, le seul de l'endroit ayant des fenêtres, que l'Inspecteur lut à haute voix l'ordonnance royale. Elle était contenue dans un écrit, adressé au vice-roi. L'évêque et les Pères de la Compagnie de Jésus l'écoutèrent.

« A mon Cousin, Conseiller d'État et Gentilhomme, à mon Vice-Roi, Gouverneur et Capitaine Général du Pérou, à tous et un chacun qui détiennent le pouvoir : Vous n'aurez pas omis de prendre en considération les différentes ordonnances royales, adressées par moi et par les rois, mes ancêtres, décidant que les Indiens de cette province doivent jouir de toute leur liberté et être considérés, au même titre que les autres, comme libres vassaux de mon royaume. Vous savez également que ceci est incompatible avec le service personnel, qui, en maints endroits, a été substitué au tribut imposé aux Indiens et qu'il a été expressément ordonné à plusieurs reprises de réprimer ce service personnel et de le transformer en un tribut payable en or, en céréales, maïs, mayola, volaille, poissons, coton, fourrages, miel et légumes. Cependant je suis informé que, malgré ces interdictions répétées, le service personnel subsiste toujours au grand préjudice de ces peuples que les concessionnaires espagnols considèrent et traitent comme esclaves. En conséquence de quoi, j'ai pris la décision de vous faire savoir, de vous ordonner, comme je le fais, par le présent écrit, de ne pas hésiter, dès sa réception, à faire cesser définitivement cette situation et ces services personnels en quelque lieu, et en quelque forme qu'ils se présentent dans les provinces. »

En outre, une lettre était jointe à l'ordonnance du Roi, montrant avec évidence l'attention particulière qu'il portait à cette affaire : « Vous ne perdrez pas de vue, mon Cousin, Conseiller d'État et Gentilhomme, mon Vice-Roi, Gouverneur et Capitaine Général, que je me sentirais offensé par le moindre retard et aggravation dans cette affaire et que, outre des rapports fidèles et complets, que je vous prie de m'adresser, vous aurez à répondre sur votre conscience des dommages que supporteraient les Indiens, dommages qu'il vous incombera de réparer.

« A Madrid, par ordre du Roi, notre Maître, Don Ferdinand de Contrerras. »

Aucune parole ne fut échangée à la suite de cette lecture. Les pensées des auditeurs divergeaient au sujet de cet écrit.

Ils partirent ensuite à cheval, l'évêque et l'inspecteur, accompagnés du Père Montoya, de Griffi et du jeune Gonzales. Ils allaient visiter les pâturages et les étables.

En chemin, Félix parla des chasses aux bestiaux qu'il avait vues près d'Asuncion. « Il y a dans ces Indiens une force primitive. On est surpris de l'adresse avec laquelle ils caracolent sur leurs chevaux. Quand on les voit traîner à travers la ville, on ne les croit capables que de rien faire. Je suis pourtant bien disposé envers eux mais je n'ai jamais pu les souffrir dans la ville avec leur nonchalance et la lenteur de leurs pensées. Ah, Dieu ! quel temps il leur faut à ces malheureux pour comprendre quelque chose. A la campagne, ils sont comme transformés ; ils restent, malgré tout, des sauvages. Je suis émerveillé chaque fois : ils se tiennent à cheval, chaque gaillard a dans la main une hache, accrochée à une longue corde qu'il enroule autour de son bras. Puis, ils se lancent en chasse et quand ils sont sur un troupeau qui se sauve devant eux, ils jettent la hache dans les pattes des bêtes. Cette hache a un tranchant de demi-lune, lorsqu'elle touche, elle sectionne un nerf, juste un nerf, et l'animal s'écroule. » — « Et qu'en font-ils ensuite ? Il ne peut plus marcher ? » — « Certes, non. Où le conduiraient-ils ? Des étables, il n'en est que peu chez nous ; la nature est une seule et immense étable. Ce pays est vraiment favorisé et vous ôte tout peine. Quand la bête est abattue, ils la vident sur place comme s'ils étaient dans un abattoir et emportent seulement la bonne viande et la peau, laissant le surplus. Les vautours viennent s'installer sur la dépouille. Au reste, il y a peu de vautours ici. Chez nous, on les voit voler par bandes entières. » Le jeune Gonzales : « Cela tient, mon cher oncle, à ce que nous avons chassé vers vous tous les vautours. Chez nous, ils ne trouveraient rien. » —« Oui, pourquoi ? Est-ce qu'ici les gens emportent la bête tout entière ? » — « Nous ne leur permettons pas de chasser car nous estimons que cette chasse n'est pas chrétienne ; nous élevons le bétail. »

Quel air insolent et pédant ! On ne peut pas ouvrir la bouche sans qu'ils sachent tout mieux que vous ! « C'est vraiment une nouveauté pour moi, Gonzales, vous vous donnez beaucoup de peine. »

Le vieux Macéta se mêla à la conversation pour amener une détente : « Naturellement nous avons autant de bétail dans nos plaines qu'il y en a dans les environs d'Asuncion. Cependant nous voulons garder ces gens dans notre voisinage, nous cherchons à leur faire perdre l'habitude de cette pratique de la hache que nous connaissons bien mais qui ne nous plaît pas. » Cela allait déjà mieux, tout au moins en ce qui concerne le ton.

L'évêque pensait : c'est quand même beau de voir ces gens sur leurs chevaux lancer leurs haches. Il déclara : « Je vois que vous vous intéressez aux moindres détails. Et comment chassez-vous les chevaux ? Les peaux brunes font cela chez nous avec une adresse extraordinaire. A vrai dire, ils sont paresseux. Autrefois, ils se mettaient en selle et se lançaient à la poursuite des troupeaux de chevaux à travers les steppes, faisant tournoyer le lasso au-dessus de leut tête avant de le lancer. Que font maintenant nos paresseux ? Je n'ai pu m'empêcher de rire lorsque j'ai vu cela. Ils recherchent dans la steppe un endroit où les chevaux passent toujours. Là, ils dressent une sorte de barricade, une barrière et se couchent à proximité. Quand les chevaux arrivent, ils sont naturellement forcés de ralentir leur course, de s'arrêter devant la barrière ou, éventuellement, de faire demi-tour. Aussitôt nos paresseux se mettent en mouvement et lancent leur lasso en toute tranquillité. » Macéta : « Nous gardons nos chevaux dans les prairies et dans les écuries. Comme nous en possédons là suffisamment, nous n'avons à nous occuper que de l'élevage. Il y a déjà longtemps que nous ne chassons plus du tout. » Ah, ces affreux Jésuites, pensa l'évêque. Voilà maintenant le vieux bonhomme qui s'en mêle.

Et pendant qu'ils chevauchaient, le ciel se couvrit brusquement. Un gros orage s'élevait. Lorsque les premières gouttes tombèrent, l'évêque fit demi-tour. Il était mécontent, mais ne le montrait pas. Il n'écouta plus, tandis qu'il allait au trot, ce que lui racontait encore Macéta sur le développement de leurs stations d'élevage. Celles d'ici n'étaient que de faible importance ; il aurait fallu visiter les réductions plus au nord. L'évêque ne répondit pas ; il n'avait aucunement l'intention de voir ces stations.

Comme l'inspecteur se trouvait l'après-midi dans la chambre de l'évêque, Félix lui demanda : « Restez-vous encore longtemps ici ? Moi, je pars demain ou après-demain. » — « Dommage, je vous aurais volontiers accompagné durant votre retour, mais je voudrais encore voir différentes choses sur le Parana, pour une fois que j'y suis.

Cela intéressera le vice-roi. » — « Oui, restez. C'est, pour tout le monde, du plus grand intérêt de voir ce que réalisent les Pères de la Compagnie de Jésus. C'est tout à fait renversant. J'étais prévenu, mais cela m'a quand même surpris. » — « Quelle paix et quel ordre ! » — « N'est-ce pas, quelle discipline ! On a vraiment honte quand on pense à nos villes. » Le conseiller se mit à rire. « Non, bien sûr. Ce sont quand même des Blancs qui sont dans nos villes, et ils se laisseraient difficilement commander de la sorte. » — « C'est bien cela, commander. Vous voyez, vous avez dit le mot juste ; cela me plaît. Ils commandent ! »

« Certainement, ils commandent pour tout. Ils ne laissent rien à l'initiative de ces gens. Ils ont déterminé quelle doit être la hauteur du col de l'habit des hommes et c'est ainsi que l'on confectionne tous les vêtements. Tout le monde les porte ainsi, et on n'admet pas une seule exception. Les gens sont contents comme cela. » L'évêque : « Sont-ils vraiment contents ? » — « Mais oui, ils le sont ! J'ai envie de rester ici pour étudier de plus près cette expérience, mais je l'ai déjà bien remarqué — il y a longtemps que je vis au milieu des Indiens là-haut dans le nord —, les Pères Jésuites ont trouvé la formule magique pour traiter ces gens, en tirer quelque chose. Ils les laissent dans leurs tribus et leurs familles ; ils les protègent, comme ils disent, et en outre, ils les imprègnent de christianisme. » — « Pourquoi souriez-vous, conseiller ? » Ce dernier murmura : « Le christianisme est ici quelque chose de réellement comique, ne l'avez-vous pas remarqué, Monseigneur ? On s'en réjouit. Les Pères ont réussi cela avec une adresse vraiment extraordinaire. »

L'évêque, nerveux, faisait courir ses doigts sur ses genoux : « Dans ces conditions, nous autres, moines et évêques, nous devrions nous sentir honteux. » — « Ce n'est pas ce que je voulais dire, l'un fait comme ceci, l'autre comme cela. Certes, il n'y a qu'un christianisme, mais on peut l'enseigner différemment. Ici, ils ont réussi d'une façon remarquable. Mais vraiment on est parfois forcé de rire. En tant que Blanc, on se demande ce que le christianisme a à voir avec des pantoufles. Père Macéta, ce vieil homme qui a encore connu le Père Emmanuel, me disait dernièrement qu'en raison des scrupules sans nombre de ces gens il fallait pour tout leur donner des règlements très précis. Ils se dénoncent réciproquement, non par méchanceté ou pour un quelconque avantage, mais pour inciter à la confession les pécheurs qui peuvent se trouver parmi eux. Ces derniers eux-mêmes ne sont contents que lorsqu'ils ont reçu leur punition, à l'église ou sur la place du marché : quelques coups de bâton sans conséquence ou quelque chose du même genre. Verrait-on jamais cela chez nous ? »

« Qu'est-ce que cette histoire de pantoufles ? » — « Eh bien, le Père Macéta m'a dit : "Ces gens sont si consciencieux et si stricts pour eux-mêmes qu'ils confessent comme un péché le fait de n'avoir pas rangé leurs pantoufles au bon endroit dans leur chambre." En effet, il est prévu dans chaque maison un endroit bien déterminé pour y placer les pantoufles. Naturellement, ce n'est qu'une question d'ordre, mais ils prennent les choses tout autrement et avec un sérieux terrible. Du reste, c'est d'un point de vue purement économique que je veux encore examiner tout cela de près. Comment ils pratiquent l'élevage, comment ils traitent leurs bêtes, voilà un chapitre important. Ils nous dépasseront bientôt s'ils continuent de la même manière. »

« Mais quoi donc, mon cher conseiller. Les bœufs et les chevaux courent en liberté par dizaines, par centaines de mille, les tigres en dévorent ; cela ne les empêche pas de se multiplier à l'état sauvage, même sans Jésuites et sans étables. Qu'ils installent des stations d'élevage, qu'ils soignent les bœufs et élèvent les jeunes, mon Dieu, je trouve en vérité tout cela parfaitement ridicule ! »

Le conseiller restait sérieux et examinait l'évêque. « Vous,

vous en voulez aux Jésuites ! » — « Mais, pour l'amour de Dieu, qu'allez-vous penser là ! Nous parlons économie. » — « Vous ne seriez pas le premier, pas même le premier évêque d'Asuncion qui ne voudrait rien avoir à faire avec eux. Je comprends cela facilement, ces gens ont la tête si dure ! Mais leur méthode de traiter les Indiens ne doit pas être rejetée tout simplement. Il y en a tant qui n'ont apporté que dévastations chez les Indiens et qui continuent à le faire. Où allons-nous si plus tard, dans ce pays vidé de son or, on ne trouve plus un seul travailleur, mais rien que des gens incapables de faire le moindre travail ? Eux, ils les ménagent, leur apprennent à travailler régulièrement. Ne soyez pas affligé. Vous aurais-je blessé ? »

L'évêque Félix garda les yeux à demi fermés, penchant un peu sa tête sur sa poitrine. Il dit à voix basse : « Toute nouveauté doit être examinée tranquillement et à loisir. Je ne me mêle pas de porter un jugement. Donc, comprenez-moi bien ! Une autre fois quand mes affaires me laisseront plus de temps, je reviendrai. Car, enfin, il y a aussi les Blancs ; nous avons nos villes et je dois défendre leurs intérêts. Vous me demandez si je suis affligé. Moi, personnellement, non. Mais cela m'a fait quand même un peu de peine de voir qu'un homme comme vous, un bon fonctionnaire, connaissant les hommes par expérience, se laisse séduire et oublie ce qui est important pour lui-même. Les Indiens qui vivent ici, mènent avec les Jésuites une sorte de vie chrétienne — en tant qu'ecclésiastique je m'en réjouis, cela va de soi — mais je me demande s'il ne faut pas rester sur ses gardes. Quand j'examine un de ces êtres à peau brune, j'ai souvent l'impression de rencontrer le regard d'une biche. Quand je les entends réciter nos prières, je suis déconcerté, aujourd'hui encore, après tant d'années, et je me demande comment cela est possible, et si nous avons raison, ou plutôt si ce n'est pas peine inutile que de vouloir faire entrer notre idéal dans leurs têtes. » Lentement, plein de dignité et conscient de cette dignité, il releva la tête, observa le conseiller. « Mais derrière toutes ces belles institutions que nous voyons ici, et que nous admirons comme il se doit, il y a plus que ce qu'ils en laissent voir. Ils disent : conversion, baptême, protection de l'homme brun, apprentissage, mais en réalité, leur intention n'est pas uniquement de montrer des Indiens domestiqués ou, si vous voulez, des Indiens chrétiens : ils veulent trouver des arguments contre nous, ils veulent nous faire la leçon. Comprenez-vous leur geste de la main : ils veulent nous faire voir de vrais chrétiens parce que, soi-disant, nous ne savons pas ce que c'est. »

Le conseiller approuva gravement de la tête. « Vous voyez. Mais pour moi, impossible de les suivre dans cette voie. Comment le pourrais-je, d'ailleurs ? En fin de compte, nous sommes aussi quelque chose. On s'écarte de nous, on nous fuit, on proteste. Après avoir vu la veille qu'on n'arrive à rien avec des appels à l'opinion publique et des messages dans le genre de ceux de Las Casas, on procède autrement aujourd'hui ; on proteste par des actes. Et comment ! C'est pour nos Blancs, pour tous ceux qui vivent dans les villes et font des efforts loyaux, que je me sens affligé quand je vois tout ceci. »

Le conseiller approcha son tabouret : « Parlez plus bas, Monseigneur, qui sait si l'on ne nous écoute pas ? On ne peut rien entreprendre contre ces réductions. Elles existent, le roi, aussi bien que l'Église, leur ont donné leur approbation. » — « Je sais, je sais, et j'en souffre. Oui, vraiment, je souffre quand je pense qu'il en est ainsi. On nous a jeté notre honte à la face. » » — « Comment auraient-ils pu faire autrement ? » — « On peut toujours faire autrement et on n'a pas le droit de dire cela. Les Jésuites, non contents de le dire, l'on définitivement gravé par leurs églises, leurs maisons, leurs étables et des villages entiers. Il y a eu faute, c'est maintenant bien établi, mais qui a le droit de rendre un jugement irrévocable et, bien plus, d'établir une fois pour toutes qu'il y a eu faute? Je vous le dis franchement et quand je serai de retour à Asuncion je développerai mon point de vue par écrit: je considère cette politique comme fausse et offensante. Je laisse pour l'instant de côté mon jugement sur le genre de christianisme qui a été introduit ici. Il serait possible que j'en vienne à considérer que ce n'est pas du tout du christianisme. Mais cette politique: au lieu de pacifier le pays, elle l'incitera, au contraire, à la révolte. La claustration n'y fera rien. Faire un couvent aussi grand que l'Espagne, y amasser de la richesse, tandis qu'alentour il n'y a que trouble et pauvreté, ne saurait avoir de bons effets. »

L'évêque se leva et se mit à arpenter la pièce. Il était excité, tiraillait sa moustache, ses regards ne s'arrêtaient nulle part. Il s'efforçait de parler doucement, mais sa voix était plus rauque que basse: « On a approuvé tout cela, mais on le regrettera un jour. Ce sont tous des hommes, qu'ils soient dans les réductions ou au-dehors. Tous font honnêtement leurs efforts. Il est injuste de donner à certains des avantages, des avantages qui n'ont aucune raison d'être. A l'extérieur, ils font aussi ce qu'ils peuvent. La vie est dure, mais c'est comme cela. » L'excitation de l'évêque était si grande qu'il ne trouvait plus ses mots. Lorsqu'il se fut calmé, il prit la main du conseiller, la caressa avec une expression suppliante.

Le conseiller déclara: « Dommage que je ne puisse vous accompagner pendant votre voyage de retour. Mais si vous le permettez, j'irai vous rendre une visite à Asuncion. » — « Ce sera pour moi une grande joie. Et maintenant, buvons une tasse de maté car j'avoue sans réserve que, pour le maté, ce sont des maîtres. C'est une boisson merveilleuse quand on la prend chez eux. » — « Peut-être resterez-vous encore quelques jours ici, Monseigneur? » Félix eut un sourire malicieux : « Les affaires, mon cher conseiller. Après tout, je suis un Blanc, et je dois me garder contre ces Pères Jésuites. »

## MESSE INDIENNE

Lorsque l'évêque fut sur le point de partir, il y eut de nouveau un service solennel à l'église. C'était une construction large et profonde, dont le plafond bas était soutenu par des piliers de bois. Elle avait de grandes fenêtres et les murs étaient ornés de tableaux, inspirés par l'histoire sainte et peints d'une main enfantine par des artistes indigènes. C'était, pour les Indiens, l'objet de contemplations et de conversations sans fin. L'évêque pria devant l'autel et donna sa bénédiction. Regardant vers la nef, il pensait : « Dans quel monde étrange suis-je ? C'est à peine supportable. »

« Jésus, fils du Dieu vivant, ayez pitié de nous.

« Gloire du Père, ayez pitié de nous.

« Rayon d'éternelle lumière, soleil des justes, ayez pitié de nous.

« Dieu de la paix, exemple de toute vertu, trésor des larmes, bon Pasteur, joie des anges, couronne de tous les saints, ayez pitié de nous. »

L'évêque s'agenouilla, le visage tourné vers l'autel.

« Ils ne savent pas un mot de latin mais cela ne fait rien, chez nous ils n'en savent pas davantage. Mais qu'est-ce que cela peut leur dire : soleil de justice, image de toute vertu ? En ce moment, ils regardent la grande croix dans mon dos, et, pour un peu, ils croiraient que je vais faire un miracle.

« Je m'approche de ton autel, ô mon Dieu. Juge-moi et défends-moi contre les incroyants. Pourquoi m'as-tu repoussé ? Et pourquoi me laisses-tu en larmes sous l'oppression de mes ennemis ?

« Que peuvent-ils comprendre à nos plaintes ? Que savent-ils de notre ciel ? Ils ont des âmes, mais ce sont plutôt des âmes de biche sinon des âmes de loups. Nos paroles et nos prières les remplissent d'étonnement et ils se contentent de les répéter sans les comprendre. Il faudrait les envoyer pour quelques dizaines d'années dans nos villes et les faire circuler ici et là. Peut-être parviendraient-ils alors à comprendre quelque chose. »

Ils chantaient en chœur alterné : « Âme du Christ, sauve-moi. Corps du Christ, libère-moi. Sang du Christ, apaise ma soif. Eau du côté du Christ, lave-moi. Oh ! doux Jésus, exauce ma prière, cache-moi au sein de ta plaie et fais en sorte que je ne sois jamais séparé de toi. A mon heure dernière, appelle-moi ; fais-moi venir près de toi, afin qu'au milieu de tes Saints, je puisse chanter tes louanges, éternellement. Ainsi soit-il. »

Sanglots et soupirs remplissaient la nef.

« Ils pleurent. Ils sont pleins d'angoisse. Ils ont peur de la punition. Quel peuple étrangement émotif ! Je ne les comprends pas. Cela me déplaît d'être ici. Je veux rentrer. Il faut que je me retrouve parmi les hommes. »

L'évêque évita un dernier entretien avec Montoya. Au moment du départ, il se montra heureux et même profondément touché de tout ce qu'il avait vu. Il loua son neveu et lui dit sa satisfaction de le voir ici. Le groupe de cavaliers qui était allé le chercher le reconduisit un certain temps à travers le pays. Il eut un soupir de soulagement lorsqu'ils le quittèrent et que seule resta près de lui sa petite escorte d'Asuncion. Maintenant, il n'avait plus un seul regard pour le large fleuve. Ils le traversèrent et partirent au galop.

En revenant des portes de Yapeyu, Montoya prit

Gonzales par le bras : « Aurais-tu effarouché ton oncle ? Il a pris si brusquement congé. » — « Laisse-le, Montoya ; c'est vrai, il a été effarouché, nous le dérangeons. Il n'aime pas cela. Mais il ne nous fera aucun tort. » — « Crois-tu ? » — « Il ne fait de tort à personne. Il ne fait du reste rien du tout. Il jette partout ses regards, mais reste toujours à l'écart. Je ne connais pas encore une seule affaire dans laquelle il ait réellement pris position. Il m'a beaucoup parlé de Rome : ce qui se passait là-bas l'a bouleversé. C'est pourquoi il est venu ici avec ses livres, naturellement avec son Horace et son Virgile. »

Dans la rue, ils avaient sans cesse à saluer. Montoya serra les lèvres : « Virgile, oui, je sais, c'est la mode à Rome. »

## ALFIO

Lorsque l'évêque pénétra dans la maison de pierre qu'il s'était fait construire dernièrement à Asuncion, il trouva son valet de chambre, un homme long et grave, au bas de l'escalier, portant un plateau. Sans un mot, Félix saisit le verre et but une gorgée de vin. Il regardait Alfio et Alfio répondait à son regard comme si l'évêque avait bu à la santé de son valet. Puis il le remercia, reposa le verre, écarta les bras et les laissa retomber, épuisé. Il se mit à monter l'escalier lentement, la tête basse.

Félix attendit, immobile, dans l'antichambre de sa bibliothèque. Alfio revint et le conduisit dans la salle de bain. C'était une petite pièce basse avec une énorme baignoire en bois. Le bain tiède était parfumé. Près de la porte, il y avait un seau d'eau chaude et un d'eau froide. Alfio retira, les uns après les autres, les vêtements de son maître et, retroussant ses manches, l'aida à se mettre au bain. Dans l'eau, Félix commença à soupirer et à parler. « Dieu soit loué, Dieu soit loué. »

« Était-ce si pénible ? » demanda Alfio qui brassait l'eau, préparait les serviettes et apportait les vêtements d'intérieur. « Était-ce si épuisant ? »

« Tu ne peux pas t'en faire une idée, Alfio. Au début, le voyage était merveilleux. Le temps très beau. Les gens qui m'accompagnaient étaient très bien, tu les connais d'ailleurs ? » — « Oui, je les avais choisis moi-même et ils avaient reçu mes instructions. » — « Ils se sont parfaitement conduits et il n'y a rien à leur reprocher. » — « Et la nourriture ? » — « Cela allait, cela allait. Je sais ce qu'est un voyage, ils ont fait de leur mieux. Et la contrée, Alfio, la contrée du côté de ce fleuve est vraiment magnifique. Ils ont su merveilleusement choisir leur place. Je t'y enverrai prochainement, c'est le plus beau coin de la province. » — « Mais alors comment se fait-il que vous soyez tellement fatigué, monsieur le comte ? » — « Ce n'est pas en un mot que l'on peut raconter tout cela. Je te dis seulement : "Jamais plus dans les réductions." » — « Tiens ! » — « Jamais plus, te dis-je. » — « Gonzales aurait-il été si déplaisant ? » — « De ce garçon, j'ai pris définitivement congé, Alfio. C'est un barbare, maintenant. J'ai fait de mon mieux pour arriver à m'entendre avec lui, mais impossible. » — « Cela ne m'étonne pas ; c'est l'âge. » — « Ce n'est pas l'âge, Alfio, ce sont les Jésuites. » — « Cela aussi. » — « Cela surtout. Verse-moi un peu d'eau fraîche sur les épaules, lentement, merci. Ce que j'ai dû supporter avec ces hommes, ces Jésuites, je ne peux pas te le raconter. Tu ne pourrais te faire une idée de ce que j'ai vu. Personne ne peut entrer là-dedans. » — « Cela va faire un scandale. » — « Pour l'amour de Dieu que vas-tu penser là, un scandale ! Qui pourrait s'en émouvoir ? » — « Notre bon monsieur Gonzales est-il devenu Jésuite ? » — « Il est Jésuite, notre brave Gonzales. » — « Mais pourquoi monsieur le comte n'intervient-il pas ? Il est évêque, que je sache. » — « Je voudrais bien, mais je ne crois pas que ce soit si facile. Ce que j'ai vu : des étables ! » — « Pouah ! monsieur le comte n'est tout de même pas allé dans des étables ! » — « Il pleuvait, alors cela m'en a préservé. Hormis cela, le temps a toujours été splendide. Et l'air m'a fait le plus grand bien. Il n'est pas aussi lourd qu'ici. Nous irons une fois, Alfio. Bon, assez maintenant. »

Il se leva. Au sortir du bain, Alfio le frictionna très fort avec des serviettes tandis que Félix faisait sa gymnastique, agitant les bras, baissant, levant et tournant la tête. Il s'assit sur un tabouret cependant qu'Alfio lui passait un vêtement d'intérieur d'un drap léger et de couleurs vives, lui enfilait ses pantoufles et peignait, brossait soigneusement sa barbe et ses cheveux. Ce faisant, Alfio demanda : « Monseigneur Alvaro, l'inspecteur était-il aussi à Yapeyu ? » — « Il est arrivé un peu après moi et il y est resté encore. Cet homme était enthousiasmé. Je l'ai invité ici, à son retour. » — « Il n'a pas fait très bonne impression ici. Tout le temps qu'il y est resté, les gens se sont retenus par politesse. Mais après ce fut la révolte. Dans un sens, j'ai regretté que monsieur le comte n'ait pas été là. Monsieur le comte aurait eu plaisir à voir la position raisonnable de ces gens et la façon énergique dont ils se sont conduits. » — « Dans un sens ? Et dans l'autre ? » — « Dans un autre, je trouve qu'il valait mieux que monsieur le comte ne fût pas entraîné dans toute cette excitation. » — « Très juste, Alfio. » — « Ils pestent contre les Jésuites qui sont à l'origine de l'ordonnance royale apportée par l'inspecteur. Ils tiennent conseil et veulent entreprendre quelque chose. » — « Mon cher Alfio, je les comprends parfaitement. Ces gens ont toute ma sympathie. Malgré cela — le visage de l'évêque prit une expression joyeuse — que fait notre petite Ada ? Je ne lui ai rien apporté. N'aurais-tu pas quelque chose que je puisse lui donner ? » Ada, c'était la fillette de l'évêque, elle passait pour être celle d'Alfio.

Alfio : « Ma réserve de jouets n'est pas encore épuisée, monsieur le comte, maintenant ce sera le tour des cages d'oiseaux ! » — « Elle aime les oiseaux ? » — « Pour l'instant. Nous pouvons, aujourd'hui, lui en faire cadeau d'une. » — « Très bien, mais pas d'oiseaux dedans. Ils piaillent trop fort. » — « Naturellement ; d'ailleurs, elle ne tarderait pas à les laisser s'envoler. »

Félix, suivi d'Alfio, passa dans sa bibliothèque. C'était une pièce spacieuse et claire, pleine de livres et de statues antiques avec un pupitre, un canapé et quelques fauteuils. Dans un coin, un Apollon, debout, grandeur nature. Félix salua des deux mains : « *Salve*, chers amis, me voilà revenu. Je vais manger à présent quelques fruits, Alfio, et puis tu m'enverras Chiffonnette. »

Alfio, toujours souriant, apporta, pour commencer, deux petites corbeilles d'oranges et de figues. Puis, Chiffonnette arriva avec deux rince-doigts pleins d'eau tiède. Alfio referma sans bruit la porte derrière elle.

## CHIFFONNETTE

Chiffonnette était la femme d'Alfio, mais elle appartenait à Monseigneur le comte qui, maintenant, était évêque. Pour simplifier sa vie domestique et, uniquement pour cela, il l'avait fait épouser par Alfio, son valet de chambre. Ce dernier avait déjà souvent bénéficié de ses bienfaits, par exemple, le jour où il le prit à son service. Dans sa jeunesse, Alfio avait été un pirate de la pire espèce comme on en trouvait beaucoup en Méditerranée. C'est alors que le malheur arriva : son bateau fut capturé par les Maures ; tous furent envoyés en captivité. Une fois sur la côte africaine, comme il avait bonne allure et bonnes manières, on en fit un eunuque. Pendant un certain nombre d'années, il servit dans le harem d'un riche Musulman jusqu'à ce que sa fuite mît fin à ce triste état. Mais de retour en Italie, en haillons, ayant perdu toute joie de vivre, il ne se voyait plus, avec le dommage subi par son corps, aucun avenir. Il chanta un certain temps à Rome dans le chœur de la chapelle Sixtine ; puis le premier chantre l'employa pour des courses et des commissions discrètes. C'est ainsi qu'il fit connaissance de cet affable comte Félix qui se préparait justement à l'état ecclésiastique et à qui il eut le bonheur de plaire. Félix l'emmena avec lui dans les différents endroits où il eut à exercer son activité. Alfio accepta de bon cœur l'honorable profession de valet de chambre auprès d'un tel maître. Félix lui fit prendre part à ses distractions classiques. Alfio se transforma bientôt en intermédiaire pour l'achat de pièces antiques et pour distribuer les subventions aux artistes. Il allait de soi ensuite qu'Alfio se chargeât du rôle de mari auprès de Clélia. Il était devenu jaloux de cette personne et il éprouva une profonde satisfaction lorsque Félix, qui connaissait ses sentiments, lui en fit la proposition. « Monsieur le comte peut avoir confiance en moi, protesta Alfio, je suis resté de longues années eunuque dans un harem et, si j'y étais encore, je serais aujourd'hui premier eunuque. C'est un poste qui est nettement au-dessus de celui d'intendant. » Félix fut ravi. Il avait maintenant tout à la fois : son Alfio tranquillisé, Clélia qui ne pouvait plus s'échapper et sa petite fille trouvait un père.

Il n'était du reste pas tellement sûr que la petite fille de Clélia fût vraiment le fruit des œuvres de Félix. C'était d'ailleurs une des raisons qui l'avaient poussé à faire épouser Clélia par son valet de chambre et à la prendre dans sa maison. À cette époque, le comte Félix vantait sans cesse devant ses amis, nobles Romains, les avantages de son état d'ecclésiastique pour lequel il ne se sentait par ailleurs aucun penchant particulier. « Si j'étais un gentilhomme comme vous, où en serais-je maintenant ? Je lui ferais une rente. Mais est-ce que cela me donnerait une garantie contre les bêtises qu'elle pourrait faire ? Toutefois je ne voudrais pas non plus lui ôter sa liberté. Je ne veux pas la tenir en esclavage. Il faut qu'elle puisse avoir ce dont elle a besoin. Cependant je veux pouvoir la contrôler. Ma Clélia doit être surveillée. »

Le comte, assis dans un fauteuil au milieu de sa bibliothèque, tenait Clélia entre ses bras : « Lorsqu'il y a quelques années, Christophe Colomb découvrit les Nouvelles Indes, il descendit à terre pour planter sur la rive un étendard à l'écusson de son roi. Moi, Chiffonnette, je ne viens pas pour le compte de quelque Roi d'Espagne. Je prends possession de toi au nom de ma propre couronne et si, pendant mon absence, un autre royaume a fait valoir ses droits sur toi, je lui déclare la guerre. » — « La guerre au couteau, Félix ? » — « Au couteau, si nécessaire. Tu m'as l'air d'avoir maigri. » — « C'est l'ennui, Guido. » — « Vraiment ? » Accrochée à son cou, elle pleurait, le mouillant de ses larmes. « Pardonne-moi. » — « Oui, mais quoi donc, Chiffon ? » — « Je voudrais retourner à la maison. » Il était déçu, il avait pensé que c'était de lui qu'elle s'était ennuyée. « Mais tu retourneras à la maison. As-tu reçu des nouvelles ? » — « Non, c'est tellement loin. » — « Mais ici, tout est si beau, si intéressant. » — « Laisse-moi un moment tranquille près de toi. Serre-moi fort. Ah, c'est bon. »

Assise ainsi sur ses genoux, elle avait l'air d'une grande fille avec ses cheveux noirs, bouclés, et ses lèvres arrondies. Son petit nez était légèrement retroussé et ses oreilles minuscules s'ornaient de grands cercles d'or. « Ravissante, pensait-il, elle est ravissante, la mère de mon Ada. C'est la Mère, déversant sur nous, les hommes, la chaleur de sa poitrine. Celle qui nous rend la vie douce et, à chaque instant, nous met au monde. Étais-je donc vraiment au monde hier lorsque j'allais à cheval à travers la plaine ? Oh, source de mon être, femme chérie, mère qui me fait naître. C'est merveilleux de naître, merveilleux les femmes, l'amour, ces tendres flammes dans lesquelles je voudrais brûler éternellement. Ah ! grand Dieu, laisse-moi donc vivre tranquillement ainsi et périr, puisque je suis, une fois pour toutes, un pécheur. »

Il se mit ensuite à parler : « Nous avons vu des choses, Chiffonnette, des choses que tu ne pourrais imaginer. C'est un pays fantastique, tu peux m'en croire. » — « Alfio m'a dit, en joignant les mains, que tu as dû aller dans les étables. » — « Ce n'est pas tout à fait cela. Il s'est mis à pleuvoir, le ciel a eu pitié et m'en a préservé. » — « Et qu'as-tu fait ensuite ? » — « Nous sommes rentrés au galop. Nous avons vu des sauvages, Clélia ! » Elle se remit à pleurer sans bruit. « Pardonne-moi. On est trop privé ici. » — « Alfio n'est-il pas bon avec toi ? Je lui parlerai. » — « Non, mais je ne peux pas rester ici, Guido, je ne veux pas, crois-moi. » — « Combien de fois as-tu déjà dit à Rome, à Ferrare : je ne peux pas, je veux autre chose, les gens ici m'ennuient. » — « Oui, c'est vrai, ils m'ennuyaient et je voulais partir avec toi dans un pays où tout serait beau, nouveau. » — « Mais c'est bien cela ici. Et tu n'as pas encore tout vu. Tu ne doit pas confondre Asuncion avec le reste du pays. Ici, il n'y a que des commerçants, des marchands d'esclaves, de bétail, absorbés par leurs affaires. C'est une triste société que celle dont j'ai la charge, mais je dois m'en occuper parce que, finalement, quelqu'un doit le faire, étant donné qu'ils prétendent être chrétiens et qu'il ne faut pas leur enlever cette illusion. Mais dehors, c'est mieux, Clélia, je te jure, c'est mieux, le ciel, la terre, les rivières et les arbres, et là-bas vers le Parana, chez les Jésuites. »

« Que fait Gonzales ? A-t-il une barbe ? » — « Tu vois comme cela t'intéresse tout de suite ; moi, tu me regardes à peine. » Elle lui serra si fort le cou qu'il retomba au fond de son fauteuil. « Tu veux me tuer, dit-il en reprenant son souffle et en se redressant, tu adoptes les mœurs des cannibales. » — « Raconte-moi maintenant ce que tu sais sur Gonzales. À présent que je ne l'ai plus ici, tu peux au moins me parler de lui. »

Le noble comte soupira : « Il en va pour toi comme pour moi ; nous l'avons perdu tous les deux, mais pour moi c'est quand même un peu mieux, car je te garde. Et maintenant, Clélia, il va falloir que tu subisses une métamorphose. Il faut à présent que tu sois aussi mon Gonzales. » Elle se leva effrayée et se tint devant lui, les mains posées sur le front : « Moi, Gonzales. » Et au même instant, rougissant comme si elle avait été devinée, elle se jeta sur le comte qui souriait toujours tranquillement et pressa son visage contre le sien : « Oh toi, quelle idée ! » — « N'est-ce pas une bonne idée ! Je t'achèterai des culottes écarlates, une veste de brocart et une canne. J'y ai pensé en chemin quand je me demandais ce que je pourrais bien te rapporter comme cadeau. Pour Ada, Alfio m'a bien tiré d'embarras. » Elle se calma. « Oui, la cage, mais il n'y a pas d'oiseaux. » — « On en trouvera. Cela augmente l'intérêt, d'abord, il n'y a pas d'oiseaux dedans, puis après, il y en a, c'est un double cadeau. Mais j'aurais voulu ramener Gonzales pour toi comme pour moi. Alors j'ai eu cette idée » — il s'interrompit, ne pouvant plus parler, et détournant la tête il étouffa un sanglot. « Guido ! » Il poursuivit à voix basse : « Ainsi va la vie ; on perd lentement chaque chose l'une après l'autre et l'on se retire dans le domaine inaliénable de l'imagination. » — « Mais je ne suis pas l'imagination » — « Toi, non. » — « Oh, Guido, que tu es bête. Tu me ramènes Gonzales, c'est charmant de ta part, nous allons pouvoir nous amuser tous les deux, grâce à lui. Alfio va rire. » — « Il va croire que nous sommes fous. »

Lorsqu'elle eut fini de le charmer et qu'elle se trouva assise avec lui devant un carafon de vin, il lui raconta ce qui l'obsédait. Elle aurait voulu lui parler de son intérieur, d'Ada, d'Alfio, de la ville où il y avait du nouveau. Mais il ne lui en laissa pas le temps, suppliant : « Aie pitié de moi, Chiffonnette, sois gentille. En chemin, on m'a raconté des histoires de fourmis : quand il y a une inondation, elles quittent le sol et, emportant tout ce qu'elles ont, montent en haut des arbres et se collent aux branches. Il en va de même avec moi. N'ayant pas de patrie, je me traîne à travers le monde, avec tout mon bien, mais il faut quand même que je l'accroche quelque part. Permets, Clélia. » — « Tu me prends pour un baudet. » — « Jamais de la vie, pas un baudet, mais un cheval, un beau cheval blanc. » — « Finis donc, Guido. » — « Tu sais pourtant combien leurs chevaux ici sont magnifiques. Écoute-moi. Je veux dire : de vrais chevaux comme il y en a là-bas, dans la prairie. À ce propos, j'ai quelque chose de tout à fait abominable à te raconter et quend je l'aurai déposé dans tes oreilles, je verrai exactement où j'en suis : ils ne chassent pas les chevaux, Clélia, pense un peu. » — « Qui ? » — « Les Jésuites. » — « Et pourquoi devraient-ils donc leur faire la chasse ? » — « Est-ce que tu aimes cela, toi, les chevaux dans une écurie ? Ne te plaisent-ils pas davantage dans les pampas ? » — « Je ne sais pas. » — « Ils enferment leurs chevaux dans leurs écuries, les nourrissent d'herbe et de fourrage qu'ils vont récolter et ils élèvent les jeunes. » — « Ça m'est absolument égal, Guido, tu es ennuyeux. » — « Il faudrait que tu voies une fois comment ils chassent les chevaux, comment ils se tiennent en selle. Et puis, les lassos !... Magnifique !... » — « Tu ne vas tout de même pas me raconter que les Pères Jésuites chassent les chevaux ! » — « Non, les Indiens. Mais ils ne les laissent plus chasser.

Ils le leur défendent, c'est, soi-disant, immoral. Maintenant il faut construire des écuries ou établir des enclos ; on y met les chevaux pour qu'ils y vivent en famille et fassent des enfants. C'est une horrible copie de notre société humaine. Clélia, tu connais ma piètre opinion de la société. Certes, chez les Romains et les Grecs, ce n'était pas la même chose. Je suis venu jusqu'ici pour être délivré de toute cette bassesse, de ces vaines querelles, de ces cris, de ces attitudes de mercenaires qui se prennent pour des guerriers. Quand je suis arrivé ici, j'ai vu de vrais guerriers et des chasses, et j'ai cru qu'en allant plus à l'intérieur du pays... mais là, j'ai trouvé les Jésuites ; ils ont ramené toute cette ordure que je hais. Ils ont même transformé les animaux en une sorte d'humanité inférieure. Ils leur ont enlevé toute beauté et liberté, toute la noblesse de la vie. » — « Et les Indiens ? » — « Eux, ils me désespèrent. Il y en a peut-être parmi eux qui sont faibles et d'autres qui valent mieux. Les Jésuites ont rempli des villes entières avec ces gens. Ils les font chanter et travailler. Clélia, quand je pense à cela, j'en ai la nausée ! »

Et, en effet, Félix vida rapidement son verre, s'en versa un autre qu'il se mit à siroter. « Tu as déjà vu les termites de la forêt et la façon dont ils construisent leurs nids ? » — « Oui, c'est dégoûtant. » — « Eh bien, c'est comme cela. Bois, Clélia, c'est dégoûtant. C'est comme cela que les Indiens vivent dans ces villes. Voilà ce que les Jésuites ont fait d'eux. Ils vont et viennent, portent des fardeaux, sortent de maisons, chacune pareille à la voisine, ont des vêtements comme ceux des autres, exactement comme ceux des autres. » — « Mais c'est terrible ! » — « Sur place, j'ai été simplement étonné, je ne comprenais pas bien pourquoi je ne me sentais pas à mon aise, pourquoi cela me contrariait. Après j'en ai eu le vertige. » — « Et ce sont les Jésuites qui font cela ? Et Gonzales fait la même chose ? » — « Ah, Chiffonnette, ils font toutes sortes de choses. Je crois qu'un jour nos cheveux se dresseront sur nos têtes, quand nous verrons tout ce qu'ils ont fait. »

Il se leva et les pieds dans ses pantoufles se mit à arpenter lentement la pièce devant ses rayons de livres. Il y avait aussi, accrochée au mur, une magnifique descente de croix : « Ah, doux Sauveur, que font ces gens ! Tout a ses limites, à la fin. Transformer des hommes en singes, des animaux en humains abêtis, ce n'était pas ce que tu voulais. Ils finiront par défigurer complètement la religion. Un homme qui se tient bien droit sur son cheval, rayonnant de beauté dans la forme que Dieu lui a donnée, eux, ils s'empressent de l'arracher à sa selle, l'enferment dans une étable et lui font nourrir des chevaux ! Ils traînent les hommes dans une prison qui a nom « ville », avec ces dizaines de milliers de petits nids dont s'échappe la fumée et ensuite les font chanter dans une église. Qu'avons-nous de plus quand ces gens sont chrétiens ? Du reste, ils ne le sont pas et ils ont raison. J'ai horreur des faussaires. »

Il était debout, à côté d'une colonne servant de piédestal à un jeune David. Il se souvenait de sa dernière conversation avec Gonzales : « Quels ravages ne font-ils pas aussi dans notre jeunesse ! C'est vraiment une horde de barbares qui se développe ici. En Europe, on ne sait rien de tout cela, ni le Pape ni les cardinaux. On croit qu'ils veulent servir l'Église, oui, la véritable Église, celle qui fait l'homme bon et pieux, Clélia. » Il s'approcha d'elle et se mit à jouer avec ses doigts, elle tressaillit car sa main était froide. « Nous avons une mission, mais ce n'est pas de détruire l'œuvre de Dieu, ni de vouloir jouer nous-mêmes au bon Dieu. Merci beaucoup pour ce genre de bon Dieu que veulent représenter ces Jésuites. S'ils l'emportent, Clélia, alors c'en sera fini de ma bibliothèque, ils brûleront les livres des anciens comme l'a déjà fait à Florence ce fou de Savonarole. À Rome, le Pape lui-même s'apercevra où il en est. Ils lui ont juré fidélité et obéissance absolue.

Obéissance absolue ! Il s'en réjouit, mais demain, demain ! Je n'aime pas non plus la formule de leur vœu : s'abstenir de tout jugement personnel. C'est aussi inhumain que tout ce qu'ils font. »

Elle restait assise à sa place et regardait son amant qui marchait à travers la pièce. « Comment me reviens-tu, Guido ? Ne t'écarte pas toujours de moi. Viens t'asseoir ici. »

Et, tandis qu'il s'asseyait près d'elle, absorbé dans ses pensées, le visage encore marqué par la colère, elle prit sa tête entre ses mains : « Toi, tête, tête de Guido, tête de mon comte, écoute-moi. Que fais-tu de mon ami ? Je te battrai, tête, si tu ne cesses pas de le tourmenter. Fais bien attention, je te battrai comme cela — elle tira une oreille — et comme cela — elle tira l'autre — et la colère disparut du visage de Félix — comme cela enfin », elle frotta les joues et à la place de la colère apparut un sourire. Alors approchant lentement son visage, les yeux fixés dans ses yeux, elle posa ses lèvres sur les siennes. Les nuages qui l'avaient aveuglé s'écartèrent. Maintenant il voyait clair de nouveau et, souriant, il soupira profondément.

Il s'adossa au fond de son fauteuil : « Pardonne-moi, Clélia, mais l'on voit tout en noir quand on s'occupe de choses aussi noires. » — « Comment peux-tu te laisser ainsi abattre, toi, mon Félix adoré, ma fierté. Nous avons avec notre Gonzales assez cédé à ces noires soutanes. » — « Tu as raison. » — « Pense à Horace et à ces lignes de Sophocle que tu m'as fait lire dernièrement. Je les ai apprises par cœur, mais pas en grec. »

Et elle se leva, la grande fille — il sentit encore un frisson le parcourir : « Mère de mon Ada, ma vie, une femme, le voilà mon bonheur, ces douces flammes au-dessus desquelles je m'arrête, dans lesquelles je veux m'engloutir. » Elle déclama devant son fauteuil, avec des gestes brefs :

« Tu es arrivé dans la plaine aux chevaux magnifiques, ô

ami, dans ce pays au séjour sans égal. C'est le bois sacré de Colone, inondé de lumière. Ici, de branche en branche, le rossignol lance ses appels plaintifs. Son chant clair retentit au fond de ces gorges verdoyantes où rampe le sombre lierre. Il se réfugie au plus profond des feuillages sacrés du dieu, où les lourdes grappes de fruits, dans l'ombre calme et épaisse, ne sont agitées par aucune tempête : là, le dieu des plaisirs. Dionysos, vient danser au milieu des nymphes, ses épouses.

« C'est ici, sous la voûte céleste, que toujours fleurissent en abondance le narcisse et le safran aux reflets d'or. Jamais ne tarissent, jamais ne s'endorment les eaux du Céphise qui serpente ici et là. Chaque jour ses flots purs fécondent les larges plaines et tout ce pays que le chœur des Muses n'a jamais dédaigné, ni Cythère aux rênes d'or. »

Lui, dans son fauteuil, prenant ses mains dans les siennes, poursuivit en grec : « Ici fleurit également un arbre qui n'a son pareil ni en Asie ni dans la plaine dorique de Pelops, cette grande île. Il pousse de lui-même, sans soins. C'est la terreur des lances ennemies. Il croît merveilleusement dans cette contrée, mon olivier aux feuilles bleuâtres, le nourricier des enfants. Les princes ennemis, qu'ils soient jeunes ou vieux, ne parviendront jamais à l'abattre car Zeus veille sur lui d'un œil attentif, et Athéna aussi, la déesse aux yeux bleus. »

Il caressa lentement et fièrement sa moustache : « Bien que je parle ainsi et bien que je t'aime de tout mon cœur, Clélia, ce que je ne devrais pas, je me considère comme un bon chrétien. » — « Mais tu l'es aussi, Guido. »

Il sourit, de nouveau complètement maître de lui : « Et finalement ce n'est pas moi, mais un certain Père Torrez de la Compagnie de Jésus qui a dû comparaître à Lima devant l'Inquisition. Ils l'ont remis en liberté, malheureusement. »

# AMOUR TERRESTRE ET AMOUR CÉLESTE

Deux semaines plus tard, l'inspecteur royal Alvaro, conduit par l'évêque Félix, visitait sa bibliothèque et admirait le confort de la maison, les tableaux et les livres.

« Ne pensez-vous pas, cher inspecteur, que cette maison, ces livres et ces trésors d'art ont une grande importance dans un tel pays ? Sans fausse honte, je dirais que ces choses modestes en elles-mêmes, et qui semblent ne vouloir être que telles, ont une mission ici. Elles montrent à mes visiteurs que tout cela : beauté, culture, l'antiquité, la Grèce et Rome, existe. » — « Rome, l'ancienne, et aussi la nouvelle, que vous représentez, Monseigneur. »

« Si vous voulez. Quelle grande doctrine que le christianisme ! Quelle merveilleuse doctrine ! Quelles beautés indescriptibles et toujours nouvelles nous apporte notre foi. Je ne suis plus tout jeune, cher conseiller, et je connais bien des endroits de la terre, et bien des régions de l'esprit — rien de l'humain ne m'est inconnu — mais toujours notre religion me conduit à de nouvelles découvertes. Et surtout en vivant ici, à l'écart et dans la paix, entre la vieille Grèce et Rome. Le christianisme est une plante merveilleuse et vivace qui peut, dans toute terre, prendre racine et fleurir. Mais, s'il vous était donné de vivre quelque temps avec cette religion parmi ces œuvres antiques, vous sentiriez que nulle part le christianisme ne peut prendre un essor aussi pur et libre de toute contrainte qu'au milieu d'elles ; là, il est chez lui. C'est la terre d'où il est sorti à l'origine. Vous vous demandez ce que notre Sauveur, cet homme souffrant sur la croix, vient faire avec ces jeunes gens débordants de vie, ces lanceurs de javelots et ce tireur d'épine. Oui, il y a des gens mal intentionnés qui veulent trouver un abîme entre eux et notre foi. Moi, je ne le vois pas... »

« J'avoue, Monseigneur — parce que je suis profane — que je ne saisis pas non plus ce que le gladiateur mourant peut avoir à faire avec notre Sauveur sur la croix. »

Ils étaient assis. Alfio leur servit des fruits. Félix, la tête penchée sur l'épaule, caressa du regard la petite statue de bronze. « Il ne s'agit pas de faire une comparaison impie entre les souffrances de cet homme et celles de notre Sauveur. Le gladiateur, lui, prend appui sur le sol de sa main droite, la gauche posée sur sa jambe droite, repliée, celle sur laquelle il s'est effondré ; il a étendu l'autre et regarde douloureusement la blessure de sa poitrine. Bientôt se raidira aussi la jambe qui le porte, le corps s'affaisse déjà et va tomber comme une fleur dont la tige est entaillée. D'ici vous ne voyez que la tête ronde et les épaules sans force, le visage est tourné vers la terre, la terre qui monte vers lui. Je connais ce visage, le front est plissé, les épais sourcils (Félix indique les siens du geste) saillent, la bouche se tord sous la douleur.

« C'est le visage d'un homme simple, d'un homme qui labourait quelque coin de la terre, ou sinon lui, du moins ses parents. Maintenant une épée lui a ouvert le côté droit, voilà la large blessure d'où le sang jaillit à flots. Pour cet homme, il est écrit : "Abandonne, descends", autour de lui, l'ombre grandit déjà. »

Alvaro approuva : « Oui, c'est cela. » — « Regardez, avec quelle minutie l'artiste a dû observer l'homme qui souffrait ainsi ! Comme il a dû être proche du mourant, il devait se sentir expirer en même temps que lui. » — « Vous avez raison. » — « Et maintenant celui qui est à votre droite, le grand moulage en plâtre. Je l'ai poussé dans le coin, il est caché par le bord de la bibliothèque, venez le voir, venez. » — « En effet, je ne l'avais pas vu. »

« Un buste de femme. Elle est accroupie. Peut-être pour

ramasser quelque chose. La tête et le bras gauche manquent. Du droit, il ne reste que l'attache, encore est-elle endommagée. Qu'y a-t-il dans cette image de femme ? On l'appelle la Vénus accroupie. Voyez comme elle s'est baissée, assise sur son talon droit, son poids doit porter sur la pointe du pied, ses doigts s'écartent. L'artiste a dû les contempler des années et leur vouer son amour : il a observé la jambe tendue en avant, au ras du sol. La jambe et la cuisse sont repliées l'une contre l'autre. Il faut que le genou soit une charnière solide pour les tenir assemblées. Elle a posé l'autre jambe sur le sol pour faire contrepoids. Le genou, comme la femme se baisse, remonte vers le ventre. Ce sont bien deux sœurs, cette jambe gauche qui s'appuie sur le sol et cette jambe droite dont le genou est sur le point de le toucher. Elles s'attendent, se suivent, et font le même geste. Voyez comme elles se ressemblent. Ce sont les petites machines du corps, poutres, leviers. Mais comme ces doigts sont charmants, vivants et intelligents ! La position des jambes, ces pieds et leurs doigts me font songer à des nageoires de poissons. Et regardez le corps ! Il n'est pas aussi articulé qu'une jambe, mais observez cet amincissement au bas des côtes, sous la poitrine, masse merveilleusement mobile. Et plus bas, le ventre, qui repose de tout son poids sur le bassin, soutenu par le socle des deux jambes sœurs. Je vous parle de sœurs et vous trouvez peut-être l'image par trop poétique. Dommage qu'on ne puisse voir ses bras, les yeux et les joues. Regardez donc le bas de ce buste, là où les deux cuisses viennent s'unir, sans se répéter. Dans son geste pour s'asseoir, la peau du ventre devait se relever en bourrelets, à droite surtout où elle se penche davantage. Elle va sans doute porter complètement le genou vers le sol, étendant le bras pour saisir quelque chose. Comme son sein droit est modelé délicatement, c'est celui d'une femme saine ; les épaules ne sont pas d'une jeune fille. Oui, conseiller Alvaro, qui pourrait surpasser en application et en ferveur celui qui a créé cette œuvre ? Il aimait l'humain, il aimait cette femme et tout ce que ses yeux pouvaient voir. Il connaissait beaucoup de choses et savait les exprimer. Jugez vous-même de la joie, de la science et de l'amour qu'exprime une telle pierre. Elle vous ouvre les yeux et l'âme. Les Grecs ne nous ont pas laissé beaucoup de paroles, mais leurs pierres suffisent. À nous, chrétiens, il reste à dire les mots de la vérité. »

Bien qu'Alvaro ne fût pas un homme sans culture, il ne parvenait pas à s'intéresser tellement à cette statue et à toute la conversation de l'évêque, amateur d'art. C'était là des thèmes romains ; lui, il parlait des réductions.

Mais tandis qu'il évoquait l'organisation de l'armée de Jésus, les exercices et leur fabrication de poudre, Félix posait sur lui un regard absent, et, les oreilles closes, continuait son dialogue intérieur avec Clélia.

« Je considère que nous, chrétiens, nous sommes les véritables héritiers des Grecs. Ils ont œuvré dans la pierre et dans le verbe, ils ont coulé dans leurs chœurs et leurs statues cet amour de l'homme et de tout ce qui possède la vie. Nous serions de mauvais chrétiens si nous n'acceptions pas cette Vénus accroupie, ou si nous méconnaissions en elle l'amour céleste, porté à toute créature. Cependant en nous l'intelligence s'est ouverte complètement, les écailles sont tombées de nos yeux. C'est là, l'œuvre de notre Sauveur ; de Celui qui a apporté l'amour dans le monde. Ainsi sommes-nous chrétiens. C'est l'homme qui, pour nous, incarne le plus clairement le Beau et le Divin dans le monde. Il est l'arc-en-ciel qui va unir la terre aux cieux. Je serais heureux, Clélia, si tu me comprenais car cette pensée me remplit de joie. Je te salue, Clélia, mère terrestre, qui me fait pressentir celle qui veille sur moi dans les cieux. »

Alvaro raconta des choses curieuses qu'il avait apprises par hasard dans les réductions : « On doit un profond respect aux Jésuites pour leurs réalisations, mais les Indiens leur causent encore bien des difficultés. J'ai vu, pendant mon séjour, une femme qui travaillait dans un champ de maïs ; elle avait le bras en écharpe et elle boitait. Je le remarquai comme nous passions à côté d'elle à cheval et demandai ce qu'elle avait au Père qui m'accompagnait. Il me répondit : "Rien." Mais je m'aperçus bien qu'il ne voulait pas parler. Il ajouta simplement : "Elle a été malade, mais elle veut à tout prix travailler." J'avais déjà oublié cette affaire lorsque à midi, comme nous rentrions, un des mes interprètes que j'avais emmené avec moi et qui se mêlait toujours à la population — de tels hommes nous facilitent bien les choses — vint me dire : "Cette femme est particulièrement observée par les Pères et ils l'ont spécialement recommandée à leurs surveillants — ces espèces de mouchards qu'ils envoient parmi leurs gens." Cette femme avait perdu son mari, quelques semaines auparavant. D'après les vieilles coutumes de sa tribu, établie dans les environs et avec laquelle cet homme avait encore des rapports, une enquête secrète fut menée pour savoir qui était en réalité coupable de sa mort. Curieux, n'est-ce pas ? Les traditions sont indéracinables. Dans la tribu, on accusa la femme. Et pensez un peu, Monseigneur, cette femme qui confessait d'habitude tout ce qu'elle faisait n'a pas osé demander protection aux Pères. Ceux de la tribu l'ont forcée à se jeter du haut d'une falaise. Le directeur spirituel de la localité remarqua, un matin, l'absence de la veuve et fut frappé de ce que les autres femmes qui travaillaient avec elle dans l'atelier de filature n'en avaient fait aucun état. On envoya des gens dans tous les environs, on chercha partout. La nuit approchait déjà lorsque enfin, à l'aide des chiens, on découvrit la pauvre femme. Rendez-vous compte de cela chez des gens qui, d'habitude, se soutiennent étroitement. Ils avaient abandonné l'une d'entre eux, grièvement blessée, dans la campagne, ne s'inquiétant même pas de ce qu'un tigre aurait pu la dévorer. On dut prendre des sanctions sévères dans le village, et les Pères menacèrent tout le monde des affres de l'enfer. Et pourtant, ils furent obligés d'attendre un certain temps avant de pouvoir laisser sortir cette malheureuse de l'infirmerie où on l'avait transportée avec un bras et une jambe cassés. Les Pères devaient eux-mêmes, à tour de rôle, exercer leur surveillance sur cette personne et la protéger. »

« La protéger? demanda Félix. C'est vraiment quelque chose d'horrible. » — « Oui, dit Alvaro, en souriant, et cela paraît encore plus horrible qu'en réalité, dans votre belle bibliothèque. Oui, ils voulaient la pousser au suicide, ces chrétiens modèles ! »

Félix croisa les bras sur sa poitrine et se replia sur lui-même. Mais son visage restait bienveillant et tranquille. « Oui, vraiment, c'est très intéressant ce que vous me racontez là. Ces Jésuites ont une tâche bien difficile. Mais ce qu'ils font est bien et d'une utilité indéniable. Ils ont choisi une profession qui nécessite beaucoup de renoncement. C'est un peu comme si, dans notre pays, on voulait faire enlever les ordures de la rue, etc. Ils ont à faire face aux difficultés élémentaires de la vie. » — « Incontestablement. Mais, voyez-vous, ces Indiens étaient auparavant cannibales et maintenant ils ne le sont plus, tout au moins, je l'espère. » L'évêque frissonna : « Je me sens obligé de demander pardon aux Jésuites de beaucoup de choses, quand je pense à de telles bestialités. Mais je leur souhaite, pour leur tâche, le meilleur succès. Ils peuvent, autant qu'ils en ont besoin, compter sur mon appui. Ah ! Comme l'âme humaine reste couverte de broussailles, de serpents et de bêtes sauvages avant de pouvoir s'élever jusqu'à Dieu. »

Alvaro reprit : « Mon interprète me raconta encore — pour rester sur le même chapitre — qu'une femme était allée se cacher dans le cimetière pendant la nuit qui suivit l'enterrement de son mari. Elle se coucha sur la tombe encore fraîche et, ayant enlevé un grand tas de terre, s'en recouvrit. Le lendemain, un Père qui traversait par hasard le cimetière, l'aperçut et la fit retirer de là. Une fois de plus, ce fut un beau tapage. Ils s'obstinèrent à découvrir ce qui, exactement, s'était passé et si on l'avait obligée à prendre cette décision. Mais cette fois-ci, les autres étaient innocents, et l'explication que donna cette femme était exacte. Elle ne s'était pas recouverte de terre afin de mourir mais pour aider son mari à en supporter le poids. »

L'évêque se boucha les oreilles : « Horrible ! Je vous suis quand même reconnaissant, mon cher conseiller, de m'avoir raconté ces choses bien surprenantes. »

## RÉVOLTE

Durant les jours suivants, Asuncion fut en effervescence. Il y avait dans la ville trois fois plus d'hommes que d'habitude. Cela faisait penser à ce Jeudi Saint lourd de menaces, qu'un gouverneur, nouvellement arrivé, avait choisi pour inviter les tribu des environs à assister à une magnifique procession, et durant lequel les Indiens avaient pensé davantage à leurs flèches et aux épaules des Blancs découvertes qu'à toute autre chose. Mais les Indiens qui circulaient maintenant dans la ville étaient paisibles et continuaient à obéir aux Blancs. C'étaient de tristes détachements de travailleurs soumis à cet infamant « service personnel » dont parlait l'édit royal ; des milliers d'hommes à peau brune, venus de différentes régions ; certains provenaient de tribus des environs qui avaient fait leur soumission et les avaient loués, d'autres avaient été tout simplement achetés contre monnaie sonnante.

L'air altier et furieux, les notables de l'endroit étaient rassemblés sur la place du marché, le chapeau à plumes sur la tête, l'épée au côté. Ils pestaient contre l'inspecteur royal qui ne se montrait pas, contre l'évêque Félix, contre les Jésuites — ceux-là, qu'ils viennent un peu dans la ville ! — et les peaux brunes. Ces Blancs portaient de grandes bottes de cheval et des vestes de cuir. Un peu à l'écart, les Indiens tenaient par la bride leurs solides chevaux. Quelque différents qu'ils fussent par la taille et la figure, ils avaient tous le même regard mobile et pénétrant, la bouche dure et d'énormes poings. C'étaient les successeurs, les héritiers des premiers conquérants, de ces aventuriers qui s'étaient écriés : « Tout est à moi ! » Mais c'en était fini des aventures et de la quête de l'or. La plupart de ces hommes blancs qui restaient au soleil sur la place du marché, devant le palais du gouverneur, portaient les cicatrices des blessures reçues dans leurs combats contre les bêtes et les tribus indiennes. Ils avaient combattu beaucoup de ces tribus dont les membres traînaillaient ici comme esclaves, au temps où elles étaient seules à régner dans la forêt vierge, parées pour la guerre, armées de lances et de flèches. Un grand nombre d'entre eux étaient restés là-bas, victimes de cette forêt ou fauchés par les fièvres des marais et par cette horrible maladie qui, dès cette époque, commençait à naître en Europe, la vérole.

Cet attroupement hostile ne déplaisait pas au gouverneur. Il se trouvait alors dans sa demeure luxueuse qui donnait sur la place du marché, face au palais épiscopal, et montrait à l'inspecteur effrayé la foule des Blancs au milieu des sauvages. Cet homme énergique et bienveillant tenait à sa province beaucoup plus que ses prédécesseurs. C'était un bretteur jovial, un grand amateur de chiens et de chasse. Il fronçait les sourcils en montrant à son hôte le spectacle qui se déroulait en bas : « Voyez donc, cher monsieur, et donnez-moi un conseil. Vous venez me mettre votre édit dans les mains et puis vous partez. » — « Je ne suis pas gouverneur, à vous de voir comment vous en tirer ! » — « Comment nous en tirer ! C'est toujours la même chose : vous rédigez des règlements, vous les diffusez et nous, nous n'avons plus qu'à voir comment nous en tirer. En tout cas, vous pourrez raconter à votre vice-roi ce que vous avez vu. » — « Mais pourquoi tous ces gens sont-ils là ? On croirait qu'un vent de folie s'est levé, qu'attend-on pour les envoyer au travail ? Vous n'avez qu'à faire sortir vos soldats ! » — « Vous allez bientôt voir la suite, cher conseiller, je ne suis pas si pressé. »

Ils vinrent s'asseoir dans la petite salle des conseils. L'inspecteur se sentait inquiet et anxieux. Le gouverneur continuait à sourire, imperturbable. C'était un homme de forte carrure avec une barbe en pointe, noire, qui reposait sur la blancheur de sa fraise. Son visage était large avec un nez lie de vin, et son expression laissait constamment supposer qu'il cachait l'intention de jouer un bon tour. À peine étaient-ils installés que cinq Blancs entrèrent dans la pièce. Le gouverneur leur fit un signe de sa main grasse, en guise de salut, et les invita à s'asseoir. Les autres eurent immédiatement l'impression que l'atmosphère était favorable. Ils déclinèrent cependant son invitation et restèrent groupés près de la porte.

Celui qui paraissait être le chef de la bande tenait dans la main un rouleau de papier. C'était naturellement une copie du rescrit royal. Lorsque le gouverneur, qui les connaissait, les eut présentés au conseiller, leur chef se mit à lire, à haute voix, le texte de l'édit. Il ne se laissa pas troubler par les hochements de tête de l'inspecteur, ni par les interventions du gouverneur. Il répondait tranquillement : « C'est très important », et ses compagnons approuvaient énergiquement de la tête. Il finit par arriver au bout et, ayant fouetté ses bottes avec le rouleau, déclara : « Cela ne peut pas continuer ainsi. Malgré tout notre respect pour les autorités, la Couronne d'Espagne et le vice-roi, etc., cela ne peut continuer ainsi. » Il se mit ensuite à éplucher l'édit royal dans le détail et sur un ton dédaigneux : « Par nos ordonnances, adressées par Moi et les Rois, mes Ancêtres, il a été précisé que les Indiens de notre province devraient jouir de toute leur liberté et servir au même titre que les autres vassaux libres de mon royaume. » À cela nous répondons avec tout le respect qu'il se doit : « Voici vos vassaux. Ils sont là, en bas. Faites-les travailler, nous vous en prions ! » Il fit claquer encore une fois son rouleau contre ses bottes et regarda ses amis. L'inspecteur ne savait quoi dire. Quant au gouverneur, assis confortablement dans son fauteuil, enveloppé dans sa veste de brocart, il n'avait aucunement l'intention de s'interposer. Il fallait que ces messieurs disent tout ce qu'ils avaient à dire et il voulait, tout au moins un bon moment, laisser l'inspecteur se débattre. Alors le chef des colons reprit : « Faites-les travailler, vos vassaux, vous verrez ce que cela rendra. » Les gens près de la porte se mirent tous à rire bruyamment. Derrière eux, dans le couloir, on voyait un certain nombre d'Indiens qui se pressaient en haut des marches. C'étaient les gardiens d'esclaves qui, en signe de leur fonction, portaient un grand bâton. Le chef fit ensuite, coupé par les rires et les exclamations indignées des autres, un exposé sur la paresse, la voracité et la méchanceté des Indiens.

Quand il eut épuisé son sujet, il passa la parole, sans en être empêché ni par le conseiller ni par le gouverneur, à un homme plus vieux et plus tranquille qui fit appel à l'esprit politique des deux hauts fonctionnaires. Ses paroles faisaient preuve d'un certain degré de culture.

« Nous avons dans cette colonie une grande mission

colonisatrice. Il n'y a ici que forêts, herbes, steppes et marécages. Nous, nous construisons, sous la protection des troupes, des forts et des villes. Mais nous ne sommes pas nombreux. Si nous étions davantage, nous n'aurions aucunement besoin de tous ces Indiens. Mais il ne vient plus personne maintenant. On sait bien, en Espagne, comme tout est dur ici. Enfin, tout compte fait, nous sommes nous-mêmes indispensables aux Indiens. Nous avons à les accoutumer à une vie civilisée. Cela ne se fait pas du jour au lendemain. On ne s'en rend pas compte là-haut. Notre évêque est un homme sage et plein d'expérience. Nous sommes allés le voir hier et nous avons trouvé audience auprès de lui. Il démontrera lui-même à ces messieurs que les cantiques et les prières ne suffisent pas dans ce pays. Les sauvages doivent être éduqués ; ils ne savent pas du tout travailler. On en vient parfois à se demander comment ils arrivent à vivre chez eux. » Un des cinq, derrière lui, s'écria : « Oh ! La forêt vierge leur met tout dans la gueule. » L'orateur distingué confirma : « C'est comme cela. Ils ne savent rien faire et sont paresseux comme des couleuvres. Mon collègue a déjà employé les mots qui conviennent pour qualifier leur fainéantise et leurs mœurs primitives. Mais pour mieux convaincre encore ces messieurs, nous avons amené avec nous quelques gardiens indigènes. Ces gens pourront parler en connaissance de cause. »

À ces mots, les Blancs s'écartèrent de la porte et livrèrent passage, en les aidant un peu, à une bonne douzaine d'Indiens. Ils s'avancèrent, la grande canne de bambou à la main, se pressant timidement les uns contre les autres et posant un œil stupide sur la pièce, sur le gouverneur et sur l'inspecteur. Les Blancs les poussèrent en avant. Ils examinaient tout curieusement : le plafond, les murs, le sol, la table, les chaises. Ils se baissèrent les uns après les autres pour regarder sous la table où quelque chose avait bougé.

C'étaient les deux grands chiens du gouverneur. Ils se les désignèrent les uns aux autres, ces animaux, avec lesquels on leur faisait la chasse.

Le Blanc qui venait de parler les présenta par leur nom indien habituel. Quelques-uns avaient aussi un nom chrétien. Aussitôt que l'un d'entre eux s'entendait appeler, il levait son bâton et se pressait contre les autres, les yeux à demi fermés comme pour rendre son regard plus perçant ; il avait l'air d'un homme prêt à repousser une attaque. « Tous ces Indiens peuvent vous dire eux-mêmes à quel point leurs compatriotes sont paresseux, combien il est difficile de les faire travailler et quel mauvais caractère ont la plupart d'entre eux. Comme nous ne parlons qu'espagnol ici et que ces messieurs ne savent vraisemblablement pas le dialecte indien, je les interrogerai moi-même. »

Il se tourna vers les hommes à peau brune et se mit à leur parler dans un langage incompréhensible. Les autres, timides, répondaient à voix basse. À la fin, le Blanc qui était le plus tranquille, écarta les bras et dit aux deux administrateurs : « Si ces gens-là n'étaient pas au courant, qui donc le serait ? » Celui qui avait parlé le premier fit observer que l'on n'avait pas traduit et qu'il fallait rapporter les propros de ces gens. L'autre fit un geste de refus : « Ils ont confirmé tout ce qui a été déclaré ici ; ces choses sont du reste bien connues par toute la ville. » Les cinq Blancs, l'air affligé, approuvèrent de la tête en soupirant et en levant les bras pour exprimer leur résignation. Au milieu d'eux, les Indiens observaient fixement les chiens.

Pendant ce temps le gouverneur avait examiné les indigènes ; il déclara alors d'un ton brusque : « Avons-nous vraiment encore besoin de ces gens ? Vous voyez bien qu'ils ont peur de mes chiens ! » Le Blanc qui savait le mieux s'exprimer, répondit : « Nous tenons à ce qu'ils restent pour qu'on ne vienne pas nous dire que nos déclarations ne reposent sur aucune preuve et que nous pratiquons l'esclavage comme on le déclare trop souvent. »

À cet instant, un des Blancs se fraya un passage entre les Indiens et s'approcha. C'était le plus grand d'entre eux et visiblement le plus vieux ; il avait une longue barbe grise et sa peau, grillée par le soleil, était ridée comme l'écorce d'un vieil arbre. Ses yeux étaient enflammés et ses paupières enflées et rouges, ce qui rendait son regard terrifiant. Il vint tout près de la table derrière laquelle se trouvaient le gouverneur et l'inspecteur. Un énorme chien blanc, tacheté de brun, avec des yeux aussi rouges que ceux de son maître, vint se placer devant lui. Il le repoussa de la main gauche et se mit à parler d'une voix grondante qui remplit les Indiens d'effroi : « Ai-je l'air d'un esclavagiste ? » Comme lui et les quatre autres attendaient une réponse, les deux fonctionnaires, déconcertés, furent obligés d'abandonner leur rôle commode de spectateurs et déclarèrent l'un après l'autre : « Non. » Ayant remporté ce succès, le grand bonhomme se retourna vers ses quatre compagnons.

Comme ils se taisaient, le gouverneur, que l'odeur des Indiens incommodait et qui du reste était gêné par leur présence, demanda si le moment n'était pas venu de faire évacuer la place du marché. Il trouvait que tous ces hommes feraient mieux de retourner à leur travail plutôt que de traîner ici. Le premier orateur déclara effrontément : « Nous sommes venus avec nos gens à Asuncion pour faire savoir à la Couronne que nous ne sommes pas des esclavagistes, nous ne souffrirons pas plus longtemps une telle insulte. Fidèles sujets du Roi, nous payons notre tribut et nous voulons que l'on retire cette injure. Ce sont les Pères de la Compagnie de Jésus qui ont machiné toute cette histoire d'édit. Faut-il que je prenne le taureau par les cornes ? »

L'homme s'approcha de la table devant laquelle un instant avant son compagnon était venu se plaindre.

L'inspecteur sursauta, effrayé ; le gouverneur mit les deux bras sur la table et s'enfonça plus confortablement dans son fauteuil. Il trouvait que l'affaire commençait vraiment bien. Le chef de la délégation frappa de l'index sur la table. Ils virent avec étonnement que ce doigt était coupé à la hauteur de la première phalange, mais cela lui permettait de frapper très fort : « Il y a là-dessous une vieille lutte, une concurrence basse et mesquine ! Nous, nous n'employons que des méthodes licites, légales. Mais du côté des Jésuites, on utilise des moyens perfides contre lesquels nous ne pouvons lutter. Ils voudraient nous prendre nos gens ; ils se sont taillé tout un royaume du côté du Parana. La couronne d'Espagne s'en repentira un jour. Ils veulent avoir tous les Indiens pour les faire travailler. Ils souhaitent que notre province tombe en ruines. Si les Jésuites continuent ainsi, s'ils font encore courir des bruits infamants sur le compte des Blancs et s'ils excitent toujours les Indiens, il y aura un jour une tempête et nous ne garantirons plus rien. »

Tous avaient la mine dure et mauvaise. Le grand bonhomme aux yeux rouges et à la barbe grise, qui semblait toujours implorer pitié en tenant sa tête penchée, la rentrait maintenant entre ses deux épaules : le mendiant souffreteux s'était transformé en taureau irrité. Les Indiens, qui se pressaient à l'arrière-plan, s'échappèrent brusquement sur un signe bref des cinq Blancs et descendirent précipitamment, mais en silence, les escaliers.

La barbe grise commença un réquisitoire d'une voix de basse grondante : « Personne ne nous soutient, nous sommes ici avec nos familles et si nos propres autorités ne peuvent pas nous protéger, nous élèverons nous-mêmes une protestation. » Il baissa soudain le ton et dit, s'adoucissant : « Nous sommes contents que monsieur le conseiller Alvaro soit venu. »

Un quatrième, silencieux jusqu'alors, s'approcha. C'était

un homme d'un certain âge, trapu, aux joues couperosées, au nez bourgeonnant et rouge. Il semblait apoplectique et tenait la tête raide d'une façon si peu naturelle qu'on aurait cru qu'une cravate tenait serré son cou trop gras. Il se mit à criailler, sans un mouvement ; il semblait qu'un mécanisme se fût déclenché en lui : « Le Roi est en train de se faire duper. On arme les Indiens. » Il bégaya. La machine s'enrayait. « Nous sommes de bons chrétiens, au moins autant que ces Indiens puants. »

Le gouverneur se sentit alors obligé de se lever. On devenait agressif dans sa propre demeure. Il invita au calme la délégation qui restait là comme un mur. L'inspecteur, lui aussi, s'était levé et allait de long en large derrière les sièges, la tête baissée, les mains derrière le dos. Alors le chef des Blancs reprit d'un ton rude : « Voilà, en deux mots : Nous ne suivrons pas les nouvelles prescriptions. Nous fermerons nos exploitations et laisserons les champs en friche. »

Sans rien demander au gouverneur qui avait froncé les sourcils et dont les oreilles étaient devenues rouges, il passa entre les deux chiens derrière la table, à côté de l'inspecteur qui était resté interdit en le voyant venir directement sur lui. Il alla à la fenêtre et l'ouvrit : le bruit sourd d'une grande foule entra dans la pièce. À la fenêtre, le colon s'écria : « Alors écoutez-les, ils vont vous dire s'ils sont nos enfants ou s'ils veulent nous faire la guerre. »

Il ouvrit la seconde fenêtre et invita à s'approcher les deux fonctionnaires qui restaient éberlués. Se penchant sur la place, il s'écria : « Holà ! silence ! »

Il y eut des cris en bas. Les deux administrateurs royaux s'étaient approchés de la fenêtre et voyaient la masse houleuse des hommes bruns. Un petit détachement espagnol se tenait devant la maison. Sa vue les réconforta. Des milliers de visages s'agitaient en bas : hommes et femmes, des têtes à chevelure noire, frêles silhouettes. D'en haut, il n'était pas possible de voir l'expression anxieuse de ces visages. Trois douzaines de gardiens énervés faisaient sans cesse tournoyer leurs gros gourdins au-dessus des têtes.

Par la fenêtre, la voix cria : « Que voulez-vous ? Voulez-vous rester avec nous ? Être nos enfants ? »

Un cri confus se leva : « Enfants, enfants. » Cela n'avait pas de cesse. Rien que ce mot, accompagné par les exhortations des gardiens.

Les Blancs, dans la pièce, avaient gardé leur expression pleine de dureté. Ils scrutaient les visages des fonctionnaires. Ceux-ci détournèrent leurs regards de la place. L'inspecteur était pâle et ému. Il essuyait son front. Le gouverneur avait l'air menaçant et, toujours à la fenêtre, examinait longuement, l'un après l'autre, les Blancs qui ne parurent pas très à leur aise, sous ce regard. L'attitude qu'il prit, passant les deux pouces dans sa ceinture et écartant les coudes, les inquiéta encore davantage.

Le vieux aux yeux rouges se sentit obligé, leur chef ne prenant pas la parole, de bégayer : « Ils veulent rester avec nous. Ce sont nos enfants. »

L'inspecteur qui pressait son mouchoir entre ses mains moites dit d'une voix polie et distinguée : « Si monsieur le gouverneur le permet, et si ces messieurs sont d'accord, nous pouvons maintenant mettre fin à cette audience. En ce qui me concerne, je n'ai été envoyé ici qu'en tant que commissaire et sans autre pouvoir. Toutefois, je suis disposé, avant de repartir, à recueillir de plus amples informations. »

Ces paroles conciliantes firent impression. Elles détendirent l'atmosphère. Le gouverneur s'écarta de la fenêtre. Les Blancs virent avec satisfaction qu'il retirait — c'était déjà cela — le pouce gauche de sa ceinture et laissait pendre le bras. Ses oreilles elles-mêmes n'étaient plus aussi rouges. Ils restèrent un moment indécis et silencieux, puis le gouverneur s'approcha du grand bonhomme aux yeux rouges qui se trouvait près de lui; il l'attrapa par sa veste de cuir: « Bon, maintenant, Thomas, vous allez m'envoyer vos gens au travail. Sans quoi, c'est un mauvais exemple que nous leur donnerions. » Tous étaient d'accord et semblaient satisfaits.

On se sépara, l'air grave et toujours tendu. Le bruit cessa bientôt sur la place du marché. Le gouverneur alla fermer les fenêtres et, avant de s'asseoir, s'approcha lentement et pensivement d'Alvaro. Fronçant encore les sourcils, il l'invita d'un geste distrait à prendre un fauteuil et lui demanda si, par hasard, il ne préférait pas que la fenêtre restât ouverte. Alvaro secoua la tête d'un geste brusque. Ils restèrent assis l'un près de l'autre, en silence. En bas, la garde s'en allait au son du tambour, puis ce fut le calme habituel. Alvaro: « Cet incident fera mauvaise impression sur le vice-roi. Je ne suis pas sûr de bien faire en le lui rapportant. » Le gouverneur: « Pourquoi? Vous avez entendu, il n'y a pas d'esclavage ici. Alors le décret sera suivi d'effet. »

Alvaro se retourna et, la tête penchée en arrière, examina le gouverneur. Celui-ci reprit: « Vous avez bien entendu. Les Indiens sont d'accord, c'est le principal. Et c'est d'ailleurs le seul moyen de résoudre la question. » Alvaro se mordit les lèvres: « Vous savez bien, Don Diaz, que l'on nous a joué la comédie; une comédie lamentable, pitoyable; je dois avouer que je n'aurais jamais cru qu'une chose pareille fût possible. » Le gouverneur hocha la tête. « Comédie, comédie! Malheureusement, il y a derrière cela, à l'arrière-plan, une très grave situation. Quoi qu'il arrive, ces gens ne se laisseront pas miner sans réagir. J'ai du reste appris de source sûre, pour ne rien vous cacher, qu'ils ont noué des relations avec les Portugais de l'est, avec les marchands. Je ne vois pas encore où ils veulent en venir. En tous les cas, je les crois capables d'un tas de choses. »

Alvaro, qui avait écouté attentivement, émit un sifflement étonné : « Tiens, est-ce bien sûr ? Ils veulent mêler le Portugal à l'affaire ! C'est vraiment de l'audace ! C'est fort comme histoire ! Mais pour l'amour du ciel, pourquoi ne pas nous avoir prévenus ? » — « De quoi ? » Le gouverneur s'était assis de nouveau confortablement dans son fauteuil. Ses oreilles n'étaient plus rouges du tout et il posait un regard malicieux sur le conseiller : « Au sujet des Portugais ? Mais je viens de vous dire à l'instant : la chose n'est pas encore mûre ; je la surveille quand même de très près. » — « Il faut que j'en souffle un mot au vice-roi. » — « Ce serait très utile. Ne serait-ce que pour l'édit. Vous voyez, nous avons déjà assez de difficultés ici. » Alvaro, assis dans son fauteuil, déclara pensivement : « Enfin, une idée. Cela me fait bien plaisir. Si vous m'aviez plut tôt parlé de cela — de ces relations — ces messieurs auraient pu se passer de toute cette mise en scène. »

## LA VIE DU MONDE SE MAINTIENT DANS UN JUSTE MILIEU

La ville se calma. Un matin, l'inspecteur découvrit devant sa maison un arc de triomphe, presque pareil à celui de Yapeyu. Un petit nombre d'Indiens, chargés de fleurs et d'oiseaux vivants, vinrent en délégation se présenter à lui et au nom de tous lui exprimèrent leur reconnaissance de ce qu'il n'avait pas contrarié l'affection qu'ils portaient aux Blancs. Ces huit hommes et leurs deux gardiens, qui ne quittaient pas leurs bâtons, souriaient ravis : ils étaient ivres. Avant de partir, ils lui dérobèrent un harnachement tout neuf, une moustiquaire et un chapeau.

Au cours d'une promenade à cheval dans les environs d'Asuncion, Alvaro et l'évêque Félix eurent un dernier entretien. Le bonhomme à barbe grise et à la voix de basse les accompagnait, monté sur un énorme roussin. Il les précédait comme une estafette; son cheval avait fort à faire. Alvaro et l'évêque, pour qui cette contrée n'était pas nouvelle, étaient surpris favorablement: des élevages de chevaux et de bétail, des champs de maïs, de canne à sucre et de manioc. Où était la différence entre ces installations et celles des Jésuites? Sans doute lorsqu'on demandait à voir les demeures des détachements de travailleurs, le bonhomme à barbe grise se montrait-il dur d'oreille. À de tels moments, il se trouvait toujours en train de lutter avec son cheval rétif. Leurs questions finirent par arriver jusqu'à son tympan. Il écarta alors les bras comme deux ailes de moulin pour montrer que les demeures de ces détachements étaient loin, très loin et dispersées dans tout le pays. Il était impossible dans ces conditions d'y aller dans la même journée. Mais alors comment venaient-ils eux-mêmes ici? Oh, il y avait des chevaux, ce n'était pas cela qui manquait.

Tandis qu'Alvaro et l'évêque digéraient en silence cette réponse, ils passèrent rapidement devant un établissement misérable. Deux Blancs, l'arquebuse au pied, levèrent leurs chapeaux pour les saluer. Des enfants accoururent de toutes parts, comme les chiens que l'on rencontrait ici en bandes sauvages. Alvaro parla de la délégation indienne qui était venue le voir la veille. L'évêque sourit: « Malheureux, vous laissez venir les Indiens dans votre cabinet de travail! Vous faites cela chez vous aussi? » — « À vrai dire, non, je n'ai affaire à eux que pour le service. Mes serviteurs sont tous blancs. Curieux que rien de pareil ne me soit arrivé dans les réductions. » — « Mais vos réductions sont des serres; tout y est artificiel. Ce ne sont pas des choses de valeur qui vous ont été volées? » — « Non, elles n'avaient aucune importance. »

Ils s'arrêtèrent bientôt dans une sorte de ferme. Quelques Blancs s'y étaient établis loin de la ville. Ils y vivaient avec une petite troupe d'indigènes et cette vie avec leurs femmes indiennes et le détachement de travailleurs qui avait été mis à leur disposition n'était pas sans danger. Ces hommes qui semblaient exténués de travail reçurent tout d'abord cette visite inattendue avec méfiance. Ils ne parlaient que de leur lutte contre les bêtes sauvages. Puis, après avoir échangé, à l'écart, quelques paroles à voix basse avec le compagnon de l'évêque et l'inspecteur, ils se dégelèrent. Ils leur servirent du vin d'Espagne sur la table dressée dans la véranda de leur grande maison, cette maison qui servait à la fois d'étable, de grenier, de demeure pour plusieurs familles et même de dépôt d'armes et de munitions. Ils firent rentrer leurs enfants métis. Quant aux femmes indiennes que les deux visiteurs purent voir avant qu'elles s'enfuient, elles n'étaient pas différentes de leurs congénères qui travaillaient un peu partout, alentour. Les deux fermiers parlaient à leurs hôtes des sauvages Guaycurus, une tribu du Chaco septentrional, qui faisaient de fréquentes incursions dans la contrée. Ils étaient venus les assiéger dernièrement. Les Blancs, ayant tout perdu, et ayant vu leurs maisons incendiées, avaient dû se retirer dans le fourré et se défendre dans des tranchées. Les munitions leur manquaient, ils étaient mourants de faim et de soif, quand, brusquement, les sauvages battirent en retraite. La cavalerie d'Asuncion avait été envoyée contre eux. « Ils avaient l'air de bêtes sauvages, disaient-ils. Nous avons dû notre vie au vin que nous venions justement de recevoir. Les Indiens n'ont pu le supporter, et quand la cavalerie arriva, ils étaient soûls. La chevelure de ces sauvages était taillée en forme de double couronne, surmontée d'un petit toupet. Leur lèvre inférieure était percée d'un trou ; c'est là qu'ils mettent leur "mata", une pointe de pierre. » Ils allèrent chercher dans la maison une bonne douzaine de ces pointes. L'évêque demanda : « Ils vous en ont fait cadeau ? » Les Blancs se regardèrent en souriant : « Nous les avons arrachées à quelques-uns d'entre eux qui reposaient à leur dernier sommeil. C'est un souvenir. »

Ils invitèrent ces messieurs à regarder au-dessus de l'entrée de la véranda. Là, pendaient à une corde, tendue en demi-cercle, des plumes de couleur, des parures indiennes, des touffes de coton rouge et des chapelets de ces « matas ». « La prochaine fois, vous accrocherez des crânes. » L'évêque leur semblait aimable. Ils se mirent à rire : « Il faut bien leur faire peur. » Le plus vieux des deux qui, tandis qu'on amenait son cheval, venait de mettre sur sa tête une sorte de chapeau en feuilles de palmier déclara, tout en regardant fixement les deux messieurs et tout en prenant par la bride le fougueux animal : « Ils ne nous chasseront pas de sitôt. Même si ceux de la ville ne nous aident pas. » D'un seul bond, l'homme fut sur le dos de la bête qui se dressa et se tourna. Félix : « Où allez-vous ? » Deux Blancs et une douzaine d'Indiens à cheval arrivèrent au gaiop et entourèrent leur hôte. « Nous allons leur donner une leçon. Nous les attaquons. Il y en a cinquante qui sont partis de chez nos voisins d'en face. N'avez-vous pas vu comme tous les champs sont en friche ? » Et la cavalcade s'ébranla : des Indiens, armés de lances, deux Blancs avec leur arquebuse.

Il apparut du reste au cours des brèves conversations qui suivirent entre le Blanc, resté sur place, et les nombreux Indiens arrivés entre-temps pour apporter des nouvelles et demander des ordres, qu'il existait une bonne entente entre eux. Alvaro en félicita cet homme tranquille, mais celui-ci haussa simplement les épaules : « Ils nous montrent de l'affection dans la mesure où ils nous craignent. Si mon frère, que vous venez de voir partir à cheval, ne parcourait pas le pays avec son fusil, abattant tous ceux qu'il rejoint dans leur fuite, nous serions seuls aujourd'hui et déjà massacrés. » Il baissa tristement la tête : « Nous voudrions bien vivre en paix avec eux, ils nous sont aussi nécessaires que le pain quotidien ; on court après eux ; on voudrait leur accorder tout ce qu'ils désirent, mais il faut quand même que le travail se fasse. »

Lorsque le compagnon à barbe grise, appelé du dehors, se fut éloigné de la véranda, les deux autres, assis à leur aise devant la table, restèrent un moment silencieux, absorbés dans leurs réflexions : « Il est curieux de penser en ce moment même à notre visite aux Jésuites de Yapeju. Tout, là-bas, était certes surprenant, et plus le temps passe, plus tout ce qu'ils ont réalisé me semble extraordinaire. Mais, en fin de compte, ce qui se fait ici n'est pas non plus à dédaigner. Au fond, il est triste qu'il n'y ait pas davantage de liens entre ceux d'ici et les Pères Jésuites. »

Félix, ayant fait entendre un grognement, approuva : « Si seulement on voyait un moyen de leur procurer une main-d'œuvre solide. J'ai entendu dire qu'on a débarqué des nègres en Guyane ; le vieux Las Casas y avait déjà pensé. Peut-être est-ce la bonne solution. » — « Peut-être. » Félix : « Il en va pour moi comme pour vous, plus le temps passe depuis mon retour du Parana et plus l'impression que m'a laissée leur œuvre se confirme. Ici, on n'est pas très religieux, ces gens sont durs ; il faudrait même les surveiller de près car ils auraient tendance à agir comme on le fait en état de guerre. Les Jésuites prennent les choses avec plus de souplesse. Ils sont deux, rien que deux dans un village de cinq mille Indiens. Mais si vous vous souvenez bien, ce ne sont au fond que d'immenses écoles ou casernes. Les Indiens sont soumis à un règlement, un règlement qui traite même des pantoufles comme vous me l'avez raconté. C'est en quelque sorte une armée pacifique que les Jésuites ont mise sur pied. Voyez-vous, depuis saint Ignace qui était capitaine, ils n'ont jamais cessé de jouer au soldat. Ils ne sont heureux que lorsqu'ils peuvent tracer des lignes bien droites, au cordeau, où chaque maison est à égale distance de la suivante ; il faut qu'ils travaillent au compas, calculent et commandent. C'est vraiment un magnifique type d'hommes et de religieux. Nous n'avons jamais rien vu de tel dans l'Église, de vrais architectes, de vrais ingénieurs. Très bien. Je suis le dernier à trouver quoi que ce soit à y redire. » — « Quand même, dit en souriant Alvaro, ils vous ont, comme je l'ai appris à mon grand regret à Asuncion, dérobé votre neveu Gonzales, dont vous vouliez faire votre premier vicaire. »

« Dérobé. L'expression est un peu forte ! Qu'est-ce qu'on ne raconte pas à Asuncion ! Naturellement, je ne l'ai pas vu partir de bon cœur. Mais la jeunesse est attirée par ceux qui savent commander. C'est là la force d'attraction des Jésuites. C'est comme un tourbillon. Je ne peux pas entrer en compétition avec cela. Mais si, toutefois, vous me demandez franchement si je suis content de cette évolution, je ne pourrai pas vous donner une réponse tout à fait affirmative. Vous-même, en tant qu'homme de gouvernement, êtes-vous en fin de compte satisfait de tout ce que vous avez vu là-bas ? » — « Les Jésuites sont en train d'apporter d'importantes rénovations à ce monde. Vous avez raison, c'est un tourbillon déchaîné. Ces gens vont de l'avant, de toute leur énergie ; ils savent ce qu'ils veulent et ne se laissent pas faire. » — « Mon Dieu, c'est bien vrai », dit Félix en riant. Alvaro poursuivit : « Et c'est cela qui attire la jeunesse. Dans l'ensemble, Monseigneur, ce voyage a été pour moi une source d'enseignements. J'avais simplement à m'occuper de l'édit, mais je veux rapporter au vice-roi tout ce que j'ai appris. Nous ne voulons pas nous laisser entraîner à la moindre partialité. Les Pères Jésuites accomplissent une tâche grandiose, et l'on ouvrira de grands yeux en Europe quand on saura exactement tout ce qu'ils font. Il est incontestable en outre que l'œuvre un peu plus grossière que nous voyons ici inspire également le respect. Sans doute, y aura-t-il lieu d'y apporter quand même quelques petites retouches. »

« Vous me faites plaisir. Je n'ai rien à ajouter. Voyez-vous, les Jésuites, pourquoi nier qu'ils m'aient porté un coup en m'enlevant mon vicaire ! En tant que religieux cultivé de l'ancienne école, nous nous sentons, dans une certaine mesure, mis à l'écart. Pour eux, qui vivent sous le signe de l'époque, nous sommes déjà entrés dans l'histoire. Oui, ce qu'ils veulent, ils le font. Ce sont des fanatiques et ils se lancent dans leur fanatisme armés de règles et de compas. Mais est-ce que, du seul fait qu'ils sont en train de réaliser quelque chose de bien, tout le reste doit être considéré comme mauvais ? C'est de la démence, ce qu'ils font ! Vous vous souvenez du spectacle de Yapeyu ? Ils occupent toute une province, ils y sont tout-puissants, n'y laissent pas entrer un seul Blanc, pas un seul prêtre d'un autre ordre que le leur. Je m'étonne même qu'ils y laissent encore pénétrer les fonctionnaires de la couronne. Ils désignent eux-mêmes dans les réductions les autorités temporelles alors que c'est au gouvernement de le faire. Ils ont créé de toutes pièces de nouveaux États de l'Église. Cela correspond très bien à ce qu'ils sont et font d'autre part. Ils remuent le monde entier. On les rencontre dans toutes les cours. Leurs écoles sont surpeuplées. Un jour, ils arriveront à rendre toute la terre jésuite. »

Alvaro ouvrit de grands yeux : « Croyez-vous, Monseigneur ! Nous avons déjà assez de difficultés. »

« Ils débordent de force, sont jeunes et extrémistes. La jeunesse les suit. Si vous voulez le fond de ma pensée et si vous ne le répétez pas, je vous dirai que je le crois, mais non que je l'espère. Ils construisent ici leur royaume d'utopie. C'est ce que je leur reproche. Il leur est bien égal que la beauté de ce merveilleux pays soit en train de disparaître. Mais tout cela méconnaît la vraie nature humaine et même le christianisme ; c'est révoltant ! Ils ne connaissent ni mesure, ni juste milieu. Ils méprisent tout cela. Mais... »

Il étendit le bras au-dessus de la table avec une expression fière et tranquille. « Mais le monde a horreur des extrêmes. Tout ce qui va au-delà de sa mesure sera rejeté dans les limites de sa mesure. »

## MENDOZA ET TAJUBA

La république chrétienne se développait.

Le Père Mendoza n'avait pas la main heureuse. Mais, ses malheurs mêmes tournaient pour le bien des Jésuites.

Il avait rassemblé deux mille familles indiennes autour de lui dans la réduction de Jésus Maria. Cette fondation prospérait comme toutes les autres républiques jésuites. À quelques jours de marche de Jésus Maria demeuraient des tribus libres, au sein desquelles la foi n'avait pas encore pénétré. En revanche, des marchands espagnols y avaient fait leur apparition, y avaient livré des marchandises européennes et voulaient contraindre leurs débiteurs au travail forcé. Les Indiens n'arrivaient pas, en effet, à livrer suffisamment pour payer les fers de lances, les haches, les étoffes qu'ils avaient achetés. Comme d'habitude, les marchands exigèrent qu'ils allassent travailler aux endroits indiqués dans les champs et dans les forêts, et les autres ayant refusé ils saisirent les autorités de leurs revendications. On envoya de la milice pour contraindre les débiteurs. C'était une procédure incontestable au point de vue légal, mais les Indiens s'enfuirent, laissant les marchands pester contre de tels voleurs, de tels vauriens.

Le Père Mendoza partit alors vers le nord-ouest pour les rejoindre dans les montagnes. Leur cacique s'appelait Tajuba. Il portait comme tous les siens la haine la plus acharnée contre tous les Blancs. Lorsqu'il apprit que ce Père, l'un des messieurs des réductions, s'approchait, cette haine s'accrut encore. Comme beaucoup d'autres Indiens libres, il ne pardonnait pas aux Jésuites d'avoir donné asile à ses gens et d'avoir ainsi diminué la capacité de résistance des siens. Au début, ces tribus attaquaient fréquemment certaines réductions dans le seul dessein de remettre la main sur ceux qui les avaient fuis et de les punir. En ce qui concernait le cacique Tajuba et Mendoza, il y avait en outre un détail particulier. Lui et Mendoza, le Père Jésuite, qui maintenant s'approchait, s'étaient connus dans des circonstances qui n'avaient laissé de bons souvenirs ni à l'un ni à l'autre. En effet, alors que Père Mendoza enseignait encore dans la réduction de Saint-Michel, Tajuba avait fait semblant de se laisser convertir. Mais, par la suite, des mouchards des Jésuites l'avaient surpris en train de tenir des discours excitant les Indiens à la révolte. Il les mettait en garde contre le baptême et leur conseillait, au lieu de se cacher et de suivre le Dieu blanc qui ne les aiderait pas, de dérober des chevaux et des armes et d'incendier le village. Les convertis s'étaient alors emparés de Tajuba et l'avaient enfermé dans le local de la mission jusqu'au retour de Mendoza. Mendoza était un homme énergique. En arrivant, il écouta le rapport que lui firent ses gens, puis interrogea le cacique. Celui-ci commença par nier tout, puis se mit à jouer la comédie, avouant et suppliant qu'on le pardonnât. Il fit semblant de pleurer. Mendoza menaça de le chasser au cas où il recommencerait et, ce qui était pire, de le repousser de la communauté chrétienne. Là-dessus, il laissa l'homme en liberté et celui-ci disparut la nuit suivante. Les Indiens de Saint-Michel estimaient tous que l'on n'aurait pas pû le laisser en liberté car il attaquerait un jour le village par surprise. Il ne le fit pas. On n'entendit plus parler de lui. Il avait peur de la puissance des Jésuites. Pourtant il leur gardait une profonde rancune pour l'avoir enfermé dans le local de la mission à Saint-Michel.

Lorsque Mendoza, sur son cheval, accompagné d'une petite suite d'Indiens, remonta la vallée et s'approcha de la montagne où se cachaient quelques-unes des tribus en fuite, le cacique se réjouit de pouvoir bientôt assouvir sa rancune. Il n'entrevit pas tout de suite ce qu'il allait faire. Ses sentiments à l'égard de Mendoza étaient mélangés : à la fois crainte et désir de vengeance. Le religieux était pour lui un grand sorcier, plein d'autorité. C'est pourquoi il accueillit Mendoza amicalement, le reçut dans les cavernes qu'ils habitaient et l'accueillit à sa table. Mendoza exprima son regret de voir cette tribu, qui avait vécu paisible et heureuse, obligée de se retirer dans ces froides montagnes. Il blâma la dureté des marchands espagnols et se déclara prêt à intercéder auprès du gouverneur pour obtenir la remise de leur dette. Mendoza fut assez prudent pour ne pas demander pourquoi ils ne s'étaient pas mis sous la protection des Jésuites. Tajuba ne laissa rien percer de ses desseins. Il procura des peaux aux religieux et à sa suite, puis les conduisit plus avant dans la montagne. Il pensait que les tribus qui s'y trouvaient se chargeraient du travail et en auraient rapidement fini avec Mendoza.

Mais quelques semaines plus tard, ses guetteurs lui annoncèrent que les Pères Jésuites étaient de retour. Sains et saufs, ils revenaient avec une suite encore plus importante. Cela rendit Tajuba complètement furieux. « Ces imbéciles, ces traîtres qui s'étaient joints à Mendoza, il voulait les punir en même temps que leur blanc suborneur. »

Sur ces entrefaites, le temps des pluies était arrivé. Mendoza, qui ne se doutait encore de rien, fut heureux de trouver un abri dans les grottes de la tribu de Tajuba. Mais il ne tenait pas à rester son hôte trop longtemps, car quelques indices l'inquiétaient. Les gens de sa suite, ceux qui avaient décidé d'aller avec lui à Jésus Maria, vinrent le prévenir que Tajuba avait une idée derrière la tête.

Mendoza rapporta la chose franchement à Tajuba et il passa encore de longues heures à essayer de convertir le cacique. Ils rirent ensemble en évoquant les temps anciens où le Père avait déjà fait une tentative vaine dans ce sens. Au moment de prendre congé, le cacique promit de rester en contact avec Mendoza pour essayer de parfaire enfin sa conversion. Il rappela en outre à son hôte, de la façon la plus pressante et aussi la plus hypocrite, sa promesse d'intervenir auprès du gouverneur au sujet de la remise de leur dette.

La petite troupe de Mendoza, des cavaliers pour la plupart, se mit en route sous la pluie battante. Pour se protéger, ils s'étaient enveloppés dans des peaux de bœuf et de veau difformes. Le cacique lui-même, avec trois de ses gens, les accompagna un certain temps. Le chemin, après avoir monté sur une petite hauteur, descendait ensuite dans une large vallée, couverte d'une espèce de conifères et de buissons. Une petite rivière y coulait. Ce cours d'eau sans importance était en crue par suite de mauvais temps et les Indiens de Mendoza, qui formaient son avant-garde, cherchaient un gué. Cela se passait durant la matinée.

Soudain, tandis que Mendoza et les siens restaient un peu en arrière, ils entendirent des appels et des cris confus. Bientôt les gens de l'avant-garde arrivèrent au galop, criant qu'ils avaient été attaqués. Ils racontèrent que des troupes d'Indiens qui se tenaient cachées de chaque côté du chemin dans les taillis s'étaient précipitées sur eux. Ces hommes criaient que les assaillants étaient tous des gens de Tajuba. Celui-ci, sur son cheval aux côtés de Mendoza, avec une magnifique parure de plumes, prit un air de profonde indignation et, lâchant les brides, s'enfuit au galop. Mendoza parla avec calme aux gens qui l'entouraient et le pressaient. « Faire demi-tour ? Non ! S'ils avaient peur, ils n'avaient qu'à fuir. » Il ne tenait pas Tajuba pour un traître et, en aucun cas, il n'abandonnerait les compagnons qui étaient plus en avant. Il se mit alors à trotter paisiblement le long de la rivière, n'ayant plus personne à ses côtés. Mendoza se mit à penser que ce Tajuba avec lequel on avait déjà fait d'aussi mauvaises expériences, était bien capable d'une telle perfidie et sa colère s'alluma. Il voulait demander des comptes à ce gredin. Ses gens accoururent derrière lui, se jetèrent à l'encolure de son cheval, l'arrêtant, suppliant le Père de ne pas aller plus loin. On entendait tout près le tumulte de la bataille. La troupe d'Indiens, que Mendoza avait ramenée de la montagne, avait engagé un combat avec les gens de Tajuba. Leurs cris s'élevaient, c'était une lutte désespérée car les autres avaient une grande supériorité numérique : « Fuyez, dit Mendoza à ses gens lorsqu'il se rendit compte de la situation. Sauvez-vous. » Il les laissa. Tout d'abord, ils furent indécis, puis la peur s'empara d'eux ; ils se sauvèrent et se dispersèrent dans tous les sens.

Près du gué, des Indiens de Tajuba surgissaient des buissons en nombre toujours plus grand. À l'approche de Mendoza, ils se rassemblèrent et poussèrent leurs cris de guerre dans sa direction. Voyant les cadavres de ses gens sur la rive, le prêtre ressentit la douleur et la colère remonter en lui. Il fit tomber la lourde peau de bœuf que Tajuba avait posée sur ses épaules pour le protéger de la pluie. Il voulait montrer à ces gens sa robe noire et la croix qu'il prit dans ses mains. Il voulait leur faire voir qu'il ne les craignait pas.

Il cria : « Où est Tajuba ? Tajuba ! Où se cache donc Tajuba ? » Tajuba se détacha du groupe. Il se tenait au bord de la rivière, à portée de voix. « Ah ! te voilà, Tajuba ; pourquoi ne t'approches-tu pas davantage, toi homme plein de méchanceté ? Que t'ont donc fait mes gens pour que tu les fasses périr ? »

Tajuba : « Tu m'appelles homme méchant, toi, le visage pâle, l'insolent. Vous nous chassez de nos pâturages, vous nous repoussez dans les montagnes et dans les marécages. Nous avons tué ces hommes parce qu'ils vous soutiennent. Nous tuerons tous ceux qui vous suivent. »

« Maintenant tu te montres sous ton vrai visage, Tajuba ! N'as-tu pas honte de m'avoir trompé ? Ne t'avais-je pas promis de te libérer de ta dette ? Viens avec nous à Jésus Maria, nous te protégerons. » Tajuba éperonna son cheval et s'approcha, brandissant sa lance. « Appelle ton Dieu en aide, visage pâle ! et finis tes bavardages ! »

Tandis que Tajuba traversait le gué sur son cheval, Mendoza essaya dans un mouvement instinctif de relever la lourde peau de bœuf qui était derrière lui, sur le dos du cheval, pour la remettre sur ses épaules. Mais son cheval se cabra devant l'assaillant ; Mendoza chancela, et avant qu'il eût pu se retenir à l'encolure, des flèches sifflèrent et le touchèrent à la poitrine et aux tempes. Il leva les bras et s'effondra sur le sol. Le cheval se redressa et s'enfuit au galop le long de la rive, emportant la peau.

Tajuba s'approcha alors, suivi de toute sa troupe. Le grand sorcier blanc gisait sur le sol. Restant sur son cheval, l'Indien laissa faire ses hommes. Ils arrachèrent les vêtements du Jésuite, le mettant nu, lui coupèrent une oreille et crachèrent sur son crucifix. Puis ils le laissèrent, la face tournée contre terre. La pluie tombait toujours, torrentielle.

Cependant Mendoza qui gisait nu sur la rive, au milieu des cadavres de ses gens, n'était pas mort. Dans l'après-midi, il reprit connaissance. Il mit longtemps avant de pouvoir se redresser. De terribles douleurs le parcouraient. Les pointes de flèches restaient plantées dans son corps. Il sentit que sa fin approchait. À travers la détresse de ses souffrances, ses pensées parvinrent jusqu'à Dieu, l'Éternel, Celui qui voit tout et sait tout, Celui qui règne dans le ciel. Il tâta la terre détrempée autour de lui, cherchant son crucifix. Il ne le trouva pas. Alors il se traîna dans la boue au milieu d'indicibles souffrances, cherchant toujours sa croix. Et comme il ne la trouvait toujours pas, il s'écarta du fleuve. Il voulait avoir une croix dans la main, mourir avec une croix dans la main. Il réussit à gagner les taillis. L'eau froide ruisselait sur son corps nu. Il regardait autour de lui, des rameaux brisés et desséchés couvraient le sol. Il en prit deux dans sa main, les assembla : c'était une croix. Un grand calme entra alors en lui, au milieu de ses douleurs. Il y avait Dieu ; il y avait les mots qui conduisent vers Lui et qui l'unissaient à ses frères lointains, là-bas, dans les réductions.

La dure nuit arriva. Et lorsque cette nuit noire et sans fin se fut écoulée, les Indiens de Tajuba ayant suivi la trace de Mendoza sur la rive le trouvèrent à la lisière du taillis. Avec sa peau blanche, ils purent le voir de loin. Il entendit leur voix. Raidi de froid, cloué au sol par sa faiblesse, il ne parvenait pas à lever la tête. Ils l'entourèrent et virent sans s'effrayer qu'il avait ouvert les yeux et qu'il vivait encore. Ils avaient célébré une sorte de fête de victoire et étaient tous ivres. Tajuba, parmi eux, se mit à railler au milieu des rires de ses gens. « Alors te voilà, couché dans le taillis. Nous t'avons bien vu, mais ton Dieu, lui, ne t'a pas vu. Tu es au service d'un Dieu aveugle. »

« Canaille », bégaya Mendoza. Il essaya de plier les jambes et de relever la tête pour voir si la croix était encore dans sa main droite car il ne sentait déjà plus son bras.

Alors Tajuba lui décocha un coup de lance dans la bouche et les autres brandirent leur hache et le dépecèrent comme un bœuf. Il lui arrachèrent le cœur et le portèrent hors du taillis. Près de l'eau, ils le percèrent d'une flèche ; ils voulaient voir comment son esprit allait s'y prendre pour trouver le chemin du ciel.

Les compagnons de Mendoza qui s'étaient enfuis répandirent la terrible nouvelle. Il se produisit alors une chose qui eût été inconcevable au temps du Père Emmanuel : les Indiens convertis des réductions de Jésus Maria et de Saint-Michel se réunirent pour venger leur Père. Le Frère Mola, qui gouvernait alors à Saint-Michel, chercha à détourner ces gens de leur projet. Mais quand il vit qu'ils étaient mécontents de sa décision, il leur laissa pleine liberté. Montoya lui-même, au lieu de répondre à sa question, serra seulement les poings.

Le cacique Tajuba eut une fin à laquelle il ne s'était pas attendu. Il pensait naïvement, après le massacre du Père Mendoza, tandis qu'il s'approchait de la réduction de Saint-Michel, que les Indiens allaient se soulever et attaquer les Blancs avec lui car il avait eu raison du plus grand de leurs sorciers. Au lieu de cela, c'est une troupe de quatorze cents cavaliers bien armés et écumant de rage qui se leva contre lui et dispersa ses hommes comme de la volaille. Ils ne leur firent pas merci.

Le cacique indien de Saint-Michel fit attacher Tajuba, le victorieux, sur un cheval et le conduisit dans la montagne à l'endroit où Mendoza était mort. Tajuba, lorsqu'ils arrivèrent dans cette vallée, dut indiquer la place où le Père Jésuite avait voulu traverser le fleuve, celle où il avait été blessé pour la première fois, l'endroit où il était tombé de cheval et celui où on l'avait exécuté le jour suivant. Au bord du fourré, exactement à la même place, le cacique de Saint-Michel jeta Tajuba sur le sol, le saisit par les cheveux et lui trancha la tête avec sa hache.

C'est par la fondation d'une nouvelle réduction chrétienne, par le retour et la conversion d'un grand nombre d'Indiens réfugiés dans la montagne que se termina l'histoire du martyre de Mendoza.

## MONSEIGNEUR FÉLIX EN DIFFICULTÉ

Quelques jours après, comme les Jésuites redescendaient paisiblement de ces montagnes où le Père Mendoza avait fait glorieusement le sacrifice de sa vie, ils furent attaqués par de jeunes troupes d'Asuncion. Ces dernières chassèrent les Pères et leur ravirent leur troupeau d'hommes bruns, sous prétexte que c'étaient des gens qui s'étaient échappés d'Asuncion. Ils firent une entrée solennelle dans la ville avec leurs deux cents prisonniers. Parmi ces derniers se trouvait du reste un jeune Jésuite, un novice. Ils fêtèrent cette victoire, cette victoire sur les Jésuites et sur l'ordonnance royale. Cela avait presque le caractère d'une révolte.

L'évêque apprit avec effroi l'entrée de ce cortège dans la ville. Lorsque tout ce monde fut rassemblé sur la place du marché pour fêter au son des fifres et des tambours le triomphe du bon droit, il y envoya son vicaire. Mais comme personne ne voulait écouter cet homme, il fut obligé de descendre lui-même dans la véranda de sa maison pour négocier avec quelques Blancs. Finalement, ceux-ci acceptèrent de lui remettre au moins le jeune religieux. Félix se trouvait dans la plus profonde consternation. Ce ne fut que grâce à l'amabilité avec laquelle il s'adressa aux Blancs et à l'extraordinaire maîtrise de soi dont il fit preuve, qu'il parvint à se faire rendre le religieux. Du reste les autres ne savaient pas ce qu'ils pourraient en faire.

Puis Félix vint s'asseoir avec le jeune homme dans sa bibliothèque, le fit servir, lui donna une chambre et lui dit qu'il n'avait plus rien à craindre. Le prisonnier était un jeune homme aimable. Devant Félix, il pleurait sur son malheur, il appréhendait les reproches qu'on lui adresserait sur sa maladresse. Mais il n'était pas encore tout à fait habitué à ce pays. Il n'aurait jamais pu croire que les Blancs pouvaient avoir tant de haine pour les Jésuites.

Durant la nuit, Félix se réveilla, fit lever Alfio et parcourut avec lui toute la maison pour voir si personne ne s'y était glissé pour attaquer son jeune hôte. Avec Alfio, il barricada de l'intérieur la porte d'entrée. Son valet l'examinait, soucieux. Il alla dans la nuit mettre au courant Clélia qui dormait dans sa chambre avec son enfant. La jeune femme voulut au petit jour rejoindre Félix pour prendre comme à l'accoutumée son premier repas avec lui. Mais lorsqu'elle vit qu'il était déjà installé avec le jeune religieux, elle n'osa pas entrer. Plus tard, elle le rejoignit dans sa bibliothèque. Il eut un sursaut de frayeur lorsqu'elle entra ; il ne l'attendait pas. Mais quel aspect il avait ! Épuisé, abattu ! Elle prit sa main et s'assit près de lui. Elle sentait qu'elle ne parvenait pas à entrer en contact avec lui. Ce n'est qu'au moment où elle s'assit, l'air courroucé, sur ses genoux, prit sa tête entre ses mains pour la secouer et tira sa barbe, qu'il se mit enfin à sourire. Il leva les bras et l'attira contre lui, en soupirant. Aussitôt son visage reprit les traits qu'elle connaissait.

Il ne la lâcha pas et murmura : « Comment chose pareille peut-elle exister ! Clélia, je reviens tout droit des enfers. » — « Ne parle pas ainsi, Guido. » — « Tout droit, je t'assure, j'en tremble encore. » — « Tu me plonges dans l'angoisse. » — « C'étaient bien les enfers. Je ne peux t'en faire le récit. Nous allons rechercher dans Homère pour voir comment c'est. Je n'ai pas trouvé mon âme. Elle devait errer quelque part, vois-tu. » Elle se remit debout, sentant qu'il voulait se lever. En vérité, il se leva, le revenant des enfers, et se mit à arpenter sa bibliothèque. Il marchait à grands pas et du fond de la pièce examinait Clélia qui restait debout à la même place. Il se mit à déclamer : « Et maintenant s'approchait l'âme du gémissant Patrocle, toute pareille à lui par la grandeur, la forme et par les yeux aimables. "Dormirais-tu sans te souvenir de moi, ô Achille ?" »

Félix s'interrompit. Son visage s'éclaira : « Maintenant

j'ai retrouvé ce que dit Ulysse lors de son retour, en atteignant la ville et le pays des Cimmériens, à la limite des mers, lorsqu'il eut versé le sang d'une victime expiatoire pour tous les morts. Et de l'Érèbe remontait la foule des âmes de tous les défunts : jeunes gens et leurs fiancées, vieillards chargés de soucis et filles épanouies. » — « Ah, vois-tu, Clélia, il y en a tant qui vivent là et tu m'as laissé y aller seul. » — « Tu ne m'as pas appelée, Guido. » — « Serais-tu venue ? »

Elle était près de la chaise, les bras nus, les pieds dans les sandales, drapée dans une tunique romaine de couleur rouge. Elle pencha sa tête bouclée, appuya le bras droit sur le dossier d'un fauteuil, son visage était empreint d'une tristesse. Elle traversa la pièce en courant pour venir à lui et pressa sa tête contre sa poitrine. Il l'embrassa : « Alors tu serais venue ? Mais lorsque Ulysse eut aperçu Achille lui-même, cette ombre, et lui eut dit : "Ne regrette pas la mort, Achille", celui-ci répondit : "Ne fais pas pour me consoler l'éloge de la mort, ô glorieux Ulysse ! Je préférerais encore travailler à la solde d'un pauvre paysan plutôt que de régner sur toute une armée de morts en décomposition." Que ces paroles soient ma devise et que je vive encore longtemps. » Clélia leva la tête. « Mais pas ici, Guido. » Il se mit à rire et continua à arpenter sa bibliothèque à son côté.

Mais lorsqu'il fut au milieu de la pièce, une colère soudaine le saisit. Il lâcha la main de Clélia et agita les bras comme s'il avait voulu rompre ses chaînes. « Cours, Clélia, va dire à Alfio qu'il selle mon cheval. Je veux partir, partir. » — « Tout de suite ? » — « Immédiatement. Si tu veux... — non, tu restes... — Alfio viendra avec moi. »

Ce fut, ensuite, pendant une heure, une course effrénée à travers la prairie ; Alfio, quand son cheval venait à la hauteur de l'autre, voyait l'évêque se pencher sur le cou de la bête, l'excitant par ses cris. Lorsqu'ils furent rentrés,

Félix était redevenu l'évêque d'autrefois. Par sa bonne humeur, il charmait le jeune religieux, assis près de lui, à sa table.

Alfio approuva tout à fait ce que lui déclara l'évêque, qu'il assistait pendant son bain. Dans la vapeur, les cheveux de Félix collaient à sa tête et sa barbe amollie se plaquait contre lui. Son visage prenait une grande sévérité et ses lèvres épaisses ne souriaient pas. « À quoi pensent ces éleveurs de bétail, ces marchands de chevaux ! Ils veulent me contraindre ! Me contraindre, moi ! Ils veulent me mêler à leurs affaires ! Ils ne tarderont pas à venir ici, Alfio, et, pour te corrompre, te proposeront de l'argent afin de me rendre encore plus accommodant et plus aimable ! Peut-être l'ont-ils déjà fait ? » — « Ils s'en garderont bien, monsieur le comte. » — « Je n'aurais pas dû leur reprendre ce jeune homme, j'aurais dû les laisser se débrouiller avec lui. Je vais le faire sortir de ma maison. Je ne m'encombrerai pas plus longtemps de lui. Je ne suis tout de même pas gardien de prisonniers. » — « C'est cela, monsieur le comte, nous le reconduirons chez lui. Il a tellement peur ! Qu'il continue ses études ! » — « C'est bien ton idée, à toi aussi ! C'est donc décidé. À ton avis, quand le reconduirons-nous ? » — « Tout au début de la matinée. Nous le mènerons jusqu'au prochain village. Là, il trouvera un gîte pour la nuit. Je vais aller voir le gouverneur et lui demanderai une garde de deux soldats. Au fond, la présence de monsieur le comte est superflue. »

L'après-midi, ils partirent à cheval de la maison de l'évêque, ils étaient six, trois soldats en armes, l'évêque en personne, Alfio et entre eux deux le jeune ecclésiastique inquiet auquel on avait mis sur les épaules, pour le protéger et cacher sa robe noire, un lourd manteau de cuir.

L'enlèvement de leur prisonnier, de leur otage, ne fut connu des Espagnols que le jour où ils furent introduits auprès du gouverneur à qui ils voulaient demander une punition exemplaire pour tous les prisonniers. Tandis qu'ils attendaient dans l'antichambre, ils virent l'évêque passer devant eux, aimable et plein de dignité. Les colons se réjouirent, sûrs de leur affaire. Une fois introduits dans le bureau du gouverneur auprès de qui l'évêque était assis, ils présentèrent leurs revendications, ajoutant qu'on avait enfin l'occasion de montrer aux Pères Jésuites quelle était exactement la situation : on ne rendrait les prisonniers qu'au moment où ceux d'en face se seraient montrés prêts à des concessions.

L'évêque fit alors savoir qu'il n'avait plus le novice. Le rouge de la colère leur monta au visage. L'évêque répéta qu'il avait lui-même accompagné le novice un bout de chemin ; on ne pouvait en effet rendre responsable un si jeune homme qui ne connaissait rien à la politique. Tout d'abord ils restèrent interdits. Puis, tous à la fois ils se mirent à hurler à la trahison. Le gouverneur dut se lever et interrompre la séance. Félix courait le risque d'être malmené. « Vous auriez dû me remettre le jeune homme, Monseigneur », dit le gouverneur, l'air malheureux, en se levant lorsque les gens furent dehors. Félix était calme. « Pourquoi ? Je voulais vous épargner cet ennui. Quels soucis n'auriez-vous pas maintenant avec cette affaire ? » Le jovial gouverneur approuva et fixant attentivement l'évêque : « Naturellement, et je vous suis très obligé. Mais vous vous êtes mis dans de bien vilains draps. »

On jeta des pierres dans les fenêtres de l'évêque et Alfio fut empoigné dans la rue et roué de coups. Le gouverneur dut placer une garde devant les bâtiments de l'évêché. Le lendemain la ville était en pleine révolution. À l'église, on siffla Félix.

Et lorsque le jour suivant les gens furieux arrivèrent sur la place du marché, menaçant d'attaquer le palais épiscopal, le gouverneur, entouré des capitaines de la garnison, les fit appeler. Ils se contentèrent alors de proférer quelques injures contre cet évêque et, pour le reste, d'exiger des punitions contre les gens qu'ils avaient incarcérés, punitions qui, pour servir d'exemple, devaient être infligées sur la place publique. Après quelque hésitation, le gouverneur se laissa arracher son consentement.

Comme ils l'exigèrent, le châtiment eut effectivement lieu en présence d'une grande foule d'indigènes, rassemblés pour ce spectacle. De soi-disant chefs de complots furent jetés sur une grille de bois, garrottés et fouettés cruellement, jusqu'au sang.

## REMERCIEMENTS DE GONZALES

Ce même soir, alors que la nuit était tombée, on vint frapper à la porte, solidement verrouillée, du palais épiscopal. C'étaient deux soldats. Ils se tenaient là, avec leurs chevaux, et cognaient, cognaient sans répit. À la fin on alerta Alfio ; il se leva et prit avec lui son arquebuse. Une conversation animée s'engagea entre les deux arrivants et Alfio. Dans la crainte d'une attaque, ce dernier regardait par l'entrebâillement et se refusait à introduire les gens. Clélia, effrayée elle aussi, arriva et de loin tendit l'oreille. Soudain elle accourut, regarda par la fente et son visage s'éclaira.

C'était Gonzales, accompagné d'un Père plus âgé. Clélia alla prévenir l'évêque qui veillait en lisant dans sa bibliothèque. Était-ce possible ? Il pouvait à peine y croire. Elle fit monter elle-même les deux arrivants, ne se laissant pas éloigner par Alfio. À côté du vieux Père, barbu et un peu voûté, qu'il était beau, Gonzales ! Quel air audacieux sous sa coiffure de soldat, avec ses hautes bottes, le ceinturon et l'épée ! Tandis qu'en bas Alfio faisait conduire les deux chevaux à l'écurie et préparait le cantonnement, Clélia épiait par la porte entrouverte de la bibliothèque.

Près de la fenêtre, un coin était séparé du reste de la salle et formait une petite pièce réservée destinée à recevoir les religieux et autres visiteurs austères. La flamme d'une chandelle tremblotait au-dessus de la table. Félix, avec la plus grande amabilité, tendit les mains à ses hôtes inattendus. Il examinait Gonzales avec une joie non dissimulée et cherchait à arracher un sourire sur le visage du jeune homme. Mais, à la grande douleur de l'évêque, son neveu gardait ce sérieux fanatique qu'il abhorrait. Ils l'entreprirent tout de suite avec l'écrit qu'ils apportaient mais, sur ce point, ne trouvèrent aucun écho auprès de l'évêque. Il leur fit apporter par Clélia du pain, des fruits et du maté, ce qui parut leur faire plaisir. Félix déclara ensuite qu'il était fatigué et donna l'ordre à Alfio de les conduire dans leur chambre. Quant à lui, en réalité, il resta longtemps encore avec Clélia, épiloguant sur cette visite sensationnelle. Ils étaient tous les deux animés et heureux et n'arrivaient pas à se séparer.

Le jour suivant, Félix dut quand même prendre connaissance du message qu'ils apportaient, car les envoyés des réductions voulaient rentrer et, de toute façon, ne pouvaient pas séjourner longtemps dans cette maison. Montoya demandait à l'évêque, dont il avait apprécié l'esprit de décision, d'utiliser toute son influence à Asuncion pour tenir les colons en respect. Il serait difficile de maintenir le calme parmi les Indiens des réductions si leurs frères étaient maltraités, torturés et réduits en esclavage. Les Jésuites et lui avaient le même désir : convertir les Nouvelles Indes et, ce faisant, exécuter simplement les instructions royales. Il priait l'évêque Félix d'accepter ses salutations les plus amicales.

Félix fut pris de dépit en lisant cette lettre et pinça les lèvres. Que signifiaient ces remerciements ?

S'imagineraient-ils que j'ai voulu leur rendre service? Comme le Père se retirait pour bavarder avec le vicaire de l'évêque, Félix eut enfin l'occasion de parler seul à seul avec son jeune ami, en parcourant à son côté l'immense bibliothèque.

Mais ils ne purent longtemps aller et venir devant les rayons de livres et les statues. D'en bas, de la place du marché, s'élevait un murmure plaintif, un soupir. C'était une troupe d'Indiens que l'on conduisait au lieu d'exécution. On les attachait à des pieux devant lesquels ils devraient rester toute la journée accroupis sans recevoir de nourriture. On traînait des grilles de bois sur la place, on les forçait à s'y allonger et les fouets claquaient.

Gonzales s'approcha de la fenêtre. Félix comprit que les colons, pour lui faire sentir leur force, avaient transféré sur la place du marché le lieu de cette exécution. Il vit alors son jeune Gonzales s'agenouiller dans l'ombre près de la croisée, baissant la tête, pressant son chapelet entre ses lèvres et priant. Après être resté debout un moment, s'abandonnant à sa colère, Félix se sentit contraint lui aussi, tandis que les fouets claquaient de nouveau, à se mettre à genoux, à genoux dans sa belle salle des antiques qui ne l'avait jamais vu ainsi. Ce n'était pas pour prier que Félix s'était agenouillé, mais parce qu'il ployait sous le poids de son impuissance et de son amertume. Et il resta sur le sol alors que Gonzales s'était déjà relevé. « J'ai fait ce que j'ai pu et je ne pouvais pas empêcher cela. Les Pères Jésuites sont dans le vrai et je leur laisserai le pays. » Il dit en se relevant : « Sortons de la bibliothèque. » Mais il ne put faire un pas de plus et s'assit sur une chaise, invitant du geste Gonzales à prendre place à côté de lui. Celui-ci resta debout. Après avoir observé longuement son oncle, il finit par dire à voix basse, semblant pris de pitié pour lui : « C'est une infamie ! C'est vraiment inouï, ce qu'ils font ! Il ne t'était pas possible de l'empêcher, mon oncle ? » Félix secoua la tête. Gonzales s'approcha de lui; et, chose étrange, il se mit à railler cet homme à l'esprit si solide d'ordinaire et qui maintenant se laissait abattre: « Tu as toujours pensé que l'on pourrait s'arranger avec eux, à l'amiable. » — « Oui, mais les choses ne vont pas mieux lorsque l'on s'oppose carrément à eux. » — « Avec eux, rien ne va (il avait toujours une réponse prête; pour eux le monde était aussi simple que l'*A.B.C.*), je les connais depuis mon enfance. Approche, mon oncle — et il le toucha à l'épaule —, prends ton chapelet; prions. »

Mais Félix ne bougea pas. Il entendait à la fois ces paroles et les cris en bas et ressentait la douleur et l'affront qu'ils voulaient lui porter. Il attendait et épiait en lui-même pour savoir si les images de l'enfer allaient remonter. Mais il n'entendait rien. Au lieu de cela, une bouffée de chaleur passa sur lui, faite d'indignation et de colère, d'une colère ardente et joyeuse. « Quoi, ils veulent tous m'attirer dans leurs griffes, ceux-là avec leurs coups sur la chair nue et ceux-ci également, ces Jésuites, ces gens naïfs, ces débutants, ces nigauds, les ennemis de ce monde. »

« Viens, dit-il à Gonzales, mais au lieu de prendre le chapelet que celui-ci lui tendait, il serra ses mains. Viens! » Et il se dirigea avec lui, à grands pas, vers la salle à manger, une pièce simple et exiguë où le bruit du marché ne parvenait pas.

L'évêque se laissa tomber sur un siège. Gonzales, qui était venu s'asseoir souvent dans cette pièce, resta debout derrière la place qu'il occupait autrefois, long, élancé et fier. C'était une silhouette jeune et sévère, sans la moindre tendresse. « Oncle, pourquoi ne descends-tu pas et ne les fais-tu pas libérer tout simplement? » — « Quoi donc? s'exclama Félix, je n'ai pas besoin de tes conseils, je suis évêque et je sais ce que j'ai à faire. » Gonzales resta debout, baissant la tête, puis il s'approcha de la table, recula sa chaise. Lentement il s'assit et posa la tête sur la table, dans ses bras. « Qu'est-ce qu'il y a, Gonzales ? » Le jeune homme releva les bras. « Ils ont cessé. » Ils restèrent silencieux un moment. Félix posait devant lui un regard sombre et décidé ; il dit d'un air froid : « Désirais-tu encore autre chose ? » — « Te remercier, mon oncle, d'avoir libéré notre novice. J'ai à te demander pardon et suis heureux de pouvoir le faire. » — « Alors quoi, Gonzales, tu ne te sens pas bien ? »

Gonzales gardait la tête penchée et examinait son chapelet dans sa main gauche. Une joie, qu'il ne pouvait supposer, se mit à sourdre en Félix : « Qu'est-ce qui t'inquiète ? » Gonzales regarda pensivement : « Tu es venu chez nous, mon oncle, tu connais Yapeyu. Cela fait déjà trois ans que j'y suis. Lorsque le novice est rentré et m'a tout raconté, j'ai été littéralement poussé vers toi. J'ai ressenti une affection profonde pour toi, mon oncle, et j'ai compris en même temps comme tu souffres ici. J'ai compris que tu étais différent de l'homme que j'imaginais. Il sait où est la vérité et il fait front. Alors j'ai voulu... »

Félix se renfonça confortablement dans son fauteuil. Il pensait que ce serait vraiment bien de pouvoir appeler Clélia en ce moment et de lui faire entendre ce que le jeune homme disait de lui. « Avant-hier, elle m'a justement fait des reproches parce que les autres avaient jeté des pierres dans sa chambre et pour un peu auraient touché l'enfant. » Félix se sentait au milieu d'un nuage de bien-être qui lui donnerait des armes contre quelques éventualités prévisibles. Il se mit à rire gaiement et reprit le discours de Gonzales : « Maintenant je voudrais te harceler un peu. » — « Pourquoi pas ? Il faut battre le fer pendant qu'il est chaud ! Je connais mon oncle Félix. » — « Tu le connais ! »

« Nous allons vers les païens suivant les traces des apôtres, pour répandre la parole de Dieu, comme il est écrit. C'est du côté de Loyola qu'est la victime qui soumettra le monde. Maintenant aide-nous, mon oncle, tu as fait le premier pas. Viens tout à fait de notre côté. »

Félix tenait sa main devant son front. « C'est vraiment étonnant ; au fond, ils me parlent comme si je n'étais pas leur propre évêque, l'évêque du Paraguay, mais un moine quelconque qui ne sait pas où est la vérité. Ils ne me prennent pas au sérieux. Ils sont d'une suffisance qui dépasse les bornes. » Et plus il le sentait, plus la colère montait en lui. Il fit semblant d'écouter paisiblement, car Gonzales continuait de parler. Mais à un moment il n'eut plus la patience d'écouter et s'entendit dire lui-même : « Vous voulez vous attaquer à moi. »

Et puis il pensa, tandis que ses regards croisaient ceux du jeune homme : « Oh ! que tu es méchant, tu as toute prête dans ta poche une sentence de l'Inquisition ! Pourquoi es-tu revenu ? Pourquoi me pourchasser de nouveau ? Pourquoi, après avoir bien commencé, me tiens-tu à présent un discours si blessant ? Je me défendrai jusqu'au sang ; je ne suis plus sans doute très jeune, je suis d'un âge où l'on peut renoncer, j'ai déjà renoncé à toi, moi, et Clélia aussi, que tu méprises parce qu'elle t'attire. Clélia qui est quand même un être humain et qui vaut mieux que toutes vos idées ténébreuses que je déteste. Elle est la joie qui m'est à cœur et qui me donne les plus grands bonheurs, les plus grandes douceurs de la vie. Oh, esprit méchant ! Quel mal apportes-tu ? Est-ce le cœur, le foie, les vertèbres ? Tu seras responsable de tout parce que tu es venu ici, pour troubler ma sérénité. »

L'évêque allait de long en large près du mur. Gonzales se leva et resta un moment les mains agrippées au dossier de la chaise. L'évêque avait repris complètement possession de lui-même, il ne se retint plus. « Ne te fais pas le porte-parole de ces gens-là, tes frères. Je ne suis pas n'importe qui, tu le sais. L'Église a vécu avant vous. Elle vivra encore après. J'aime ces gens ici (il sentait qu'il ne disait pas toute la vérité, mais il ne pouvait pas faire autrement. Il en voulait à Gonzales de l'entraîner si loin), ils dépassent parfois les bornes, mais ils sont obligés de travailler et de se battre ; ils doivent gagner péniblement leur vie pour nourrir leurs familles. Nous nous devons les suivre pas à pas. Il faut déjà s'estimer heureux qu'ils ne nous oublient pas tout à fait. » Il s'arrêta devant son neveu, qu'il dominait d'une demi-tête. Il était plus imposant et plus large que le guerrier. « Cela ne te paraît-il pas suffisant ? Il ne faut pas trop leur demander. Quand un navire lutte au large contre la tempête, ceux qui restent au port n'ont pas à lui crier des conseils. Regarde dans votre histoire, comment les Pères Emmanuel et Montoya se sont laissé repousser peu à peu. Ils n'ont pas réussi, mais nous, nous devons réussir. Faites un peu un essai ici, ne serait-ce que six mois. Vous repartirez vite, mais que deviendront nos gens ? » Félix, reprenant sa marche, se mit à parler, conscient de sa dignité : « Ces Indiens sont faibles, ils ne sont sûrement pas travailleurs. Pourquoi le seraient-ils ? Les Blancs en revanche sont courageux ; comment concilier ces deux choses ; c'est tout le problème. »

Gonzales restait debout, tête baissée et ne répondait pas. Il réfléchissait. Je me suis trompé sur son compte ; j'avais pensé qu'il voulait se rapprocher de nous, mais c'est bien l'ancien Félix, le cynique qui aime à jouer avec les idées.

Félix avait retrouvé son fauteuil ; son agitation cessait toujours lorsqu'il s'en approchait pour s'y laisser tomber. Il pouvait alors étendre ses jambes et, rejetant la tête en arrière, reprenait tout à fait conscience de son importance, tandis que sa main gauche cherchait sa barbe. Il dit tranquillement : « À cela tu ne trouves naturellement pas de réponse. Je ne t'en demande d'ailleurs pas, mon cher. Des milliers d'hommes au sein de l'Église et en dehors s'occupent de ce problème ; en vain. On ne peut faire que du replâtrage. Du reste, le vieux Las Casas a parlé de nègres. C'est une idée. Il y avait ici dernièrement des gens de la côte orientale, et ils en ont parlé ; avec eux cela marche bien. Je me suis déjà entretenu en détail de cette question avec le gouverneur, ainsi qu'avec les notables de la ville. Il faut dire, du reste, que les nègres ne viendront pas non plus de leur propre gré. » À la fois absorbé et satisfait par les difficultés de cette question, il s'étalait dans son fauteuil et parlait par-dessus la tête de Gonzales. Il eut pour finir un profond soupir. « Mais tout cela ne t'intéresse évidemment pas. Ce sont des soucis de vieux praticien d'une époque surannée. Oui, si l'on pouvait toujours faire comme vous ! » Il se leva lentement : « Tu m'enverras le vieux Père, mon cher enfant, je veux lui remettre une lettre pour Montoya. »

Ils quittèrent la pièce et, sur le palier, ils croisèrent Clélia. Gonzales passa à côté d'elle sans lever le regard qu'il tenait fixé sur le sol. Clélia n'avait pas encore réussi une seule fois à parler à Gonzales. De la tête, l'évêque la salua majestueusement.

Comme Félix était assis un peu plus tard dans sa bibliothèque, elle surgit derrière la Vénus accroupie. « Que lui as-tu fait ? » — « Mon amour, je crois que je l'ai convaincu. » — « Pourquoi ne parle-t-il pas ? Pourquoi ne sort-il pas de sa chambre ? » — « Clélia, l'autre Père lui tient compagnie ! » — « Tu l'as effrayé ; il était joyeux en arrivant et maintenant il est sombre. Qu'y a-t-il eu entre vous ? » — « Il aurait fallu que je leur vienne en aide. » — « Aide-les donc ! » — « Ils veulent tout régenter ici ; je ne peux pas. Ce que je n'ai pas, je ne peux pas le donner. Tu ne serais pas d'accord. » — « Je n'ai rien à faire à cela. » — « Oh, ils s'occuperaient énormément de toi, Chiffonnette ! » — « Tu as parlé toute la soirée et toute la journée avec lui et, moi, pas un seul mot. Et (elle se mit à pleurer) tout à l'heure, il est passé près de moi, sans un seul regard ! » —

« Un Jésuite, ils l'ont pourri. Voudrais-tu encore que des gens de cette espèce viennent régner ici ? »

Elle pleurait sans mot dire.

Les deux autres prirent congé au cours de l'après-midi du jour suivant. Lorsqu'ils furent partis, l'évêque resta encore longtemps à la fenêtre, regardant au-dehors.

Maintenant les dés sont jetés. Un chapitre de ma vie est achevé, définitivement. Ils m'y ont forcé.

## UN DÉPART DU PARAGUAY

Celui qui traversait les mers et posait le pied sur ce vaste pays aux immenses plaines, près de ce fleuve qui, à travers les temps, unissait ciel et terre, cette Amazone, la mère des océans, celui-là pouvait un certain temps continuer de sourire à droite et à gauche, laisser jouer ses désirs anciens et faire comme s'il ne remarquait rien. Cela n'empêchait que, dès qu'il avait mis le pied sur cette terre, une ombre venait se placer derrière lui pour l'épier, observer qui il était, ses caprices, ses volontés, la couleur de sa peau, sa démarche. Cette présence, qui le suivait pendant des années, était animée envers lui des meilleures intentions. Elle avait à la main une balance, la levait au-dessus de sa tête et observait le mouvement. Dans un des plateaux reposait une plume molle et le fléau se déplaçait à chaque respiration du nouvel arrivant.

Cet être faisait, en le suivant de près, un bruit sourd. Cela ne provenait ni de sa marche ni de ses vêtements, car il n'en portait pas et allait pieds nus. C'était une sorte de monologue qu'il poursuivait à mi-voix, d'un ton monotone. On pouvait croire que c'était le vent ou une pluie lointaine. Mais peu à peu celui qui restait longtemps dans le pays finissait par l'entendre, ainsi que les appels et les roucoulements qui s'y mêlaient parfois. Ce bruissement était pareil au vent qui se faufile dans les endroits les mieux calfeutrés, à une lumière lointaine dont le reflet ruisselle jusqu'au plus profond des cavernes. Bien qu'insaisissable, il avait la force d'ébranler l'homme qu'il suivait, à tel point que celui-ci arrivait à ne plus savoir qui il avait été autrefois, à oublier sa jeunesse, ses parents, ses livres, ses statues. Ses vêtements glissaient de ses épaules et son ancien moi disparaissait. Cela le rongeait en silence et le vidait de sa substance comme l'auraient fait des milliers de fourmis blanches.

Dans ce pays toujours torride où les saisons sèches faisaient suite aux saisons de pluie, Félix avait mûri lentement au cours de discussions innombrables avec les autorités : les laïcs et les clercs, au cours de luttes et de résistances sans fin. Il sentait maintenant qu'il avait atteint une limite ; il le voyait jusque dans ses moindres mouvements. Sa Clélia, cette grande fille, qu'elle était devenue belle et ronde, un peu grasse même ! Il n'avait aucune envie de la quitter, ni cet enfant, le rejeton de leur race qui était pour lui un sujet inépuisable de ravissement. Ainsi se renouvelait sa vie, la sienne et celle de Clélia tout à la fois. Ne devait-on pas se repaître insatiablement de la vue d'une telle merveille ?

Mais une ombre s'était glissée derrière ces pensées et elle lui soufflait à voix basse : cela suffit. Il n'était pas encore vieux ; il n'y avait pas encore un seul poil blanc dans sa barbe, mais ses yeux n'y voyaient plus très bien de près et son entourage avait déjà remarqué qu'il n'entendait plus aussi nettement qu'autrefois. Il pensait que tout était facile, ce bel évêque qui avait reçu le nom de Félix, le nom d'heureux. Il avait toutes raisons de se sentir en sécurité et en tranquillité. Depuis sa naissance il suivait une voie dont tous les obstacles avaient été aplanis et, dès son jeune âge, il avait vécu dans la richesse. Jamais il ne demandait l'impossible; le renoncement lui était facile. Il méprisait ceux qui se dépensent au-delà de leurs forces et désespèrent. Lorsque l'air avait commencé à se remplir de démons en Europe et que la guerre étendait ses ravages, à travers l'Italie, l'Allemagne, la Moravie, la Bohême, l'Autriche et jusqu'en Danemark, il avait abandonné tranquillement l'Italie, devenue pour lui un cabinet noir, et s'était tourné vers les Nouvelles Indes. Il n'était pas disposé à abdiquer la moindre parcelle de sa liberté.

A quelque temps de là, des rumeurs qui couraient sur sa liaison avec Clélia lui furent rapportées par son vicaire qui lui demanda de prendre position à ce sujet. Il apprit aussi que l'on avait saisi l'Inquisition de Lima de quelques-unes de ses déclarations et de sa façon de vivre. Mais il n'avait rien à craindre car, comme on le lui dit, le gouvernement local, le vice-roi du Pérou, et même la province tout entière, avait vu clair dans la manœuvre et se tenait derrière lui. Il fut une fois de plus saisi d'étonnement en constatant l'opiniâtreté des Pères Jésuites. Au gouverneur qui, trouvant intérêt à le garder près de lui, avait cru devoir le rassurer, il déclara : « Les Jésuites se font les dents sur moi. Je n'ai pas l'impression que ma défense soit si facile, monsieur le gouverneur ; on sous-estime ces gens. Mettre sur pied une création du genre de cette république chrétienne du Parana, c'est vraiment quelque chose. Réussiront-ils ou ne réussiront-ils pas à obtenir ma chute, je n'en sais rien. Mais pensez donc à ce cloître gigantesque sur les rives du Parana ; cent mille Indiens qui tous veulent monter au ciel avec femmes et enfants ! Je ne cesse de m'étonner. » — « Pourquoi s'étonner, dit le gouverneur, habitué à la présence de ce sceptique paradoxal. Nous autres politiciens, nous haussons les épaules devant cela. » — « Haussez-les si vous voulez, gouverneur, ils vous causeront quand même bien des difficultés. Ces hommes ont des nerfs d'acier. Ils vous feront rôtir encore beaucoup de gens pour hérésie. Nous autres, ils ne nous aiment pas. » — « Ils ont, Dieu soit loué, quelques raisons pour cela. Du reste en ce qui concerne votre neveu, cette ombre de Montoya, sachez que la jeunesse d'aujourd'hui n'est plus attirée dans cette voie. Le vent tourne. Quelques gentilshommes de la ville sont allés là-bas, dans cette république du Parana, pour leurs études. Les idées qu'ils en ont rapporté ne sont pas jésuites. Ils ont admiré l'organisation rationnelle, la discipline ; l'économie et l'ordre social les ont intimidés, mais pas tellement. J'ai entendu des remarques sceptiques. On est radical aujourd'hui, mais d'une autre manière que les Jésuites. Les uns considéraient tout le système comme suranné et ne correspondant plus à notre époque, les autres trouvaient tout cela très bien, mais bon uniquement pour les Indiens. Il n'y en eut que quelques-uns pour revenir complètement enthousiasmés, ce qui est déjà un malheur ; ils ont déclaré qu'il faudrait envoyer là-bas le duc d'Albe et d'autres de nos grands seigneurs pour leur apprendre à travailler. » — « Attention, gouverneur, il ne faut pas appeler de telles choses par leur nom ! » — « Oh ! je peux bien vous dire cela, Monseigneur, ce n'est pas à un évêque que je le dis, mais à notre évêque Félix ! »

Toutefois il n'y avait plus moyen de le retenir à Asuncion. Il était assailli également par des soucis domestiques : il craignait les réactions d'Alfio, son intendant, aux récentes rumeurs. L'eunuque prenait tant de plaisir à parader dans Asuncion avec sa femme et son enfant ! En outre, Clélia s'était habituée à lui et lui portait une affection particulière. Au début, elle avait eu honte lorsque Félix l'avait attachée à cet eunuque, à ce surveillant. Mais, par la suite, elle prit plaisir à son attachement et trouva du piquant à sa position, entre ces deux hommes. Pour Alfio, il n'y avait aucun doute : ces infâmes rumeurs venaient de Gonzales et de personne d'autre. Sa théorie était la suivante: « Gonzales a aimé Clélia, a été jaloux de Félix et de moi, c'est pour cela qu'il a quitté Asuncion pour rejoindre les Jésuites. Maintenant il cherche à se venger. Lorsque Félix vit que les intentions criminelles d'Alfio, de l'ancien pirate, envers Gonzales, plongeaient Clélia dans une continuelle angoisse et que ses efforts pour les calmer l'un et l'autre restaient vains, il trouva que la mesure était comble. Il eût été difficile de se retirer sans faire d'éclat et sans susciter chez ses adversaires un sentiment de triomphe qui aurait pu porter préjudice à ses fidèles. Mais une épidémie de fièvre scarlatine se déclencha fort à propos dans le pays. Cette maladie qui fit des ravages dans toute la contrée, et plus spécialement dans les réductions indiennes, s'abattit aussi sur lui. Elle le mit pendant plusieurs mois en danger de mort et emporta son enfant, la petite Ada.

Tous ceux qui virent Félix lorsqu'il se releva et sortit de sa chambre, pâle et voûté, comprirent qu'il ne reprendrait pas de sitôt son activité. Les rumeurs ne cessaient toujours pas. L'Église le libéra peu après de sa charge. Il reprit la mer.

## ALFIO

Clélia et Alfio devaient suivre par un prochain navire, afin d'accompagner le mobilier. Pour Alfio ce n'était qu'un prétexte. Clélia, qui devinait quelque chose, n'avait été qu'à demi consentante à ce que l'évêque rentrât seul.

Alfio essaya alors par tous les moyens de pénétrer dans les réductions, se faisant passer pour un marchand, visiteur et envoyé spécial. A Yapeyu, il ne réussit pas à aller plus loin que le poste de garde. Il acheta un Blanc, un dépravé de la ville, avec qui il était ami, lui donnant de l'argent et lui en promettant davantage s'il parvenait, par n'importe quel moyen, à tuer Gonzales. Mais cet homme n'eut pas davantage de succès que lui.

C'est alors que le hasard conduisit Gonzales en personne à Asuncion. Une nouvelle église allait être consacrée dans la ville et on avait autorisé la création d'un collège de Jésuites. Cela sentait la paix, la réconciliation. Gonzales était du nombre des cinq Jésuites envoyés en délégation. Le palais épiscopal restait désert, mais les services du vicaire général s'y trouvaient encore. La maison était en déménagement. Des caisses, qui contenaient les livres et les œuvres d'art de l'évêque, s'entassaient dans le vestibule. Alfio en profita une première fois pour se cacher et guetter Gonzales. Mais, le poignard à la main, il trébucha dans les planches et s'étala. Gonzales jeta seulement un regard derrière lui, puis monta les marches sans se douter de rien.

Clélia supplia Alfio de rester tranquille, mais dans le cerveau de celui-ci s'agitait une masse trouble : la mort de son enfant, le deuil, sa colère par suite de sa compromission, le tourment de sa vieille misère ; tout cela se confondait dans une seule figure : Gonzales, et à tout cela, il n'y avait qu'un seul calmant : Gonzales. C'est lui qui était responsable de la maladie de l'évêque, de sa fuite, et de ce qu'ils devaient tous rentrer. Alfio, qui s'était bien adapté à la vie dans cette ville, voyait maintenant la menace de Rome où Clélia aurait beaucoup de tentations. Ici, où ils se trouvaient seuls, elle s'était rapprochée de lui. Le pauvre eunuque n'avait plus espéré la compagnie d'une femme.

Après avoir manqué son guet-apens dans la maison, Alfio se mit à guetter, dans la rue, Gonzales qui ne devait plus rester que quelques jours à Asuncion. Enfin, bien que le jeune Jésuite fût toujours accompagné d'une troupe d'élèves indiens, Alfio se résolut à risquer son coup. Pour échapper à Clélia qui le poursuivait, il passa toute une nuit dans la ville, chez des amis. Ceux-ci qu'il avait mis dans le secret et qui étaient tout disposés à faire une action contre les Jésuites, l'accompagnèrent et se placèrent avec lui dans l'ombre, sur le chemin que devait suivre celui qui avait porté atteinte à son honneur, prêts à frapper. Mais le destin n'admet pas que l'on joue avec lui. Il avait déjà fait un signe au terrible pirate des mers lorsqu'il l'avait émasculé. Cette sombre puissance s'était ensuite retirée tranquillement et Alfio avait vécu en paix, pouvant prendre plaisir à la vue de Clélia. Maintenant, cet homme marqué au fer de la destinée faisait de nouveau retentir son cri de colère et l'ivresse l'aveuglait. Les griffes du sort s'étaient abattues, une fois encore, sur lui.

Lorsque les Pères quittèrent dans la nuit leur demeure pour se rendre vers l'église, à l'appel de la cloche de la première messe, ils furent attaqués par quelques hommes dans le dédale des ruelles étroites. A leurs cris des gens s'approchèrent. Les Jésuites n'étaient pas aimés ; on crut qu'il s'agissait d'une sorte de règlement de compte. Les Indiens qui étaient venus à Asuncion avec les Pères accoururent et, avant même qu'on pût s'en rendre compte, une bataille de rue avait éclaté. La participation d'Indiens donnait à la chose un caractère plus grave ; on se battait à l'épée et à coups de massue.

A travers la mêlée, Alfio épiait et cherchait Gonzales. Il fallait se presser car la garde ne tarderait pas à venir nettoyer la place. Mais il n'arrivait pas à trouver sa victime ; par terre, des hommes gisaient ; dans la bousculade on butait du pied contre eux. Peut-être Gonzales était-il du nombre ; Alfio cherchait fébrilement. Bientôt il ferait clair. La mort lui importait peu.

Il avait l'impression d'être en face d'une sombre puissance lorsque les tambours de la garde retentirent et que la troupe s'approcha au pas de course. La multitude s'éparpilla et se cacha dans les maisons. Alfio se sauva aussi. Il n'avait pas trouvé Gonzales ; il faisait jour. Il était las et triste, lorsqu'il se glissa par-derrière dans le palais. La demeure était silencieuse. C'est vrai, l'enfant ne vivait plus ; l'évêque était sur le navire, peut-être arrivait-il déjà en Europe ! Mais Clélia, où était-elle ? Il la chercha. Il appela dans la maison vide. Le vicaire ne se montra pas, son serviteur non plus. Ils doivent être encore à l'église ; je vais attendre.

On entendit alors un bruit sur la place du marché. Des pas lents et lourds montèrent les marches devant la maison, puis on frappa très fort. Il courut pour ouvrir. On rapportait Clélia. Ils déposèrent la civière entre les caisses du vestibule. Elle s'était précipitée dans la mêlée et avait été foulée aux pieds, dirent les hommes. Elle avait cherché Alfio. Peut-être avait-elle voulu arrêter son bras, mais il ne l'avait pas vue ; peut-être voulait-elle protéger Gonzales.

Les porteurs indiquèrent à Alfio que la garde le cherchait, mais il ne se sauva pas. Il resta toute l'heure près d'elle jusqu'à ce qu'on vînt l'arrêter.

## FÉLIX A ROME

Le port de Livourne.

Des navires débarquaient des marchandises des Nouvelles Indes. Les matelots se rassemblaient dans des baraques près du rivage, de véritables casernes.

Au milieu de cette joyeuse activité, l'évêque Félix s'avançait, en compagnie d'amis venus de Rome pour le saluer. « Rescapé des abîmes de Cerbère ! » C'est par ces mots qu'ils l'accueillirent. Il fit de la tête un petit mouvement de côté, comme s'il tendait l'oreille vers le lointain. « Quel Cerbère ? Et qui dit “rescapé” ? Je n’ai pas encore mes bagages. » Lorsqu’il se retrouva dans l’auberge, voisine du port, où ses amis romains lui avaient fait préparer une chambre, il commença à parler de ce pays lointain, jour après jour et fort avant dans la nuit. Ils prenaient plaisir à l’écouter ; ils n’avaient d’ailleurs pas besoin de l’inviter à en parler. Ils s’aperçurent avec étonnement qu’il aimait à évoquer ces souvenirs et qu’il s’y accrochait. Il en déroulait le fil comme un ver à soie arrondit autour de lui son cocon. Ses amis romains prirent des dispositions pour rester deux mois avec lui et l’aider à supporter sa solitude.

Ils savaient qu’il attendait Alfio et Clélia dont il ne pouvait se séparer.

Un navire entra au port, mais à son étonnement, ni Alfio ni Clélia n’étaient à bord, ni même ses caisses. Il envoya une lettre au gouverneur par le navire suivant. Mais avant de recevoir une réponse, un nouveau bateau arriva. Réjouissance dans le port. On l’avisa que ses bagages étaient là, mais troublante énigme, ni Alfio, ni Clélia ne s’annoncèrent. Une sombre inquiétude s’empara de l’évêque. Que s’était-il passé ? Ils lui envoyaient ses bagages. Était-ce une fourberie d’Alfio ? Et cette Clélia ? S’était-elle — inconcevable — mise d’accord avec lui derrière son dos pour rester là-bas ? Ses amis romains en firent ouvertement la remarque ; c’était de la canaille.

Mais Félix était hanté par une horrible vision, un rêve, fait sur le bateau qui le ramenait. Maintenant cette vision s’imposait de nouveau, brusquement, à sa conscience. Il était assis à demi éveillé entre les voiles, Clélia, sa grande fille, sur les genoux, face à l’océan. Elle avait passé ses bras autour de son cou comme elle l’avait déjà fait si souvent à Rome et à Asuncion dans sa bibliothèque. Mais peu à peu, elle devenait lourde, indiciblement lourde, et, éprouvant une douleur, il voulut la repousser durement. Mais elle ne se laissait pas faire et il ne parvenait pas à écarter ses bras, ses bras qui ne lâchaient pas et qui le serraient toujours davantage. Et son visage, qu'elle pressait contre lui, devenait froid, glacial. De côté, il vit un de ses yeux qui se faisait vitreux. Alors il avait poussé un gémissement et s'était redressé. Il était sur le pont du navire — ah ! de l'air —, il se sentait défaillir ; il tremblait des pieds à la tête, et il s'était précipité dans sa cabine sous le pont pour se calmer en buvant du vin. Toute cette vision qu'il avait vite oubliée, envahissait de nouveau son esprit maintenant. C'était horrible.

Un messager, venu du bateau, arriva alors dans la cour de son auberge, porteur d'une lettre du gouverneur d'Asuncion. La pâleur de l'évêque était telle que ses amis prirent cette lettre et, sur un signe de lui, l'ouvrirent. « Pourquoi t'effrayer ? Pourquoi le gouverneur ne t'écrirait-il pas ? N'est-ce pas ton ami ? »

Il ne les regarda pas quand ils se mirent à lire. Ils chuchotèrent entre eux, puis s'approchèrent de lui. Il soupira. Un malheur était arrivé, dirent-ils, en répandant des larmes. Alors il porta les mains à sa poitrine et écouta.

Telle était l'histoire de l'évêque Félix. Il vécut encore un grand nombre d'années à Rome, *in partibus*.

C'était à l'époque d'Innocent X, ce pape doux et gai.

Les grandes guerres avaient pris fin. Vainqueurs et vaincus gisaient sur le sol. On avait eu la preuve que l'Église n'était plus maîtresse du monde. A Rome, le Pape se disputait avec les princes italiens, au nombre desquels il comptait lui-même. Dans sa capitale, plusieurs familles avaient pris la tête des affaires ; mais surtout deux femmes : sa belle-sœur, Dona Olympia et la belle-fille de cette dernière, une Olympia elle aussi, mais de la maison des Aldobrandina. Le Pape se couvrait de dettes, les deux Olympia se querellaient. La plus vieille était riche et énergique. Elle tenait les rênes en main et les ambassadeurs étrangers étaient obligés de se faire agréer par elle ; les cardinaux accrochaient son portrait au mur de leur palais.

Parmi ces grandes familles romaines, l'évêque Félix, l'ancien pasteur spirituel du Paraguay, vivait sans oublier son lointain pays. Les alliances entre les différentes familles, Orsini, Borghese, Ludovice et Barbarini, et le résultat du duel des deux Olympia, la question de savoir si elles s'étaient saluées pendant le carnaval, tels étaient les problèmes qui préoccupaient cette société. Le carosse d'une famille de petite noblesse devait-il céder le pas à celui d'une plus noble maison ? Quelle famille aurait la préséance dans les réceptions du Vatican ? Devant laquelle fallait-il ouvrir les portes à deux battants ou à un seul ? Il n'était pas question d'Inquisition ici et Félix pouvait être tranquille. Il vivait en vieil homme du monde dans sa ville, prenant part à la vie de la ville éternelle. Il se montra sincèrement affligé lorsqu'un jour il lut une lettre qu'un cardinal adressait au Pape pour appeler son attention sur les lenteurs avec lesquelles, d'une façon générale, étaient rendus les jugements, sur la corruption et sur d'autres choses plus graves encore. « Il y a des souffrances, Saint-Père, qui sont plus pénibles que celles des Hébreux en Égypte. Des peuples, après avoir été rattachés à la cour de Rome par donation, sont traités plus inhumainement que les esclaves de Syrie et d'Afrique. On ne peut apprendre cela que les larmes aux yeux. » Félix en était touché parce qu'il savait que c'était vrai. Il vivait au milieu de ses anciennes œuvres d'art et de nouvelles qu'il s'était procurées.

Il avait des conceptions que ses amis temporels approuvaient, mais qui étaient contestées par les autres ecclésiastiques. Il gardait les yeux fixés sur les Nouvelles Indes où toute une décade de sa vie était enterrée. Il disait :

« L'Église, l'antique refuge de la paix, de la réconciliation, a été mise à l'arrière-plan. Ne vous faites pas d'illusions. La paix actuelle n'en est pas une. L'Église n'aura bientôt plus qu'un seul espoir, le dernier : "les Jésuites". A ce moment-là, nous ne serons plus qu'une secte. » Un tollé général lui répondait : « Oui, ce n'est pas encore fini. Nous sommes bien établis à Rome, nous gardons nos portes fermées. Mais devant elles, la vie continue ; la Compagnie de Jésus fait pour nous office d'artillerie lourde et légère, face à la barbarie des Blancs et des hommes de couleur. Nous autres, nous ne pouvons plus tenir les barbares en respect ; la guerre l'a bien montré. Ils tendent leurs griffes vers nous, notre faiblesse ne leur suffit pas. Bien que, jusqu'à présent, je me sois toujours défendu d'y croire, je reconnais aujourd'hui qu'on en est arrivé dans le monde à une décision entre les positions les plus extrêmes et les plus solides, entre Jésuites et barbares. Nous autres, qui nous en tenons au juste milieu, nous ne sommes pas plus dans le jeu. »

« Un Pape jésuite ! Ils s'y refusent, et je pense que c'est une erreur de leur part. Mais peut-être reviendront-ils un jour sur ce principe car s'ils ne disposent pas de tous les moyens de puissance, il arrivera un moment où les choses tourneront mal pour eux. Ils s'en sont déjà aperçus au Parana ; là, ils se sont armés ; ici ils ne devraient pas davantage se tenir sur la réserve. » — « Et ensuite ? » — « Ensuite, toutes nos belles statues, les Aphrodites, les Hermès, les Apollons retourneront en terre. Il n'y a pas de doute à avoir. Il faut prendre position. A vrai dire, nous devrions déjà les enterrer de nos propres mains. Elles se sont révélées comme d'heureuses illusions, de merveilleux sortilèges, mais finalement, elles nous conduisent à l'abîme. »

On l'aimait, mais on ne se laissait pas émouvoir par lui.

On tenait tout cela pour des paradoxes. D'ailleurs, il restait au milieu de ses statues antiques, de ces esprits du mal si merveilleux ; on lui aurait encore une fois brisé le cœur, en les lui retirant.

Les histoires amusantes qui se colportaient chaque jour sur les deux Olympia, l'air frais de la montagne, ses amis et l'art antique le tinrent longtemps en vie. Et pourtant, la cruelle douleur qui l'avait frappé à Asuncion — à Asuncion où on chantait encore ses louanges — l'avait rendu prématurément plus vieux, plus triste et plus anxieux. « C'est avec le tremblotement de l'âge que l'on vient à la piété », raillaient ses amis.

LIVRE CINQUIÈME

# LE TOURNANT

## LE NOUVEL APPEL

Ce fut le tournant : l'ancien évêque du Paraguay avait vu juste, et le Père Montoya aussi, lorsqu'en rentrant de Rome, il avait armé ses peuples indiens, convertis au christianisme, et installé son arche.

Tout était en cours depuis longtemps.

Un bouleversement mystérieux et inouï, qui suscitait plus que de la crainte chez ceux même qui l'appréhendaient, se préparait autour des Blancs. Ils l'envisageaient de différentes manières, l'exprimaient diversement et il fut plus rapide chez certains peuples que chez d'autres. Les livres et les œuvres d'art que l'évêque Félix collectionnait furent les prémices de cette révolution.

On peut construire la maison avec des pierres, murer portes et fenêtres, enfoncer la construction dans un rocher : un jour les pierres sauteront sans qu'il soit besoin du canon. L'air, la lumière, l'eau y pénétreront ; on ne vit pas seul dans ce monde, nul ne peut s'isoler pour dire : « Moi, moi. » Il faut venir un jour à la grande table autour de laquelle se joue la vie et la mort.

Orgueil démesuré des Blancs ! Désespoir de ces hommes ! Ils se sentaient de cette grande terre qui enfantait ; ils étaient forts et avaient dû, dans leurs pays brumeux, sauvages, lutter contre les animaux, la nature et les éléments. Beaucoup avaient péri et beaucoup survécu ; les maladies s'étaient abattues sur eux. Comment s'en défendre ? Immense avait été leur solitude. Et ils leur étaient apparus comme des sauveurs, ceux qui annonçaient au-delà des terreurs de l'existence, un bonheur supra-terrestre. Immense misère de cette vie, éternelle béatitude céleste. Oh ! ces alternances du bonheur et du malheur, et toujours cette souffrance et ce désespoir ! Poussés par leur dégoût et exaltés par cette nostalgie, beaucoup s'étaient mûrés dans les cellules des monastères, tuant la chair, cause de tout ce malheur. Dans cette terre où la vie prenait naissance, puis se décomposait, s'étaient engloutis mille ans auparavant, temples, colonnes, chapiteaux, autels de sacrifices, statues de dieux, de héros, de belles femmes, créations des peuples libres du Midi. Au-dessus, triomphait la sombre Église qui niait le monde et attendait la rédemption dans l'au-delà. Cependant la terre avait gardé en secret, enfouies sous les pieds des vainqueurs, ces images de pierre, souriantes et heureuses.

Elles étaient de marbre et de granit, et lorsque, ouvrant la terre, on les ramena à la lumière, les hommes furent saisis d'effroi et de ravissement. Un petit nombre seulement comprit ce qui s'élevait ainsi au-dessus du sol.

Des lignes de ces statues, les regards se reportaient vers les êtres et les choses. Impérieuses comme des enchanteurs ou comme le Joueur de flûte, les statues se mirent en marche, à la tête des vivants, leurs amants, et commencèrent à les conduire. D'abord les hommes chantèrent les louanges de cette beauté nouvellement découverte. Puis le charme ne les quitta plus. Il s'insinua toujours plus profondément en eux, et lorsqu'ils réalisèrent, ils se trouvaient déjà transportés dans un monde nouveau. Où sommes-nous ? demandaient-ils. Et les statues leur répondaient : Sur la terre. Ils lurent de vieux parchemins et y trouvèrent des histoires merveilleuses, claires, aux résonances infinies. Ils demandaient : Où sommes-nous ? Et les parchemins répondaient : Sur la terre.

Maintenant leurs regards se reportaient autour d'eux et sur leur vaste ciel d'autrefois. Le fond même de leur âme était réveillé, et dans ce ciel ils traçaient toutes les formes ondoyantes, florissantes, ivres et ardentes qui hantaient leur esprit.

Il en vint d'autres et, avec eux, tout ce qui arrivait se fit plus clair. Ils osaient tout regarder avec plus de courage, et toujours ils s'entendaient répondre : C'est la terre.

Ils portaient leurs regards vers les étoiles. L'un d'eux prenait son télescope et observait souvent et longuement le ciel, plein de respect et de louanges à l'adresse de Dieu. Il passait à cela des décades entières. Là-haut, dans l'espace sombre, étaient suspendus, en grappes splendides, les astres. Et miracle ! Ils se mouvaient et tournaient. Et la terre elle aussi tournait, tournait avec les autres planètes autour du soleil ! Et lui, ce grand astre brûlant, restait fixe ! L'homme fut longtemps sans oser y croire. C'était une révolution ! Plein d'admiration et d'amour, il accumulait ses notes, en fit un livre qu'il dédicaça au Pape. Sur son lit de mort, il eut encore la joie d'en recevoir le premier exemplaire. Son nom était Nicolas Copernic, un Polonais. Il mourut à soixante-dix ans.

Le ciel devint la clef de tous les mystères. Les hommes avaient été jusque-là des prisonniers enchaînés. Débarrassés de leurs entraves, ils se traînaient jusqu'à la porte, pour regarder tout autour de la maison où ils avaient dû languir ; puis ils rentraient, se traînant toujours et scrutaient aussi leur propre demeure.

Après Copernic, il y en eut un autre qui observa que les planètes n'étaient que des planètes, les étoiles fixes des étoiles fixes et qu'une étoile s'entourait de satellites : Saturne avait un anneau tandis que l'étoile de Vénus parcourait des orbites diverses. Cet homme ne doutait pas qu'elles trouvassent en elles-mêmes leur propre impulsion, n'étant poussées par aucune force extérieure, ni aucune volonté étrangère. Il sut traduire en chiffres leurs mouvements et leurs orbites. Cet homme s'appelait Galileo Galilei. La chance ne lui fut pas aussi favorable qu'à Copernic. Rome le força à avouer qu'il supposait seulement que les choses fussent ainsi. À la fin, pour qu'il se tût, on le mit sous bonne garde dans une villa, près de Florence.

Un fanatique, ivre de son savoir, apparut alors et proclama en paroles écumantes ce que les deux autres avaient tenu caché. Ce fanatique, qui avait été autrefois à l'école des Dominicains, fut brûlé vif à Rome, sur le Campo de Fare et le crucifix qu'on lui tendit, il ne le regarda même pas. Ce que Copernic, le Polonais, avait indiqué, il le reprit pour son propre compte ; pour lui, c'était davantage la vérité que la parole des Saints et des Pères de l'Église. Toute sa vie durant, il dut errer : de Gênes à Paris et l'Église le chassa même jusqu'en Angleterre. Mais même ceux qui s'étaient détournés de l'Église romaine ne voulaient rien savoir de ces nouvelles idées. Les anciens chrétiens, comme les nouveaux, les protestants, le chassaient. À Venise où il échoua finalement, un jeune homme, Moceniyo, lui offrit son amitié avec toute l'apparence de la sincérité. Mais c'était un émissaire de l'Inquisition à qui il le livra. Lorsque ses juges religieux lui annoncèrent sa condamnation à mort, il déclara : « Vous craignez plus en énonçant ce jugement que moi en l'écoutant. »

Il avait déjà, sa vie durant, vécu dans les flammes de ses idées. Il n'y avait pas de place en ce monde pour un être lointain ; c'est dans ce monde lui-même que se développait l'être éternel. Le monde tournait souverainement et magnifiquement. Tel était le chant de Giordano Bruno.

Des hommes farouches firent alors leur apparition dans ce monde, des hommes qui ne s'expliquaient ni leur âme ni leur destinée. Girolamo Cardano, un médecin, né à Pavie, considérait que le plus étrange des événements était d'être né dans le siècle où avait été découvert l'Équateur. Il sentait cette force qui secouait plus violemment le sol que ne l'aurait fait un tremblement de terre. Sa tête se dressait sur un cou long et maigre ; sa voix était aigre et perçante. Une de ses mains, la gauche, était gourde ; la droite déformée. Pendant de longues années, il servit auprès de son père, un avocat, sans être apprécié. Son cœur était froid, sa tête chaude. Il épousa une belle femme qui lui donna trois enfants ; la fille resta stérile, l'aîné des garçons eut la tête tranchée comme empoisonneur et le plus jeune fut jeté en prison pour crime. Cardano s'acharna sur des milliers de problèmes ; il s'occupa des équations du troisième degré, essaya de peser l'air et étudia les vertèbes. Il procéda à des transfusions de sang, pensant transformer les hommes par ce moyen et modifier leur caractère ; le mélange des substances dans les corps en déterminant les propriétés. Il déclarait en outre : « Les transformations dans la nature suivent la loi des nombres, à laquelle Dieu a soumis son œuvre. Toutes les créatures sont animées : l'amour et la haine règnent parmi les plantes elles-mêmes. » Personne, à cette époque, n'était capable de comprendre cela, si ce n'est aux Nouvelles Indes, les sauvages. « L'homme n'est pas un animal, mais tous les animaux, toute la vie animale à son plus haut degré. La nature crée souvent de nouvelles espèces qui disparaissent à leur tour lorsqu'elles ne peuvent plus tenir. » Un démon conduisait cet homme. L'Inquisition prit possession de lui vers sa soixante-deuxième année ; on ne le laissa sortir du cachot qu'à la condition de ne plus enseigner. Il se soumit. Quelle chose en ce monde valait la peine que l'on s'y accrochât ?

Avec quel amour Vesalius, à Padoue, s'approcha du corps humain et souleva, plein d'humilité, muscle après muscle pour découvrir les entrailles ! Avec quel timide bonheur l'Espagnol Servet s'aperçut qu'il commençait à pénétrer le secret de la circulation du sang ! On le chassa successivement de tous les pays, jusqu'au jour, où, à Genève, un tyran, tout imprégné de l'esprit de la vieille et sombre Église, mais qui se disait réformé, le retint prisonnier : « Pour protéger le monde de la contagion et pour supprimer un membre pourri, nous te condamnons à être conduit, chargé de chaînes à Champal où, une fois lié au pilori, tu seras brûlé vif avec ton livre. Ainsi s'éteindra ta vie. Que ce soit un avertissement pour ceux qui agissent comme toi. »

## LA SOMBRE FIN DE MONTOYA

Les dernières années de sa vie sur le Parana, dans la réduction de Yapeyu, Montoya les passa dans une grande ferveur. Les Pères les plus âgés lui trouvaient alors une ressemblance avec Emmanuel. Il insistait pour qu'on donnât plus d'importance au service religieux. Les cheveux blancs, les os saillants, il allait tel un apôtre parmi les Indiens qui le craignaient comme un Dieu. Lui, l'organisateur sévère qui avait armé les Indiens, il donnait maintenant son approbation à la compagnie du Saint-Nom de Jésus dont quelques adeptes étaient venus du Pérou. Il égrena entre ses doigts leur chapelet qui devait éveiller en lui les quinze mystères, cinq de bonheur, cinq de douleur et cinq de gloire. Il chanta avec eux, en compagnie de ses amis blancs ou bruns : « Jésus, notre Sauveur, notre Amour, notre Nostalgie, Dieu créateur, Homme de la fin des temps, quelle tendresse ne t'a-t-il pas fallu pour accepter de porter nos crimes à notre place. Oh ! cette mort horrible que tu as dû subir pour nous sauver de la mort ! Tu pénètres dans les chambres de l'enfer, tu leur arraches leurs prisonniers et tu trônes à la droite du Père. Oh ! puisse la pitié te toucher pour vaincre notre misère, apparais pour nous réconforter par ta vue, Gloire à toi, ô Seigneur ! Jésus, *nostra redemptio, amor et desiderium.* »

Les Jésuites envoyèrent des émissaires en Espagne et en Italie pour y prendre des nouvelles et poser des questions. Ils soulevèrent une fois le problème du mariage des Indiens. Le général de la Compagnie donna mission au Père Juan de Layo, qui enseignait au collège de Rome, d'intervenir auprès du Pape pour obtenir une décision. Ce Juan de Layo était un homme froid et positif ; il exposa la question au Pape et le Souverain Pontife l'écouta avec toute l'apparence du plus grand sérieux et de l'attention la plus réelle. Pour se protéger contre Juan de Layo, qui appartenait à la terrible engeance des inexorables et des omniscients, le Pape avait fait venir deux jeunes cardinaux qui ne brillaient par par leur savoir. C'était d'ailleurs la raison pour laquelle il les avait nommés. Il était question des Indiens Guaranis. Ces Guaranis avaient des difficultés matrimoniales lorsqu'ils venaient s'installer dans les réductions des Nouvelles Indes et se faisaient chrétiens. Sans la moindre trace d'un sourire et à l'étonnement un peu méprisant du Pape, qui était homme du monde, le professeur Layo déclara que les Guaranis n'avaient pas coutume de se contenter d'une seule femme. Les Pères du Parana étaient d'avis qu'ils devaient se décider pour une femme et plus exactement pour celle qu'ils avaient épousée en premier lieu. « Cela semble une affaire toute simple, mais en réalité, elle ne l'est pas, car c'est là que commence la difficulté. En effet, ces Indiens considèrent leur femme comme une servante, oui, une esclave, et quand ils n'en veulent plus, ils la renvoient. Ils en ont plusieurs, certains ont même — chose affreuse — à la fois la mère et la fille. Et la façon dont ces hommes traitent leurs femmes montre bien l'impudeur de leur conception : ils en font cadeau à leurs amis, à leurs invités et, lorsqu'ils sont chefs, les donnent en récompense à leurs vassaux. » Le Pape jeta un regard vers ses jeunes et magnifiques cardinaux. « Et c'était cela, les fameux Indiens que les Pères de la Compagnie de Jésus avaient dans leurs réductions ! Le professeur ne comprit pas le plaisir que prenait le Pape à cette affaire. Il reprit sur un ton empreint de la plus grande gravité : « Les femmes dont ils font présent et qu'ils renvoient, il leur arrive parfois, selon les circonstances, de les reprendre comme épouses et de recommencer à vivre avec elles. Ils les emmènent dans leurs déplacements, dans leurs campagnes ou, selon leur convenance, les laissent en quelque endroit. » — « Curieux, déclara le Souverain Pontife. Et les femmes ne protestent pas ? J'aimerais bien voir une fois des femmes de ce genre ! »

Le professeur, sans répondre, laissa aller son regard perçant du Pape aux deux cardinaux que ses yeux effrayaient. La question n'était pas de savoir si les femmes étaient satisfaites de leur sort, mais de déterminer s'il y avait mariage. Le Pontife serra l'une contre l'autre ses mains lourdes et molles. « Quelles sont alors les questions que nos fidèles Pères Jésuites des réductions désirent nous poser ? » Le Père Juan de Layo remit alors un écrit au secrétaire du Pontife et, en le montrant de la main, déclara : « Les Pères prient le Saint-Siège de faire une déclaration décisive quant à la position à prendre devant de telles difficultés et sur le point de savoir quelle est la femme qui doit être considérée comme la première et, de ce fait, tenue pour légale. Il convient d'envisager en outre que cette première femme peut être en même temps la première d'un autre, soit avant, soit après. Il faut tenir compte également qu'il arrive souvent qu'un Indien ne sache plus du tout quelle est la première femme, ou qu'elle vive en paix avec un autre et qu'il ne tienne pas à la reprendre. » Le Pape était saisi d'un étonnement sincère, mêlé d'un peu de dépit. Le sévère professeur termina ainsi sa requête. « Les Pères des missions déclarent qu'il arrive souvent que les Indiens, lorsqu'on leur impose de reprendre leur première femme, préfèrent redevenir incroyants. » — « Ah ! Ah ! dit le Pontife en soupirant, pareille chose arrive quand même ! » Il essaya, le grand et sec Jésuite ne paraissant plus rien avoir à ajouter, de susciter une conversation générale entre le professeur et ses deux jeunes cardinaux, mais sans y réussir. Il y avait de part et d'autre un froid glacial. On se contenta de toussoter. Le Pape fit alors un signe à l'homme plein d'érudition qui s'approcha pour le baise-main. « Les Jésuites sont de braves gens ; il ne faut pas les gêner dans leur tâche étrange et méritante. » Il congédia son visiteur avec des paroles aimables et même affectueuses.

La réponse qu'il fit parvenir au bout de quelques mois donna toute satisfaction dans les cercles jésuites de Rome et plut aussi au Parana. Elle était ainsi conçue : Les difficultés sont grandes. Tous les prêtres qui, suivant les traces des apôtres, s'adonnent à la tâche de missionnaire dans les réductions, doivent agir avec opportunité.

« L'Église met en vous sa confiance. Agissez avec la plus grande délicatesse, vous, mes fidèles enfants, ne mettez pas en danger le salut des Indiens. » Ils n'aperçurent pas sous cette sentence le rire joyeux du Pape.

Lorsque arriva cette réponse qui reconnaissait et développait leur pouvoir religieux, le vieux Montoya fut le seul à ne pas manifester sa satisfaction. Gonzales lui-même, devenu directeur spirituel à Yapeyu, s'étonna de l'amertume que montra son supérieur, après être resté silencieux pendant une semaine. « Nous y voilà, dit Montoya, ne mettez pas en danger le salut des Indiens ! À un vieux roi qui allait entreprendre une guerre et qui le consultait, l'oracle du pays donna cet avis : si tu traverses tel ou tel fleuve, tu détruiras un grand royaume. Le vieux roi pensait au royaume de son adversaire, mais la réponse pouvait signifier les deux : son royaume et celui de son ennemi. Finalement ce fut le sien. » — « Le Pape a confiance en nous », déclara Gonzales. « Oui, il a confiance en nous, Gonzales, dit Montoya, en détournant tristement de lui son visage pâle et amaigri. Mais moi, je n'ai pas confiance en lui. » Gonzales n'osa pas répondre. Le vieux poursuivit : « On nous laisse seuls. Je le sais bien. » Gonzales toucha sa manche : « L'Église vit ! Il y a encore l'Église ! » Montoya saisit sa main : « Oui, c'est bien, jeune homme, l'Église vit. »

Il voyait un sombre présent et la menace d'un plus sombre avenir.

Montoya devenait de plus en plus maigre, on le soulagea de ses tâches. Il vécut un certain temps complètement silencieux ; il était devenu sourd.

C'est ainsi qu'il mourut. Ses derniers jours furent un cauchemar pour son entourage.

## LA RÉPUBLIQUE CHRÉTIENNE DANS SA SPLENDEUR

L'Arche de Noé ! Comment voguait-elle ? Comment roulaient les eaux autour d'elle ? Jusqu'à quelle hauteur était-elle soulevée ?

La lutte engagée entre les Jésuites, leur arche et les barbares n'aboutit à aucune décision. Du reste, l'arche n'était plus ce qu'elle avait été et, de leur côté, les barbares n'étaient plus barbares. Lorsque les Pères, ayant Emmanuel à leur tête, avaient été chassés de Sao Paulo, ils partirent tels une troupe de spectres, des spectres mouvants qui portaient les robes noires de la mort. Arrivés dans les forêts méridionales de Sucuruja, ils étaient métamorphosés.

Leur nouvelle existence les transportait d'une exaltation contre laquelle ils n'avaient pas pensé à calfater leur arche. Les nouveaux Pères ouvraient leurs yeux et voyaient ce qu'ils possédaient. Ils gouvernaient et prenaient plaisir à gouverner.

Les réductions prospéraient merveilleusement. Avec leurs excédents, les Pères achetaient de l'or, du cuivre, de l'argent et payaient le tribut royal. Le maté restait leur produit d'échange le plus précieux ; le Sud apportait le miel, la cire, le maïs, le coton ; le Nord la laine, le chanvre, le blé, le bois, les poissons, les fourrages pour le bétail ; partout on trouvait des chevaux. Les Pères, au sein de leurs réductions, se renfermaient dans leurs maisons collégiales, ne se montrant qu'aux grandes occasions. Ils gouvernaient par l'intermédiaire de magistrats temporels, corrégidors, alcades, assesseurs qui tous étaient choisis parmi les Indiens. Ils apparaissaient à l'église, entourés d'enfants de chœur, magnifiquement vêtus. Ils n'entraient ni dans les maisons ni dans les cabanes. Les malades étaient conduits dans les bâtiments du collège. Lorsque les Pères apparaissaient quelque part, ils se présentaient en grand cortège, parés de dignité et de majesté.

Déjà les fondateurs des réductions avaient attaché une grande importance à la construction de belles églises. Maintenant on passait à la magnificence, faisant venir des architectes et des peintres d'Europe ; les églises commençaient à rayonner de tout l'or de leurs ornements. On y ramassait une grande partie des richesses qui affluaient vers les réductions où l'on travaillait avec une ardeur systématique. Il fallait, disait-on, attirer, enchanter, éblouir les Indiens, ces enfants. Dans l'enceinte des réductions, on entendait de la musique du matin jusqu'au soir : tambours et flûtes n'arrêtaient jamais.

Les femmes n'avaient pas le droit de danser ; mais pour les hommes, les Pères organisaient des tournois. On fit venir d'Europe des feux d'artifice ; les Indiens n'admiraient rien plus que cela.

Mais l'herbe entre les plaques de marbre des palais continuait son ancienne existence, et le vent soupirait et sifflait de la même façon, que ce fût parmi les arbres de la forêt vierge ou à travers les avenues magnifiques, tracées par la main des hommes. Les Indiens, eux aussi, conservaient une attitude inchangée lorsqu'ils venaient s'agenouiller, les mains jointes, et s'absorbaient dans la contemplation des images des Saints. À ces Saints, ils présentaient toujours leurs requêtes avec gravité et insistance et traitaient Dieu familièrement. Ceux qui étaient convertis et baptisés depuis longtemps se comportaient avec humilité et docilité. Il y en avait d'autres, en revanche, qui prenaient un ton plus direct et même plus menaçant. Mais pour tous, il s'agissait d'un marché. Ils apportaient leurs présents et ces présents devaient correspondre à la valeur de la grâce sollicitée ; on se livrait à des comptes minutieux. Il y avait des tarifs bien déterminés pour une guérison personnelle ou celle de tel ou tel membre de la famille, ou encore d'un animal domestique, d'un bœuf ou d'un cheval. La plupart du temps, on apportait des corbeilles de fruits entièrement ou à demi pleines. Pour un cas d'importance, on se mettait en frais d'un lièvre ou même d'un porc. Ce que ces présents signifiaient, ils l'expliquaient aux Saints ou à la Vierge Marie dans de longues dissertations, pleines de détails et de précisions. Ils payaient le prix régulièrement, mais au retour exigeaient une contrepartie. Il ne s'agissait pas de plaisanter. Le Saint qui avait failli, perdait sa réputation auprès d'eux. Ils s'en avisaient les uns et les autres et plus personne ne lui apportait quoi que ce fût. Ils faisaient, dans ces conditions, une grande consommation de Saints et les Pères avaient fort à faire pour en dénicher de nouveaux. Il y avait pourtant des Saints auxquels on tenait malgré quelques échecs. Ceux-ci avaient une solide clientèle qui les louait et les flattait pour ne pas perdre son argent et pour les stimuler.

Les religieux les dirigeaient paternellement. Ils se souvenaient encore du fanatique des premiers temps, d'Emmanuel, de Montoya ; on parlait d'eux comme de Saints. On colportait à leur sujet des histoires de miracle. Mais eux-mêmes étaient d'une nature différente. Ils menaient paître leur troupeau, le gouvernaient avec distance. Les Indiens n'étaient toujours que des enfants. Les tourments de l'âme qu'éprouvaient les hommes blancs leur restaient étrangers, et les Jésuites ne parvinrent pas à leur faire connaître le mal. La haine de soi-même, le sens du péché n'arrivaient pas à pénétrer leur âme. L'air, les arbres, les animaux, les hommes des temps anciens les entouraient toujours.

Ils restaient accrochés à Sucuruja ; Sucuruja ne les lâchait pas.

Des amis religieux ou laïques venaient parfois au Parana. La renommée de la République Chrétienne s'était répandue. On parlait avec crainte ou enthousiasme du communisme que les Pères Jésuites appliquaient aux Nouvelles Indes. Cela se mêlait à des discours révolutionnaires et la Couronne d'Espagne était inquiète. En de telles occasions, comme à l'époque de l'évêque Félix, un Père Jésuite sortait de sa maison et conduisait ses hôtes à travers les villes aux rues droites et nettes, bordées de palmiers, faisait admirer les magnifiques églises, les magasins pleins des produits de leur labeur. On croisait des Indiens aimables et empressés, on entendait des rires et des chants. Tous portaient les mêmes vêtements de coton, les femmes la longue robe avec ceinture et veste courte, les hommes la chemise et le pantalon. Tous les visages étaient identiques, hommes et femmes se ressemblaient même, bien que les premiers eussent les cheveux coupés courts. Les fonctionnaires et les surveillants portaient des vêtements d'une couleur différente. On montait ensuite à cheval, puis, après avoir passé en revue la troupe de cavalerie qui rendait fièrement les honneurs, on gagnait la contrée édénique.

Le visiteur s'étonnait de voir tant d'ordre, tant de richesse, tant de bien-être. Le prêtre répondait : « On peut nous faire beaucoup de critiques. On nous reproche fréquemment d'exploiter les Indiens, d'amasser des richesses, de vouloir créer une république indépendante et d'envisager une séparation d'avec la couronne d'Espagne. Et quoi encore ! Nous sommes contents d'être ce que nous sommes et que la couronne se charge à notre place de la politique. Vous verrez partout dans nos réductions le portrait du roi d'Espagne. » — « Et l'exploitation des Indiens ? » Le prêtre se mettait à rire : « Nos adversaires se trahissent par là. Nous ne savons pas ce qu'ils veulent dire. Regardez autour de vous si vous voyez un seul gardien d'esclaves. Montrez-nous, si vous voulez, un homme triste ou de mauvaise volonté. Certes, nous les exhortons au travail car ce sont de simples enfants de la nature et nous veillons à ce qu'ils ne se corrompent pas. Ils montrent un penchant à la paresse, mais nous le surmontons par l'exemple, en faisant honte aux paresseux, en accordant des distinctions aux autres ; ils y sont très sensibles. Du reste, chez nous tout est plan raisonné et organisation, rien de plus ! Ce sont les autres qui sont obligés d'avoir recours à des méthodes d'exploitation des Indiens, parce qu'ils ne sont pas rationnels. Nous, nous parvenons sans difficulté à la richesse à laquelle d'autres n'arrivent pas avec l'esclavage ou l'extermination. Chez nous, tout repose sur la doctrine chrétienne. Rien de plus simple ; elle est à la disposition du monde tout entier. » Le visiteur s'étonnait et le Père pouvait s'en donner à cœur joie. « La clef pour comprendre nos réductions, c'est donc le christianisme. Vous venez d'Europe, monsieur, vous connaissez les luttes religieuses et politiques. Notre vieux christianisme est déchiré comme un drap usé. Chacun croit pouvoir en ravir un lambeau. Quelle multitude d'idées révolutionnaires ! Et tout cela pour parvenir au bonheur ! Pourquoi donc ? Nous, nous ne rejetons pas une chose qui a fait ses preuves. Ne vous en laissez pas accroire. Nous sommes les derniers à suivre les niaiseries modernes, le communisme ! Tout cela est du vent. Nous, nous sommes installés dans la solide maison que la vieille Église a construite. »

Au temps du grand Supérieur La Roca, un inspecteur royal qui voyageait à travers la province se montra encore une fois à Yapeyu. Le magnifique La Roca le questionna avec une certaine hauteur sur la situation des colonies indiennes libres de l'extérieur et lui demanda combien il y avait encore, dans les environs, de détachements d'Indiens Yanaconas et Milayos, réduits à une servitude plus ou moins complète. Le Supérieur fit évoluer les troupes devant l'inspecteur avec une ostentation marquée. Il fallait que les gens de l'extérieur, qui jalousaient toujours aussi profondément les réductions florissantes, sachent bien que l'on était capable de montrer les dents. En compagnie du maître de camp et du sergent-major, on fit visiter les arsenaux à ce haut fonctionnaire. Des centaines de chevaux étaient toujours tenus en réserve et il y avait des masses de lances, de haches, de pointes de flèches, d'arcs, de frondes, d'armes à feu et d'énormes provisions de poudre. L'inspecteur éprouvait fréquemment un sentiment d'inquiétude ; il pensait aux fâcheuses rumeurs qui couraient. On le fit même assister à un exercice militaire, exécuté par des enfants.

Le majestueux La Roca déclara : « Vous pouvez voir l'expérience que nous avons acquise depuis l'époque des Mamelus et combien nous restons attachés à notre héritage. » Il poursuivit ironiquement, tendant son poing fermé : « Peut-être notre aimable entourage s'est-il rendu compte de cela peu à peu. Durant un certain temps, nous sommes restés bêtement naïfs et confiants ; en vérité, ce n'est pas notre faute si l'on ne nous a pas accueillis avec amour. Nous, nous avions assez d'amour pour tout un continent. Mais on n'a pas voulu de nous ; on n'a même pas voulu nous accorder la petite place dont nous avions besoin pour vivre. Maintenant, nous n'avons plus confiance. Là où nous sommes établis, nous restons. Et pour être tout à fait franc : il est inutile que nos aimables voisins viennent nous faire l'offre de leur amitié. Nous avons mûri, nous sommes de force à nous défendre, celui qui veut se frotter à nous n'a qu'à venir. Je vous le certifie et vous avez pu vous en rendre compte vous-même : elle est passée, la belle époque où Mamelus et Tupis nous envahissaient et venaient s'installer à notre table garnie. » Il se mit à rire bruyamment et parla des exploits militaires de certains Pères : de Matéo, de Sanchez, d'Alfare. L'inspecteur l'écoutait, non sans un certain malaise.

Il visita ensuite les célèbres stations d'élevage et les chapelles, les vergers, les orangeries voisines. Quelle prospérité ! Quelle puissance ! Il vit aussi les jolis oratoires qui se dressaient sur les collines. C'est une admiration sincère qu'il éprouva en passant par les réductions et les stations de Tambineta, San Agnotin et celles de San Borgita, San Gonzalo, le long de la lagune Iberia. En traversant les forêts, on lui décrivit avec fierté la façon dont on cultivait, récoltait et traitait le maté. Personne dans le pays n'était capable d'imiter leur procédé. On assista finalement, un soir, après les vêpres, à un tournoi. La Roca reçut avec joie les félicitations de l'inspecteur lorsque celui-ci vint lui rendre visite dans sa petite maison basse et sombre.

Il prenait plaisir à entendre les éloges que le fonctionnaire royal lui exprimait, alors qu'ils étaient à table. La Roca était un grand mangeur. Les serviteurs indiens allaient et venaient avec empressement. À côté du Supérieur qui, lui, semblait avoir une allure romaine, l'inspecteur royal paraissait tout petit. Il le questionna sur l'Europe, comment était-ce là-bas ? Lui-même était né au Pérou. Le Supérieur se mit à rire : « Ce n'est pas du tout la même chose qu'ici. Mais inutile d'avoir des regrets ! On peut, en tout lieu, réaliser de grandes choses. Une profonde connaissance des hommes et un solide bon sens sont les qualités primordiales de celui qui veut gouverner. Souvenez-vous de l'évêque Félix, celui qui est rentré à Rome et qui dirigea un certain temps ce diocèse. J'ai connu sa famille. C'est de ce bois que sont faits les hommes capables. Toutefois, ici, il n'a pas réussi. » — « C'est pour des raisons d'ordre privé, m'a-t-on dit. » — « Naturellement, mon Dieu, j'ai secoué la tête lorsque j'ai entendu ces racontars ; on était si timoré autrefois, même chez nous ! C'étaient là des maladies d'enfance, soyons francs. Nous aurions eu besoin encore longtemps d'un homme aussi habile et d'un esprit aussi clair. Lui et moi, nous nous serions parfaitement entendus. On arrive toujours, monsieur l'inspecteur, à se mettre d'accord sur le terrain de la raison et de la bonne humanité. »

L'inspecteur royal était un petit provincial ; il restait étonné et timide à la table impériale de La Roca. Il se faisait flatteur, demandant : « La Compagnie de Jésus refuse-t-elle toujours son autorisation à ceux de ses membres qui sont appelés aux postes d'évêques et de cardinaux ? Ma mère m'a élevé dans le respect de votre Ordre. Nous croyions que si un Père Jésuite pouvait être évêque ou même plus, cela serait d'un grand profit pour l'Église. » La Roca, satisfait, s'essuya la bouche : « Naturellement, nous tiendrions notre place aussi bien qu'un autre. Mais à quoi bon la gloire et la célébrité ! Nous tenons à la pauvreté et à l'obéissance. Nous poursuivons notre tâche là où on nous demande d'aller. Les saints Apôtres ne faisaient pas autrement et, pour nous, c'est le plus bel exemple ! »

L'inspecteur, qui se sentait repu, joignit les mains et, en jetant ses regards vers le plafond, fit un signe d'approbation. Les serviteurs indiens desservirent la table et apportèrent des coupes de maté. La Roca se redressa sur sa chaise et les suivit des yeux jusqu'à ce qu'ils fussent sortis. Il fit un signe à son hôte : « Que pensez-vous de ceux-là ? De ces Indiens, nos bons sauvages ? » L'inspecteur s'effraya ; il avait lui-même du sang indien par son grand-père, et il craignait des allusions. Mais La Roca continua à voix basse : « De quelle façon en venez-vous à bout, là-bas ? Je dois vous avouer que depuis que je suis ici, cela marche vraiment bien. Vous avez pu le voir vous-même. Mais vous ? Comment faites-vous donc ? » — « Oh, ils sont doux et de plus ils ont peur. » — « C'est là l'essentiel, la peur, vous avez trouvé. Et quelle naïveté ! Il n'y a pas un seul enfant chez nous qui soit aussi enfantin. Je pourrais vous raconter de ces histoires... Mais vous avez été élevé ici, vous en savez tout autant que moi. » Et avec un sourire satisfait, il continua : « Voyez-vous, les premiers Jésuites ont eu une idée, une méthode géniale en appliquant tout simplement à ces gens nos principes jésuites, nos propres principes. Inutile de réfléchir et de poser des questions. Il ne peut y avoir de jugement personnel. Qui en est capable, même en Europe, et à plus forte raison parmi ces cervelles d'oiseaux ? Dans ces conditions, il suffisait d'enseigner simplement, gentiment et on était suivi. » — « Et ces gens sont d'une docilité ! » approuva l'inspecteur. « Oui, ce sont les meilleurs de tous les hommes », ajouta La Roca. Mais je vous en prie, reprenez du maté, il a été préparé d'après nos principes par des mains indiennes. Ils sont dociles comme la fumée au vent. Dieu, qui leur en a refusé d'autres, leur a donné cette qualité. » — « Ils sont plus obéissants que les chiens, dit encore l'inspecteur, heureux que La Roca ne l'ait pas découvert. Dociles comme des caniches, ai-je coutume de dire. On agit dans leur intérêt en les prenant tels qu'ils sont et en ne leur demandant pas davantage. On a, jadis, commis parfois des erreurs à cet égard. Maintenant ils se conduisent convenablement ; ils vont à l'église, travaillent. Mon Dieu ! quel beau résultat si on pense que ces pauvres hommes vivaient autrefois dans des cavernes et se nourrissaient de chair humaine. » Il se pencha avec un sourire malicieux vers son hôte, ravi de tant de bonne grâce : « Du reste, pour ce qui est de manger, ils montrent un appétit féroce, même si nous ne leur servons plus de chair humaine. Ce qu'ils voudraient, c'est s'empiffrer du matin au soir, comme le bétail. Après tout, pourquoi pas ! C'est leur plaisir. » — « Vous oubliez les feux d'artifice ! » — « C'est vrai — ils rirent —, et aussi la chasse et les chevaux. De magnifiques cavaliers. »

L'inspecteur, reconduit solennellement, s'en alla avec sa petite suite d'Indiens et de Blancs. Un vieil Indien de Tucuman était son serviteur préféré. Il avait une affection profonde pour cet homme qui avait déjà servi dans la maison de son père. Ils allaient à cheval à travers la plaine, passant dans cette contrée édénique près des stations d'élevage et des réductions, traversant des plantations de maïs et de manioc. En voyant cette nature, imprégnée d'un ordre inexorable, le magistrat ne put s'empêcher de raconter à son ami indien, en termes voilés, quelques détails de ses conversations avec La Roca. L'Indien revenait abattu des réductions. « Voudrais-tu t'installer là-bas ? » demanda l'inspecteur. « Si tu y allais, maître, j'y resterais aussi. » — « Et sans moi ? » — « Maître, quand je voyais autrefois des hommes bruns rassemblés, je pleurais toujours. Cela tenait aux récits que nous racontaient nos parents. J'ai moi-même souvent regretté cette vie libre jusqu'au jour où je suis venu servir chez tes parents et je me suis habitué. À Yapeyu, j'ai de nouveau pleuré. » —

« Pourquoi, Lucas ? » — « Je suis vieux, tu me pardonneras. » — « Mais pourquoi donc as-tu pleuré, Lucas ? » — « Lucas pleure toujours quand il se souvient du temps jadis. J'étais heureux de les voir réunis, entre eux. Le Révérend Supérieur La Roca m'a fait la grâce de m'adresser la parole et alors je lui ai baisé les pieds parce qu'il protège les Indiens, parce que, grâce à lui, ils peuvent vivre tous ensemble, paisiblement. Sans doute, n'est-ce pas comme chez eux parce qu'ils n'ont plus leurs chefs, mais les Pères sont de bons pères, maître. »

Plus tard, l'inspecteur attrista le vieux Lucas en lui rapportant les paroles qu'il avait entendues à Yapeju. Ces gens à peau brune descendent de sauvages qui sans doute avaient forme humaine, mais qui n'avaient qu'une seule préoccupation : apaiser leur faim insatiable. Le vieux secoua la tête. « Insatiable ! Je ne crois pas. Ils étaient comme nous autres, nous mangeons moins que les Blancs. As-tu déjà vu parmi nous un homme ou une femme qui soit gros ? Nous sommes plus maigres que les Blancs. » — « On voulait dire, Lucas, que vos ancêtres avaient quelque chose des animaux. » Le vieux approuva de la tête : « C'est bien dit, oui, ils étaient en effet des oiseaux, des lézards ou des tigres. » — « Ah, tu racontes toujours tes vieilles histoires, Lucas, il ne faut pas. » — « Pardonne, maître. » — « Ils sont bien chez les Pères, Lucas ? » — « Maître, mieux que les miens dans les villes. Nos gens sont toujours heureux quand ils vivent ensemble, quand ils peuvent pêcher et chasser ensemble. Ils seraient quand même encore plus heureux s'ils étaient tout à fait libres. » — « Mais alors, ils n'auraient quand même pas l'affection des Pères, ni les villages, ni leur propre église. » — « Mais la forêt, maître, les prairies !... »

Toujours la même chanson. Comme ils étaient encore dans la contrée des réductions, ils rencontrèrent le Père Joseph de Arce, un robuste missionnaire à barbe grise qui allait à cheval au milieu d'une importante suite d'Indiens. Il revenait de catéchiser les Chiquitos et vantait ses succès : « Nous avons rencontré une tribu dont le chef nous a déclaré : "Votre Dieu chrétien doit tout savoir. Vous racontez que rien ne lui reste caché, qu'il est sur tous les chemins. Mais nous, nous ne voulons pas d'un Dieu qui ait des yeux si perçants. — Magnifique, n'est-ce pas ? — Nous voulons vivre dans nos forêts sans avoir toujours au-dessus de notre tête un juge qui nous surveille !" » Le missionnaire à la taille de géant ouvrit les bras : « Il s'imagine pouvoir choisir son Dieu. Notre choix ne lui suffit pas ! »

Il raconta ensuite la façon dont une tribu de Chiquitos s'était laissé convertir dernièrement. « Le cacique avait rassemblé tous ses gens pour tenir conseil. Ils arrivèrent de nuit au lieu désigné, dansèrent au son de la flûte et burent. Le lendemain, le cacique leur exposa l'affaire. Ils se mirent alors à discuter. Cela dura plusieurs heures, puis ils recommencèrent à boire. Midi arriva et ils allèrent tous se baigner. Ensuite ils se parèrent de belles plumes et se colorièrent la peau. Un repas plantureux suivit. Et ce n'est qu'après qu'ils décidèrent d'un commun accord d'adopter le christianisme. » Le missionnaire riait à gorge déployée : « Ce sont de braves gens. Il nous a fallu leur faire beaucoup de présents pour arriver à ce résultat. Nous avons dû leur promettre de les protéger, de les empêcher d'aller dans les détachements et encore bien d'autres choses. Mais même après cela, ils posèrent deux conditions pour adopter le christianisme : il ne fallait ni forcer ceux qui refusaient de se convertir à quitter leur territoire, ni utiliser leurs enfants, même s'ils étaient chrétiens, pour servir aux offices. » Il leva les mains vers le ciel. « C'était délicat », approuva l'inspecteur. « Oh, bien sûr, nous aurions pu agir autrement à l'égard de ces gens. Nous les tirons parfois un petit peu par l'oreille. Mais finalement, nous sommes des chrétiens et il nous faut prendre des gants. »

Sur ces mots, le solide missionnaire qui avait l'air, sur son cheval, d'un cavalier ou d'un guerrier déguisé, tendit la main à l'inspecteur. Roulements de tambour, sonneries de trompettes, et le convoi reprit sa marche à travers la riche prairie, avec tous ses bagages, tous ses hommes et ses bêtes.

Quelques années plus tard, de Arce devait être massacré par les Papaguas.

## ARBRES ET PLANTES

Le monde est friable. Bien qu'il ait engendré des récifs, des rochers et des montagnes, il a une tendance à la désagrégation. Il aime cette désagrégation — mais pas au point de s'effondrer complètement. Il n'en a jamais assez ; le dernier mot n'est jamais dit.

Tout ce que les Pères et les rois faisaient devenait illusoire.

Au moment où les statues antiques était extraites de la glèbe et où la terre avait recommencé à chanter son hymne, on ne s'était pas contenté d'entendre la voix des Copernic, Galilée, Bruno, ces voyants fanatiques et joyeux, de suivre les exploits de ces hommes courageux qui naviguaient de par le monde.

À travers les mers, entre les ports d'Espagne, du Portugal, d'Italie, de la Hollande et ceux des Nouvelles Indes, voguaient d'une côte à l'autre des navires de plus en plus nombreux. Ce n'étaient plus les mêmes bateaux que ceux qui, jadis, avaient transporté des généraux et des soldats, avides de pillage, et des prêtres enthousiastes.

Et maintenant, l'immense continent de l'Amérique du Sud voyait surgir de nouvelles puissances. Elles avaient nom : café, canne à sucre, coton, tabac, cacao, maïs, bois.

Des hommes nouveaux s'installaient sur le continent, des hommes blancs ou de couleur, des métis.

La canne à sucre était une plante qui poussait dans les vieilles et lointaines Indes. Ses tiges souples et flexibles formaient des taillis, sans cesse agités par le vent. À l'intérieur de ces tiges se trouvait une moelle charnue qui pompait tout le suc de la terre pour en vivre et croître. Il y avait longtemps que les hommes avaient découvert la sève douce de cette plante qu'ils pressaient pour la faire jaillir, car ils n'avaient pas été jetés sur la terre comme des étrangers qui doivent commencer à combattre pour leur existence. Au contraire, on s'était montré prévoyant pour eux. Le sucre poussait sous la forme de ces grandes herbes, ils n'avaient qu'à les découvrir et à s'en nourrir. Cette plante avait été amenée des Indes en Syrie et les Croisés, qui étaient partis en quête de beaucoup de choses, et en avaient trouvé encore d'autres, ramenèrent la canne à sucre en Espagne. Maintenant, elle s'installait dans la chaude Amérique et florissait à Sao Paulo et à Rio de Janeiro.

Et désormais il pouvait naître beaucoup d'hommes de Sao Paulo à Rio de Janeiro et jusqu'à Pernambuco; partout où poussait cette plante, ils pourraient trouver à se nourrir. On ouvrait plantation sur plantation. Pour produire le sucre, il fallait installer des fabriques, et se procurer la main-d'œuvre, ce qui fut difficile. Les gens de ce pays apprenaient à améliorer leurs outils de culture. Et le jour où ils produisirent plus de sucre qu'ils ne pouvaient en consommer eux-mêmes, ils l'apportèrent dans les ports et en chargèrent des navires à destination de la côte et du Portugal. Les voiliers transportaient maintenant un tout autre fret que cet or qui avait alimenté les guerres des anciens rois. De part et d'autre, les navires se faisaient plus nombreux dans les ports qui s'agrandissaient, ainsi que les villes alentour.

Sur les collines, dans les plaines surchauffées, le caféier

prenait toujours plus d'extension. Cette plante, originaire d'Éthiopie, transplantée par la suite en Arabie, avait été importée sur la côte guyanaise par des marins hollandais et, de là, elle s'était avancée dans la vallée de l'Amazone, puis était descendue vers le Brésil. Les Nouvelles Indes étaient riches en poisons ; leurs plantes avaient le pouvoir de procurer des ivresses de genres très divers ; l'arche qui, au pays de Sucuruya, unit la vie à la mort, est très étroite, un léger balancement conduit de l'une à l'autre. Le fruit du caféier est une capsule qui tient enfermée deux grains dont le suc saisit le cœur et le fait battre plus vite, les membres se font plus légers. Dans tous les pays, les hommes convoitaient ce suc que les chaudes terres du Sud leur préparaient.

Le cacaoyer pousse à l'état sauvage sur les rives de l'Amazone, dans les contrées toujours inondées et au bord de la mer, sous une chaleur moite. Là où le sol lui convient, il atteint six mètres de haut et recouvre son tronc léger d'une écorce brune et douce. Ses fruits pendent aux branches les plus basses comme des melons. À l'intérieur se trouvent de petites amandes aux noyaux bruns : sa semence, chargée, le moment venu, d'assurer sa propagation. Mais, comme tout en ce monde, le cacaoyer n'est pas seul, lui non plus ; s'il désire retirer tout le sel du sol pour faire œuvre utile, d'autres comptent sur lui pour des fins différentes. C'est la loi de la vie. Ainsi, s'il loge sa semence dans la moelle de ses fruits, il y a nombre d'animaux qui se nourrissent de cette moelle et les hommes eux-mêmes apprennent à moudre ses graines pour en boire le jus.

À la canne à sucre, au café, au cacaoyer viennent se joindre le cotonnier, le tabac et les bois durs et précieux.

L'Amazone, le fleuve-océan, cette eau très ancienne et toujours jeune, roule dans l'infini ! Au flanc de la muraille andine, elle descend des hautes plaines glacées et des plateaux, gagnant l'est à travers son immense bassin. Le limon qu'elle transporte, elle qui peut détruire ou réunir les terres, est si considérable qu'elle le porte encore dans ses flots au moment où elle atteint l'océan. Là, elle l'étale en bancs de sable et l'entasse en telle quantité sur le rivage de la mer entre Capean et Cabo de Norte qu'il s'en forme des marécages. Au sud de son embouchure, le long de la côte, des bancs et des îles prennent naissance ; la mer les attaque sans cesse, la mer dans la gueule de qui le fleuve continue à secouer infatigablement ses eaux blanches, ses sables et sa vase, ses herbes flottantes et ses palmes d'Ubussy, chargées de fruits. Elle lève son poing, lançant contre le fleuve ses vagues de fond, le Pororoca, elle se dresse tel un rempart et, tourbillonnante, remplit l'embouchure, remonte dans la vallée, mais elle finit par s'écrouler et s'étaler sur les rives. Tout autour de la puissance primitive de ce fleuve, qui roule sur les vieilles roches de la terre, s'est dressée la forêt. Le fleuve ne laisse pas en paix le pays qu'il a lui-même créé. Il le pénètre de mille cours d'eau, rivières, ruisseaux, canaux et lacs. Il s'enfonce dans le sol comme les artères dans le placenta de la mère, pour le fructifier. Sûr et tranquille, le fleuve roule un moment dans son lit profond. Il déploie des vapeurs tout autour de lui, se rappelant ainsi à la mémoire de tout ce qui est au-dessus de lui et se croit solide. Vienne le temps des crues, il monte et pénètre dans tout le pays qu'il a lui-même porté. Le feu s'est retiré de la terre et le soleil lointain doit la réchauffer. Mais si le fleuve géant, l'Amazone, n'est pas aussi fertilisant, aussi dévorant que le soleil brûlant, c'est par sa bouche que ce dernier s'adresse à la vieille terre. Le soleil l'a choisie pour régente. Il a fait fondre pour elle la neige des montagnes et quand en bruissant elle s'approche des plaines, elle leur parle de la force du soleil, son roi. C'est le temps des inondations. Le fleuve secoue ses rives, transforme le pays en un jardin flottant, rejoint ses lacs dormants et, même, remonte en écumant ses propres affluents dont il imprègne les flots sombres de sa couleur laiteuse.

Ce n'est plus une simple forêt qui couvre le sol après que l'a touché le fleuve, fils du soleil. Sur les marécages qui suivent son cours et où se dressent les piliers de ses arbres géants, on ne voit plus une seule fleur aimable. Rien que les forêts qui, lentement, s'enfoncent dans le sol marécageux et se meurent. Sur ces terres vierges et humides vivent les arbres à caoutchouc. Ils déploient leur feuillage et dans leur tronc élancé et lisse se trouvent de longs canaux où coule un lait amer qui les rend imperméables. Quand une feuille se détache, le suc laiteux s'égoutte. Les hommes l'ont remarqué dans toutes les forêts, de l'Amazone à Madeira, Purno, Acré, Uaco, Javary et Jurna. Les Indiens, les Guaripas, ont donné à cet arbre le nom de syringa. Les Mainna l'appellent le caucho ; ils fabriquent avec la résine des coupes et des cruches qu'ils font sécher et noircir à la fumée. Les autres hommes eux aussi, ceux qui se sont maintenant établis dans cette contrée, apprennent à se servir de la gomme.

En même temps que les plantations et les stations d'élevage se multipliaient, que villages, villes et routes nouvelles se créaient, apparaissait une nouvelle espèce d'hommes. De la coque d'immenses navires débarquaient sur le continent de Sucuruya, chancelants, sombres, affamés et combien souffrants, des milliers, des dizaines de milliers, des centaines de milliers d'hommes noirs. Ils s'avançaient, chargés de chaînes et liés les uns aux autres par des cordes. Ils avaient les cheveux crépus et les lèvres rouges et épaisses. Autour d'eux couraient des molosses tout pareils à ceux qui au Pérou et à Cundinamarca avaient sauté à la gorge des Indiens craintifs. Les Blancs étaient allés les chercher dans la contrée du Congo et du Niger, en Angola, agissant envers eux comme ils l'avaient fait à l'égard des peuples et des tribus de l'Amazone, de l'Orénoque et du Magdalena. On n'avait pas trouvé beaucoup d'or en Afrique, on amenait donc de ce côté de l'Océan des esclaves noirs pour les mettre au travail forcé dans les champs, pour cultiver des plantes, elles-mêmes importées aux Nouvelles Indes.

Ces nègres étaient solides et plus résistants que les Indiens. Ils s'acclimataient parfaitement sur ce continent qui était chaud comme le leur. Ils se multiplièrent et commencèrent à se mêler aux anciens habitants.

## MOI-LE-ROI ET SAN SACRAMENTO

On voyait dans une seule et même image :

Moi-le-Roi qui avait mal aux genoux à force d'être assis à sa table de travail, et qui touchait du coude droit le coffret où s'entassaient les rapports secrets sur sa famille et les nouvelles de la Compagnie de Jésus venues du lointain Paraguay,

sa Catalogne, désertée par ses habitants, son Aragon à peine exploité, sa Castille presque désertique, des milliers de cloîtres, des centaines de milliers de moines et de nonnes, des gens toujours en prières, à qui par héritage ou par donation appartenait la moitié du royaume,

des hidalgos, avides de gloire et d'exploits de chevalerie, et qui, accablés de dettes, partaient en pèlerinage à travers le pays,

des mercenaires, des valets, des joueurs, des criminels qui se laissaient recruter pour les expéditions et qui s'abattaient sur les nouvelles colonies, pillant et tuant.

Tous composaient avec Moi-le-Roi une seule et même grande figure, aussi ravagée que celle d'un ivrogne chronique, et dont les rides exprimaient à la fois l'abrutissement et le désespoir. De nouveaux traits s'étaient récemment gravés sur ce visage : les Pères de la Compagnie de Jésus, la province indienne du Parana où l'on s'efforçait d'atteindre, dès cette terre, à la béatitude céleste.

Ce visage tombait en poussière.

Beaucoup de trônes, de palais, de fontaines, de maisons dataient encore des temps anciens, mais nombre de choses nouvelles étaient apparues et les hommes, eux aussi, avaient changé. Des clameurs s'élevaient contre ce terrible tremblement de terre qui avait réduit en cendres Lisbonne, la capitale du Portugal, et tué d'un seul coup des multitudes d'hommes blancs en pleine force. Lentement, irrésistiblement, une force mystérieuse mais perçue par tous travaillait les esprits. C'est elle qui avait conduit l'évêque Félix à rêver devant les statues, qui avait dirigé les pensées de Galilée et qui maintenant remplissait de crainte la vieille Église et faisait trembler les puissants de ce monde.

Celui qui visitait alors la péninsule ibérique trouvait sur la côte sud de grands ports florissants. Dans ces ports et dans les villes vivaient des négociants qui faisaient le commerce avec les pays d'outre-mer. Ils avaient hérité de l'énergie des coureurs de mer et des aventuriers. Un jour parvinrent à la couronne de ce pays de longues, d'interminables épîtres envoyées par ces armateurs, ces commerçants de Cadix, Séville et Malaga. On s'y plaignait : au grand dam de la couronne d'Espagne et du commerce national, il se pratiquait dans l'Amérique du Sud, entre les ports, une contrebande inouïe. En face de la ville de Buenos Ayres, sur l'autre rive de la Plata, se trouvait la colonie de Sacramento. C'étaient eux, les fauteurs de troubles.

Nous connaissons ce fleuve, ce large estuaire qui a nom la Plata et qui est formé de la jonction du Parana et de l'Uruguay ; ces deux cours d'eau puissants, sur les rives desquels, dans la grande et riche plaine, s'étaient installés les Jésuites avec leur pieuse république indienne. Les habitants de Sacramento sur qui avait autrefois régné le roi

Nicolas Riubuni n'étaient effectivement pas des gens très pieux, ni très paisibles. Ils appartenaient à la même race vigoureuse que les Paulistes et faisaient, eux aussi, ce qui leur rapportait le plus rapidement profit. Ils se trouvaient favorisés par la présence, en face de leur port, de Buenos Ayres, la ville espagnole. Eux-mêmes étaient Portugais, mais ils avaient monté leur affaire à l'ombre de Buenos Ayres.

Le commerce de la ville espagnole avait en effet son mauvais côté : Buenos Ayres ne pouvait envoyer que deux fois par an ses marchandises en Europe, d'où par ailleurs on ne pouvait rien faire venir directement. Ce dont on avait besoin, il fallait se le procurer au Pérou ou par l'intermédiaire de cette colonie. Ce n'était pas sans raison : le Pérou était encore le pays riche ; riche d'or et d'autres métaux, et la couronne d'Espagne, toujours aussi avide, devait faire quelque chose en échange de cette richesse. Les maîtres mineurs du Pérou désiraient être payés. Mais Buenos Ayres en subissait le contrecoup, ainsi que tout son arrière-pays qui ne produisait que des denrées alimentaires. C'étaient là les forces nouvelles ; les puissances qui s'étaient déployées sur ce continent et qui faisaient subsister des centaines de milliers d'hommes, toute une génération montante. Le continent produisait en excédent, mais ce qu'il aurait pu livrer restait sur place.

Et les gens de Buenos Ayres désespéraient. Ils amoncelaient des montagnes de marchandises. Ils ne parvenaient pas à les écouler vers le Pérou qui, du reste, n'en avait aucunement besoin et qui cherchait surtout à étouffer ces jeunes concurrents. En outre, tout ce que Buenos Ayres envoyait en Espagne par le Pérou s'avariait en chemin. Tandis que de l'Amérique du Sud on engageait une guerre épistolaire avec Madrid, nos braves habitants de Sacramento, à l'ombre de Buenos Ayres, agrandissaient en secret leur port, se souvenant d'un magnifique roi Nicolas

Riubuni, cette personnalité contestable. Ils achetaient tous les bateaux qui croisaient le long de la côte est et les chargeaient des marchandises qui avaient envie de voguer directement vers l'Espagne, le Portugal et l'Italie, car la mer est libre ; les navires peuvent s'acheter et les Portugais n'obéissent qu'aux lois portugaises.

C'était là une de ces néfastes contradictions comme il s'en produit souvent dans l'ordre terrestre. Les gens de Sacramento partaient et revenaient, la mer ne protestait pas ; le café, le sucre, et le tabac, pas davantage. Restait Buenos Ayres.

Tandis que Sacramento approuvait la couronne d'Espagne qui établissait des lois aussi favorables à la nation portugaise, Buenos Ayres désespérait, remplissait l'air de ses lamentations. Mais personne ne venait à son secours. Et pourtant, ce qu'elle n'avait pu obtenir par ses écrits et ses plaintes, devait un jour lui être accordé, grâce à l'orgueil démesuré de cette Sacramento détestée. Peu à peu tout alla trop bien pour cette dernière et lorsque son commerce avec l'Europe prit une extension sans précédent, cela blessa la vue des armateurs et négociants de Cadix, de Séville et de Malaga. Ils perdaient tout leur trafic de transbordement. Mais, dirent ces messieurs, il y a là une injustice et ils se mirent à réfléchir. Soudain ils découvrirent leur amour pour Buenos Ayres. Ils prirent connaissance des pétitions et des doléances de cette ville et, subitement, constatèrent qu'elles étaient justifiées. Leur chagrin et leur sympathie n'avaient pas de bornes. De plus, en secret, ils se confièrent de sombres soupçons qui emportèrent leur décision. Il devait y avoir des commerçants espagnols et même des gens de Buenos Ayres qui trempaient dans cette contrebande ; des Espagnols à qui — chose peu croyable — appartenaient des navires portugais et qui — inconcevable — devaient partager avec Sacramento ! Ainsi donc la loi était tournée ; c'était un véritable crime de haute trahison.

Et seul mobile : la plus basse avidité au gain. On étouffa pourtant d'aussi horribles suppositions et on s'unit sur un mot d'ordre sans ambiguïté : expédition punitive contre San Sacramento.

Comme l'indiquaient les nouvelles qui arrivaient de là-bas, il fallait agir rapidement car il y avait toujours davantage de bateaux faisant escale dans le port parasitaire avant de repartir vers le Portugal et l'Italie, en utilisant les ports espagnols. Les gens de Buenos Ayres, horrifiés, voyaient qu'on préparait en plein jour leur ruine. En temps normal, il n'y aurait pas eu de quoi fouetter un chat ; on les aurait laissés périr corps et âme ; il n'y aurait pas eu une seule larme de plus répandue dans le monde. Pourquoi en effet ? Ils avaient raflé et raflé. Qui sème le vent, récolte la tempête. Mais que des Espagnols cédassent au Portugal le commerce avec l'Amérique du Sud, c'était un argument dont il fallait tenir compte.

On alerta donc tout à coup les ministres qui entouraient « Moi-le-Roi » alors sur le trône de Madrid. Le commerce et l'armement de Cadix, Séville et Malaga, furieux, s'étaient déplacés en personne. Après un véritable assaut, ils occupèrent à Madrid les locaux du gouvernement. C'étaient des personnages tout ce qu'il y a de moins distingué et la noblesse madrilène observait avec un certain malaise la vulgarité de cette race qui florissait là-bas, sur la côte. C'était une colonisation en sens inverse ; ces gens que l'on avait chassés, le rebut de l'Espagne, refluaient maintenant vers le pays. Ils étaient accoutrés comme des bourses d'or, ces hidalgos ruinés qui travaillaient comme affairistes et comme exportateurs.

Plusieurs de ces gens débraillés, mais d'une force inquiétante et durcis dans les tempêtes, se présentèrent dans la capitale, portant au côté l'épée de la noblesse. Mais ils étaient peu nombreux. La plupart revêtaient les guenilles qu'ils endossaient pour aller sur le port, dans leurs bureaux ou leurs entrepôts, et se comportaient comme s'il n'y avait rien d'autre au monde que leur gain. En ville, ils ne faisaient même pas les frais d'une voiture pour se rendre chez les ministres et au Conseil des Indes. Ces demi-forçats, ces candidats aux galères, envahissaient sans respect le palais que le Roi avait fait construire pour ses hommes d'État et à la porte desquels, sabre au clair, plume au vent, bottés et éperonnés, les soldats paradaient fièrement tandis que sur le toit claquaient les drapeaux de la couronne. Ils fonçaient comme des marchands de légumes, essoufflés comme des porteurs d'eau, sans un regard pour la garde qui rendait les honneurs, grimpaient quatre à quatre les escaliers, envahissaient les antichambres et, à peine arrivés, regardaient l'heure à leur oignon et exigeaient de voir le ministre. S'il n'était pas là, ils hurlaient : « Quoi ! » et se regardaient interdits. Ils dégringolaient aussitôt les escaliers si bien qu'il fallait courir derrière eux : « Le ministre — excusez — déjà en route — dans un petit quart d'heure, il sera là — votre bon Roi — naturellement — Moi-le-Roi — Sa Majesté — est elle-même au courant. » Arrivait ensuite le ministre. Il eût été alors plaisant d'introduire un étranger dans la pièce et lui demander ce qui s'y passait, lequel était ministre et lequel n'était que commerçant, négociant et quémandeur.

Généraux, courtisans et fonctionnaires, tous se faisaient petits devant ces intrus. Les plus hauts ministres mettaient tout le monde en garde contre un excès de sensibilité. Il s'agissait d'argent et si ces gens ne voulaient et ne pouvaient plus en procurer, qui le ferait à leur place ? Les ducs, les comtes et les marquis qui aimaient leur oisiveté comprirent très facilement les choses. Ils étaient pleins d'appréhension. Et ils changeaient de visage. Leurs décorations, leurs écharpes, leurs carrosses et leurs hérauts n'avaient soudain plus rien de raisonnable à dire. Les grands noms restaient sans écho. Ceux qui étaient venus ici étaient des gens qui valaient de l'or et ils n'avaient jamais entendu parler de ces noms, illustrés dans de grandes batailles ou dans la défense de la Foi. Ces gens venaient avec le café, le sucre et le thé. Qu'avait-on à mettre en regard ?

Lorsqu'on s'aperçut que cette horde vulgaire ne se laissait pas éloigner, mais, au contraire, se faisait chaque jour plus bruyante et plus menaçante, on lui demanda de soumettre ses propositions. Ils exigeaient la guerre contre le Portugal ; il aurait fallu la déclarer depuis longtemps déjà. Mais les ministres restaient indécis. Ils n'avaient pas l'esprit à la guerre. Alors les exportateurs se mirent à hurler si fort qu'ils firent pâlir tous les rois, ducs, cardinaux et héros de la Foi, accrochés au mur. Dans ces conditions, ils armeraient eux-mêmes des navires pour contrôler les ports portugais. Les très nobles Excellences se tortillaient sur leur siège, ne sachant que répondre. Ces gibiers de potence auraient été bien capables de mener eux-mêmes la guerre et de discréditer la couronne dans le monde entier. Les choses prirent une telle tournure que l'on fut amené un jour à prendre des sanctions disciplinaires contre le fils d'un fonctionnaire du ministère, un jeune marquis, qui avait assisté en tant que secrétaire à une des audiences. Indigné de l'attitude de ces gens, il les avait provoqués en duel dans la rue et, comme les autres appelaient la police, il les bâtonna, aidé de quelques-uns de ses amis, aux portes mêmes du ministère. Malheureusement, l'une des victimes avait reconnu le marquis et il fallut donner satisfaction à ces barbares bien que tout le monde se trouvât du côté de l'assaillant.

Pour se débarrasser de ces exportateurs, ces teignes, on eut recours au christianisme. On envoya à Lisbonne deux prêtres très en vue pour faire des représentations au sujet de l'affaire sud-américaine. Ces messieurs, pleins de piété, remuèrent les cœurs, partout où ils se présentèrent à

Lisbonne. Les Portugais rivalisaient de piété avec les Espagnols. On organisa des services religieux communs dans celles des églises qui n'avaient pas été complètement détruites par le tremblement de terre et on fit brûler d'énormes cierges pour que les gredins de Sacramento cessassent leur contrebande. On pria en latin, en espagnol et en portugais, afin que le commerce sud-américain se conformât de nouveau aux règles du droit. Lorsqu'on eut fini, on évoqua enfin l'affaire. Il apparut alors que Dieu n'était pas encore parvenu à attendrir le cœur des Portugais. Ils écoutèrent avec intérêt les longs exposés des envoyés espagnols, gémirent avec eux sur la pourriture du monde, déclarèrent qu'ils désiraient avant tout obtenir de leur côté de plus amples informations. Ils prièrent ces messieurs, pour l'amour de Dieu, de ne pas avoir une mauvaise opinion sur leur compte, ni sur celui de la couronne portugaise, puis ils insistèrent pour que l'on reprît les exercices de prières en commun.

Lorsque messieurs les ecclésiastiques rentrèrent à Madrid avec ces résultats, les dignitaires espagnols se mirent à trembler. On ne voyait vraiment pas ce qui aurait pu avoir une influence plus grande que la morale chrétienne. Avec leurs écharpes et leurs hautes perruques, les vieux dignitaires durs d'oreille restaient assis autour de la table, suçant leurs décorations. On envoya de nouveaux messagers, et, à la grande joie de la cour espagnole, les hauts fonctionnaires de Lisbonne acceptèrent l'argent. Mais ce fut là le seul résultat.

Alors la crainte se mit à croître dans le camp des Espagnols. Lisbonne avait donc vraiment voulu viser Madrid. On commença à montrer plus de compréhension pour ces exportateurs barbares qu'on voyait toujours dans les antichambres. On les fit venir. Ils exigeaient toujours la guerre, précisant qu'avec le Portugal on ne pouvait discuter qu'au poignard. Cela semblait bien être l'amère vérité.

Mais on se sentait si faible, si vieux, si pauvre ! Ah ! Espagne, Espagne de jadis ! On fit venir dans la salle des délibérations des généraux, des stratèges éprouvés et des financiers avertis. Les inspecteurs des arsenaux royaux de Ferrol, Carthagène et Cadix firent une entrée magnifique. Mais leur rapport sur l'état de leurs arsenaux jeta tout le monde dans la plus profonde consternation.

Alors on se tourna vers le Roi.

## FERDINAND L'ENDORMI

Le tournant historique se dessinait toujours plus distinctement. Au lieu de conquérants et de meurtriers, avides de pillage et de viol, accompagnés de prêtres marmottants, c'étaient maintenant des plantes et des animaux utiles qui s'avançaient vers le continent du sud. Au moment même où les Copernic, les Galilée et les Giordano Bruno se dressaient au milieu de l'humanité européenne et y lançaient leurs mots d'ordre, les gérants de l'ancien monde commençaient en même temps à se dessécher. La force qui avait suscité les premiers réalisait aussi de grandes choses dans le domaine de l'horrible.

Sur le trône de Moi-le-Roi étaient venus s'asseoir, les unes après les autres, de bien étranges figures. L'un était devenu fou. Un autre se révélait incapable d'une seule action raisonnable et une femme tyrannique tenait les rênes à sa place. Pendant vingt ans on avait écrasé le pays et pressuré ce royaume à demi mort afin d'en obtenir des sommes énormes et de contenter le fou et sa reine Louise, qui voulaient avoir leur Versailles.

C'était le château de la Granja de San Ildefonse. À l'époque dont nous parlons, son fils y vivait. C'était un jeune homme triste, abruti, toujours tourmenté et souffrant de crises de mélancolie et d'épilepsie. On lui avait donné pour femme une Braganza, une petite personne d'une terrible laideur. Elle avait les yeux petits, les lèvres épaisses et saillantes, les joues pendantes. Seuls ses mouvements étaient empreints de quelque grâce. Pour lui tenir compagnie dans le fastueux château du fou défunt, le couple avait fait venir deux hommes dont il ne pouvait pas se séparer : à vrai dire, ce n'étaient pas vraiment deux hommes. L'un, un religieux, le Jésuite Rabago, était leur directeur de conscience, l'autre, Farinelli, un Napolitain châtré, les distrayait par ses chants.

La rumeur de difficultés aux Nouvelles Indes arriva jusqu'à Granja de San Ildefonse et l'on apprit que les ministres ne savaient quel parti prendre. Barbara, la Braganza, la reine, flaira de son nez court qu'il s'agissait d'argent. Elle ne plaisantait jamais avec l'argent. D'ailleurs, depuis quelque temps, il était toujours question d'argent dans ce pays ; c'était désespérant. Elle demanda à son directeur de conscience de tout lui exposer dans le détail et lorsqu'il lui eut parlé des commerçants dont les représentants se trouvaient à Madrid, elle exprima le désir de les entendre. Tout le monde fut horrifié. Mais la reine fit preuve d'entêtement. Et, au fond, les gens étaient réconfortés de voir quelqu'un se montrer opiniâtre ; c'était un rayon d'espoir.

On envoya donc ces messieurs à San Ildefonse. Ils se mirent en route sans enthousiasme, à cause du protocole qu'ils devaient observer. Ils s'étaient quand même finalement laissé fléchir, pensant aux sommes en jeu. La splendeur du palais ne fit pas impression sur eux ; de retour à Madrid, ils se montrèrent même offensés par toute cette pompe, ce gaspillage éhonté et injustifié. Le maintien arrogant des deux anciens de la délégation effraya l'entourage de la reine. On constata plusieurs manquements au protocole et on en discuta longuement. La reine était hors d'elle.

Elle se plaignit à son premier ministre qui avait introduit ces sacs à café, un marquis de Ensenada. (Ah, elle ne savait pas, la pauvre reine, que ce gentilhomme qui faisait chorus avec elle pour se plaindre des armateurs barbares était lui-même gentilhomme de bien douteuse origine — mais cela remontait déjà très loin.) Ce magnifique, ce grandiose courtisan, à la perruque énorme et au ventre proéminent, parvint en susurrant, en souriant, en gémissant, à calmer l'épouvantail couronné. Ils tombèrent d'accord : cette canaille coloniale à qui l'on avait affaire ne possédait pas le moindre sens de la dignité royale ni du charme féminin. Madame Braganza, ne trouvant rien d'autre à dire, se mit à pleurer et, prenant congé du douteux gentilhomme, alla en larmes rejoindre le Roi.

Sa Majesté, près de qui elle vint s'asseoir, était justement plongée dans un de ses fréquents accès de mélancolie. Même sans être malade, cela n'avait rien d'étonnant à cette époque, lorsqu'on se trouvait à la tête d'un royaume. On leur envoya vite leur indispensable Farinelli. Il se mit à chanter et ses trémolos, ses trilles apprirent à tout le château que le couple royal était bien triste.

Trois jours plus tard, le Roi demanda à sa reine la raison de ses larmes. Elle la lui donna. Il se fit alors apporter des cartes d'Espagne et des Nouvelles Indes et les déploya devant lui sur la table. Ils les examinèrent ensemble et découvrirent que sans l'or des Indes, ils en seraient réduits à mourir de faim et devraient peut-être même abandonner leur château Ildefonse pour se retirer dans un autre, plus petit et plus mal meublé.

Alors ils se remirent à pleurer. Cette fois, les courtisans furent inquiets et ils alertèrent Rabago, l'homme noir, le confesseur du couple royal qui était en train de sombrer dans la mélancolie. Celui-ci commença par demander à

Farinelli ce qu'il avait chanté. Puis il alla trouver la première dame d'honneur et lui demanda ce qu'elle savait au sujet de la reine, puis il alla trouver la Braganza et la questionna sur le compte du Roi, puis il demanda audience auprès du couple royal.

Il les trouva tous les deux assis solitaires dans une immense salle d'apparat, perdus dans un coin comme deux perroquets maladifs dans une cage géante. Partout, sur les murs, il y avait des glaces, et, en entrant, on avait l'illusion de voir une douzaine de ces perroquets malades, tassés l'un près de l'autre, toute une galerie de perroquets au nez rouge et à la tête penchée.

L'homme noir demanda aux deux souverains ce qu'ils ressentaient. Ils répondirent, tremblant et rougissant de honte, qu'on allait mourir de faim, qu'on serait obligé de quitter le château Ildefonse, ce château que le père du roi avait construit avec l'aide de toute l'Espagne. On serait forcé de se retirer dans un autre, moins beau et plus mal meublé. « Pourquoi cela ? » — « Les Nouvelles Indes, nous allons perdre les Nouvelles Indes. » — « Pourquoi cela ? »

Alors Barbara de Braganza se remit à pleurer et son visage se couvrit de boursouflures si horribles que le confesseur lui-même, qui l'avait vu souvent, ne put en supporter l'aspect et mit ses mains devant ses yeux. « On a envoyé ici deux négociants de Cadix et de Malaga ; ils ont dit que les Portugais s'approprient nos pays. » Le roi Ferdinand, l'air désespéré, approuva de la tête et avança un long bras maigre. Elle regarda avec amour ses mains sales aux ongles longs et noirs ; cette main de sang royal qu'il tenait de son père. « Et puis — son chagrin l'empêchait de parler — ces gens n'ont fait que deux fois la révérence, une fois en entrant, une fois en prenant congé. » — « Effroyable », déclara Rabago. Barbara eut un sanglot. Un flot ininterrompu lui coulait du nez, de la bouche et des yeux. Cet interminable sanglot, d'habitude plus discret, le Père

Jésuite le connaissait bien et depuis longtemps. Quand on voyait le Roi installé de la sorte et la reine sanglotante ainsi à son côté, il n'y avait qu'à les abandonner tranquillement à leur sort pendant des journées entières. Il suffisait de pousser leurs fauteuils dans un coin, de tirer les rideaux, de leur apporter à boire et à manger et de les conduire au lit. Il n'y aurait pas d'autre événement. Il suffisait de ne pas les déranger. Rabago alla aux fenêtres, tira les rideaux, vérifia que les sièges étaient bien à leur place, que les chandelles brûlaient convenablement, puis, après le nombre prescrit de révérences, il se retira de la chambre des soupirs.

Deux jours plus tard, le Roi et la reine élevèrent timidement la voix et appelèrent leur Farinelli. On sut alors qu'ils désiraient reprendre contact avec le monde. Et, après Farinelli, apparut Rabago, le Jésuite. La reine demanda aussitôt ce qui s'était passé entre-temps au sujet des Nouvelles Indes. Rabago la calma. Le pays était toujours là et bénéficiait comme avant des protections de la couronne d'Espagne. — « Et Sacramento ? » — « Toujours là aussi. Du reste nous avons notre flotte. » — « Notre flotte est trop petite », gémit la reine. Le Roi, qui n'avait pas encore repris tout à fait ses esprits, se redressa brusquement et écarta les bras d'un geste de désespoir. « Ensuite il faudrait agir sur la cour de Portugal par influence ecclésiastique, par corruption », dit Rabago. « On a déjà essayé tout cela », s'écria Barbara derrière son mouchoir. Rabago le savait. Le Roi s'effondra un peu plus, il rejeta la tête en arrière d'un geste de grande lassitude. Une certaine dose de chagrin avait sur lui un effet soporifique. « Alors il faudrait tenter quelque chose de tout à fait différent ». déclara Rabago. « Oh ! quoi donc ? Quoi donc ? » C'étaient les paroles qu'il attendait.

Il montra du doigt un point sur la carte des Nouvelles Indes qui restait toujours ouverte sur la table, devant leurs tristes majestés — cette carte qui était comme le portrait d'un parent qu'on sait en difficulté à l'étranger et que l'on suit par la pensée. « Nous repousserons les gens de Sacramento vers l'intérieur du pays, nous leur prendrons leur port. Nous offrirons aux Portugais, en échange de ce misérable et infâme Sacramento, une bande de territoire à l'intérieur, aussi large qu'ils voudront. » Et, magnanime, il traça un large demi-cercle sur la carte.

Le Roi (les Indes sont perdues) faisait déjà son premier sommeil. Barbara, surprise par cette proposition, balançait entre deux sentiments : « Faut-il que je continue à sangloter ou dois-je me lever ? » Mais comme elle craignait que Ferdinand VI ne se réveillât si elle ne continuait pas à sangloter, elle fit de sa main gauche, posée sur son genou, un petit signe, invitant le Père à rester, tandis qu'elle poursuivait ses sanglots qui durèrent encore une demi-heure.

Puis elle se leva avec précaution, le visage encore inondé de larmes, et abandonna son mouchoir trempé. Sa face était rouge et enflée. Le Père y jeta un regard rapide et timide ; il vit avec satisfaction que ce n'était pas aussi laid que la dernière fois. Les pleurs avaient tout enflé également, si bien qu'il n'y avait pas de boursouflures.

« Où est situé Sacramento ? » demanda Barbara à l'homme noir, en s'approchant de la grande table. Il montra du doigt. « Ah, là ? soupira-t-elle, Ferdinand et moi, nous cherchions à un tout autre endroit. » — « On peut se tromper, rétorqua Rabago, l'empire du roi Ferdinand est si grand ! » Elle souffla : « Ne prononcez pas son nom, cela le réveillerait. » Par précaution, elle recommença à sangloter, le regard fixé sur le Roi. Cela dura encore un petit moment, mais cette fois elle pleurait sans son mouchoir et il ne lui venait pas de larmes. Après avoir observé fixement le dormeur pendant quelques minutes, elle se tourna de nouveau vers Rabago. « Et où se trouve Buenos Ayres ? » Il le lui montra. Elle resta perplexe. « Elles sont l'une à côté de l'autre ! » — « C'est justement le malheur ! » dit Rabago. « Que peut-on faire, pour l'amour de Dieu, on ne peut quand même pas les écarter ! »

Elle n'avait pas compris. Alors il reprit patiemment par le début et indiqua le territoire, encore inconnu, cet arrière-pays, le Brésil, qui descendait jusque-là et que l'on pouvait donner à Sacramento pour partie, bien sûr, et à titre de compensation. Dans ce cas, la couronne garderait ses sources d'argent. De nouveau la reine hésita. Allait-elle, comme il se devait, s'asseoir sur sa chaise, son perchoir de douleur, à côté du Roi et pleurer, ou allait-elle montrer sa joie, car on tenait vraiment une solution. Elle regarda le Père. Celui-ci la comprit. Il murmura (voulant récolter le fruit de son succès) : « Sa Majesté repose ; il est bon de ne pas la déranger. » Elle gagna rapidement la porte avec lui. Là, elle se retourna et dit, peut-être à l'intention du Roi endormi : « Je suis de retour dans une demi-heure. »

Le Père chassa de l'antichambre les désœuvrés, les courtisans rassemblés à qui il venait de présenter son visage réjoui et sa proie : Barbara de Braganza, armée de son mouchoir. Puis ils arpentèrent le tapis moelleux pendant une demi-heure. Le Père était joyeux. Il avait l'impression d'avoir dénoué un conflit d'État. L'Amérique du Sud pouvait être tranquille. La reine était ravie car on allait donner un petit morceau de pays à Sacramento et alors ces gens cesseraient leurs brigandages. Elle implora : « Mais pas de pays où il y a des mines d'or. » Lui : « Certainement pas. » Elle : « Et si plus tard il s'y trouve de l'or, il nous appartiendra. » Lui : « Mais naturellement. » Elle : « Car ce serait vraiment une transaction inique que de leur donner de l'or en échange de leur port. » — « Sans aucun doute. » Elle regarda affectueusement le Père dans les yeux, lui serra la main et se sauva à pas feutrés.

Devant la porte elle s'arrêta pour se préparer à reprendre ses sanglots.

Sanglotante, elle passa le seuil. Mais, avant de regagner son perchoir, elle se retourna vers le Père : « Que l'on m'apporte mes mouchoirs, les grands, les tout neufs. » Elle en avait fait tailler sur mesure.

## L'ORACLE DE DELPHES

Dans le port de Lisbonne débarquèrent les gens de Sacramento, la ville d'Amérique du Sud. Leurs affaires marchaient bien ; ils ne voulaient plus payer autant d'impôts. À la stupeur de tous, cette gloire nationale se révéla comme étant de couleur et même pire que cela. Comme quoi alors ? Comme un mélange de Blancs, de Nègres, d'Indiens et peut-être d'autres races que l'on ne connaissait pas. Les Lisbonnins avaient honte pour eux, tellement ils semblaient être le produit troublant et effrayant d'un jeu de la nature, de la nature qui pour ces pauvres êtres paraissait avoir bâclé son travail créateur. Ils n'étaient ni blancs, ni noirs, ni rouges, leurs lèvres étaient épaisses et ils portaient des anneaux aux oreilles comme les nègres. Les uns avaient les cheveux plats et noirs comme les Indiens, les autres des pommettes saillantes, mais en revanche une peau très claire. D'ailleurs aucun ne semblait avoir la moindre conscience de son aspect et ils se comportaient tous sans la moindre gêne. Les nobles Madrilènes avaient éprouvé une surprise analogue, mais moins intense, avec leurs armateurs. Les ministres, très gênés, étaient en séance avec eux et discutaient lorsqu'on apporta la communication de Madrid : une heureuse solution était trouvée ; à l'instigation de Ferdinand l'Endormi lui-même, on offrait, contre le port de Sacramento, un morceau de l'arrière-pays espagnol. Les ministres et les gens de Sacramento poursuivirent leur séance ; naturellement ces derniers ne savaient pas lire. On leur donna plusieurs fois lecture de la proposition. Ils comprirent, se grattèrent la tête, derrière les oreilles et dans le cou, roulèrent les yeux, se regardèrent, puis demandèrent à boire et une carte. On leur apporta du vin, de l'alcool, une carte et on les laissa seuls.

Au bout d'une demi-journée, on entra de nouveau dans la chambre des délibérations. Les délégués gisaient complètement ivres sur le tapis. Mais leur réponse était prête. C'était, bien qu'ils ne fussent plus capables que de rire et de bégayer, une réponse diablement réaliste. Ces gens du Sud restaient, sous l'effet de l'alcool, encore plus futés qu'un Européen à jeun. Ils avaient, dans leur ivresse, déjà trouvé le pays, l'arrière-pays qu'ils voulaient. Ils montrèrent sur la carte et avec un frisson d'effroi, les ministres portugais s'aperçurent que les gaillards voulaient un morceau de la république jésuite. Leur cœur se fit lourd.

Ils se tournèrent dans tous les sens ; ils supplièrent ces gens bigarrés de réfléchir encore une fois. Les exotiques recommencèrent à se gratter, cette fois avec encore plus d'inconvenance. Ils redemandèrent la carte et à boire. Lorsque au bout d'un certain temps, on revint les trouver, ils étaient de nouveau complètement ivres et chantaient si fort que tout le ministère en résonnait et que les dignitaires rougirent de honte. Les huissiers déclarèrent que ces messieurs tenaient conseil de la sorte depuis longtemps. Le résultat était maigre. Ils exigeaient la même chose qu'avant et même un peu plus.

Que faire ? On ne voulait pas se mettre mal avec ces gens furieux qui déjà ne voulaient plus payer d'impôts. On rédigea pour Madrid une réponse très cordiale. On voulait rester en paix avec la nation sœur. On était prêt, pour mettre une fin à cette pénible affaire d'Amérique du Sud, à accepter la proposition de Sa Majesté Ferdinand le Sage. Pour aussi pénible qu'il fût aux habitants de Sacramento de renoncer au port auquel tant de liens les attachaient, ils acceptaient de le faire pour le bien général.

Quel soupir de soulagement poussèrent les ministres lorsque cette réponse arriva à Madrid. Quelle sagesse, quelle noblesse ; il y avait de quoi se sentir honteux. Ministres, généraux, intendants et inspecteurs s'esclaffèrent : « S'ils en veulent, ces Portugais, donnez-le-leur ; mais vite, avant qu'ils aient le temps de réfléchir. »

Seul, le marquis de Ensenada, ce gentilhomme de douteuse origine, rentré dans son palais madrilène, lut avec attention l'écrit des Lisbonnins. Cet homme, enveloppé dans une robe magnifiquement ornée de brillants, fit observer à son secrétaire, un certain Don José de Caron : « Ils choisissent un morceau de la république jésuite. C'est bien. Nous allons tuer deux mouches d'un seul coup. Nous neutralisons Sacramento, ce nid de pillards, et nous nous débarrassons d'un tas de Jésuites. »

Les Pères Jésuites qui étaient partis autrefois vers ces Nouvelles Indes, sous les ordres de Père Emmanuel, après avoir reçu l'agrément de la couronne d'Espagne, n'auraient jamais pu penser qu'un jour on agirait de la sorte envers eux. Il n'y avait pas longtemps qu'un Roi silencieux, dans cette même ville de Madrid, avait exprimé sa joie de voir se développer leurs établissements. Chaque année qui s'écoulait paisiblement là-bas était pour lui-même un bienfait, un soulagement. Et maintenant un marquis, étincelant de brillants, déclarait à sa place : « Combien nous rapportent-ils ? Un coup de pied ne leur fera pas de mal. »

Les deux petits oiseaux larmoyants d'Ildefonse poussèrent un cri d'horreur lorsqu'ils apprirent de la bouche de leur marquis de Ensenada, attristé et plein de compassion, qu'il ne restait plus d'autre choix qu'une ruineuse diminution de leurs revenus ou la cession d'une pieuse colonie. Ferdinand VI en frissonna d'horreur, mais se remit rapidement. Il était sage. Cela tenait à ce qu'il entrait dans une période moins chagrine.

Après la bouleversante déclaration de son ministre, il s'en alla se promener dans son parc, en compagnie de la petite Barbara, son épouse. Le Père Rabago se trouvait justement en voyage et cela n'était pas désagréable au Roi. Cet homme aux longues jambes marchait d'un air grave le long des allées, en s'appuyant sur sa canne. Mais il allait si vite que sa femme pouvait à peine le suivre. Il respirait l'air doux du printemps. L'homme parlait de temps en temps. Elle n'entendait que des bribes : « Barbara, ne te fais aucun souci pour le Père Rabago ; il comprendra. » — « Ah, Ferdinand, ce n'est pas de chance qu'il soit justement parti ! » — « C'est un trait de la Providence, Barbara, je vais me dépêcher pour la signature, avant qu'il revienne. » — « Tu as raison, cela serait terrible de devoir quitter ce château. Ces méchantes gens de Cadix vont être satisfaites et ils continueront de payer. Certes, cela me fait de la peine pour les Jésuites. Je vais demander à notre marquis de faire pression sur toi pour que tu signes tout de suite. » — « Oui, fais cela, Barbara, Ensenada expliquera tout au Père. Non, plutôt, il faut que le marquis signe lui-même. Au fond je ne suis pas encore complètement rétabli. »

« Tu as raison, Ferdinand, c'est trop d'excitation pour toi. Comme tu es intelligent ! Ils t'appellent déjà le sage ! » Ferdinand fit une grimace de rage : « Il ne faut pas qu'ils me prennent pour un imbécile. Et si j'étais en bonne santé, ils ne m'appelleraient pas non plus le sage. » Dans une autre allée, il poursuivit : « Le Père ne peut que m'être reconnaissant. De cette façon, je lui ôte le prétexte d'un conflit de conscience. » — « Quelle délicatesse de sentiment, Ferdinand. Du reste, ils posséderaient des mines d'or et d'argent. » — Oui, on pourra enfin en avoir le cœur net. »

Ils étaient maintenant tout à fait raisonnables. Le

ministre exerça sa pression, Ferdinand alla se mettre sur son perchoir, se déclarant dans l'impossibilité de faire pour l'instant acte de gouvernement. Le marquis fut prié de signer lui-même le document, et rapidement. Lorsque le Père rentra de son voyage d'inspection, tout était réglé.

Rabago errait en tout sens, l'air bouleversé. Qu'était-il arrivé au château Ildefonse ? Farinelli ne chantait plus. Le couple royal souriait, se promenait à travers le parc, observant les paons. Que s'était-il passé ? Il questionna les souverains qui le submergèrent de preuves d'affection. « Ah, ils avaient été malades. » Rabago comprit alors que le méchant marquis était responsable de tout. C'est lui qui l'avait envoyé, juste à ce moment, inspecter les écoles. Que faire ? Il ne pouvait quand même pas rejeter le couple royal dans l'abîme sans fond de sa détresse. De plus, il ne désirait pas se rendre à lui-même la vie plus dure. Alors Rabago fit contre mauvaise fortune bon cœur et donna l'absolution à Barbara et à Ferdinand le Sage.

Cependant une légère méfiance envers ces deux oiseaux qui pleuraient si facilement devant lui se glissa dans son esprit.

## CEUX DU PARANA SONT, EUX AUSSI, DES HOMMES

Tandis qu'ils tenaient conseil ici et là, en Espagne et au Portugal, se décidant finalement à couper quelques lanières dans la peau des Républiques Jésuites, ils ne savaient pas qu'il y avait des hommes comme eux sur les rives du Parana.

À Montoya, le bâtisseur, sévère et fervent, avaient succédé des administrateurs, des hommes magnifiques. Les directeurs régnaient, pleins de sévérité, sur leurs cent mille

Indiens qu'ils faisaient chanter, prier, travailler. Leur pays devenait de plus en plus riche. Les pasteurs de ce grand troupeau savaient qu'ils étaient entourés de loups et tenaient prêts leurs armes et leurs guerriers.

C'est alors que des rumeurs étranges coururent dans le lointain Pérou, dans le riche pays, siège du vice-roi d'Espagne, où l'on jalousait tant les Jésuites. Ces derniers allaient être obligés, disait-on, de céder aux Portugais un nombre coquet de réductions. Entre autres : San Borga, Limo, Lorenzo, Nicolas, Juan Angel, Miguel, chacune de cinq mille habitants, soit trente mille en tout, un beau morceau. Il semblait que le grand pillage avait commencé.

Lorsque l'accord y fut connu, tout le continent retentit des protestations que les ministres, les évêques et les gouverneurs élevaient, non pas tant par sympathie pour les saintes républiques mais parce qu'on faisait avancer les Portugais jusqu'au Parana. On se rendit même plus vite compte de l'ampleur de ce désastre au Pérou qu'à Buenos Ayres où retentissaient encore les carillons célébrant cette victoire qui l'avait débarrassée de Sacramento, car en vérité, si les gens de Sacramento n'avaient plus leur port, on leur avait ouvert, au lieu d'un trou isolé, tout le flanc des possessions espagnoles. Et — incroyable, mais vrai — à peine avaient-ils quitté Sacramento pour l'intérieur qu'ils recommencèrent leur contrebande éhontée, mais cette fois-ci avec quelles bases ! Avec quelles possibilités géographiques nouvelles !

Il se produisit des incidents inimaginables et tous comprirent au bout de quelques mois que les choses ne pouvaient pas durer longtemps de la sorte. Dès leur installation sur les rives du Parana, ils reprirent leur commerce antérieur, mais cette fois-ci, ils ne se contentaient pas de trafiquer sur les marchandises en provenance de Buenos Ayres : ils les attiraient chez eux avant qu'elles gagnent cette ville. C'était comme si un homme blessé avait demandé qu'on lui fît un garrot au bras pour arrêter le sang, et que non seulement on le lui eût fait mais encore qu'on lui eût également garrotté la gorge. Tandis que le monde entier parlait de la tournure intéressante que prenaient les choses et faisait des gorges chaudes sur la façon dont Madrid s'était laissé duper, les autorités espagnoles étaient obligées de prêter la main à cela. Conformément au traité, elles devaient aider les Portugais à s'établir dans le territoire qu'on leur avait assigné, entre la Sierra de Herval, l'Uruguay et l'Inbikury. Furieuses, sous les risées de tout le continent, les autorités espagnoles des Nouvelles Indes devaient s'attacher à cette œuvre indigne, ce véritable suicide.

Mais Portugais ou Espagnols étaient bien forcés de marcher contre les Jésuites, que ce fût séparément ou comme alliés, en s'aimant ou en se haïssant. Il leur fallait détruire complètement cette république chrétienne, fruit d'une nostalgie humaine disparue.

L'Arche de Noé n'en était plus une en effet, et à sa place, c'est un vaisseau fantôme qui voguait à travers le monde réel. Ennemis ou alliés, Espagnols et Portugais avaient maintenant à frayer la route à ces plantes en pleine croissance et fructification : canne à sucre, café, cacao qui, à la place de ces beautés pâles et fanées, représentaient les nouvelles puissances célestes et terrestres.

Car Copernic et Galilée n'avaient ni prononcé de vaines paroles ni énoncé des sagesses livresques. Giordano Bruno n'était pas monté sur le bûcher par pur entêtement, ses adversaires ne l'avaient pas brûlé vif par méchanceté et orgueil et ce n'était pas non plus par méchanceté et orgueil qu'ils pourchassaient toujours ses amis. Il y avait quelque chose qui désirait se faire jour sur la terre, quelque chose qui s'attaquait à l'existence des anciennes puissances. Pour guérir, les hommes blancs voulaient se servir de remèdes nouveaux. On revenait vers... soi-même. C'était un heureux présage que de voir des hommes suivre les jeunes plantes et les jeunes arbres qui répandaient la joie de vivre, de les voir aussi célébrer à l'ombre des statues antiques, les richesses terrestres.

Le traité avait été signé pour la couronne d'Espagne par Don Carvajal et pour celle du Portugal par Don Thomas de Silva Tello. Mais subitement, en Espagne, tout le monde, Conseil des Indes, ministre de la Marine, ministre des Affaires étrangères en refusa la responsabilité. Le marquis de Ensenada, pris de crainte, voulut l'annuler. Quant aux négociants des ports qui auparavant avaient montré des mines si triomphantes, ils semblaient maintenant désemparés. Ce traité reprenait en seize articles toutes les localités que Sa Majesté Catholique cédait sur les rives orientales de l'Uruguay. Il notifiait aux missionnaires d'avoir à se retirer avec tous leurs bagages et tout leur mobilier, d'emmener les Indiens et de les établir ailleurs, en terre espagnole. Les Indiens devaient prendre avec eux tous leurs meubles et les troupes leurs armes et leurs munitions. Les localités devaient être cédées à la couronne portugaise avec leurs maisons, leurs huttes, leurs étables et leurs bâtiments publics.

Mais les innombrables Indiens qui vivaient sur ce sol depuis un siècle, qui portaient des armes, ne désiraient plus seulement être enlevés vers le ciel comme au temps d'Emmanuel et ils n'avaient pas davantage l'intention de céder la place que ne l'avaient fait de leur côté les Espagnols, les Portugais et les gens de Sacramento.

C'était là en effet qu'ils avaient leurs églises, leurs maisons et leurs cimetières, c'était là qu'ils célébraient leurs fêtes et faisaient leur négoce, vivant convenablement et paisiblement. Sans doute était-ce une république chrétienne comme on pouvait le voir par leurs églises, leurs prêtres, vêtus de noir, les noms qu'ils portaient et leurs chants, mais ils étaient quand même restés — et ils le montraient de plus en plus — des Indiens qui ne voulaient rien savoir des Blancs et qui comprenaient le christianisme à leur manière, à la manière indienne.

Et de leur côté, les Pères aux robes et aux chapeaux noirs étaient sans conteste des prêtres éclairés et loyaux, mais ils aimaient à gouverner ; ils aimaient à déployer, tout au moins à l'église et au cours de leurs processions solennelles, le même faste qu'affichaient ailleurs les monarques. En outre, le commerce n'était plus pour eux depuis longtemps, chose accessoire. On désignait tout cela sous le nom de « réalité ». Deux siècles auparavant et même au cours du siècle précédent, on avait désigné des choses bien différentes du nom de « réalité ».

Aussi, lorsque les commissaires espagnols et portugais firent leur apparition près de la lagune de Los Patos pour fixer les nouvelles frontières, en remontant vers les sources de l'Ibicuy, ils se heurtèrent près du Fort Santa Tecla à un cacique qui répondait au nom de José Tiraja, mais qu'on appelait couramment Sepe. Il était accompagné d'une grande multitude d'Indiens en armes, montés sur leurs chevaux. C'étaient tous des chrétiens de San Miguel et leur nombre augmentait sans cesse tandis qu'ils attendaient et se rassemblaient. Le cacique Tiraja, à la tête de ses gens, longea au trot la lisière de la forêt et s'approcha du groupe des commissaires. Il salua poliment, sauta de cheval et se présenta comme étant le cacique de la réduction de San Miguel ; il indiqua que les Guaranis qui le suivaient formaient un des escadrons de cavaliers de la localité, puis demanda aux commissaires ce qu'ils faisaient ici.

Ces fonctionnaires, venus de Buenos Ayres, avaient été remplis d'étonnement à la vue de cet imposant cortège et ne prévoyaient rien de bon. Le commissaire espagnol déclara qu'ils effectuaient ici des mesurages en vue d'une rectification de frontières. Tiraja, au milieu de ses gens qui s'étaient approchés de lui et qui examinaient les petits bâtons fichés en terre et surmontés de fanions, répondit qu'on n'avait pas le droit de planter ces piquets dans le sol sans leur accord, qu'ils ne pouvaient le permettre près de leurs pâturages. L'Espagnol, entouré de ses acolytes qui se pressaient pour suivre la conversation, invita Tiraja à ne pas les déranger dans leur travail car ils avaient à faire jusqu'à midi un nombre déterminé de lieues. Le cacique n'avait qu'à demander toutes les explications dont il aurait besoin aux Pères Jésuites de sa réduction.

Le cacique et ses cavaliers portaient dans leur chevelure et à leurs lances des parures de plumes. L'apparition des Indiens et leur attitude avaient déjà agacé les Espagnols ; la vue de ces parures guerrières les irrita encore davantage. Ces gens n'étaient après tout que des Indiens. Après une courte délibération entre Tiraja et ses hommes dans une langue que les Blancs ne comprenaient pas — ces sauvages avaient donc conservé leur idiome —, un certain nombre d'entre eux descendirent de cheval et arrachèrent en un clin d'œil tous les bâtons et tous les fanions, ils les déposèrent en tas, avec les cordes, devant leur cacique. Les compagnons des commissaires les regardaient faire sans bouger. Pendant cette opération, Tiraja retenait tranquillement l'Espagnol, en appuyant son bras contre sa poitrine. Il déclara : « Ce territoire a été donné aux Indiens par Dieu et par saint Michel. Il n'est donc pas possible de le transmettre à quelqu'un d'autre. » Le Portugais, un ancien soldat, qui prenait plaisir à ce débat, ne doutait pas que les Indiens pussent faire, pour se défendre, emploi de leurs armes. Il se mêla à la conversation, vint se placer devant l'Espagnol qui piétinait, et s'adressa fermement au chef indien : « Cacique, comment peux-tu oser aller à l'encontre des ordres de ton Roi ? » Tiraja, reconnaissant à sa façon de parler que c'était un Portugais, répondit : « Mon Roi n'est pas ton Roi. Tu n'as pas besoin de le protéger. » Le commissaire espagnol s'approcha à son tour après ces paroles respectueuses et dit lui-même sur un ton de reproche : « Tiraja, comment peux-tu aller à l'encontre des ordres de ton Roi ? » Tiraja resta un instant silencieux, puis fit signe de la main à ses gens de se remettre en selle, et haussant les épaules : « Je ne connais que les ordres de mon Supérieur, de notre Directeur. » Il s'inclina ensuite, remonta lui-même à cheval et avec sa troupe s'en alla au galop. Une douzaine de cavaliers restèrent en arrière pour observer. Les commissaires ramassèrent leurs cartes et leur matériel de mesurage et s'en allèrent rapidement. Les cavaliers revinrent effacer avec soin toutes les traces qui restaient sur le sol.

Le cacique et sa troupe furent accueillis à San Miguel par des cris de joie. Le jour suivant, on organisa un service d'action de grâces à l'église et sur la place devant le porche. Toute la population civile et militaire y participa. Le prêtre en appela à Dieu et à saint Michel. On renforçait la garde de la localité et la garnison resta en état d'alerte. Les deux directeurs étaient inquiets et même bouleversés par la fière réponse de Tiraja, mais on ne pouvait pas blesser ces gens.

Au retour des commissaires, les Portugais voulurent attaquer sans plus attendre. Mais les Espagnols montrèrent des scrupules. On envoya, pour commencer, un délégué extraordinaire, le marquis de Lirios, auquel se joignit le Père Jésuite Altamarino, venu de Rome avec mission de faire céder les Jésuites au cas où ils se rebelleraient. Mais qu'arriva-t-il à de Lirios et au brave Altamarino, cet homme d'une habileté diplomatique éprouvée ? Altamarino alla seul à San Tome et exhorta les Pères à se montrer obéissants et pacifiques. Ceux-ci parurent mollir et il n'était pas douteux qu'ils fussent sur le point de céder. C'est alors que se présenta un certain Père Balba, de Saint-Michel, le directeur de cette localité qui s'était montrée digne de son nom guerrier. Balba ne venait pas pour recevoir les instructions du digne délégué du général de l'Ordre, mais tout simplement pour discuter des mesures de défense à prendre. Lorsqu'on le conduisit devant le délégué, il croisa les bras avec étonnement, laissa parler tranquillement le vieil homme puis s'exclama, surpris : « Tu tombes de la lune, Frère. Si tu étais raisonnable, tu ne te chargerais pas d'une mission à laquelle tu ne comprends rien. Tout le monde est d'accord pour protester contre la friponnerie des Portugais et il se trouve un Père Jésuite pour les défendre ! Doux Jésus, où en sommes-nous arrivés ? Et tu crois peut-être que nous attendons tout simplement ici pour que tu nous fasses faire des bêtises. » Le vieux Père jeta à droite et à gauche des regards effrayés ; il ne savait que répondre à ces paroles d'un ton inouï. Il découvrit aussitôt sa grosse artillerie. « Ordre de notre général. » Mais Balba, balayant l'air d'un grand geste de bras qui aurait presque renversé le vieillard, répondit : « Nous ne l'acceptons pas. Le général est mal informé ! Retourne d'où tu viens et prends des renseignements. » Altamarino se tourna alors vers le Père Taddäus, un Allemand, qui, à son côté, gardait les yeux fixés sur le sol, en conservant un silence de mauvais augure. « Cher Taddäus, vous avez lu les instructions que j'ai reçues. » — « De la lune, interrompit tranquillement Balba. Là-bas, vous menez avec nous un jeu méchant. Vous ne vous intéressez plus aux missions chez les païens et vous nous sacrifiez. Nous ne vous sommes plus utiles et on se moque éperdument des Indiens que nous avons convertis ; on les jette tout simplement dans la gueule des Portugais. Mais pour cela, il faut être deux. Or les Portugais sont nos ennemis depuis le jour où nous avons pris pied sur ce continent. Depuis ce jour ils sont toujours sur nos traces et cherchent à nous happer. Jusqu'à maintenant, ils n'ont pas réussi. Maintenant ils se dissimulent derrière vous ; Frère Altamarino, tu n'as rien à faire ici, retourne. » Comme personne ne disait mot, Balba toucha l'épaule du Frère Taddäus : « Alors qu'en penses-tu, Taddäus, à quoi réfléchis-tu ? » Il soupira. Balba : « Soupire, mon ami, tu ne sais faire que cela ! »

Il faut dire quand même que Père Taddäus Henes ne continua pas longtemps à soupirer après le départ d'Altamarino. Le Frère Balba de San Miguel parvint en effet à le convaincre que Rome les trahissait et que ce qu'on chantait déjà sur tous les toits en Europe ne tarderait pas à se produire. On allait s'attaquer aux Jésuites à Rome et dans le monde entier. Le Pape ne leur viendrait pas en aide. L'Église se trouvait dans un tel état de faiblesse que cela aurait tiré des larmes même à un chien. « Et alors on commence par nous. Nous sommes le lest qu'on jette par-dessus bord en pensant que les Portugais s'apaiseront. Une affaire ! Les Portugais apaisés ! Et alors ! À quoi cela servirait-il d'avoir des armes, des bataillons exercés. Faudra-t-il que nous rougissions de honte devant nos propres gens ? Quoi ? N'as-tu pas honte en ce moment même, Taddäus ? » — « Nous allons rompre nos vœux. » — « Après que d'autres auront eux-mêmes rompus leurs vœux envers nous. Il n'y a plus personne sur cette terre qui ait pouvoir de nous absoudre, de nous juger. Nous devons nous en remettre à une autre instance. Je prends cela sur moi. » Et portant les poings aux hanches, il s'écria : « C'est ce que je ferai, nous ne sommes pas du bétail à vendre. »

Le jeune Taddäus lui rapporta alors ce qu'il venait d'apprendre au sujet des mesures prises par les Portugais et de leurs préparatifs militaires. Ils tinrent ensuite conseil sur la situation. C'était le motif de la venue de Balba. Il donna des instructions ; on s'embrassa. Le même soir, Balba s'en allait sans se présenter une nouvelle fois devant le vieux délégué.

Le jour suivant, Altamarino s'efforça, par un sermon, de mettre de son côté la paroisse de San Tome qui gardait un lourd silence. Il voulait la décider à suivre les ordres du Roi et à préparer son exode. C'était parler dans le vide. Personne ne bougea. Au contraire, en parcourant le village, le vieux remarqua que personne n'allait au travail. Les gens flânaient dans les rues, les dépôts étaient ouverts et on répartissait les armes tandis que des troupes de jeunes cavaliers montaient déjà à cheval.

Ses appels n'avaient eu aucun écho. Lorsqu'il réussit enfin à toucher l'un des deux directeurs, il ne reçut qu'une réponse déprimante : Il était impossible de retenir ces gens. Il s'écria indigné : « Ils ont raison ceux qui disent qu'il n'aurait pas fallu armer les Indiens. » De vains débats, sur le point de savoir comment on aurait pu l'éviter et qui en porterait la responsabilité, leur furent épargnés par une nouvelle effrayante : une importante troupe d'Indiens en armes, cavalerie et infanterie, était partie de San Miguel et s'approchait de San Tome pour y donner l'alarme. « Quel affront », s'écria le vieux qui ne trouva rien d'autre à dire. Il voulut encore rester à San Tome. Rien ne lui fut épargné des préparatifs fébriles, des cris de joie et des danses de guerre qu'exécutèrent les troupes sur le point de se mettre en route. Pour finir, il resta la bouche ouverte de stupeur devant cette vision horrible : le défilé de toute l'armée, au son d'une musique éclatante, à travers une ville en fête et abondamment décorée. En tête, à côté du cacique paré de toutes ses plumes, chevauchait le brave et digne Père Taddäus. Il était monté sur une énorme bête car c'était un monsieur de poids. Il portait un pourpoint de cuir comme tous les autres cavaliers et agitait son épée d'un air bienheureux.

« Voilà où nous en sommes arrivés ! » larmoya le brave Altamarino, en se détournant de la fenêtre vers les gens de sa suite. Lorsque les bataillons eurent disparu, il monta lui aussi sur un cheval. Il avait peur, il fuyait.

En réalité, on était arrivé encore beaucoup plus loin qu'il ne le pensait. Il se contentait de larmoyer parce qu'il ne savait pas de quoi il s'agissait. Mais quel cri de détresse n'aurait-il pas lancé s'il avait deviné ce qui se préparait !

La nouvelle grande puissance faisait son apparition maintenant, incarnée par ces Portugais et ces Espagnols. Cette nouvelle puissance dont les porte-parole avaient été pourchassés et tués par l'Église sans que toutefois leurs noms pussent être effacés. Elle ne mettait pas en avant ces noms de Copernic, de Galilée, de Bruno, car elle n'avait aucune idée de son origine. Elle ne proclamait pas, elle ne savait pas qu'elle cherchait à tirer vengeance pour ceux-là de ses enfants, pour tous ses enfants, mais cette vengeance, elle la prenait, elle était déjà en train de la prendre en brisant le courage de son adversaire et en l'empêchant d'avoir conscience de lui-même. Elle réduisait ce dernier à ses propres yeux et, pour lui-même, il n'était plus qu'un être vide et couvert de haillons, malgré toute la magnificence de ses églises et l'ordre merveilleux qu'il avait créé, malgré l'or et la richesse de ses cérémonies. L'ouragan soufflait, emportant sable et pierres et même les poutres, les toits, les maisons ; les villages tout entiers.

Ce qui arriva après cette marche du cacique Tiraja sur San Tome, ce fut une guerre pareille à toutes les guerres. Les Indiens combattirent sous les ordres des Pères pour défendre leur sol. Dans l'île de Martin Garzia, les commissaires établirent un plan d'opérations. Mais ils étaient trop faibles pour le mettre en exécution. Les Indiens, sous le commandement de Tiraja et de deux Pères Jésuites, attaquèrent les Portugais sur le rio Pardo. Ces derniers, qui avaient des canons, purent repousser cette attaque, mais ils ne parvinrent pas à conserver la localité de Jésus Maria et ils durent se replier.

Durant les deux années qui suivirent, les Indiens et leurs Pères Jésuites chantèrent des hymnes de triomphe et renforcèrent leurs armements. Quel aspect avaient-ils, ces Pères ? Ils ressemblaient aux papes qui, après avoir revêtu une armure, s'en allaient à cheval pour inspecter les fortifications autour de Rome. Mais ces papes avaient disparu depuis longtemps et ce n'était pas sans raison.

Près de San Juan, les Guaranis des Jésuites dressèrent une fortification qu'ils garnirent de grosses pièces et qui était bien pourvue en poudre et en munitions. Le corrégidor indien de Conception, Nicolas Languiru, y commandait. Les Pères Balba et Taddäus recrutaient des hommes, mais ils remarquèrent bientôt que nombre de leurs brebis cédaient à la frayeur. Les Guaranis étaient des gens doux, aimables et paisibles. C'est pour cette raison, afin de se protéger contre la sauvagerie des Portugais et des Espagnols, qu'ils s'étaient placés sous la garde des Pères Jésuites. Seul un petit nombre d'Indiens, comme ceux de San Tome, descendaient de peuplades plus rudes.

Balba puisait son ardeur dans l'exemple des saints et des martyrs d'autrefois. Il s'écriait sur la place du marché de San Tome après les vêpres : « Nous sommes des gens paisibles, tout dévoués à Dieu ; nous cultivons notre sol, nous cueillons nos fruits et faisons paître nos troupeaux. Nous n'avons pas fait le moindre mal à notre roi d'Espagne. Pourtant on veut nous chasser maintenant de nos villages. Ils veulent s'emparer de notre héritage pour accroître leurs richesses. Ils veulent nous mettre à l'encan. » Mais il sentait que ses paroles effrayaient ses auditeurs et, au lieu de susciter des cris de révolte, n'amenaient que des pleurs. Il n'était pas possible de leur parler souvent de la sorte, on aurait miné l'autorité des prêtres. Les deux principaux meneurs, Balba et Taddäus, tinrent conseil au sujet de cette situation qui les rendait soucieux. Balba était désespéré.

Cependant Taddäus combattait courageusement aux côtés de Balba, ne le quittant dans aucune échauffourée. Ils ne poussaient pas leurs gens à un soulèvement général, ne voulant pas les forcer à faire le sacrifice de leur vie. On se contenta donc des bataillons qui, sous les ordres du corrégidor Nicolas, s'étaient retranchés près de San Juan où ils s'étaient établis avec une élite indienne, cinq mille hommes, prêts à combattre. Une armée de mille Portugais et de quinze mille Espagnols s'avançait vers eux. Elle était passée devant quelques réductions sans rencontrer la moindre résistance. La bataille pour San Juan dura plusieurs semaines. Lorsque la forteresse fut complètement investie et dans l'obligation de se rendre, les assiégés s'y refusèrent. Ils firent une sortie résolue qui amena le combat décisif.

Cette bataille rangée dans la steppe fit apparaître de façon effrayante le caractère des deux camps en présence. Portant leurs bannières sacrées, dont les couleurs vives s'ornaient de broderies et levant d'immenses crucifix de bois, les troupes indiennes, cavalerie et infanterie, sortirent lentement de la forteresse, l'air fanatique. Elles s'agenouillèrent avant l'attaque et chantèrent des cantiques, qui résonnèrent péniblement aux oreilles des Blancs. Les noms des saints retentirent comme des cris de guerre. Les officiers blancs, espagnols et portugais, firent battre les tambours et sonner les trompettes tant que possible. Ils craignaient que leurs gens ne se missent à faiblir. Ils craignaient surtout que les Indiens ne se jetassent par terre et se laissassent massacrer. Mais la cavalerie indigène se lança à l'attaque et l'infanterie se déploya. Il y eut des pertes horribles des deux côtés. On combattit avec passion et acharnement. Ce n'étaient pas des chrétiens qui se dressaient les uns en face des autres, mais des Blancs et des Indiens et il n'y avait pas de merci. Nicolas tomba, ainsi que douze cents de ses hommes.

Le reste de ses troupes prit la fuite dans les forêts. Ils étaient encore plus de deux mille, pour la plupart sans armes et complètement dépourvus de pièces lourdes. Mais ils se fabriquèrent des canons qu'ils entourèrent de peaux de bêtes. Ils se firent des armes à feu avec des tiges de bambou enveloppées de cuir et, ainsi équipés, ils attaquèrent le corps expéditionnaire et lui dérobèrent des armes et des approvisionnements. Quelques Pères prirent encore part à ces guérillas, puis ils se retirèrent, et Balba lui-même ne put y tenir. Ils étaient effrayés par la rage des Indiens qui mobilisaient des tribus païennes dans la forêt et s'alliaient avec elles. L'antique haine contre les Blancs reprenait vie. Ces hordes unies ne connaissaient plus de bornes. Pour se procurer des vivres, de la poudre et des armes, elles allaient même jusqu'à attaquer les réductions. Les Pères durent les évacuer rapidement et furent saisis d'une telle crainte qu'en maints endroits ils étaient contraints de se placer sous la protection de leurs ennemis, les Portugais et les Espagnols.

Mais les Jésuites ne pouvaient pas compter sur la clémence des Blancs après les lourdes pertes subies par ces derniers, près de San Juan. Les églises jésuites furent incendiées, les directeurs pourchassés ; Balba et Taddäus faits prisonniers près de Lorenzo. Taddäus mourut en prison après avoir été martyrisé. Quant à Balba, il réussit à s'enfuir.

C'était la guerre. Les troupes que le corrégidor Nicolas avait laissées derrière lui, alliées à des tribus païennes, ne cédèrent pas. Elles décimaient les patrouilles dans les pampas, volaient le bétail, occupaient parfois des localités entières pour disparaître de nouveau après leur pillage. Elles ne portaient plus leurs bannières et leurs images de saints. L'inquiétude passa des réductions atteintes dans toute la république chrétienne. Les transports à travers le pays étaient menacés. Les Supérieurs et les Pères, dans les colonies principales qui n'avaient été touchées ni par le traité ni par la guerre, n'avaient plus qu'un seul désir : que cette guerre cessât enfin. Une crainte générale, lourde de pressentiments, planait sur la république chrétienne.

## L'ESPAGNE FAIT TABLE RASE

On s'était soulevé contre le Portugal et l'Espagne. En Espagne, à cette époque, un Charles occupait le trône de Moi-le-Roi. Il avait vécu longtemps hors du pays et savait dans quel sens soufflait le vent dans le monde. Il n'avait pas l'habitude d'user son fond de culotte sur une chaise, ni d'user ses genoux par de fréquentes prières. Il vivait comme un bourgeois de son temps et sa plus grande passion était la chasse. Il avait eu treize enfants de sa femme et était entouré d'un tas d'amis dont nombre n'étaient pas espagnols.

Lorsque cet homme monta sur le trône à trente-quatre ans et examina le pays sur lequel il était appelé à régner, il fut vraiment pris de fayeur. Les autres États étaient à l'abandon, mais l'Espagne ! La sainte Église et les Hidalgos l'avaient si complètement ruinée que même la découverte de l'Amérique, la conquête du Pérou, de Cundinamarca, du Mexique, du Brésil et tout l'afflux de l'or ne pouvaient la sauver.

Les amis de Charles étaient d'une ardeur dangereuse. C'étaient des propriétaires fonciers et des écrivains profanes. Ils avaient formé avec quelques autres un cercle qui s'appelait la Société des Légistes ou des Golillas. Une fois, au cours d'une chasse dans les Pyrénées, Charles eut une longue conversation avec eux. Campomanes, le chef des Golillas, un jeune érudit, lui déclara : « Nous respirons maintenant. Le jour où Votre Majesté est montée sur le trône s'est vraiment trop fait attendre. Seul le ciel peut savoir s'il n'est pas déjà trop tard. Vous pouvez faire, Majesté, ce que vous voulez, cela ne plaira pas à l'Espagne, car c'est un pays pourri et qui veut continuer à pourrir. Il se conduira en toutes circonstances comme un nouveau-né que l'on veut tenir propre ; il criera, s'agitera et se débattra. »

« Ce n'est pas ce qui peut me gêner. J'ai de l'expérience en fait de chambres d'enfants. »

« Majesté, vous avez longtemps vécu à l'étranger, vous voyez maintenant quelle tournure les choses ont ici. Mais si vous saviez comment on en est arrivé là ! » Le Génois Grimaldi, un ami de Charles, porta la main à son épée : « Nous sommes en train, partout dans le monde, de donner le coup de grâce à l'Église. » — « Taisez-vous », s'écria le long et solide Charles avec un mouvement d'effroi. Ils portaient tous des vestes de chasse de couleur verte et de grandes bottes. Seul le Roi avait une plume au chapeau. Derrière lui, des hommes conduisaient des chevaux par la bride ; ils étaient précédés et suivis par des cavaliers. Le pâle Campomanes, au visage dur et fanatique, s'écria d'un ton léger : « On est heureux d'entendre de telles paroles à la cour d'Espagne. » Charles : « Doucement, s'il vous plaît, il faut toujours parler avec douceur et garder sa force pour l'action. »

« Nous avons pillé le monde entier ; on nous a éparpillés sur toute la terre jusqu'au jour où nous nous sommes aperçus qu'on voulait nous empêcher de regarder ce qui se passe dans notre propre maison. Nous n'avons pas été des Don Quichotte, mais des fous et des gueux. Le premier livre que je voulais mettre à l'index, c'est *Don Quichotte* parce qu'il cherche à persuader aux fous et aux gueux d'Espagne qu'ils sont quand même quelque chose. » Charles : « Campomanes, nous n'allons tout de même pas commencer par la censure. » Campomanes : « Alors nous avons eu le cinquième Philippe après quatre autres. Mon père l'a bien connu. En tant que médecin il l'a assisté lors de sa dernière maladie. Philippe était fou ; il est mort dans la crasse la plus épaisse. Il était couvert de poils et s'était laissé pousser les ongles comme une bête sauvage. Il ne parlait pas et on n'arrivait pas à le convaincre de la nécessité de changer son linge. Tel était le dernier Philippe qui nous fut donné. » Charles : « Je sais. Sa femme fit ce qu'elle put pour tout maintenir debout. » Le jeune chef des Golillas : « Elle voulait assurer le pays à ses enfants. » Charles : « Oui, je vois, vous ne pardonnez pas. » Campomanes : « Nous ne pardonnons pas, nous ne pardonnons rien. » Charles : « Que direz-vous de moi-même, Campomanes ? » — « Je pense que le roi Charles va mettre un peu d'ordre dans cette maison. » — « Il en sera ainsi, mon ami. »

« Quelque chose est en train de se passer dans le monde. Il y a un certain nombre de gens qui ont des comptes à rendre. Il est écrit que lorsque Dieu veut anéantir, il frappe aveuglément. Après le fou, nous avons eu un mélancolique. Sans aucun doute, c'était un malade, quand bien même sa folie n'eût-elle été qu'épisodique. » — « Je sais, et alors ? » — « Chacun sait qui a régné à la place de ce Roi : son confesseur, le Jésuite Rabago. Il vit en quelque endroit aujourd'hui encore, mais il est inoffensif, tout au moins faut-il l'espérer. » — « Pourquoi espérer ? » — « Cette espèce est nuisible aussi longtemps qu'elle vit. » — « Il aurait à faire à forte partie. Ensuite ? » — « Nous avons établi une liste des effets de l'Inquisition au cours des trente dernières années. Elle sera remise à Votre Majesté : en Espagne, quarante mille personnes ont été condamnées et mille sont montées sur le bûcher. »

Le Roi s'arrêta et, jouant nerveusement avec la plume qui pendait de son chapeau : « Est-ce exact ? » — « Je vous remettrai moi-même cette liste pour qu'elle ne s'arrête pas n'importe où. » Le Roi s'emporta et, reprenant sa marche : « Qui oserait arrêter les requêtes à moi adressées ? » — « Il peut y avoir des influences. » — « Je les abattrai. » — « Qui veut abattre l'Église et les Jésuites frappera dans le vide, Majesté. » — « Je ne sais pas, je ne sais pas. »

Tel était le genre de conversations qu'ils tenaient. Ce Charles, qui avait été poussé sur le trône de Philippe, ne faisait pas grand usage de ses palais et de ses châteaux d'agrément. Il gardait les yeux fixés sur les trois mille cloîtres que le pays possédait encore, sur les cent mille moines et religieuses, sur les soixante mille prêtres et les vingt-cinq mille sacristains, en vérité, une bien grande arène pour soutenir un ciel en train de s'effondrer. Avec ses énergiques Golillas, il s'approcha de ce fourmillement d'ecclésiastiques et lança contre eux son attaque. Après, vingt mille personnes du clergé avaient disparu. De lourds impôts s'abattirent sur l'Église qui possédait toujours le cinquième de la terre espagnole. Pour les criminels, il n'y avait plus de droit d'asile dans les églises.

Il se tourna alors vers les Jésuites qui avaient déjà vent de quelque chose. Ils vinrent au-devant du Roi comme la victime va vers l'abattoir. Ils se rendaient compte que le nouveau Charles n'était pas un dieu, que son ministre Squillace était un étranger et que la femme de ce Squillace était une personne très agréable ; elle plaisait au Roi qui lui plaisait, et personne ne pouvait n'avoir pas remarqué que cette jeune et jolie femme, cette petite Pastora aux cheveux noirs, mettait des enfants au monde à intervalles réguliers comme la défunte reine. Il y eut alors des troubles dans différentes villes. Partie à cause d'un tel Roi ; partie à cause des vingt mille ecclésiastiques que l'on regrettait, et aussi parce que la mendicité avait été interdite et les villes nettoyées sous le contrôle de la police. On faisait courir le bruit que la nouvelle Espagne devait s'attendre à des choses encore pires. Et cela prit une telle tournure que le dimanche des Rameaux une multitude de gens s'amassa dans les rues de Madrid aux cris de : « Vive l'Espagne ! À bas Squillace ! » puis se dirigea vers le palais. Un moine et un bagnard étaient à la tête de l'émeute. La garde wallonne tint ferme, dispersa la foule et arrêta les meneurs.

Moi-le-Roi était un homme réservé. Avec les seuls Squillace et Campomanes il conféra dans son palais. Le même jour, sans avertissement ni préavis, il fit fermer dans son royaume toutes les maisons de Jésuites. Il fit proclamer que les Jésuites, qui étaient derrière les émeutiers, avaient voulu renverser le Roi et faire monter son frère sur le trône.

De Rome, le Pape adressa des représentations au Roi d'Espagne. « Quel tapage pour quelques Jésuites, répondit celui-ci à Campomanes qui lui remettait l'écrit papal. Comme si notre beau et pauvre pays n'était rien. » Il fit répondre tranquillement que les Jésuites avaient une conduite peu digne de religieux, qu'ils se livraient au commerce, et qu'en outre, ils l'auraient pour peu jeté bas de son trône. Au reste, il ne devait aucun compte aux autorités romaines de ses actes de gouvernement.

Vers qui le vieux Pape romain aurait-il pu tourner ses plaintes ? Vers l'impératrice d'Autriche, Marie-Thérèse ? Elle partagea son affliction. Ensuite elle lut le papier que son ministre lui avait remis et recopia fidèlement : « L'expulsion des Jésuites n'est pas affaire de religion, mais d'État. » Même cette pieuse souveraine employait des phrases modernes de ce genre.

Cela tomba ensuite sur les Nouvelles Indes.

Le gouverneur de Buenos Ayres, Bucarelli, se chargea de l'exécution des ordres royaux, arrivés de Madrid. C'était un homme droit et rigoureux qui détestait les Jésuites et leur république. Et en cela il était d'accord avec les braves commerçants, les négociants et les militaires. Cet état du Parana n'était en effet qu'un instrument de puissance dans les mains des Jésuites. La résistance des dernières années l'avait bien prouvé. Il était en outre clair comme le jour qu'il fallait enfin libérer les Indiens, ces pauvres esclaves, qui devaient, par leur travail, procurer aux Jésuites richesses et magnificence.

Ces derniers furent chassés de toutes les réductions. Les directeurs qui avaient été rappelés dans leur collège et leur centre administratif de Cordoba furent emmenés à une promenade et entraînés hors du pays. Les Jésuites qui, un siècle et demi plus tôt, étaient arrivés les mains vides dans ce pays, y avaient souffert le martyre, s'y étaient sacrifiés, y avaient construit tout un État et protégeaient des milliers d'Indiens, repartaient maintenant vers Buenos Ayres, les mains vides. On les fit monter dans des chariots, puis sur les bateaux. En chemin, ils n'étaient déjà plus que de simples religieux sur qui pesaient de graves soupçons.

Il était certain qu'ils subissaient une grande injustice pour autant que l'injustice soit ce qui touche un homme en particulier. Mais dans l'édit d'interdiction, adressé par le Roi, dans ces arrestations et cette déportation massive, il n'était pas question de particulier. Leur empire du Parana était chargé de haine. Ils avaient d'abord éveillé la mauvaise conscience de ce pays, puis ils avaient commencé à devenir puissants et à gâcher les affaires des autres. Ils étaient rusés et adroits, personne n'était de taille à lutter contre eux. Des dizaines, des centaines d'années s'étaient écoulées. Les autres prenaient maintenant leur revanche.

Dans le port de Buenos Ayres la plèbe se rassembla et les Pères s'avancèrent sous les quolibets de la foule. Comme le ver que l'on retire du fruit, comme un noir parasite qui ne veut pas voir la lumière, leurs rangs durent se presser pour monter sur le bateau. On siffla et hurla : « Jésuites ! » C'était devenu une injure. Le peuple lança des pierres.

Les navires avec leur cargaison gémissante s'éloignèrent des terres du sud. L'Amazone lançait par son embouchure gigantesque son écume blanche dans le sombre océan. Les Pères laissaient derrière eux les palmiers, les tigres, la chaleur et la pluie, les forêts, les plaines, les fleuves et des millions d'hommes à la peau brune. Ils regardaient en arrière ; ils tremblaient. Ils frémissaient d'horreur.

Ce n'était plus comme au temps de Francisco Orellana, celui qui depuis le Pérou avait descendu le fleuve gigantesque, celui qui avait lutté avec l'Amazone. Lorsqu'il était arrivé à la mer, la forêt s'était refermée derrière lui comme l'herbe de la steppe derrière le fauve en fuite. Le vent avait balayé les sillages des navires, ce n'était plus rien. Et le fleuve les poursuivait, leur criant par-dessus la mer : « Vous n'êtes pas venus ici. »

Le fleuve géant dévalait toujours de la montagne et se déroulait à travers le pays comme un serpent, la langue pointée vers la mer. Ce gigantesque serpent, le gardien de ce pays, n'avait pas effrayé les hommes blancs ; soldats, aventuriers, criminels, étrangleurs et joueurs, la crasse que ce volcan, l'Europe, avait rejetée sur ses rivages, étaient devenus cultivateurs, éleveurs, fermiers et artisans. Les Paulistes pillards, les chercheurs d'or et de pierres précieuses, les chasseurs d'esclaves s'étaient transformés en colonisateurs, pionniers et bâtisseurs de villes.

Et ils avaient réussi. Ils avaient composé avec ce pays. Ils s'étaient mélangés avec les Indiens. Ils avaient entendu les nouvelles voix célestes et terrestres, celles de la canne à sucre, du café, du tabac, des chevaux et du bétail, et ils se répandaient par tout le continent.

À bord de leur grand voilier, les anciens chefs, les Jésuites chassés devaient faire face à la tempête. Bientôt tous les hommes quitteraient le cloître immense qu'ils avaient établi sur les rives du Parana. Cellules et chapelles seraient la proie des flammes. L'arche de Noé est en train de sombrer.

Ils regardent l'eau qui écume à l'infini. Les poissons volants. Les îles du Cap Vert. Le pic de Ténériffe entouré de nuages. Partout encore des palmiers, les derniers palmiers.

L'État de Dieu, le magnifique, le seul essai digne de l'homme, celui que Père Emmanuel avait commencé, aboutissait à un échec. L'océan sans limites les entourait, les eaux avides tournoyaient de chaque côté de leur voilier, le vent frappait en sifflant la toile, pour renverser le bateau. On veut nous engloutir !

Larmes jour et nuit. Plaintes et prières. Désespoir. Jusqu'à l'arrivée au port.

Pas un pays ne veut les accueillir.

Beaucoup gagnent la Russie.

## FIN DE LA RÉPUBLIQUE CHRÉTIENNE

Tandis que les derniers Jésuites étaient encore sur le bateau, les Indiens de la réduction San Luis écrivaient à Buenos Ayres au marquis Bucarelli :

« Les corrégidors Peredo et Pantaleo Coyuari nous ont écrit au sujet de quelques oiseaux qu'ils désiraient envoyer en Espagne, au Roi. Nous avons le plus grand regret de ne pouvoir les lui procurer car les oiseaux vivent dans les forêts, comme Dieu les a créés et ils s'éloignent de nous, en sorte que nous ne pouvons les attraper. Mais nous n'en sommes pas moins les très dévoués sujets de Sa Majesté.

« Et maintenant, nous prions pour que le plus beau de tous les oiseaux, le Saint Esprit, descende sur le Roi.

« Pleins de confiance en Votre Excellence, nous venons vous prier, humblement et les larmes aux yeux, d'autoriser les enfants de saint Ignace à continuer à résider parmi nous. Notre ville tout entière, hommes, femmes et enfants, vous adresse cette requête le visage couvert de pleurs. Nous ne voulons pas des moines et des prêtres qu'on nous a envoyés à leur place. Dans cette contrée, saint Thomas lui-même a, comme nous l'avons appris, catéchisé. Nos ancêtres et nos pères ont été instruits par les Jésuites et, grâce à eux, sauvés par le baptême. Mais de ces moines et de ces prêtres, nous ne voulons en aucun cas. Les Pères Jésuites étaient très patients avec nous, et nous, nous étions heureux sous leur direction. Si Votre Excellence veut accueillir notre requête favorablement, nous lui fournirons un important tribut en Herba Maté. Nous ne sommes pas des esclaves ; lorsque ceux d'entre nous qui travaillent en ce moment dans les champs et dans les bois ne trouveront plus, en rentrant, leurs Pères, ils s'enfuiront dans les forêts et commettront de mauvaises actions. Les gens de San Joachim, San Stanislas et Fernando sont déjà perdus. Alors, bon gouverneur, aide-nous. Que Dieu te soit en garde et te protège ! »

Tous les membres du cabildo de San Luis avaient signé.

Le marquis Bucarelli considéra cette lettre comme l'annonce d'une insurrection et se mit en marche contre la ville avec mille hommes d'armes et de l'artillerie. Lorsqu'il arriva devant San Luis, les habitants étaient paisiblement au travail. À l'annonce de son approche, tous les magistrats vinrent à sa rencontre et il ne put se dérober à une réception solennelle avec des arcs de triomphe, érigés à la hâte, des guirlandes et des musiques. Les Indiens étaient intimidés et se sentaient profondément honorés que le Roi leur eût envoyé tant de gens pour répondre à leur lettre. Ils apprirent avec tristesse que l'on ne pouvait pas donner suite à leur demande. Bucarelli lui-même ressentit quelque honte lorsqu'il vit comment ils se résignaient. Mais il pouvait annoncer à son roi Charles que l'ordre avait été exécuté, sans résistance digne d'être signalée.

Les réductions se maintinrent encore durant quelques dizaines d'années. Elles s'effritaient lentement. On s'était habitué à vivre ensemble, mais sans la volonté des Pères Jésuites, elles ne pouvaient durer longtemps. Elles s'effritèrent comme les anciens empires indiens, à l'approche des Blancs. Une fois de plus, on assistait sur le continent du Sud à une occupation des États indiens.

Lorsqu'à la place des Jésuites, des Franciscains arrivèrent, les dernières réductions les accueillirent silencieusement. Les Franciscains n'étaient pas aussi vénérables que les anciens Pères. Les nouveaux prêtres firent ce qu'ils purent, mais on ne savait comment s'y prendre avec eux. Des administrateurs, des fonctionnaires espagnols vinrent remplacer les anciens directeurs avec l'ordre formel de développer le commerce. Ils n'avaient pas la possibilité de prendre des égards et les choses prirent une mauvaise tournure. Les dispositions qu'ils arrêtaient se trouvaient en contradiction avec les besoins des communautés indiennes. Des conflits étaient inévitables. Les nouveaux administrateurs furent forcés de porter atteinte aux droits du conseil indien, le cabildo qui était composé de membres élus : le corrégidor, son adjoint, des alcades et des régisseurs. Les administrateurs voulaient avoir d'autres corrégidors et plus du tout de ces cabildos incommodes.

Bientôt devait arriver le pire : sur ordre du gouverneur, les fonctionnaires espagnols eurent de nouveau recours au terrible système du début : aux détachements de travail. Les administrateurs, fraîchement débarqués, découvrirent, l'air triomphant, que la vieille méthode restait quand même la plus rationnelle. Alors un grand nombre d'Indiens prirent la fuite. On nourrissait les travailleurs avec des vivres de mauvaise qualité. On n'avait plus d'argent pour les besoins de la commune, pour les rues, les places et les écoles. Pour les églises non plus. On prit sur les autels, pour les fondre, des instruments du culte en métal précieux. Les églises commençaient à tomber en ruines ; on ne pouvait plus célébrer de cérémonies ; on ne voulait plus célébrer aucune cérémonie.

On envoya un nouveau gouverneur général qui devait rétablir les anciennes communautés indiennes. Mais sur quelle base ? Avec des moines ? Avec les administrateurs ? Il fit de son mieux. Il n'en sortit rien.

Les Portugais pillèrent les missions de l'Est. Il ne leur en coûta pas beaucoup de sang. San Miguel, Angel, Borgha, Luis, les belles cités, pleines de constructions magnifiques et de souvenirs, furent occupées très facilement. Beaucoup de bâtiments furent la proie des flammes. Les Indiens fuyaient en masse. On vola le bétail. Le désordre prenait des proportions gigantesques. Finalement les ruines n'abritèrent plus que quelques hommes. À l'Ouest, le colonel Rivera fit le même travail. Il entreprit une razzia monstre dans cette contrée paisible et emporta tout ce qui lui tomba sous la main. Il répartit des familles dans tout le Brésil et engagea les hommes les plus robustes dans son armée.

Quand l'ancienne république s'écroula, des milliers, des centaines de milliers de fugitifs se réfugièrent dans la montagne, gagnèrent la forêt vierge. Le reste se sauva dans les pampas sur les rives du Maranon, au bord de la vaste plaine où passait le souffle du grand fleuve.

Les Guaranis de la république chrétienne tombèrent bientôt dans la plus profonde détresse ; nombre d'entre eux devinrent esclaves dans les villes des Blancs, dans les plantations, dans les forêts de caoutchouc. Beaucoup d'autres retournèrent à l'état sauvage.

## POMBAL

Mais l'Occident se détournait des maîtres qui avaient voulu construire le royaume de Dieu sur les rives du Parana. Personne ne pensait plus à la paix qu'ils avaient apportée aux tribus indiennes, ni aux conversions, ni au nombre de leurs martyrs.

Des coups accablants s'abattaient sur eux. Le Portugais Pombal leur en porta de terribles.

Les Blancs, qui autrefois n'embrassaient jamais la sainte Église d'assez près, voulaient, maintenant, l'écarter d'eux complètement. Le grain, semé par Galilée, Copernic et Bruno, était en train de lever. En Angleterre, en France, des hommes prononçaient des paroles incendiaires. Il était clair que leur longue théorie, qui n'avait pas de cesse, se renouvelait à une source non moins profonde, non moins sacrée que celle de l'Église.

Un homme paresseux, faible et débauché occupait alors le trône du Portugal. Sa mère songea qu'il fallait à côté de lui quelqu'un de vigoureux pour protéger la couronne. Elle pensait pouvoir régner elle-même, grâce à celui-ci. Elle appela Pombal et alors c'en fut complètement fini d'elle. Pombal était un homme à la fois beau et cruel. Il avait été auparavant ambassadeur à Vienne et à Londres. Il avait en secondes noces épousé une jeune femme, la nièce du maréchal d'Aun. Il avait cinquante et un ans lorsque la reine mère le fit venir à Lisbonne. Il ne quitta pas sa place avant plusieurs dizaines d'années.

Il eut vite fait d'écarter complètement le Roi. Il lui fit construire le long du Tage autant de châteaux de plaisir qu'il voulut. Lui-même construisait, à côté, ses cachots sur et sous terre. La reine mère, qui avait tant d'espoir en lui, il la relégua dans ses appartements de veuve. Elle pouvait s'y morfondre et, à sa fantaisie, se chamailler ou se réconcilier avec les gens d'Église. Ce que Pombal faisait, il le faisait au nom de l'État, c'est pour cette raison qu'on l'avait appelé. Il trouva le pays — comme il le déclara — dans un état de détresse abominable. Il était grandement temps de faire quelque chose. Il mit à la porte une partie de l'administration et fit ses créatures de quelques aventuriers et de quelques prêtres dociles. Son fils devint président du Sénat et grand argentier, son frère patriarche de Lisbonne. Bien que ne faisant aucun cas de l'Inquisition, il découvrit qu'il pouvait s'en servir à ses fins et nomma son autre frère Grand Inquisiteur. Il formait un contraste horrible avec Charles, l'Espagnol, qui s'entourait à Madrid de jeunes savants, d'hommes d'esprit nouveau et, avec leur aide, réformait son pays. Pombal était d'une espèce plus rude. Il amassait argent et richesses, tout en bannissant la justice hors du pays, grâce à ses prisons, à sa police secrète, à la hache et à l'exil.

Mais qu'il le voulût ou non, il était bien obligé d'accomplir les tâches qui lui incombaient et qu'il fallait exécuter. Il amadoua le jeune commerce en octroyant de grandes libertés aux compagnies de Para, au Brésil, et de Pernambuco. Cela le comblait d'aise, lui, le philosophe et le cynique, d'échanger des raffineries, de la soie, des draps de lin contre des messes et des prières. Il était préférable, pour les Portugais, déclarait-il, de s'époumoner dans les verreries, plutôt que de respirer dans les églises les fumées âcres de l'encens. Tisser — disait-il encore — réussit mieux à la vue que la lecture des livres de prière. Il désirait anéantir la puissance de la noblesse. Il le fit en suivant un plan bien déterminé, s'assurant le pouvoir contre les gentilshommes en faisant recruter des mercenaires, et en mettant sur pied une armée comprenant vingt-quatre régiments d'infanterie, douze de cavalerie, quatre d'artillerie. À la tête il plaça un de ses amis, le comte de Schaumbourg-Lippe. Puis il attendit son heure. Elle sonna bientôt.

Une fois de plus, le Roi lubrique avait jeté son dévolu sur une jeune fille de haute naissance. Les parents de celle-ci n'étaient pas disposés à se laisser faire. Et attendu qu'au pays de Pombal il n'était pas possible de se plaindre, ils demandèrent conseil à leur mousquet. Comme le Roi se promenait dans les rues de Lisbonne, ils lui adressèrent un placet sous forme de quelques balles de plomb. Le jeune jouisseur fut touché par deux fois, mais rien que légèrement. Il était destiné à un long règne et son pays devait jouir jusqu'à la lie du marquis de Pombal, afin d'apprendre que les tyrans les plus forts ne valent rien s'ils ne sont que forts.

Après leur attaque manquée, les auteurs de l'attentat furent arrêtés. Pombal fit comparaître les fiers vengeurs de l'honneur familial et leur dit : « Ce n'est pas seulement dans cet attentat que vous avez échoué, cela va beaucoup plus loin. » Et après avoir consulté son général de Schaumbourg-Lippe et son chef de la police, il fit de cette entreprise criminelle un complot gigantesque. Il y impliqua les nobles les plus puissants du pays qui avaient eu le don de lui déplaire et un certain nombre d'autres personnes. Il submergea la justice qui ne savait pas ce qui lui arrivait. Après un long procès qui traîna dans une boue de mensonges, les grands seigneurs furent jetés en prison et les Tavora, les parents de la dernière maîtresse royale, furent exécutés, ainsi que le duc Aveiro et le comte Atuguia.

Et qui devait-on encore mettre dans ce sac? De tels attentats ne vous tombent pas du ciel tous les jours. La belle demoiselle Tavora avait été délaissée par le Roi. Le jeune souverain s'intéressait davantage maintenant aux cousines et aux belles-sœurs de la disgraciée. L'attentat avait enfiévré son ardeur ; de son côté, on pouvait être tranquille. Alors Pombal tomba sur les Jésuites. Ils n'avaient pas laissé entrer les Portugais de Sacramento dans les réductions voisines de l'Uruguay. On ne l'oubliait pas. Le Roi d'Espagne venait de leur faire sentir la poigne de l'État. Ici ils continuaient à paresser, cherchant un refuge devant l'orage qui s'amoncelait contre eux à travers le monde entier. Ils avaient de grandes richesses, ils se retranchaient derrière le Roi et la reine.

Pombal fit imprimer et diffuser en dix mille exemplaires un écrit montrant quels dommages les Jésuites avaient causés à l'État : les Jésuites se turent. Alors le hasard mit un nouvel atout dans son jeu.

Vivait dans le pays un très vieux Père de la Compagnie de Jésus, du nom de Gabriel Malagrada. Ce brave homme avait passé vingt-six ans de sa vie comme missionnaire aux Nouvelles Indes, au bord du Para, sur la rive gauche de l'Itapeycuru et sur le Tocantines. Comme il était devenu vieux et ne pouvait plus assurer la charge de sa fonction, il vint à la cour de Lisbonne et s'établit dans l'entourage de la reine mère qui montrait toujours de l'humeur depuis que Pombal l'avait déçue. Elle se faisait conter par le vieux Malagrada des histoires d'Amérique du Sud qui lui apportaient un peu de réconfort, et dans son testament léguait de grandes sommes aux Jésuites. Le puissant Pombal, né José de Carvalho et plus tard comte d'Oeras, qui ne craignait personne, n'avait jamais pu souffrir ce vieillard édenté et chancelant. Après le terrible tremblement de terre ce dernier avait écrit un livre simpliste, plein de dévotes idées dont on aurait pu rire mais qui portait pour titre : « Des vraies causes du tremblement de terre qui a dévasté la ville de Lisbonne. » Et naturellement c'étaient les péchés du monde qui avaient la responsabilité de cette catastrophe, mais pas le gouvernement, tout au moins n'était-il pas désigné ouvertement. Pombal l'avait quand même chassé de la cour, l'envoyant en résidence surveillée près de la ville de Setura.

Ce père Gabriel était légèrement indianisé. Il ne parlait pas beaucoup, ne pensait pas avec logique, mélangeait tout et avait des visions. Au reste il était atteint de malaria. Tandis qu'après avoir quitté la cour, il vivait tranquillement au milieu des pêcheurs dans ce petit village de Setuval, tout ce qu'il avait eu dernièrement devant les yeux, à Lisbonne, repassait dans sa tête grise : — Ah ! cette Europe, ces hommes blancs et sauvages ! Pourquoi ne suis-je pas mort près du Tocantines, et ne m'a-t-on pas enterré dans ma petite église au toit de chaume ! — et il ressassait toutes les idées ardentes qui l'avaient poussé à écrire son petit livre sur les causes du tremblement de terre. Ce monde n'avait pas de durée : des violents et des libertins le gouvernaient, le tigre bleu, comme on raconte là-bas dans le Sud, le tigre bleu, cette méchante bête qui apporte la dévastation, est descendu du ciel et déchire le monde. Le grand, le terrible tremblement de terre n'était qu'un signe avant-coureur, bien d'autres choses suivraient encore. Il évoquait le Roi qui ne remplissait pas sa fonction. Le jeune homme périrait, qu'il prenne garde, Dieu arrive à se servir de la méchanceté d'un bras séculier. On tuera le Roi. Et il se mit devant son écritoire, le doux vieillard, plein d'humanité, pour mettre en garde le jeune débauché. Il écrivit aussi une lettre à la vieille dame d'honneur de la reine mère avec qui il était très intime. La dame d'honneur reçut la lettre de son ami et s'effraya en lisant que le Roi était menacé, qu'il devait prendre garde et modifier sa façon de vivre de telle sorte que Dieu le prît sous sa protection. Elle n'osa pas transmettre cette lettre qui resta pendant des semaines dans son livre de prières. Finalement elle la retourna avec son bon souvenir au vieux Père, à Setuval.

Lorsque, après l'attentat, on rapporta au palais le jeune et frivole souverain évanoui d'effroi, sanglant et souillé — car de peur, le petit monsieur plein de courage s'était jeté dans l'ordure du ruisseau —, la vieille dame d'honneur, voyant la reine courir dans tous les sens en poussant des cris incohérents, se rappela soudain la lettre qu'elle avait reçue. Elle était assaillie de remords et angoissée à l'idée de n'avoir pas transmis les avertissements du saint homme. Peut-être se préparait-il quelque chose de pire ; il fallait parler. Dès que fut calmé le tumulte des premières arrestations auxquelles on procéda jusque dans le personnel de la cour, elle courut vers la reine mère qui se retirait dans ses appartements et se jeta à ses pieds. D'abord incapable de parler, elle finit par avouer : le vieux Père Gabriel, notre brave Malagrada, que Pombal a éloigné de la cour, avait tout prédit ; il a prophétisé l'attentat, il a écrit de Setuval ; j'ai gardé sa lettre parce que j'avais peur. Elle concernait le Roi, notre pauvre Roi, il y était écrit, oui, il y était écrit que notre pauvre Roi était menacé, que sa vie était en danger et qu'il fallait le prévenir.

Hors d'elle d'émotion et de colère, la reine écarta la vieille dame d'honneur et envoya chercher Pombal. Sans doute n'était-ce pas son ami, mais elle sentait maintenant le besoin d'une poigne solide. Le gros et tranquille Pombal arriva immédiatement. Lorsqu'il fut devant elle, elle ordonna à la dame d'honneur qui, écrasée sous le poids du repentir, s'était de nouveau jetée à ses pieds, de tout raconter encore une fois. Au cours de ce récit, la reine jeta ses regards sur le tout-puissant ministre qui, appuyé tranquillement sur sa canne, écoutait avec attention la vieille dame et l'encourageait. Elle comprit alors que tout ce qu'il allait faire maintenant ne serait pas pour lui venir en aide, à elle ou à son pauvre fils, qu'il n'avait pas l'intention de punir cette négligente dame comme elle le méritait et qu'il ne pensait qu'à son propre pouvoir. Elle devina qu'elle était en train de lui donner des armes contre ceux qu'il cherchait à abattre et peut-être même contre elle et contre le Roi. « Je suis en train de me porter préjudice avec cette plainte », pensa-t-elle soudain, mais il était déjà trop tard. Elle vit avec quelle avidité béate, il engloutissait le morceau qu'on lui tendait. Ses yeux brillaient et, pour un peu, on aurait aperçu le morceau descendre en lui. Il demanda à la dame d'honneur poliment, et en lui faisant preuve du plus grand intérêt, de lui remettre cette lettre ou une copie. La vieille personne avoua en sanglotant qu'elle l'avait renvoyée sans la montrer à personne. Pombal agita la tête d'un air mécontent. Malheur, elle était entraînée maintenant dans cette histoire ! Mais il ne pensait pas à elle.

Il envoya sa police à Setuval. Le vieux Gabriel était justement parti en mer pour une demi-journée avec ses hôtes, des pêcheurs. Quand le bateau aborda, et que les passagers pataugeaient encore dans l'eau, les jambes nues, les policiers l'arrêtèrent dans cet accoutrement, le jetèrent dans une voiture et le transportèrent dans la capitale. Ils avaient mis dans une seconde voiture tous les biens du Père : sa table de travail, le lit, les chaises, les livres, les papiers. On plaça, précaution bien superflue, une garde devant la maison des pêcheurs dont les propriétaires avaient été chassés et enfermés dans la petite prison du village.

À Lisbonne, on n'eut pas de grandes difficultés avec le vieux missionnaire. Il avoua tout de suite avoir écrit cette lettre dont parlait la dame d'honneur. On retrouva d'ailleurs l'original parmi ses papiers, en même temps que le mot de la vieille dame. Pombal avait l'intention de compromettre la reine mère, en même temps que la dame d'honneur, pour la priver de toute influence ; la chose était facile, mais il décida finalement de la garder entre ses griffes. On envoya le brave Père Gabriel dans les cachots comme étant à la tête d'une conspiration contre la vie du Roi. Tout le monde devait reconnaître d'après sa lettre et ses aveux que les Jésuites avaient trempé dans la tentative de régicide. C'étaient d'horribles criminels, tels que l'Histoire n'en avait jamais encore produit. Avec des sommes escroquées sous de pieux prétextes, ils avaient monté là-bas, en Amérique, sous la protection de monarques catholiques, tout un royaume. On ne savait pas au juste ce qu'ils voulaient en faire, mais, comme on l'apprenait maintenant, c'était l'application de principes communistes. Là-bas, ils avaient accumulé des richesses, découvert des mines d'or dont ils avaient su cacher l'existence. Ces renards, ces loups, déguisés en brebis, avaient été assez malins pour empêcher tout contrôle sous le prétexte que les Blancs corrompaient les mœurs de leurs Indiens. Ils avaient fabriqué de la poudre en telles quantités qu'elles auraient suffi à faire sauter toutes les capitales européennes. Sous le prétexte de protéger les pauvres Indiens, ils avaient donné à ces cannibales, à ces sauvages, la possibilité de détenir un armement moderne. Cela leur avait permis de montrer dernièrement les dents lors de l'affaire de Sacramento et de mener une guerre ouverte contre l'Espagne et le Portugal. Et maintenant, irrités, ils abattaient leur jeu et s'attaquaient à la sainte personne du Roi. Tout ce qui pouvait conduire au but : trahison, parjure, régicide même, leur semblait bon.

Le Père Gabriel, le coupable, ne pouvait compter sur la moindre clémence. Mais il n'en savait rien. Ce vieillard, qui avait déjà largement dépassé ses soixante-dix ans, était un homme simple et aimable, imprégné de l'esprit indien. Au milieu des tortures qu'on lui fit subir pour obtenir les noms de ses complices, il devint encore plus simple d'esprit. S'il n'avouait rien, cela tenait à ce qu'il ne comprenait rien. Il criait et chantait tour à tour dans ses supplices. Il savait qu'il était en train de subir un martyre. Désespérant de ne rien tirer de lui, les créatures de Pombal l'abandonnèrent. Ils laissèrent ce petit homme à peau jaune dans sa cellule où il se remit peu à peu. Là, il s'entretenait continuellement en indien avec une personne invisible ; il continuait apparemment à convertir ses païens par-dessus les mers. Ses tortionnaires se virent contraints d'avouer au puissant Pombal le peu d'importance de leurs résultats. Le ministre n'en parut pas étonné ; cela ne fit aucune impression sur lui. Les nouvelles qu'on lui rapportait de n'importe quel cachot lui étaient déjà complètement égales à cette époque. Il n'avait pas l'intention de s'en remettre au hasard ; ses plans étaient bien établis et les dispositions correspondantes déjà prévues. Il déclara à son général de Schaumbourg-Lippe et à son chef de la police qu'il ne pourrait se considérer comme le ministre d'un État civilisé et mériter la confiance de son Roi s'il ne s'attaquait pas de sang-froid aux criminels les plus rusés et les plus rudes, et s'il n'employait pas contre eux toutes les méthodes possibles pour faire triompher le droit de la civilisation. Il ne se laisserait pas entraîner à des actes de violence tels que ceux auxquels on le poussait. Même pour combattre de tels criminels, il s'en tiendrait aux prescriptions du droit et respecterait la procédure légale bien que l'État fût en danger. Alors il rassembla un tribunal dont chaque juge savait qu'il risquait sa tête.

Comme il n'y avait aucune preuve contre le vieux Père Gabriel, qui radotait toujours, et qu'on ne parvenait pas à obtenir ses aveux, on le laissa encore quelque temps dans son cachot. On lui apporta dans sa cellule de l'encre et des plumes. On alla jusqu'à lui faire la grâce de lui rendre une table de travail. Il se mit alors à écrire un récit de la vie de sainte Anne, puis commença un traité sur l'empire de l'Antéchrist. Les gardiens se firent plus doux à son égard.

On lui apportait même de temps en temps des fruits et du pain de meilleure qualité. Il se personnifiait lui-même en sainte Anne et sa vie s'écoula paisiblement. Il se mit à écrire des choses étranges et de la plus haute fantaisie qui lui paraissaient pourtant claires comme le jour. Il y avait trois Antéchrist : le père, le fils et le neveu. On vivait maintenant dans l'époque de l'avant-dernier. Le dernier verrait le jour à Madrid dans mille ans, de l'union d'un moine et d'une nonne ; il épouserait Proserpine, une furie. Naturellement lorsqu'il eut fini ses élucubrations, on lui retira ses papiers. Il les offrit lui-même à ses gardiens pour que les gens de l'extérieur pussent y apprendre ce qui pouvait leur être utile. Pombal y jeta un regard, y trouva ce qu'il cherchait et qu'il avait prévu déjà depuis longtemps. Les écrits et la personne de ce Père intéressaient l'Inquisition car il était dans ses intentions de donner un grand éclat à cette affaire, pour mettre en pleine lumière toutes les abominables machinations de la noblesse et des Jésuites et pour ne laisser aucun doute sur sa décision d'en venir à bout. Après deux ans et quatre mois vécus dans les cachots de Belem, le Père fut transféré à Lisbonne dans la prison de l'Inquisition, le couvent des Dominicains. Le chef de l'Inquisition, le frère de Pombal, s'aperçut tout de suite que l'homme en robe de Jésuite qui se présentait à lui, ce vieillard aimable à cheveux blancs et dur d'oreille qui lui souriait, n'était qu'une créature sans la moindre importance, et qu'il avait surtout l'air d'un vieillard retombé en enfance et sorti d'un asile. Il se demandait avec inquiétude comment il allait pouvoir s'y prendre. Monsieur son frère, le grand ministre, lui donnait des tâches vraiment difficiles, mais il fallait quand même en venir à bout.

Le tribunal de la sainte Inquisition se composait de deux cours : la Table basse et la Table haute. Il fallait que l'homme fût jugé. Le Grand Inquisiteur estima opportun, dans le cas du Père Jésuite Gabriel Malagrada, de convoquer les deux Tables à la fois. Il voulait tout d'abord éviter que la chambre basse ne s'intéressât trop à l'état mental de l'accusé qui était malheureusement très apparent. Il n'y avait cependant pas lieu de croire que même au cas où quelqu'un aurait eu des soupçons, il eût pu en faire pour le moment un usage préjudiciable. Mais pourquoi s'exposer au moindre risque? Si bien que l'aimable Père qui, après les longs silences de son cachot, prenait plaisir à s'extérioriser, fut conduit tout de suite devant le grand tribunal de l'Inquisition, rassemblé en son honneur et contre lequel il n'y avait pas d'appel. Devant ce très noble et très pieux auditoire, il se produisit de bon gré et sans retenue. Il lui fit part en termes mystérieux de ses dernières prophéties, parla des voix qu'il entendait et mit tout le monde en garde. Il ressassait tout ce qu'il avait déjà dit sur le tremblement de terre.

Le Grand Inquisiteur ne parvenait que difficilement à interrompre le flot de paroles qui s'échappait de la bouche du vieillard. La plupart du temps, Gabriel semblait avoir oublié de quoi il retournait. Il se fit donner son manuscrit et y ajouta encore quelques commentaires. Devant tant d'incohérence, Carvalho, le frère de Pombal, devait faire effort pour conserver son air sombre et grave. Il prit soin que tout fût enregistré exactement et ne laissa jamais soupçonner la moindre lassitude devant tant d'absurdités. Lorsque après un interrogatoire de plusieurs heures, on se retira pour délibérer et que l'on se rassembla autour de la grande table au milieu de laquelle se dressait un imposant crucifix d'argent, personne n'osa dire un mot. Tous se regardaient, ne laissant pas voir qu'ils avaient entendu un bon et doux vieillard, un peu radoteur. On pria à haute voix. Carvalho qui, par sa carrure, ressemblait à son frère aîné, laissa entendre sa sombre voix de basse et pria Dieu de laver leurs âmes de toute l'ordure immonde qu'ils avaient dû laisser passer sur eux aujourd'hui. Sans opposition, on retint le jugement qu'une autre créature de Pombal, un religieux, chargé du rôle d'accusateur, avait proposé : l'hérétique serait excommunié et puni d'une peine de prison. « Nous ordonnons en conséquence et d'après les prescriptions des lois canoniques que ses vœux sacrés soient annulés et qu'il soit remis avec le râtelier, le bonnet et l'inscription le désignant comme hérétique, à un tribunal civil auquel nous demandons instamment de le traiter avec bonté et pitié et de ne le condamner ni à une peine de mort ni à une peine corporelle. »

Dans la salle, le petit vieillard à cheveux blancs écouta cette sentence de la bouche de Carvalho. Père Gabriel avait vu revenir ses juges avec joie, amour et espoir ; il avait cru qu'ils tiendraient compte de ses prédictions. Mais lorsqu'ils n'en dirent pas un mot, lorsqu'ils ne parlèrent que de lui-même et lui firent la profonde injustice de le condamner comme hérétique, lui qui, plus que personne, vénérait la Sainte Trinité, Dieu et les Saints, il trouva que tout ce qu'il avait pensé était confirmé. Il tomba dans une profonde tristesse et porta les mains à son visage en larmes. Alors Carvalho lui dit, d'une voix tonitruante, que l'on voyait qu'il avait tout compris et qu'il jetait enfin le masque.

Le Tribunal Suprême de Lisbonne à qui le jugement de l'Inquisition avait été transmis, ayant fait comparaître pour la forme le vieux qui, cette fois-ci, ne prononça pas une seule parole, rendit une sentence de mort : « Après avoir examiné le jugement de l'Inquisition, de l'Ordinariat et des délégués du Saint-Office et après avoir apprécié, nous rendons le jugement suivant : qu'il soit conduit publiquement, la corde au cou, à travers les rues de la ville jusqu'à la place de Rocco où il sera étranglé et, une fois mort, qu'il soit brûlé pour qu'il ne reste de lui que des cendres et qu'il ne subsiste trace ni de sa personne ni de son tombeau. »

Et il en fut ainsi. Le jour de l'autodafé, Pombal fit sortir cinq mille soldats dont chacun était muni de huit cartouches. Ils occupèrent toutes les rues depuis la porte du cloître des Dominicains où le vieux était gardé pour les fins de l'Inquisition jusqu'à la place de Rocco. Tout autour de cette place elle-même, les soldats se mirent sur deux rangs. Le Roi restait toujours caché dans ses châteaux de plaisir. Il avait décidé de simuler une maladie lorsque le jugement et le jour de l'autodafé avaient été rendus publics. Mais son robuste tuteur Pombal vint le trouver, le traita avec dédain et l'humilia : « Son unique maladie, c'était cette vie désordonnée qui compromettait la couronne et rendait à lui, Pombal, la tâche au gouvernement encore plus difficile. » Joseph promit de paraître à l'autodafé. Il était assis maintenant dans la tribune, devant des tentures, sous un baldaquin pourpre, surmonté de la couronne. Il était là, ce jeune homme tremblant à qui Pombal avait déclaré qu'il mettait en danger la sécurité du pays, lui, le Roi. Il pensait à fuir en Angleterre ou au Brésil ; il aurait voulu soulever son peuple contre le tyran. Mais qui était son peuple ? Il ne connaissait personne ; on ne laissait personne approcher de lui. Du reste, il était légèrement ivre ce jour-là et regardait devant lui, en grimaçant bêtement. C'était un masque qu'il s'était donné pour tromper Pombal.

Alors, dans la rue illuminée de soleil, les mains liées, un bâillon sur la bouche, la tête coiffée du grand bonnet des hérétiques, le petit missionnaire à cheveux blancs arriva, conduit par deux Bénédictins. On lui fit faire halte devant la tribune. Pombal, qui portait une lourde perruque poudrée retombant sur ses épaules, posa son gros bras sur la balustrade et regarda sévèrement le petit homme. Il lui fit ordonner par les deux moines d'implorer le pardon du Roi pour son crime. Joseph, qui s'était fardé pour cacher sa pâleur, était écœuré de ce spectacle. Il lui était horrible de trôner ici, en l'honneur de son ministre et d'examiner ce pauvre vieil homme envers qui on commettait une ignoble injustice, ainsi que le déclarait sa mère. Il fit un signe de tête sans sortir de sa torpeur et continua de grimacer. Il se demandait ce qu'il aurait pu faire d'autre. S'il avait résisté, il se serait retrouvé peut-être lui-même là, en bas, avant longtemps.

On retira le bâillon de la bouche du vieux qui, en se détournant, se mit à cracher le sang. Un Bénédictin lui cria dans l'oreille l'ordre de Pombal. Le Père, ébloui par le soleil, abrita ses yeux de la main et aperçut son Roi qui louchait vers lui. Ils se reconnurent. Depuis la dernière fois que le vieillard avait exhorté le Roi dans la chambre de la reine mère, quatre années s'étaient écoulées. Il considéra avec étonnement ce visage fardé, parcouru de tressaillements, puis regarda à droite vers Pombal et à gauche, là où les évêques étaient assis. Oh ! Roi, comme tu es abandonné ! Il déclara d'une voix claire : « Je n'ai pas connaissance d'avoir fait la moindre offense à Sa Majesté, le plus fidèle des rois. Mais si pourtant je l'ai offensé, lui ou quelqu'un d'autre, j'en demande bien humblement pardon. »

Le Roi eut un hoquet et en même temps se sentit défaillir. Sans dire un mot, il se leva brusquement, la main devant la bouche. On lui fit place avec effroi quand il se précipita à travers la foule des courtisans et des officiers. Arrivé au fond de la tribune, là où de beaux tapis bleus étaient étalés, il se mit à vomir, en se tenant à la balustrade. Son grand intendant accourut et lui prit son chapeau. Il se plaça devant lui pour le cacher aux regards et lui avança un fauteuil dès que les spasmes se calmèrent. Mais le Roi vomit encore une fois devant les hommes de son régiment de cavalerie planté là magnifiquement, sabre au clair. Ensuite il replaça lui-même son fauteuil et appuya la tête sur le tapis posé sur la balustrade.

Entre-temps les événements se déroulaient là-bas, sur la place. Pombal, furieux, ne pouvait cependant se lever. Il envoya un de ses fils dans le fond de la tribune. Le Roi ne revint pas. Il fit dire qu'il était malade, qu'il ne fallait pas se gêner pour lui. Pombal frappa le sol de sa grosse canne de bambou.

En bas, dans le soleil éblouissant, le petit missionnaire à qui on avait remis son bâillon, marchait derrière les deux moines. Il trottinait sur la grande place vide et lumineuse qu'entouraient les soldats et la foule des spectateurs. Le vieil homme se dirigeait vers le bûcher d'un pas léger et joyeux. Le duc de Cadavel et le comte de Villanova s'étaient joints à lui en tant que parrains. Il les connaissait comme étant des gentilshommes d'une grande piété et il était content de marcher entre eux. Il n'avait pas peur de la mort. Qui aurait cru qu'on ferait encore un tel cas de lui, ce pauvre vieil homme ! Un Familier du Saint-Office accourut derrière lui, portant une coupe à la main. Ils se retournèrent et s'arrêtèrent. L'homme demanda au vieillard s'il était prêt à exécuter les ordres du Saint Tribunal. Ce dernier, surpris, répondit : « Oui. » Le Familier reprit : « Tu dois manger de ces dragées. » Docile, le Père en prit. Il était toujours aussi pieux et il n'était pas nécessaire de mettre son obéissance à l'épreuve. Mais tandis qu'il était déjà sur l'échafaud, on envoya de nouveau quelqu'un vers lui pour lui demander s'il voulait obéir. Une grande agitation se produisit dans la foule. Elle s'accrut encore quand le Père, ayant répondu que oui, on le reconduisit, sur ordre du Familier et sous la conduite de ses deux parrains, vers la tribune royale à côté de laquelle se dressait une espèce de pavillon tendu de noir où se tenaient les membres de l'Inquisition. Immédiatement, le bruit courut parmi l'assistance : il veut faire un aveu. C'étaient les gens de Pombal qui répandaient cette rumeur dans la foule. Le ministre en personne était l'auteur de toute cette mise en scène. Le Saint Tribunal avait effectivement ordonné au Père de demander la Table — comme l'on disait —, c'est-à-dire de comparaître pour un aveu. Amené devant eux, il s'inclina seulement et resta souriant et joyeux, toujours un peu simple comme pendant son interrogatoire. Ils furent obligés, pour sauver les apparences, de lui poser quelques questions insignifiantes. On lui fit ensuite, pour regagner son bûcher, traverser encore une fois la place, sur laquelle planait toujours un silence de mort. Il se mit lui-même tranquillement devant le poteau. On lui retira pour la dernière fois son bâillon et il pria à haute voix. Un des bourreaux fit glisser derrière lui la corde. Après le « Amen » il lui passa le nœud autour du cou et donna plusieurs tours au garrot. Les épaules se redressèrent, les jambes se raidirent convulsivement puis se plièrent, la tête se rejeta en arrière avant de s'affaisser sur la poitrine. C'était fini.

Trois hommes n'étaient certes pas nécessaires pour jeter d'un seul élan le corps menu sur le tas de bûches afin que fût exécuté tout ce que le jugement avait ordonné, afin qu'une fois mort il fût brûlé, et qu'il ne restât de lui que des cendres et ne subsistât trace ni de sa personne ni de son tombeau.

## LES DERNIERS JÉSUITES

A trois heures de Lisbonne, à l'embouchure du Tage, se dresse, sur un rocher, la forteresse de Santa Julia. C'est là que furent transférés les cent vingt-quatre Jésuites dont on avait pu s'emparer dans le pays. La plupart d'entre eux y vécurent dix-huit ans, quelques-uns furent libérés au bout de dix ans, une trentaine y moururent.

La prison s'étendait de chaque côté d'un couloir souterrain. Les cellules recevaient l'air par un trou percé dans le haut et la lumière par la porte. En raison du voisinage de la mer, c'était très humide. Tout ce que les Jésuites possédaient pourrissait. Le gouverneur écrivait dans ses rapports à Lisbonne : « Tout pourrit, excepté les Pères. » On ne leur donnait pas les sacrements et ils ne pouvaient assister à la messe. Tous les ans ils recevaient une chemise. Ces pauvres hommes, courbés par le chagrin, restaient assis au fond de leurs trous puants, tricotant des bas à la lumière de leurs lanternes.

Ce n'était pas suffisant. On désirait contraindre le Pape à dissoudre une fois pour toutes l'Ordre des Jésuites et à condamner ses institutions. Un Pape mourut sur cette affaire : au cours d'une réunion, il tomba en convulsions. L'affaire passa dans les mains d'un autre Pape, un Franciscain, plein d'innocence, que les cardinaux de Rome avaient élu parce que, désespérés, ils ne savaient que faire et, par crainte, se sentaient portés vers la pitié. Ce doux homme qui s'appela Clément XIV trouva bon de céder et d'abandonner ce qui ne pouvait être conservé. Il y avait vraiment peu de choses à conserver.

Une commission d'enquête, composée d'ecclésiastiques, lui vint en aide. Elle lui transmit un état des manquements de ces combattants les plus obéissants : immixtion dans les affaires temporelles (mais qui aurait pu l'éviter sans vivre enfermé dans un couvent et le contraire signifiait : abandonner le monde à Satan), tolérances de coutumes païennes dans les missions (ah, mes prédécesseurs ont eu fréquemment à s'occuper de cette question, on ne peut quand même procéder que par degrés. Au lieu de regarder vers le Parana, ils feraient mieux de détruire le paganisme auquel ils s'abandonnent eux-mêmes maintenant), acquisitions de richesses considérables par une activité commerciale (on ne me trompe pas ; les Pères n'ont pas conservé cette richesse pour eux, la plus grande part nous est revenue ; on veut nous toucher, on veut nous atteindre, on veut nous abaisser, en nous forçant à rendre ce jugement, ce jugement inique).

Et pourtant ce jugement sortit de la bouche de cet homme lui-même qui était l'harmonie personnifiée (ô, Seigneur, viens à mon aide que je puisse le prononcer; pardonne-moi, ne m'en tiens pas trop rigueur; ce n'est pas un suicide, pas du tout, si j'écarte de moi à présent nos chers enfants, nos fidèles soutiens. Ce qui est mort pourra ensuite ressusciter).

Il énonça courageusement la sentence en pensant à l'infamie de la force qui le contraignait et persuadé qu'un jour viendrait où l'on triompherait d'elle: « Inspiré par l'esprit divin, en qui repose toute notre confiance, poussé par le devoir de ramener la concorde dans l'Église, persuadé que la Compagnie de Jésus ne peut plus répondre aux besoins pour lesquels elle a été fondée, et incité par d'autres raisons de sagesse et de prudence que nous devons taire, nous décidons (Dieu, pardonne-nous) de dissoudre la Compagnie de Jésus et (Dieu d'éternelle justice, n'écoute pas ces paroles, punis ceux qui me forcent à les prononcer) nous abolissons ses fonctions, ses institutions et ses fondations. »

Sur les instructions de Pombal qui ne voulait pas retarder d'un seul instant le moment où ces grenouilles et ces crapauds, croupissant dans la vase de leurs cachots, en recevraient la nouvelle, les prisonniers de Santa Julia furent extraits de leurs cachots et conduits dans le couloir central dès que le courrier arriva de Madrid. Le commandant leur donna lecture de l'horrible ordonnance papale. Trois des prisonniers étaient déjà devenus fous; ils hurlaient jour et nuit. Lorsque le gouverneur eut terminé, les Pères aux barbes grises, blanches et incultes, se regardèrent sans un mot. L'un d'eux se mit à pleurer, puis tous, et un terrible sanglot d'hommes, de cent hommes vieux et malades résonna contre les pierres humides de ce couloir qu'ils connaissaient depuis de nombreuses années et qui, avec ses lanternes blafardes, ses gardiens et ses soldats, était pour eux tout ce qui restait du monde. Ils devaient donc être enterrés vivants ici même ; le Pape les sacrifiait.

Les fous se mirent à crier et s'élancèrent hors des rangs où on les avait placés. Ils chantaient ces hymnes joyeux qui, jour et nuit, étaient un martyre pour les autres. On les fit reconduire. Le commandant lui-même se sentit obligé de prononcer quelques paroles apaisantes lorsqu'on passa ensuite à l'acte pitoyable qui lui était ordonné : enlever aux prisonniers leur robe noire de religieux. Ces robes étaient sales, usées et pourries. Mais lorsqu'ils durent les ôter, les uns après les autres, et les donner aux gardiens qui comptaient à haute voix : trente, trente et un, trente-deux, il leur sembla qu'ils se précipitaient dans le néant. Ils étaient là, debout, avec leurs bas et leurs caleçons, sans rien de plus. Ils n'en éprouvaient aucune honte, ils s'embrassèrent en criant. On leur donna une chemise et d'autres vêtements. Ils pleurèrent des semaines durant, jusqu'à ce que cela également fût englouti dans leur apathie.

Sur la vie des rois aussi plane la peine de mort. Le timoré Joseph se consuma dans sa débauche et ce ne fut plus qu'une dépouille squelettique, beaucoup d'os et peu de chair avec un peu de peau et de poil, que l'on jeta dans une bière. Après un peu de musique, de discours et de cérémonies, on le remit à la terre qui en eut plus vite fini avec lui qu'il ne l'avait fait lui-même.

Pour Pombal, ce fut la fin également : il s'enfuit. Mais il avait déjà plus de quatre-vingts ans, il ne pouvait espérer devenir beaucoup plus vieux. En fin de compte, c'était quand même lui le vainqueur. Après son départ, on parlait de lui comme d'un criminel et on trouvait qu'il méritait une punition exemplaire. Mais il avait de l'argent et vécut encore un bon moment au-delà de ses quatre-vingts ans.

On fit alors sortir les derniers Jésuites de leurs cachots, à Santa Julia.

Ils ne pesaient plus lourd...

# Table

Livre premier : Sao Paulo ...................... 5

Livre deuxième : Pérégrinations à travers la brousse 59

Livre troisième : Terre de Chanaan indienne ...... 119

Livre quatrième : L'Arche de Noé ............... 219

Livre cinquième : Le Tournant .................. 355

IMPRIMÉ EN FRANCE PAR BRODARD ET TAUPIN
Usine de La Flèche (Sarthe).
LIBRAIRIE GÉNÉRALE FRANÇAISE - 6, rue Pierre-Sarrazin - 75006 Paris.
ISBN : 2 - 253 - 04843 - 7 42/3111/4